SONJA RÜTHER

Hey JUNE

Roman

KNAUR

Besuchen Sie uns im Internet:
www.knaur.de

Aus Verantwortung für die Umwelt hat sich die Verlagsgruppe Droemer Knaur zu einer nachhaltigen Buchproduktion verpflichtet. Der bewusste Umgang mit unseren Ressourcen, der Schutz unseres Klimas und der Natur gehören zu unseren obersten Unternehmenszielen. Gemeinsam mit unseren Partnern und Lieferanten setzen wir uns für eine klimaneutrale Buchproduktion ein, die den Erwerb von Klimazertifikaten zur Kompensation des CO_2-Ausstoßes einschließt. Weitere Informationen finden Sie unter: www.klimaneutralerverlag.de

FSC www.fsc.org MIX Papier aus verantwortungsvollen Quellen FSC® C083411

Originalausgabe April 2021
Knaur Taschenbuch
Ein Imprint der Verlagsgruppe
Droemer Knaur GmbH & Co. KG, München

Redaktion: Martina Vogl
Covergestaltung: Alexandra Dohse / grafikkiosk.de
Coverabbildung: Collage unter Verwendung verschiedener Motive von shutterstock.com und Portfolio Alexandra Dohse
Satz: Daniela Schulz
Druck und Bindung: CPI books GmbH, Leck
ISBN 978-3-426-52522-7

2 4 5 3 1

Für die Namenspaten
Johnny und June

LEIPZIG

24. Juni 2018, Sonntag

Es war merkwürdig, die Oper über den Bühnenaufzug zu betreten. Das leise Rattern und Quietschen auf der Fahrt nach oben war wie ein Moderator, der die Bittstellerin ankündigte. Leah wusste nicht, wer alles dort sein würde oder ob sie mit ihrem Anliegen auf offene Ohren stieß. Genau genommen wusste sie nicht einmal, ob sie das Richtige tat, weil das, was sich in ihrer Tasche befand, nicht ihr gehörte.

Zumindest eine Person war auf ihrer Seite. Die junge Dramaturgin Jana Kaufmann hatte sie am Empfang abgeholt und stand nun neben ihr im Fahrstuhl.

»Darf ich Ihnen den Mantel abnehmen?«, fragte sie nun.

»Nein danke, ich behalte ihn lieber an«, lehnte Leah ab, weil es zu umständlich war, ihn im Rollstuhl sitzend an- und auszuziehen.

»Wie Sie möchten, es ist ja eine Besprechung und keine Probe.«

Leah wurde hellhörig. »Wäre das bei einer Probe ein Problem?«

»Eigentlich nicht«, sagte Jana Kaufmann bedächtig, »aber wir haben einen Sänger im Ensemble, der tatsächlich sehr abergläubisch ist. Das kommt jedoch eher bei Generalproben oder vor den Aufführungen zum Tragen. Es wird sicher niemanden stören, wenn Sie Ihren Mantel anbehalten.«

Leah sah auf ihren dünnen Trenchcoat hinab. »Es gibt einen Aberglauben, der Jacken auf der Bühne verbietet?«

Nun lachte Jana Kaufmann. »Es gibt einige. Und einer davon besagt, dass auf der Bühne nur Hüte und Mäntel getragen werden dürfen, wenn sie zum Kostüm gehören.« Ihr Lächeln unterstrich die Wertschätzung dieses und sicher auch anderer Aberglauben.

Leah mochte den Zauber, der mit Theater- oder Opernhäusern verbunden war. In ihrer Welt war alles logisch und geradezu klinisch belegbar. Auf Baustellen gab es weder Zauber noch Rituale, die das Gelingen der Bauarbeiten begünstigen sollten.

Auch wenn Jana Kaufmann wahrscheinlich recht hatte und niemand es so streng sehen würde, wollte Leah lieber alles richtig machen, um dieser kreativen Welt mit Respekt zu begegnen.

Mühsam lehnte sie sich auf eine Seite, um den Stoff unter sich herauszuziehen. Die junge Dramaturgin ging ihr zur Hand.

»Ich weiß gar nicht, warum ich den überhaupt angezogen habe, es ist viel zu warm draußen«, sagte Leah, um den unangenehmen Augenblick zu überbrücken. Ihr Becken schmerzte bei den Bewegungen, aber die Ärzte hatten nicht zu viel versprochen, als sie sagten, ihre Mobilität würde sich schnell wieder verbessern.

Die Fahrt endete, und Leah setzte den Rollstuhl über die Räder in Bewegung. Ihr Mantel, den ihr Jana Kaufmann abgenommen hatte, landete auf einem Stuhl, der wahrscheinlich zu den Requisiten gehörte.

Die Bühne sah von dieser Seite noch viel beeindruckender aus als aus dem Zuschauerraum. Große Kulissen in Form hoher schwarzer Wände mit Türen und Vorhängen warteten auf den Nebenbühnen auf ihren Einsatz, nur um nach der Abendvorstellung wieder abtransportiert zu werden.

»Gibt es noch andere Dinge, die ich beachten sollte?«

Jana Kaufmann lachte erneut. »Je nach Künstler, ja, aber wenn Sie nichts zu essen auspacken, aufs Pfeifen verzichten und sich nirgendwo Pfauenfedern anstecken, sollten Sie auf der sicheren Seite sein.« Es war angenehm, dass sie keine Anstalten machte, den Rollstuhl zu schieben. Zu viele Leute taten das, als läge sie hilflos in einem Kinderwagen. »Es gibt uns Bühnenmenschen ein sicheres Gefühl, wenn sich alle daran halten. Bei den Vorstellungen kann einfach zu viel schiefgehen«, fügte sie hinzu.

Das war wie im wahren Leben, nur dass man das nicht proben oder wiederholen konnte. Was passierte, passierte, niemand wusste das besser als Leah. Der Trick bestand wohl darin, die Weichen so zu stellen, dass etwas Gutes dabei herauskommen würde – und genau dafür war sie jetzt hier. Sie, Jana Kaufmann und neunzehn andere Menschen, die in diesem Moment auf der Bühne vor dem Orchestergraben standen und auf sie warteten.

Alle waren gekommen, obwohl es ein Sonntag war. Bei der Terminfindung hatte Jana Kaufmann gesagt, dass sonntags nie Proben stattfänden, weswegen dieser Ort zu dieser Zeit sicher sei.

Leah lenkte ihren Rollstuhl zur Mitte der Bühne, atmete tief ein und hob dann ihren Blick zu den Anwesenden. »Guten Tag, ich bin Leah Mirana, es freut mich sehr, Sie alle hier zu sehen.«

Sie erkannte Sigmund Valentin, der ihr zunickte. Er war ihre größte Sorge gewesen, weil sie ohne ihn gar nicht erst anzufangen brauchten. Gleich würde sie alle um einen Gefallen bitten, der unbezahlbar war. Bei diesem Gedanken schlug ihr Herz vor Aufregung schneller. Sie nahm an, dass jeder den Mann schätzte und respektierte, der gerettet werden musste, aber was würden sie tatsächlich auf sich nehmen, um dabei zu helfen? Das Gelingen dieser Rettungsaktion lag in vielen Händen.

»Wie Sie alle wissen, ist es sehr wichtig, dass dieses Treffen und alles, was folgt, im Geheimen geschieht. Ich kann Ihre Arbeit nicht bezahlen, Ihnen nicht versprechen, dass es funktionieren wird, aber ich will es versuchen, weil es das Einzige ist, was ich tun kann, um alles wiedergutzumachen.«

Sie griff in den Rucksack, der seitlich am Rollstuhl hing, und holte die Unterlagen hervor.

»Wir haben nicht viel Zeit«, sagte sie und winkte Sigmund Valentin zu sich heran. »Sie wissen, was das ist?«

Der Choreograf nahm die Mappe entgegen und nickte. »Ist Ihnen bewusst, wie schwer es werden wird, zu verheimlichen, was wir hier tun?«, merkte er kritisch an.

»Mir ist bewusst, dass ich Ihnen sehr viel abverlange, das für Sie vielleicht nicht im Verhältnis zum Ergebnis stehen wird.«

»Nicht im Verhältnis?«, wiederholte Jana Kaufmann. »Jeder von uns wird am Ende stolz sein, einen Teil dazu beigetragen zu haben. Ich war so frei, schon einmal einen Plan aufzustellen, was bis wann fertig sein muss, damit wir nicht zu viel Zeit verlieren, wenn wir etwa in andere Räume ausweichen müssen, um nicht aufzufallen. Und ich habe ebenfalls schon notiert, wen wir zusätzlich mit ins Boot holen müssen, um uns den Rücken freizuhalten.« Sie ging herum und verteilte die Zettel. »Wenn euch noch andere einfallen, die ebenfalls helfen könnten, dann sagt ihnen bitte, wie bedeutend die Geheimhaltung ist.«

Loyalität und Anerkennung stand diesen Menschen deutlich ins Gesicht geschrieben – dies war nicht nur der richtige Weg, es waren auch genau die richtigen Personen, um ihn gemeinsam zu gehen. Ein leises Gemurmel entstand, als erste Absprachen getroffen wurden, und Leah fiel ein tonnenschwerer Stein vom Herzen.

»Stimmt es, was wir gehört haben?«, fragte plötzlich eine Frau, die in der Mitte der Gruppe stand. »Sind Sie schuld an seinem Zustand?«

Leah senkte kurz den Blick und nickte. Dann hob sie den Kopf und sagte entschlossen: »Wahrscheinlich ist es nur fair, wenn ich Ihnen die ganze Geschichte erzähle, bevor Sie sich entscheiden, mir zu helfen. Aber es ist eine lange Geschichte.«

Die Frau, die die Frage gestellt hatte, Jana Kaufmann, Sigmund Valentin und all die anderen setzten sich nach und nach in einem Halbkreis um Leah herum auf die dunklen Bretter der Bühne. Ein klares Zeichen, dass sie ja nichts auslassen sollte, egal, wie lange es dauern würde.

Nach allem, was Leah erlebt hatte, war sie sich nicht sicher, wie viel sie erzählen durfte, aber es schien ihr nicht der richtige Moment zu sein, etwas auszulassen.

»Nun, alles begann im Februar, und ich war ganz neu in der Stadt …«

OPER BEVERLYNN

Vorgeschichte

Zwei wohlhabende Städte, Ivelynn und Beverly, sind durch eine undurchdringbare Finsternis voneinander getrennt. Die Einwohner wissen nicht viel über die Menschen in der jeweils anderen Stadt. In Ivelynn lebt Indigo, ein junger Freigeist, der sich fragt, was sich hinter den Stadtgrenzen befindet, aber jeder Versuch, in die Finsternis herauszutreten, endet damit, dass die Finsternis auf ihn abfärbt und er sich schnell wieder ins Licht zurück retten muss. Er findet heraus, dass man von weit oben über die Finsternis hinwegsehen kann. Viele Tage sitzt er auf dem Dach des höchsten Gebäudes von Ivelynn und sieht hinüber, fasziniert von den ganz anderen Farben, die in Beverly vorherrschen. Dann, eines Tages, entdeckt er eine junge Frau, Karmesin, und von da an ist er besessen von dem Wunsch, sie kennenzulernen.

Indigo setzt sich zum Ziel, erst Ruhe zu geben, wenn er einen Weg zu ihr gefunden hat.

LEIPZIG

3. Februar 2018, Samstag

Manchmal kam Leah ihr Leben irreal vor. Eigentlich immer dann, wenn sie es schaffte, zwischen der vielen Arbeit den Kopf zu heben, um sich im Alltag umzusehen. So wie jetzt in ihrer neuen Wohnung auf Zeit. Es würde ihrer Beziehung guttun, dass sie nun zwischen Frankfurt, wo sie mit Peer lebte, und Leipzig pendeln musste. Auf diese Weise bekam Peer nicht mehr mit, wie viele Überstunden sie anhäufte – oder dass sie jede davon gerne machte. Als ihr Vorgänger alles hingeschmissen hatte und gegangen war, hatte ihr Boss, Diplom-Ingenieur und Architekt Ludger Leonhardt, ihr persönlich den Posten angeboten. Von der Fachplanung in Frankfurt zur Bauleitung nach Leipzig, das war genau das, was sie machen wollte. Es bedeutete, mehr Verantwortung und tatsächlich auch dabei zu sein, wenn ein Gebäude entstand.

Dass sie dafür nach Leipzig musste, war zwar nicht geplant gewesen, aber das eine Jahr war ein überschaubarer Zeitraum. Nach der Schlüsselübergabe für das siebenstöckige Bürogebäude würde sie sich ihr Gepäck schnappen und wieder nach Hause fahren. Leah sah zum cremefarbenen Koffer, den sie noch nicht geöffnet hatte. Die Firmenwohnung war klein, aber dafür lag sie sehr zentral in der Innenstadt, keine zwanzig Gehminuten vom Büro entfernt. Die Möbel waren akzeptabel, auch wenn Weiß nicht Leahs Farbe war.

Seit Nadine Fröhlich sie am Bahnhof eingesammelt und bei der Wohnung abgesetzt hatte, befand sich Leah in einer Art Vakuum. Alles, was von ihrer Arbeit noch nicht abgeschlossen gewesen war, hatte sie an Kollegen übergeben, und die neue Arbeit begann erst am Montag. Das heute war ihr erster richtig freier Tag seit Jahren. Ein Zustand, den sie zuletzt vor ihrem Architekturstudium erlebt hatte. Inzwischen war sie vierunddreißig und sehr ungeübt im Nichtstun.

Nadine Fröhlich hatte angeboten, sie im *Auerbachs Keller* zum Essen einzuladen, aber Leah hatte freundlich abgelehnt. Die Kollegin war sehr nett, Leah freute sich auf die Zusammenarbeit, aber sie wollte alle Kontakte lieber unverbindlich halten. Außer Arbeit sollte nichts Platz in diesem Leben finden, weil ihr Zuhause in Frankfurt war. Ihr Freund hatte mehrfach betont, dass er sie nur ungern gehen ließ, aber sie wusste, dass er kaum Gelegenheit haben würde, sie zu vermissen. Peer war Musiker und Produzent und nutzte die Zeit wahrscheinlich intensiv für die Studioarbeit mit irgendwelchen Branchengrößen. Dafür saß sie nun in dieser stillen Wohnung und vermisste ihn.

Leah fiel das Buch ein, das sich in ihrer Handtasche befand. *Der Ozean am Ende der Straße* von Neil Gaiman. Sie hatte es vor ein paar Tagen auf einer Parkbank gefunden. Auf der ersten Seite stand, man solle nach dem Lesen einen Kommentar auf den letzten Seiten hinterlassen und es wieder aussetzen.

Das letzte Buch, das sie gelesen hatte, war *Stolz und Vorurteil* von Jane Austen gewesen – gefühlt zum hundertsten Mal, weil es ihr Lieblingsbuch war. So sah es inzwischen auch aus, weswegen sie es in der Regel nur aus dem Koffer nahm, um es auf den Nachttisch zu legen. Die Erstausgabe begleitete sie seit achtzehn Jahren überallhin.

Sie nahm die Tasche, ihren Mantel, sperrte mit dem neuen Schlüssel ihre Wohnung ab, ging die Stufen der drei Stockwerke runter und trat wenig später auf die Straße. Die kurze Autofahrt vom Bahnhof hierher hatte Leahs Neugierde geweckt. Das alte *Astoria*-Gebäude direkt neben dem Hauptbahnhof, das einst ein prachtvolles Hotel gewesen sein musste, stand leer und war heruntergekommen. Sprayer hatten die Fassade verschandelt. Es sah aus wie eine Ruine, in der die Geschichte glomm wie die Restwärme nach einem Feuer. Für die Chance auf die Sanierung des *Astoria* würde Leah glatt ein weiteres Jahr dranhängen. Leider hatte ein Berliner Architekturbüro vor Kurzem den Zuschlag bekommen, angeblich sollten die Bauarbeiten bald beginnen; dann konnte sie wenigstens zusehen, wie es zu neuem Glanz erwachte.

Die Gegend um ihre neue Wohnung war schön. In der kleinen Kehre am Ende der Straße befand sich ein Hochbeet mit Skulpturen, die jetzt im Winter hinter Holzbrettern versteckt waren, um sie vor der Witterung zu schützen. Durch ein Tor ging es weiter zu einem kleinen Park. Leah entschied sich für die andere Richtung.

Jemand hatte auf dem Straßenschild zwei Pünktchen über das o der Bosestraße gemalt. Mit einem Grinsen zog sie ihr Smartphone aus der Tasche und machte ein Foto davon. Dann schlenderte sie weiter Richtung Zentrum. Es war 19 Uhr und schon lange dunkel, auf den Straßen und in den Fußgängerzonen herrschte reges Treiben. Letzte Einkäufe wurden getätigt, die Lokale füllten sich, Touristengruppen pilgerten durch die vielen Passagen der Messestadt. Leah hatte viel über Leipzig gelesen und eine lange Liste zusammengestellt, was sie alles sehen wollte, während sie hier war. Dazu gehörte auch der *Auerbachs Keller,* in den Nadine sie hatte einladen wollen.

Vor der Thomaskirche blieb Leah kurz stehen und sah zur Turmspitze hinauf. Mit Religionen konnte sie nicht besonders viel anfangen, aber die Bauwerke faszinierten sie. Besonders wenn sie daran dachte, wie alt viele von ihnen waren und wie mühselig das Erbauen gewesen sein musste. Diese spätgotische Hallenkirche war imposant. Der Turm war bestimmt siebzig Meter hoch, und der ungewöhnlich steile Neigungswinkel des Daches war eine spannende Besonderheit. Leah freute sich darauf, die Kirche von innen zu sehen, und hoffte, dass sie im Lauf des Jahres dort ein Konzert besuchen konnte.

Auf dem großen Marktplatz kreuzten sich die Wege der Abendschwärmer. Leah passierte ihn und entdeckte vor sich die Mädlerpassage. Das alte Messehaus mit der hohen Glasdecke und den mit Säulen verzierten Fassaden ließ sie begeistert einen Augenblick innehalten. Sie liebte die historisch geprägte Präsenz jener Bauwerke, die feste Bestandteile der Stadtgeschichte waren und sich von Neubauten nicht unterkriegen ließen.

Sie drehte sich einmal um die eigene Achse. Wie viele Generationen von Häusern hier in Leipzig zusammenwohnten! Eine große WG, in die Ludger sie kurzerhand hineingesteckt hatte. Bei diesem Gedanken musste sie grinsen.

Ihr Boss war mehr als nur ihr Arbeitgeber. Von Anfang an nahm er die Rolle eines Vaterersatzes ein. Ihr eigener Vater hatte sich immer im Schatten ihrer Mutter bewegt. Als Ludger sie unter seine Fittiche genommen hatte, stolz auf ihre Leistungen war und mit wohlwollender Strenge ihren Werdegang beeinflusste, hatte sie erstmals erfahren, wie beflügelnd Anerkennung sein konnte. Im Gegensatz zu ihren Eltern nahm Ludger auch Anteil an ihrem Leben. Er mochte Peer, sagte sogar, Peer sei das musische Gegengewicht zu ihrer verkopften Lebensweise. Damit hatte er wahrscheinlich sogar recht, aber Leah analysierte nicht so gern, warum das Leben mit Peer funktionierte.

Sie machte ein Foto von der Passage, sodass im Vordergrund die Bronzefiguren von Mephisto und Faust zu sehen waren, um es später Ludger zu schicken, und sah sich weiter um. Passanten eilten am Smartphone redend oder auf das Display schauend vorbei. Touristen rieben über die Füße von Faust, machten Fotos oder sahen die Steintreppen zum *Auerbachs Keller* hinunter. In solchen Momenten konnte Leah die Zeit förmlich fühlen. Wie relativ alles wurde, wenn man einen Ort betrat, der seit einer halben Ewigkeit existierte. In ihrer Vorstellung ließ sie eine Art Zeitraffer ablaufen, wie Menschen kamen und gingen, sich die Schaufenster der Läden änderten, aber die Passage blieb immer gleich.

Deswegen hatte Leah damals Architektin werden wollen. Um etwas zu erschaffen, das sie überdauern würde, das von Bedeutung war und ihr sagte, dass es etwas gab, auf das sie stolz sein konnte. Mit der Bauüberwachung des Jager-Projekts kam sie ihrem Ziel wieder einen Schritt näher.

Leah ging nun ebenfalls zu den Bronzefiguren von Faust und Mephisto und legte bei jeder eine Hand auf den Fuß. Im Internet hieß es, dass es Glück brächte, den Fuß von Faust zu reiben. Die Schuhspitze war von unzähligen Berührungen bereits ganz golden geworden. Leah rieb über beide Füße, als kleine Anerkennung, dass der Teufel an diesem Ort etwas Einzigartiges geschaffen hatte. Er musste die Finger im Spiel gehabt haben, weil Leipzig wie ein geschickter Verehrer war, der ihr ins Ohr flüsterte, dass sie in dieser Stadt auch Sanierungen alter, wundervoller Gebäude leiten könne. Etwas, das sie noch mehr reizte als das Großprojekt, das ihr anvertraut worden war.

Sie trat neben den Sockel, auf dem die Figuren standen, lehnte sich über das Steingeländer und sah die Kellertreppe hinunter. Wahrscheinlich würde gegen eine Verabredung mit Kollegen nichts sprechen, wenn sie es als Arbeitsessen deklarierte und es nicht zu persönlich wurde. Nadine Fröhlich hatte auf der kurzen Autofahrt mit ihr geredet, als würden sie sich schon ewig kennen und beste Freundinnen sein. Ungewöhnlich war, dass es Leah nicht gestört hatte, wie das sonst der Fall gewesen wäre. Die neue Kollegin hatte eine erfrischend positive Ausstrahlung.

Vielleicht nächste Woche.

Die Gewölbe des *Auerbachs Keller* waren geschichtsträchtig und hatten seinerzeit schon Goethe zum Verbleib angelockt und ihn zu seinem *Faust* inspiriert. Leider war der große Saal derzeit geschlossen, weil das Parkett nach einem Wasserschaden erneuert werden musste.

Ein paar Meter weiter befand sich die Bar *Mephisto,* die mit zum *Auerbachs Keller* gehörte und von außen ebenso geschichtsträchtig wirkte. Leah trat durch die Tür und lächelte. Das war, was sie gesucht hatte: eine helle, gemütliche Bar mit Fotografien an den Wänden, Büchern auf dem umlaufenden Regal, einem gemalten Teufel über dem Kronleuchter an der Decke und einer Mischung aus Art déco und Gangsterehre der Fünfzigerjahre. Zwei Stufen führten an einer Seite der Bar zu einem Podest, auf dem Leah einen freien Tisch an der Wand ansteuerte. Keine zehn Leute saßen an den Tischen oder am Tresen. Leah legte ihre Sachen neben sich auf die Bank, schlug die Karte auf und las sich das Cocktailangebot durch.

Die Tür ging auf, und eine Gruppe setzte sich laut redend an einen der unteren Tische, ein einzelner Mann besetzte den Tisch neben ihr und ein Pärchen den am Fenster. Als habe Leipzig ein Einsehen mit dem Wirt gehabt und eine Handvoll Menschen in die Bar getrieben.

»Was darf ich Ihnen bringen?« Die rote Krawatte zum weißen Hemd und den schwarzen Hosenträgern warf in Leah die irrwitzige Frage auf, ob der Kellner wohl Charleston tanzen konnte.

»Einen Cosmopolitan bitte.«

»Sehr wohl.« Geschäftig ging der Kellner zum Nachbartisch und nahm auch dort die Bestellung auf. Irish Coffee, das war mal was anderes zu später Stunde. Leah warf einen Blick auf den Gast.

Der Mann las eine Zeitung, was ihn in seinem guten Anzug und mit der akkuraten, leicht von Grau durchzogenen Frisur wie für die Bar hindrapiert aussehen ließ. Als wäre er ebenfalls aus einer anderen Zeit. Dagegen sah Leah in ihrem schwarzen Businesskostüm eher deplatziert aus. Wie eine Brokerin, die sich auf dem Weg zur After-Work-Party verlaufen hatte. Um ihr Outfit wenigstens etwas aufzulockern, zog sie das Haargummi aus ihren glatten schwarzen Haaren.

Plötzlich donnerte es, als zöge ein Gewitter durch die Bar. Das Licht flackerte, Kunstnebel kam aus der Decke und umwaberte Mephisto, während über der Bar ein Bild wackelte und irgendwo der Teufel erschreckend laut lachte.

Die Stammgäste quittierten die Show mit einem Lächeln, die anderen Gäste lachten begeistert und teils erschrocken auf und sahen sich genauso erstaunt um wie Leah.

Gut, ich habe mein neues Stammlokal gefunden.

Zufrieden zog sie ihr Buch aus der Tasche. *Der Ozean am Ende der Straße.*

Peer hatte vor der Abreise gesagt, dass er ihre Meinung zu dem Buch wissen wollte, was ungewöhnlich war, weil sie ihn, solange sie ihn kannte, nur sehr wenige Bücher lesen gesehen hatte. Als sie es nun aufschlug und eine Karte herausfiel, ahnte sie, woher sein Interesse kam. Er musste die Karte in das Buch hineingeschmuggelt haben.

Leah hob sie auf, öffnete sie und las.

Liebe Leah,
du hast gesagt, ich solle dich niemals mit einem Antrag überraschen, bei dem du dich spontan entscheiden müsstest. Ich weiß, dass du glaubst, ein Trauschein sei für unser Zusammenleben nicht erforderlich. Aber jetzt sehen wir uns ein Jahr lang nur an den Wochenenden, an denen ich jedoch nicht die ganze Arbeit wegdrücken kann. Ich weiß, dass wir das locker schaffen, weil ich dich liebe. Heute weiß ich mehr als je zuvor, dass ich mit dir alt werden will. Der Rocker und die Powerfrau. Also, was sagst du? Reicht dir die Zeit bis zum Wochenende, um darüber nachzudenken? Willst du meine Frau werden?

Darunter standen drei Kästchen mit den Beschriftungen: *Ja, Nein, Vielleicht.*

»Bitte sehr, Ihr Cosmopolitan.« Der Kellner stellte den Drink vor ihr ab, drehte sich um und nahm ein langstieliges Glas mit dem Irish Coffee für den anderen Gast vom Tablett.

Heiraten? Überfordert mit dieser unerwarteten Frage, lauschte sie dem kurzen Wortwechsel, der sich um die Wohltat eines Heißgetränks bei diesem miesen Wetter drehte. Der Februar brachte eine unangenehme Kälte mit, und am heutigen Abend schien er Leipzig einfrieren zu wollen. Leider war das nur eine kurze Ablenkung, die nicht ausreichte, den Antrag auf der Karte wegzuschieben.

Leah trank von ihrem Cocktail und ließ Peers Worte auf sich wirken, aber ihr Bauchgefühl zeigte keine eindeutige Tendenz. Sie liebte Peer, das stand außer Frage, aber mussten sie deshalb heiraten? Sie hatte ihm mehrfach gesagt, dass sie es hassen würde, sollte er sie je mit einem Antrag in Verlegenheit bringen. Jedes Mal, wenn im Freundeskreis mit einer großen Geste ein Ja erzwungen wurde, hatte sie sich darüber ausgelassen, wie schrecklich sie das fände.

Romantik war etwas für Gefühlsmenschen, die über spontane Entscheidungen nicht hinausdachten. Es gab alte Fotos ihrer Eltern, die davon zeugten, dass sie vor Leahs Geburt ein paar schöne Momente miteinander gehabt hatten. Aber schon als Kind hatte Leah die Ehe ihrer Eltern unbewusst mit einem Gefängnis verglichen. Und später hatte sich dieses Bild verfestigt: Die Ehe war ein Konstrukt, aus dem keiner mehr ausbrechen konnte und deshalb seine Unzufriedenheit als *unmoralischen Kompass* einsetzte. Jeglicher Spaß wurde attackiert und vernichtet. Was bei ihren Eltern wohl ohne Trauschein passiert wäre? Wäre ihr Vater dann einfach gegangen? Eine Scheidung war nie infrage gekommen – eine Einstellung, die sie bis heute nicht verstehen konnte.

Weitere Gäste kamen und besetzten die restlichen freien Tische. Anscheinend war eine Veranstaltung in der Nähe zu Ende gegangen und entließ die Besucher nun in das Leipziger Nachtleben.

Am liebsten hätte Leah eine Umfrage gestartet, ob die Mehrheit eher Ja oder Nein auf ihrer Karte ankreuzen würde, was bescheuert war, weil niemand sie oder Peer kannte, aber sie fühlte sich nicht in der Lage, die Entscheidung allein zu treffen.

Überhaupt hasste sie diese Frage. *Willst du meine Frau werden?*

Einmal gestellt, konnte man diese Worte nicht mehr zurücknehmen. Sagte sie Ja, würde sich alles nur noch um die Vorbereitungen der Hochzeit drehen. Sagte sie Nein, würde er enttäuscht sein, was sich sicherlich als fetter Schatten über ihr Zusammenleben legte. Und niemand kreuzte Vielleicht an, weil sie keine pickeligen Teenager mehr waren, die sich mit so etwas abspeisen ließen.

Dann eben Ja, dachte sie, holte einen Kugelschreiber aus der Tasche und setzte ihn in einer Ecke des Ja-Kästchens an. Diese Entscheidung musste sie jetzt treffen, weil Peer irgendwann danach fragen würde und sie ihn dann nicht mit Gestammel enttäuschen wollte. Sie waren seit zwei Jahren ein Paar, hatten Spaß miteinander und gaben einander den Freiraum, den jeder brauchte. So verschieden sie waren, das gemeinsame Leben fühlte sich schön und sicher an.

Aber als Leah das Kreuz ziehen wollte, kam keine Farbe aus der Mine. Die kleine Kugel an der Spitze drückte lediglich eine dünne Vertiefung in die Pappe, mehr passierte nicht.

Sie sah zur Seite, wo der Mann die Zeitung umblätterte.

»Verzeihung, haben Sie einen Kugelschreiber?«

Er sah nicht mal zu ihr hin. »Und was noch? Meine E-Mail-Adresse? Oder Telefonnummer?«

Perplex hob sie die Augenbrauen. Entweder wurde dieser Mann unverhältnismäßig oft gestört, oder er war einfach unfreundlich.

»Ein Kugelschreiber würde mir wirklich reichen.«

Er seufzte und sah sie endlich an. Als er die Karte auf ihrem Tisch bemerkte, entspannten sich seine Gesichtszüge. »Entschuldigen Sie, ich dachte, Sie wären eine von den Musikstudenten.« Sie nahm es als Kompliment, dass er sie noch für so jung hielt; wenn sie sich die anderen Gäste ansah, war diese Annahme wahrscheinlich gar nicht so abwegig.

Er langte unter sein Jackett und zog einen Montblanc-Füller hervor. »Bitte sehr.«

Leah hob abwehrend die Hände. »Füller verleiht man nicht, das ist wie mit Büchern.«

»Tatsächlich? Warum? Es ist doch nur ein Füller.«

Leah hütete drei Dinge wie die wertvollsten Schätze auf der Welt. Das waren ihr Füller, der einen festen Platz in ihrer Aktentasche besaß, die besagte Erstausgabe von *Stolz und Vorurteil* und der schmale Brillantring ihrer Großmutter, den sie am rechten Ringfinger trug.

»Es ist ein Montblanc.«

»Ach, das ist auch nur Plastik mit etwas Edelstahl. Nehmen Sie schon.«

Sie nahm den Füller entgegen und drehte ihn zwischen ihren Fingern. »Das ist kein Plastik, sondern Edelharz. Er hat eine Goldfeder und eine individuelle Nummer, hier, sehen Sie?« Leah hielt dem Fremden seinen Füller hin und deutete auf den Goldring in der Mitte. »Wenn Sie viel damit geschrieben haben, ist die Feder auf Ihre eigene Stifthaltung und Schreibweise eingeschrieben. Es spricht für Sie, dass Sie anscheinend keinen Wert auf Statussymbole legen, aber etwas Wertschätzung für dieses gute Stück wäre angebracht.«

»Wie kommt es, dass Sie so viel über Montblanc-Füller wissen?« Er nahm den Füller wieder entgegen und steckte ihn ins Jackett zurück. Dabei fiel Leah der Ehering auf, den er am Finger trug.

»Ich habe als Jugendliche in den Ferien mein Taschengeld mit einem Handlangerjob in der Werbeagentur aufgebessert. Eine Woche lang habe ich Ausdrucke zurechtgeschnitten und Bristolkarton mit Montblanc-Anzeigen beklebt. Dabei habe ich ein bisschen was aufgeschnappt … Manches vergisst man eben nicht.«

Der Mann grinste. Er war älter als sie, wahrscheinlich Mitte vierzig. Er strahlte Selbstsicherheit und gleichzeitig Zurückhaltung aus. Seine Kleidung wirkte hochwertig, aber nicht extravagant. Im Grunde war von Schürzenjäger bis Philanthrop alles möglich. Nur dass er sich nicht wie ein Schürzenjäger benahm. Mit seinen wachen Augen sah er sie interessiert an – vielleicht hatte ihm gefallen, was sie gesagt hatte.

»Nun, dann tut es mir leid, dass ich Ihnen nicht behilflich sein kann«, sagte er bedächtig und widmete sich wieder der Zeitung.

Leah zuckte mit einer Schulter. »Ich sehe es als Zeichen, die Sache später zu erledigen.«

Sie legte die Karte in das Buch zurück. Manche Entscheidungen durften nicht mit dem Kopf gefällt werden. Bis zum Telefonat mit Peer würde sich das Bauchgefühl hoffentlich eindeutiger äußern. Nein, es sollte sich eher umorientieren, weil es sich im Grunde sehr deutlich gegen die Ehe aussprach.

Leah wollte Peer nicht heiraten, weil es das Richtige war oder weil sie schon so lange zusammenlebten, sondern weil sie aus tiefster Überzeugung den Rest ihres Lebens mit ihm verbringen wollte. Das Problem war, dass die Zukunft für sie ein schwammiges Nichts war. Privat dachte sie nie über die nächsten Wochen hinaus. Ihr Planungsgeschick setzte sie für Dinge ein, die auch tatsächlich planbar waren. Wie für ihre Arbeit, Finanzangelegenheiten oder Urlaube. Es war schwer genug, die Balance zwischen Arbeit und Privatleben zu meistern und die eigenen Bedürfnisse irgendwie mit allem in Einklang zu bringen. Sie war nicht bereit, sich in ein Kleid zu zwängen und ein Versprechen zu geben, das sie vielleicht gar nicht halten konnte. Ähnliches galt auch für Peer. Er war Musiker, was mit Impulsivität, Leidenschaft und euphorischen Bekanntschaften einherging. Ihre Beziehung kam ihr wie ein gemeinsames Leben auf Zeit vor, das schöner kaum sein konnte.

Sie nahm das Buch zur Hand und schlug die erste Seite auf. Sie hoffte, dass die Geschichte sie genug ablenken würde, aber ihre Gedanken schweiften schon nach wenigen Sätzen immer wieder ab, sodass sie das meiste mehrfach lesen musste. Nach ein paar Minuten schob sie es frustriert von sich und widmete sich lieber voll und ganz dem Cocktail.

Dass sie nichts zu tun hatte, kam in ihrem Leben so gut wie nie vor, und so breitete sich Peers Antrag ungehindert in ihrem Kopf aus. Leah hatte nichts, was sie dagegen tun konnte. Selbst wenn sie in ihre kleine Wohnung zurückgehen und ihren Koffer auspacken würde, warteten danach noch Stunden des Gedankenkarussells, bis sie endlich einschlafen könnte.

Sie sah zur Seite und betrachtete erneut den Mann mit dem Füller. Er hatte diese typischen Wangenfalten, die sich vertieften, wenn man lachte. Die dunkelbraunen, von Grau durchzogenen Haare waren recht kurz, mit einem Pony, der leicht zerzaust aussah, weil er sich wahrscheinlich öfter mit der Hand an die Stirn fasste. Ein sympathischer Mann, der wahrscheinlich Professor an der Uni war – warum sonst sollten Musikstudenten ihn in einer Bar ansprechen?

Bevor sie darüber nachdenken konnte, ob sie ihn in tiefen Gedanken störte, wandte sie sich erneut an ihn: »Dürfte ich Ihnen eine ungewöhnliche Frage stellen?«

»Sie meinen, noch eine? Die Bitte um Erlaubnis für eine ungewöhnliche Frage ist schon ungewöhnlich an sich.« Ja, Musikprofessor passte perfekt zu dem Mann.

Sie neigte amüsiert den Kopf als Andeutung einer Verbeugung. »Touché.«

»Bitte, fragen Sie«, forderte er sie auf.

»Würde es Ihnen etwas ausmachen, sich zu mir zu setzen und mit mir über Dinge wie Füller weiterzureden?« Diese Idee war so spontan, dass Leah sich beim Sprechen schrecklich albern vorkam. »Also nur über die einfachen Dinge des Lebens, mehr nicht.«

»Sie meinen: nicht darüber, wer ich bin oder wer Sie sind, warum Sie den Kellner nicht nach einem Kugelschreiber fragen oder andere persönliche Sachen?«

Ein Lächeln stahl sich auf ihr Gesicht. »Ja, genau das. Ein Gespräch, ohne etwas Persönliches von sich zu verraten«, antwortete sie und machte eine einladende Handbewegung.

Er nahm seinen Irish Coffee an der Untertasse, wechselte den Platz und hielt ihr eine Hand entgegen. »Ein sehr willkommener Vorschlag, etwas Zerstreuung wäre schön.«

»Finde ich auch«, sagte sie.

Seine Hand war angenehm warm und kräftig. Doch in dem Augenblick, als Leah ihn ansah, passierte etwas, das sie vollkommen sprachlos machte. Es hätte donnern oder der Teufel lachen müssen – auf einmal schlug ihr Herz rasend schnell. Sie hielt seine Hand ein paar Sekunden zu lange fest. Die Art, mit der er ihren Blick erwiderte, sagte ihr, dass auch er es gespürt hatte. Wie eine elektrische Entladung, die erst endete, als sie den Kopf senkte und ihre Hand zurückzog. So etwas hatte sie noch nie erlebt, was irritierend und aufregend zugleich war.

»Wie wäre es, wenn wir uns Namen geben, etwa Johnny und June?«, sagte sie schnell. »Ich mag es lieber, wenn mein Gegenüber einen Namen hat.«

»Das ist die beste Idee, die ich heute gehört habe – und glauben Sie mir, ich musste viele hören.« Er tippte auf die Untertasse und wiederholte die Namen. »Johnny und June.«

Erst jetzt fiel ihr auf, dass er die Namenswahl durchaus missverstehen könnte. »Damit meine ich selbstverständlich nicht, dass wir dieses berühmte Paar nachspielen sollen. Ich bin –«

Er hob bittend eine Hand, was sie mitten im Satz innehalten ließ. »Johnny Cash und June Carter waren herausragende Künstler, ich denke, das, was sie miteinander verband, kann man nicht nachspielen.« Er nahm sein Glas in die Hand wie zum Toast. »Ich kann mir vorstellen, was Sie mir gerade sagen wollten, aber das ist nicht notwendig … Auf unsere Namenspaten und die einfachen Dinge des Lebens.«

Sie nahm ihr Glas und nickte zustimmend, dann tranken sie je einen Schluck.

»Sie haben also den Film *Walk the Line* gesehen? Ich meine ja, Sie sind ein wenig zu jung für diese Musik.« Zwischen ihnen mochten gut zehn Jahre liegen, was reichte, um in einer gänzlich anderen Zeit groß geworden zu sein.

»In den letzten Jahren hat sich mein musikalischer Horizont sehr erweitert. Ich bin ein regelrechter Songtext-Junkie geworden. Meine Favoriten sind die Werke von Johnny Cash, und natürlich auch von Tom Petty und Bob Dylan. Es ist faszinierend, was für ein Kunstwerk ein Song sein kann. Angefangen bei der Komposition bis zum Text, der bestenfalls eine Geschichte erzählt oder Emotionen in Worte kleidet.«

Johnny fasste sich an die Stirn und strich über den Haaransatz. »Das ist mal eine angenehme Abwechslung. Die meisten Menschen hören gar nicht richtig hin.«

»Ich weiß. Sie singen Songs wie *Horny* oder *Sweat* lauthals mit, ohne zu wissen, was sie da gerade von sich geben. Ich meine, wären die Texte auf Deutsch, würde keiner singen: ›Mädchen, ich will dich zum Schwitzen bringen, schwitzen, bis du nicht mehr schwitzen kannst.‹« Songtexte waren eines ihrer Lieblingsthemen. Seit Peer sie durch seine Arbeit und Leidenschaft in die Welt des Songwritings eingeführt hatte, war sie regelrecht verliebt in einige Texte. »Oder *Copacabana*«, fuhr sie fort. »Jeder kennt den Refrain, singt ihn fröhlich mit, aber was für eine todtraurige Geschichte erzählt wird, wissen die wenigsten.«

Es war gar nicht so einfach, ein Gespräch zu führen, ohne etwas über sich zu verraten. Der typische Small Talk über »Was machen Sie hier in Leipzig?«, »Sind Sie öfter hier?« oder »Was arbeiten Sie?« fiel weg. Gleichzeitig kam es ihr so vor, als öffnete sich dadurch eine ganz andere Tür, hinter die sie noch nie geschaut hatte.

Johnny nickte begeistert. »Wie wahr. Ich bewundere Künstler, die komplexe Gedanken zu außergewöhnlichen Songtexten verdichten können. Mir hingegen fällt es schwer, einen Brief zu schreiben, der den Empfänger nicht schon nach der Begrüßung langweilt.«

Das konnte sich Leah nicht vorstellen, sie fand ihren kurzen Wortwechsel bereits unsagbar spannend. Verlegen sah sie zur Seite und entdeckte in der Mitte der Bar ein Klavier. »Es ist wirklich schade, dass heute keine Livemusik gespielt wird.«

Er sah kurz über die Schulter. »Doch, das geht immer erst um 21 Uhr los.«

Leahs Armbanduhr zeigte 20:39 Uhr an, so lange wollte sie auf jeden Fall noch bleiben.

»Warum eigentlich *Das Mephisto?*«, warf sie einen anderen Gedanken ins Gespräch. »Ich meine, bezieht sich der Artikel auf *das* Bar, *das* Teufel oder *das* Lokal?«

Nun lachte Johnny, was warm und sympathisch klang. »*Die Mephisto* ohne Bar würde sich wohl zu seltsam anhören. Ich habe mir noch nie Gedanken drüber gemacht, weil alle immer *ins Mephisto* gehen. So geht es also Leuten, die Songtexte nicht beachten, obwohl sie Teile davon mitsingen.«

Leah stimmte in sein Lachen ein. In Johnnys Gesellschaft empfand sie eine angenehme Gelassenheit, während gleichzeitig eine kitzelnde Aufregung in ihr loderte.

Leah war schon öfter in jemanden verliebt gewesen, aber diese Begegnung fühlte sich anders an. Irgendwie gesetzter, als säße sie mit jemandem am Tisch, mit dem sie schon ihr Leben lang verbunden war. Deswegen würde sie ihm auch nicht ihre Nummer geben. Verlieben ging schnell, dafür setzte man nicht gleich seine Beziehung aufs Spiel. Vor allem, da der Auslöser für diese irritierenden Gefühle eine dämliche Karte war. Sie war sich sicher, dass ihr Herz nur deshalb in der Nähe des Fremden so klopfte, weil der Antrag Fluchtgedanken in ihr ausgelöst hatte. Als müsste sie sich selbst beweisen, dass sie sich auf keinen Fall fest binden dürfe.

Leah mochte dieses Kribbeln und das Gefühl, für andere interessant zu sein, ohne es darauf anzulegen. Es waren kleine Begegnungen, die ihr ein Lächeln schenkten – mehr nicht.

Sie redeten weiter über kleine Alltagskuriositäten und unnützes Wissen, wie zum Beispiel, dass die Angst vor der Hölle Stygiophobie hieß.

Dann kamen ein Pianist und ein Geiger und begannen zu musizieren. Als Erstes spielten sie *Mack the Knife,* was Leah an ihre Kindheit denken ließ. Das war eine der wenigen Melodien, die sie neben *Mary hat ein kleines Schaf* und *Bruder Jakob* auf dem Klavier spielen konnte. Für ihre Mutter war Leah eine riesige Enttäuschung gewesen, weil sie absolut kein Talent fürs Musizieren besaß. Ebenso wenig fürs Ballett oder diverse Sportarten. In ihrem Elternhaus standen keine Pokale, und keine Urkunden oder Medaillen hingen an den Wänden. Eine Siegerurkunde in dreizehn Schuljahren – Leah selbst hatte außer der Liebe und Anerkennung ihrer Mutter niemals etwas vermisst.

»Was hören Sie noch für Musik?«, sagte Johnny und holte sie mit seiner Frage zurück in die Gegenwart.

»Nun, alles, würde ich sagen. Allerdings mit Einschränkungen. Und Sie?« Seinem Aussehen nach tippte sie auf Klassik, vielleicht noch Jazz oder Funk. Anscheinend deutete er ihren Blick genau richtig.

»Was denken Sie denn, was ich am liebsten höre?«, forderte er sie amüsiert heraus.

Verlegen zog sie die Schultern an. »Keine Ahnung, Klassik vielleicht?«

Mit einem Grinsen breitete er die Arme aus und sah an sich hinab. »Was das betrifft, laufe ich wohl herum wie ein offenes Buch.«

Leah winkte ab. »Sie haben vorhin von Musikstudenten gesprochen. Ich habe nur eins und eins zusammengezählt.«

Er nickte anerkennend. »Sie sind eine gute Zuhörerin. Aber es wird Sie überraschen, dass ich auch gern Metal und Rock höre. Mit den Radiocharts kann ich nicht so viel anfangen.«

Es war schwer vorstellbar, dass dieser vornehm gekleidete Mann irgendwo saß und Metal hörte. »Welche ist Ihre Lieblings-Metalband?« Diese Frage musste sie einfach stellen, obwohl es nicht sehr nett war, dass sie ihn testete. Wenn er Metallica sagte, sprach es dafür, dass er einen bekannten Namen heranzog.

Einen solchen Schwindel, selbst wenn er sich damit interessanter machen wollte, würde sie ihm durchgehen lassen. In einer Stunde musste sie eh spätestens gehen.

»Blind Guardian«, sagte er, ohne lange zu überlegen. »Ich finde die Idee sehr interessant, Stücke zu bekannten Romanen zu komponieren. Übergreifende Kunst begeistert mich.«

Übergreifende Kunst. Das war nun auch etwas Neues, auf das sie zukünftig mehr achten würde. Sosehr sie es sich gewünscht hatte: Dieser Mann war keine Mogelpackung, was die Unverbindlichkeit langsam beiseitedrückte.

Wenn das Jahr um war, wollte sie in Leipzig die Zelte abbrechen können, ohne leere Versprechungen zurückzulassen. Nun saß dieser Mann vor ihr und weckte in ihr den Wunsch, dieses Gespräch möge nicht das letzte sein. Selbst wenn sie nur Freunde blieben, würde dadurch vieles komplizierter werden. Deshalb musste sie eisern bleiben, bis sie gegangen war.

»Oje, habe ich Sie aus dem Konzept gebracht?« Er trank den letzten Schluck seines Irish Coffee.

»Tut mir leid, ich schätze, ich bringe mich selbst ständig aus dem Konzept«, antwortete sie ausweichend.

»Also gehören Sie zu den Menschen, deren Kopf niemals Ruhe gibt?« Mit einer Hand schob er das leere Glas zur Seite und stützte sich mit den Ellbogen auf der Tischplatte ab.

»Ja, das kann ich wohl nicht leugnen. Die Assoziationen kommen ganz von allein, und am Ende muss ich meine Gedanken ganz woanders einsammeln.«

Leah sah auf seine Finger und fragte sich, ob sie bei der Verabschiedung noch einmal dieses Kribbeln verursachen würden. Solange nichts Schlimmeres passierte und Peer nichts davon wusste, war es nur ein kleiner Energieschub für ihr Ego.

»Oh, ist das nicht *Steuermann?*«, sagte sie, als sie das nächste Stück hörte.

»Das stimmt. *Steuermann, lass die Wacht* aus *Der fliegende Holländer*. Die wenigsten Menschen erkennen dieses Stück an den ersten Noten. Gehen Sie gern in die Oper?«

Es wunderte sie nicht, dass er den Titel des Stücks komplettierte und den Namen der Oper anfügte. Ihr letzter Opernbesuch war nur einen Monat her. »Eigentlich schon, aber ich mag nicht, was die meisten Intendanten aus den alten Stücken machen. Ich meine, da hat man den schönen, klassischen Gesang und dann ein Bühnenbild, das innovativ und interpretationskreativ sein soll, aber am Ende doch alles ruiniert.« Das war etwas, das Leah tatsächlich ärgerte. »In der Regel sitze ich mittig auf dem Rang und habe die meiste Zeit die Augen geschlossen. Also wenn ich nicht gerade die Übersetzungen über der Bühne mitlesen muss.«

»Dann verpassen Sie aber das Beste«, sagte er gespielt entrüstet.

»Das Beste ist für mich das Klangerlebnis, das entsteht, wenn Profis mit ihren außergewöhnlichen Talenten zusammenarbeiten. Manchmal gucke ich auch nur den Musikern zu, wenn mich das Bühnenbild aufregt.«

Johnny verlagerte das Gewicht auf einen Unterarm und zeigte mit seinem Grinsen, dass es ihm Vergnügen bereitete, dieses Thema zu vertiefen. »Vielleicht haben Sie die Intention des Bühnenbildes nur nicht verstanden?«, hielt er provokant dagegen.

»Meine Eltern haben nur Klassik und besonders ihre Lieblingsopern gehört. Ich bin mit Verdi, Wagner und Puccini aufgewachsen. Als ich sechs Jahre alt war, haben sie mich erstmals mit in die Oper genommen. Es war *Rheingold* gewesen. Schwere Kost für ein kleines Mädchen, aber da ich die Stücke in- und auswendig kannte, war das Geschehen auf der Bühne das Eindrucksvollste, was ich in meiner gesamten Kindheit gesehen hatte.« Ihr fiel auf, dass sie nun doch etwas Persönliches über sich erzählte, aber das sagte ja noch lange nichts darüber aus, wer sie war.

»Meine Familie wohnt im Norden, wenn ich sie besuche, gehen wir an einem Abend immer in die Staatsoper. Aber was soll ich sagen? Dort wurde Othello von einem weißen Sänger gespielt, der darüber sang, wie es sei, schwarz zu sein, bis er dann endlich auf einem *Baukran* verendet ist. Madame Butterfly soll sich ihr Kind nur eingebildet haben, das von einer Puppe dargestellt wurde. Am Ende wurde die Puppe umgestoßen, und der Kopf rollte über die Bühne. Sorry, aber der Gesang war so fantastisch, das Orchester zum Niederknien – da ist es besser, die Augen zu schließen. Von der Muse im Rollstuhl rede ich gar nicht erst.«

Johnny dachte nach, was wieder zu dem Tippen gegen die Untertasse führte.

»Ich verstehe nur nicht, warum man keine neuen Opern wählt, wenn man unbedingt was Modernes inszenieren will«, ergänzte sie, um ihre Aussage etwas zu mildern.

»Eine Freundin würde jetzt ein berühmtes Zitat wiederholen: ›Es geht nicht um die Anbetung der Asche, sondern um die Weitergabe des Feuers.‹ Neue Interpretationen sind der respektvolle Umgang mit großen Werken, die eben nicht in Stein gemeißelt wurden, um immer gleich auszusehen.«

Das Zitat war gut. »Aber trotzdem verbindet man mit den bekannten Opern gewisse Erwartungshaltungen.«

»Das stimmt«, sagte er. Und so wie er sie dabei ansah, genoss er dieses Gespräch genauso sehr wie sie. »Das Problem sind die Klischees, die diesen Erwartungshaltungen zugrunde liegen. Die Themen sind zeitlos, weil es um Liebe, Macht oder Verrat geht. Weswegen sollten die Inszenierungen diese Zeitlosigkeit nicht nutzen, um sie dem Heute etwas anzupassen?«

»Nun, weil die Zuschauer sich auf romantische oder pompöse Bühnenbilder freuen und enttäuscht sind, wenn da plötzlich nur ein Baukran steht? Die Themen mögen zeitlos sein, aber die Opern sind alt und wurden nun mal so geprägt«, hielt Leah dagegen.

»Sie meinen, so wie nur alte, reiche Snobs die Oper besuchen?«

Nun musste sie grinsen. »Wissen Sie was? Ich werde bei meinem nächsten Opernbesuch versuchen, meinen Kopf gänzlich von Erwartungshaltungen frei zu machen, um mich unvoreingenommen auf die Inszenierung einzulassen. Sollten wir uns danach noch einmal wiedersehen, dann sage ich Ihnen, ob es für mich einen Unterschied gemacht hat.«

»Sie sollten hier in Leipzig in die Oper gehen, nächste Woche läuft *Nabucco,* die Inszenierung ist wundervoll.«

Sie betrachtete ihn und musste grinsen. Vielleicht arbeitete er auch in der Oper, möglicherweise als Musiker. Für einen Sänger war er zu introvertiert. Sie hatte schon viele Kreative in ihrem Leben kennengelernt. Es gab da diese unsichtbare Anziehungskraft, die auch jetzt wieder funktionierte.

»Das klingt gut, ich liebe *Nabucco*. Vielleicht schaffe ich es ja in eine Vorstellung. Ganz unvoreingenommen und offen für alles, was kommen mag.«

»Dann erzählen Sie mir, wie Ihnen die Oper gefallen hat, ja?«, sagte er und winkte den Kellner an den Tisch. »Möchten Sie noch etwas?«

Leah sah auf ihren Drink, den sie erst zur Hälfte getrunken hatte. »Nein, danke, nach diesem hier muss ich los.«

Er bestellte einen Whiskey Sour. »Glauben Sie an Schicksal?«, fragte er unvermittelt, als sie wieder alleine waren.

»Keine Ahnung. Ich denke, Dinge werden dann zur Tatsache, wenn sie passieren, weswegen es keine Rolle spielt, ob eine höhere Macht sie geplant hat.«

Johnny musste lachen. »Ich würde Ihnen gerne etwas vorspielen, aber mir ist bewusst, wie plump dieser Wunsch im gängigen sozialen Kontext erscheinen muss. Also, wie kann ich Ihnen beweisen, dass meine Absichten rein musikalischer Natur sind?«

Es war schwer, in seinen Augen zu ergründen, ob sich die Situation langsam in einen Flirt verwandelte. Wenn Männer beteuerten, keinerlei Hintergedanken zu haben, ging es meistens doch in eine unerwünschte Richtung.

»Die Musiker machen gerade Pause, zeigen Sie es mir hier, wenn es tatsächlich musikalischer Natur ist.« Bestimmt würde Johnny niemals auf diese Herausforderung eingehen. Bis jetzt war ihr Zusammentreffen geistreich gewesen; mit diesem guten Gefühl wollte sie zeitnah gehen.

Johnny drehte sich zum Klavier um. »Ich habe lange nicht vor Publikum gespielt, aber warum nicht.«

Zu ihrer Überraschung stand er auf, ging zum Barkeeper hinüber, der nach wenigen Worten die Musik ausschaltete, die er gerade erst angemacht hatte. Er freute sich offensichtlich über die spontane Einlage und kündigte stolz die Livemusik an, ohne jedoch Johnnys Namen zu nennen.

Leah nahm an, dass er ausdrücklich darum gebeten hatte. Eine Stimme in ihr fing an, Fragen über ihn zu stellen, die immer zahlreicher wurden. Wie ein großes Geschwisterkind, das so lange am Kinderwagen spielte, bis das Baby wach wurde und Hunger bekam.

Johnny setzte sich routiniert an das Klavier, legte seine Finger auf die Tasten und schloss die Augen. Die Musiker, die an der Bar etwas tranken, machten es sich gemütlich und sahen interessiert zu.

Dann spielte er.

Was leise begann, mündete in Höhen und Tiefen einer Geschichte, die gänzlich ohne Worte erzählt wurde. Wie durch einen Sog wurde etwas tief in Leah in Bewegung versetzt. Sie fühlte Sehnsucht, Leidenschaft und Fernweh.

Nach einer Weile wischte sie sich Tränen aus den Augenwinkeln. Die Melodien lockten sie hervor, sie konnte es nicht verhindern. Auch nicht das, was sie empfand, als sie Johnny dabei zusah, wie er versunken Note um Note spielte. Sie wollte zu ihm gehen, ihn festhalten, über seinen Kopf streichen und ihm Trost schenken, weil so viel Verletzlichkeit spürbar wurde. Von ihrem Platz aus sah sie ihn nur von hinten, aber sie konnte sich vorstellen, wie sich die Gefühle auf seinem Gesicht spiegelten.

Als Johnny den letzten Ton spielte, fuhr sich Leah schnell übers Gesicht und hoffte, dass sie keine geröteten Augen hatte oder die Schminke verwischt war. Sie weinte niemals vor anderen, außer in der Oper, wo es meist angenehm dunkel war. Klassische Musik berührte sie, bewegte sie und wollte sie mitziehen in eine Welt, die nun mal nicht ihre war.

Peer spielte hauptsächlich Rock oder Hardrock und produzierte Songs fürs Radio, die weniger anspruchsvoll waren. Musik, die

Spaß machte, aber irgendwo anders in ihrer Wahrnehmung ankam. Als der Musik Applaus folgte, sah Johnny als Erstes zu ihr. Alle in der Bar, Gäste, Angestellte und Musiker, klatschten. Nur ein paar Leute hielten nach wie vor ihr Smartphone in die Höhe und filmten. Leah klatschte auch, ergriffen und still. Johnny verbeugte sich wie jemand, der es gewohnt war, vor Publikum zu spielen. Ein ruhiges Neigen des Oberkörpers, während er sich mit einem Lächeln für den Applaus bedankte. Die Anwesenden forderten lautstark eine Zugabe. Johnny sah kurz zu Leah, die eine schwungvolle Handbewegung Richtung Klavier machte.

»Gut, dann spiele ich etwas, bei dem hoffentlich alle mitsingen werden.«

Schon bei den ersten Tönen erkannte Leah *Yesterday* von den Beatles. Johnny spielte eine Art Medley, und dann sang er dazu. Sie musste dringend gehen, bevor sie sich noch mehr in diese Sache verstrickte. Dieser Mann war wie ein richtig guter Rum, der erst sanft über die Zunge floss und dann diese angenehme Wärme im Körper verbreitete. Jetzt hatte sie genug, oder sie würde es am nächsten Tag bereuen. Jeder sang mit, egal, ob er ein Smartphone in der Hand hielt oder nicht. Die Stimmung in der Bar war außergewöhnlich gut.

Leah hatte sich geirrt: Wenn er spielte und dabei sang, war Johnny gar nicht mehr introvertiert. Vielleicht gehörte er doch zu einem Ensemble. Der anschließende Applaus war sicher durch die gesamte Mädlerpassage zu hören.

Als er zu ihr an den Tisch zurückkam, sah Leah ihm entgegen und lächelte ihn an. Verlegen fasste er sich an die Stirn und strich sich über den Haaransatz. Die anderen Musiker übernahmen wieder und setzten ihr Programm fort. Routiniert, entspannt und mit einer angenehmen Musikauswahl.

Johnny setzte sich. »Wie fanden Sie es?«

»Haben Sie das erste Stück geschrieben?«

»Ich habe zuerst gefragt.« Mit einem Grinsen nahm er das Whiskeyglas in die Hand und wartete auf ihre Antwort.

»Es klang wie die Tragik einer großen Liebe in den Widrigkeiten einer chaotischen Welt, verbunden mit einem Geheimnis. Was immer die Vorlage für dieses Stück war, sie muss sehr emotional gewesen sein.« Es war schwer in Worte zu fassen, was die Musik in ihr ausgelöst hatte. »Das Stück hat mich sehr berührt … Also nicht so plakativ, wie diese Aussage immer klingt, wenn Leute sagen, etwas hätte sie berührt. Es war, als würde überwundene Trauer davon angefasst werden und gleichzeitig ein Licht Schutz suchend durch die Dunkelheit ziehen, das man einfangen und behüten müsste.« Ihr fiel auf, wie pathetisch ihre Beurteilung klang, aber das waren nun einmal die Assoziationen, die ihr beim Zuhören durch den Kopf gegangen waren.

Mit geschlossenen Augen atmete er aus. Er schien tatsächlich Angst vor ihrem Urteil gehabt zu haben. Leah hoffte, dass sie die richtigen Aussagen zu seiner Musik getroffen hatte. Ihre eigenen Worte hallten in ihrem Kopf nach wie albernes Gestammel.

»Das hat bislang niemand außer Ihnen gehört«, gestand er und öffnete die Augen.

Vorsichtig nahm Leah ihre Hand vom Tisch, aus Angst, er könnte sie ergreifen. »Na ja, ich und all die anderen hier.«

Johnny zuckte mit den Schultern und lehnte sich auf dem Stuhl zurück. »Welche anderen?« Mit einem Grinsen kennzeichnete er seine Worte als Scherz, aber Leah wusste, dass er nur für sie gespielt hatte.

»Das wäre doch eine wundervolle neue Oper«, schlug Leah vor.

An einem Tisch zeigten die Gäste zu ihnen herüber und tuschelten. Anscheinend wussten sie nun, wer mit ihnen im *Mephisto* saß.

»Ich habe tausendmal versucht, ein Libretto dafür zu schreiben, aber es will mir nicht gelingen. Wobei Sie mich zu einer Idee inspiriert haben.«

»Warum nehmen Sie dann nicht Ihren Füller und schreiben sie auf?«

Als habe er nur auf ihre Erlaubnis gewartet, zückte er den Füller, holte ein Notizbuch aus seinem Jackett und schrieb ein paar Stichpunkte für den Text auf.

Das Leben mit kreativen Menschen war Leah bestens bekannt. Meist waren sie emotional, impulsiv und leidenschaftlich. Leah bewunderte die Fähigkeit, von hier auf jetzt etwas Großes zu erschaffen, egal ob auf einer Serviette oder in einem Studio. Alle ihre fünf Ex-Freunde waren wie Peer Künstler gewesen. Musiker, Schauspieler, Maler – das passierte ganz von allein. Das war einer der Punkte, die es ihr so schwer machten, Peers Antrag anzunehmen. Künstler brauchten in der Regel zwei Dinge: Musen und Publikum.

Leah war beides, je nachdem, was gerade gebraucht wurde, und sie war es gern. Aber in der Zeit dazwischen war sie jemand, der sein eigenes Leben lebte, allein. Sie war kein Teil dieser kreativen Welt, so wie Peer nur wenig von dem verstand oder hören wollte, was sie machte. Nun saß sie hier und sah diesem Fremden dabei zu, wie er sich von ihr inspirieren ließ. Für diesen Abend war sie seine Muse.

Als Nächstes würde er berauscht von der kreativen Energie versuchen, sie festzuhalten. So war es immer. Große Worte, das Gefühl, gebraucht zu werden, bis der Zauber verflog.

Unter dem Tisch rieb sie ihre Hände und rief sich zur Vernunft.

Es geht nicht um mich. Wird es auch nie. Ich gebe nur Hilfestellungen.

Es kam ihr vor, als wäre sie diesem Mann nur begegnet, um auf der Karte die richtige Antwort anzukreuzen: nämlich Nein.

Oder Vielleicht? Das wäre nicht so hart.

Es hätte mit Peer andersherum sein müssen: sie, die spießige Architektin, die versuchte, den Kreativen mit einem Eheversprechen einzufangen. Was käme als Nächstes? Der Kinderwunsch? Leah wollte Kinder – irgendwann. Sie war erst vierunddreißig Jahre alt, die Karriere war ihr derzeit wichtiger. Sie wollte nicht mit dem Nachwuchs zu Hause sitzen, während Peer sein Leben so weiterlebte wie bisher, aber genau darauf würde es hinauslaufen.

»Verzeihung, June«, sagte Johnny. »Ich habe Sie mit Ihren Gedanken ganz allein gelassen. Wie unhöflich von mir.«

Leah wollte es herunterspielen, aber die Nüchternheit ihrer Überlegungen füllte sie gänzlich aus. Und so schwieg sie.

Er klappte das Büchlein zu und steckte es zusammen mit dem Füller weg. »Sie fragen sich, wie Sie jetzt am höflichsten die Verabschiedung hinbekommen, ohne meinen Enthusiasmus zu bremsen, nicht wahr?«

Das waren zwar nicht ganz ihre Gedanken, aber sie war dankbar für seine Worte. »Ich fürchte, ich muss langsam nach Hause gehen, aber es war mir ein Vergnügen, Ihnen begegnet zu sein.«

»Ist es unverschämt, wenn ich um ein Wiedersehen bitte?«

Da war sie, die Verlockung, die aus einer schönen Begegnung ein Problem werden lassen konnte.

»Ja, ich fürchte schon. Im wahren Leben wartet jemand auf mich, der kein Verständnis dafür hat, wenn ich mich mit einem anderen Mann treffe.« Sie sah auf seinen Ehering. »Und wie ich sehe, ist es bei Ihnen ebenso.«

Mit einem Nicken gab sich Johnny geschlagen und legte die andere Hand über den Ring. »Ich wünsche mir eine Welt, in der man sich nicht ständig sorgen muss. In der ein Wiedersehen nicht gleichbedeutend mit einer Affäre ist und in der Menschen durch das verbunden sein dürfen, was sie tatsächlich berührt.«

Leah stand auf und suchte in der Handtasche nach ihrem Portemonnaie. »Ein schöner Gedanke«, sagte sie und wollte gerade den Kellner heranwinken, als Johnny es höflich unterband. »Ihnen ist doch bewusst, dass ich als Dank für die Inspiration Ihre Rechnung übernehmen werde, oder?«

Da er es so ausdrückte, konnte sie die Einladung nicht ausschlagen, deswegen streckte sie ihm eine Hand entgegen. In Erwartung, dass er sie ergriff, begann es wieder in ihrem Brustkorb zu kribbeln. »Dann habe ich zu danken, Johnny. Ich freue mich, Ihre Oper irgendwann in Gänze zu hören. Die Melodie nehme ich jetzt schon mit.« Mit der freien Hand tippte sie sich auf Herzhöhe gegen die Brust. »Das war wirklich das Schönste, was ich je gehört habe.«

Das elektrische Kribbeln wurde noch intensiver, als er aufstand und ihre Hand schüttelte. Sie sah ihm in die Augen, in denen so viele ungesagte Worte zu erkennen waren, aber er sprach keines davon aus.

»Leben Sie wohl, June«, sagte er bedächtig.

Es fühlte sich falsch an, keine Hintertür für ein Wiedersehen offen zu lassen, aber auf diese Weise war alles wesentlich unkomplizierter. Sie wusste, wohin es führte, wenn sie Nummern austauschten. Ein unverbindliches Treffen hier, ein Besuch in seiner Wohnung da, eine aufregende Nacht, die alles kaputt machte. Diesen Weg nicht zu gehen, war die schwierigere Entscheidung. Es gab einen Grund, warum Männer wie Johnny oder Peer sie anzogen. Leah wollte dabei sein, wenn sich Noten zu Melodien verbanden, miterleben, wenn diese außergewöhnliche Energie freigesetzt wurde, die einen Künstler komplett in Brand setzen konnte. Dieser Faszination war sie erlegen.

Sie war Architektin. Im weitesten Sinne konnte man ihren Beruf auch kreativ nennen, wenn da nicht all die Zahlen, Statikberechnungen, Formulare, Richtlinien, Gesetze und Lineale gewesen wären.

Sie ließ seine Hand los und nahm ihre Tasche. »Leben Sie wohl, Johnny.«

Damit sie sich nicht mehr umentschied, ging sie los, verließ die Bar und trat hinaus in die Mädlerpassage. Sie bog erst rechts und kurz darauf links ab und eilte weiter, immer geradeaus bis zur Bosestraße.

LEIPZIG

5. Februar 2018, Montag

»Guten Morgen«, grüßte Leah und blieb unschlüssig im Eingangsbereich stehen.

»Guten Morgen, Frau Mirana.« Nadine Fröhlich war wie ihr Name gut gelaunt, genau wie am Samstag. Ihre Ausstrahlung, das Leben leicht zu nehmen, war ansteckend. Wenn sie zudem noch kompetent war, würde dieses Jahr wunderbar werden. Sie war die Assistentin von Walter Franken, kümmerte sich um den Empfang und erweckte den Eindruck, der sonnige Dreh- und Angelpunkt in diesem Büro zu sein. »Ich zeige Ihnen Ihr Büro, Sie sitzen mit Bennie Olthoff zusammen, er wird die Übergabe mit Ihnen machen.«

Im Hintergrund öffnete sich eine Tür, und Leah sah Walter Franken, einen der Partner von Leonhardt.

Das letzte Aufeinandertreffen mit Walter Franken war im Fahrstuhl in Frankfurt gewesen, wobei er etwas Seltsames zu ihr gesagt hatte. Erst hatten sie sich die Fahrt über angeschwiegen, und Frankens Blicke waren spürbar gewesen. Doch als die Kabine sich wieder geöffnet hatte und Leah gehen konnte, hörte sie ihn sagen: »Du weißt, dass das nicht geht.«

Er war ein alter Mann, sie hatte diese Merkwürdigkeit unter schrulligem Verhalten abgespeichert und bis zu diesem Augenblick nicht mehr daran gedacht.

»Ah, Frau Mirana, kommen Sie doch bitte als Erstes in mein Büro«, sagte er mit einem erfreuten Unterton.

Leah nickte ihm freundlich zu. »Sicher, ich hänge nur schnell meine Jacke auf.«

Nadine hielt ihr auffordernd beide Hände entgegen. »Ich mache das für Sie. Lassen Sie ihn lieber nicht warten, er wird in letzter Zeit schnell ungeduldig.«

Leah bedankte sich, legte Jacke und Aktentasche in ihre Hände und ging zu Walter Franken.

Ihr neuer Chef saß an einem großen, antiken Schreibtisch in einem Büro mit Sofaecke und Kunstwerken an den Wänden, die wie bizarre Aktbilder aussahen. Auf einem kleinen Tisch stand eine Whiskeykaraffe mit passenden Bechern, als wäre Leah am Set von *Mad Men* gelandet.

Walter Franken selbst sah in dem nachtblauen Anzug mit dem halb offenen weißen Hemd eher wie ein in die Jahre gekommener Zuhälter aus. Beim Hinsetzen spannte der Stoff an den Hemdknöpfen über dem Bauch. Seine schwarzen Haare klebten an seinem Kopf, weil er mit Gel versucht hatte, die lichten Stellen zu kaschieren, was letztendlich nur die Aufmerksamkeit darauf lenkte.

»Als ich gehört habe, dass Sie hierherkommen würden, konnte ich das erst nicht glauben«, sagte er. Dabei lehnte er sich auf dem Stuhl zurück und musterte Leah.

»Nun, das ist eine großartige Chance für mich. Ich freue mich, hier zu sein.« Sie spürte, dass sie sich in seiner Nähe unwohl fühlte. Er hatte etwas an sich, das bei vorigen Treffen nicht da gewesen war und das ihr sagte, sie müsse wachsam sein.

Ein Grinsen breitete sich auf seinem Gesicht aus. »Wir sind hier allein und können ganz offen sprechen.«

Leah saß ganz vorn auf der Stuhlkante, als müsste sie jeden Moment aufspringen und rauslaufen. »Was meinen Sie?«

»Es ist wegen der Fahrstuhlsache vor zwei Monaten, oder?«

Auch wenn sie sich Mühe gab, es war ihr schleierhaft, worauf er hinauswollte. Bis auf seinen seltsamen Ausspruch war nichts passiert.

»Dieses Knistern zwischen uns, seitdem musste ich sehr viel an Sie denken.«

Leah starrte ihn völlig schockiert an. Vor zwei Monaten hatte definitiv nichts »geknistert«, und es würde auch niemals etwas knistern.

»Das ist unangebracht«, sagte sie mit angemessener Zurückhaltung. Sie wusste, dass Ludger große Stücke auf Walter Franken hielt, das alles musste ein Missverständnis sein. »Herr Franken, es tut mir leid, sollte ein falscher Eindruck entstanden sein, aber ich lege großen Wert auf eine professionelle Zusammenarbeit.«

Als er einen zustimmenden Laut von sich gab und eine wegwerfende Handbewegung vollführte, entspannte sie sich etwas. »Richtig, richtig.« Er fasste sich an die Stirn und rieb sich so fest darüber, dass rote Stellen auf der Haut entstanden.

»Es ist für mich eine einmalige Chance, das Jager-Projekt zu übernehmen«, fuhr Leah fort. »Ich versichere Ihnen, dass ich mich voll und ganz in die Arbeit knien werde. Da ich pendle, wird es auch niemanden stören, wenn ich Überstunden mache.« Letzteres sagte sie mit einem Grinsen, damit es nicht wie eine Beschwerde klang.

Der Ausdruck in seinen Augen änderte sich, als er sie direkt ansah. »Ich bin verheiratet«, antwortete er völlig am Thema vorbei. »Ich kann Ihnen hier keine Gesellschaft leisten, das würde meiner Frau auffallen.«

Leah war sich nicht sicher, wie sie darauf am besten reagieren sollte. »Äh … mein Freund hat mir auch gerade einen Antrag gemacht«, sagte sie schließlich.

Das musste Walter Franken als deutliche Ablehnung verstehen, nicht wahr?

Stattdessen stand Franken plötzlich auf und umrundete den Schreibtisch, was Leah dazu brachte, ebenfalls aufzustehen und den Stuhl zwischen ihn und sich zu bringen.

»Wir werden widerstehen«, sagte er, wobei er so aussah, als würde er sofort mit diesem Vorhaben brechen wollen.

»Definitiv«, antwortete Leah und ging rückwärts. »Deswegen sollte ich mich jetzt an die Arbeit machen.«

Als sie sich zum Gehen wandte, kam er schnell näher, und sie spürte seine Hand auf ihrer Schulter. Sicher bemerkte er ihr Zusammenzucken. Seine Finger waren wie fette Raupen, die sich in der Baumwolle ihres Pullovers verhakten.

Er beugte sich zu ihr herunter und roch an ihren Haaren. »Das wird eine schwere Herausforderung für uns.«

Als seine Finger ihren Arm herabwanderten, legte Leah schnell eine Hand auf seine, damit er nicht weitergehen konnte.

»Ich will das nicht«, sagte sie deutlich.

»Ich auch nicht«, erwiderte er heiser.

Sein Bauch stieß gegen ihren Rücken. Leah trat von ihm weg und sah ihn wütend an. Es war kein guter Einstieg am neuen Arbeitsplatz, aber sie würde zukünftig sicher nicht auf Zehenspitzen durch das Bürogebäude gehen, nur um seine Aufmerksamkeit nicht auf sich zu ziehen. »Ich will nicht, dass Sie mich noch einmal anfassen oder über uns reden – es gibt kein uns.«

Statt wütend zu reagieren, lächelte er nur. Offensichtlich hielt er ihre Ablehnung für einen Teil dieses Spiels.

»Ich gehe jetzt an die Arbeit«, sagte Leah bestimmt und verließ sein Büro, noch bevor er etwas erwidern konnte.

Nadine sah von ihrer Arbeit auf und schenkte ihr ein Lächeln. Ihr Büro war mit Glaswänden so zentral gelegen, dass sie eine gute Übersicht über den Eingangsbereich und den Flur hatte. »Keine Sorge, er ist nicht so streng, wie er anfänglich tut. Kommen Sie, ich zeige Ihnen jetzt das Büro.«

Leah nickte und sagte vorerst nichts zu Frankens Verhalten, weil sie erst in Ruhe darüber nachdenken wollte. Wenn ihre klare Ansage ihm gegenüber reichte, wollte sie es darauf beruhen lassen.

Die neuen Kollegen machten einen sehr netten Eindruck. Leah wurde freundlich empfangen, und Bennie Olthoff, mit dem sie sich das Büro teilte, war jung und dynamisch. Er hatte einen struppigen Vollbart, dazu trug er genau wie Nadine eine Brille mit schwarzem Gestell, und die Haare waren akkurat gescheitelt.

Die Unterlagen sahen hervorragend vorbereitet aus, an der Wand hing ein Spaltenplan für das Jager-Projekt, und auf Leahs Schreibtisch stapelten sich Dokumente, die sie nach und nach mit ihm durchgehen wollte. So wie er Nadine ansah, schien er sehr an der Kollegin interessiert zu sein. Die spritzige Blondine und der Hipster, sie passten perfekt zusammen.

»Sind Sie gut in Leipzig angekommen?«, fragte er mit leiser Stimme.

Das war wohl das, was ihm in Wege stand: Er schien sehr schüchtern zu sein. Für Leah war es eher anstrengend, wenn andere so leise sprachen, dass man sie kaum verstehen konnte. Außerdem weckte es in ihr das Bedürfnis, deren Selbstbewusstsein zu stärken, damit diese gewisse Unsicherheit aus der Atmosphäre verschwand.

Wenn sich andere in ihrem Umfeld wohlfühlten, dann tat sie das auch, ohne sich weiterhin verantwortlich fühlen zu müssen. Das war noch so ein Relikt aus ihrer Kindheit, in der sie ständig darauf achten musste, dass ihre Mutter zufrieden war.

»Sicher, es ist eine großartige Stadt. Ganz anders als Frankfurt«, antwortete sie plaudernd. »Und ich freue mich darauf, mit Ihnen zusammenzuarbeiten.«

»Eigentlich sind wir hier per Du, ist das okay für Sie?«, sagte Nadine, die augenscheinlich keine Ablehnung erwartete. Ihr keckes Lächeln unterstrich die Formalität, die mit dieser Frage eingehalten wurde.

»Natürlich, ich bin Leah.«

Sie reichten einander symbolisch die Hände, wobei Nadines sich eisig kalt anfühlte und Bennies unerwartet weich war.

»Und du fährst tatsächlich jedes Wochenende wieder zurück?« Nadine schüttelte den Kopf als Ausdruck, dass ihr das zu umständlich wäre.

»Es ist ja nur für ein Jahr, und im Zug kann man prima arbeiten. Mich stört die Fahrerei nicht.«

»Herr Leonhardt hat mir aufgetragen, dir mehr von der Stadt zu zeigen. Ich habe sogar ein kleines Budget dafür bekommen, also, was möchtest du sehen?«

Leah wusste, was Ludger damit bezweckte. Zunächst hatte er ihr diesen Posten unbefristet angeboten, aber rasch eingesehen, dass ein Umzug auf Dauer wegen Peer unmöglich war. Dann hatte er sie ins Vertrauen gezogen und ihr gesagt, dass Franken wohl bald in den Ruhestand gehen müsste. Er hatte zuletzt viele Entscheidungen getroffen, die nicht mehr zielführend waren. Ob er nun aus einer Laune heraus Mitarbeiter feuerte, Bauunternehmen beauftragte, die bekanntermaßen nicht gut arbeiteten, oder Angebote erstellte, die nicht mehr die zu erwartenden Kosten deckten – das Ansehen von Leonhardt und Partner litt langsam darunter.

Leah wusste nur nicht, was das mit ihr zu tun hatte. Vor allem nicht, wenn sie dadurch mit Franken aneinandergeraten könnte. Wahrscheinlich war es das, was sie davon abhielt, sein übergriffiges Verhalten überzubewerten. Ludger schmerzte es, dass sein Partner sich im Alter veränderte.

»Ich würde gern in die Oper gehen«, sagte sie trotzdem. Das Geld tat Ludger nicht weh, und auf dem Laufenden würde sie ihn sowieso halten. Ihr heimlicher Wahlvater genoss ihre uneingeschränkte Loyalität.

»Okay, ich gucke mal, was läuft.«

»Ich habe gehört, dass *Nabucco* aufgeführt wird, wäre das okay?« Leah wollte es sich ansehen, als kleine Anerkennung für den schönen Abend, den sie mit Johnny erlebt hatte. Immer wenn sie an das Gespräch mit ihm dachte, musste sie lächeln.

Nadine tippte auf ihrem Smartphone herum. »Das läuft am Freitag, bist du dann noch hier?«

Mit einem Nicken bestätigte sie. Sie hatte diese Woche extra so geplant, dass sie Überstunden machen konnte, um sich einzuarbeiten. Es war besser, entspannt am Samstagmorgen zu fahren, als am Freitag in Stress zu geraten.

»Dann gehe ich mal buchen.«

Leah setzte sich an ihren Schreibtisch und legte die Hände auf die Tischfläche. Der Moment, wenn alles noch neu und ungewohnt war, barg immer etwas Besonderes in sich.

»Das ist ja echt nett von Herrn Leonhardt«, sagte Bennie leise. »Er muss viel von dir halten.«

Leah nahm an, dass er es nicht so meinte, wie diese Aussage bei ihr ankam, aber sie konnte derartige Anspielungen nicht mehr leiden. In Frankfurt gab es einige Kollegen, die ihr jegliches Können in Abrede stellten, weil Ludger sie wie eine Tochter behandelte. Dabei ging er mit ihr sogar strenger um als mit anderen.

»Ich bin mir sicher, dass er das für jeden machen würde, der so kurzfristig für diesen Job umgezogen wäre«, sagte sie schroffer als gewollt.

Bennie zog den Kopf ein und sah verlegen auf die Unterlagen. »Willst du dich erst einlesen, oder soll ich gleich alles mit dir durchgehen?«, wechselte er das Thema. Sein Schreibtisch war unter den Zetteln, Akten und Krimskrams kaum zu sehen.

»Ich lese lieber erst mal.« Sie wollte die Zeit zum Ankommen nutzen und sich überlegen, wie sie ihren Tonfall wiedergutmachen konnte.

In das Projekt wäre sie schnell eingearbeitet, zudem hatte sie noch den Feierabend zum Lesen. Es war ihr wichtig, ihr Umfeld besser einschätzen zu können. Bürofehden konnte sie nur schwer ertragen, weswegen es wichtig war, jedem so zu begegnen, dass gar nicht erst ein Nährboden für Unstimmigkeiten entstand. Eine Eigenschaft, die sie auf alle Beziehungen in ihrem Leben anwendete, egal, ob familiär, freundschaftlich oder in einer Partnerschaft. Mit genügend Voraussicht und Abwägung der möglichen Reaktionen war es gar nicht so schwer, die richtigen Entscheidungen zu treffen, um möglichst ohne Streit auszukommen.

Bennie und Nadine schienen grundsätzlich entspannt an die Arbeit zu gehen. Franken war ein Problem, aber Leah hatte schon öfter mit Menschen wie ihm zurechtkommen müssen. Ihre freundliche Art war für manche Männer wie eine Einladung. Immerhin hatte sie gelernt, klare Worte zu sprechen, wenn es notwendig war. *Ich will nicht, dass Sie mich anfassen.*

Lieber ging sie solchen Kerlen aus dem Weg, aber wie ging man seinem Boss aus dem Weg? Leah würde dafür sorgen, dass sie ihm nicht mehr allein begegnete.

»Warum ist Patrick eigentlich gegangen?«, fragte sie und nahm eine Akte vom Stapel. Sie hatte Patrick ebenfalls in Frankfurt kennengelernt, er war ein sehr ehrgeiziger Mann gewesen, der es in der Firma weit hatte bringen wollen.

»Herr Franken hat sich ständig bei ihm eingemischt, teils sogar die Meetings übernommen und Patrick wie einen Anfänger dastehen lassen. Jetzt ist er bei Müller, Müller, Vogel«, sagte Bennie.

»Oje, der Name klingt wie ein Kinderreim.« Das konnte ja heiter werden. Wenn Franken mit ihr das Gleiche abziehen wollte, müsste sie Ludger dringenden Handlungsbedarf vorschlagen.

»Die sind unser größter Konkurrent hier in Leipzig«, fügte Bennie hinzu.

»Hmm«, machte Leah und fing an, zu lesen. »Läuft auf der Jager-Baustelle alles nach Plan?«

»Der Bauleiter vor Ort, Herr Düvel, ist ein sehr spezieller Genosse. Mit dem wirst du deinen Spaß haben. In seinen Augen kommen wir nur vorbei, um Stunk zu machen. Ich hoffe, du kommst mit dem besser klar.«

Dieser Düvel schien Bennie ziemlich eingeschüchtert zu haben. Leah war sensibel für Dinge, die nicht gesagt wurden. Und das leichte Absenken seiner Stimme und sein angespannter Gesichtsausdruck verrieten ihr genug.

»Den kochen wir uns schon noch weich«, sagte sie mit einem Zwinkern.

Im Beruf schreckten sie grummelige Menschen nicht, weil sie wusste, was sie tat. Fachlich machte ihr so schnell keiner mehr etwas vor, und sie war inzwischen sehr geschickt, entsprechende Gespräche auf einer professionell freundlichen, aber bestimmten Ebene zu halten. Beruflich konnte sie der Mensch sein, der im Privatleben an zu vielen Verhaltensmustern nicht vorbeikam – an jenen gefälligen zum Beispiel, wenn sie ihrer Mutter ausgesetzt war. Wer Leah kannte, konnte sie übers schlechte Gewissen lenken. Wer sie wirklich mochte, würde dies niemals tun.

Bennie sah zur Seite. »Viel Erfolg.«

»Wie lange arbeitest du schon hier?«

»Zwei Jahre.« Mit einer Hand fuhr er sich über den Bart, der eine Handbreit über das Kinn hinausgewachsen war. »Nadine und ich haben zeitgleich hier angefangen.«

»Seid ihr zwei ein …?« Leah sprach es nicht aus, aber die Neugierde war einfach stärker.

Bennie wurde rot, dabei schüttelte er den Kopf.

»Entschuldige, das geht mich gar nichts an.«

»Schon gut«, erwiderte er. »Ich habe keine Zeit für eine Beziehung.«

Leah glaubte nicht, dass das der Grund war, er schien einfach nur sehr schüchtern zu sein. Aber so wie Nadine Bennie angesehen hatte, schien sie darauf zu warten, dass er sie nach einem Date fragte.

»Kommst du mit in die Oper? Ich kann Nadine bitten, eine dritte Karte zu kaufen.«

Aber Bennie lehnte dankend ab. »Damit kann ich absolut nichts anfangen. Keine Ahnung, wie andere das aushalten.«

Leah ließ es gut sein. Einmischungen waren immer nur dann eine gute Sache, wenn andere nur einen winzigen Schubs brauchten. Bennie hatte diesen gerade erfolgreich vermieden.

»Wenn ich den Stapel durchgesehen habe, können wir uns zusammensetzen«, sagte sie und wechselte endgültig das Thema.

LEIPZIG

9. Februar 2018, Freitag

Die Woche verging wie im Flug. Leah war ganz in ihrem Element und entsprechend glücklich. Die Zusammenarbeit mit Bennie war sehr angenehm, weil er ebenso fleißig wie Leah ans Werk ging. Sie waren ein gutes Team, das von Nadine optimal unterstützt wurde. Manchmal amüsierte Leah sich darüber, wie offensichtlich die beiden einander mochten, aber trotzdem keine Anstalten machten, über die berufliche Ebene hinauszukommen. Nadine bezeichnete sich selbst als eine moderne Frau, die nicht vorhabe, die Romantik *kaputtzufeminisieren.*

Leah wusste, was sie meinte. Gleichwertigkeit bedeutete Augenhöhe, nicht, dass Männer und Frauen zwanghaft dasselbe tun mussten. Gleiche Arbeit fürs gleiche Geld, dieselben Chancen für beide Geschlechter, sodass jeder Mensch nach seinen persönlichen Fähigkeiten das erreichen konnte, was er sich zum Ziel setzte. Es wäre albern, geschlechterspezifische Unterschiede wegzureden, aber deswegen musste man sie nicht zu Klischees pervertieren, die Nachteile verursachten.

Leah verstand die von jammernden Männern angestoßene Debatte nicht, dass sie nun gar nicht mehr wüssten, wie sie sich Frauen gegenüber verhalten sollten. Wer den Unterschied zwischen Belästigung und Freundlichkeit oder Herabsetzung und Respekt nicht verstand, sollte sich dringend einen moralischen Kompass anschaffen.

Leah hatte alles schon erlebt, und als junge Frau vieles als normal empfunden, was sie heute nicht mehr durchgehen lassen würde. Im Büro war sie nicht als Einzige fürs Kaffeekochen zuständig, sie ließ sich nicht für Kopierdienste losschicken oder *Mädel, Kleine* oder *Mäuschen* nennen. Bei Meetings musste sie sich manchmal Gehör verschaffen, aber darin war sie inzwischen sehr geübt. Ihre Leistungen sprachen für sie, und das war es, was sie von anderen wahrgenommen haben wollte. Sicher gab es Menschen, die nur des Kämpfens wegen kämpften, aber sie gehörte definitiv nicht dazu.

Deswegen verstand sie, dass Nadine Wert darauf legte, dass Bennie den Mut aufbrachte, sie zu fragen. Beide profitierten davon, dass er den ersten Schritt machte, egal, wie lange es dauerte. Es erinnerte sie an Johnny, der so galant und respektvoll mit ihr umgegangen war. Sicher hielte er ihr auch die Tür auf oder nähme ihr die Jacke ab, wenn sie zusammen ausgingen. Es gab keinen Grund, ein angenehmes Miteinander kaputtzureden, wenn beide sich damit wohlfühlten. Wichtig war doch, dass jede Handlung aus einer freien Entscheidung heraus vollzogen wurde.

Bei ihr war es stets anders gelaufen. Die Männer, mit denen sie Beziehungen eingegangen war, hatten sie meist im Sturm erobert, bevor Leah überhaupt gewusst hatte, ob sie das tatsächlich gewollt hatte. Peer bildete da keine Ausnahme. Sie war so schnell mit ihm zusammengekommen und bei ihm eingezogen, dass gar keine Zeit gewesen war, die Entscheidungen zu überdenken. Was gut gewesen war, weil ein Abwägen aller Eventualitäten vieles kaputt gemacht hätte, was jetzt das feste Fundament ihrer Beziehung bildete. Ein Fundament, auf das er nun eine Ehe bauen wollte.

Inzwischen wünschte sie sich, er hätte ihre dumme Forderung ignoriert und sie damit ebenso überrumpelt, statt ihr eine Karte in das Buch zu stecken. Er ging damit wundervoll auf ihre Eigenheiten ein, aber vielleicht musste sie doch öfter zu ihrem Glück gezwungen werden?

Die Frist lief langsam ab. Am Telefon hatte er die Karte nicht erwähnt, nicht mal das Buch wurde thematisiert, um abzuklopfen, ob sie es überhaupt aus ihrer Tasche geholt hatte. Aber spätestens morgen, wenn sie wieder zu Hause war, musste sie ihm eine Antwort geben. Ihr Bauchgefühl blieb stur bei dem Nein. Ganz gleich, wie oft sie sich sagte, dass Peer perfekt sei, er ihre Macken akzeptierte, sie einander liebten und nichts gegen eine Ehe spräche. Ihr Bauchgefühl tat so, als wäre sie eine Idiotin, weil sie Gefühlssachen mit dem Kopf entscheiden wollte. In die Oper zu gehen war wie eine kleine Auszeit für ihre Gedanken. Sie freute sich auf *Nabucco* und die Einhaltung ihres Versprechens, ganz unvoreingenommen im Publikum zu sitzen.

Sie traf Nadine vor dem Eingang. Leah war mit ihren schwarzen Haaren und der schwarzen Kleidung wie der Schatten neben Nadines Lichtgestalt. Ihre blonden Haare trug sie hochgesteckt, und unter dem Saum ihres Mantels lugte der rote Stoff ihres Kleides heraus.

»Du bist spät dran«, sagte sie zur Begrüßung.

»Ich weiß«, erwiderte Leah entschuldigend. »Eigentlich wollte ich nur schnell was nachlesen, und dann bin ich in Zeitnot gekommen. Du kennst das ja.«

Sie gingen durch die Tür, und Nadine lachte. »Ich wette, du würdest auch unter der Dusche arbeiten, wenn dein Laptop wasserdicht wäre.«

Mit einem Grinsen musste Leah ihr recht geben. »Keine ganze Woche, und du kennst mich in- und auswendig.«

Die Leipziger Oper empfing sie mit dieser gewissen Atmosphäre, die Leah an Opernhäusern, Theatern und kleinen Bühnen so liebte. So viele Menschen waren bereits an diesem Ort gewesen, um sich unterhalten oder verzaubern zu lassen. Früher mit Kutschen und prunkvollen Kleidern, heute teils in Jeans und mit dem Smartphone in der Hosentasche. Als rote Linie zog sich die Liebe zur Musik durch die vielen Generationen. Ein altes Gebäude mit neuen Besuchern. *Die Weitergabe des Feuers.*

»Na los, wir sollten etwas schneller gehen, ich glaube, ich habe schon die erste Glocke gehört«, sagte Nadine und kramte in ihrer Handtasche nach den Karten und zog dann ihren Mantel aus. Ihr knallrotes Cocktailkleid betonte ihre schmale Taille. Bennie hätte mitkommen sollen, die Oper wäre sicher zur Nebensache geworden.

»Ich habe gerade verstanden, warum Altehrwürdiges im Wandel der Zeit mit Innovation vereint wird. Also, ich meine, warum es notwendig und gut ist.«

Nadine zog eine Augenbraue hoch. »Okay, gibt es in deiner Familie irgendeinen Wahnsinn, von dem ich wissen muss?« Sie reichte Leah eine Karte.

»Nein, ich hatte nur letzten Samstag in der Bar *Mephisto* ein sehr anregendes Gespräch über die Oper, und warum man sich auf neue Inszenierungen einlassen sollte.«

Nadine und sie zeigten die Karten vor, dann gaben sie ihre Mäntel ab.

Mit ihrer Karte deutete Nadine nach rechts auf eine Treppe. »Wir müssen dort lang. Reihe zwölf sollte direkt am Mittelgang sein, ich dachte, etwas Beinfreiheit ist ganz nett.«

Leah folgte ihr und war ganz verzaubert von dem historischen Gebäude. Sie nahm sich vor, im Anschluss im Internet zu recherchieren, wie alt das Opernhaus war und welche Geschichte in diesen Mauern steckte. Es kam ihr vor, als gingen sie mit einer Gruppe Zeitreisender direkt in die Fünfzigerjahre zurück. Beim nächsten Besuch würde sie sich mehr Zeit nehmen, um die Details zu betrachten, aber erst, wenn sie die Geschichte kannte.

Tatsächlich befanden sich die Plätze genau mittig im Saal. Von dort aus konnte sie zwar nicht in den Orchestergraben schauen, aber sie hatte Nadine auch nicht gesagt, dass sie lieber auf dem Rang saß.

In dem trapezförmigen Saal herrschte gemurmelte Vorfreude. Dies war ein weiterer ihrer Lieblingsaugenblicke, kurz bevor das Licht ausging und es allen die Sprache verschlug.

»Du bist ein echter Opernfan, oder?«, deutete Nadine Leahs Begeisterung richtig.

»Ich wurde schon als kleines Kind mit in die Oper genommen. Während in meinem Elternhaus kein Platz für Gefühle war, standen in der Oper Menschen auf der Bühne, die jede Regung nachfühlbar darstellten. Lange Zeit dachte ich, dass ich nur einen Mann lieben könnte, der genau solche großen Gefühle in mir weckt.«

»Das ist die traurigste Geschichte, die ich je gehört habe.«

Lachend zog Leah diesen Part ihres Lebens ins Lächerliche. »Ich weiß. Eigentlich hätte ich Serienkillerin werden müssen.«

»Und, hast du den richtigen Mann gefunden?« Irrwitzigerweise dachte Leah als Erstes an Johnny, bevor sie von Peer erzählte.

Nadine reagierte so, wie eine gute Freundin reagieren sollte. Anteilnahme, Begeisterung und löchernde Fragen, was für Leah ungewohnt war, weil sie vor lauter Arbeit keine engen Freunde mehr hatte.

Das Licht ging aus, und es wurde totenstill. Dann setzte die Musik ein.

Die Kulisse war ein Stahlkonstrukt, ähnlich wie ein Schafott. Ein großer Chor spielte die fanatische Meute, während die Solisten auf und vor dem Schafott die tragische Geschichte von Nabucco darstellten. Dann hob sich ein weiterer Vorhang, der die restliche Bühne abgeschirmt hatte, und gab den Blick frei auf eine mit Gold gekachelte Halle.

»Das ist beeindruckend«, flüsterte Leah.

Nadine grinste nur. Ihr schien die Aufführung zu gefallen, aber der Gesang berührte sie weniger als Leah. Und wenn doch, dann zeigte sie es nicht. Während Leah die Tränen in die Augen schossen und sie voller Anspannung die Dramen auf der Bühne verfolgte, saß Nadine entspannt auf ihrem Sitz und sah mit interessierter Miene zur Bühne.

Die Vorstellung verging unaufhaltbar schnell. Beeindruckende Talente verliehen der Geschichte tiefe Tragik, Wahnsinn und Begehren. Stimmgewaltig und mitreißend, so wie Leah es liebte. Johnny hatte unfair gespielt, weil das Bühnenbild beeindruckend und schön war. Das war meilenweit weg von einem Baukran oder einer Muse im Rollstuhl.

Nach dem Finale sprang Leah begeistert auf und applaudierte. Andere taten es ihr gleich, und auch Nadine erhob sich.

Alle Darsteller kamen nacheinander auf die Bühne, bei den Solisten wurde es richtig laut. Dann winkte Nabucco den Dirigenten zu sich. Als er auf die Bühne kam, setzte sich Leah vor Schreck so schnell wieder hin, dass es aussehen musste, als sei sie plötzlich in ein Loch gefallen.

»Was ist?« Nadine sah zwischen ihr und der Bühne hin und her.

»Das ist der Mann, mit dem ich mich im *Mephisto* über die Oper unterhalten habe.« Ihr Herz schlug schneller, und ihr Gesicht prickelte. *Also stimmt es, er arbeitet hier in der Oper. Als Dirigent.*

»Du verarschst mich?« Nadine sah wieder zur Bühne. »Du willst mir erzählen, dass du keine vierundzwanzig Stunden in Leipzig gewesen bist und dann gleich einen der begehrtesten Männer der Stadt in ein Gespräch verwickelt hast?«

Leah wagte sich wieder hoch und betrachtete ihn. Er applaudierte dem Ensemble und teilte das Lob mit dem Orchester und sah dabei sehr stolz und aufgekratzt aus. Wie es sich wohl anfühlte, wenn man für das Gelingen einer solchen Aufführung die Verantwortung trug und das Zusammenspiel so vieler Menschen dirigieren musste? Leah musste lächeln, weil sie ihn so introvertiert und vorsichtig kennengelernt hatte, aber wie schon im *Mephisto* schien Musik ihn zu entfesseln. Die Sängerinnen und Sänger nahmen ihn in die Mitte, sie redeten miteinander und verbeugten sich. Sie sahen wie eine Einheit aus.

»Sag mir, dass ihr Nummern getauscht habt«, raunte Nadine ihr zu, nachdem Leah nichts erwiderte.

»Nein.« Leah hängte sich den Gurt ihrer Handtasche um. Sobald das Licht anging, wollte sie sich auf den Weg machen. »Ich bin so gut wie verlobt.«

»Na und? Kann man deshalb keine neuen Leute kennenlernen? Vor allem so interessante Männer wie ihn?«, bohrte Nadine nach.

Vielleicht war es doch keine gute Idee gewesen, Privat- und Berufsleben zu vermischen. Leah hoffte, dass sie das Thema bald ruhen ließ und schon gar nicht mit ins Büro trug.

Das Licht wurde angeschaltet, und Leah ging, so rasch es die anderen Zuschauer möglich machten, auf den Ausgang zu.

»Ich dachte, du bist kein Opernfan, wie kommt es, dass du ihn kennst?«, versuchte Leah das Thema in eine andere Richtung zu lenken.

Eine alte Frau versperrte den Durchgang und brauchte unverhältnismäßig lange, um durch die Tür zu kommen.

»Letztes Jahr wurde ich mit zum Opernball genommen, und meine Freundinnen versuchten die ganze Zeit, irgendwie in seine Nähe zu kommen, um ihn in ein Gespräch zu verwickeln. Frag mich nicht, wie es gelaufen ist, ich hab den ganzen Abend getanzt.« Entspannt verlagerte sie das Gewicht auf einen Fuß, weil es noch immer nicht voranging. »Aber ich glaube, sie hatten irgendwann aufgegeben.«

»Ist er nicht ein wenig alt für deine Freundinnen gewesen?« Nadine war Mitte zwanzig.

»Für manche spielt das keine Rolle, solange jemand Geld hat.«

»Oh, solche Freundinnen«, meinte Leah, aber Nadine winkte ab.

»Sie sind ganz okay, nur manchmal etwas albern. Aber bei dir würde der Altersunterschied nicht so sehr ins Gewicht fallen.« Mit einem Zwinkern verdeutlichte sie, dass sie es nicht so ernst meinte.

»Wir haben nur zusammen gesessen und uns über Musik unterhalten. Er hat mir sogar etwas auf dem Klavier vorgespielt, das war beeindruckend.«

Bei ihren letzten Worten zog Nadine ihr Smartphone aus der Tasche und tippte etwas in den Internetbrowser. Endlich war der Durchgang frei, und Leah schob sich an der alten Frau vorbei und hastete zur Garderobe. Natürlich war es unwahrscheinlich, dass Johnny ihr im Foyer über den Weg lief, aber sie wollte trotzdem kein Risiko eingehen. Ihn zu sehen, hatte ihr Herz wieder schneller schlagen lassen; dabei konnte nichts Gutes rauskommen.

»Nun lauf doch nicht so«, hörte sie Nadine hinter sich sagen. Leah drehte sich zu ihr um und musste lachen. Mit den hohen Schuhen ging Nadine zwei Schritte, wo Leah nur einen brauchte.

An der Garderobe mussten sie erneut anstehen. Leah hielt bereits die Marke in der Hand und drehte sie nervös.

»Dein Verlobter muss wirklich ein toller Mann sein, wenn du so loyal bist«, nahm Nadine das Gespräch wieder auf.

»Das ist er.« Es war erstaunlich, wie die neue Kollegin es schaffte, nur durch ihre Persönlichkeit ein so freundschaftliches Verhältnis aufzubauen, dass Leah mit ihren Prinzipien brach und mehr über ihr Privatleben preisgab. »Wir haben uns in einem Café kennengelernt. Wir sind jetzt zwei Jahre zusammen, in denen wir unsere unterschiedlichen Leben irgendwie aneinander angepasst haben. Er ist Songwriter und Produzent, geregelte Arbeitszeiten gibt es da nicht, was mir entgegenkommt, weil ich mir ständig Arbeit mit nach Hause nehme.«

Endlich konnte sie ihre Marke abgeben. Nadine steckte ihr Smartphone in die Handtasche zurück. »Der Empfang hier ist grottig, ich versuche es draußen noch mal.«

Leah nahm ihren Mantel und zog ihn über.

»Deine Beziehung klingt irgendwie … praktisch«, kommentierte Nadine mit Verzögerung.

Praktisch, nun das war es auch. Peer und sie waren ein eingespieltes Team, aber keines von diesen Paaren, die aneinander vorbeilebten, zumindest gaben sie sich Mühe. Sie wartete, bis Nadine ebenfalls ihren Mantel entgegennahm, dann gingen sie zum Ausgang. »Es ist mehr als praktisch.« Ihre Kollegin sollte nicht denken, sie wäre aus den falschen Gründen mit Peer zusammen, dabei wusste sie nicht einmal, warum es ihr überhaupt wichtig war, dass Nadine ihr glaubte. Vielleicht versuchte sie auch nur, sich selbst zu überzeugen. »Wir lieben uns.«

Draußen zogen sie gegen die Kälte die Mäntel fester um sich, Nadine ging neben ihr, und Leah passte ihre Schrittgeschwindigkeit an.

»Glaube ich dir ja. Dann stört es dich sicher nicht, wenn wir ins *Mephisto* gehen, oder? Ich war schon lange nicht mehr dort, gibt es jetzt nicht Livemusik?«, schlug Nadine vor.

Wenn ihre Kollegin einen Spaß machen wollte, dann war es nicht lustig.

»Denkst du, er setzt sich zu uns, sollte er auftauchen?« Tatsächlich klang sie eher so, als würde sie ihn selbst gerne kennenlernen.

»Wenn ja, kann ich euch ja allein lassen«, sagte Leah halb im Scherz.

»Himmel, nein«, winkte Nadine ab. »Ich will nur damit angeben, mal mit dem großen Dirigenten einen getrunken zu haben.« Bei diesen Worten griff sie in ihre Tasche und holte das Smartphone wieder hervor. »Ich wollte doch was nachgucken.«

Sie blieb kurz stehen und tippte erneut auf dem Telefon herum, dann gab sie einen triumphierenden Laut von sich und hielt Leah ein Video hin.

Henry Erling spielt im Mephisto. Bereits gut zweitausendmal angeklickt und fast genauso oft mit einem Daumen nach oben bewertet. Jetzt kannte sie seinen Namen. Unkompliziert war nun vorbei. Leah kannte sich, wenn sie erst den Namen wusste, würde die Neugierde siegen. Das Video startete.

»Guck mal, da bist du.« Nadine zeigte hinter Henry, aber Leah sah nur sein Gesicht an.

Es war genauso, wie sie es sich vorgestellt hatte: Die Gefühle spiegelten sich auf seinen Zügen wieder. Und die Musik berührte sie wie an jenem Abend.

»Wow, ist ja der Hammer.« Nadine sah zu Leah und lachte. »Du bist echt ein Musikmensch, oder? Brauchst du ein Taschentuch?«

Leah nahm es dankbar an. »Wie gesagt, das war das einzig Fühlbare in meiner Kindheit. Ich denke, ich bin, was das angeht, schwer vorbelastet.«

»Wie ich schon sagte: *Das* klingt echt traurig.« Nadine ließ das Video weiterlaufen und hakte sich bei Leah unter.

Leah dachte nicht oft über ihre Kindheit nach, weil das ein Lebensabschnitt war, den sie hinter sich lassen wollte. Ihre Eltern zu besuchen war jedes Mal wie ein Geschäftsessen mit Kulturprogramm. Eine von vielen Verpflichtungen, die einen festen, regelmäßigen Termin in ihrem Kalender besetzten. Als sie erneut Johnnys Gesicht betrachtete, fragte sie sich, ob er ein ähnliches Leben führte. Er strahlte etwas aus, das von einem gut versteckten Geheimnis sprach. Oder eine Last, eine unbestimmte Traurigkeit wohnte ihm inne, die von der Musik nach außen getragen wurde. Nur für die Dauer, die er spielte. Als das Stück endete, er sich zu Leah umsah und sich verbeugte, wuchs in ihr die Hoffnung, sie würde ihn wiedersehen. Es war genau dieser erste kurze Blick, mit dem er sagte, dass einzig und allein ihre Meinung zählte. Die ersten Zugaberufe ertönten, wieder sah er sich zu ihr um, und auf ihren Wink hin setzte er sich zurück an das Klavier.

»Er hat sich deine Erlaubnis abgeholt?« Natürlich bemerkte Nadine dieses kleine Detail. »Du siehst eher wie sein Date aus.«

Leah fühlte sich wie mit Eiswasser übergossen. »Du hast recht. Ich muss Peer von dem Abend erzählen, bevor er durch einen dummen Zufall das Video sieht.«

»Warum sollte er?« Nadine schaltete das Telefon aus und ließ es zurück in ihre Tasche gleiten. »Wenn du es ihm sagst, dann sieht er es auf jeden Fall. Ich würde es dem Zufall überlassen, ist doch nichts Schlimmes.«

Leah blieb stehen und drehte sich zum Augustusplatz um, auf dem am frühen Abend noch Buden, eine Eisfläche für Schlittschuhläufer und ein Riesenrad mit bunten Lichtern und lauter Musik Besucher angelockt hatten. Jetzt war alles still und dunkel. »Lass uns woandershin gehen«, sagte sie entschlossen. Niemand forderte sein Schicksal heraus, ohne am Ende den Kürzeren zu ziehen.

»Du willst kneifen?«

Ja, das wollte sie. Also nicht hundertprozentig, aber die Vernunft hatte bei dieser Abstimmung mehr zu sagen als das Bauchgefühl.

»Gut, dann gehen wir in *Die Luise?* Die haben einen hervorragenden Hauswein.«

Beruhigt stellte Leah fest, dass Nadine zwar gerne triezte, aber zu wissen schien, wann es genug war. Der Vorschlag gefiel ihr besser. *Die Luise* war direkt bei ihr um die Ecke, nach ein paar Gläsern Wein könnte sie einfach ins Bett fallen und dann nach einer kurzen Nacht nach Hause fahren – zu Peer.

Sie schlenderten die Fußgängerzone entlang und sahen dabei zu, wie die Operngäste nach und nach unterschiedliche Wege einschlugen. Vor ihnen gingen ein Mann und eine Frau in dieselbe Richtung wie sie. Den guten Mänteln und ihren hohen Schuhen nach zu urteilen, waren sie auch in der Oper gewesen. Das Schild vom *Auerbachs Keller* kam in Sicht, und die Frau packte ihren Begleiter am Arm und zog ihn in die Passage. Als er sich halbherzig wehrte, erkannte Leah Johnny. Mit angehaltenem Atem blieb sie stehen und kramte in ihrer Handtasche.

»Was suchst du?«

Leah stellte sich so hin, dass Nadine den Rücken zu ihm drehen musste und gleichzeitig die Sicht auf sie behinderte. »Mein Smartphone, ich möchte dir ein Foto von Peer zeigen, damit du siehst, dass ich in guten Händen bin.«

Johnny und die Frau betraten die Passage. Es war ein seltsames Gefühl, ihn dort zu wissen und dem Wunsch auf ein Wiedersehen trotzdem nicht nachzugeben.

»Hier, ich hab's.« Sie zog ihr Smartphone aus der Tasche und suchte aus den Alben ein gutes Foto von Peer heraus. »Das ist er.«

Nadine nahm ihr das Telefon ab und sah ihn ganz genau an. »Okay, jetzt hast du es geschafft, ich bin neidisch. Du bist mit so einem attraktiven Mann liiert, und Henry Erling gibt dir ein Privatkonzert – läuft bei dir.«

Zum Glück machte Nadine keine Anstalten, Leah doch noch zu überreden, ins *Mephisto* zu gehen, als sie an der Mädlerpassage vorbeikamen. Davon abgesehen, dass es so besser war, schien Johnny auch in bester Gesellschaft zu sein. Die Frau war sehr vertraut mit ihm umgegangen, wahrscheinlich war sie seine Ehefrau, was Leah das Bild vor Augen führte, wie er seine Hand über den Ring gelegt hatte.

Wenige Minuten später erreichten sie *Die Luise.*

Leah hatte schon lange nicht mehr so viel getrunken und gelacht. In Frankfurt waren alle Freunde Peers Freunde, die Leah akzeptierten und wahrscheinlich auch mochten, aber eine gewisse Distanz blieb. Nun lag sie von dem schönen Abend ganz aufgekratzt im Bett und sah an die Decke, an die vom kleinen Wecker die Uhrzeit projiziert wurde. Seit ein Uhr klebte die Zeit, als müssten sich die Sekunden erst losreißen, um sich zu einer ganzen Stunde zu verbinden.

Wenn das der Auftakt in Leipzig gewesen war, dann versprach ihr diese Stadt, sie aus ihrer Komfortzone zu werfen und am Ende mit vielen neuen Erfahrungen zurückzulassen. Leah hoffte nur, dass sie dann noch dieselbe wäre.

Nachdem sie bis drei Uhr wach gelegen hatte, nahm sie ihr Smartphone vom Nachttisch und rief den Internetbrowser auf. Obwohl die Neugier in ihr wuchs, widerstand sie, seinen Namen zu googeln, und suchte nur auf YouTube nach der Aufnahme, die Johnny im *Mephisto* zeigte. Sie ließ das Video abspielen und lehnte ihr Handy so gegen den Nachttisch, dass sie es im Liegen gut sehen konnte. Erst das ergreifende Stück, danach die Szene, wie er jeden im Lokal zum Mitsingen brachte.

»Manchmal ist es besser, einen besonderen Moment zu bewahren, als durch ein besseres Kennenlernen alles zu ruinieren«, flüsterte sie in die Dunkelheit ihres Zimmers.

Kein Mensch war perfekt, was, wenn seine Maske fiele, wenn sie ihn nach Hause begleitete? Das war schwer vorstellbar – und überhaupt, warum sollte er sie wiedersehen wollen? Selbst wenn sie nicht erfahren hätte, wer er war, reichten sein gutes Aussehen, seine respektvollen Umgangsformen und sein Talent aus, um zu wissen, dass er locker interessantere Frauen kennenlernen konnte. Wie jene Frau, mit der er unterwegs gewesen war. Wenn es seine Frau gewesen war, dann schien sie viel jünger als er zu sein. Und wenn nicht, dann sprach es für eine kaputte Ehe.

Leah hatte die meiste Zeit nur die Arbeit im Kopf. Sie trug vornehmlich ordentliche Kleidung, die für die Baustelle geeignet war, oder schwarze Businesskostüme fürs Büro. Sie verzichtete auf tiefe Ausschnitte oder hübsche Kleider. Sie wollte ernst genommen und nicht angemacht werden. Privat ging die Tendenz eher zu kuscheligen Sweatshirts und Hoodies.

Vielleicht hatte Johnny tatsächlich nur mit ihr reden wollen, weil sie wie eine Geschäftsfrau ausgesehen hatte. Leah setzte sich aufrecht hin und rieb sich über die Augen. Das Video endete, und ein anderes wurde geladen, das Henry Erling bei einem Vortrag übers Komponieren zeigte, wahrscheinlich in der Uni. Leah wollte es beenden, aber seine Stimme hielt sie davon ab. Das war er, Johnny, durch und durch. Kein Spiel, keine Masche. Er sprach über unterschiedliche Musikrichtungen, spielte sogar zwischendurch kleine Melodien auf einem Flügel an, um etwas zu verdeutlichen, und war mit so viel Leidenschaft dabei, dass Leah sich die ganze Aufnahme anschaute. Sechsundfünfzig Minuten lang, ohne irgendwas an ihm zu finden, das sie nicht mochte.

Bevor das nächste Video laden konnte, schaltete sie das Smartphone aus und legte sich wieder hin. An Schlaf war jetzt jedoch nicht mehr zu denken. Als sie wieder an die Decke zu den kleinen, leuchtenden Zahlen sah, zog sie Bilanz ihrer ersten Woche in Leipzig, die in wenigen Stunden zu Ende sein würde. Die Arbeit lief gut, Bennie hatte die Übergabe bestens vorbereitet, alles war lückenlos dokumentiert, sie freute sich auf die kommende Begehung der Baustelle und das Meeting mit den zuständigen Unternehmern – ganz gleich, wie schlecht Düvels Ruf war.

Nadine war übereifrig, aufmerksam und genau der Mensch, den Leah brauchte, damit sie auch mal an was anderes als an Arbeit dachte.

Und Johnny war wie ein Geist, der jeden Tag in der Stadt vor ihr auftauchen konnte. Es war eine schöne Vorstellung, dass dieser besondere Abend wie eine leise Melodie durch die Straßen hallte und Leah dazu einlud, gedanklich zu tanzen.

Der einzige Wermutstropfen war Walter Franken. Wann immer sie ihm im Büro begegnet war, hatte sie sich unwohl gefühlt. Zum

Glück hielt er sich vor anderen zurück – oder ihre klare Ansage war angekommen –, aber seine Blicke sagten, dass sein seltsames Interesse an ihr fortbestand.

All diese Gedanken und Eindrücke beschäftigten sie und ließen sie nicht zur Ruhe kommen. Eine halbe Stunde bevor der Wecker klingelte, schlief sie dann doch noch ein.

Wie gerädert brachte Leah die Morgenroutine hinter sich und packte ihren Koffer. Ein Jahr lang wollte sie an jedem Wochenende ihre Kleidung mitnehmen, zu Hause die Wäsche waschen und dann am Sonntag mit frischen Sachen wiederkommen. Leipzig war kein zweiter Wohnsitz, es war ein notwendiger Umstand. Schlimm genug, dass sie sich in dieser Woche schon so wohlgefühlt hatte, dass es ihr schwerfiel, wieder zu fahren, obwohl sie sich auf Peer freute.

»Du hast dich von der schönsten Seite gezeigt«, sagte Leah leise zu der Stadt. »Aber ich bin und bleibe ein Gast.« Das war sie besonders Peer schuldig.

Er hatte nicht gewollt, dass sie diesen Job annahm. Sie hatten eine lange Diskussion darüber geführt, was dieses Jahr an Vor- und Nachteilen bringen konnte. Er kannte Leah besser als sonst ein Mensch und akzeptierte sogar, dass er in den zwei Jahren ihrer Beziehung ihre Familie nicht kennenlernen durfte, weil ihre Eltern von ihm nichts wissen sollten. Ihre Mutter hatte die nervtötende Angewohnheit, alles kaputtzureden. Peer wäre mit seinen langen Haaren und seinem Musikerleben die personifizierte Provokation für Ella Mirana. Wenn Leah ihn tatsächlich heiratete, dann ohne Familie, im kleinsten Kreis.

All das waren Begebenheiten, die Peer hinnahm, während seine Eltern wie eine ältere Ausgabe von ihm selbst wirkten. Soweit Leah wusste, waren alle Mitglieder seiner Familie Musiker, sogar die drei jüngeren Brüder. Sie waren, wie eine Familie zu sein hatte, aber Leah fühlte sich nicht wie ein Teil davon. Die Herzlichkeit und das Miteinander waren anstrengend für sie. Sie brachten ihr erlerntes Weltbild durcheinander.

Eine gute Tochter war ein Mädchen, das niemals negativ auffiel, nie zu laut war und immer erst dann sprach, wenn es dazu aufgefordert wurde. Die wenigen Male, die Leah als Kind dagegen verstoßen hatte, waren immer gleich verlaufen: Erst war ihre enttäuschte Mutter im abgedunkelten Schlafzimmer verschwunden, irgendwann musste sich Leah dann entschuldigen und einen Termin beim Therapeuten wahrnehmen.

Nun saß sie neben ihrem gepackten Koffer und fragte sich, ob Peer wusste, wem er tatsächlich einen Antrag gemacht hatte. Seine Angst, er könnte sie an Leipzig verlieren, war nicht so unbegründet, wie sie ihm gern verkaufte – nicht mehr, seit er sie heiraten wollte. Etwas in ihr zeigte seither Alternativen auf, die das Weglaufen erleichtern könnten. Wieder fragte sie sich, was nach einer Hochzeit käme.

Kinder.

Würde sie ein Kind überhaupt lieben können? Mehr als ihre Arbeit? Was, wenn sie wie ihre Mutter wurde?

»Mann, Leah, es reicht jetzt«, schimpfte sie mit sich selbst. Natürlich waren die Übermüdung und das bevorstehende Gespräch mit Peer schuld an ihren Gedanken. Seufzend sah sie sich in der Wohnung um.

Mit der Zeit würde es persönlicher werden, weil kein Mensch irgendwo lebte, ohne hier und da etwas hinzustellen oder liegen zu lassen. Wie die Opernkarte, die in der Küche auf der Arbeitsfläche lag. Diese Zimmer und sie würden irgendwann eine gemeinsame Geschichte haben, die vielleicht mit den Worten: »Damals, als ich diese kleine Wohnung in der Bosestraße hatte«, anfangen würde. Es war auch ihre erste eigene Wohnung. Seit sie zu Hause ausgezogen war, hatte sie immer in Wohngemeinschaften oder mit Partnern zusammengelebt. Während des Studiums aus finanziellen Gründen, später, weil sie zu ihren Partnern nicht Nein sagen konnte. Sie wollte sie nicht enttäuschen. Nach den Trennungen war der Umzug in eine WG unkomplizierter und ging schneller. So hatte sie sich noch nie etwas Eigenes suchen müssen.

Wirklich sesshaft fühlte Leah sich sowieso nur im Büro – und sie glaubte auch nie, etwas verpasst zu haben.

Sie zog den Koffer bis in den Flur, stieg in ihre Schuhe und warf sich den Mantel über.

»Morgen bin ich schon wieder zurück«, versprach sie dem Zuhause auf Zeit. »Lass niemanden rein, wenn ich weg bin.«

Beim Verlassen der Wohnung fiel ihr Blick auf die Garderobe, bei der irgendetwas fehlte. Leah konnte es nicht genau benennen, aber etwas stimmte an dem Bild nicht. Doch sie hatte nun keine Zeit mehr, der Zug nach Frankfurt wartete sicher nicht auf sie.

FRANKFURT AM MAIN

10. Februar 2018, Samstag

Vielleicht?« Peer klang nicht verärgert, aber seine Enttäuschung konnte er nicht verbergen. »Warum nicht Ja?«

Leah stand vom Tisch auf und stapelte die schmutzigen Teller und Schüsseln. »Wir haben nie ausführlich darüber geredet, wie wir uns die Zukunft vorstellen. Du hast mich überrumpelt.«

Sie trug das Geschirr in die Küche, und Peer folgte ihr, ohne etwas in den Händen zu halten außer der verdammten Karte. »Ich will den Rest meines Lebens mit dir verbringen. Warum reden wir nicht beim Dessert in Ruhe darüber?«

Die Mousse au Chocolat stand noch im Kühlschrank. Leah hoffte, dass er keinen Ring auf die Sahne dekoriert hatte. Peer hatte sie schon mit dem Willkommensessen überrascht. Er hatte Sahnehühnchen mit Reis gemacht, halbierte Pfirsiche mit Preiselbeeren und ihren Lieblingswein bereitgestellt. In solchen Dingen war er richtig gut.

Als sie ein Jahr zusammen gewesen waren, hatte er einen Song für sie geschrieben, der auch jetzt noch im Radio lief. Zwar sang ihn einer der angesagten Stars, aber es war für immer ihr Song.

»Kann man den Rest des Lebens nicht auch so verbringen?«

»Du hast die Karte vor einer Woche in deiner Tasche gefunden, solltest du dich nicht langsam von dem Schreck erholt haben?« Peer legte seine Arme um sie und schmiegte seine stoppelige Wange an ihren Nacken. »Außerdem sieht es so aus, als hättest du eigentlich Ja ankreuzen wollen.«

Leah lehnte sich an ihn und schloss die Augen. Sie sagte ihm lieber nicht, dass ihr Kugelschreiber daran schuld gewesen war, dass sie ihre Meinung geändert hatte. »Ein Vielleicht ist kein Nein. Ich will mit dir zusammen sein, für immer. Muss das unbedingt mit Bürokratie verewigt werden?«

Seine langen Haare fielen über ihre Schulter und kitzelten die Haut am Schlüsselbein. Peer war ein Rocker. Er sah aus wie ein Rocker, lebte das Leben eines Rockers – nur weniger exzessiv als speziell. Er arbeitete mit vielen bekannten Musikern zusammen, nahm an spontanen Sessions teil und verschlief dann den nächsten Tag oder arbeitete manisch an einem Song, wenn es ihm in den Sinn kam. Sie beneidete ihn um dieses Leben, das zwar nicht ohne Sorgen auskam, aber es verlief niemals gleich. Ständig konnte etwas passieren, das außergewöhnlich war.

Ihres verlief dagegen wie auf Schienen. Aktuelle Station Großprojekt, anschließend das Erklimmen der nächsten Karriereleitersprosse.

Peer küsste ihren Hals, umfasste ihre Taille fester und drückte sie an sich. »Noch etwas Nachtisch vor dem Nachtisch?«

Leah nickte und schloss genießend die Augen.

Sein Telefon vereitelte jedoch, dass er weitermachte. »Ich wimmle ihn ab, egal, wer es ist«, versprach er und küsste sie ein letztes Mal.

Sie sah ihm nach und unterdrückte den Impuls, einen Blick in den Kühlschrank zu werfen. Wenn er tatsächlich einen Ring dort versteckt hatte, wollte sie ihm die Überraschung nicht verderben. Telefonierend ging er die Treppe runter zum Studio.

Ihr Haus war einst eine Lagerhalle gewesen und hatte durch den Umbau von seinem Industriecharme nichts verloren. Große Sprossenfenster, sichtbare Backsteinwände, Lampen mit Edison-Glühbirnen. Es war ein großzügiges, gemütliches Zuhause ohne direkte Nachbarn, die sich an lauter Musik stören konnten. Auf dem Gelände befanden sich sogar ein kleines Gästehaus für Bands oder andere Kreative und eine weitere Lagerhalle.

Leah räumte den Tisch zu Ende ab und dachte an die letzten sieben Tage zurück. Ohne die seltsame Begegnung mit Walter Franken wäre die Woche perfekt gewesen. Als Peers Gespräch länger dauerte, nahm sie ihr Smartphone aus der Tasche und ging die Nachrichten durch. Sie tippte auf Nadines Namen im Chat und sah einen Link im Fenster. Darunter bewegten sich drei Punkte als Zeichen, dass Nadine gerade etwas schrieb.

Leah klickte den Link an, und ein YouTube-Video fing an zu laden. Es war die Aufnahme im *Mephisto,* und Leah musste grinsen.

Ich kann dir jederzeit seine Nummer besorgen, lautete die Nachricht, die als Banner kurz auftauchte. Leah wischte sie weg und setzte sich mit dem Smartphone an den Küchentisch. Die Musik war wie ein Sog, der Leah zurück in die Bar zog, als säße sie wieder hinter Johnny am Tisch.

»Was ist das?«

Leah hätte beinahe das Telefon fallen lassen. »Nur ein Link, den eine Kollegin mir geschickt hat«, sagte sie schnell und wollte es ausschalten, aber Peer legte seine Hand unter ihre und hielt sie somit so still, dass er das Video klar erkennen konnte.

In Leah geriet alles durcheinander. Ihr wurde heiß, und ihr Herz schlug schneller, als würde sie jeden Moment überführt werden, dabei hatte sie gar nichts Schlimmes getan.

»Das bist du ja«, sagte er und deutete auf Leah im Hintergrund.

»Ja, dieser Mann hat spontan etwas vorgespielt, das ist sehr beeindruckend gewesen.«

Peer sah sie ungläubig an. »Du hast Henry Erling live in einer Bar spielen gehört und erzählst es mir nicht?« Er nahm seine Hand fort und ging zu seiner Schallplattensammlung, die im Wohnzimmer eine ganze Wand einnahm.

Leah schloss den Browser und hoffte, dass Peer sich das Video niemals ganz ansehen würde.

»Hier.« Peer kam mit einigen Platten zurück. »Er ist eine große Nummer, wenn es um Opern geht, aber mit einigen Studenten komponiert er auch Crossover-Stücke. Ich habe jetzt nur seine Klassikalben hier. Warte einen Moment …« Er reichte ihr die Platten und holte seinen Laptop.

Leah wollte ihn stoppen, damit er nicht noch mehr über Johnny preisgab, aber wie hätte sie das begründen sollen?

»Der Dieter Bohlen der Klassikszene, nur eben mit Stil und auf die höfliche Art«, scherzte Peer und gab bei YouTube einen Suchbegriff ein.

»*Lingustus?* Oje, *Once it's Done* ist doch mindestens fünfzehn Jahre alt. Dazu habe ich nach dem Abitur in der Disco getanzt«, sagte Leah. An die Zeit zwischen Abi und Studium erinnerte sie sich gerne – ein paar Wochen hatte sie erleben dürfen, was Unbeschwertheit bedeutete.

Peer nickte und redete dann begeistert weiter: »Die Band ist praktisch in Henry Erlings Musikzimmer gegründet worden. Es waren seine Studenten, und sie haben ihn aus Dankbarkeit quasi gezwungen, im Video mitzuspielen. Nur so ist er auch in anderen Kreisen zu einer Berühmtheit geworden.«

In dem Video musste Henry etwas jünger als sie jetzt gewesen sein. Ein gut aussehender Mann, offen und sympathisch, selbst wenn er nur in einem weißen Sessel saß und die eigentlichen Akteure um ihn herum verteilt standen, sangen oder Instrumente spielten. Leah fragte sich, was nach dieser Aufnahme passiert war. Die sympathische Ausstrahlung hatte er nicht verloren, aber heute wirkte er traurig oder – ihr fiel kein richtiges Wort außer traumatisiert dafür ein. Es war etwas in seinen Augen, ein Schatten dessen, was er vielleicht hatte mit ansehen müssen. Oder er war bei ihrem Treffen einfach nur erschöpft gewesen, weil seine Ehe in die Brüche ging. Warum sonst hatte er seine Hand über den Ring gelegt? Doch wer ist dann diese Frau am Opernabend gewesen?

Ob Leah es wollte oder nicht, ihre Gedanken zogen immer wieder dieselben Kreise.

»Wegen dieser Geschichte hatte ich damals überlegt, in Leipzig zu studieren«, ergänzte Peer und zeigte auf das Display. »Wenn du ihn noch mal siehst, dann musst du mir einen Termin bei ihm besorgen. Ich habe tolle Ideen im Kopf, die richtig gut sind. Also mehr als nett.«

Mehr als nett, war sein Motto für alles, was er im Leben erreichen wollte. Es stand für: Durchschnitt kann jeder, ich will ganz oben mitspielen.

Ein weiterer Grund, warum sie nicht verstand, dass Peer ausgerechnet ihr einen Antrag gemacht hatte. An vielen Tagen hatten sie es nur nett miteinander, weil sie so viel arbeiteten und ihr Zusammenleben damit einer gut funktionierenden WG glich. Dann waren da die Wow-Momente, in denen sie miteinander lachten oder Sex hatten. Wie kleine Laternen in der Erinnerung, die den Alltag beleuchteten. Was würde passieren, wenn die Laternen weniger wurden? Wenn ganze Jahre in Dunkelheit versanken, weil die Wow-Momente nicht mehr stattfanden? Wenn das, was sie miteinander hatten, nur noch nett wäre?

»Sollte ich ihn noch mal im *Mephisto* sehen, dann sage ich ihm das«, versprach sie und nahm die Platten vom Esstisch.

»Hör sie dir doch gleich an, ich weiß ja, dass du auf so'n Zeug stehst.« Er zog sich seinen Pullover über.

»Und du?«

Entschuldigend hob er sein Smartphone in die Luft. »Musikalischer Notfall«, erklärte er knapp. »Mavie kommt gleich, das Label macht Stress, also rippen wir schnell, was sie wollen, und alle sind wieder happy.«

Dieses *schnell* kannte Leah. »Schade. Aber so ein Dessert schmeckt auch um Mitternacht.«

Peer schüttelte die blonden Haare zurück und grinste. »Darauf kannst du wetten.«

Sie ging mit den Platten zum Spieler, während er die Treppe zum Studio runterlief. Wie verrückt es wohl wäre, wenn sie für Peer tatsächlich ein Treffen mit diesem Mann einfädeln könnte?

Dann wollen wir doch mal hören.

Sie legte die LP auf, die von allen am ältesten war, stülpte sich die Funkkopfhörer über die Ohren und setzte sich mit geschlossenen Augen auf das Sofa. Das Gefühl, durch die Kopfhörer mit der Musik ganz allein zu sein, war schon in ihrer Kindheit wie ein sicherer Raum gewesen, in den sie sich, wann immer es ging, zurückgezogen hatte.

Genau wie das Stück, das er im *Mephisto* gespielt hatte, erzählten auch diese Kompositionen Geschichten. Erst dunkle, strenge, die wie eine Wanderung durch einen Bergstollen undefinierter Erinnerungen waren. Auf der nächsten Platte dann leichte, glückliche, mit Ausflügen in Melancholie, Sehnsucht und einer Art Hoffnung. Die dritte zeigte ihr eine Klangwelt aus Enttäuschung und Angst. Nahezu brutal schlugen ihr die Töne aus dem Kopfhörer entgegen, sodass sie leiser machen musste, um es bis zum Ende hören zu können. Die letzte Platte hingegen klang nach perfekter, jedoch uninspirierter Klaviermusik. Sie sah auf die Jahreszahl dieser verstörenden Platte. 2013 – in diesem Jahr musste etwas passiert sein, was Johnny nachhaltig verändert hatte.

Ergeben nahm sie den Kopfhörer ab und verfluchte Nadine, weil sie ihr den Link geschickt hatte. Johnny oder eher Henry war wie ein Heiliger, den jeder anbetete, ohne dass er sich selbst auch nur ansatzweise so gab. Vielmehr wirkte er wie jemand, der anderen gab, was sie wollten, um sich hinter den Ablenkungen zu verstecken. Ein Mechanismus, den sie bestens kannte.

Mit diesen Gedanken zog sie wieder das Smartphone aus der Tasche und schickte Nadine eine Antwort: *Nein danke, ich will seine Nummer nicht und auch keine weiteren Links.*

Als Antwort erschien ein Emoji, das die Augen verdrehte.

Ihr Telefon klingelte und zeigte Nadines Namen an.

»Sag mal, musst du um diese Zeit nicht schlafen?«, sagte Leah statt einer Begrüßung.

»Willst du ihn ehrlich nicht wiedersehen?« Nadines Begeisterungsfähigkeit war sonst erfrischend, aber in diesem Kontext bauschte sie etwas auf, das Leah kleinhalten wollte.

»Es war ein sehr *netter* Abend, eben weil es bei einer *netten* Unterhaltung geblieben ist. Also könntest du deine Rechercheambitionen wieder auf die Arbeit konzentrieren, wo sie sinnbringender sind?«

Leider schien Nadine Vergnügen an dieser Sache zu finden. »Ich erkenne eine verliebte Frau, wenn ich sie sehe. Und dich, meine Liebe, hat es voll erwischt.«

Leah schob die Platten zusammen und legte ein Kissen darüber. »Du kennst mich jetzt gerade mal eine Woche. Soll das ein Masterplan sein, mich dauerhaft nach Leipzig zu holen?« Je länger sie darüber nachdachte, desto erschreckend mehr Sinn ergab dieser Gedanke. »Ludger hat mit dir geredet, oder?«

»Wow, unser Oberboss? Warum sollte er das tun?«

»Weil er Andeutungen gemacht hat, dass in Leipzig noch mehr für mich drin sei, wenn ich meinen Job gut mache«, sagte Leah ernst. »Aber ich kann hier nicht weg. Eine dauerhafte Fernbeziehung würden Peer und ich nicht überstehen. Deine Fantasie in allen Ehren, aber ich habe bereits einen Mann an meiner Seite, den ich liebe und heiraten werde. Hier in Frankfurt.« Letzteres wurde gerade in diesem Gespräch entschieden.

»Du nimmst den Antrag an?«

»Ja, gleich, wenn er aus dem Studio kommt.«

»Die Schöne und das Rockerbiest, dann lerne ich ihn ja hoffentlich mal kennen.« Nadine klang vorerst ruhiggestellt.

»Spätestens auf der Hochzeit«, sagte Leah und freundete sich langsam mit dem Gedanken an. »Bei deinem Eifer sollte ich dich als Trauzeugin verpflichten.«

»Du hast nicht viele Freunde, oder?« Es raschelte, dann sprach Nadine mit vollem Mund weiter. »Ich bewundere euch fleißige Bienchen ja, und ich mache ja auch oft genug Überstunden, aber was nützt Erfolg, wenn man kein Privatleben hat?«

»Wie kommst du darauf?« Es stimmte, aber trotzdem musste sie sich gegen diese Behauptung wehren.

»Na, wenn du das mit der Trauzeugin ernst meinst, scheint es keine beste Freundin im Hintergrund zu geben, die dann sauer wäre.«

Unten wurde eine Tür geöffnet. »Ich muss Schluss machen, mein Privatleben ist auf dem Weg zu mir, wir reden Montag wieder.«

Peer verabschiedete unten Mavie und kam dann die Treppe hoch. Leah legte das Telefon beiseite, kniete sich auf das Polster und lehnte sich auf die Rückenlehne, um zum Aufgang sehen zu können. Die Müdigkeit steckte ihr langsam tief in den Knochen, sie war froh, dass er endlich zu ihr kam.

»Hey, du bist noch wach?«

Es war gerade kurz nach Mitternacht. »Ich warte noch aufs Dessert«, erwiderte sie gut gelaunt.

»Ja, ist gut«, sagte er abwesend. Dann blieb er stehen. »Oh, das Dessert.«

Er legte sein Telefon in die Küche und kam mit zwei kleinen Schüsseln wieder. Mousse au Chocolat, die machte er nur für sie, da Peer lieber fruchtige Sachen mochte.

Er hielt ihr eine Schüssel entgegen.

Etwas skeptisch betrachtete sie die Sahne, aber da war kein Ring.

»Wow, hast du gedacht, ich würde riskieren, dass du dich an meinem Antrag verschluckst?«, fragte er mit einem Grinsen. Ihr Gesichtsausdruck musste sehr eindeutig gewesen sein. »Das mit der Karte war dämlich, das habe ich eingesehen. Aber wenn du es mir erlaubst, mache ich es jetzt richtig.«

Er stellte die Schüsseln auf den Couchtisch und kniete sich vor sie, zog dabei einen Ring aus der Tasche und wurde ganz ernst.

»Leah Mirana, ich liebe dich, seit wir uns zum ersten Mal begegnet sind. Ich kenne dich in- und auswendig, all deine bezaubernden Macken, deinen klugen Verstand und deine Angst, dich zu binden. Deshalb verspreche ich dir, dass dieser Ring nichts an deiner Freiheit ändern wird. Er steht für uns als Einheit, für all das, was uns verbindet. Willst du mich heiraten?«

Er sagte es so, als habe es ihr Gespräch vor ein paar Stunden gar nicht gegeben. Das war nicht das erste Mal gewesen, dass ihre Bindungsangst deutlich wurde, und Peer war so wundervoll, immer die nötige Geduld aufzubringen. Leahs Herz schlug schnell, gab den Takt für ihre Gedanken an. Es stimmte, er kannte sie in- und auswendig, und in diesem Augenblick liebte sie ihn aus vollem Herzen.

»Ja, ich will«, sagte sie und gab ihm einen Kuss. Sie spürte, wie er den Ring über ihren Finger der linken Hand schob, bis er an der perfekten Stelle saß. Genau die richtige Größe, er hatte an alles gedacht.

Sie löste sich von ihm und sah sich das Schmuckstück genauer an. Es war kein typischer Verlobungsring, eher ein stilistischer Drachenkopf, in dessen Auge ein Brillant funkelte, aber trotzdem so dezent, dass sie ihn zur Arbeit tragen konnte. »Er ist wunderschön.«

Peer legte seine Arme um sie und küsste sie. Leidenschaftlich zog er an ihrer Kleidung, während sie ihre Hände unter sein Shirt wandern ließ. Als er alles beiseitefegte, um sie auf das Polster zu legen, fielen die Platten und das Kissen herunter. Einen Wimpernschlag lang sah Leah hin, doch es reichte, um sie abzulenken. Sie schloss die Augen, um Peer noch intensiver zu küssen und alle anderen Gedanken auszusperren.

FRANKFURT AM MAIN

11. Februar 2018, Sonntag

Die Musik zu mögen war viel harmloser, als sich von dem Musiker irritieren zu lassen. Nach wie vor war Leah überzeugt, dass nur die blöde Karte schuld an ihrem Innenleben-Aufstand gewesen war. Jetzt fühlte sie sich wohl mit ihrer Entscheidung, strich mehrmals am Tag liebevoll über den Ring und arbeitete am Laptop, während sie über Kopfhörer erneut die ersten beiden Alben von gestern Abend hörte. Sie war sich sicher, dass eine erneute Begegnung mit Johnny gar keine Gefühle mehr bei ihr auslösen würde. Alles von jenem Abend reduzierte sie in ihrer Erinnerung auf ein belebendes Gespräch und eindrucksvolle Musik. Dass er eine Berühmtheit war, interessierte sie nicht. Peer hatte ständig berühmte Musiker zu Gast, die meisten von ihnen waren angenehm bodenständig.

In diesem Haus gab es keine Ehrfurcht oder Fankult. Hier erschufen kreative Menschen kreative Dinge. Und Leah war die *coole Karrierefrau* an Peers Seite, die all das mitmachte.

»Unvorstellbar, dass erst die zweite Woche von deinem Jahr in Leipzig anbricht«, sagte Peer nun und blieb im Durchgang zur Schlafstube mit verschränkten Armen vor der Brust stehen.

Leah drückte ihren Koffer zu und zuckte mit den Achseln. »Du genießt doch die sturmfreie Bude.«

»Mehr genieße ich es, dich hierzuhaben.«

Die Schlösser schnappten zu, und Leah grinste ihn an. »Du solltest Songtexte schreiben, du hast wirklich Talent.«

»Was?«, sagte er gespielt empört. »Für so eine brotlose Kunst soll ich meinen sicheren Job aufgeben?« Er kam zu ihr und schloss sie in seine Arme, sodass Leah sich kaum noch bewegen konnte. »Wann fährt dein Zug?«

»In zwei Stunden.«

Er küsste sie und drückte sie auf das Bett zurück. »So viel Zeit haben wir selten«, scherzte er.

Leah schob ihre Finger in seine langen Haare und ließ ihre Lippen über seinen Hals streichen. »Deswegen fahre ich so gerne weg, ich mag unsere Abschiede.«

Mit einer Hand wanderte sie tiefer und zog sein Shirt hoch.

»Hast du deshalb den Posten angenommen?«

Zur Antwort öffnete sie seine Hose und befreite ihn so weit wie nötig von dem störenden Stoff. »Ich wünschte, du wärest immer da, wenn ich meinen Koffer schließe.«

Sie mochte jede seiner Bewegungen, die direkt und kraftvoll waren. Peer war ein gut aussehender Mann, der täglich mit noch besser aussehenden Frauen zu tun hatte. Er wurde angehimmelt, und Leah wusste, dass er oft sehr explizite Angebote bekam, aber sie sorgte sich deswegen nicht. Alles hatte seine Zeit, sie genoss lieber, was sie besaßen, als den Verlust zu fürchten. Und doch fühlte es sich diesmal anders an. Emotionaler, verletzlicher und intensiv.

Alle Gedanken, die sie bis eben noch hatte, verloren sich in der Leidenschaft und dem drängenden Wunsch, noch mehr zu fühlen.

»Wow, Leah …« Peer drückte sich von ihr hoch und biss sich auf die Lippe. Das tat er immer, wenn es nicht zu schnell gehen sollte.

»Hör jetzt ja nicht auf«, drohte sie und griff nach seinem Nacken, um ihn zu sich zu ziehen.

Dann kam er. Plötzlich und zuckend.

Schwer atmend blieb er auf ihr liegen, und Leah konnte die letzten Bewegungen angenehm in sich fühlen.

»Entschuldige«, sagte er atemlos. »Ich konnte mich nicht mehr beherrschen.«

Liebevoll strich sie ihm durch die Haare und küsste seine Stirn. »Deine ungestüme Seite ist heiß«, flüsterte sie und ließ ihr Becken leicht kreisen, um die letzten Reize noch mitzunehmen.

»Nicht.« Peer hielt mit einer Hand ihre Hüfte fest. »Du machst mich fertig.«

»In fünf Tagen wieder«, versprach sie und ließ ihn aufstehen.

Er reichte ihr sein Shirt. »Du solltest ins Bad gehen, sonst gucken dich die Leute in der Bahn nur neidisch an.«

Leah hielt es sich zwischen die Beine und ging grinsend an ihm vorbei. »Wo nimmst du das nur alles her? Solltest du jemals die Lust an deinem Job verlieren, kannst du Samenspender werden.«

»Wenn du mir zur Hand gehst«, sagte er lachend und kam ihr hinterher. Leah sah sich zu ihm um und wollte etwas erwidern, aber dieser Moment kam ihr so flüchtig vor.

»Konntet ihr das Label eigentlich zufriedenstellen?«, sagte sie stattdessen.

Er zog die Brauen zusammen und ging zum Waschbecken. »Was meinst du?«

Während sie sich auf die Toilette setzte, sah sie ihm dabei zu, wie er sich wusch. Das schwarze Shirt landete auf dem Deckel vom Wäschepuff. Die Band, die darauf zu sehen war, eindeutig Van Halen, würde sicher grinsen, wenn sie gewusst hätte, warum sie in die Wäsche musste. »Na, als Mavie hier war. Ich wollte das schon die ganze Zeit fragen, hab's dann aber immer wieder vergessen.«

Peer lachte. »Von der Samenbank zu Label-Animositäten, in deinem Kopf möchte ich mal Gast sein.« Er drehte das Wasser wieder ab. »Aber ja, alle sind glücklich. Die Arbeit hat sich gelohnt.«

Als er aus dem Bad ging, musste Leah schmunzeln. Mit Peer war alles so angenehm selbstverständlich, selbst die Routine nach dem Sex. Vor ihm war sie immer allein ins Bad gehuscht.

Vielleicht lief sie Johnny noch einmal über den Weg, dann würde sie ihm von Peer erzählen und ein Treffen arrangieren; das Leben schrieb doch so verrückte Zufälle, oder nicht?

»Willst du noch einen Kaffee, bevor ich dich zum Bahnhof bringe?«, rief Peer aus dem Schlafzimmer.

»Wir sollten lieber fahren.« Leah sah auf die Uhr. »Einen Kaffee schaffen wir nicht mehr.« Sie brauchte einen gewissen Zeitpuffer, um nicht in Stress zu geraten.

Wenig später ging sie mit dem Koffer zur Garderobe, zog sich Mantel und Schuhe an und wartete auf Peer, der mit einem trockenen Toast und einem Thermobecher in der Hand zu ihr kam. »Du kannst von meinem Kaffee was abtrinken.«

Leah nahm ihm die Sachen ab, damit er sich die Schuhe binden konnte. »Danke, aber ich verzichte auf den Zuckerschock.«

Lachend nahm er den Koffer und ging vor.

Es war ausnahmsweise ein sonniger Tag. Geblendet hob Leah eine Hand vor die Augen und tastete nach dem richtigen Schlüssel, um abzusperren. »Denkst du dran, dass nächste Woche die Heizung gewartet wird?«

Er legte den Koffer in den Wagen, schlug die Klappe zu und nahm Leah Kaffee und Toast wieder ab. »Sicher. Ich bin ein großer Junge, ich bekomme das alles hin.«

Leah presste die Lippen aufeinander. So wie sie ihn kannte, öffnete er den Handwerkern in Boxershorts und Bademantel die Tür, und den Rest schafften die Herren dann allein. Es war wohl nur wichtig, dass es passierte, nicht wie.

Bevor Leah einstieg, sah sie sich noch einmal um. Die große Backsteinhalle mit den winterlich ausgedörrten Weinranken und kleinen Roststellen an der Regenrinne war das schönste

Zuhause, in dem sie je gelebt hatte. Im Gästehaus war alles ruhig, was sich unter der Woche ändern würde. Die Türen der kleinen Lagerhalle standen schon offen. Leah erkannte drei Motorräder der Gang, wahrscheinlich schraubten sie die nächsten Tage wieder an ihren Maschinen. Auch wenn sie anfänglich große Bedenken deswegen gehabt hatte, war sie jetzt immer beruhigt, wenn die bulligen Biker auf dem Hof waren. Zum Dank für die Lagerhallennutzung schützten sie das Gelände. Groupies liefen sofort weg, wenn diese Männer auf sie zugingen. Wenn Unbefugte mit Kameras um die Gebäude schlichen, konnte es auch schon mal handgreiflich werden, aber immer im legalen Bereich.

Sie machte ein Foto von dem Gelände und stieg ein. Sollte Leipzig sie weiterhin verführen wollen, konnte sie sich das Bild anschauen und gedanklich nach Hause kommen.

»Nächste Woche essen wir aber noch was, bevor du fährst. Der Italiener in der Nähe vom Bahnhof soll gut sein«, sagte Peer, als er den Wagen startete.

»Ja, ist sicher leckerer als das Abendessen im Bordrestaurant.«

Auf der Fahrt zum Bahnhof hing sie ihren Gedanken nach. So würde es jetzt jedes Wochenende sein. Sie sah ihren Verlobten von der Seite an. In einer Hand hielt er den Kaffee, mit der anderen lenkte er den Wagen. Die gemeinsame Zeit war viel zu kurz gewesen.

»Ich werde dich vermissen«, sagte sie und legte ihm eine Hand auf den Oberschenkel.

»Ich dich auch.« Er sah nur kurz zu ihr. »Um ehrlich zu sein, würde ich dich gern um etwas bitten.«

»Nur zu.« Was es auch war, es würde ihr leichtfallen.

»Verliebe dich bitte nicht in diese Stadt«, sagte er ernst. »Ich weiß, wie sehr dein Herz für Klassik und Kultur schlägt. Leipzig ist voll davon.«

Am liebsten hätte sie ihn in den Arm genommen. »Keine Sorge, bei aller Liebe zu dieser Stadt: Häuser und Musik können nicht mit dir konkurrieren.«

Sie schaltete ihr Smartphone ein und prüfte, ob der Zug wie geplant fuhr. Bislang waren keine Verspätungen eingetragen. Dann rief sie das Foto ihres Zuhauses nochmals auf. »Hast du auch manchmal das Gefühl, dass man sich nie die Zeit nimmt, um sich seine Umgebung richtig anzuschauen?«

»Eigentlich nicht. Aber ich bekomme auch nicht ständig irgendwelche Mails, die meinen Blick ans Smartphone fesseln.«

Ertappt steckte Leah das Telefon weg und sah aus dem Fenster. Es lag nicht am Smartphone, auch wenn es stimmte, dass sie dem Gerät zu viel Aufmerksamkeit schenkte.

Glück ist ein Gefühlszustand, der im Alltag viel zu oft übersehen wird. Dieser Spruch hatte damals bei ihrem Kindertherapeuten auf einem Kalenderblatt an der Wand gestanden. September, die Drei war eingekreist gewesen. Dieser Kalender wurde nie umgeblättert, und die Jahreszahl gab Auskunft darüber, dass er schon damals zwölf Jahre alt gewesen war. Als sie ihren Therapeuten gefragt hatte, warum er nicht einen neuen kaufe, hatte er gesagt: »An diesem Tag habe ich die Liebe meines Lebens geheiratet. Seitdem erinnert mich dieser Kalender jeden Tag daran, den Stress nicht mit nach Hause zu nehmen und Glück zu erkennen, wenn ich es sehe. Wir brauchen keine Dinge. Wir brauchen Geborgenheit, Vertrauen und eine feste Bindung zu den Menschen, die uns wichtig sind.«

Leah war daraufhin nach Hause gegangen und hatte sich die Menschen angeschaut, die ihr am nächsten waren. Sie hatte sogar einen Kalender gekauft, um jenen Tag zu markieren, an dem sie ein solches Glück empfände, um das entsprechende Blatt dann für immer an der Wand hängen zu lassen.

Am darauffolgenden Silvester verbrannte sie den Kalender und verabschiedete sich von der Idee, die kleinen Dinge im Leben seien wichtiger als Karriere. Sie sah kurz zu Peer und fragte sich, ob die Hochzeit mit ihm so ein Tag wäre, der an der Wand bleiben würde. Oder der Abend im *Mephisto*.

»Du hast mir noch nicht erzählt, wie die Kollegen so sind«, brach Peer die Stille.

»Die sind super. Ich wurde sehr herzlich aufgenommen, und ich glaube, ich habe eine neue beste Freundin.«

Peer sah sie fragend an.

»Nadine, du weißt schon, die Kollegin, die mir auch das Video geschickt hat. Sie hat eine mitreißende Art und ein ziemlich loses Mundwerk, aber man kann ihr wegen nichts böse sein. Letzten Freitag bin ich doch tatsächlich mit ihr versackt.«

Ihr wurde bewusst, dass das nicht gerade Erzählungen waren, die seine Angst schmälerten. »Aber der Boss ist ein Widerling«, fügte sie schnell hinzu. »Hoffentlich muss ich den nicht so oft ertragen.«

»Hat er dich belästigt?« Bei so etwas wurde Peer sofort hellwach.

»Nicht so richtig, vielmehr scheint er sich einzubilden, ich hätte mich nach Leipzig versetzen lassen, um ihm nahe zu sein. Dabei ist der Typ echt ekelig. Seine Nase ist doppelt so groß wie normal und hat diese tiefen Poren, die wie Krater aussehen. Ich schätze, er säuft.«

»Ich schicke dem die Gang auf den Hals, wenn er dich anfasst«, sagte Peer wütend, und genau deshalb, weil sie es ihm zutraute, regelte sie ihre Angelegenheiten lieber allein.

»Lass gut sein, ich habe das im Griff.«

»Ich will, dass du mir sagst, wenn er dich anfasst«, forderte er.

»Der Mann ist nur ein Maulheld, alles halb so wild.« Das stimmte nicht ganz, aber sie würde alleine mit ihrem Boss klarkommen. Und bestimmt würde sie es nie so weit kommen lassen, dass andere ihn zusammenschlugen.

Peer gefiel das offensichtlich nicht, aber er ließ das Thema fallen. Vor dem Bahnhof hielt er an und holte das Gepäck aus dem Kofferraum. »Wir sind viel zu früh dran«, sagte er mit deutlich sinkender Laune.

»So wie ich es mag. Du kennst mich doch.« Immerhin bekam er oft genug ihren Unmut zu spüren, wenn sie bei gemeinsamen Aktivitäten nicht pünktlich aus dem Haus kamen.

»Du wirst mir fehlen«, sagte er.

»Du mir auch«, erwiderte Leah und schlang ihre Arme um ihn. Er war fast zwei Meter groß, sodass ihr Kopf an seiner Brust ruhte. Sein Herzschlag war deutlich durch den Pullover unter der offenen Jacke zu hören. Er drückte sie an sich und lehnte sein Kinn sanft auf ihren Scheitel.

»Ich liebe dich«, sagte Peer leise.

Leah löste sich von ihm und sah ihm in die Augen. Tigergrün, nannte sie die Farbe, was ihr in solchen Momenten immer in den Sinn kam.

»Ich dich auch«, antwortete sie und gab ihm einen letzten Kuss. Widerwillig ließ er sie los, und sie wusste, dass er ihr nachsah, bis sie mit dem Koffer im Gebäude verschwunden war. Kein kalenderblattwürdiger Tag, aber ein bemerkenswerter Moment, den sie als warmes Gefühl mit nach Leipzig nahm.

LEIPZIG

14. Februar 2018, Mittwoch

Es waren drei Tage vergangen, in denen Leah wie besessen gearbeitet hatte. Nicht mal Nadine hatte sie abends zum Ausgehen überreden können. Auf diese Weise lief alles wie geplant: diszipliniertes Arbeiten und minimale Ablenkungen. Aber Nadine wurde es nicht müde, in Leahs Komfortzone einzubrechen und es sich zwischen alten Gewohnheiten und verstaubten Werten gemütlich zu machen. »Jetzt gehen wir aus«, sagte sie bestimmt, als sie Leahs Büro betrat. »Und Bennie kommt mit!«

Der junge Kollege fasste sich an die Brust. »Ich? Eure Nadinelichkeit, seid Ihr sicher, dass ich dessen würdig bin?« Zeitgleich überzog Röte sein Gesicht.

Leah bemerkte das Funkeln in Nadines Augen. Offensichtlich wollte sie ihn aus der Reserve locken, also würde Leah sich nach zwei Drinks verabschieden. »Ist gut, Happy Hour. Wo?«

»Lasst uns ins *Mephisto* gehen«, schlug Nadine vor.

Leah überrollte eine Welle der Aufregung. Sie hoffte, dass Johnny dort auftauchen würde und sie sich beweisen konnte, dass die Gefühle nur eine Laune der letzten Woche gewesen waren. »Ist gut.« Sie räumte ihren Schreibtisch auf, schaltete alle Geräte ab, und dann gingen sie los.

Das Wetter war ungemütlich und kalt. Leah zog den Mantel enger und ging etwas schneller. Als sie am Augustusplatz vorbeikamen, sah sie wie immer zur Oper und schickte im Stillen einen Gruß hinüber.

»Na? Wollen wir uns diese Woche wieder was ansehen?«, fragte Nadine mit einem Zwinkern.

Das Kopfschütteln kam zu schnell, Leah merkte selbst, wie verräterisch ihre Reaktion war. »Diese Woche will ich nur arbeiten und sonst nichts. Heute werde ich definitiv auch nicht alt.«

Gut gelaunt hakte sich Nadine bei Bennie unter, der sichtlich zusammenzuckte und dann zu lächeln begann. »Das werden wir ja sehen«, sagte sie dann.

Und Nadine behielt recht: Der Abend verlief anders als erwartet. Stunden später saßen sie noch immer im *Mephisto* und waren inzwischen von Cocktails zu Gin übergegangen.

Monkey 47, ein Gin aus dem Schwarzwald, hatte Leahs Meinung über dieses Getränk nicht nur zum Positiven verändert, er sorgte leider auch dafür, dass sie nun betrunkener war als beabsichtigt. Ihr Plan, die Turteltauben allein zu lassen, war auf ganzer Linie gescheitert. Nicht zuletzt, weil Bennie sie jedes Mal zurückhielt, wenn sie gehen wollte.

»Hey, Leute, ich muss jetzt wirklich los«, sagte sie zum gefühlt zehnten Mal.

»Ach, komm schon, gleich ist eh letzte Runde«, meinte Bennie.

Nadine legte einen Arm um ihn. »Guck in die Kulleraugen, du willst ihn doch nicht mit mir allein lassen.«

Ergeben lehnte Leah sich zurück und verabschiedete sich von dem Wunsch, an diesem Abend noch irgendetwas kontrollieren zu können. Aus dem Augenwinkel sah sie, dass Bennie die Berührung zu genießen schien, auch wenn er diese offensichtliche Einladung nicht annahm. Die beiden passten zusammen, ihr war es unbegreiflich, warum er sich zierte. Selbst seine Schüchternheit müsste längst erkannt haben, dass er keinen Korb kassieren würde, wenn er sie um ein Date bat. Aus eigener Erfahrung wusste sie, wie es sich anfühlte, eingeschüchtert oder wahnsinnig unsicher zu sein. Aber so gehemmt wie er, war sie nie gewesen.

»Wann bringst du deinen Verlobten mal mit?«, platzte Nadine gut gelaunt in ihre Gedanken.

Leah winkte ab. »Niemals, wenn ich es vermeiden kann. Peer ist großartig, aber sobald er den Mund aufmacht, bin ich nur noch das Anhängsel eines interessanten Mannes.«

Deswegen nahm sie ihn nie zu Geschäftsessen oder Empfängen mit. Sie liebte seine weltoffene Art ja auch, aber noch gab es hier in Leipzig keinen Schatten, aus dem sie heraustreten musste, und so sollte es bleiben. »Es liegt nicht mal an ihm«, erklärte sie weiter. »Ich meine, Peer drängt sich nicht in den Vordergrund oder so. Aber er hat viele Interessen, und die Leute hören ihm gern zu. Geht mir ja genauso. Mir ist es lieber, wenn diese Welten getrennt bleiben.«

Bevor Nadine das kleinreden konnte, stand Leah auf. »Ich gehe mal kurz zur Toilette, bestellt mir noch einen mit, wenn die letzte Runde ausgerufen wird.«

Sie hielt sich einen Moment an der Stuhllehne fest. So viel hatte sie nicht trinken wollen, aber sie fühlte sich gut. Mit bedachten Schritten ging sie die zwei Stufen vom Podest, auf dem auch ihr Tisch stand, hinab und Richtung Toiletten, als der Barkeeper sie aufhielt.

»Entschuldigen Sie bitte, Sie sind doch June, oder?«

Misstrauisch nickte sie. Er war derselbe Barkeeper wie bei ihrem letzten Besuch hier. Dass er sie mit diesem Namen ansprach, konnte nur mit Johnny zusammenhängen.

»Ich soll Ihnen das hier geben.«

Leah nahm ein Kuvert an sich und runzelte die Stirn. »Von wem?«, fragte sie, obwohl sie es ganz genau wusste.

Der Mann grinste, als hielte er ihre Frage für einen Scherz. »Seit mehreren Tagen kommt er nachmittags auf einen Kaffee vorbei und tauscht die Umschläge aus.«

»Ich danke Ihnen.«

Leahs Herz schlug schneller. Nicht, weil es unzweifelhaft verwerflich war, dass ein fremder Mann diese Umstände für sie auf sich nahm, sondern, weil sie als jemand wahrgenommen worden war, der diese Umstände wert war.

Sie ging zur Toilette und verschloss die Kabine hinter sich.

Was immer sich in dem Umschlag befindet, es ist nicht mehr als ein Kompliment.

Sie öffnete ihn und zog eine Eintrittskarte für die Oper hervor. *Jim Morrison,* fünfte Reihe, Platz 33. Auf der Rückseite befand sich eine Notiz:

Dieses Ballett entspricht vielleicht Ihrem Wunsch, etwas gänzlich Neues zu sehen. Ich hoffe, dass Sie die Zeit haben werden, es sich anzuschauen. Viel Spaß. J.

Sie sah auf das Datum – die Vorstellung fand morgen statt. Hatte Johnny tatsächlich jeden Tag eine Karte für sie hinterlegt?

Sie steckte den Umschlag mit der Karte in ihre Handtasche und erledigte dann schnell, weswegen sie losgegangen war. Als sie sich anschließend vor dem großen Spiegel die Hände wusch, beschloss sie, niemandem etwas von diesem Geschenk zu erzählen. Keiner würde es verstehen, Nadine würde vielleicht Witze darüber machen oder Dinge sagen, die Leahs Beziehung absurd dastehen ließen, und das alles wollte sie nicht.

»Wir dachten schon, du wärest auf der Toilette eingeschlafen«, scherzte Nadine, als sie wieder an den Tisch kam.

Dem Glanz in Bennies Augen nach zu urteilen, machte der Alkohol ihn etwas lockerer, sodass er Nadines Nähe genießen konnte.

»Ach, du weißt ja, wie das ist, in der Hölle muss man ständig anstehen.« Passend zu dieser Aussage, donnerte es, und Mephisto lachte.

In Leahs Ohren klang er diesmal viel zu echt.

LEIPZIG

15. Februar 2018, Donnerstag

Die Leipziger Oper war ein schönes, traditionelles Bauwerk. Rote Auslegware, geschwungene Treppenaufgänge und Goldverzierungen. All das hatte Leah schon in der Woche zuvor bewundert, aber in der Zwischenzeit hatte sie einiges über das Gebäude gelesen. Der Fünfzigerjahrechic sorgte dafür, dass jeder Opernbesuch wie in einer anderen Welt stattfand. Eine Welt, in die Stress und Alltag nicht mit hineingenommen werden konnten.

Dank der Karte saß sie dicht vor der Bühne, was den Vorteil hatte, die Gesichter besser erkennen zu können als oben vom Rang aus. Immer wenn jemand an ihr vorbeiwollte, stand sie auf, statt nur die Beine zur Seite zu drehen. Sie sah den Menschen lieber in die Augen, wenn sie an ihr vorbeigingen. Diese einfachen Höflichkeitsformen starben langsam aus. Manchmal war Leah sich nicht sicher, ob sie nur altmodisch war, ihre Erziehung überbewertete oder der Gesellschaft dieser respektvolle Umgang irgendwann fehlen würde.

Sie liebte all diese kleinen Gesten, die anderen sagten, dass man sie respektierte und ein angenehmes Miteinander schätzte. Egal, ob sie nun aufstand, um Platz zu machen, anderen den Vortritt ließ oder für Fremde ein freundliches Wort auf den Lippen hatte, so mochte sie das.

Es war interessant, dass Johnny sie zu einem modernen Ballett einlud. Da es bei dieser Aufführung kein Orchester gab, weil die Musik vom Band eingespielt wurde, glaubte er wahrscheinlich, mit dieser Einladung nicht mit dem geschlossenen Pakt zu brechen. Er konnte ja nicht ahnen, dass sie ihn vor wenigen Tagen hier bereits gesehen hatte und nun wusste, wer er war.

Leah war gespannt, wie es aussah, das Leben der Rocklegende als Ballett zu erzählen. Jim Morrison war ihr als Frontmann von The Doors bestens bekannt. Wenn sie Songs wie *People are Strange* hörte, versetzte es sie in ihre Jugend zurück, in der das Gefühl, von allen missverstanden zu werden, am größten gewesen war. Den Film über sein Leben hatte sie bestimmt zwanzigmal geschaut, mitgelitten und bedauert, dass Drogenexzesse und Alkohol dem Sänger ein vorschnelles Ende beschert hatten.

Es gefiel ihr, in diesem geschichtsträchtigen Opernhaus etwas geboten zu bekommen, das sicher laut und anders war. Ihren Eltern würde das missfallen – wie ihnen immer alles missfallen hatte, was Leah besonders gefiel.

Wenn Leah in ihrer Jugend allein gewesen war, hatte sie sich bei jeder Gelegenheit laut Musik angemacht. Opern, Madonna und Die Krupps, immer das, wonach ihr gerade gewesen war, wurde aufgelegt, und dann hatte sie aus Leibeskräften mitgesungen. Dadurch hatten sich jedoch sogenannte Sängerknötchen auf ihren Stimmbändern gebildet, was sie zum Gespött in ihrer Schule gemacht hatte: Das einzige Mädchen im Stimmbruch, manche hatten sogar gesagt, sie sei ein verkleideter Junge. Zum Glück kam das Selbstbewusstsein mit den neuen Freunden, die sie nach der Schule kennengelernt hatte. Menschen, die sie gemocht hatten, wie sie war.

Und irgendwann hatte auch diese Zeit dann hinter ihr gelegen. Sämtliche Lebensbereiche wurden ihrer Arbeit angepasst, wodurch sie kaum noch Freiräume für Freundschaften gehabt hatte. Die mal längeren und mal kürzeren Beziehungen hatten ihr das Gefühl geschenkt, am gesellschaftlichen Leben teilzunehmen, was aber erst durch Peer eine gewisse Beständigkeit erfuhr. Seine kontaktfreudige und unkomplizierte Art sorgte dafür, dass ständig Leute zu Besuch kamen. Sie konnte sich dazusetzen und mitreden, musste aber nicht ständig bei allem dabei sein.

Wenn sie es genau bedachte, ließ ihr jeder die Unverbindlichkeit durchgehen. Als wäre sie permanent auf der Durchreise in ihrem eigenen Zuhause. Dieser Gedanke hinterließ eine unangenehme Unruhe in ihren Eingeweiden. Besser, die Aufführung ging bald los, bevor die Gedanken noch schlimmer wurden.

Der Saal füllte sich langsam, immer wieder stand sie auf und ließ Besucher durch, die sich mal mehr und mal weniger freundlich bedankten.

Leah trug ein schwarzes Kleid. Diesmal hatte sie sich für derartige Anlässe etwas Schöneres eingepackt. Der Veranstaltung entsprechend war das Publikum sehr gemischt. Sowohl vom Alter als auch von der Kleidung. Wieder kam jemand ihre Reihe entlang, aber als Leah Anstalten machte, aufzustehen, deutete er auf den leeren Platz zu ihrer Linken. »Darf ich?«

Leah sah auf und erstarrte.

»Selbstverständlich, bitte setzen Sie sich«, sagte sie dann mühsam beherrscht. Vor ihr stand Johnny. Nie hätte sie damit gerechnet, dass sein Anblick so aufregend für sie wäre. »Ich fühle mich geehrt, dass Sie sich all die Mühe meinetwegen gemacht haben.«

Johnny nahm Platz und legte ein Programmheft auf sein Knie. »Das habe ich gern getan. Ich fand, mit der Begleichung der Rechnung war der Dank für Ihre Inspiration nicht abgeleistet.«

Sie bemerkte seinen Blick auf den neuen Ring, was sich ernüchternd anfühlte. Instinktiv legte sie die andere Hand darüber, ähnlich wie er es getan hatte, was ihr jedoch erst bei der Berührung auffiel.

»Bitte nicht«, sagte er leise. »Es ist ein wahrlich schönes Schmuckstück, und mir ist bewusst, wie anrüchig Ihnen diese Einladung erscheinen muss.«

Er beugte sich ein wenig zu ihr, damit niemand mithören konnte. »Neben Ihnen bin ich schon fast ein alter Mann. Es ist wirklich nicht meine Absicht, Sie in irgendeiner Weise in Verlegenheit zu bringen. Ich verspreche Ihnen bei allem, was mir heilig ist, dass Sie von mir keine Avancen zu befürchten haben.«

Dann lehnte er sich zurück und sah zur Bühne. »Wissen Sie, wer ich bin?«

Leah wollte ihn nicht anlügen. »Auf Ihre Empfehlung hin habe ich mir letzte Woche *Nabucco* angeschaut und war sehr überrascht, Sie am Ende auf der Bühne zu entdecken. Aber es spricht doch nichts dagegen, dass wir bei Johnny und June bleiben, oder?«

Ertappt atmete er aus. Ihr Kennenlernen war besonders gewesen – nun schien alles sehr fragil zu sein. »Das sind die Tücken des Unterbewusstseins«, sagte er dann langsam. »Als ich die Empfehlung aussprach, habe ich nicht bedacht, dass das passieren würde.«

Die Türen wurden geschlossen, und das Licht ging aus.

Leah rutschte auf dem Sitz ganz an die Kante, als wollte sie im nächsten Moment auf die Bühne springen und mittanzen – so talentfrei sie auch war. Das ließ sich nicht unterbinden. Es war etwas, das ihr nicht einmal ihre Eltern in all den Jahren gemeinsamer Opernbesuche aberziehen konnten.

Ein Ballett wie dieses hatte Leah noch nicht gesehen. Es war ergreifend, wie Jim Morrisons Niedergang wie eine Art Dämon personifiziert wurde, der mit ihm tanzte, ihm Dinge einflüstern zu schien und ihn der Lust und den Drogen übergab. Einige Male hielt Leah den Atem an, wenn die Tänzerinnen und Tänzer ihn bedrängten, ihn zwangen, noch mehr zu trinken, er fliehen wollte und dann an vielen Seilen zurückgezogen wurde. Als sich am Ende ein Rechteck im Boden auftat und Jim Morrison in dieser mit Wasser gefüllten Lücke um sein Leben kämpfte, musste sie sich Tränen vom Gesicht wischen.

Der Vorhang fiel, und der betroffenen Stille folgte begeisterter Applaus. Leah war eine der Ersten, die aufstanden und jubelten. Aus dem Augenwinkel bemerkte sie Johnny, der sich ebenfalls erhob und applaudierte. Sie mäßigte sich etwas, was ihrem Beifall keinen Abbruch tat.

Nachdem die Tänzerinnen und Tänzer sich ein letztes Mal verbeugt hatten und die Bühne verließen, flammte das Licht im Saal auf, und Johnny ging bis zur Tür und ließ ihr dann den Vortritt. »Hat es Ihnen gefallen?«

Das war wohl mehr als deutlich gewesen, aber so funktionierte Small Talk nun mal.

»Es war beeindruckend! Was für eine Inszenierung und diese Körperbeherrschung … Ich fühlte mich komplett in jene Zeit zurückversetzt. Und ganz ehrlich, am liebsten wäre ich auf die Bühne gerannt, um diesen schrecklichen Kerl von Jim zu vertreiben, der ihn in den Abgrund getrieben hat!«

Leah versuchte, ihre Begeisterung etwas zu zügeln, damit sie nicht wie ein aufgedrehter Teenager klang. Aber so wie Johnny sie ansah, freute er sich über ihre Reaktion. Kleine Lachfältchen entstanden an seinen Augenwinkeln, als sie gemeinsam durch die Tür traten.

Im Foyer orientierte sie sich kurz. »Müssen Sie ebenfalls Ihren Mantel von der Garderobe holen?«

»Da ich nun kein Geheimnis mehr draus machen muss: Mein Mantel befindet sich in der ersten Etage in meinem Büro. Möchten Sie mich kurz begleiten?«

Leah hatte in einer Oper noch nie andere Räumlichkeiten als den Zuschauerbereich betreten. »Sehr gern.«

Gegen den Strom der anderen Besucher gingen sie rechtsherum auf eine schmale Tür zu, vor der eine Angestellte stand. Sie grüßte freundlich und machte den Durchgang frei.

Leah fiel auf, dass die Frau ein Schmunzeln unterdrückte.

Wahrscheinlich hielt sie jeder für sein Date. Sie gingen zu einer Treppe.

»Ist das hier nicht der erste Stock?« Leah war im Erdgeschoss reingekommen, hatte dort ihren Mantel abgegeben und war dann eine Treppe nach oben zum Saal gegangen.

»Dort, wo sich die Bühne befindet, ist das Erdgeschoss, egal, wie viele Stockwerke darunter liegen. Deswegen gehen wir jetzt noch eine Etage höher.«

Leah konnte andere Personen in den Fluren hören, vielleicht sogar die Tänzer, die die Bühne verlassen hatten.

»Es ist, als wäre hier die Zeit irgendwann in den Fünfzigern stehen geblieben«, sagte sie und folgte ihm. »Der Denkmalschutz hat sicher ein sehr strenges Auge auf alles.«

»Das ist korrekt, sogar die Garderoben sind noch original, was weniger glamourös ist, als man sich das vorstellt.«

Er blieb vor einer schlichten Tür stehen, schloss auf und schaltete das Licht ein.

Die alten Möbel in seinem Büro verschwanden fast unter allerhand Zetteln, in einer Ecke standen Posterrollen, und an einer Wand hingen diverse Pläne. Es sah fast so aus wie in ihrem Büro, nur dass dort alle Möbel neu waren.

Er nahm seinen Mantel vom Haken neben der Tür und bat Leah wieder hinaus. Das Chaos schien ihm unangenehm zu sein.

»Es sieht fast wie mein Büro aus«, sagte sie deshalb.

»Ich habe das, was erledigt werden muss, gern im Blick.«

So ging es ihr auch, aber da sie nicht allein in ihrem Büro saß, musste sie abends alles ein bisschen zusammenschieben.

Sie holte aus ihrer Tasche die Garderobenmarke und drehte sie zwischen ihren Fingern, während Johnny die Tür absperrte. Ihr Blick fiel auf das Namensschild an der Tür: *Henry Erling, Intendant und Generalmusikdirektor.*

Er war also Dirigent und Intendant und komponierte nebenbei

noch Opern, unterrichtete Studenten und lud manche zu seiner *Crossover*-Gruppe ein. Noch mehr musste er sie wirklich nicht beeindrucken.

»So, dann gehen wir mal Ihren Mantel holen.«

Ein Stockwerk tiefer hielt er ihr wieder die Tür auf. Die Angestellten räumten bereits auf, letzte Besucher unterhielten sich auf dem Weg zur Garderobenhalle. Auf der letzten Stufe der nächsten Treppe legte Leah eine Hand auf das Geländer und sah nach oben zu der Lampe.

»Wissen Sie, was die Form der Lampe darstellt?«, fragte Johnny, der ihrem Blick gefolgt war.

Darüber hatte sie gelesen und sich gleich in diese Idee verliebt.

»Ja, ich finde die Pusteblumenästhetik wunderschön. Das durch Lampen dargestellte Erblühen der Pusteblume bis hin zu den Samenkapseln im Treppengeländer ist eine so wundervolle Idee. Erinnert mich an die Besucher, die mit verschlossenen Köpfen herkommen, von dem Geschehen auf der Bühne inspiriert werden und bestenfalls mit dieser zufriedenen Leichtigkeit ein Stück von der Kunst mit hinaus in die Welt tragen.«

Sie berührte eine der *Samenkapseln* des Geländers vor ihr und schüttelte über sich selbst den Kopf. »Sicher gibt es viele andere Interpretationen, jedenfalls mag ich die Magie.«

»Ich bin beeindruckt, dass Sie so viel über diese Oper wissen.«

Nebeneinander gingen sie zu der Garderobe, die sich rechts neben dem Ausgang befand, und Leah gab ihre Marke ab. Es war kaum noch jemand da.

»Architektur interessiert mich«, sagte sie vage.

Draußen blieben sie am oberen Treppenabsatz stehen. Das bunte Treiben auf dem Augustusplatz war um diese Zeit vorbei. Die Ballettbesucher hatten sich in die unterschiedlichen Richtungen verteilt, und Leah wusste, dass sie gleich eine Entscheidung treffen musste.

Der Abend war bis jetzt fantastisch gewesen, aber während der Show hatten sie nicht miteinander reden können, und nun stand die Frage im Raum, ob sie noch gemeinsam irgendwo einkehren wollten. Wenn Leah zustimmte, dann nur, wenn sie ins *Mephisto* gingen, in dem in absehbarer Zeit die letzte Runde ausgerufen werden würde.

Offensichtlich fiel es Johnny schwer, sie zu fragen. Er sah zu dem Riesenrad, das tagsüber einer Farbexplosion glich und nun weiß und tot in der Dunkelheit stand.

»Vielen Dank für diesen schönen Abend«, sagte Leah. Wenn er nicht fragte, würde sie direkt nach Hause gehen. Alles war gut. Auch wenn sie seine Nähe mehr genoss, als sie sollte, fühlte sie sich sicher, davon nicht mehr durcheinandergebracht zu werden.

»Ich würde Sie gern um etwas bitten, aber ich weiß nicht, wie ich das ausdrücken soll, ohne dass Sie Angst haben müssen, es wäre nur ein billiger Trick.« Schon wie er das sagte, weckte in Leah das Bedürfnis, ihm zu versichern, dass sie ihn nicht für jemanden hielt, der billige Tricks benutzen würde. Aber sie tat es nicht, sie wartete nur ab.

»Was soll's.« Er seufzte und sah sie an. »Ich möchte Ihnen gern die gesamte Oper vorspielen. Mir begegnen sehr selten Menschen, die sich so sehr von Musik berühren lassen, ohne gleichzeitig mit geschäftigem Fachwissen vorzupreschen. Ihre Meinung würde mir sehr viel bedeuten.«

Leah hätte sich gern hingesetzt, aber ihr Kleid war keines, mit dem man sich auf einer Treppe niederließ. »Ich nehme mal an, Sie möchten mir die anderen Stücke nicht im *Mephisto* vorspielen.« Sie sah zur Oper zurück, wo sicher genügend Instrumente herumstanden.

Verlegen fasste er sich an die Stirn und rieb über den Haaransatz. »Es sind Aufnahmen, die ich in meinem Studio aufbewahre. Sie wissen, wer ich bin, aber ich weiß nichts über Sie. Ich schenke

Ihnen all mein Vertrauen. Sagen Sie mir nicht Ihren Namen, bleiben Sie June, gehen Sie, wann immer Sie wollen, aber denken Sie bitte darüber nach.«

In Leah fühlte sich nichts nach einem Nein an. Im Gegenteil. Zwar hatte sie keine Ahnung, wie sie Peer das erklären sollte, aber wenn alles gut lief, musste sie das auch nicht. Die Idee, einen Termin für ihren Verlobten zu arrangieren, kam ihr zu diesem Zeitpunkt unpassend vor, aber das konnte sich im Lauf der Zeit noch ändern.

»Sie haben die Musik bereits fertig?«

Johnny nickte. »Nur das Libretto fehlt noch.«

»Ich dachte immer, das würde vor der Musik geschrieben werden?«

Etwas in ihm verschloss sich. Leah sah, wie er den Blick senkte und sich leicht von ihr abwendete. »Das stimmt schon, aber ich habe bis heute keine Worte für die Melodien gefunden, die komponiert werden wollten.«

»Darf ich ganz offen mit Ihnen reden?«, fragte Leah und fing seinen Blick wieder ein.

»Sie sollten inzwischen wissen, dass ich Ihre Offenheit sehr schätze.«

Sie mochte die Art, wie sie miteinander redeten.

»Warum ausgerechnet ich? Ich meine, Sie kennen bestimmt viele Menschen, die wesentlich besser geeignet wären.«

»Wenn Sie etwas Besonderes suchen, geben Sie sich dann mit Gewöhnlichem zufrieden?«

Leah sah sich selbst nicht als etwas Besonderes.

»Sie sind anders. Sie besitzen die Perspektive auf mein Schaffen, die ich brauche. Und auch wenn ich Sie zugegeben sehr attraktiv finde, respektiere ich Ihr Privatleben, selbst wenn ich nichts darüber weiß.« Unschlüssig ließ er seinen Blick schweifen. »Haben Sie über mich recherchiert?« Sein Tonfall sagte ihr, dass sie im

Internet etwas finden würde, das ihre Meinung über ihn ändern könnte.

»Nein«, konnte sie ehrlich antworten. »Ich habe das YouTube-Video gesehen, das vorletzten Samstag im *Mephisto* aufgenommen wurde, aber mehr nicht. Irgendwie kam es mir nicht fair vor, nach Ihnen zu googeln, wenn Sie meinen Namen nicht kennen.«

Sie schloss einen Herzschlag lang die Augen und zog ihr Bauchgefühl zurate. »Ist gut, lassen Sie uns gehen.«

Als sie ihn anlächelte, fühlte es sich gut an, ihn glücklich über ihre Entscheidung zu sehen.

Johnny offerierte ihr seinen Arm, und Leah hakte sich bei ihm unter. Sie gingen zu den wartenden Taxis, und er hielt ihr die Tür auf, umrundete anschließend das Fahrzeug und setzte sich neben sie. »Ferdinand-Lassalle-Straße 21, bitte.«

Der Fahrer nickte und fuhr los.

»Und ich habe mir ein paar Platten von Ihnen angehört«, ergänzte sie.

Er saß angespannt neben ihr. »Welche der vier?«

»Alle«, sagte sie. »Aber wenn ich ganz ehrlich sein darf, gefallen mir die ersten beiden am besten. Sie erzählen schöne, leidenschaftliche Geschichten, während die dritte mir eher Angst gemacht hat.«

Er neigte den Kopf und verschränkte die Finger fest ineinander. Es kam ihr vermessen vor, ihm so ein Urteil zu präsentieren, aber das war ihre ehrliche Meinung – also das, worum er sie gebeten hatte.

»Ich habe diese Platte nach der Aufnahme nie mehr angehört und auch die Stücke nirgends gespielt. Wie ich schon sagte, Sie verstehen meine Musik.«

Am liebsten hätte sie seine Hand genommen oder ihn zumindest an der Schulter berührt. »Die vierte Platte fand ich handwerklich hervorragend«, wagte sie, auch das letzte Urteil auszusprechen.

»Aber irgendwie fehlte das Gefühl in den Stücken. Werden Sie mir irgendwann verraten, was damals passiert ist? Ich meine, es muss etwas sehr Persönliches gewesen sein, und ich will keine alten Wunden aufreißen.«

Mit jedem Wort verschloss Johnny sich mehr. Als wäre sie ein Einbrecher, der den Alarm ausgelöst hatte, und nun schlug er alle Sicherheitstüren zu.

Obwohl sie sich kaum kannten, vermittelte ihr dieser Mann, dass er sie brauchte. Gut möglich, dass sie eine der Türen wieder aufbekäme und eine besondere Freundschaft daraus entstand. Leah wollte es drauf ankommen lassen, und wenn es doch in eine andere Richtung ging, konnte sie immer noch die Notbremse ziehen. Sie hatte in der Vergangenheit keinen ihrer Partner auch nur ansatzweise betrogen.

»Bitte entschuldigen Sie, das muss Ihnen sehr seltsam vorkommen, dass ich Sie erst bitte, sich die Oper anzuhören, und dann sagen Sie etwas zu meinen Platten, und ich weiß nicht, was ich antworten soll.«

»Sie müssen gar nichts antworten«, erwiderte sie leichthin. »Ist das nicht der Sinn unserer Freundschaft? Niemand muss etwas sagen, das er nicht sagen will. Tut mir leid, dass ich es überhaupt angesprochen habe.«

»Mir nicht.« Er ließ die Schultern einmal kreisen. »Sie haben mich ja lediglich in allem bestätigt, was ich mir von Ihnen erhoffe.«

Mit einem Lächeln sah Leah aus dem Fenster des Taxis. Die Fußgängerzone lag weit hinter ihnen, alles, was nun an ihr vorbeizog, war Neuland, obwohl sie sich noch im Stadtkern befanden. Nachdenklich umfasste sie ihren Kettenanhänger und drehte ihn zwischen den Fingern. Es war eine filigrane, kniende Frau, die sich auf dem Boden abstützte, wenn man in abnahm und ihn irgendwo absetzte. Sie wusste, dass er eigentlich das Sternzeichen

Jungfrau symbolisierte, aber Leah mochte die Ruhe, die diese Miniatur ausstrahlte. Ihr Sternzeichen war Krebs, was sie weniger interessant fand.

Sie wandte sich Johnny zu. »Haben Sie schon ein Thema für die Oper? Ich meine, was Sie mir da vorgespielt haben, erzählt schon ganz ohne Worte eine eigene Geschichte, aber wissen Sie schon, was Sie davon dem Publikum preisgeben wollen?«

Er schüttelte den Kopf. »Ich hoffe, dass Sie eine Idee haben werden, wenn Sie alles gehört haben.«

Leah sah nach vorne und las am Taxameter die Uhrzeit. 21:59 Uhr. Dieser nächtliche Ausflug war vollkommen unvernünftig. Tadel in vier Ziffern ausgedrückt. Instinktiv umfasste sie den Verlobungsring.

»Wie wäre es mit: Die Geheimnisse, die wir mit ins Grab nehmen, sind das, womit wir leben müssen«, sprach sie ihren Gedanken aus.

Johnny dachte darüber nach, irgendwie behutsam, als hätte sie ihm etwas Zerbrechliches in die Hand gegeben. Sie konnte sehen, wie es in seinem Kopf arbeitete. Dann lächelte er. »Das gefällt mir.« Er fuhr sich mit einem Daumen über die Lippen und schien nachzudenken.

Wie es wohl war, wenn sich die Bilder im Kopf verselbstständigten und einem kreativen Menschen diese Schaffensenergie verliehen?

Sie fuhren an einem Park vorbei, als Johnny wieder ganz bei ihr war und sagte: »Wir sind gleich da.«

Leah hatte keine Ahnung, wo genau sie sich nun in Leipzig befanden, aber sie war sich sicher, dass sie die Strecke auch zu Fuß hätten gehen können. Die Gegend sah teuer aus. Großzügige Stadtvillen, gepflegte Gehwege und ein gewisser Luxus hinter den erleuchteten Fenstern. Nichts, was sie beeindruckte, weil sie selbst gut verdiente und zufrieden mit ihrem Leben war.

Der Wagen hielt vor einer verwitterten Villa, die von einer hellen Mauer eingegrenzt war. Ein altes, schmiedeeisernes Tor versperrte den Zugang, und Leah konnte es kaum erwarten, das Innere des Hauses zu sehen. In gewisser Weise war es unfair, dass sie Johnny dadurch besser kennenlernte, sie für ihn jedoch eine Fremde blieb.

Er bezahlte, stieg aus und öffnete ihr auf ihrer Seite die Tür.

Leah verabschiedete sich von dem Fahrer und ergriff Johnnys Hand. So galant war sie schon lange nicht mehr behandelt worden. Bei Peer war sie die unkomplizierte Freundin, im Beruf gab sie den Ton an. Es war kein einfaches Zugeständnis, aber sie genoss die Zeit mit Johnny über alle Maßen.

»Dieses Haus ist seit Generationen in Familienbesitz. Bitte wundern Sie sich nicht über einige alte Relikte meiner Ahnen. Ich schätze, ich bin der Letzte dieser Linie, der es bewohnt.«

»Solange die Ahnen nicht mehr in den Zimmern herumspuken.«

Sie fühlte seine Hand auf ihrem Rücken, dann drückte er das Tor auf.

»Folgen Sie mir bitte.«

Leah sah an der Fassade hinauf zu einem kleinen, dunklen Turm. Mehr Gründerzeit als Jugendstil, aber definitiv alt und genau ihr Geschmack. Der Garten sah eher verwildert aus, was durch die winterliche Tristesse, die sie im Schein der Straßenlaternen erkennen konnte, verstärkt wurde.

»Dann sind Sie hier aufgewachsen?«, fragte sie, während er die Tür aufschloss.

Johnny schüttelte den Kopf. »Dieses Anwesen gehörte zuletzt meiner Großtante, die ich leider nie kennengelernt habe. Sie starb kurz nach der Wende, und meine Mutter war die Alleinerbin. Meine Großeltern waren während des Krieges nach England geflohen, was auch erklärt, warum meine Mutter Belinda heißt und ich mit dem Namen Henry bedacht wurde.« Bevor er die Tür gänzlich öffnete, sah er Leah an. »Es steckt wirklich viel Geschichte in diesen alten Mauern, so viel, dass bislang niemand den Mut besessen hat, alle Räume grundlegend zu modernisieren.«

Seine Erklärung klang wie eine Entschuldigung für das, was Leah gleich sehen würde. Dann stieß er die Tür auf, schaltete das Licht ein und ließ ihr den Vortritt.

»Dann sind Sie Engländer?« Er sprach akzentfrei. Jetzt, wo sie genauer darüber nachdachte, hatte er tatsächlich so gar keinen Akzent. Weder Englisch noch Sächsisch.

Beim Betreten seines Hauses fühlte sie sich wie Alice im Wunderland. Die alten Relikte, von denen er gesprochen hatte, waren Standuhren, antike Schränke und Ölgemälde, die wahlweise Ahnenporträts oder Schiffe auf stürmischer See zeigten. Es roch nach dem letzten Zweig eines Stammbaums und Traditionen, die hier ihre letzte Ruhe fanden.

»Bei uns zu Hause wurde nur Deutsch gesprochen. Mit Englisch sind meine Großeltern nie warm geworden. Ich bin sogar auf eine deutsche Schule geschickt worden, und als ich fünfzehn war, ließ meine Mutter sich scheiden und kehrte mit mir nach Deutschland zurück.« Johnny nahm Leah den Mantel ab und führte sie aus dem Eingangsbereich in das Wohnzimmer, das wesentlich moderner eingerichtet war.

Helle Möbel, eine Musikanlage, ein Fernseher und Regale mit Schallplatten, die Peer zu einem Freudenschrei veranlasst hätten, egal, was darauf zu hören war. Diverse Instrumente standen in Halterungen auf dem Boden oder hingen an den Wänden.

»Können Sie die alle spielen?«

Mit einem Lachen winkte er ab. »Ich kann allen einen Ton entlocken, aber Blasinstrumente sind einfach nicht meins. Solange es Saiten oder eine Klaviatur besitzt, trifft es schon eher zu. Spielen Sie ein Instrument?«

Leah seufzte. »In der Schule bin ich zu schüchtern gewesen. Sollte ich Talent für irgendeines besitzen, habe ich es nie herausgefunden. Meine Musiklehrerin hatte mir damals sogar die Klanghölzer weggenommen.«

»Wer weiß, vielleicht zeigt es sich im Lauf der Zeit ja noch?«

Was das Musizieren anging, war Leah nie über das schüchterne Mädchen hinausgewachsen, aber das behielt sie lieber für sich, damit sie keine Ambitionen bei ihm weckte. »Hier sitzen Sie also und schreiben Ihre wundervolle Musik?«

Mit diebischer Freude in den Augen schüttelte er den Kopf. »In diesem Raum bin ich eigentlich nur, wenn offizieller Besuch im Haus ist. Kommen Sie.«

Er ging voran in die Küche, holte eine Flasche Wein und zwei Gläser aus den Regalen. Leah fiel das schmutzige Geschirr auf, das für zwei Personen sprach. Außerdem entdeckte sie ein Halstuch über der Stuhllehne und schlichte Ohrringe auf dem Tisch.

»Folgen Sie mir bitte.« Sie gingen zurück in den Flur und die Treppe hinauf.

Leahs Blick streifte ein Hochzeitsfoto, auf dem Johnny ungefähr zwanzig Jahre jünger gewesen sein musste. Die Braut erkannte sie auch auf anderen Fotos. Seine Frau war sehr schön und sah aus, als wäre sie Musikerin, Sängerin oder Tänzerin. Gern hätte Leah länger hingesehen, um festzustellen, ob es dieselbe Frau war, mit der sie ihn an dem einen Abend gesehen hatte, aber sie wollte nicht, dass Johnny ihr Interesse bemerkte. Außerdem bedeuteten die Fotos, dass seine Ehefrau doch eher in seinem Alter sein musste, was die Begleitung von neulich ausschloss.

Als sie im ersten Stock an einem offenen Bad und Schlafzimmer vorbeikamen, schlich sich erst mal ein mulmiges Gefühl in ihren Magen. Im Haus war alles ruhig, niemand sonst schien sich hier zu befinden. Und niemand wusste, dass sie hier war. Ob sie das Richtige tat?

Johnny ging inzwischen federnd den nächsten Treppenlauf hinauf und schaltete ein Licht an. »Hier ist es gemütlicher«, rief er zu ihr herab, als sie immer langsamer wurde.

Mit dem Studio hatte sie hier oben nicht gerechnet. Interesse verdrängte die Bedenken, und Leah sah sich begeistert um. Teile des Daches waren durch Fenster ersetzt worden und ließen den Raum groß und offen wirken. In der Mitte stand ein Flügel, der sicher einige Möbelpacker zum Fluchen gebracht hatte, als sie ihn raufschaffen mussten. Ein weiches weißes Sofa in U-Form bot bestimmt zehn Gästen Platz, diverse Instrumente standen bereit sowie Aufnahmegeräte, und es gab sogar eine kleine, isolierte Kammer aus Holz, die störungsfreie Aufnahmen ermöglichte. In einem Regal lagen diverse Zettel, Stifte und Notenmappen herum.

»Genau genommen lebe ich nicht in diesem Haus, sondern in diesem Raum«, offenbarte Johnny und stellte die Flasche und die Gläser auf den Couchtisch. »Für Probeaufnahmen reicht es allemal, den Rest mache ich dann in Studios in der Innenstadt.«

»Es ist wunderschön hier«, sagte Leah ehrlich. Es lag ihr auf den Lippen, von ihrem Zuhause zu erzählen, aber das konnte sie nicht, wenn sie die Anonymität wahren wollte.

»Freut mich, dass es Ihnen gefällt. Ich bekomme nicht mehr sehr oft Besuch.«

Sie stellte sich vor, wie produktiv man hier zusammenarbeiten konnte. Von Peer kannte sie diverse Sessions, die in ähnlichen Räumen abgehalten worden waren. Hier entstand jene Magie, die pusteblumenartig etwas Besonderes auf Reisen schickte.

»Warum laden Sie nicht öfter Besuch ein?«

Johnny wich ihrem Blick aus und öffnete die Flasche. Dem Etikett nach hieß der Wein *Salbanello,* das Wort *Paladin* verlieh ihm etwas Ritterliches. »Das ist wohl eines jener Geheimnisse, die ich mit ins Grab nehmen werde«, scherzte er, aber Leah erkannte ein

Körnchen Wahrheit in dieser Aussage. Wahrscheinlich lag es an seiner Frau oder Ex-Frau, die mit in diesem Haus lebte.

Sie empfand es als tragisch, dass kreative Menschen so selten glückliche Beziehungen führten. Als wäre die Kreativität die stärkere Bindung, die mit ihrer Eifersucht und dem einnehmenden Wesen jede andere Beziehung zerstörte. Zumindest hatte Leah kaum Künstlerinnen und Künstler kennengelernt, die in stabilen Partnerschaften lebten, die älter als ein Jahr waren. Deswegen ließ Leah Peer so viel arbeiten, wie er wollte, damit sie mit seinem Schaffen niemals in Konkurrenz stand – und weil es ihrer eigenen Arbeit entgegenkam.

Nach diesem Abend würde es ihr schwerfallen, nicht doch seinen Namen zu googeln. Sie wollte es nicht, damit sie unvoreingenommen bleiben konnte. Jeder trug seine Geschichte mit sich herum wie Gepäck, das mal schwerer und mal leichter war, und wenn sie eines gelernt hatte, dann, dass man manchmal Entscheidungen traf, die man lieber rückgängig machen würde. Ihre eigene Internetpräsenz war makellos. Keine alten Partyfotos, keine unbedachten Kommentare, sogar ihr Facebook-Account las sich wie ein Bilderbuchauftritt einer stabilen Person. Das musste so sein, weil jeder jeden durchleuchten konnte.

Leah sah die Ausschlachtung der heutigen Informationsflut kritisch, aber wie musste es sich auswirken, wenn man eine Person des öffentlichen Interesses war? Wenn jeder Fotos und Urteile ins Netz stellen konnte, auf die man keinen Einfluss hatte?

»Oje, ich fürchte, dass ich mit Ihrer Fantasie nicht mithalten kann, wenn Sie gerade versuchen, sich meine Geheimnisse vorzustellen.«

Leah nahm verlegen das halb volle Glas entgegen. »Tut mir leid, sollten meine Gedanken jemals zum Stillstand kommen, bin ich wohl entweder bei vollkommener Zufriedenheit gelandet oder tot.«

»Denken Sie, dass man jemals so zufrieden sein kann, dass ein derartiger Stillstand eintreten könnte?«

Er hielt ihr sein Glas wie zum Trinkspruch entgegen. Leah ließ ihres dagegenklingen. »Auf die Philosophie, die so wunderbare Fragen aufwirft«, sagte sie und grinste ihn an.

»Auf Sie«, erwiderte Johnny und lächelte zurück.

Der Wein schmeckte fruchtig, aber nicht süß. Leah verstand nicht viel von Rotweinsorten. Sie unterteilte die meisten in *schmeckt, schmeckt nicht* und *viel zu teuer für meinen Geschmack.*

»Bitte, machen Sie es sich gemütlich, ich hole derweil Blöcke und Stifte, dann spiele ich Ihnen die Aufnahme vor, in Ordnung?«

Leah nickte und kam seiner Aufforderung nach. Von dem Sofa aus konnte sie den Raum gut überblicken. Sie stellte sich vor, wie er am Flügel saß und das Stück aus dem *Mephisto* noch einmal spielte, diesmal tatsächlich nur für sie. Sie sprach es nicht aus, aber es tat ihr unendlich gut, so exklusiv gebraucht zu werden.

Johnny wühlte etwas in dem Regal herum, stapelte Notenmappen auf den Boden, dann kam er mit zwei Blöcken, Kugelschreibern und einem Pad zurück. »Es ist recht viel Material, wenn es Ihnen zu spät wird oder Sie eine Pause wünschen, sagen Sie mir bitte Bescheid. Ich kann mit meinem Enthusiasmus schnell mal in eine Art Arbeitsrausch verfallen, ich will Sie nicht verschrecken.«

»Fangen wir erst mal an, dann sehen wir weiter.« Leah nahm einen Block und einen Stift entgegen. »Lassen Sie mich raten, ich soll alles notieren, was mir spontan zur Musik einfällt?«

»Genau das«, sagte er begeistert. »Selbst wenn es bedeutet, dass Ihnen etwas nicht gefällt. Was Sie gleich hören werden, ist nur das Rohmaterial. Durch die Geschichte und die Texte wird sich sicher noch einiges ändern.«

Leah streifte die Schuhe von den Füßen und setzte sich im Schneidersitz auf das Polster und zog das Kleid säuberlich über ihre Knie. »Am besten lassen Sie die Musik für sich sprechen.«

Schon bei den ersten Klängen aus der Anlage legte sie den Stift nieder und schloss ihre Augen. Seine Musik war wie eine Reise. Als sammelte Johnny sie am Straßenrand ein und nahm sie einfach mit ins Unbekannte. Mit der linken Hand drehte sie den Kettenanhänger zwischen ihren Fingern. Über eine Stunde hielt sie ihre Augen verschlossen, vergaß, dass sie nicht alleine war, vergaß den Wein auf dem Tisch und dass sie sich eigentlich Notizen machen sollte.

Den Abschluss bildete das Stück, das sie bereits kannte, es war der dramatische Höhepunkt eines Meisterwerks, so unvollendet es bislang noch war.

Als Stille auf die letzte Note folgte, fiel es ihr schwer, die Augen zu öffnen und die richtigen Worte zu finden. Sie war aufgewühlt, emotional komplett involviert und ergriffen. Als sie sich schließlich umsah, saß sie vollkommen allein auf dem Sofa.

Sie sah sich um, ob Johnny vor dem Fenster stand, aber er hatte tatsächlich den Raum verlassen.

»Johnny?«

Sie warf einen kurzen Blick auf die Zeitanzeige ihres Smartphones. Es ging auf Mitternacht zu, sie müsste schon längst im Bett liegen. Entschlossen stand sie auf, um nach ihm zu suchen, aber schon, als sie zur Treppe kam, fand sie ihn. Er saß auf der untersten Stufe und barg sein Gesicht in den Händen. Langsam ging sie zu ihm nach unten.

»Was machen Sie denn hier? Ich dachte, wir arbeiten?«

Er rieb sich über die Augen. »Tut mir leid.« Er musste sich räuspern. »Ich wollte Sie nicht allein lassen, aber ich hatte vergessen, wie persönlich einige Stücke sind.«

»Wollen Sie Ihr Geheimnis wirklich mit ins Grab nehmen?«

Sie war sich inzwischen sicher, dass es etwas mit seiner Ehe zu tun hatte. Überall im Haus waren Hinweise zu finden, dass er nicht allein lebte, aber trotzdem brachte er mal eben eine Fremde mit.

Leah setzte sich neben ihn, und nun war sie es, die eine Hand auf seinen Rücken legte. »So etwas Schönes habe ich noch nie gehört. Ich verstehe, warum es Ihnen schwerfällt, die richtigen Worte zu dieser Musik zu finden.«

Er rang seine Hände. Wenn sie es richtig deutete, ärgerte er sich über den emotionalen Ausbruch, aber er war zu aufgewühlt, um es zu kontrollieren.

Leah folgte dem ersten Impuls und nahm ihn in den Arm. Sie fühlte seinen warmen Atem durch den Stoff ihres Kleides dringen, seine Hände, die sich nur zögerlich und vorsichtig auf ihren Rücken legten, und den leichten Druck, mit dem er schließlich die Umarmung erwiderte. Die Minuten, in denen sie so dasaßen, verstrichen ungezählt. Leah legte ihren Kopf an seinen, atmete in ruhigen Zügen ein und aus, wobei sie selbst ebenfalls Trost durch diese Nähe empfand.

Peer nahm sie auch öfter in den Arm, aber er brauchte sie nicht. Neben jemandem, der immer stark war, konnte sie nicht schwach sein. Jetzt wirkte die Musik nach, und Leah wusste, dass ihr Leben nie wieder dasselbe sein würde. In ihr begann etwas zu erwachen, was bis hierhin nicht existent gewesen war. Eine Sehnsucht, die von ihrer Körpermitte aus durch die Adern drang und sie vollends infizierte.

»Ich habe eine Idee für die Geschichte«, flüsterte sie in sein Ohr. »Aber ich habe eine Bedingung.«

Johnny lockerte seinen Griff und nahm seine Hände fort. »Was immer Sie möchten.«

Sie sah in seine geröteten Augen. »Diese Oper wird ein gutes Ende bekommen.«

Deutliche Ablehnung zeigte sich auf seinen Zügen, als verwandelte sich seine Haut in Stein.

»Das ist meine Bedingung, überlegen Sie es sich.« Sie wandte den Blick ab, damit dieser intime Augenblick keine falschen

Hoffnungen weckte, und stand auf. »Na los, da oben wartet ein sehr guter Rotwein auf uns.«

Ergeben ließ er sich auf die Füße ziehen und folgte ihr.

Sie setzten sich wieder auf das Sofa und tranken einen Schluck. Johnny fing sich wieder, sein Gesicht wurde verschlossen und machte seinen Schmerz zu einer vermeintlichen Erinnerung. Er wollte ihre Bedingung ablehnen, das war ihm deutlich anzusehen; sein Zögern sprach nur dafür, dass er nicht wollte, dass Leah ging.

»Haben Sie *La La Land* gesehen?«, fragte sie, um die Stille zu brechen.

Er nickte. »Nachdem der Film so viele Auszeichnungen bekommen hatte, war ich davon ausgegangen, ihn nicht zu mögen … Das war tatsächlich mal eine positive Überraschung.«

»Ging mir ähnlich. Und ich weiß noch, dass mich das Ende sehr traurig gemacht hat. Was zusammengehört, sollte zusammen sein. Wie glücklich mich das Ende wohl gemacht hätte, wenn der Film anders ausgegangen wäre? Ist der Schmerz tatsächlich die stärkste Emotion, die man Zuschauern mit auf den Heimweg geben kann? All die Dramen lassen mich meine eigenen, kleinen Dramen nicht vergessen, sie fügen meinem Herzen nur eine weitere Leere hinzu, wenn sie gut gemacht sind. Was, wenn man diese Leere mit dem letzten Akt wieder füllt? Mit einer Art Geschenk, das die Zuschauer einander zugewandt und glücklich nach Hause gehen lässt?«

Ablehnend schüttelte Johnny den Kopf und stellte das Glas auf den Tisch zurück. »So etwas kann ich nicht schreiben.«

»Aber das konnten Sie mal«, hielt Leah dagegen. »Was immer passiert ist, wenn Sie das überwinden, dann kommt auch der Rest wieder.«

»Wollen Sie mir weismachen, dass Sie es wirklich nicht wissen?«, fragte er harsch.

Die Nähe verflog. Johnny wählte den Angriff, aber Leah war nicht zum Kämpfen hergekommen.

»Ich denke, ich muss jetzt los, ich gebe Ihnen mein Feedback, wenn sich die Gefühle etwas beruhigt haben«, sagte sie und wollte aufstehen, aber Johnny hielt sie am Arm fest.

»Ich weiß nicht, wie oft ich mich noch bei Ihnen entschuldigen muss … wahrscheinlich viele Male, wenn Sie bleiben. Aber, es tut mir leid.«

Unschlüssig sah sie ihn an. »Ich weiß ehrlich gesagt nicht, wo das mit uns hinführen soll.«

»Sie haben recht, das alles muss seltsam für Sie sein. Aber ich kann mich nur wiederholen: Sie müssen von mir keine Avancen befürchten«, sagte er leise.

Leah sah ihn nachdenklich an. »Warum liegt Ihnen so viel an unserer Zusammenarbeit?«

Johnny rieb sich übers Gesicht, dann trank er einen großen Schluck Wein, als wäre es Wasser und kein edler Tropfen. »Ich habe vor fünf Jahren ein Versprechen gegeben, doch erst seit unserer Begegnung glaube ich daran, es halten zu können. Selbst dann, wenn Sie ein Happy End verlangen.«

»Wem haben Sie es gegeben?«

Statt zu antworten, erhob er sich vom Sofa und schenkte sich nach.

»Ich denke nicht, dass es funktioniert, wenn wir einander nicht vertrauen können. Wollen Sie meinen Namen wissen? Wo und mit wem ich lebe? Für wen ich arbeite?«

Kopfschüttelnd nahm er sein Glas und entfernte sich ein paar Schritte von ihr. »Sie haben recht, das funktioniert nicht. Am besten rufe ich Ihnen jetzt ein Taxi, das Sie nach Hause bringt.«

Leah musste plötzlich lächeln, was im ersten Augenblick seinen Entschluss noch zu bestärken schien. »Jetzt muss ich mich wohl entschuldigen«, sagte sie ruhig, erhob sich ebenfalls und ging auf ihn zu. »Ich dachte immer, ich würde Angst erkennen, wenn ich sie sehe. Die Musik ist so intensiv emotional, weil sie bereits eine feste Geschichte erzählt. Von jemandem, der Sie von Ihrem Versprechen nicht mehr entbinden kann. Wissen Sie denn, was passiert, wenn Sie das Versprechen halten?«

Er wollte sich wegdrehen, aber Leah berührte ihn an der Wange. Sie hatte Menschen wütend, leidenschaftlich, eifersüchtig, glücklich und euphorisch erlebt, aber noch nie so einen tiefen Schmerz gesehen. »Sie wollen es nicht fertigstellen, weil Sie nicht wollen, dass das Leiden endet. Und jetzt komme ich daher und wühle alles auf. Sie müssen sie sehr geliebt haben.«

Tränen lösten sich aus seinen Augen und liefen still über sein Gesicht. Wahrscheinlich wusste sie in diesem Moment alles, was sie wissen musste. Die Frau auf den Fotos war gestorben, das war die einzig logische Schlussfolgerung.

»Ich gehe nirgends hin. Lassen Sie uns heute etwas anderes machen, mehr Wein trinken und warten, bis es wieder geht, ja?« Das war so ziemlich das Spontanste, was Leah je entschieden hatte. Entgegen aller Vernunft war sie sogar bereit, die Nacht durchzumachen, wenn es ihm half.

Wortlos nahm er sie in den Arm und drückte sie fest an sich. Leah schloss die Augen und lehnte ihre Wange an seine. Diesen Abend würde sie definitiv als Geheimnis mit ins Grab nehmen. Was sie ihm nicht sagte, war, dass sie ihn ebenfalls brauchte.

OPER BEVERLYNN

I. Aufzug

Karmesin sitzt in ihrem Turm und schaut aus dem schmalen Fenster zur anderen Stadt hinüber. Sie soll Khaki heiraten, aber sie liebt ihn nicht. Trotzdem fügt sie sich dem Wunsch ihrer Familie. Sie sucht nach einem Weg, glücklich mit diesem Mann zu werden, als sie ein Licht wie ein dünnes Seil sieht, das durch die Finsternis schießt und direkt unter ihrem Fenster auf das Mauerwerk trifft. Dann sieht sie einen jungen Mann darauf entlangbalancieren. Ein paarmal glaubt sie, dass er fällt, aber er schafft es bis zu ihrem Fenster. Er nennt ihr seinen Namen, Indigo, und sagt, dass er wegen ihr gekommen sei. Karmesin verliebt sich in den jungen Mann, der so waghalsig ist, die Finsternis für sie zu überqueren. Er darf durch das Fenster steigen, und sie lernen einander kennen, tanzen zusammen, und Karmesin zeigt ihm die Stadt. Aber dann treffen sie auf Khaki, der Indigo sofort als Rivalen sieht und ihn zu töten droht.

Karmesin verspricht Khaki, Indigo niemals wiederzusehen, wenn er ihn gehen lässt. Khaki verspricht, ihn in seine Stadt zurückzuschaffen, aber tatsächlich sperrt er den Nebenbuhler in eine dunkle Zelle.

LEIPZIG

16. Februar 2018, Freitag

Als Leah erwachte, zeigte ihr ein Blick auf einen Wecker neben dem Bett, dass es bereits nach acht Uhr war. In einer Stunde musste sie im Büro sein, aber sie war noch nicht einmal nüchtern. Dass die Musik die Stimmung so aufgewühlt hatte, war irgendwie reinigend gewesen. Den Rest der Nacht hatten sie viel gelacht, sich über Songtexte lustig gemacht, und Johnny hatte ihr sogar Lieblingssongs auf dem Klavier vorgespielt. Leah erinnerte sich dunkel daran, gesungen zu haben, was sie nüchtern sicher niemals wiederholen würde.

Sie sah zur Seite. Johnny lag neben ihr auf einem großen Bett. Noch immer in Hemd und Anzughose, so wie sie noch immer ihr Kleid trug. Zwischen ihnen hätte noch eine weitere Person Platz gehabt. Demnach war also nichts passiert, was es nun zu bereuen galt, außer dass sie in diesem Zustand zur Arbeit gehen musste.

Vorsichtig stand sie auf und schlich aus dem Schlafzimmer, das allenfalls zweckdienlich eingerichtet war und jegliche persönliche Note vermissen ließ.

Im Studio fand sie neben dem Sofa ihre Handtasche und zog das Smartphone hervor. Sie wollte Nadine schreiben, dass sie später käme. Doch zuvor musste sie es aktivieren, weil sie es vor dem Ballett ausgeschaltet und seitdem nicht mehr benutzt hatte. Während die unterschiedlichen Apps Nachrichten und Hinweise luden, zog sie den noch immer leeren Block zu sich. Sie wollte Johnny nicht wecken, aber für ein Wiedersehen musste sie ihm zumindest ihre Telefonnummer hinterlassen.

Als sie den Kugelschreiber vom Tisch nahm, musste sie an ihr Kennenlernen denken, an das Gespräch über Füller, das letztendlich dazu geführt hatte, dass sie nun hier in seinem Studio saß.

Was, wenn die Geschichte von zwei Liebenden handelt, die durch Dunkelheit voneinander getrennt sind?

Statt ihrer Nummer schrieb sie die Idee auf. Skizzierte Städte, in denen die Bewohner nur die jeweils andere Stadt sehen konnten, wenn sie von den Dächern aus über die Finsternis hinwegschauten.

Leah war klar, dass ihre Idee laienhaft und viel zu sehr in Bildern gedacht war, aber Johnny wusste, worauf er sich eingelassen hatte. Sie war weder Musikerin noch Texterin, noch verstand sie mehr von der Oper als das, was sie als ihre eigene Meinung ausgebildet hatte.

Als sie den Block neben die Anlage legte, sah sie dort einen Funkkopfhörer.

Ich sollte jetzt losfahren. Ihre Vernunft war erstmals leiser als das Verlangen, das zu tun, worauf sie gerade Lust hatte. *Nur ein Stück,* sagte sie zu sich selbst.

Bevor sie die Musik über den Kopfhörer laufen ließ, horchte sie noch einmal in die Stille des Hauses, ob Johnny auch schon aufgestanden war. Nichts deutete darauf hin. Sie wollte nur noch einen Moment reinhören und dann zur Wohnung fahren. Doch bei einem Stück blieb es nicht. Kaum eine Arbeit hatte ihr bislang so viel Spaß gemacht.

Nach und nach schrieb sie der Musik Szenen zu, hielt fest, wann etwas ihrer Meinung nach als Gesang umgesetzt werden müsste, welche Bilder ihr dazu in den Sinn kamen und welche Emotionen die Musik in ihr hervorrief.

Die Sprache sollte klingen wie Johnny: kultiviert, ohne altbacken zu sein. Zum ersten Mal konnte Leah es nachfühlen, wie es war, nahezu besessen an einer Idee zu arbeiten und alles andere um sich herum zu vergessen. Ohne es zu merken, hatte sie eine Welt betreten, die berauschend war.

Als der erste kreative Lauf endete, hatte sie ungefähr die Hälfte gehört. Sie fühlte sich erschöpft, glücklich und gleichzeitig verunsichert. Was, wenn es Johnny nicht gefiel? Wenn er alles verwarf und sie sich lächerlich machte?

Sie sah auf das Display ihres Smartphones, das auf zahlreiche Nachrichten und verpasste Anrufe am Vorabend hinwies. Sogar Walter Frankens Name wurde als Absender einiger SMS kurz angezeigt. Es wurde dringend Zeit, dass sie im Büro Bescheid sagte, dass sie später käme. Bei den Überstunden, die Leah bereits angehäuft hatte, konnte sie sich die Verspätung locker erlauben. Trotzdem war dieser deutliche Bruch mit ihrer sonstigen Pünktlichkeit wie eine Nadel, die in Leahs Pflichtbewusstsein stach.

Die Minuten verstrichen, ohne dass sie das Gefühl hatte, schon gehen zu können. Schließlich wählte sie Nadines Nummer. Die Nachrichten wollte sie später auf dem Weg lesen.

»Fröhlich.«

»Hey, hier ist Leah, ich werde heute etwas später kommen. Sagst du Herrn Franken, dass ich vor der Arbeit noch was zu erledigen habe?«

Nadine bestätigte. »Aber keine Sorge, Franken ist auch noch nicht da. Alles im grünen Bereich. Etwas neugierig bin ich ja schon, was ausgerechnet dich dazu bringt, später zu kommen. Bist du krank? Falls du Adressen von Ärzten brauchst …«

»Nein, nein, alles gut«, unterbrach Leah sie. »Ich habe nur verschlafen, aber das musst du ihm ja so nicht sagen.«

Das brachte Nadine zum Kichern. »Erkenne ich da etwas Menschlichkeit in der Maschine?«

Leah betrachtete ihre Notizen. »Sieht so aus. Bis später.«

Nachdem sie aufgelegt hatte, legte sie ihr Telefon neben den Block und legte sich entgegen ihrem Pflichtbewusstsein auf das Sofa und ließ die Musik weiterlaufen.

Nur noch fünf Minuten, versprach sie sich selbst. Mit geschlossenen Augen konnte sie das Geschehen auf der Bühne förmlich vor sich sehen. Das wären genau die Bilder, die ihr gefallen würden. Kein Hamlet mit Maschinengewehr oder Rigoletto, der sich die Bühne mit kubischen Formen teilte.

Während sie sich erneut gänzlich auf die Musik einließ, musste sie an die wahrscheinliche Geschichte hinter den Kompositionen denken. An die tote Fremde, die einen gebrochenen Mann zurückgelassen hatte, an Johnny, der keinen Abstand zu seinem Schmerz fand.

Es waren die feinen Misstöne, die geschickt die Melodien mit einem tiefen Schatten durchwoben. Leah fragte sich, ob glückliche Menschen das ebenso hören konnten. Inneres Glück stellte sie sich erstrebenswert vor. Diesen Zustand hatte sie nie kennengelernt, weil ihre Kindheit ihr Herz umklammerte wie eine eiskalte Hand, die einfach nicht loslassen wollte. Sie glaubte, wenn sie dem Glück jemals nahekäme, packte die Hand fester zu, weswegen sie lieber vorsichtig durchs Leben ging. Ein Dasein ohne Höhen käme vielleicht auch ohne Tiefen aus. Es war ein Gleichgewichtsakt, den sie inzwischen bestens beherrschte.

Johnny hingegen war gefallen. Vielleicht sogar von ganz oben – wie sonst hätte es ihn derartig zerstören können?

Er wird die Idee hassen, kam es ihr in den Sinn. Erschrocken öffnete sie die Augen und setzte sich auf, um die Notizen verschwinden zu lassen, aber es war zu spät. Unbemerkt hatte er sich neben sie gesetzt und blätterte die Seiten mit verschlossener Miene durch.

Peinlich berührt schob sie den Kopfhörer von den Ohren und legte ihn auf den Tisch.

»Das sind nur ein paar spontane Ideen … Ich wollte …«

Ohne sie anzusehen, legte er seine Hand auf ihr Knie und brachte sie durch diese Berührung zum Schweigen.

Als er mit der letzten Seite durch war, legte er alles auf den Tisch zurück und zwei Finger an die Lippen. Dass er darüber nachdachte, statt ein schnelles Urteil zu fällen, stimmte sie zuversichtlich, dennoch kam sie sich schrecklich unzulänglich vor, weil sie alles aus dem Bauch heraus notiert hatte. Er als Profi musste etliche Schwachstellen und Albernheiten darin finden.

»Kommen Sie bitte mit«, sagte er knapp und zog sie an der Hand vom Sofa hoch.

Es wäre ihr lieber gewesen, er hätte zumindest eine Andeutung gemacht, ob ihm irgendwas davon gefiel. Er führte sie hinunter in den ersten Stock und öffnete die Tür neben dem Schlafzimmer. Dahinter befand sich ein farbenfroher Raum mit gelben Wänden, roten Vorhängen, unterschiedlich lackierten Kommoden und einem Doppelbett, das von Hundertwasser persönlich bemalt worden sein könnte. Dieser Raum zeigte die Persönlichkeit, die das andere Schlafzimmer vermissen ließ. Und Leah verstand sofort, was er ihr zeigen wollte. Die Idee gefiel ihm nicht nur, sie installierte ein Andenken an die Tote in der Oper.

»In diesem Zimmer habe ich vor fünf Jahren meine Frau ermordet«, sagte er nüchtern und strich dabei liebevoll über die Tagesdecke auf dem Bett.

Ungläubig sah sie ihn an. Sie wollte dazu nichts sagen, solange er dieser Aussage nichts hinzufügte, das diese grausamen Worte entkräftete.

Johnny vermied den Blickkontakt, stattdessen deutete er auf ein Foto, das das Porträt einer braunhaarigen Frau zeigte. Es war die Frau auf den Fotos im Treppenhaus. Sie sah lebenslustig und verliebt aus.

»Nells Krebs wurde erst erkannt, nachdem sie im Theater zusammengebrochen war. Leukämie im Endstadium. Sie war kein Mensch, der Krankheiten zu viel Beachtung geschenkt hatte. Aber ich hätte das tun müssen.« Er setzte sich auf das Bett. »Ich sagte alle Termine ab und verbrachte die verbleibende Zeit hier mit ihr und fing an, die Oper zu komponieren. Sie wollte nicht eher sterben, bis ich sie fertiggestellt hätte, aber die Schmerzen wurden immer quälender.«

In Leah zog sich alles mitfühlend zusammen, als fühlte sie einen Teil seines Schmerzes. Das war also die Wahrheit, die in Johnny und seinem Haus alles verdunkelte.

»Sie musste künstlich ernährt werden und war so schwach … Jeden Morgen öffnete sie ihre Augen und weinte, weil sie noch am Leben war.«

»Dann haben Sie sie erlöst?« Leah wollte sich nicht einmal vorstellen, wie hart es sein musste, den Menschen, den man liebte, sterben zu sehen.

»Die Ermittlungen wegen Töten auf Verlangen wurden fallen gelassen, weil die Pathologin den Tod als Folge von krebsbedingtem Organversagen bescheinigte. Meine Familie sperrte mich so lange in diesem Haus ein, bis sich alle sicher waren, dass ich mich nicht mehr selbst anzeigen würde. Aber die Presse vergaß nicht, dass der Verdacht bestanden hatte. Die Schlagzeilen waren zu reißerisch gewesen. Die Kommentare im Netz zeigten, wie sehr manche Menschen ein Monster in mir sehen wollten.«

Wieder strich er über die Decke. »Ich glaube nicht an Schicksal, aber Sie sind hier und wissen genau, was zu tun ist. Es kommt mir fast so vor, als habe Nell endlich ein Einsehen mit mir und Sie in mein Leben geschickt, damit ich sie in Frieden gehen lassen kann.«

Leah sah erneut das Foto an. Wie schön diese Vorstellung doch war. Wahrscheinlicher war jedoch, dass Johnny endlich bereit zum Loslassen war und sich die Hilfe ins Haus geholt hatte, die er dafür brauchte. Das Unterbewusstsein war immer schlauer als der Verstand – das hatten sie ja schon am Abend zuvor festgestellt.

»Es tut mir sehr leid, was Ihnen widerfahren ist«, sagte sie betroffen. »Und es erklärt tatsächlich einiges.« Auch, warum er keine Liebschaft wünschte, da Nell sein Herz noch immer ausfüllte. »Ich habe bei der Arbeit schon Bescheid gesagt, dass ich später komme, aber ich fürchte, ich muss jetzt gehen. Ich würde jedoch sehr gerne mit Ihnen weiter an der Oper arbeiten.« Es kam ihr grausam vor, nach diesem Geständnis gehen zu wollen.

»Es wäre mir eine Ehre. Ich werde Sie aber nicht ohne Frühstück gehen lassen.« Er ließ ihr den Vortritt und schloss die Tür fest hinter sich.

Leah holte ihre Sachen aus dem Studio, schlüpfte in ihre Schuhe und lief zurück in den ersten Stock, wo Johnny auf sie wartete. Auf dem Weg hinunter in die Küche sah sie unauffällig auf ihr Smartphone. Es war kurz nach neun Uhr, und Franken hatte erneut eine Nachricht geschickt, die sie aber wie alle anderen später lesen wollte. Wenn er mit ihrer Verspätung ein Problem hatte, ließ sich das jetzt nicht mehr ändern.

Schnell steckte sie das Telefon weg und betrat nach Johnny die Küche. Auf dem Tisch lag eine Handtasche, die am Abend zuvor noch nicht dort gelegen hatte. Als Johnny ihren Blick bemerkte, nahm er die Tasche und stellte sie auf die Anrichte. »Meine Mutter geht hier ein und aus, wie es ihr gefällt. Vielleicht sollte ich Sie lieber vorwarnen, sie ist … speziell.«

Leah ging ihm, so gut sie es in der fremden Küche konnte, zur Hand. »Das heißt, sie wohnt hier nicht?«

Lachend schüttelte Johnny den Kopf. »Sie wohnt in einer Art Alten-WG. Aber das Haus ihrer Freundin liegt eher dörflich, weswegen sie ständig hier übernachtet, wenn sie in Leipzig unterwegs ist.«

»Klingt nicht nach einer langweiligen Frau«, sagte Leah und sah sich zum Flur um, wo jedoch alles ruhig war.

»Vielleicht lernen Sie sie noch kennen, wenn Sie wiederkommen.«

Sie nahm am Tisch Platz. »Heute fahre ich übers Wochenende heim, aber ab Sonntagabend bin ich wieder da.«

Er lächelte, was Aussage genug war.

»Hier.« Er zog neben der Kaffeemaschine einen kleinen Notizblock zu sich und schrieb eine Telefonnummer darauf. »Rufen Sie mich bitte an. Und seien Sie mein Gast, wann immer Sie in die Oper gehen möchten.«

Leah nahm den Zettel entgegen, verzichtete auf das Frühstück und nahm nur einen Kaffee. Es wurde Zeit, dass sie zu ihrer Disziplin zurückfand. »Vielen Dank.«

»Haben Sie es weit, wenn Sie übers Wochenende heimfahren?«

Am liebsten hätte sie ihm alles erzählt und dadurch die Distanz verringert, die durch die Anonymität aufrechterhalten wurde. Sie entschied sich für einen Kompromiss. »Gut drei Stunden. Ich bin nur für ein Jahr hier in Leipzig, aber das hat gerade erst angefangen.«

Sie trank den Kaffee nicht aus und nahm ihre Tasche. »Es tut mir leid, ich sollte jetzt wirklich gehen. Ein Jahr wird sicher reichen, um Ihre Oper fertigzustellen, oder?«

Johnny begleitete sie zur Haustür. »Wenn Sie immer so produktiv arbeiten, wird es nicht so lange dauern«, sagte er und half ihr in den Mantel, anschließend öffnete er die Tür.

Zum Abschied gaben sie einander die Hand, was ihr das Kribbeln im Bauch schenkte und ein Lächeln aufs Gesicht zauberte.

»Vielen Dank für alles, June«, sagte Johnny.

»Ich habe zu danken. Es ist mir eine Ehre, dass Sie mich ins Vertrauen gezogen haben und ich Sie bei Ihrer Arbeit unterstützen darf.« Sie ließ ihn los, und obwohl die verstreichende Zeit zur Eile drängte, blieb sie ungewohnt entspannt.

»Soll ich Ihnen ein Taxi rufen?«

Kopfschüttelnd lehnte sie ab und holte ihr Telefon aus der Tasche. »Etwas Bewegung wird mir guttun, und die App sagt mir, wo ich langmuss. Wenn ich das gestern richtig mitbekommen habe, ist es nicht so weit.«

»Sie gehen einfach am Musikerviertel vorbei, dann sind Sie wieder mitten in der Stadt.«

Musikerviertel, das klang schön.

Sie drehte sich um und ging los – sonst würde sie gar nicht mehr wegkommen.

Belinda hatte hervorragend geschlafen, aber viel zu lange. Eigentlich hatte sie gehofft, ihren Sohn noch zu sehen, bevor er zur Arbeit ging, aber dann hätte sie früher aufstehen müssen.

»Hey, mein Lieber, ich bin da!«, rief sie dennoch zur Sicherheit durch das Haus, als sie das Gästezimmer verließ.

»Du könntest ruhig anrufen, bevor du herkommst«, kam überraschend die Stimme ihres Sohnes aus der Küche.

»Du bist da? Ist es so weit? Bist du endlich beim Drogen- und Alkoholmissbrauch gelandet?« Belinda ging grinsend in die Küche und begrüßte Henry mit einer Umarmung.

»Morgen wechsle ich zu den Fortgeschrittenen und bestelle mir Prostituierte ins Haus«, ging er auf ihren Scherz ein.

Sie gab ihm einen Kuss auf die Wange und ließ ihn wieder los. »Wurde auch Zeit, dass aus dir ein richtiger Musiker wird.«

»Wie lange wirst du bleiben?« Er holte einen Becher für sie aus dem Schrank.

»Heute Mittag fahre ich wieder. Du solltest zur Freilichtbühne wechseln, etwas Sonne täte dir gut.«

»Wenn ich zur Freilichtbühne wechsle, solltest auch du dir

endlich etwas Kulturgenuss gönnen, du bist nicht minder blass. Wie geht es dir?«

Belinda sah ihren Sohn an – sie war jeden Tag dankbar, dass er nicht nach seinem abtrünnigen Vater kam. Bennet war das Gegenteil von geistreich, und sie glaubte nicht, dass seine vielen Reisen nach Thailand, Madeira oder Madagaskar einen gebildeteren Mann aus ihm machten.

»Mir geht es blendend. Gestern bin ich bei Marlies gewesen, wir haben bis drei Uhr morgens in alten Fotos gewühlt. Wusstest du, dass sie wieder heiraten wird?«

Natürlich wusste er das nicht, was hatte er schon mit ihren Freundinnen zu schaffen.

»Ich verstehe nicht, warum man mit Ende sechzig noch wert auf einen Trauschein legt. Du hast so was hoffentlich nicht mehr vor?«, sagte er.

Sie sah ihm dabei zu, wie er frischen Kaffee aufsetzte.

»Wer weiß, wenn doch noch mal die große Liebe auftaucht, vielleicht.« Sie musterte ihn eingehender. Heute Morgen hatte er auffallend gute Laune. »Was macht bei dir die Liebe?«, fragte sie wie so oft, aber Henry reagierte nicht wie sonst. Weder erstarb die Fröhlichkeit auf seinem Gesicht, noch nahm er eine abweisende Haltung ein.

»Ich bin ihr begegnet«, antwortete er zu ihrer Überraschung. »Aber sie konnte nicht bleiben.« Er versuchte, seine Aussage mit einem schiefen Grinsen wie einen Witz aussehen zu lassen, aber er hatte ihr noch nie etwas vormachen können.

Das war kein Scherz, er hatte tatsächlich eine Frau kennengelernt. »Wer ist sie?«

Henry schaltete die Maschine ein und drehte sich mit einem Seufzer zu ihr.

»Eine aus dem Ensemble? Ich wette, sie ist Musikerin«, hakte Belinda nach.

Er zog die Schultern zu den Ohren, wie er es schon als kleiner Junge immer getan hatte, wenn er nicht antworten wollte. »Sie ist mir in einer Bar begegnet, wir haben die ganze Nacht geredet, aber bevor du fragst, ich habe keine Ahnung, wie sie heißt. Das ist die ganze, viel zu kurze und unspektakuläre Geschichte, aber ich dachte, sie wäre trotzdem ganz unterhaltsam für dich«, sagte er, so knapp es ging. »Möchtest du was essen?«

»Lieber hätte ich einen sechsundvierzigjährigen Sohn, der nicht wie ein Einsiedler lebt. Aber Kaffee reicht fürs Erste.«

Henry verzichtete aufs Tischdecken und nahm sich nur einen Apfel aus einer Schale. »Ich wusste, dass du kommen würdest.« Er setzte sich an den Küchentisch. »Das muss an dem langen Schatten liegen, den du vorauswirfst.«

Belinda holte die Milch aus dem Kühlschrank und setzte sich auf den Platz ihm gegenüber. »Wenn du sagst, dass du die Frau in einer Bar kennengelernt hast, muss ich mich dann auf eine zweite Yvonne einstellen?«

Es war ihr egal, dass er genervt seine Augen verdrehte. Henry war glücklicherweise selten empfänglich für die Sorte Frau, die nur an seinem Vermögen interessiert war, aber Yvonne war damals recht geschickt vorgegangen.

Die Sache musste jetzt ein halbes Jahr her sein. Yvonne war gut informiert gewesen, hatte aber stets so getan, als wüsste sie nichts über ihn. Sogar Belinda hatte geglaubt, dass Yvonnes Interesse und die Zuneigung echt gewesen waren. Was ihrem Sohn gutgetan hätte.

»Herrgott, muss das sein?« Er legte den Apfel unversehrt auf die Tischmitte und verschränkte die Arme vor der Brust. »Erstens sind deine Privatdetektivambitionen gänzlich unerwünscht, zweitens sagte ich ja schon, dass sich unsere Wege wieder getrennt haben. Mach doch nicht immer gleich eine große Sache aus jeder Kleinigkeit.«

»Wenn ich die Liste von Yvonnes Ex-Männern nicht aufgedeckt hätte, wärest du jetzt einer davon.« Das war auch für sie nicht schön gewesen, aber schlussendlich hatte sie ihn davor bewahrt, in diese Falle zu tappen. Gut, sie hatte mit einer flammenden Rede überhaupt erst dafür gesorgt, dass er sich auf sie eingelassen hatte, weil er nicht ewig Nell nachtrauern konnte. »Ich meine doch nur, dass du beruflich so viele Menschen kennenlernst, da wird doch sicher auch mal eine sympathische Frau dabei sein, die zu dir passt? Eine Musikerin oder so?«

Sie konnte zusehen, wie er sich zunehmend verschloss. Warum musste sie auch immer zu allem ihren Senf dazugeben? Sicher war nicht jede Frau, die er in einer Bar kennenlernte, ein durchtriebenes Miststück. Belinda wollte ihn beschützen und gleichzeitig aus seinem Einsiedlerleben reißen. Er war ihr einziger Sohn, welche Mutter würde nicht auf ihr Kind aufpassen, egal, wie alt es war?

»Tut mir leid. Ich weiß, das geht mich alles nichts an. Ich liebe dich, und ich bin stolz auf dich.«

»Dann hör auf, mich zu behandeln, als wäre ich ein Idiot, sobald es um Frauen geht.«

Belinda gab sich geschlagen. »Ich verspreche, meinen inneren Hausdrachen wegzusperren, solltest du mir jemals wieder eine vorstellen.« Dann langte sie über den Tisch und umschloss seine Finger. »Es ist schön, dich zu sehen«, sagte sie.

Er drückte kurz ihre Hand. »Es ist auch schön, dich zu sehen.«

»Und? Gibt es sonst noch große Neuigkeiten, die ich wissen muss? Irgendwelche Leichen im Keller?« Belinda ließ ihn wieder los.

»Nicht, solange du dich benimmst«, sagte er und grinste.

Kleine Frotzeleien gehörten seit Jahren zu jeder ihrer Begegnungen dazu, wie eine Brücke, die es ihnen erlaubte, einander oberhalb des Jammertals zu treffen. Sie hatten sehr schlimme

Zeiten hinter sich bringen müssen, vieles war dabei ungesagt geblieben, was sie wie schweres Gepäck mit sich herumtrugen. Der Humor half ihnen, diese Last zu stemmen.

»Aber jetzt mal ehrlich: Was gibt es sonst noch Neues bei dir?«, fragte sie und machte es sich auf ihrem Stuhl bequem.

»Alles wie immer.« Er holte die Kanne und füllte zwei Becher, dann stellte er sie zurück, damit der restliche Kaffee durchlaufen konnte. »Ich überlege, das Kellertheater wieder in Betrieb zu nehmen. An der Oper geht alles seinen gewohnten Gang, und ich habe seit Langem mal wieder vor Publikum Klavier gespielt.« Letzteres sagte er so beiläufig, als hoffte er, dass Belinda es gar nicht richtig hörte.

»Wann und wo war das?«, hakte sie sofort nach.

»Im *Mephisto*«, gab er zu. »Ich habe ein Stück aus Nells Oper gespielt.« Er mied ihren Blick. »Ich kann es immer noch komplett auswendig, ist das nicht verrückt?«

»Warum hast du gerade das gespielt?« Belinda wusste, dass ihr sonst so beherrschter Sohn vollkommen aufbrach, wenn er seine Finger auf eine Klaviatur legte, weswegen er seit Nells Tod keine einzige Note der Oper gespielt hatte.

»Ich wollte wissen, was die Fremde dazu sagt.«

Belinda glaubte, sich verhört zu haben. »Du hast vor zig Leuten in der Bar etwas aus Nells Oper gespielt, weil du wissen wolltest, was *die Fremde* dazu sagt?«

Er nickte gelassen und tippte mit einem Finger gegen den Becher.

»Wirst du sie wiedersehen?« Auch wenn Belinda Zufallsbekanntschaften aus Bars äußerst skeptisch gegenüberstand, war dieses Detail bemerkenswert. So geschickt Yvonne auch vorgegangen war – ihr hatte er nie auch nur eine Note aus der Oper vorgespielt.

Aber Henry schüttelte den Kopf. »Sie ist schon vergeben, und ich will auch keine Frau mehr in meinem Leben.«

»Ach, bist du jetzt schwul geworden?« Sie musste ihn trotzdem aufziehen. Selbst wenn er fortan einen Mann geliebt hätte, wäre es ihr recht gewesen. Hauptsache, es war jemand, der ihm guttat. Innerlich lebte ihr Sohn in einem Exil, das von dieser Welt abgeschottet war.

»Wenn, dann würde ich es dir nicht sagen, weil ich weiß, wie viele gut aussehende Männer in meinem Alter du kennst.« Er zwinkerte. Ein netter Versuch, das Thema wieder auf das Small-Talk-Level zu bringen. Und ein kleiner Seitenhieb, weil ihre Verkupplungsversuche der Vergangenheit komplette Reinfälle gewesen waren.

Es war nicht so, dass sie es ernsthaft gewollt hatte – keine war wie Nell gewesen. Ihre Schwiegertochter hatte die Messlatte so hoch gesetzt, dass Belinda bezweifelte, dass eine neue Frau in Henrys Leben je mehr als ein Kompromiss sein würde.

»Wirst du jetzt wenigstens wieder öfter vor Publikum spielen?«

Henry winkte ab. »Dafür habe ich gar keine Zeit.«

»Keine Zeit? Als du beruflich viel auf Reisen gewesen bist, hattest du keine Zeit. Ich habe Gerüchte gehört, dass deine Karriere den Bach runtergeht, solltest du weiter ablehnen, in anderen Städten oder Ländern zu dirigieren. Das kann dir doch nicht egal sein, oder?«

Nach Nells Tod hatte man Henry eine gewisse Schonfrist gewährt, beinahe ein Jahr sogar, bis die Reisen wieder losgingen. Erfolgreiche Dirigenten arbeiteten nicht exklusiv in einem einzigen Opernhaus. Aber Henry verlor die Freude daran, durch die Weltgeschichte zu ziehen. Er reduzierte diese Termine auf jene, die am wichtigsten waren, damit seine Karriere keinen Schaden nahm und das Ansehen der Leipziger Oper gestärkt wurde. Nun hatte ihr ein Freund zugetragen, dass Henry ein Engagement in Wien abgelehnt hatte.

»Manchmal vergesse ich, wie gut dein Netzwerk funktioniert.«

Mit einem Finger tippte er gegen den Kaffeebecher. »Ich bin es leid, ständig unterwegs zu sein. Karrieretechnisch habe ich alles erreicht, was ich erreichen wollte. Jetzt genügt es mir, nur noch hier in Leipzig zu arbeiten.«

Das stimmte nicht. Belinda kannte ihn zu gut. Er liebte es, mit fremden Orchestern zu arbeiten, andere Opernhäuser und Konzerthallen zu besuchen, alte Freunde zu treffen und den fachlichen Austausch zu pflegen. In seinem Beruf war er einer der Besten, es konnte ihm niemals genug sein, fortan an einem Fleck zu bleiben. Vielmehr glaubte sie, dass er Nell nicht loslassen konnte und dass diese Trauer alles andere verdrängte.

»Du hast Nell versprochen, dass du die Oper für sie fertigstellst.« An dieses Versprechen erinnerte sie ihn nicht gern, doch sie wollte nicht, dass er sofort wieder den Kopf einzog, nachdem er sich im *Mephisto* endlich aus seinem Schneckenhaus herausgewagt hatte. Wenn er es endlich schaffte, das Werk zu vollenden, käme vielleicht auch alles andere wieder ins Lot.

Er schob den Becher von sich und stand auf. »Ich muss jetzt los. Schließ bitte ab, wenn du gehst.«

Belinda presste die Lippen aufeinander. In diesen Momenten zeigten sich die Erinnerungen, die im Jammertal lauerten. Weder wollte sie hineinfallen noch ihren Sohn hinabstürzen sehen, aber sie konnten nicht für den Rest ihrer beider Leben auf dieser Brücke stehen.

»Henry, warte«, rief sie ihm nach und holte ihn an der Haustür ein. »Es tut mir leid«, sagte sie ernst. »Lauf doch nicht immer gleich weg.«

Er nahm seinen Mantel und den schwarzen Hut. »Ich schrieb diese Oper für sie, weil sie kämpfen sollte, aber Nell ist tot. Lass es gut sein.«

Nichts war gut. Wenn sie ihren Sohn ansah, schien keine Sekunde seit Nells Tod vergangen zu sein.

Er gab ihr einen flüchtigen Kuss auf die Wange und ging. Belinda blieb im Flur zurück und betrachtete die geschlossene Tür. Gäbe es einen Preis, um zu ihm durchzudringen, sie hätte ihn, ohne zu zögern, bezahlt.

Wenn sie es richtig verstand, hatte er dieser Fremden nicht einfach nur die Oper vorgespielt, er wollte ihr von Nell erzählen. Das machte die Unbekannte entweder zu etwas Besonderem oder zu einem Symptom seines geplagten Herzens, das die Dunkelheit nicht mehr ertrug.

Mit einem Seufzen drehte sie sich um und ging die Treppen bis ins Dachgeschoss hinauf. Sie warf einen kurzen Blick in sein Studio, das zwar voll mit Arbeit war, aber nichts darüber erzählte, ob er an eigenen Sachen komponierte. Der Couchtisch war leer, nichts lag irgendwo herum.

Ihr Sohn, der schon als Kind keinen Tag ohne seine Instrumente sein konnte, hatte seine Musik verloren. Genau genommen war er zusammen mit seiner Frau gestorben.

Kellertheater. In das Kellertheater der Oper passten vielleicht hundert Personen, aber es war schon lange nicht mehr in Betrieb. Eine Neueröffnung wäre mit vielen Auflagen und einem ganz anderen Erfolgsdruck als damals verbunden. Es müsste einiges umgebaut werden, was durch den Denkmalschutz nur eingeschränkt funktionieren würde, und dann wäre noch nicht mal gesagt, dass das Programm sein Publikum fände. Genau das richtige Projekt für einen Mann, der nicht gern nach Hause ging, aber der die Stadt nicht mehr verlassen wollte.

Sie verließ das Studio und setzte sich im ersten Stock auf eine Stufe schräg gegenüber der verschlossenen Zimmertür. An manchen Tagen glaubte sie, Nell dahinter noch weinen zu hören.

Wie sollte Belinda ihren Sohn um ein dauerhaftes Zusammenleben bitten, wenn die Trauer in diesem Haus alles vereinnahmte? Das konnte doch nicht alles sein? Ihre Freundin Johanna vergaß die Realität und lebte von Tag zu Tag mehr in der Vergangenheit, und Henry lebte im Hier und Jetzt wie eine Maschine. Sie wünschte sich, dass sie wenigstens einem von beiden helfen konnte, aber wie es aussah, hatte sie ihre Fähigkeit verloren, an andere heranzukommen.

»Ach, Nell«, flüsterte sie. »Was machen wir nur mit ihm? Er vermisst dich so sehr.«

Und ich auch.

Schweren Herzens ging sie wieder nach unten und fing an, im Gästezimmer ihren Koffer auszupacken. Erst mal deponierte sie nur ein paar Dinge im großen Einbauschrank, bis zum Ende des Monats musste sie all ihr Hab und Gut aus Johannas Haus geholt haben.

~

Erstmals in ihrem Leben fiel es ihr schwer, zur üblichen Disziplin zurückzufinden, aber spätestens in einer halben Stunde musste sie sich auf den Weg ins Büro machen. Die Entfernung von Johnnys Haus zu ihrer Wohnung war tatsächlich nicht so groß gewesen. Sie hatte zu Fuß eine gute halbe Stunde gebraucht. Statt während des kleinen Marsches die Nachrichten zu lesen und Mails zu checken, hatte sie nur ab und an aufs Smartphone geschaut, um die Route abzugleichen.

Als Peer anrief, war Leah gerade frisch geduscht und fürs Büro angezogen.

»Hey, Babe«, sagte er und kaute dabei auf etwas. »Wir wollen am Wochenende ’ne Session machen, ist das für dich okay? Du weißt ja, dass ich nicht alle Wochenenden frei halten kann.«

Leah betrachtete die Kleiderauswahl im Schrank, die sie nach Leipzig mitgenommen hatte. Die Verlockung war da, einfach hierzubleiben, aber Peer würde es sofort als Alarmzeichen verstehen, selbst wenn er am Wochenende kaum Zeit für sie hatte. »Kein Problem, etwas Ruhe fände ich auch ganz schön. Ich warte dann im Bett auf dich«, antwortete sie deshalb.

Seine Antwort war ein erfreuter Laut.

»Ich vermisse dich«, sagte sie. Diese Worte fühlten sich wie eine Lüge an, nein, sie waren gelogen. Sie vermisste ihn nicht, weil sie etwas Schönes erlebt hatte, das sich auch ohne Sex wie eine Affäre anfühlte. Das schlechte Gewissen kam ganz von allein. Wenn das nicht schlimmer werden sollte, musste sie ihm von Henry Erling erzählen.

»Ich muss los, also sehen wir uns heute Nacht.« So war Peer, stets in Eile, ohne eine Antenne dafür zu besitzen, wann er sich besser Zeit nehmen sollte.

»Richtig. Ich wünsche dir eine tolle Session.«

»Oh, das wird es«, sagte er begeistert. »Fabian S.P.-Kay wird dabei sein, das wird der Hammer.«

Der Mann mit dem seltsamen Künstlernamen war einer von Peers Lieblingen; er vermisste sie wahrscheinlich keine einzige Sekunde an diesem Wochenende, an dem er sicher auch nicht ins Bett käme.

»Dann viel Spaß. Bis dann.« Leah ließ das Smartphone sinken und setzte sich neben die Kleider auf das Bett.

Ich kann ihm das nicht sagen, wurde Leah schlagartig klar. Denn dann würde Peer auf ein Treffen bestehen, und die Zusammenarbeit mit Johnny gestaltete sich viel zu sensibel, als dass Leah das zulassen konnte. Was, wenn Peer mitmischen wollte oder sie gar auslachte, weil sie sich in Bereiche wagte, die sein Metier waren?

Sollten wir die Oper jemals fertigstellen, darf mein Name nie dabeistehen.

Was leicht war, da Johnny ihren Namen noch immer nicht kannte und sie im Grunde auch nur ein paar Ideen beisteuerte, die wahrscheinlich sehr albern waren.

Mal sehen, wie lange er meine Hilfe überhaupt will. So weit ist es ein schöner Ausflug und gibt Punkte fürs Karma-Konto, alles ist gut.

Aber war es das auch?

Leah fehlte die Zeit, alles sacken zu lassen, weil sie zu sehr damit beschäftigt war, irgendwie die Kontrolle zurückzuerlangen.

Johnny war charmant, zuvorkommend, selbstsicher, ohne die meiste Zeit etwas von der tiefen Trauer zu zeigen, die er in sich trug. Und doch hatte er sie so schnell in sein schlimmstes Geheimnis eingeweiht. Wenn sie ihm nicht helfen konnte, warum waren sie sich dann begegnet?

Bühnenbau ist sicher gar nicht so weit weg von meiner sonstigen Arbeit. Kaum hatte sie das gedacht, juckte es Leah auch schon in den Fingerspitzen, Skizzen für das Bühnenbild anzufertigen, obwohl lange davor erst einmal das Libretto kommen musste. Sie fühlte sich wie ein Kind, das zum ersten Mal eine Box Streichhölzer gefunden hatte und das Feuer entdeckte.

Sie ließ sich rücklings auf das Bett fallen und sah an die Decke. Seine Telefonnummer hatte sie unter Johnny abgespeichert, ihre eigene Nummer wurde nicht übermittelt. Die Kommunikation funktionierte also nur in eine Richtung.

Leah mochte es nicht, wenn jeder, den sie anrufen musste, gleich ihre Nummer sehen konnte, dafür hatte sie mit zu vielen unterschiedlichen Menschen zu tun. Es war schon schlimm genug, dass sie ihr Telefon überhaupt beruflich nutzen musste, aber sie hatte noch weniger Lust, zwei Geräte mit sich herumzutragen.

Leider brachte sie dieser Gedanken zu Walter Franken zurück. Die Schonfrist war endgültig vorbei. Seufzend aktivierte sie das Display und sah die Benachrichtigungen an. Ungewöhnlicherweise hatte Walter Franken bereits gestern Abend versucht, sie zu erreichen, und anschließend Nachrichten geschrieben.

19:30 – Wo bist du, ich muss mit dir reden?

Es gefiel ihr nicht, dass er schon mit dieser kurzen SMS jegliche Distanz vermissen ließ. Weitere Nachrichten erschienen.

19:55 – Es ist dringend. Antworte mir.

20:15 – Ich muss dich sehen. Melde dich endlich.

Ein Schauer lief ihr über den Rücken. Im Büro hatte er in dieser Woche angenehm normal gewirkt, als hätte sich alles normalisiert. Aber diese SMS sagten genau das Gegenteil.

20:49 – Ich erwarte eine Erklärung. Du kannst mich nicht anmachen und mir dann die kalte Schulter zeigen! Spiel nicht mit mir!

21:30 – Ich kann sofort zu dir kommen, sag mir endlich, wo du bist!

23:12 – Du bist bei einem anderen, oder? Ich kann mir vorstellen, was du gerade mit ihm treibst.

01:23 – Wenn ich dich finde, wirst du mir Rede und Antwort stehen müssen. Wie konntest du mir das antun?

08:44 – Ich bin maßlos enttäuscht von dir.

Leah starrte auf ihr Smartphone und schluckte trocken. Das war eine Nummer zu groß für sie. Es half nichts, sie musste Ludger die Nachrichten zeigen, damit er vorbereitet war, wenn sie sich gegen Frankens übergriffiges Verhalten wehrte.

Sie sah zur Seite und stutzte. Ihre Erstausgabe von *Stolz und Vorurteil* lag nicht mehr auf dem Nachttisch. Erschrocken rollte sie sich zur Kante, um neben dem Bett auf den Fußboden zu schauen, aber da war das Buch auch nicht. Sie setzte sich auf und sah sich im Raum um.

Jemand war hier gewesen. Mit einem unguten Gefühl sah sie sich genauer um. Ihr fiel nur ein Mensch ein, der sich Zugang zu ihrer Arbeitswohnung verschaffen würde. Walter Franken. Das erklärte auch die eifersüchtigen Nachrichten, die er ihr geschickt hatte. Warum er wusste, dass sie die Nacht woanders verbracht hatte.

Wenn er tatsächlich hier ein und aus gehen konnte, dann wollte sie keinen Tag länger hierbleiben. Schlimmer noch, sie musste sofort hier raus! Sie sah sich fieberhaft um, während ihre Gedanken sich überschlugen.

Er ist noch nicht im Büro, fiel es ihr dann ein. Sie wählte mit zitternden Fingern Nadines Nummer und durchstreifte die kleine Zweizimmerwohnung, zog Schubladen heraus und schaute ängstlich in jeden Winkel.

»Ich dachte, du bist auf dem Weg ins Büro«, sagte ihre Kollegin zur Begrüßung. »Alles gut bei dir?«

»Nicht wirklich. Hat Walter Franken einen Zweitschlüssel zu meiner Wohnung?«

Sie hörte Nadine in Schubladen kramen, dann atmete sie geräuschvoll aus. »Zumindest liegt er nicht mehr in meiner Schublade. Ist er etwa bei dir gewesen?« Sie klang ungläubig, aber nicht alarmiert. »Warum sollte er das tun?«

»Ich glaube, dass er letzte Nacht hier gewesen ist und meine Sachen durchwühlt hat«, sagte Leah und schluckte gegen die aufkommende Übelkeit an. »Genau kann ich das nicht sagen, weil ich woanders übernachtet habe, aber es fehlt was.«

»Bist du ganz sicher? Das wäre ja total krank«, sagte Nadine nun wesentlich ernster, dann stutzte sie. »Du hast woanders übernachtet?«

»Lange Geschichte, aber kannst du mich bitte abholen? Ich bleibe in dieser Wohnung keine einzige Nacht länger.«

»Natürlich! Du kannst bei mir auf der Couch schlafen.«

Leah lehnte dankend ab. »Ich gehe erst mal ins Hotel und suche mir schnell was anderes. Ich weiß dein Angebot sehr zu schätzen, aber ich brauche mein eigenes kleines Reich. Was stimmt mit Franken nicht?«

»Bist du sicher, dass er es gewesen ist?« Nadine kannte diese Seite von ihm offenbar nicht.

»Er hat mir seltsame Nachrichten geschrieben, die sehr eindeutig sind.«

Die Hintergrundgeräusche veränderten sich, Nadine machte sich zum Glück sofort auf den Weg. »Verstehe ich nicht. Ich meine, ja, seit einiger Zeit fällt es auf, dass er sich verändert hat, und einige im Büro sind der Meinung, dass er langsam in den Ruhestand gehen sollte … aber Belästigung? Das meinst du doch, oder?«

Es fiel Leah nicht leicht, darüber zu reden. Ludger und die Belegschaft schienen Franken sehr zu mögen. Als würde sie einen Helden mit Dreck bewerfen, obwohl er der Täter war. »Ja, er belästigt mich.«

»Okay, ich bin gleich bei dir.« Nadine klang ehrlich betroffen. »In letzter Zeit standen einige private Termine in seinem Kalender, ich finde heraus, was dahintersteckt, versprochen.« Eine Tür klappte, dann startete Nadine den Motor ihres Wagens, und die Freisprechanlage übernahm das Telefonat. »Vielleicht erklärt das auch, warum er Patrick so seltsam rausgeekelt hat.«

Leah klemmte sich das Telefon zwischen Schulter und Ohr und fing an, ihre Kleidung in den Koffer zu legen. Selbst wenn sie Franken den Schlüssel abnahmen, würde sie sich in dieser Wohnung nicht mehr wohlfühlen. »Ist gut. Ich warte unten auf dich.« Sie beendete das Gespräch, packte die restlichen Sachen aus dem Bad und ging jeden Raum noch einmal durch, um sicherzugehen, dass sie nichts vergessen hatte. Ihr Blick fiel auf die Opernkarte, die auf einem Regal lag.

Die würde sie sicher nicht vergessen. Diese Karte symbolisierte in gewisser Weise ihren Eintritt in die andere Welt. Den Moment, als Henry auf die Bühne gegangen war, um sich stellvertretend für das Orchester zu verbeugen, würde sie niemals vergessen. Sie steckte die Karte in das Buch *Der Ozean am Ende der Straße,* das sie aus Zeitmangel noch immer nicht zu Ende gelesen hatte.

Als sie ihre Schuhe und den Mantel angezogen hatte, ihren Koffer und die Handtasche genommen, die Wohnung verlassen und hinter sich abgeschlossen hatte, blieb sie einen Augenblick stehen und atmete tief durch. Keiner ihrer nun folgenden Schritte war geplant. So simpel sich die Lösung auch darstellte, fiel ihr der Übergang ins Ungewisse nicht leicht. In Leipzig gab es viele Hotels. Leah hatte die Wahl. Sie würde auch schnell eine Wohnung finden – aber dies war die zweite spontane Entscheidung binnen vierundzwanzig Stunden, was enorm für einen Menschen war, der ständig Angst vor Kontrollverlust hatte.

Vor dem Haus musste sie nicht lange warten. Nadine kam angefahren, als würde sie ein Fluchtauto lenken. Leah wuchtete das Gepäck in den Kofferraum und stieg auf der Beifahrerseite ein. »Vielen Dank, dass du so schnell gekommen bist.«

Nadine drückte ermutigend ihren Arm. »Na klar doch. Ich habe Frankens Frau eine Rückrufbitte hinterlassen, sie wird hoffentlich etwas Licht ins Dunkel bringen. Zeigst du mir die Nachrichten?«

Leah rief sie auf und reichte Nadine das Telefon.

Mit einem leisen Pfiff kommentierte Nadine, was sie las. »Okay, das ist echt krank. So kenne ich ihn wirklich nicht.« Leah nahm ihr Handy wieder entgegen und war froh, dass Nadine den ersten Gang einlegte und losfuhr.

»Wo soll ich dich hinbringen?«, fragte Nadine und hielt an der nächsten Kreuzung an.

»Günstig und in der Nähe vom Büro wäre toll.«

Sie war sich sicher, dass Ludger nach diesem Vorfall die Hotelrechnung übernahm.

»Direkt am Augustusplatz befindet sich ein Motel One«, sagte Nadine und fuhr weiter. »Warum fährst du nicht erst mal nach Hause? Es ist Freitag, du brauchst doch jetzt gar kein Zimmer.«

Seufzend sah Leah aus dem Fenster. »Peer muss das ganze Wochenende arbeiten, und ich würde ja doch nur am Laptop sitzen, um eine neue Wohnung zu finden. Da kann ich auch hierbleiben und mit etwas Glück gleich die eine oder andere besichtigen.«

»Na los, raus mit der Sprache«, forderte Nadine mit diesem amüsierten Unterton. »Wo bist du letzte Nacht gewesen?«

»Bei Henry Erling«, gab sie zu. »Wir haben uns im Ballett getroffen und anschließend die ganze Nacht geredet und Wein getrunken.«

Nadine fuhr langsamer und sah sie mit offenem Mund an. »Habt ihr …?«

»Nein, Himmel, nein!«, schmetterte Leah diesen Verdacht sofort ab. »Es war rein freundschaftlich.«

»Seht ihr euch wieder?« Wahrscheinlich glaubte sie Leah nicht.

»Ich denke schon. Ihr Leipziger habt eine sehr hartnäckige Art, Fremde in Freundschaften zu ketten.«

Und die Stadt selbst hatte eine sehr nachhaltige Anziehungskraft, die Leahs Entscheidung, nicht nach Hause zu fahren, sogar noch mit Zufriedenheit belohnte.

Unter anderen Umständen wäre sie wütend gewesen, hätte sich darüber aufgeregt, dass ihre Pläne durcheinandergebracht wurden und sie sich nun um Dinge kümmern musste, die eigentlich geregelt waren. Aber die Konsequenzen dieses Vorfalls brachten einen anderen Gedanken mit sich: Was, wenn sie nicht darauf wartete, dass Ludger ihr eine neue Wohnung zur Verfügung stellte? Wenn sie sich selbst eine neue Wohnung suchte? Diese Möglichkeit änderte etwas in ihr, das spürte sie. Bis zu diesem Morgen war sie nur ein Gast in einer Firmenwohnung gewesen, aber wenn sie jetzt in eine eigene zog, wurde sie sesshafter, als sie es vorgehabt hatte – und das bereits in der zweiten Woche. Sie drehte ihr Smartphone zwischen den Fingern. Obwohl Peer an diesem Wochenende keine Zeit für sie hatte, konnte sie sich ausmalen, wie kritisch er die Änderungen ihrer Reisepläne sehen würde. Seine Angst, sie könnte sich zu sehr in die Stadt verlieben, war berechtigt. Er kannte sie und ihre Vorlieben für alte Gebäude, geschichtsträchtige Sehenswürdigkeiten und das Leben mitten im Zentrum.

»Wir sind gleich da«, sagte Nadine und zeigte Richtung Augustusplatz. »Das Hotel liegt dichter an seinem als an deinem Arbeitsplatz.«

»Marginal«, erwiderte Leah und hoffte, dass Nadine mit ihren Andeutungen bald fertig war. Für sie mochte das alles recht amüsant sein, aber Leah fühlte sich wie eine Drahtseiltänzerin, die versuchte, während eines Erdbebens die Balance zu halten.

Nadine hielt vor der Oper an und schaltete den Motor aus. »Du musst nur ein paar Meter weitergehen, dann bist du da. Franken ist eigentlich ein sehr netter Boss. Tut mir leid, dass du ihn auf diese Weise kennenlernen musstest.«

Leah lächelte tapfer. »Mir auch. Herr Leonhardt hält große Stücke auf ihn, es wird ihm schwer zusetzen, wenn er davon erfährt. Er scheint zwar zu ahnen, dass Franken sich langsam zur Ruhe setzen muss, aber damit wird er nicht rechnen.«

»Du musst die Wohnung nicht aufgeben, Leah. Warte das Wochenende ab, und wie sich die Sache mit Walter entwickelt. Wir nehmen ihm den Schlüssel ab und sorgen dafür, dass er dir nicht mehr zu nahe kommt.«

Nadine hatte recht. Der erste Fluchtreflex war vorbei, und Leah musste sich eingestehen, dass in ihr etwas das Ruder übernommen hatte, das dieser Stadt bereits erlegen war.

»Wir können auch die Schlösser austauschen«, bot Nadine weiter an.

Leah schüttelte den Kopf und öffnete die Tür. »Gucken wir erst mal, wie es mit Herrn Franken weitergeht. Es ist kein schönes Gefühl zu wissen, dass er jederzeit in meine Wohnung eindringen konnte. Was, wenn ich da gewesen wäre? Wenn er nachts plötzlich vor meinem Bett gestanden hätte?«

»Ich bin froh, dass es nicht so gekommen ist. Was hat er mitgenommen?«, wollte Nadine noch wissen.

»Mein Lieblingsbuch, eine Erstausgabe von *Stolz und Vorurteil.*«

Mit gerümpfter Nase stieg Nadine aus und holte Leahs Gepäck aus dem Kofferraum. »Ich hole es dir zurück«, versprach sie, als Leah zu ihr kam und ihren Koffer entgegennahm.

»Das würde mir viel bedeuten. Dieses Buch begleitet mich schon seit vielen Jahren überallhin.«

»Okay, spätestens Montag liegt es auf deinem Schreibtisch. Solltest du am Wochenende Hilfe bei irgendwas benötigen oder dir die Decke auf den Kopf fallen …«

»… dann melde ich mich«, fiel ihr Leah dankbar ins Wort. Sie sah Nadine noch zu, wie sie in den Wagen stieg und wegfuhr, dann zog sie ihren Koffer hinter sich her zum Hotel.

An der Rezeption lächelte ihr eine Blondine entgegen und begrüßte sie freundlich, als sie ihren Koffer vor dem Tresen abstellte.

»Guten Tag, ich bräuchte bitte ein Zimmer, mindestens bis Dienstag, eventuell auch länger«, sagte Leah.

»Es tut mir leid, wir sind bis Sonntag komplett ausgebucht«, erwiderte die Frau weiterhin freundlich. »Ich fürchte, es wird schwer sein, in der Innenstadt fürs Wochenende ein Zimmer zu bekommen. Es finden zwei Großveranstaltungen statt, zum einen …«

Als sie gerade anfangen wollte, die Events aufzuzählen, winkte Leah ab. »Gibt es noch andere Übernachtungsmöglichkeiten in der Stadt? Vielleicht eine Jugendherberge oder so was?«

Aber die Rezeptionistin schüttelte bedauernd den Kopf. »Das wird auch alles ausgebucht sein. Eventuell können Sie ein Privatzimmer mieten?«

Dann konnte sie auch gleich Nadines Couchangebot annehmen. Ihr stand nicht der Sinn danach, irgendwo in ein kleines Zimmer eingesperrt zu sein, weil sie Rücksicht auf Fremde nehmen musste. Wie es aussah, war die Fahrt umsonst gewesen, weil die einzige Alternative die Rückkehr in die Wohnung war. Sie sah sich schon einen Stuhl unter die Klinke schieben und bei jedem Geräusch aufschrecken.

»Setzen Sie sich gern hier in die Lobby, wenn Sie im Warmen die Angebote abtelefonieren möchten.«

Nach einem gemurmelten »Danke« zog Leah den Koffer zu einem der türkisfarbenen Sessel und setzte sich benommen hinein. Eine leise Stimme in ihrem Kopf machte einen anderen Vorschlag und berief sich dafür auf die Notlage, in der sie sich befand.

»Ich will ja nur einen Tipp haben«, rechtfertigte sie sich vor sich selbst, dann aktivierte sie das Display und suchte im Telefonbuch nach Johnnys Nummer. Er war ein einflussreicher Mann, sicher konnte er ihr helfen, irgendwo unterzukommen.

Während sich die Verbindung aufbaute, bekam sie Zweifel. Von einer Zufallsbekanntschaft zu einem klettenden Pflegefall binnen weniger Stunden – egal, was Leah sich selbst als Argumente innerlich vorbrachte, es behielt einen seltsamen Beigeschmack.

»Erling.« Seine Stimme klang geschäftig und abweisend.

»Hallo, hier ist … June«, sagte sie zögerlich. »Bitte entschuldigen Sie die Störung.«

»Sie stören nicht«, sagte er freundlich. »Was kann ich für Sie tun?«

Er machte es ihr leicht, die Scheu abzulegen. »Ich musste etwas überstürzt meine Wohnung verlassen, aber wegen irgendwelcher Veranstaltungen sind alle Hotels ausgebucht. Ich hatte gehofft, dass Sie vielleicht jemanden kennen, der mir doch noch ein Zimmer vermieten kann.«

»Wo sind Sie jetzt?«

Sie sah durch die Scheibe zur Nikolaikirche hinüber. »Im Motel One, ganz in der Nähe des Augustusplatzes.«

Er hielt den Hörer zu und redete mit jemandem, dann sagte er zu ihr: »Ich bin gleich da.«

»O nein«, sagte sie schnell. »Ich will Ihnen wirklich keine Umstände machen.«

Aber Johnny gab einen ablehnenden Laut von sich. »Es ist sehr freundlich, dass Sie das sagen, aber ich definiere gern selbst, was ich als Umstand erachte und was nicht. Es dürfte unmöglich sein, an diesem Wochenende ein Zimmer in der Stadt zu bekommen. Eher finden Sie Atlantis.«

Er grüßte jemanden, sie hörte seine Schritte und dann Straßenlärm.

»Darf ich fragen, warum Sie Ihre Wohnung überstürzt verlassen mussten?«

Verlegen senkte Leah den Blick, obwohl er sie gar nicht sehen konnte. »Jemand ist in meiner Abwesenheit in meine Wohnung eingedrungen. Ich fühle mich dort nicht mehr sicher. Es ist albern, ich weiß, aber ich habe da keine ruhige Minute mehr.«

»Das würde mir auch so ergehen«, sagte er entgegenkommend.

Als sie nach einem Augenblick des Schweigens wieder nach draußen sah, kam er auf den Eingang des Hotels zu.

In seinem Anzug und dem dicken Wollmantel wirkte er sehr stilvoll, wie ein Mann von Welt, was seine Art zu reden noch unterstrich.

»Wie gut, dass Sie dem Eindringling nicht begegnet sind.« Als er sie im Inneren entdeckte, hellte ein Lächeln seine Züge auf.

»Mein Boss ist es gewesen.« Leah musste darüber reden, damit dieses schreckliche Gefühl, das ihr im Nacken saß, verschwand.

Johnny ging durch die sich öffnende Schiebetür und legte auf.

»Ihr Vorgesetzter ist in Ihre Wohnung eingedrungen?«, fragte er, als er vor ihr stand. »Haben Sie die Polizei gerufen?«

Leahs Herz machte einen deutlichen Extraschlag. »Noch nicht«, sagte sie dann und sah verlegen zur Seite. »Aber das werde ich, sobald ich ein Zimmer gefunden habe.«

Johnny nahm ihren Koffer und zog ihn Richtung Ausgang. »Damit dürfen Sie den Mann nicht durchkommen lassen.«

Leah folgte ihm nach draußen. »Das ist der Plan. Und wie lautet Ihrer?«

Johnny führte sie zurück zum Augustusplatz und steuerte das nächste Taxi an. Der Fahrer stieg aus, um mit dem Gepäck zu helfen.

»Seien Sie mein Gast, so lange Sie wollen.«

Leah fühlte sich vom Schicksal in das Leben eines Fremden gestopft. Dass er sich sofort um sie kümmerte, war unfassbar liebenswert, aber das konnte sie nicht annehmen. »Ich werde das Wochenende nutzen, mir eine neue Bleibe zu suchen.«

Johnny hielt ihr die Tür offen. »Wie Sie wissen, habe ich ein viel zu großes Haus mit viel zu vielen Zimmern. Bleiben Sie, bis Sie etwas anderes gefunden haben, oder bleiben Sie ganz. Ich arbeite sehr viel, wir werden uns nicht so oft sehen, wie Sie jetzt sicher befürchten.« Er stieg auf der anderen Seite ein und nannte die Adresse.

»Ich arbeite auch sehr viel«, sagte Leah wie betäubt. Eigentlich hatte sie Danke oder etwas Ablehnendes sagen wollen, aber mehr als dieser Satz war nicht über ihre Lippen gekommen. Ihre Begegnung wurde immer bemerkenswerter. *Und das alles wegen eines leeren Kugelschreibers.*

Sie bemerkte, dass Johnny sie beobachtete. »Entschuldigung, ich war wieder in Gedanken.«

»Ich weiß, sie stehen Ihnen kryptisch ins Gesicht geschrieben. Machen Sie sich keine Sorgen, alles wird gut.«

»Ich weiß gar nicht, wie ich Ihnen danken soll«, sagte sie endlich.

Die Fahrt dauerte keine zehn Minuten, das Taxi hielt vor der Villa, und Leah sah an der Fassade bis zum Studio hinauf.

»Ich möchte, dass Sie sich ganz wie zu Hause fühlen«, sagte er einladend.

Sie bezweifelte, dass es das Haus war, das ihr ein Gefühl von Zuhause vermittelte. Er war es – seit er durch die Hoteltür gekommen war. Anders konnte sie es nicht beschreiben. In seiner Nähe verloren sich die sonstigen Zwänge, und sie fühlte sich ungewohnt sicher und wohl. Sie bezahlte die Fahrt, bevor Johnny ihr zuvorkommen konnte, und als sie ausstiegen, kam es ihr so vor, als bliebe ihr wahres Ich im Wagen sitzen, und June nahm sein Angebot an.

Sie würde weder Nadine noch Peer verraten, wo sie sich befand. Niemand könnte es verstehen, im Gegenteil, sie würden wahrscheinlich annehmen, dass aus dieser Freundschaft zwangsweise eine Affäre werden musste. Aber das hatte Leah nicht vor. Sie war kein sprunghafter Mensch und schon gar keine Frau, die ihren Verlobten hinterging. In ihren Augen war es legitim, die Freundschaft zu genießen, solange sie ihre Gefühle im Griff hatte. Sie brauchten einander, deswegen waren sie sich begegnet.

Leah sah zu den Fenstern im Erdgeschoss. »Ist Ihre Küche nur zur Zierde da, oder wird dort auch gekocht?«

Der Fahrer lud das Gepäck aus und fuhr dann weiter.

»Es macht keinen Spaß, für sich allein zu kochen«, erklärte Johnny auf dem Weg zur Haustür. »Aber wir können alles, was wir brauchen, online bestellen, dann sind die Zutaten in zwei Stunden hier.«

»Sie haben den Einkaufslieferservice tatsächlich schon mal ausprobiert?«

Er stellte ihren Koffer vor der Tür ab und zog den Schlüssel aus der Manteltasche.

»Seit meine Mutter gerne ohne Vorwarnung vor der Tür steht, um ein paar Tage den Drachen in diesem Anwesen zu spielen, nutze ich den Service regelmäßig. Ich hasse es, mit ihr einkaufen zu gehen, weil sie unter einer Art Spontan-Tourette leidet. Sie schafft es, in den Supermarkt zu gehen und nebenbei zig Leute zu beleidigen, ohne es zu merken.«

Er schloss auf, und der bekannte Geruch der Villa empfing Leah.

Meine neue Bleibe.

»Hier unten gibt es zwei Gästezimmer, in dem vorderen schläft meine Mutter, wann immer ihr der Sinn danach steht. Ich will Ihnen nicht zumuten, dass sie aus Versehen unter Ihre Decke schlüpft, wenn sie sich mitten in der Nacht ins Haus schleicht.«

Es war eine lustige Vorstellung, wie eine generische alte, versnobte Frau auf Zehenspitzen durch das Haus tippelte, um ihren Sohn am nächsten Morgen in der Küche zu erschrecken. »Denken Sie, sie würde mich mögen?«, diese Frage verließ so schnell ihren Mund, dass Leah den Klang ihrer Worte am liebsten weggewedelt hätte.

»Sie wird Sie lieben«, sagte Johnny grinsend. »Aber sie wird es wie einen Unfall aussehen lassen.«

Er ging an der ersten Tür vorbei und öffnete dann die zweite. »Vorhin hätten Sie meine Mutter fast kennengelernt, aber jetzt ist sie schon wieder nach Hause gefahren. Lassen Sie sich von ihr bitte nicht aus der Reserve locken. Sie hofft schon seit Langem, dass hier wieder eine Frau einzieht, während gleichzeitig keine gut genug zu sein scheint.«

»Ich habe nie verstanden, warum Angehörige oder Freunde immer erst dann glücklich sind, wenn man wieder in einer Partnerschaft lebt. Als wäre es besser, irgendwen zu haben, als allein zu sein.«

Sie ging an einem kleinen Bad vorbei, dessen Tür halb offen stand. Auf die Schnelle sah Leah eine Dusche, ein Waschbecken und eine Toilette, die sich zweckdienlich wie in einem Hotel aneinanderfügten. Mehr brauchte sie nicht. Das Zimmer dahinter war dagegen angenehm groß und hatte eine Tür in den Garten hinaus. Vor dem Fenster stand ein schmales Bett mit Schubladen unter der Matratze. Die linke Wand war mit einem großen Einbauschrank zugebaut, der dem Holz nach aus Kirsche gefertigt sein musste. Außerdem gab es einen Schreibtisch an der Wand zum Badezimmer. Die dünnen weißen Gardinen vor dem großen Fenster und der Terrassentür waren zugezogen.

»Ich schätze, dass sich andere nicht mehr verantwortlich fühlen, wenn Alleinstehende jemanden finden. Um ehrlich zu sein, mag ich es so viel lieber. Die wenigen Frauen, die ich hierher eingeladen habe, passten nicht in dieses Haus. Ich war jedes Mal froh, wenn sie wieder weg waren.« Er sah Leah an und kratzte sich verlegen über den Haaransatz. »Bei Ihnen ist das etwas anderes«, ergänzte er schnell. »Aber das wissen Sie hoffentlich.«

Ja, das wusste sie, ihr Kopf hatte da nicht viel mitzureden. »Weil wir nur Freunde sind und bleiben«, sagte sie bestätigend.

»Wenn Ihnen das Parkett zu kalt ist, legen wir einen großen Teppich darüber. Sie können alles verändern, es wäre sogar schön, wenn Sie den Biedermeiertouch hier etwas vertreiben.«

»Ich liebe es«, sagte Leah begeistert und ging zur Terrassentür. Handtasche und Mantel warf sie im Vorbeigehen auf das Bett. Sie zog die Vorhänge zur Seite und sah hinaus. »Wir wohnen in einem alten Industriegebäude, dessen Gelände aussieht, als würde der Altmetallhandel dort noch florieren. Ordentliche Gärten mag ich gar nicht so gern, aber mit einem Schritt im Grünen zu stehen ist wundervoll.«

Wieder fiel ihr auf, dass sie Details aus ihrem anderen Leben verraten hatte. Sie warf ihm über die Schulter einen Blick zu. »Soll ich Ihnen nicht sagen, wer ich bin? Ich meine, ich weiß nun so vieles über Sie, es kommt mir irgendwie falsch vor, Sie im Unklaren zu lassen.«

Er trat neben sie. »Ich weiß alles, was ich für unsere Freundschaft wissen muss. Sollten irgendwann relevante Lücken entstehen, frage ich Sie, in Ordnung?«

Über einen Hebel an der Wand öffnete er die Terrassentür und vollführte eine einladende Handbewegung. »Nach Ihnen, Teuerste.«

Der Garten war größer als erwartet. Eine zwei Meter hohe Steinmauer grenzte ihn ein, und in der Mitte stand eine alte Eiche, die so hoch wie das Haus war. Der Rasen war mehr Moos als Grashalme, und diverse Büsche, Obstbäume und Rhododendren erweckten den Eindruck, sich selbst vor Jahren einen Platz zum Anwachsen gesucht zu haben. Links befand sich ein kleiner Anbau, in dem sich eine Werkstatt oder Ähnliches befinden konnte.

»Der Garten ist wie Sie«, sagte Leah und klopfte ihm auf die Schulter. »Dieser eigenwillige Charme ist unverkennbar.«

»Freut mich, dass es Ihnen hier gefällt. Richten Sie sich soweit ein, ich bestelle uns ein paar Zutaten für ein Mittagessen. Irgendwelche Allergien, die ich beachten muss?«

»Alles Richtung Austern, Schnecken und andere Lebewesen, die ihre Häuser mit sich rumtragen.«

Er hob die Augenbrauen. »Wirklich? Was passiert dann?«

»Mir wird speiübel, wenn ich das auf dem Teller sehe.« Sie grinste ihn an. »Nein, es gibt bislang nichts, was mein Gesicht anschwellen lässt oder unappetitliche Quaddeln verursacht, ich bin nur nicht geübt darin, Dinge zu probieren, die ich eklig finde.«

Johnny sah sie einige Herzschläge an, dann entstand ein amüsiertes Funkeln in seinen Augen. Welche Idee ihm auch immer gerade eingefallen war, sie schien ihm großes Vergnügen zu bereiten. Leah wünschte, sie müsste sich nicht selbst belügen, um die Zuneigung zu leugnen, die sie nicht erwidern durfte.

»Dann kommen Sie erst mal an.« Als sie wieder hineingegangen waren und er die Zimmertür hinter sich zugezogen hatte, setzte Leah sich auf das Bett und rieb sich müde über die verspannten

Gesichtszüge. »Ich habe nur Glück gehabt, nicht auf der Straße zu sitzen, das ist alles«, flüsterte sie. »Dass ich jetzt hier bin, ändert nichts.«

Peer und sie hatten keine Probleme, alles lief gut. Sie trug seinen Ring, weil sie es so entschieden hatte, ein nahezu Fremder konnte das nicht mal eben durcheinanderbringen – und doch tat er es. Unbeabsichtigt, weil die vielen kleinen Ereignisse wie Zahnrädchen ineinandergriffen und ihr vermittelten, zum ersten Mal in ihrem Leben irgendwo angekommen zu sein.

Das Einzige, was sie irritierte, war, dass er ihren Namen nicht wissen wollte. Hinter Leah Mirana verbarg sich ein vierunddreißig Jahre altes Leben mit vielen Geschichten, Höhen und Tiefen und ihre Persönlichkeit, die an alldem gewachsen war.

Einerseits war es befreiend, sich eine Zeit lang davon loszusagen und der Mensch zu sein, der sie im Hier und Jetzt sein wollte: June. Andererseits blieb sie ja trotzdem, wer sie war. Aber es war weniger einengend, wenn man unter Pseudonym agierte. Und bedeutete es nicht auch, dass es Johnny tatsächlich nur um ihre Hilfe ging und nicht um sie, wenn er so gar nichts über sie wissen wollte? Oder war sein Desinteresse ganz dem Respekt ihrem Privatleben gegenüber geschuldet?

Dass sie sich überhaupt Gedanken darüber machte, lag an dem wachsenden Wunsch, die Unverbindlichkeit zu beenden. Er war unglaublich. Er bot ihr dieses Zimmer an, als würden sie einander schon ewig kennen, was sich auch so anfühlte. Bei jedem anderen hätte sie sich geziert, jede Begebenheit als Umstand empfunden, den sie weder sich noch anderen zumuten wollte. Bei Johnny kamen nicht mal Bedenken auf, ob das kurzfristige Zusammenleben unangenehm werden könnte, weil es sich dafür viel zu selbstverständlich anfühlte. Jetzt schon.

Sie sah in den Garten hinaus und betrachtete erneut die große Eiche. Als Kind wäre sie heimlich hinaufgeklettert.

In ihrer Kindheit hatte alles, was Spaß machte, heimlich stattgefunden. Leah musste an das Buch in ihrer Tasche denken. *Der Ozean am Ende der Straße.* Sie hatte bislang nur die ersten Seiten gelesen, aber die Stimmung in diesem Haus war die gleiche wie die am Anfang des Romans: Etwas war an diesem Ort passiert, das eine Reise in die Vergangenheit lostrat und sie dazu brachte, ihr Leben zu überdenken.

Sie war sich sicher, dass sie Johnnys Haus verändert wieder verlassen würde. Seufzend streifte sie die Schuhe von den Füßen und legte sich auf das Bett. Die Zimmerdecke war mit einer weißen Raufasertapete tapeziert. Später würde ihr kleiner Wecker die Uhrzeit dorthin leuchten, wo jetzt nur kleine Unebenheiten zu sehen waren. Die zweite Woche war fast um, und Leipzig zeigte ihr auf ungewöhnliche Weise, dass Leah in dieser Stadt keine Kontrolle besaß. Es wunderte sie, dass sie diese Tatsache nicht aufregte oder ihr Angst machte.

Nach einer Weile sammelte sie ihre Konzentration, um Nadine anzurufen und das weitere Vorgehen zu besprechen. Es war ihr lieber, wenn die diesen Part schnell hinter sich brachte. Vor allem fühlte sie sich besser, wenn sie endlich wusste, wo sich Walter Franken aufhielt und alles Nötige in die Wege geleitet wurde.

»Ich wollte dich auch gerade anrufen«, sagte Nadine zur Begrüßung. »Ich soll dir von Walters Frau ausrichten, dass ihr das Geschehene schrecklich leidtut. Sie bittet dich, vorerst nichts zu unternehmen. Wie es aussieht, ist Walter krank. Er hat wohl Tumore im Kopf, die sich negativ auf sein Verhalten auswirken. Die Diagnostik hat gerade erst stattgefunden, und nächste Woche soll zusammen mit den Ärzten entschieden werden, wie dagegen vorgegangen wird. Die Tumore sind wahrscheinlich inoperabel.«

Irgendwie war es erleichternd, das zu hören, weil es nicht an ihr lag, während es ihr gleichzeitig leidtat, dass er schwer krank war. »Ist er zu Hause?«

Nadines Zögern vor der Antwort war beunruhigend. »Nein, aber Frau Franken hat ihre Söhne angerufen, die suchen Walter und sorgen dafür, dass er umgehend eingewiesen wird. Am besten bleibst du vorerst, wo du bist, und ich sage dir Bescheid, sobald sie ihn gefunden haben.«

Leah stimmte zu. Spätestens wenn sie ihn nicht finden konnten, musste Walters Familie die Polizei selbst einschalten, aber aus anderen Gründen als Leah es getan hätte. »Es wäre mir ganz lieb, wenn Frau Franken Ludger über alles informiert. Ich wäre ungern die Überbringerin dieser Nachricht.«

»Sage ich ihr. Nun mach das Beste aus dem Wochenende, und wenn dir langweilig wird …«

»… melde ich mich«, führte Leah den Satz zu Ende. »Bis später.«

Nach dem Gespräch versuchte sie, Peer zu erreichen, der jedoch nicht ans Telefon ging. Wahrscheinlich befand er sich bereits im Studio. Also schrieb sie ihm eine kurze Nachricht, dass es Probleme mit der Wohnung gäbe und sie vorerst in Leipzig bleiben müsse, um das zu klären. Im günstigsten Fall war er abgelenkt genug, um sich nicht darüber zu ärgern.

Leah blieb auf dem Bett liegen, bis es an der Haustür klingelte und die Lebensmittel geliefert wurden.

Das gemeinsame Kochen machte Spaß. Johnny forderte sie mit der Zubereitung von Jakobsmuscheln heraus und entschädigte sie, indem er ihr Spaghetti Carbonara als Hauptgang in Aussicht stellte. Leah saß die meiste Zeit am Tresen und schaute ihm zu. Er war nicht gerade ein routinierter Koch. Das Kleinschneiden der Zutaten dauerte lange, weil er sehr akribisch arbeitete. Immer wieder fasste er sich an den Haaransatz und sah zerstreut in die verschiedenen Töpfe, bis ihm wieder einzufallen schien, was als Nächstes gemacht werden musste. Leah war sich sicher, dass er nicht viele Rezepte im Kopf hatte, aber die wenigen mit deutlichem Perfektionismus beherrschte. Etwas, das sie gut nachvollziehen konnte, weil sie Dinge genauso handhabte.

Halbe Sachen gab es nicht, alles unterlag einem gewissen Anspruch, weil Versagen inakzeptabel war. Wenn Henry ihre Aufzeichnungen nicht eigenmächtig gelesen hätte, dann hätte sie ihm ihre Idee erst präsentiert, nachdem sie alles zig Mal überarbeitet und sich dafür schlau gelesen hätte. Etwas aus einer Inspiration heraus ungefiltert zu Papier zu bringen und sofort aus der Hand geben zu müssen, war eine gänzlich neue und zugleich schöne Erfahrung für sie gewesen. Schön, weil Henry so positiv darauf reagiert und sie bestärkt hatte.

Sie fragte sich, wie sie ihm das auf ähnliche Weise zurückgeben könnte. Ob es ihr gelänge, durch seinen Perfektionismus hindurchzubrechen, um seine Anspannung aufzulockern.

Während er sich um das Essen kümmerte, redeten sie über alte Filme, und welche sie am meisten geprägt hatten, tranken Wein und lachten.

»Oh, *Metropolis* hätte ich fast vergessen.« Sie schwenkte ihr Glas und zeigte mit einem Finger in die Luft, als schwebte dort der Titel des Stummfilms. »Den habe ich mit fünf heimlich im Wohnzimmer geschaut, als meine Eltern schliefen, weil meine Mutter davon erzählt hatte. Ein Film, in dem kein Mensch auch nur ein Wort sagte, war dermaßen ungewöhnlich. Na, und als er dann anfing, nahm das Kindheitstrauma seinen Lauf.«

»In manchen Kinos wird der Film mit Live-Pianobegleitung gezeigt, wie wäre es, wenn wir irgendwann das Trauma beseitigen, indem Sie ihn als Erwachsene noch einmal schauen? Es ist ein Meisterwerk, das sicher nicht für Kinderaugen geeignet ist.«

Leah legte den Kopf schief und sah ihn herausfordernd an. »Welcher Film hat Sie traumatisiert? Dann schauen wir den gleich im Anschluss.«

»*Die Körperfresser*. Meine Mutter ließ mich mitgucken, was keine so gute Idee gewesen war. Mittendrin sagte sie, ich müsse bis zum Ende durchhalten, damit ich sehe, dass das Gute immer gewinnt. Ich sehe immer noch, wie Donald Sutherland sich am Ende umdreht, auf die letzte Überlebende zeigt und schreit, weil die Aliens gewonnen haben. Das waren sehr schlaflose Wochen gewesen, aber ich wäre froh, wenn wir diesen Film überspringen könnten.« Er richtete die Jakobsmuscheln auf zwei Tellern an, goss eine Weißweinsoße drum herum und drapierte etwas grünen Spargel daneben. »Voilà, der erste Gang ist fertig.«

Es sah etwas verunglückt aus, als sei der Spargel gestolpert und in die Soße gefallen, aber es roch hervorragend.

»Die sehen gar nicht nach Muscheln aus. Suchen Sie gerne die Ausnahmen der Regeln?« Dass er ihren Horizont auf so charmante Weise erweiterte, war inspirierend.

»Wenn man damit erst mal angefangen hat, macht es richtig Spaß.«

Das hatte sie gesehen, als sie ihn beim Kochen beobachtet hatte.

Sie setzten sich an den Tisch, und er nahm ihr Gespräch wieder auf.

»Verallgemeinerungen fordern mich heraus. Sagen Sie mir eine Musikrichtung, die Sie nicht leiden können, und ich finde ein Stück aus dem Genre, das Sie doch mögen werden.«

Darauf wollte sie es nicht ankommen lassen. »Das müsste zur Vermeidung eines Brechreizes auf drei Versuche begrenzt werden, wenn ich an die Musik denke, die ich tatsächlich nicht ertragen kann.«

»Bitte, bevor es kalt wird.« Er deutete auf die Teller und wünschte ihr einen guten Appetit.

Schon nach dem ersten Bissen musste sie ihm zugestehen, dass er wusste, was er tat. Das Fleisch war fest, überhaupt nicht fischig, und Leah schmeckte Knoblauch, Zitrone und Weißwein, was mit der salzigen Note sehr gut harmonierte. »Okay, Sie haben gewonnen, das schmeckt sensationell.«

Bei ihrem Lob neigte er leicht den Kopf zum Dank. »Nach dem Essen gebe ich Ihnen einen Haustürschlüssel. Sie können selbstverständlich kommen und gehen, wie Sie möchten, und die anderen Räume wie in einer WG mitnutzen. Es freut mich sehr, dass wieder etwas mehr Leben ins Haus kommt.«

Er tippte sich an die Stirn, als klopfte er ein paar Schubladen frei, die weitere Informationen für sie enthielten. »Genau, morgen ab zehn Uhr kommen ein paar Studenten, die im Anbau neben dem Haus eine Bandprobe abhalten. Das findet jeden zweiten Samstag statt, und es wird dann ziemlich laut. Ich hoffe, das ist Ihnen nicht zu früh?«

»Oh, ich bin kein Langschläfer, dafür habe ich meist zu viel auf dem Zettel.« Außerdem mochte sie es, wenn Musik durchs Haus klang.

»Dreimal die Woche kommt Elisa und kümmert sich um das Haus. Ich versuche, ihr nicht zu viel Arbeit zu machen, aber ich bin froh, dass ich für die Sauberkeit hier nicht selbst sorgen muss. Wenn es Sie nicht stört, kümmert sie sich um Ihren Bereich wie gewohnt mit.«

Alles, was Leah Zeit sparte, war sehr willkommen. »Ich würde aber gern dafür aufkommen. Für alles, was ich hier an Kosten mitverursache.«

Johnny fuhr sich mit der Serviette über den Mund und schüttelte dabei leicht den Kopf. »Ich würde Ihnen gern die Angst nehmen, Sie könnten durch meine Einladung in eine gewisse Abhängigkeit gedrängt werden.« Er schob den Teller von sich und faltete die Hände auf der Tischplatte.

Leah aß den letzten Happen und tat es ihm gleich.

»Ohne große Umschweife gesagt, profitiere ich von Ihrer Anwesenheit in meinem Haus weit mehr als Sie. Ich bin kein Mann, der sich bei einem Seelenklempner auf die Couch legt oder anderen seine Gefühle vorjammert. Alles hat seine Zeit, und ich habe fünf Jahre gewartet, dass irgendetwas passiert, das eine Veränderung in Gang setzt.«

Mit der Rechten fasste er sich an die Stirn und schloss mit einem unzufriedenen Ausdruck die Augen. Dabei glaubte Leah genau zu wissen, was er ihr sagen wollte.

»Ich denke, mir geht es ähnlich«, sagte sie deshalb. »Die letzten Jahre habe ich nur studiert, gearbeitet und noch mehr gearbeitet. Ich war eigentlich sehr glücklich mit diesem Lebensinhalt. Dann hat mein Freund mir einen Antrag gemacht, ich bin Ihnen begegnet, habe Ihre Musik gehört, und dann ist die Sache mit meinem Boss passiert. Sie sind wie ein Reiseführer durch das Chaos.«

»Reiseführer durch das Chaos«, wiederholte Johnny. »Genau das. Ob man sich gegenseitig hindurchführen kann, wenn sich beide verlaufen haben?«

»Ich denke, das werden wir herausfinden.«

»Wenn Sie sich hier wohlfühlen und bleiben möchten, werden wir wohl Ihren Namen an die Klingel schreiben müssen.« Diese Feststellung klang eher enttäuscht, weil er anscheinend das Gelingen der Freundschaft davon abhängig machte, dass sie June blieb.

»Nein, müssen wir nicht. Ich lade niemals Besuch zu mir ein, die Post wird ins Büro geliefert, und es muss niemand wissen, wo ich wohne.« Vor allem Peer nicht. Was genau sollte sie auch zu ihm sagen? *Hey, Schatz, übrigens, ich wohne jetzt bei dem begehrtesten Mann Leipzigs, zumindest behauptet meine Kollegin, dass er das sei, und von dem du übrigens wahnsinnig beeindruckt bist, aber besuch mich lieber nicht.*

Johnny nahm die Teller und holte den Hauptgang. Ein höflicher, zuvorkommender Mann, der kochen konnte, nicht zudringlich wurde und Grenzen respektierte. Wenn er nicht traumatisiert gewesen wäre, hätte er unmöglich noch Single sein können. Die

Trauer begleitete ihn wie ein schwarzes Gespenst, das sofort herbeikam und aufkommendes Licht verdunkelte.

Leah war froh, dass er ihr nicht das Du anbot. Dieser Rest förmlicher Distanz sorgte dafür, dass die bereits vorhandene Nähe nicht ausuferte.

Nach dem Essen räumten sie die Küche auf und öffneten eine weitere Flasche Wein.

»Wir sollten uns an die Arbeit machen, statt noch ein Glas zu trinken«, sagte sie mit etwas schwerem Kopf. Es war zwar erst früher Nachmittag, und sie war sehr gespannt, was er im Einzelnen zu ihren Notizen sagen würde, aber sie bezweifelte jetzt schon, noch produktiv arbeiten zu können.

»Ich habe eine bessere Idee«, sagte er und hielt ihr eine Hand entgegen. »Wir gucken *La La Land* und reden darüber, wie ein Happy End für uns aussehen sollte. Ich möchte verstehen, was Sie an dem Ende gestört hat, um offener für das Ende zu sein, das Sie für unsere Oper skizziert haben.«

Sie war sich nicht sicher, ober er mit *unserer Oper* Johnny und June oder Henry und Nell meinte, deswegen sagte sie lieber nichts.

Leah mochte bis auf das Ende alles an diesem Film. Die Musik, die Tanzeinlagen, den Gesang, die Farbenpracht – als würde sie einen alten Caterina-Valente-Film gucken. Sie saß neben Johnny auf dem Sofa im Wohnzimmer und genoss es, die ganze Zeit mit ihm über den Film zu reden. An manchen Stellen spulten sie zurück, nur um sich darüber einig zu sein, wie diese oder jene Szene wirkte.

»Ihnen gefällt das Ende nicht, weil sie einander lieben, er das Angebot jedoch nicht ausschlagen konnte und sie deshalb ihr Glück verpasst haben?«, fasste Johnny zusammen.

»Richtig. Ich meine, sie sieht das Leben vor ihrem geistigen Auge vorbeiziehen, das sie gehabt hätten, wenn er nicht auf Tournee gegangen wäre, dann guckt sie zur Seite, wo ihr ahnungsloser Kompromissmann sitzt, und geht mit ihm nach Hause. Das ist gleich mehrschichtig traurig.«

Johnny schaltete den Fernseher aus und lehnte sich zurück. »Vielleicht sind Kompromisse besser als wahre Liebe?«

»Weil man nichts riskiert?«, stellte Leah eine Gegenfrage.

Mit einem Finger tippte er auf seinen Oberschenkel. »Wenn man richtig liebt, dann verlässt ein Teil von einem selbst den Körper, um fortan bei dem anderen zu sein. Man kann diesen Teil nicht zurückholen. Wenn dieser Mensch für immer geht, füllt sich die Lücke mit Schmerz, und das Leben fühlt sich falsch und verbraucht an.«

»So fühlt es sich für Sie an?« Leah legte ihm mitfühlend eine Hand auf dem Arm, aber Johnny war gefasst und sprach ganz sachlich weiter – wie seine Trauer tatsächlich aussah, hatte sie am Abend zuvor gesehen.

»Jeden Tag«, bestätigte er.

»Es klingt sicher sehr pietätlos, aber denken Sie manchmal, es wäre besser gewesen, sie niemals kennengelernt zu haben? Ich meine, geht es Menschen, die noch nie richtig geliebt haben, nicht besser, weil sie diesen Schmerz nicht kennen?« Dass sie diese Frage überhaupt stellte, lag daran, dass sie sich zunehmend fragte, wie sehr sie ihn vermissen würde, wenn ihre Zeit in Leipzig vorbei war.

Leah wusste, es war viel zu früh, sich darüber Gedanken zu machen. Ihre Freundschaft war nur wenige Tage alt und doch so lebensverändernd. Was, wenn sie am Ende zurückblickte und bereute, ihm begegnet zu sein? Weil er sie etwas fühlen ließ, was ein Stück von ihr abtrennte und in seine Obhut übergab?

Seine Hand wanderte erst zum Haaransatz, dann strich er sich über den Mund. »Es gab Zeiten, da habe ich mir gewünscht, ich wäre ihr niemals begegnet, weil ich dann wahrscheinlich im

Gleichklang bis zum letzten Atemzug weitergemacht hätte. Dieser Gedanke wurde jedoch jedes Mal davon niedergeschmettert, dass ich ein verdammter Glückspilz war, dass sie so viele Jahre mein Leben verzaubert hat. Nell war wie ein Geschenk an ihre Mitmenschen: empathisch, talentiert und Funken sprühend. Wenn sie im Theater auf der Bühne stand, verliebten sich die Zuschauer in sie.«

Leah fielen die Bilder von Nell wieder ein. Genau so musste sie gewesen sein, weil sie bereits auf den Fotografien bemerkenswert war.

»Wie ist Ihr Verlobter so?«, wagte er eine persönliche Frage.

»Oh.« Leah griff nach ihrem Weinglas und hielt es mit beiden Händen fest. »Er ist toll, wesentlich unstrukturierter als ich, aber wir ergänzen uns sehr gut.« Sie hörte selbst, wie lieblos das klang. »Er ist Musiker.«

Warum habe ich das gesagt?

Johnny verlagerte sein Gewicht und drehte sich mit dem Oberkörper mehr zu Leah, damit er sie besser ansehen konnte. »Dann scheint er auch ein Glückspilz zu sein«, sagte er mit einem Lächeln. »Man bekommt nicht oft das Feedback, das man für seine Arbeit braucht, von jenen, die einem nahestehen. Sicher bringt ihn Ihre Sicht der Dinge sehr weiter.«

»Kann schon sein.« Leah betrachtete den Wein, der dunkel gegen das Glas schwappte, während sie es zwischen ihren Fingern drehte. »Aber meist bekomme ich eher die fertigen Songs zu hören, bevor sie an die Labels weitergereicht werden. Es ist anders als mit Ihnen. Es tut gut, dass Sie Wert auf meine Meinung legen und Sie mich teilhaben lassen. Die wenigen Beziehungen in meinem Leben waren alle mit Künstlern gewesen, meist Musikern. Ich finde Kreativität und Professionalität sehr anziehend. Mein Verlobter ist ein Multitalent, weswegen andere so gern mit ihm zusammenarbeiten. Manche Bands leben mehrere Monate in unserem Gästehaus und gehen am Ende mit einem fertigen Album wieder weg. Es fühlt sich gut an, mittendrin zu sein.«

»Haben Sie ihm mal gesagt, dass Sie gern mitmachen würden?«

Schon der Gedanke war absurd. Peer liebte ihr Lob, aber so, wie er in ihre Arbeit nicht hineinredete, ließ sie auch seine in Ruhe. »Das würde nicht gut gehen. Wie gesagt, es ist ganz anders als mit Ihnen. Und sollten Sie ab einem Punkt lieber allein weitermachen wollen, sagen Sie es ruhig. Es hat mir bis hier schon ungemein Spaß gemacht, aber ich will Sie in Ihrem Schaffen mit meiner laienhaften Herangehensweise nicht ausbremsen.«

Sie hoffte inständig, dass er etwas erwiderte, das diesen Vorschlag ablehnte.

»Ohne Sie werde ich es nicht schaffen.«

Schnell trank sie einen Schluck, um ihre Erleichterung zu überspielen.

»Vor allem bekäme die Oper dann doch kein Happy End.« Er schenkte nach und stellte die leere Flasche neben den Tisch. »Sie geben den Melodien eine Geschichte, die in Bildern ausdrückt, was an Gefühlen in den Kompositionen steckt, ohne von Nell zu erzählen, und trotzdem bleibt ihr Andenken fest damit verbunden. Die Distanz, die Sie zwangsweise zu meiner Vergangenheit haben, lässt mich ebenfalls einen Schritt zurücktreten.«

Seine Offenheit und das damit verbundene Vertrauen gaben Leah das Gefühl, sich selbst auf eine ganz neue Weise kennenzulernen. Sie trug eine ganz neue Verantwortung, die nur mit diesem Mann verbunden war, weil sie einander auf einer Ebene trafen, die zuvor nicht da gewesen war.

»Ich werde meinem Verlobten nicht sagen, dass ich hier bei Ihnen wohne, sonst will er Sie sicher kennenlernen.« Dieser Satz kam zu schnell aus ihrem Mund, weil sie nicht wusste, wie sie mit dem Lob umgehen sollte. Doch was hatte sie schon groß getan?

Die schnell skizzierte Geschichte war nicht originell – aber das musste sie wahrscheinlich auch nicht sein.

Als Johnny nichts erwiderte, fiel ihr auf, was sie da gesagt hatte. Verlegen schüttelte sie den Kopf. »Ich meine … also nicht, dass ich das nicht wollen würde. Aber …« Ihr gingen die Worte aus.

»Schon gut, ich verstehe, was Sie meinen. Machen Sie alles so, wie es für Sie am angenehmsten ist.« Er stand auf und deutete eine Verbeugung an. »Ich freue mich auf die weitere Zusammenarbeit mit Ihnen. Wir können morgen weitermachen, wenn es Ihnen recht ist. Sollten Sie irgendwas benötigen, lassen Sie es mich bitte wissen. Ich muss noch etwas vorbereiten, deswegen wünsche ich Ihnen schon jetzt eine gute Nacht. Sie können den Abend auch gern hier im Wohnzimmer verbringen.«

Sie stellte ihr Glas neben seines und folgte ihm in den Flur hinaus. »Falls ich das noch nicht gesagt habe: vielen Dank für alles.«

Johnny drehte sich im Gehen zu ihr um und sah sehr zufrieden aus. Dann schaltete er das Licht im ersten Stockwerk ein und stieg die Treppe hinauf.

Mit dem Smartphone in der Hand, löschte Leah das Licht im Wohnzimmer und im Flur und ging in ihr Zimmer. Ein paar unwichtige Nachrichten und eine Mitteilung von Nadine:

> Franken wird noch gesucht, dauert sicher nicht mehr lange, bis er gefunden wird. Außerdem ist es gut, dass du heute nicht am Bahnhof sein musstest. Auf der Strecke Hauptbahnhof–Messe wurde eine Fliegerbombe gefunden. Wer weiß, ob du überhaupt aus der Stadt gekommen wärst. Hab gehört, die Hotels sind alle ausgebucht, hast du noch ein Zimmer bekommen?

Leah ließ ihren Blick durch das Zimmer schweifen. Doch das brachte ihr auch keine zündende Idee, was sie antworten sollte. Die Ereignisse hatten sich überschlagen, aber wie sollte sie erklären, dass sie jetzt bei Henry Erling wohnte und alles rein freundschaftlich war?

Das stimmt. Ich habe ein Privatzimmer bei …

Sie hielt inne, sah zur Tür und musste an Johnnys Erzählungen über seine Mutter denken, und tippte weiter:

… einer alten Dame gemietet. Alles ist gut. Danke.

Die Bettdecke und das Kissen rochen angenehm frisch, als sie die Tagesdecke abnahm. Für jemanden, der keinen Besuch empfing, war Johnny bestens vorbereitet, aber das war wohl eher seiner Mutter geschuldet. Vielleicht brachte sie manchmal eine Begleitung mit, die sich dann in ihr eigenes Gästezimmer schlich?

Leah machte sich nur kurz frisch für die Nacht und schlüpfte unter die Decke. So früh hatte sie seit Ewigkeiten nicht mehr im Bett gelegen, der Abend war noch gar nicht richtig angebrochen, aber sie war vollkommen erschöpft. Erst die kurze Nacht, dann die Aufregung wegen Franken – Leah wollte nur noch schlafen. Sie sah sich im dunklen Zimmer um und lernte die Geräusche des Hauses kennen. Das Rauschen der Heizung, wenn sie im Intervall ansprang, das Klopfen von Rohren und das Knarzen, wenn Johnny sich im Zimmer über ihr bewegte.

Müde schloss sie ihre Augen, und ein Lächeln stahl sich auf ihre Lippen. Es wurde wunderbar still im Haus und in ihrem Kopf. Sie schlief ein, ohne den Wecker gestellt zu haben. Was immer der Morgen brachte, sie würde sich überraschen lassen.

LEIPZIG

17. Februar 2018, Samstag

»Johnny?«

Im Haus war es totenstill. Leah hatte bis kurz vor neun Uhr geschlafen und war von warmen Sonnenstrahlen geweckt worden. »Johnny?«, rief sie die Treppe hinauf, aber er rührte sich nicht.

»Dann eben Peer«, sagte sie leise und aktivierte ihr Smartphone. Sie hoffte, dass sie ihn nicht aus dem Schlaf klingelte. Die Sessions gingen oft bis in die frühen Morgenstunden, aber sie wollte das Gespräch schnell hinter sich bringen.

Als er ihren Anruf annahm, klang er verschlafen.

»Tut mir leid, ich wollte dich nicht wecken.«

»Wie spät ist es?«

»Neun«, rundete sie die Uhrzeit um ein paar Minuten auf. »Können wir reden?«

Er schnaufte, Stoff raschelte, sie hörte das kratzende Geräusch, das erzeugt wurde, wenn er sich übers Gesicht rieb. Sie konnte sich vorstellen, wie zerzaust seine Haare waren und wie zerknautscht er aussehen musste.

»Ist was passiert?«

Der erste Impuls wollte ihr ein Ja auf die Zunge legen, aber es war besser, wenn sie das meiste für sich behielt.

»Nein«, sagte sie leise. »Ich wollte dir nur sagen, dass ich ein Zimmer zur Untermiete gefunden haben. Ich wohne jetzt erst mal bei einer netten alten Dame.«

»Was ist denn mit der alten Wohnung, dass du da so plötzlich rausmusstest? Ich habe deine Nachricht erst heute Morgen um fünf gelesen, bevor wir mit der Session Schluss gemacht haben. Hatte mich schon gewundert, dass du nicht mal Hallo sagst.«

»Ein Wasserschaden«, sagte sie schnell. »Ich glaub, dem über mir ist die Waschmaschine ausgelaufen.«

»Wann kannst du wieder einziehen?« Seine Bemühungen, die Müdigkeit abzuschütteln und ganz beim Thema zu bleiben, waren deutlich zu hören.

»Das erfahre ich noch, aber erst mal habe ich eine Bleibe.«

»Werden die Kosten denn auch von Leonhardt übernommen?«

Das konnte sie ruhig bestätigen, weil Johnny für das Zimmer kein Geld haben wollte. Peer anzulügen, fühlte sich wie eine Notwendigkeit an, die mit jedem Wort schwerer wurde und auf ihr Gewissen drückte. Egal, wie oft sie sich sagte, dass sie grundsätzlich nichts Falsches tat – selbst das Weglassen von gewissen Details war ein kleiner Betrug. Sie manövrierte sich dadurch in eine Lage, in der sie ständig aufpassen musste, was sie erzählte, obwohl sie hier nur wohnte und mit Johnny an der Oper arbeitete.

»Noch irgendwas, das ich wissen muss?«

Sie sah sich im Flur um und schüttelte den Kopf. »Nein, ich denke, das war's.«

»Es ist hier nicht dasselbe ohne dich«, sagte er. »Ich hoffe, dass du die anderen Wochenenden nach Hause kommst.«

»Das werde ich«, versprach sie. »Keine Sorge, das bleibt eine Ausnahme. Ich habe so viel zu tun, ich werde eh nur arbeiten.«

»Echt jetzt?« Den Geräuschen nach stand er auf und ging in die Küche. Leah kannte jede Gewohnheit ihres Freundes und konnte ihn in seinen Boxershorts förmlich vor sich sehen. »Unternimm wenigstens was, wenn du schon in Leipzig festsitzt.«

»Wie war's bei dir gestern?«, wechselte sie das Thema.

»Oh, wir haben einen Song geschrieben, der es mit der richtigen Sängerin garantiert in die Charts schaffen wird.« Eine Schranktür klappte, Wasser rauschte, und der Verschluss der Kaffeedose schepperte hörbar gegen das Blech. »Wir waren so richtig in Fahrt. Tim ist ein Gitarrengott, irre, dagegen spiele ich wie ein Anfänger.«

»Das klingt toll«, sagte Leah, ohne die Enttäuschung gänzlich aus der Stimme halten zu können. Es war albern, aber sie war enttäuscht, dass sie ihm wichtige Details verschweigen konnte. Eigentlich musste er doch merken, dass sie ihm nicht die Wahrheit sagte, wie konnte das so leicht sein?

Sie hörte ihm gar nicht mehr richtig zu, als er ohne Punkt und Komma die Besonderheiten der neuen Komposition ausschmückte und seinen Anteil daran hervorhob. Und wie sehr er sich auf die weitere Arbeit freute. Einmal mehr bewunderte Leah ihn dafür, dass er das konnte. Ihre eigenen Leistungen ließ sie oft unerwähnt, weil sie dachte, es sei wichtig, dass erst jemand Interesse zeigte, bevor man anfing zu reden. Es war nicht so, dass Peer sich nicht für ihre Belange interessierte. Seiner Auffassung nach erzählte man das, was einem wichtig war, von allein – zumindest handhabte er es so.

»Und wovon genau handelt der Song?«, hakte sie nach.

»Ach, du weißt schon, Liebe und Herzschmerz verpackt in einen Gute-Laune-Song. Ich habe eine besondere Überraschung eingebaut, aber ich will dein Gesicht sehen, wenn du es hörst.«

»Ich freu mich drauf.«

»Und ich freu mich auf dich«, erwiderte er, gänzlich wach und bester Laune. »Lass uns die Tage telefonieren, ja? So lange waren wir noch nie getrennt. Wir können auch skypen.«

»Das wäre schön.« Leah verabschiedete sich mit den üblichen Liebesbekundungen und Beteuerungen, dass er ihr sehr fehlte, was erstmals nur Lippenbekenntnisse waren. Nicht, weil sich ihre Gefühle für ihn geändert hatten, sondern, weil sie ihn einfach nicht vermisste. Sie legte auf und betrachtete das Smartphone in ihrer Hand.

Das Heimweh wird kommen.

Leah war ein verkopfter Mensch, sie gab sich keinen Launen hin und schon gar nicht mit Oberflächlichkeiten zufrieden. Alles im Leben hatte seinen Preis, und sie kannte die Kosten lieber, bevor sie sich für etwas entschied. Dass Johnny in ihr Leben getreten war, kam ihr bisweilen unbezahlbar im positiven Sinne vor, aber vor der Quittung hatte sie Angst.

Stimmen vor der Haustür lenkten sie ab. Johnny kam von irgendwo zurück, und er brachte jemanden mit. Wahrscheinlich kamen nun die Studierenden, von denen er gesprochen hatte. Sollte sie sich mit June vorstellen?

Sie warf einen schnellen Blick in den Flurspiegel. Ihr Anblick war der gleiche wie am Abend zuvor, nur dass sie jetzt richtig ausgeschlafen war und frische Kleidung trug. Ihre Erscheinung war mit der blassen Haut, den dunklen Augen, schwarzen Haaren und ebenso schwarzer Kleidung wie ein uraltes Foto in dem warmen Holzrahmen. Sie mochte den monochromen Look.

Die Tür wurde geöffnet, und Johnny betrat mit einer älteren Frau das Haus.

O nein, seine Mutter.

Er verzog entschuldigend das Gesicht. »June, das ist meine Mutter, Belinda Erling.«

Leah schüttelte den Schreck ab und ging auf sie zu. »Freut mich, Ihre Bekanntschaft zu machen.«

Der Händedruck der alten Frau war fest und rau. Sie war es offensichtlich gewohnt, Dinge selbst in die Hand zu nehmen.

»Als ich ihr am Telefon sagte, ich hätte ein Zimmer untervermietet, hat sie es sich nicht nehmen lassen, sofort in den nächsten Zug zu steigen, um nach dem Rechten zu sehen.«

Belinda zog ihre Jacke aus, die sie wortlos an ihren Sohn weiterreichte, ohne Leah aus den Augen zu lassen.

»Mein Sohn vermietet keine Zimmer. Also, was ist hier los?«

Verunsichert sah Leah zu Johnny, der nur mit den Schultern zuckte. Ein *Genau das hatte ich gemeint* lag in dieser Geste.

Belinda war knapp einen halben Kopf kleiner als Leah, die mit ihren 1,60 Meter schon nicht gerade groß war. Der schwarze Rock und die ebenso schwarze Bluse wurden von dem dünnen Körper kaum ausgefüllt, aber schwach wirkte sie nicht. Rein äußerlich passten sie und Leah perfekt zusammen.

Nun deutete sie Richtung Küche und ging voran. »Bekomme ich noch eine Antwort?«

»Passen Sie auf Ihre Füße auf, meine Mutter fällt immer mit der Tür ins Haus.«

»Nun, äh ...« Leah war sich nicht sicher, was sie sagen sollte. Sie hatte das Gefühl, auf eine Art Prüfstand geführt zu werden. Und sie wollte bestehen. »Ich bewohne das Gästezimmer, weil ich vor einem krankheitsbedingten Perversling aus der Dienstwohnung geflohen bin. Für diese Zuflucht bin ich sehr dankbar ... Ich hätte nicht gewusst, wo ich sonst hätte bleiben sollen, alle Hotels sind ausgebucht.«

Die alte Dame blieb stehen und sah sich zu ihrem Sohn um. »Und wie kommt es, dass Sie Henry um Hilfe gebeten haben?«

Zu Leahs Überraschung verschwand die Freude aus seinem Gesicht, und er wandte den Blick ab. Das würde er ihr später erklären müssen, ebenso wie die Tatsache, warum er sie nicht vorgewarnt hatte.

»Kennen Sie ihn aus der Oper?«, hakte seine Mutter nach.

Am liebsten wäre Leah in ihr Zimmer geflüchtet, um diesem Gespräch zu entgehen. »Nein, leider bin ich total talentfrei, was Musik angeht. Wir haben uns in einer Bar kennengelernt.«

»Ach?« Erneut drehte sie sich zu ihrem Sohn um. »In einer Bar? Zufällig im *Mephisto?*«

Diese Frage schien eine Vorgeschichte zu haben, die Leah lieber gekannt hätte, bevor sie antwortete. »Nun ... äh, ja, das ist richtig.« Sie ging hinter Belinda in die Küche, wobei sie sich immer wieder zu Johnny umdrehte, der ihnen mit verschlossener Miene folgte. Es schien ihm nicht zu passen, dass seine Mutter hier war, aber trotzdem sagte er nichts dazu.

»Er hat mir von Ihnen erzählt.« Diesmal klang sie etwas freundlicher, aber Leah entging nicht dieser leicht lauernde Unterton. »Haben Sie ihn angesprochen, weil Sie wussten, wer er ist?«

Von Henry kam ein genervter Laut.

»Mein Kugelschreiber funktionierte nicht mehr, ich brauchte einen Ersatz. Ist es Ihnen nicht recht, dass ich hier bin?«

Seine Mutter stellte ihre Tasche auf die Arbeitsfläche und lehnte sich mit dem Rücken gegen die Kante. »O nein, ich möchte nur verstehen, warum Sie hier gleich eingezogen sind.« Sie verschränkte die Arme vor der Brust und sah prüfend von Leah zu ihrem Sohn.

»Das hat sie doch schon gesagt«, ging Henry dazwischen. »Bitte entschuldigen Sie«, sagte er an Leah gewandt. »Meine Mutter ist Journalistin und kann das Investigative einfach nicht ablegen. Ich habe ja gesagt, dass sie mitunter etwas speziell ist.«

»Nun, mein plötzlicher Einzug ist ja auch ungewöhnlich«, sagte Leah unsicher. »Ich bin nur unter der Woche in Leipzig … also normalerweise. Mein Job in dieser Stadt ist auf ein Jahr befristet. Ich werde auch kaum hier sein.«

»Was genau arbeiten Sie?«

Johnnys Mutter trat zwar recht forsch auf, aber sie wirkte dabei nicht unsympathisch. Eher wie eine Frau, die gute Gründe hatte, auf ihren Sohn aufzupassen – was jedoch wenig mit dem, wie Leah Johnny kennengelernt hatte, in Einklang zu bringen war. Er erweckte nicht den Eindruck, auf ihren Schutz angewiesen zu sein.

Leah stutzte, weil sie nicht über ihren Beruf reden wollte. Wenn seine Mutter tatsächlich so investigativ war, käme sie schnell auf Leahs Arbeitgeber und somit auf sie.

»Ist die Antwort so schwierig?«

»Nein«, antwortete Johnny für Leah. »Aber das Verhör endet an dieser Stelle. Lasst uns lieber frühstücken.«

Das Schlimmste an dieser Situation war, dass seine Mutter unbewusst dafür sorgte, dass in Leah sehr alte Muster in Gang gesetzt wurden. Muster, die sonst nur ihre eigene Mutter in Bewegung brachte. Unsicher sah sie zu Johnny, dem diese Situation offensichtlich ebenfalls nicht gefiel.

»Ihr könnt euer Warum-hast-du-mir-nichts-gesagt-Getuschel gerne vorziehen, ich bin nicht blind.« Um diese Worte zu unterstreichen, machte sie sich selbst ans Kaffeekochen.

Als aber weder Leah noch Johnny etwas sagten, übernahm sie das Reden: »Er hat Sie nicht vorgewarnt, weil er ganz offensichtlich Ihre Telefonnummer nicht besitzt und er bis vor zehn Minuten zwar ahnte, dass ich kommen würde, aber nicht, wie schnell. Außerdem hast du, mein Lieber, die Brötchen draußen liegen lassen.«

Johnny fasste sich an die Stirn und ging zum Eingang zurück.

»Er hat Ihnen ein Stück aus seiner Oper vorgespielt?«

Leah hatte das Gefühl, dass es eine falsche Antwort gab, aber sie wusste nicht, ob die Wahrheit die richtige war. Johnny hatte also von ihr erzählt, aber warum wurde sie dann von der alten Dame verhört?

»Er wollte meine Meinung hören«, sagte sie schließlich ehrlich.

»Aber was qualifiziert Sie dazu, eine aussagekräftige Meinung zu äußern?« Ihr Tonfall wurde strenger.

»Ich denke, das müssen Sie Ihren Sohn fragen, es war seine Idee.«

Lässig schippte Belinda Erling Kaffeepulver in den Filter. »June, was soll denn das für ein Name sein? Sie sehen gar nicht aus wie eine *June*.«

Leah fühlte sich bei diesem Gespräch zunehmend unwohl. Sie war es gewohnt, zu älteren Menschen freundlich zu sein und ihnen Respekt entgegenzubringen, aber Belindas forsche Art brachte sie aus dem Konzept. Normalerweise mochten Mütter sie, weil Leah zurückhaltend und anpassungsfähig war.

»Sie reden wohl nicht viel, oder?« Das lange weiße Haar leuchtete über der schwarzen Kleidung.

Sie musste einst eine schöne Frau gewesen sein. Wenn sie redete, zeigten sich viele Falten auf ihrem Gesicht. Wahrscheinlich taten sie das auch, wenn sie lachte; aber das hatte Leah noch nicht überprüfen können. Und obwohl sie der wache Verstand und die Intensität, mit der Johnnys Mutter Personen und Situationen analysierte, einschüchterten, ging eine leise Bewunderung dem Wunsch voraus, von ihr gemocht zu werden. Ihr Blick blieb abermals an der schwarzen Kleidung haften.

Belinda hob einen Ellbogen und sah auf ihre Bluse. »Oh, ich bin keine Witwe, aber ich wünschte, ich wäre es, deshalb die Farbwahl – das haben Sie sich doch sicher gefragt, oder? Ich schätze, Bennet sonnt sich gerade in Las Palmas und lässt sich von einer Zwanzigjährigen die Fussel aus dem Bauchnabel kitzeln.«

»Oh, wie schön, ihr seid schon bei den Familienverhältnissen angelangt«, kommentierte Johnny und legte die Brötchentüte auf den Tisch. »Hat sie schon ein polizeiliches Führungszeugnis von Ihnen verlangt?«

Durch Leah ging ein Ruck. »Oh, ich bin noch nie straffällig geworden«, sagte sie schnell.

Johnny und seine Mutter sahen einander an. Ein stummer Austausch, der eine gewisse Wertung beinhaltete, die Leah noch mehr verunsicherte.

»Macht ja nichts, Schätzchen«, sagte seine Mutter und musterte sie. »Aber falls Sie ernstere Absichten haben, es geht auch ohne Ehe.«

»Lass gut sein«, sagte Johnny und fing an, den Tisch zu decken.

Leah sah stumm von ihm zu seiner Mutter.

Eine unangenehme Stille breitete sich in der Küche aus. Leah wollte nicht in alte Muster zurückfallen, aber es passierte ganz automatisch: Plötzlich war sie wieder die Tochter, die zu keiner Zeit gut genug gewesen war. Ihr Verstand zählte alle Gründe auf, warum sie selbstbewusst und stark bleiben sollte. Bei Peers Mutter funktionierte das inzwischen gut, aber Karin war eine herzliche Frau, die sich um alles und jeden liebevoll kümmerte, bei ihr war es leicht gewesen, Vertrauen zu fassen. Henrys Mutter war streng und beschützend.

Als sie Leah nun wieder ansah, schien sie ihr jeden Gedanken aus dem Kopf zu ziehen.

»Ich bin gleich wieder da«, sagte sie deshalb, lief in ihr Zimmer und lehnte sich von innen gegen die Tür.

»Muss das immer sein?«, hörte sie dumpf durch die Tür Johnny zu seiner Mutter sagen.

»Ach, komm schon, du kennst sie wie lange? Ein paar Tage? Willst du mir wirklich weismachen, dass sie dich zufällig in der Bar angesprochen hat? Wie rührselig war ihre Geschichte, dass du sie gleich hast einziehen lassen?«

»Sie ist ein Gast, ich erwarte, dass du sie höflich behandelst. Davon mal abgesehen, dass es dich nichts angeht. Ich kann hier einziehen lassen, wen ich will.«

Er klang wütend, was es für Leah nur schlimmer machte. Sie wollte sicher nicht bewirken, dass er mit seiner Mutter stritt. Im Grunde konnte sie Belinda sogar verstehen. Welche Mutter würde nicht misstrauisch werden, wenn eine Fremde plötzlich bei ihrem wohlhabenden Sohn einzog?

»Ich traue ihr nicht. Sie kann ja nicht mal vernünftig auf meine Fragen antworten.«

Es knallte, Johnny schien etwas hart auf den Tisch gestellt zu haben. »Muss ich dich daran erinnern, was passiert, wenn du dich einmischst?«

Nach dieser Frage wurde es erneut still.

Leah hoffte, dass die alte Dame schnell wieder ging. In ihrem Kopf fand sie keinen Verhaltenskodex, der zu dieser Situation passte. Normalerweise regelte sie derartige Situationen, indem sie Gemeinsamkeiten fand, die eine haltbare Verbindung knüpften. Diese Frau hasste ihren Ex-Mann, beschützte ihren Sohn und urteilte viel zu schnell. Leah konnte nicht ihr Privatleben schützen und gleichzeitig die Vorbehalte von Johnnys Mutter entkräften.

Es nützte nichts, wenn ihre Abwesenheit nicht seltsam wirken sollte, musste sie zurückgehen.

Bevor sie die Tür wieder öffnete, atmete sie mehrfach tief durch und entschied sich für die stille Taktik: so wenig sagen wie möglich und Angriffsflächen vermeiden.

»Alles in Ordnung?«, fragte Johnny und sah sie prüfend an, als sie in die Küche trat und sich gegenüber von Belinda an den gedeckten Tisch setzte.

Leah nickte. Es war ihr peinlich, dass ihr so deutlich anzusehen war, dass sie ein Problem mit der Situation hatte. Als wäre sie tatsächlich eine von diesen Frauen, die nur an seinem Geld interessiert waren und nun ertappt wurde.

»Ach, Kindchen, lass dich doch von einer alten Frau nicht aus der Reserve locken«, sagte Belinda. »Henry, sei so gut, und lüfte mein Zimmer durch, ja?«

Johnny warf seiner Mutter einen mahnenden Blick zu, bevor er ihrer Bitte nachkam.

Diese sah ihm einen Moment nach, dann beugte sie sich zu Leah, um möglichst leise sprechen zu können. »Es ist wirklich nichts gegen Sie persönlich, aber ich werde nicht zusehen, wie mein Sohn ausgenutzt wird. Sie können mir gern das Gegenteil beweisen, ich wäre mehr als erfreut.«

Leah wagte einen kurzen Schulterblick, von Johnny war noch nichts zu sehen. Dann sah sie Belinda direkt in die Augen. »Ich muss Sie enttäuschen«, traute sie sich zu sagen. »Ich beabsichtige weder das eine noch das andere.«

Diesmal hielt sie Belindas Blick stand. In den dunkelblauen Augen lag wie bei ihrem Sohn eine Art Schatten. Sie schien ebenso unter Nells Tod zu leiden wie ihr Sohn. Wer sollte mit der Verstorbenen mithalten können, die so sehr geliebt worden war.

»Wir werden sehen«, erwiderte Belinda nach einer Weile knapp.

Sie hörten eine Tür zuklappen, Johnny kam zurück.

Belinda stand auf, goss Kaffee in drei Becher, stellte zwei auf den Tisch und umfasste ihren mit beiden Händen. »Ich habe schon gefrühstückt, ihr entschuldigt mich sicher, auf mich wartet ein gutes Buch.«

»Ich muss mir doch keine Sorgen machen, oder?«, fragte Johnny. Sein neckender Unterton lockerte die Stimmung etwas auf.

Belinda ging zu ihrem Sohn und küsste ihn auf die Wange. »Aber gewiss. Lesen bildet, und bald besitze ich die gesamte Macht, dir meinen gebildeten Willen aufzuzwingen.«

Johnny wartete, bis sie gegangen war, dann setzte er sich zu Leah an den Tisch und sah sie kopfschüttelnd an. »Es tut mir sehr leid. Ich hatte Sie gewarnt, aber ich schätze, man muss das selbst erlebt haben, um zu wissen, wie sie ist. Ich versichere Ihnen, dass sie mit der Zeit freundlicher wird.«

»Sie haben großes Glück, sie zu haben. Sie liebt Sie und passt auf Sie auf. Meine Mutter war immer darauf bedacht, mir Benimm beizubringen, damit die Leute nicht reden. Wenn ich etwas *Unangebrachtes* anstellte, schleppte sie mich zu einem Kinderpsychologen und entschuldigte sich bei allen möglichen Leuten, auch jenen, die mich verletzt oder provoziert hatten.« Leah spürte, wie sie mit jedem Wort wieder selbstbewusster wurde. Eigentlich redete sie kaum über ihre Eltern, doch nun sprudelte es nur so aus ihr heraus: »Wenn sie meinen Verlobten kennen würde, dann würde sie sagen, dass ich mit meinem Partner nur zusammen bin, weil er alles darstellt, was meine Mutter ablehnt.«

»Und? Ist da was dran?«, fragte er scherzend.

Aber Leah blieb ernst. »Ich bin mit ihm zusammen, weil ich bei ihm sein kann, wer ich bin, was nur leider schon immer genau das ist, was meine Mutter nicht ertragen kann. Zum Glück war der Kinderpsychologe der gleichen Meinung. Ob Sie es glauben oder nicht – statt mich zu therapieren, hat er mir beigebracht, ruhig zu bleiben, Dinge lieber zu hinterfragen, als blind zu rebellieren, und Wege zu finden, sie zufriedenzustellen und gleichzeitig nicht auf der Strecke zu bleiben.«

»Dann tut es mir erst recht leid, dass meine Mutter Sie eingeschüchtert hat. Ich weiß nicht, warum Mütter sich ständig einmischen müssen, dabei kommt doch nichts Gutes raus.«

Da es offensichtlich war, was die Begegnung mit Belinda bei Leah ausgelöst hatte, spielte sie es gar nicht erst runter. »Nun, ich denke, wir beide haben jetzt etwas von uns gezeigt, was wir lieber unter Verschluss halten. Das ist wohl die Besonderheit unserer Freundschaft.«

Mit einem warmen Lächeln stimmte er ihr zu. »Es ist gut, wenn man dem richtigen Menschen begegnet, wenn es darauf ankommt.«

Leah nahm wahllos ein Brötchen und sah ihm dabei in die Augen. »Weise Worte gelassen ausgesprochen.«

»Habe ich das richtig verstanden, Ihre Mutter weiß nichts von der Verlobung?« Johnny schnitt sein Brötchen auf und stellte seine Frage ganz beiläufig.

»Sie weiß nichts von meiner Beziehung. Mein Leben interessiert sie nicht. Einmal im Monat fahre ich zu meinen Eltern, dann höre ich mir zwei Tage lang an, was irgendwelche Ärzte zu irgendwelchen Symptomen sagen, wie gut oder schlecht die Oper war, die wir uns in dieser Zeit angesehen haben, und wer gerade ganz oben in der Gunst meiner Mutter steht.«

»Das heißt, Sie haben es perfektioniert, ihre Eltern zufriedenzustellen und gleichzeitig ein ganz eigenes Leben zu führen. Das stelle ich mir nicht gerade leicht vor.«

»Inzwischen ist es Routine«, antwortete sie mit einem Lächeln, das Belanglosigkeit über die eigentliche Last stülpen sollte.

Johnny sah sie einige Herzschläge mitfühlend an. »Routine ist schon was Feines, nicht wahr?« Er nahm seinen Becher und prostete ihr zu.

»Auf die Routine«, erwiderte Leah und schwenkte ihren Becher. Und obwohl sie das Thema nur angerissen hatten, hatte sie sich noch nie so verstanden gefühlt.

Als wenig später die Studenten kamen, ließ Leah die Terrassentür in ihrem Zimmer trotz der Kälte offen, um besser zuhören zu können. Die jungen Talente brachten ordentlich Leben ins Haus. Immer wieder hörte sie Johnny kleine Anweisungen geben, mitsingen, Beispiele anbringen oder Lob aussprechen. Am liebsten hätte sie sich dazugesetzt, um nichts zu verpassen. Seine Arbeit mit dieser Gruppe zeigte eine weitere Facette seiner Profession: Er ging offensichtlich mit den jungen Menschen respektvoll und auf Augenhöhe um.

Am besten gefiel ihr die Stimme der Leadsängerin. Sie klang wie Hildegard Knef. Tief, melodisch und stark. Zusammen mit dem Backgroundgesang wirkte die Komposition eingängig und eigen. Altbekanntes wurde durch moderne Stilelemente aufgebrochen. Leah wusste keinen passenden Namen für die Musikrichtung, aber der Ohrwurmcharakter war unbestreitbar. *Crossover-Projekte.*

Zwei Stunden arbeitete Johnny mit der Gruppe, dabei wurde viel gelacht.

Leah hoffte, in naher Zukunft die Karriereleiter so weit zu erklimmen, dass sie ihre Talente viel mehr ausleben konnte. Sie wollte in die Position kommen, all ihre Kreativität in die Arbeit fließen lassen zu können. Es wäre ein auf andere Weise künstlerischer Prozess als jener, den sie bei Malern, Musikern oder Tänzern beobachtet hatte. Es mochte unmöglich sein, sich in ein Studio zurückzuziehen und nach leidenschaftlicher Arbeit mit einem fertigen Haus wieder herauszukommen, aber es musste ein unglaubliches Gefühl sein, ganze Stadtviertel mitzugestalten.

Als es ruhig wurde, schloss sie die Tür. Doch schon bald hielt sie es in ihrem Zimmer nicht mehr aus. Sie war mit zu vielen Gedanken allein, wenn die Musik verstummte. Zwar wartete genügend Arbeit in ihrer Aktentasche, aber erstmals fehlte ihr der Elan, sich darum in ihrer Freizeit zu kümmern. Also ging sie in die Küche, um sich ein Glas Wasser zu holen.

»Ich dachte schon, Sie kommen gar nicht mehr aus Ihrem Zimmer«, empfing sie Belinda, die am Küchentisch vor einem Laptop saß. Mit einer Hand klappte sie das Gerät zu, ein sicheres Zeichen, dass sie reden wollte.

Diesmal war Leah besser gewappnet. »Sie hätten doch anklopfen können«, sagte sie freundlich, nahm sich ein Glas aus dem Schrank und füllte es mit Leitungswasser.

»Setzen Sie sich.« Belinda deutete auf den freien Stuhl ihr gegenüber. »Hat Ihnen die Musik gefallen?«

Leah kam ihrer Bitte nach. »Sehr sogar. Es muss sehr bereichernd sein, in dieser Gruppe mitzuwirken.«

»Sie sagten, Sie verstehen nichts von Musik.«

Leah war gespannt, wohin das erneute Verhör führte. »Ich höre sie gern, aber ich bin, wie erwähnt, keine Musikerin.«

»Was sind Sie dann?«

Leah presste die Lippen aufeinander.

»Verstehe. Henry erwähnte schon, dass Sie nicht viel von sich preisgeben. Das kam mir gleich seltsam vor. Was wollen Sie von meinem Sohn? Kommen Sie mir nicht mit Freundschaft – Freunde wissen eine Menge übereinander, er weiß gar nichts über Sie, aber dafür wissen Sie viel über ihn.«

Das war nicht schönzureden, und so wie Belinda es sagte, kam es selbst Leah schräg vor. »Wenn ich Ihnen sage, wer ich bin, können Sie dann unsere Freundschaft so akzeptieren, wie sie ist?«

Belinda lehnte den Kopf leicht in den Nacken, als schaltete sie in diesem Augenblick den inneren Lügendetektor ein. »Das wissen wir wohl erst hinterher.«

Leah berührte den Ring an ihrem linken Ringfinger und fällte eine Entscheidung.

»Mein Name ist Leah Mirana, ich bin vierunddreißig Jahre alt, Architektin und lebe mit meinem Verlobten in Frankfurt am Main. Ein Jahr lang werde ich unter der Woche hier in Leipzig arbeiten und die Wochenenden zu Hause verbringen. Wie schon erwähnt, musste ich meine Wohnung überstürzt verlassen. Ich bin deshalb ausnahmsweise in Leipzig geblieben, um mir eine neue Bleibe zu suchen, und da hat mir Ihr Sohn ein Zimmer angeboten. Das ist auch schon die ganze Geschichte.« Sie war erleichtert, nicht mehr ganz anonym in diesem Haus zu sein.

»Also doch eine Affäre«, folgerte Belinda.

»Glauben Sie ernsthaft, dass Ihr Sohn jemand ist, der das gutheißen würde?« Es wurde Zeit, mit sanftem Druck den Spieß umzudrehen. Belinda Erling hielt eine Menge von ihrem Sohn, weswegen Leah ihn nur weiter in den Fokus rücken musste, damit sie selbst begriff, wie absurd ihr Urteil war.

Und es schien zu funktionieren. Belinda seufzte und schüttelte den Kopf.

»Sie haben recht«, gab sie zu. »So jemand ist er nicht.«

Es klang fast, als würde sie diese Tatsache bedauern. Auch das war nachvollziehbar. Johnny war ein beherrschter, angespannter Mann, dem man – je länger, man ihn kannte – wünschte, er würde mal aus sich herauskommen. Selbst wenn es bedeutete, dass er etwas tat, was ihn menschlich und fehlbar wirken ließ.

»Sie müssen Ihre Schwiegertochter sehr gemocht haben«, lenkte Leah das Gespräch in eine andere Richtung. »Haben Sie tatsächlich Angst, dass eine Frau Ihren erwachsenen Sohn ausnutzen könnte, oder sind Sie wütend, dass andere Frauen nun mal nicht Nell sind?«

In Belindas Haltung änderte sich etwas. Nur eine Nuance, aber für Leah deutlich genug. Endlich hatte sie es geschafft, die Kontrolle über die Situation zu erlangen. Egal, was Belinda jetzt noch sagte, Leah war wieder hinter ihrem inneren Schutzwall in Sicherheit.

»Sie sind anders«, antwortete Belinda schlicht. »Tut mir leid, dass ich Sie mit den anderen über einen Kamm geschert habe.«

Leah zuckte mit einer Achsel. »Das passiert mir öfter.« Um das Thema endgültig abzuschließen, fügte sie hinzu: »Ihr Sohn und ich fanden, dass diese unerwartete Freundschaft davon profitieren würde, eine gewisse Anonymität zu wahren. Wir helfen einander, mehr nicht. Weder steht zur Debatte, dass ich meinen Verlobten sitzen lasse, noch steht eine Affäre im Bereich des Möglichen. Es war leider nicht zu vermeiden, dass ich erfuhr, wer er ist, aber für mich ändert das nichts. Ich liebe meinen Verlobten.«

»Schätzchen, wir können uns nicht aussuchen, wen wir lieben«, hielt Belinda dagegen.

Leah schenkte ihr ein Lächeln. »Man begegnet im Leben vielen Menschen, die Gefühle auf die Probe stellen. Ich bin keine wankelmütige Person.«

»Nein, das sind Sie nicht, *June.*« Mit einer Hand öffnete sie den Laptop wieder.

»Leah mit *h*«, sagte Leah und stand mit dem Glas in der Hand auf. Sie verharrte einen Moment, weil sie nicht wusste, ob sie ihren Gedanken offen aussprechen sollte.

Was soll's, ich meine es so. »Ich denke, ich verstehe langsam, was Sie und Ihr Sohn durchmachen mussten. Es tut mir sehr leid.«

»Mir tut es leid, dass ich Sie vorhin so angegangen bin.« Belinda tippte kurz etwas ein, Leah nahm an, dass es ihr Name war, damit sie ihn nicht vergaß, dann sah sie über den Laptop hinweg zu ihr. »Mein Sohn ist ein wertvoller Mensch. Niemand, den man zwischen Tür und Angel mal eben verbrauchen kann. Sind Sie sicher, dass Sie dieser Freundschaft gewachsen sind, wenn in Frankfurt jemand auf Sie wartet?«

In Leah bewegte sich etwas. Wie ein Energiefeld, das sich kurz ausbreitete und wieder zusammenzog. »Wie meinen Sie das?«

»Er hat Nells Oper nach ihrem Tod noch nie einem anderen Menschen vorgespielt. Sollte er jetzt weiter daran arbeiten, wird das sicher ein sehr emotionaler Prozess.«

Leah umfasste das Glas etwas fester und nickte. »Bin ich nicht deswegen hier?« Mit diesen Worten ließ sie Belinda in der Küche zurück.

Gerade als sie in ihr Zimmer gehen wollte, trat Johnny durch die Haustür. Er sah inspiriert aus, die Augen leuchteten förmlich.

»Das klang richtig gut«, sagte Leah.

»Die Band ist richtig gut. Leider wird das, was sie machen, niemals Mainstream werden, auch wenn sie auf dieses Wunder hoffen.« Er blieb vor ihr stehen, und Leah musste zur Seite schauen, weil der Blickkontakt mehr verriet, als ihr lieb war. Mal waren die Gefühle stark, dann floss ihre ganze Energie in das freundschaftliche Miteinander.

»Vielleicht schaffen Sie ja die Ausnahme zur Regel?«, blieb sie beim Thema. »Was war das für eine Musikrichtung?«

»Fieldrecordings mit atonaler Musik und Zwanzigerjahreswing«, sagte er mit einem gewissen Stolz in der Stimme. »Meiner Erfahrung nach ist es sinnvoll, realistisch zu bleiben und mit dem zufrieden zu sein, was im Bereich des Möglichen liegt. Wenn einem das von Anfang an nicht reicht, sollte man etwas ändern, bevor der Frust einsetzt. Eben publikumstauglicher werden. Und auch das ist kein Garant für Erfolg. Das gilt für jede Kunstform. Egal, ob man Bilder malt, Romane schreibt oder Songs komponiert, am Ende ist es eine Mischung aus Glück, Vitamin B und dem richtigen Timing, die für die Sensation sorgt. In den fünfundzwanzig Jahren meines Schaffens habe ich das nur zwei Mal miterlebt.«

Das hörte sich sehr unsicher an. Leah war froh, dass in ihrem Job Erfolge anders planbar und oft das Resultat guter Arbeit waren. Aber wenn sie an Peer dachte, der fast ausschließlich mit solchen Künstlern arbeitete, die sich bereits aus der breiten Masse abgehoben hatten und nicht mehr auf Glück hoffen mussten, entstand der Eindruck, es wäre gar nicht so schwierig. Leah musste grinsen und über sich selbst den Kopf schütteln.

»Was ist so komisch?«

»Ich«, antwortete sie und zuckte mit den Schultern. »Weil mir gerade aufgefallen ist, wie falsch man etwas bewerten kann, wenn man es von außen betrachtet.«

»Nun.« Er bot ihr seinen Arm an. »Sind Sie denn bereit, den inneren Kreis wieder zu betreten?«

Sie hakte sich bei ihm unter. »Nichts lieber als das.«

Die Mittagssonne machte das Studio angenehm warm und hell. Jetzt fing die Arbeit so richtig an. Gemeinsam gingen sie die Notizen durch, sprachen über die Ideen und Bilder, die sie sich zu den einzelnen Stücken vorstellten. Die Mischung aus ihrer unerfahrenen Herangehensweise und seiner Profession formte etwas, bei dem Johnny vollkommen aus sich herauskam. Wenn er redete, untermalte er seine Worte mit schwungvollen Gesten, er lachte, machte wie besessen Notizen, und wenn er Leah ansah, war sie ein Teil dieses Prozesses und einer der Gründe, warum er glücklich aussah. Wenn sie etwas nicht richtig beschreiben konnte, skizzierte sie es, was ihn beeindruckt mehr fordern ließ. Er hängte die Skizzen mit Klebestreifen an die Wände, sang teils die Melodien vor sich hin, und wenn er über Wendungen nachdachte, ging er zum Klavier, änderte Noten und passte die Musik der Geschichte an.

Leah war sich sicher, dass auf diese Weise normalerweise keine Opern geschrieben wurden. Und genau darum ging es: Diese besondere Oper wurde für einen besonderen Menschen geschrieben, der eine unkonventionelle Herangehensweise verdiente.

Gerade hatte sich Johnny wieder ans Klavier gesetzt, und er spielte ein Stück mit geschlossenen Augen. Leah sah ihm zu, hörte, wie er das Stück durch kleine Änderungen angepasst hatte, und die Melodie durchdrang ihre Brust wie der Schallimpuls eines Sonars, das ihr verräterisches Herz aufspürte.

Bevor es endete, stand sie auf und ging zum Fenster. Draußen dämmerte es bereits. In ihrem Leben war sie noch nie so positiv erschöpft gewesen. Johnny hatte sie dazu gebracht, sich voll und ganz auf die Zusammenarbeit einzulassen und Gedankengänge so lange festzuhalten, bis alles Produktive daraus niedergeschrieben wurde. Sein Lob und seine Anerkennung gaben ihr das Gefühl, eine vollwertige Partnerin zu sein – und in diesem Überschwang wuchs das Bedürfnis, ihm noch näher zu kommen. Vielleicht hatte seine Mutter das gemeint, als sie gefragt hatte, ob sie dieser Freundschaft gewachsen sei.

Leah sah es ja selbst: Johnny wagte es, aus sich herauszukommen, womit sie eine Verantwortung übernahm, die ihr verbat, genauso schnell aus seinem Leben zu verschwinden, wie sie eingebrochen war. Aber sie hatte nicht vor, in naher Zukunft zu verschwinden. Dies war die wertvollste Arbeit, die sie je geleistet hatte.

Die Sonne ging so rasch am winterlichen Himmel unter, dass Leah dabei zusehen konnte, wie es dunkel wurde.

Henry spielte das Stück noch einmal, und Leah genoss es, zuzuhören.

Plötzlich klopfte es an der Tür.

»Komm doch rein«, sagte Johnny.

»Würdest du bitte aufmachen?«, ertönte Belindas Stimme von der anderen Seite.

»Ich mach schon.« Leah rieb sich über die Augen und drehte sich um. Johnny hatte am Klavier eine kleine Lampe eingeschaltet, die nur auf die Notenblätter leuchtete, der Rest des Studios lag im Dunkeln. Bevor sie die Tür öffnete, betätigte sie deshalb den Lichtschalter.

Geblendet schloss sie die Augen und sah erst nach kurzem Blinzeln Belinda, die mit drei Pizzaschachteln, einer Flasche Rotwein und drei Gläsern beladen vor ihr stand. Leah grinste – die zierliche Frau verschwand beinahe hinter der Last. Schnell nahm sie ihr die Flasche und die Gläser ab und trat zur Seite, sodass sie reinkommen konnte.

»Ihr müsst ja ganz ausgehungert sein. Ich bin es jedenfalls«, sagte Belinda.

»Wie spät ist es?« Die Zeit war vollkommen in Vergessenheit geraten, das passierte Leah selten.

»Gleich achtzehn Uhr.« Sie stellte die Kartons vorsichtig auf dem Couchtisch ab, ohne die Zettel durcheinanderzubringen. »Du meine Güte, habt ihr das alles heute gemacht?«

Die obersten Knöpfe von Johnnys Hemd standen offen, die Haare waren zerzaust, weil er sich ständig an den Kopf fasste, und er sah tatsächlich glücklich aus. »June hat gestern schon das Gerüst aufgeschrieben. Es ist unglaublich, bildgewaltig und genau die Geschichte, die ich erzählen will. An der Musik muss ich kaum etwas ändern, ich weiß nur noch nicht, wie ich das Libretto dazu schreiben soll.«

»Mit vollem Magen am besten«, bremste Belinda ihn.

»Du hast recht.« So gut es ging, schuf er etwas Platz auf dem Tisch, sodass die Kartons nebeneinanderstehen konnten, dann öffnete er die Deckel. »Hast du den Roller mitgebracht?«

Belinda sah auf die Pizzen und rümpfte die Nase. »Ich hatte denen gesagt, sie sollen sie schneiden, aber diese Idioten waren sich wohl nicht sicher, ob wir jeweils acht oder zwölf Stücke Pizza schaffen würden.«

Leah musste lachen, weil sie offensichtlich dasselbe Video im Internet gesehen hatten. In jener Aufnahme fragte ein Typ seine Freundin, in wie viele Stücke ihre Pizza geschnitten werden sollte, und sie hörte gar nicht auf, zu betonen, dass es weniger Stücke sein sollten, weil sie so viele nicht schaffen würden, obwohl die Anzahl an dem Umfang der Pizza nichts änderte. Wenn das Video echt war, war es schrecklich gemein, so etwas hochzuladen, aber Leah hatte sich trotzdem darüber amüsiert. »Ich mag Ihren Humor.«

Belinda grinste. »Das Internet ist schon was Feines.«

»Ich hole ihn schnell«, bot Johnny an.

Er ging, und Leah setzte sich auf die Sofakante. »Ist Ihre Google-Suche erfolgreich gewesen?«

»Ich bin beeindruckt«, sagte Belinda ohne Umschweife. »Das Architekturbüro, für das Sie arbeiten, hat einen hervorragenden Ruf. Was ist das für ein Preis, den Sie gewonnen haben? Ihr Chef hat in dem Interview gesagt, dass zwar das Projekt ausgezeichnet wurde, er den Preis aber lieber Ihnen geben würde, weil Sie so gute Arbeit geleistet haben.«

Leah hörte noch die Worte ihrer Mutter: »Den hast ja nicht du bekommen, sondern das Haus.« Sie schüttelte unwillkürlich den Kopf und sagte zu Belinda: »Der Preis wurde für nachhaltiges Bauen vergeben.«

Belinda lehnte sich auf dem Sofa zurück und lachte sie an. »Sie besitzen Köpfchen, stehen auf eigenen Beinen, und mein Sohn mag Sie. Je länger ich Sie kenne, desto mehr mag ich Sie auch.«

Es machte etwas mit Leah, das aus Belindas Mund zu hören. Auf die Anerkennung ihrer Mutter wartete sie schon, solange sie denken konnte – die würde sie niemals bekommen. Und Peers Mutter fand alles großartig, wenn es keine Krankheiten oder Unfälle waren. Sie war die typische Mutter, die ihre Kinder von Anfang an in allem bestärkte, sich gekrakelte Bilder an den Kühlschrank hängte, als wären es die größten Kunstwerke, und Liebe im Überfluss verschenkte.

Belinda hingegen prüfte ihre Mitmenschen und schien Sympathien sparsam zu dosieren. Das machte ihr Lob wertvoll. Ja, es fühlte sich gut an, von ihr gemocht zu werden.

»Wie heißt Ihr Verlobter? Sie schützen Ihr Privatleben, das finde ich gut, aber ich wüsste gern, wie der Mann aussieht, den Sie heiraten werden.«

Diesen Wunsch konnte Leah gut verstehen, aber das ging einen Schritt zu weit. Sie wollte Peer, so gut es ging, aus dieser Sache raushalten. »Mein Verlobter hat mit dieser Freundschaft nichts zu tun.«

Das war nicht ganz die Antwort, die Belinda hören wollte. Sie presste die Lippen aufeinander und legte die Stirn in Falten. »Sie haben es tatsächlich geschafft.« Die alte Dame deutete auf den Zettelstapel, und ihr Gesichtsausdruck änderte sich erneut; diesmal sah sie beinahe verletzlich aus. Es war die Art, wie sie die Brauen zusammenzog, während sie die Aufzeichnungen betrachtete.

»Eigentlich hat er es geschafft. Ich unterstütze ihn nur.«

Belinda nahm den Wein vom Tisch und öffnete ihn. »Sie haben ihn wiederbelebt. Ich dachte schon, er würde sein Meisterwerk mit ins Grab nehmen – oder es alternativ auf meiner Beerdigung spielen.«

»Ich hab's«, eröffnete Johnny atemlos, als er zurückkam. »Wir nennen es: *Die Farben in uns*.«

Während Leah noch darüber nachdachte, schüttelte Belinda bereits den Kopf. »Das ist doch kein LSD-Musical. Ich habe einen besseren Arbeitstitel für euch.«

Sie tauschte den Wein gegen den Pizzaschneider. »Wie wäre es mit: *Immer wenn du gehst*. Ich weiß ja nicht, was für eine Geschichte ihr euch dazu ausgedacht habt, aber wenn ich die Zeichnungen an der Wand so sehe, scheint er zu passen.«

Verdammt, ist die gut. In puncto Manipulation saß eine Koryphäe neben Leah auf dem Sofa. Wann immer sie nun an der Oper arbeiteten, würde der Titel Leah daran erinnern, dass sie am Wochenende nach Hause fuhr. Das hatte nichts mit den Zeichnungen zu tun.

Einerseits fühlte sie sich geschmeichelt, dass die alte Dame anfing, sie zu mögen, andererseits konnte sie es nicht gebrauchen, dass Belinda nahtlos von Ablehnung zu Verkupplungsversuchen überging. Jetzt musste sich Leah gegen zwei behaupten, die ihr dieses Leben schmackhaft machen wollten: Belinda und die eigenen Gefühle.

Johnny war Feuer und Flamme für diesen Titel. Natürlich war er das, weil die gesamte Sehnsucht der Oper darin zum Ausdruck kam. Er schrieb den Titel auf das Deckblatt der Notizen und schenkte dann jedem etwas Wein ein.

»Auf *Immer wenn du gehst*«, sagte er feierlich, und sie stießen miteinander an.

»Wir haben Thunfisch, Salami und Hawaii, ich hoffe, da ist etwas dabei, was Sie mögen«, kommentierte Belinda. »Was meinen Sie, soll ich die Pizzen in je acht oder zwölf Stücke schneiden?«

»Ach, was soll's«, sagte Leah mit einem Zwinkern. »Wir sind alle am Verhungern, machen Sie zwölf.«

Beim Essen erklärte Johnny seiner Mutter die Handlung, und wie das Spiel mit Farben die Emotionen noch intensiver darstellen sollte, sodass auch die Zuschauer auf den hintersten Plätzen die Dramatik spüren könnten. Sie hörte zu, nickte, stellte ab und an kleine Zwischenfragen und sah aufmerksam jede Zeichnung an. Leah hatte sie mit Bleistift skizziert, weswegen man sich die Städte und Figuren farblich vorstellen musste, aber an Fantasie schien es Johnnys Mutter nicht zu mangeln.

»Warum lasst ihr den Text nicht weg?«

Der Ausdruck auf Johnnys Gesicht schien sich nicht entscheiden zu können – es war eine Mischung aus Naserümpfen, Belustigung und mangelnder Vorstellungskraft. »Eine Oper ohne Gesang?«

»Ein Ballett«, verstand Leah.

»Warum nicht?«, unterstrich Belinda ihren Vorschlag. »Du weißt doch, wie Opern sind – ich liebe die meisten von ihnen –, aber es wird dramatisch, jemand steht auf der Bühne rum und trällert die Tonleiter rauf und runter, dann bewegen sich wieder alle, bis der Nächste trällert. Deine Musik fließt, sie berührt, sie nimmt mit. Du brauchst keine Worte, die den Zuschauern die Gefühle erklären.«

»Es wäre irgendwie schön, wenn man beides ausprobieren könnte. Schade, dass das zu aufwendig wäre«, überlegte Leah laut.

Mutter und Sohn sahen einander an und grinsten.

»Siggi«, sagten sie wie aus einem Mund.

»Siggi?«

»Er kann einfach alles«, erklärte Johnny. »Hauptberuflich arbeitet er als Choreograf, aber wenn es sein muss, singt er auch, spielt Klavier, Geige oder Kontrabass. Lassen Sie uns das erste Stück als Oper und als Ballett ausarbeiten. Da steckt zwar noch eine Menge Arbeit drin, aber schauen Sie sich das an …« Er deutete auf die Zettel. »Ich kann nächste Woche weitermachen. Und wenn alles gut läuft, kann ich für übernächste Woche einen Termin mit Siggi arrangieren.«

»Das klingt spannend.« Leah war froh, dass sie Johnny nicht am Ende ihres Jahres kennengelernt hatte, weil jetzt eine aufregende Zeit vor ihr lag.

Johnny deutete mit einem Stück Pizza auf sie. »Erinnern Sie mich bitte daran, dass ich Ihnen ein paar Videos seiner Arbeit zeige.«

Mit einem Nicken bestätigte sie.

»Apropos Zusammenarbeit: Habt ihr für das hier einen Vertrag abgeschlossen?«, mischte sich Belinda in die Planung ein.

Das war einfach für Leah: Sie nahm ein leeres Blatt, schrieb flugs ein paar Zeilen drauf, unterschrieb das Ganze und überreichte es Johnny. Er müsste sich schon sehr anstrengen, um ihren Namen entziffern zu können, aber das wollte er sicher nicht.

»Diese Verzichtserklärung hat juristischen Bestand«, fügte sie erklärend hinzu. »Ich habe sie vor Ihnen und einer Zeugin verfasst, es ist eindeutig meine Handschrift, und die Unterschrift ist rechtsgültig. All das hier macht mir großen Spaß, mehr will ich nicht.«

Belinda schien damit zufrieden zu sein, aber Johnny sah weniger glücklich aus. »Das kann ich nicht annehmen. Ohne Sie hätte ich die Blockade niemals überwunden.«

»Ich werde schon den ganzen Tag mit Anerkennung belohnt. Mehr brauche ich nicht.« Mehr wollte sie nicht. Alles andere würde ihr Leben nur komplizierter machen. Schon der Gedanke, dass Peer mitbekommen könnte, was sie hier tat, verursachte ihr Bauchschmerzen.

»Das letzte Wort ist da noch nicht gesprochen«, versicherte Johnny und legte die Erklärung auf den Papierstapel.

»Doch, gerade eben«, beharrte Leah. »Wären Sie so freundlich, das Schreiben an einem besseren Ort zu verwahren?« Sie nahm es und hielt es Belinda entgegen. »In meiner Welt sind verbindliche Abmachungen die Grundlage aller Geschäfte, egal, wie kreativ sie ausufern.«

Belinda nahm den Zettel entgegen, faltete ihn und steckte ihn in ihre Rocktasche. »Bei mir kommt niemals etwas weg«, sagte sie.

»Das kann ich mir vorstellen. Bestimmt haben Sie auch das Bernsteinzimmer da drin.«

»Und das Jadesiegel«, ging Belinda auf den Scherz ein.

»Und den Typen von *Verstehen Sie Spaß?*, wie es aussieht. Muss ich mir Sorgen machen, weil ihr euch so gut versteht?« Johnny sah von ihr zu seiner Mutter, als würde er dem neuen Frieden nicht so ganz trauen.

Sie nicht, aber ich, dachte Leah und fühlte sich ungewohnt wohl in ihrer Haut. Seit sich das Misstrauen seiner Mutter gelegt hatte, kam es ihr so vor, als würde sich eine spürbare Wärme in diesem Kreis ausbreiten. Leah konnte es nicht richtig benennen, es war einnehmend, familiär und wie eine verloren geglaubte Antwort auf eine uralte Frage.

»Guckt euch das an«, lenkte Belinda ab. »Wir hätten die Pizzen doch nur in acht Stücke schneiden sollen, es ist noch viel zu viel übrig.«

Johnny schien den Witz erst jetzt zu verstehen. Er rieb sich mit einer Hand über die Augen und gab einen gequälten Laut von sich.

»Keine Sorge, mein Sohn wird Sie sicher nicht belästigen wie der Perversling in Ihrer Wohnung«, sagte Belinda unvermittelt.

»Du ziehst schon wieder dieses Alte-Frau-Ding durch«, mahnte er sie streng.

Aber Leah störte ihre direkte Art nicht. »Ich bin normalerweise kein ängstlicher Mensch. Aber zu sehen, dass jemand heimlich meine Sachen durchwühlt und persönliche Dinge entwendet hat, war unheimlich. Aufdringlichkeiten kenne ich seit meiner Jugend. Ich glaube, es gab nicht einen Jungen in meiner Klasse, der nicht hormongesteuert gewesen war.«

»Für solche Torheiten hatte Henry nie Zeit«, sagte Belinda. »Er war immer der typische Sonderling gewesen, der all seine Aufmerksamkeit Musikinstrumenten geschenkt hatte. Wenn er mit Gleichaltrigen unterwegs war, sah man ihm sehr schnell an, wie genervt er von geistlosen Gesprächen und sinnlosen Besäufnissen war. Was nicht bedeutet, dass er lammfromm gelebt hat, aber davon weiß ich offiziell nichts.«

Mit einem genervten Ausdruck griff Johnny zum Wein und trank davon, statt die Worte seiner Mutter zu kommentieren.

Leah konnte sich Johnny gut als Teenager vorstellen. Der typische Nerd, der seine Nase in Notenblätter steckte. Nur dass ein sehr attraktiver Mann aus ihm geworden war, der so gar nichts Nerdiges mehr an sich hatte. »Sie bekommen als gut aussehender Single doch sicher eine Menge eindeutiger Angebote, oder?«, sagte sie und zwinkerte ihm zu.

Amüsiert ließ er das Glas sinken und tippte mit einem Finger dagegen. »Eine hat sich mal in mein Büro geschlichen und war nur mit einer Schleife bekleidet gewesen. Wofür soll so was gut sein? Sicher nicht, um einen Partner fürs Leben zu finden.«

Leah musste grinsen bei dieser Vorstellung, aber bevor sie etwas dazu sagen konnte, ergriff Belinda das Wort.

»Ich rate Ihnen, den Richtigen zu heiraten und nicht wieder gehen zu lassen. Die Männer in meinem Alter sind nicht besser. Letztens war ich mit einem Mann aus, der zum Nachtisch doch tatsächlich eine Viagra eingeworfen hat. Daraufhin habe ich die Rechnung übernommen und ihm noch einen schönen Lebensabend gewünscht.«

»Irgendwann wirst du deinen ganz eigenen Fanklub haben, der sich auf den Kaimaninseln trifft und auf deine Unerreichbarkeit teuren Whiskey vernichtet«, scherzte Johnny, aber Leah sah, dass er sehr stolz auf seine Mutter war. Sie mochte damals den falschen Mann geheiratet haben, aber diesen Fehler hatte sie offensichtlich auf mehrfache Weise wiedergutgemacht.

»Ich fürchte, der Klub wird nicht sehr groß werden, weil ich erst wieder einer Verabredung zustimmen werde, wenn der Mann mehr im Kopf als zwischen den Beinen hat.« So entschlossen wie Belinda es sagte, war es ihr absolut ernst. »Ich finde, so sollte eine gute Basis aussehen«, ergänzte sie. »Eure seltsame Vereinbarung hin oder her. Ich meine, guckt euch das an.«

Mit einem Finger tippte sie auf den obersten Zettel, auf dem der Arbeitstitel stand. »Das ist etwas Besonderes. Wenn das kein Zeichen ist ...«

Leah fühlte, wie ihr Gesicht zu kribbeln begann, und sah schnell auf ihre Finger hinab. Ihr Körper stimmte Belinda zu.

»Das Leben ist keine Episode deiner Lieblingsserie«, sagte Johnny hingegen ungehalten. »In deiner Welt mögen die Dinge nach klaren Regeln funktionieren, in der Realität ist es viel komplizierter. June hat ein Leben, das irgendwo anders stattfindet. Und das ist auch gut so, weil ich nur die Oper fertigstellen will, sonst nichts. Deine Sorge in allen Ehren, aber alles ist genau so, wie wir es haben wollen.«

Obwohl Leah wusste, dass sie ihm zustimmen sollte, ja musste, weil die Vernunft es verlangte, tat ihr seine offene Abgrenzung weh. Er hatte eben gesagt, wie er empfand: Er litt nach wie vor. Und bestrafte sich mit Einsamkeit und Schmerz, weil er die Frau, die er noch immer liebte, nicht hatte retten können. Es stand ihr nicht zu, seine Zuneigung zu wecken oder in seine Gefühlswelt einzubrechen – verdammt, sie konnte das ja selbst nicht gebrauchen.

Und doch konnte sie sich selbst nichts mehr vormachen: Sie empfand viel mehr für ihn, als sie sollte. Da waren diese vielen Blickkontakte, dieses Kribbeln, wenn sie einander die Hand reichten oder nahe beieinandersaßen, das die Wahrheit zwischen die Zeilen schrieb. Bis zu jener ersten Begegnung im *Mephisto* hatte sie derartige Beschreibungen für überromantisierten Quatsch gehalten. Und hier saß er nun, eine Armlänge von ihr entfernt auf dem Sofa, und sie spürte ihn. Wie eine Energie, die er abstrahlte und die sich mit ihrer verband und fest verknüpfte. Er war *der Fremde,* der als Vertrauter in ihr Leben gekommen war.

Sie musste nichts erfragen oder prüfen, weil ihr Gefühl ihr sagte, dass sie ihm ihr Leben mit all der Verletzlichkeit, den Ängsten und versteckten Wünschen in die Hände legen konnte. So wie sie seines in ihren Händen fühlte. Wenn das nicht Liebe auf den ersten Blick war, was dann?

Und doch hatte er gerade eben all diese Empfindungen mit seinen Worten in ihre Schranken gewiesen.

Belinda schien zu bemerken, dass sich Leahs Stimmung verändert hatte. Und als sie ihr einen langen Blick zuwarf, fühlte sie sich unangenehm gläsern.

Leah räusperte sich und entschied sich für einen Themenwechsel: »Manchmal glaube ich, dass Freundschaft die beständigste Form einer Beziehung ist«, wandte sie sich an Belinda. »Ich habe gehört, Sie wohnen mit Ihrer Freundin in einer WG?«

»Das Wertvollste, was wir im Leben kaputt machen, wird in dem guten Glauben zerstört, das Richtige zu tun«, erwiderte diese, ohne auf Leahs Frage einzugehen.

Gut, dann nicht, dachte sie, stand auf und nahm eine Schachtel und ihr Glas in die Hand.

»Vielen Dank für die leckere Pizza. Ich fürchte, ich muss jetzt noch ein paar Dinge für die Arbeit erledigen.«

Das war nicht mal gelogen. Für das Jager-Projekt wollte sie noch Recherchen erledigen. Wobei sie dafür den morgigen Sonntag reserviert hatte.

»Lassen Sie alles gerne stehen, wir machen das schon. In den kommenden Tagen zeige ich Ihnen, wo Sie was finden, damit Sie sich ganz zu Hause fühlen können. Nutzen Sie gern das Wohnzimmer zum Arbeiten, dort sind Sie ungestört.« Johnny nahm ihr den Karton wieder ab und stellte ihn auf den Tisch zurück.

»Die Arbeit hat mir großen Spaß gemacht«, versicherte sie mit einem dankbaren Nicken.

»Mir auch«, erwiderte er und ließ sie vorbeigehen.

»Bis später«, sagte Belinda, während sie ihrem Sohn und sich nachschenkte.

Leah fragte sich, über was sie sprechen würden, sobald sie die Tür hinter sich zugezogen hatte. Irgendwas stand zwischen den beiden, als würde jeder Satz von einem lautlosen Nebensatz begleitet werden.

LEIPZIG

19. Februar 2018, Montag

Belinda hatte schlecht geschlafen. Sie schob es auf den ereignislosen Sonntag, an dem Leah und Henry ihr und einander aus dem Weg gegangen waren. Es war tragisch, wie offensichtlich sie zueinanderpassten und wie wenig sie das wahrhaben wollten.

Belindas Vorbehalte Leah gegenüber waren innerhalb kürzester Zeit restlos ausgeräumt gewesen und durch unterschiedlichste Gedanken ersetzt worden, die sie nicht mehr zur Ruhe kommen ließen, obwohl das Thema sie genau genommen nichts anging. Leah tat ihrem Sohn gut. Belinda hatte Henry seit Nells Tod nicht einen Moment so glücklich gesehen wie jetzt, wenn er mit seinem *Gast* zusammen war. Umso alberner war es, dass er nicht um sie kämpfte. Verlobung hin oder her, wenn zwei Menschen zusammengehörten, mussten alte Geschichten beendet werden. Aber wenn sie ihn drängte, täte er es erst recht nicht, er war genauso stur und eigensinnig wie sie selbst.

Sie hatte gehört, wie Leah früh am Morgen aufgestanden war und das Haus verlassen hatte.

Diese junge Frau war wie aus einem Schwiegermutters-Liebling-Katalog. Den Namen ihres Verlobten würde Belinda auch noch herausfinden. Der musste schon ein richtig toller Kerl sein, damit die Verbindung tatsächlich Respekt verdiente. Ihrer Erfahrung nach bekamen meist die falschen Männer die besten Frauen. Nell war eine wundervolle Ausnahme gewesen.

Müde stand sie auf und machte sich für den Tag fertig. Normalerweise besuchte sie ihren Sohn, um nach ihm zu sehen. Nur zu arbeiten und sich einzuigeln, hatte ihn zu einem viel zu ernsten, ziellosen Mann gemacht. Wenn sie herkam, dann lockte sie ihn gern mit kleinen Provokationen aus der Reserve, damit etwas Lebendigkeit die Verbitterung zerstreute, aber er war von zu friedfertigem Gemüt, um richtig darauf einzugehen. Nun zu hören, dass er wieder musizierte und dann auch noch die Oper fertigstellen wollte, war wie ein Wunder.

Belinda warf einen letzten Blick in den Badspiegel und strich sich die langen Haare über die Schultern. Zwanzig ihrer besten Jahre war sie mit dem falschen Mann verheiratet gewesen. Von dieser Erfahrung würde sie Leah gern profitieren lassen, damit sie nicht denselben Fehler machte. Aber dafür musste sie den verdammten Namen des anderen Mannes kennen, um festzustellen, ob er auch ein Fehler sein würde.

Sie verließ ihr Zimmer und fand ihren Sohn in der Küche am Tisch sitzen.

»Du bist schon wach?«, begrüßte sie ihn.

»Ich habe mit June gefrühstückt, bevor sie zur Arbeit musste. Kaffee?« Er wartete nicht auf ihre Antwort, erhob sich und schenkte einen Becher für sie voll. Auf dem Tisch stand ein Gedeck bereit. Er stellte den Kaffee dazu und holte dann einen Teller mit Aufschnitt aus dem Kühlschrank.

»An diesen Service könnte ich mich gewöhnen«, neckte sie ihn.

Henry grinste. »Aber nicht, dass du hier wieder einziehen willst. Ich bin zu alt, um bei meiner Mutter zu wohnen.«

Als Belinda auf diesen Scherz nicht einging, sah er sie verwundert an. »Gibt es irgendwas, das ich wissen muss?«

Sie schwieg weiterhin, und Henry nahm ihr gegenüber wieder Platz. »Sag schon, was ist los? Gefällt dir deine Alten-WG nicht mehr?«

»Wie es aussieht, wird Johanna in ein Heim umziehen müssen. Bei ihr wurde Demenz diagnostiziert.«

Betroffen langte er über den Tisch und hielt ihr eine Hand hin, die sie gern ergriff.

»Das tut mir sehr leid«, sagte er. »Das muss für euch beide sehr schwer sein. Warum hast du mir das nicht früher erzählt?«

»Nun, du warst mit deinen Neuigkeiten schneller«, sagte sie und drückte seine Hand.

»Du weißt, dass das eben nur ein Scherz war. Du bist hier immer willkommen.«

Ja, das wusste sie, allerdings wäre es ihr jetzt lieber, Leah würde hier dauerhaft einziehen statt seiner alten Mutter.

»Deine Freundin ist eine sehr interessante Frau«, wagte sie vorsichtig den Themenwechsel.

»Lass es. Ich wollte das vorgestern nicht hören, und heute auch nicht.« Er zog seine Hand zurück und deutete auf die Brötchen. »Iss lieber etwas.«

Belinda nahm sich eines und schnitt es auf. »Was offensichtlich ist, muss ich ja wohl nicht aussprechen«, sagte sie beiläufig. »Außerdem hat sie mir ihren Namen verraten. Ich denke, sie will gar nicht mehr nach Hause zurück.« Gut, die letzte Aussage ließ der Wahrheit etwas Spielraum.

Seine Gesichtszüge verhärteten sich. »Wenn du ihn laut sagst, kannst du Johanna bitten, ein Doppelzimmer zu buchen.«

Belinda war sich nicht sicher, wie ernst er es meinte.

»Das muss ich nicht verstehen, oder?«, fragte sie dennoch nach.

»Erst verscheuchst du June fast mit deiner kratzbürstigen Art, jetzt willst du uns zusammenbringen. Kannst du dich nicht ein einziges Mal raushalten?«

Wenn sie nicht so fest davon überzeugt wäre, dass er sein Glück vorbeiziehen ließ, dann würde sie sich raushalten, aber irgendwer musste ihm helfen.

»Du solltest euch mal sehen, wenn ihr zusammen seid. So habe ich dich seit …« Sie biss sich auf die Lippen.

Henry wusste genau, was sie beinahe gesagt hätte, da sich sein Blick verdunkelte und er die Arme vor der Brust verschränkte. »Ich habe heute einiges zu tun. Kommst du zurecht?«

Belinda versuchte, etwas Leichtigkeit in die Stimme zu bringen. »Ich weiß nicht, dann müsste ich ja auf meine Hobbys oder Interessen zurückgreifen, das wäre ganz grauenhaft.«

Aber Henry ging auf den Scherz nicht ein. »Sag mir, wann es so weit ist, dass du bei Johanna ausziehen musst.«

~

Leah trug eine Jeans und einen roten Kaschmirpullover unter ihrem schwarzen Mantel und hatte für die Baustelle Sicherheitsschuhe angezogen. In ihrer Tasche befand sich nur ein Notizbuch mit den wichtigsten Daten, die sie für diesen Termin benötigte, und eine schriftliche Anweisung, die sie Düvel für eine Änderung im obersten Stock aushändigen musste. Die Sichtung der Unterlagen hatte einige Fragen aufgeworfen, die sie erst nach der Begehung der Baustelle für den nächsten Termin mit den zuständigen Unternehmern ausarbeiten wollte.

Im Grunde ging es heute vor allem darum, sich vorzustellen und dem Bauleiter genügend Druck zu machen, damit die Prioritäten eingehalten wurden. Bennie hatte ihr bei der Übergabe gesagt, dass Düvel dazu neigte, bei den unterschiedlichen Projekten die Arbeiten so zu planen, dass statt der Bauvorhaben, die im Plan anstanden, jene vorgezogen wurden, bei denen die Kunden am meisten Stress machten. Was regelmäßig zu Verzögerungen und Kostensteigerung führte. Mit höflichem Entgegenkommen kam man da nicht weiter. Zudem hatte Walter Franken die Zuschläge rein nach den niedrigsten Preisen erteilt, Leah ging bei ihrer Auswahl lieber nach Zuverlässigkeit.

Franken – Leah hatte heute Morgen noch einmal mit Nadine

telefoniert. Doch es gab nach wie vor keine Neuigkeiten. Frau Franken hatte alle Freunde und Bekannten abtelefoniert, und ihre Söhne waren an sämtlichen Orten in Leipzig gewesen, wo er sonst gerne war, aber sie hatten keine Spur von ihm gefunden. Inzwischen war allen klar, dass er so rasch wie möglich ins Krankenhaus gebracht werden musste.

»Sie suchen ihn noch, aber ich glaube nicht, dass er ins Büro kommen wird. Wenn doch, rufe ich sofort die Polizei, du musst keine Angst haben«, hatte Nadine am Ende ihres Telefonats gesagt. Leah vertraute darauf, dass alle ihr Möglichstes taten, um ihn zu finden.

Seit dem Gespräch fragte sie sich, wie schwer es sein konnte, einen kranken Mann ausfindig zu machen.

Sie schob alle Gedanken an Franken weg, als sie sich der Baustelle näherte und den Rohbau betrachtete. In dieser Woche sollten die Fenster eingesetzt werden, damit anschließend der Innenausbau losgehen konnte, aber sie bezweifelte, dass der Zeitplan eingehalten wurde.

Vor dem Bauzaun stand Bennie und wartete auf sie. Schon bei der Übergabe war er aus Angst, etwas zu vergessen oder falsch gemacht zu haben, sehr nervös gewesen. Unsicherheiten, die er nicht nötig hatte, weil er sehr gewissenhaft arbeitete. Ginge es nach ihr, würde er öfter mehr Verantwortung übertragen bekommen.

»Wow, wenn ich das sagen darf: Du bist ein bisschen zu hübsch angezogen für diesen Termin«, sagte Bennie und rieb sich über den Nacken. »Düvel wird dich sicher nicht ernst nehmen.«

»Dir auch einen guten Morgen«, antwortete Leah gut gelaunt. »Und nein, ich fange sicher nicht an, mich zu verkleiden, weil andere Idioten sind. Du hast es übrigens auch nicht nötig, dich von solchen Typen einschüchtern zu lassen.«

Bennie schulterte seinen Rucksack und sah zu den aufeinandergestellten Baucontainern, vor denen ein paar Bauarbeiter standen.

Der Großbaustelle entsprechend waren hier gleich sechs Container eingerichtet worden, die Besprechungsräume, Büros und Pausenräume boten. Es gab sogar einen Toilettencontainer statt der typischen Dixi-Häuschen.

»Na los«, sagte sie aufmunternd. »Gehen wir an die Arbeit.«

»Hier, ich habe dir eine Liste für das Gespräch gemacht mit Punkten, die ich kritisch sehe«, sagte Bennie und reichte ihr als Ergänzung zu den Unterlagen einen Zettel mit sechs Punkten.

»Sie schon wieder?« Der ältere Mann, der auf sie zukam und eindeutig Bennie gemeint hatte, war Hans Düvel, Bauleiter vor Ort und Chef von *Düvel GmbH & Co.* KG. Auf seiner Website stand der Slogan: *Mit Düvel wird es höllisch gut.* Mit seinem dicken Bauch, der roten Gesichtsfarbe, dem struppigen Schnauzer und den strähnigen Haaren, die unter dem gelben Helm an seiner Stirn klebten, sah er aus wie das Klischee eines Bauarbeiters. Er trug braune Cordhosen, ein blaues Baumwollhemd und eine Signalweste. Das Funkgerät an seinem Gürtel wirkte wie ein Colt, den er lässig an der Hüfte trug.

»Guten Morgen, Herr Düvel, mein Name ist Leah Mirana, ich bin jetzt die zuständige Architektin für die Bauüberwachung. Vor dem Meeting mit den Auftraggebern am Freitag würde ich gern ein paar Sachen klären, Sie haben doch sicher Zeit für mich?«

Er verzog das Gesicht. »Sie halten mich nur von der Arbeit ab.« Durch einen Wink gab er ihnen zu verstehen, ihm zu den Containern zu folgen.

»Wie liegen Sie in der Zeit?«, überging sie seine unfreundliche Aussage, schloss auf und ging nun neben ihm.

»Bestens, es gibt keinen Grund, hier alle verrückt zu machen.«

Leah sah kurz zu Bennie zurück, der bedauernd die Schultern zu den Ohren zog. Normalerweise war die Zusammenarbeit mit den Unternehmern und Subunternehmern produktiv und angenehm. Die Baustellenbegehungen, die Leah in Frankfurt mitgemacht hatte, waren ganz anders gewesen.

Er ging durch die Tür des ersten und größten Containers, führte Leah und Bennie an einem kleinen Büro vorbei – ein Schild wies es als seines aus – und in einen karg eingerichteten Besprechungsraum. Ohne weitere Worte setzte er sich an die Stirnseite des Tisches. Es roch nach Zigarettenrauch und Schweiß.

»Ihr Kollege ist sehr zufrieden mit unserer Arbeit, Frau Mirana. Das stimmt doch, oder?«

Bennie nickte halbherzig, was ein deutliches Aber in den Raum stellte.

»Dann halten wir es kurz.« Düvel lehnte sich auf seinem Stuhl zurück, der unter seinem Gewicht knarrte. »Was wollen Sie sonst noch wissen?«

Leah sah stirnrunzelnd zu Bennie, der sie mit einer leichten Kopfbewegung auf den Spaltenplan an der Wand aufmerksam machte, auf dem alle Handwerkereinsätze je nach Abhängigkeit voneinander eingetragen waren. Er hatte letzte Woche erwähnt, dass er glaubte, Düvel würde den aktuellen Stand beschönigen.

Leah ging zum Plan und betrachtete die Termine. Sie hatte keine Lust, sich mit Düvels Unhöflichkeiten aufzuhalten. Sie musste sich als Frau in dieser nach wie vor überwiegend aus Männern bestehenden Arbeitswelt immer wieder Respekt verschaffen, aber das tat sie lieber auf fachlicher Ebene. Es war einfach, selbstbewusst aufzutreten, wenn man wusste, was zu tun war – und in diesen Bereichen war sie voll und ganz in ihrem Element.

»Ist es sicher, dass in dieser Woche die Fenster eingebaut werden?«, fragte sie.

»So steht es auf dem Plan«, erwiderte er genervt.

Leah sah auf die Liste, die sie von Bennie bekommen hatte. »Na ja, aber das Dach ist noch nicht dicht, wie ich den Unterlagen entnommen habe.«

»Weiß nicht, was Sie meinen, wo da die Schwierigkeit sein soll?«

Bennie kramte in seinem Rucksack und holte eine Mappe hervor. »Das hängt mit den Maurerarbeiten zusammen, die im siebten Stock komplett neu gemacht werden mussten.« Er trat neben Leah und zeigte ihr ein paar Fotos von Kreuzfugen und Stellen, wo das Steingefüge nicht passte. »Deswegen konnte der Bau bis zum Winter nicht dicht gemacht werden. Jetzt geht es nur noch um ein paar Toleranzen«, fasste er die Fakten unterstützend zusammen.

Leah schürzte die Lippen und tippte auf den Plan. »Gut, das sehe ich mir gleich an. Spätestens bei unserem Meeting Ende der Woche sollte klar sein, ob die Innenarbeiten verschoben werden müssen.«

»Ich habe gesagt, dass wir im Zeitplan liegen.« Mit einem Finger tippte Düvel nervös auf die Tischplatte, was diese Unterhaltung noch unerträglicher machte.

»Das wäre wünschenswert«, sagte sie kalt. »Unser Kunde ist schon nicht darüber erfreut, dass uns diese Mängel bereits drei Monate gekostet haben.«

»Aber so was passiert nun mal, und das schlechte Wetter hat den Rest getan.«

Für Leah wäre das keine große Sache, wenn die Verzögerungen widrigen Umständen anzulasten wären, weil man mit gewissen Schwierigkeiten immer rechnen musste. Hier waren allerdings keine Materialschwächen, das Wetter, Fehlberechnungen oder menschliches Versagen schuld, sondern Mängel, die dem schlechten Ruf von Düvel GmbH & Co. KG entsprachen. Die Jager-Baustelle litt unter Problemen, die Düvel hätte vermeiden können, wenn er einen guten Job gemacht hätte.

Was Leah im Internet über Düvel herausgefunden hatte, stimmte sie ebenfalls nicht zuversichtlich, dass sie den neuen Termin halten konnten. In der Vergangenheit war eine seiner Baustellen nach einer Schwarzarbeiter-Razzia gestoppt worden, es gab Klagen über mangelhafte Baustoffe bis hin zu simplem Pfusch. Am schlimmsten waren jedoch die ständigen Sicherheitsmängel. Angeblich kam der *SiGeKo*, der Sicherheits- und Gesundheitskoordinator, öfter zu Düvels Baustellen als zu allen anderen. Was dieser öffentlich gerne den zuständigen Subunternehmern anlastete, schrieb Leah schon nach dieser kurzen Begegnung der Selbstgefälligkeit dieses Mannes zu.

»Nun gut, dann verkürzen wir die Sache an dieser Stelle, den Rest können wir dann am Freitag besprechen. Ich würde mir jetzt gern den Bau ansehen.«

Sie ließ sich von Düvel eine Weste und einen Helm geben, dann folgte sie ihm nach draußen. Bennie ging hinterher. Seine Zuarbeit gefiel ihr.

Leah nahm das Smartphone aus der Tasche, um gegebenenfalls Fotos zu machen. Sein Blick auf ihr Telefon sagte mehr als tausend Worte: Er fühlte sich von ihr kontrolliert, was zufällig neben anderen Aufgaben genau ihr Job war.

»Wie viele Arbeiter sind heute vor Ort?«, fragte sie knapp. Je weniger sie mit Düvel sprach, desto besser war es für diese unerfreuliche Zusammenarbeit.

Mit schlurfenden Schritten führte er sie an einer kleinen Gruppe rauchender Männer vorbei und betrat den Rohbau. »Dreißig«, sagte er, ohne nachzudenken.

Leah schätzte die Zahl auf fünfzehn, was sich bestätigte, als sie erst das Erdgeschoss abgingen und dann die Treppen in das nächste Stockwerk hochstiegen. Auch hier ließ sie sich durch alle Räume führen.

Sie machte Fotos von einigen Räumen und Markierungen an den Betonwänden. An einer Wand standen drei leere Bierkästen. »Sind Sie für die Arbeitssicherheit hier zuständig?«

Er folgte ihrem Blick und gab einen missgelaunten Laut von sich. »Niemand trinkt hier während der Arbeitszeit.«

»Bis auf den Mitarbeiter, der unten bei den Rauchern steht und ein Bier in der Hand hatte«, hielt sie dagegen. Leah entging so leicht kein Detail.

»Das ist alkoholfreies Bier, lassen Sie sich die Flasche doch zeigen, wenn Sie mir nicht glauben.«

Das war nicht nötig. Bis sie wieder unten war, wäre die Flasche sowieso verschwunden. Aus einem höher liegenden Stockwerk drang laute Musik zu ihnen herunter, und ein Mann sang mit starkem sächsischem Dialekt Helene Fischers *Atemlos* mit. Leah grinste: So hörte sich Arbeit an, wenn sich Baulärm mit einem plärrenden Radio verband und Menschlichkeit daruntermischte.

Im dritten Stock zog der Wind eisig durch die nackten Räume. Ab hier sollten bodentiefe Fenster eingebaut werden. Noch konnte man aus den Zimmern direkt auf das Baugerüst hinaustreten.

»Hier fehlen die Stangen zum Schutz der Bauarbeiter, die müssen sofort angebracht werden.« Leah deutete auf das Gerüst, das an dieser Stelle kein Geländer hatte.

»Lassen Sie das alles mal unsere Sorge sein.«

Wieder machte Leah Fotos, schrieb sich einige Notizen auf den Block und ging weiter. Der Helm war etwas zu groß und ließ sich nicht richtig einstellen. Außerdem roch er, als würde er alternativ als Aschenbecher benutzt werden.

»Laut den Plänen sollte es hier keinen Stützpfeiler geben, habe ich irgendwas übersehen, wo der Pfeiler nachgetragen wurde?«

»Fragen Sie Ihren Kollegen, wir bauen das hier nur«, sagte Düvel abweisend. »Was uns vorgegeben wird, wird gemacht. Nicht mehr und nicht weniger.«

Aber Bennie blätterte in der Mappe, in der sich jedoch nur ein Bruchteil der aktuellen Unterlagen befand. Es wäre zu viel gewesen, alles mitzunehmen.

Leah machte ein Foto und Notizen dazu. Bis ganz oben waren es noch vier Stockwerke.

Düvel drehte sich zu ihr um und stemmte die Fäuste in die Hüften, als würde er jeden Moment *den Colt* ziehen und auf sie schießen.

»Genau das meinte ich. Sie kommen hierher und bringen alles durcheinander. Herr Weigenrath hat mir die Änderungen mündlich mitgeteilt. Rufen Sie Ihren Vorgänger an, dann können wir uns diesen Scheiß sparen.«

Leah nickte und hielt die Aussage fest. Mündliche Änderungen gab es nicht – sollte es nicht geben. Die Entwürfe waren vom Kunden gegengezeichnet worden und somit verbindlich. Jegliche Änderungen mussten schriftlich fixiert und in der Regel auch von den Verantwortlichen freigegeben werden.

»Wenn Sie nach ganz oben wollen, müssen wir jetzt weiter.« Die Vorstellung, mit diesem Mann bis zur Übergabe des schlüsselfertigen Baus zu tun haben zu müssen, war grauenhaft.

Sie atmete tief durch, damit sie nichts Unüberlegtes sagte.

Übel gelaunt drehte sich Düvel auf der Treppe um. »Kommen Sie jetzt oder nicht?«

Leah folgte ihm mit so viel Wut im Bauch, dass sie ihn am liebsten aus dem Weg geschubst hätte, um den Rest allein zu machen.

Es dauerte noch eine Dreiviertelstunde, bis Leah alles gesehen und dokumentiert hatte. Sie kam insgesamt auf fünfzehn Punkte mit dringendem Klärungsbedarf. Im siebten Stock hatten Vandalen einen Penis an die frisch verputzte Wand gesprayt und dumme Hassparolen gegen Ausländer danebengeschmiert. Leah hoffte, dass dieser Stock nicht zu einer Unglücksetage wurde, auf der ständig etwas schiefging.

»Haben die Kameras die Täter aufgenommen?«, fragte sie Düvel, während sie schrieb.

»So etwas haben wir hier nicht. Nach Feierabend wird die Baustelle von einem Sicherheitsdienst bewacht. Das war bislang der einzige Vorfall, aber seither sind es zwei Mann, weil diese Schmierereien gar nicht hätten passieren dürfen.«

Am liebsten hätte Leah *Vollidiot* in großen Lettern auf den Block geschrieben. Eine Großbaustelle ohne Videoüberwachung – ihr taten die Sicherheitsleute leid, die nachts hier die Verantwortung tragen mussten. Vandalismus und Diebstähle kamen nicht selten vor, je besser der Schutz war, desto weniger Ärger gab es.

Als sie wieder ganz unten angekommen waren, zog Leah bereits auf halbem Weg zu den Baucontainern die Weste aus und nahm den Helm ab. Beides drückte sie Düvel in die Hände. »Nehmen Sie sich am Freitag bitte genügend Zeit für das Meeting«, sagte sie knapp und ging. Wenn es sein musste, konnte sie ebenso unfreundlich sein.

Sie sah auf die Uhr ihres Smartphones. »Das hat länger gedauert als erwartet.«

Bennie hatte ebenfalls seinen Helm und die Weste übergeben und lief ihr nach. »Wie bitte?«

»Ich sagte, dass diese Begehung länger als erwartet gedauert hat. Du solltest bei zukünftigen Projekten darauf achten, dass Düvel keine Aufträge mehr von uns bekommt. Er ist unfreundlich, unkooperativ, und die Mängel, die ich notiert habe, sind alles lästige Dinge, die locker hätten vermieden werden können.« Sie sah zu den Bauarbeitern, die noch immer oder schon wieder rauchend zusammenstanden. »Guck dir das an«, meinte sie zu Bennie, der stehen blieb und sich umdrehte. »Wir werden hier ganz schön aufräumen müssen, wenn alles laufen soll. Bist du dabei?«

Als er nur nickte, klopfte sie ihm auf die Schulter. »Ich fände es übrigens großartig, wenn du mir ein paar Sachen abnehmen könntest. Du leistest hervorragende Arbeit, ich würde gern mit Ludger abstimmen, wie wir dich deinen Fähigkeiten entsprechend besser einsetzen können.«

Ein glücklicher Ausdruck huschte über sein Gesicht, doch dann zog er die Schultern hoch und wiegelte ab. »Du kennst mich doch noch gar nicht so lange.«

Amüsiert schob sie ihn weiter, damit sie gänzlich die Baustelle verließen. »Du willst doch wohl nicht meine Beurteilungsqualitäten infrage stellen, oder?« Auf dem Gehweg blieb sie stehen und sah erneut auf das Smartphone. »Du solltest dir weniger Gedanken machen. Ich bin nicht die Einzige, die dir mehr zutraut«, sagte sie lächelnd. Dann wurde sie ernst. »Im Büro brauche ich erst mal einen Kaffee. Ich wäre wesentlich entspannter, wenn sie Walter Franken schon gefunden hätten.«

Sie sah ihm an, dass Nadine ihn in Kenntnis gesetzt hatte. Alle sollten die Augen offen halten, falls Franken sich blicken ließ.

»Er ist erst seit zwei Monaten so«, sagte er beinahe flüsternd.

»Du hast davon gewusst?«

Er wackelte mit dem Kopf, was ihre Annahme nur halb bestätigte. »Na ja, wir alle fanden, dass er etwas schrullig geworden ist. Vor zwei Monaten habe ich gehört, wie er auf dem Klo Selbstgespräche geführt hat, aber dass er dich belästigen würde, war nicht abzusehen. Er und seine Frau sind sehr liebevoll miteinander.«

»Dann hoffen wir, dass er schnell gefunden wird und die Ärzte ihm helfen können. So, du fährst.« Was schon in der Natur der Sache lag, weil sie in Leipzig über gar kein Auto verfügte.

Am späten Nachmittag war Leah zurück in der Villa, in der es vollkommen still war. Im Büro hatte sie keine Ruhe mehr gehabt, weil sie sich immer noch über Düvel ärgerte und Nadine immer wieder von Franken anfing. Sie machte sich Sorgen um den alten Mann, während sie gleichzeitig versuchte, Leah in dieser Sache zur Seite zu stehen. Inzwischen war überdeutlich geworden, wie sehr Walter Frankens Erkrankung die engeren Mitarbeiterinnen und Mitarbeiter betroffen machte.

Leah wollte keine Fürsprache für ihn oder Entschuldigungen für sein Verhalten mehr hören, sie wollte nur, dass er gefunden wurde und der Spuk ein Ende hatte.

Ihr Telefon klingelte, und Ludgers Name stand auf dem Display.

»Mirana.«

»Leah, meine Güte, wie geht es dir?« Er klang besorgt. »Ich kann kaum glauben, was ich gehört habe.«

»Schon gut«, spielte sie es herunter. »Herr Franken kann wohl nicht wirklich was dafür. Die Tumore sind schuld.«

»Sonst würde ich ihn auch einen Kopf kürzer machen, das kannst du mir glauben. Warum hast du mich nicht gleich angerufen, als er sich dir gegenüber merkwürdig verhalten hat?« Nun lag Tadel in seiner Stimme.

Leah konnte sich vorstellen, wie er sich über den weißen Bart fuhr und den Kopf schüttelte. Wenn er streng wurde, hatte er stets die gleichen Bewegungsmuster.

»Was hätte das für einen Eindruck bei den anderen gemacht? Einige denken doch eh schon, dass ich von dir bevorzugt werde. Außerdem weiß ich doch, dass ihr gute Freunde seid, ich wollte nicht voreilig handeln.«

Er schnalzte mehrfach, was das Bild vom Kopfschütteln verstärkte. »Das musst du aushalten können. Was denkst du, was die anderen sagen, wenn du Walters Platz kommissarisch einnimmst, bis wir wissen, wie es mit ihm weitergeht?«

Leah glaubte sich verhört zu haben. Ihr wurde ganz heiß, während Übelkeit in ihr aufstieg.

Doch bevor sie etwas sagen konnte, redete Ludger schon weiter: »Vor Donnerstag komme ich hier nicht weg. Es wäre besser, wenn du unter diesen Umständen nächstes Wochenende nicht nach Hause fährst, damit wir alles regeln können. Das Jager-Projekt bleibt in deinen Händen, keine Sorge, aber ich brauche dich jetzt an der Spitze. Dafür habe ich dich ausgebildet.«

Ja, das hatte er. Leah war von Anfang an in Arbeitsabläufe einbezogen worden, die mit ihrem eigentlichen Job nichts zu tun hatten. Ganz so, wie ein Vater sein Kind anleitete, damit es irgendwann das Unternehmen erben könnte. Sie hatte diese Aufmerksamkeit sehr genossen, aber diese Entscheidung war nicht richtig.

»Peer wird dafür kein Verständnis haben«, sprach sie die erste Schwierigkeit aus, die der Ratenschwanz der Ereignisse in ihren Kopf peitschte. »Ich bin letztes Wochenende schon hiergeblieben, Peer wird ausflippen, wenn ich nächstes auch nicht nach Hause komme.«

»Papperlapapp«, schallte Ludger. »Er wird ja wohl Verständnis dafür haben, dass ich in diesen schweren Zeiten deine Unterstützung benötige. Mein bester Freund ist schwer krank, er hat die Frau belästigt, die wie eine Tochter für mich ist, und hinterlässt ein riesiges Chaos – wenn das keine guten Gründe sind, weiß ich auch nicht. Soll ich mit ihm reden?«

So wie er alles zusammenfasste, klang es logisch. Aber Peer würde nur sehen, dass es Ludger in die Hände spielte, der aus seinen Karriereplänen für Leah keinen Hehl machte.

»Nein, das ist meine Sache«, lehnte sie sein Angebot fest ab. Sie wusste, dass Ludger es gut meinte, und es ihm leichter fiel, sich in die Arbeit zu stürzen, als sich mit den Gedanken über seinen Freund auseinanderzusetzen. »Zusammen bekommen wir das hier schon hin«, versprach sie und beendete das Gespräch.

Leah schloss die Augen und spürte, wie der Druck ins Unermessliche wuchs. Sie wusste genau, wie Peer reagieren würde. Seine Enttäuschung war spürbar, ohne dass sie überhaupt mit ihm geredet hatte. Hinzu kam die enorme Verantwortung, Frankens Aufgaben zu übernehmen, mangelnde Erfahrung mit Fleiß auszugleichen und Wissenslücken zu füllen, die Belegschaft als plötzliche Chefin nicht vor den Kopf zu stoßen und gleichzeitig das

Jager-Projekt zu schaffen. Genau genommen konnte sie gleich im Büro einziehen, weil ihr Privatleben soeben für beendet erklärt worden war.

Sie hörte die Haustür und öffnete die Augen. »Ich bin im Wohnzimmer«, rief sie und warf ihr Smartphone in die Tasche. Gesellschaft war ihr ganz recht, weil sie alles erst mal sacken lassen musste, bevor sie mit Peer sprach.

Schuhe wurden abgestellt, ein Kleiderbügel schlug gegen die Garderobe, dann tauchte Belinda in der offenen Tür auf.

»Das hat diesem Wohnzimmer gefehlt«, sagte sie mit einem Lächeln, schlenderte herein und setzte sich auf das rote Sofa ihr gegenüber. »Jemand, der es nutzt.«

Leah rieb sie einmal übers Gesicht und lehnte sich im Polster zurück, aber die Anspannung blieb. »Der Raum hat eine angenehme Arbeitsatmosphäre. Überhaupt finde ich den Grundriss von diesem Haus sehr schön.« Sie sah Henrys Mutter abwartend an. Mit ihr in einem Raum zu sein, war wie ein herausforderndes, spannendes Schachspiel, aber Belinda schien nicht der Sinn danach zu stehen. »Alles in Ordnung?«, fragte Leah deshalb.

Mit einer anmutigen Bewegung strich sich Belinda die Haare über die Schultern und reckte leicht das Kinn. »Ich komme gerade von meiner Freundin. Offenbar hat sie letzte Nacht das Haus verlassen und ist im Nachthemd mitten über die Hauptstraße gelaufen.« Sie machte eine kurze Pause, in der sie tief durchatmete. »Dass die Demenz so schnell voranschreiten würde, hätte ich nicht gedacht. Bislang waren es eher Kleinigkeiten wie, dass sie sich einen Kaffee einschenkte, dann aber den Becher auf die Warmhalteplatte stellte und die Kanne mitnahm, die ich dann irgendwo im Haus wieder einsammeln musste.«

Mit einer Hand umfasste Leah ihren Kettenanhänger. »Das tut mir sehr leid.«

»Und mir erst«, Belinda lächelte, was eher so wirkte, als wollte sie sich selbst beruhigen. »Sie haben sie vom Krankenhaus direkt in ein Heim gebracht. Ich hatte gedacht, dass wir noch etwas mehr Zeit haben.«

»Ich kann mir vorstellen, dass Sie das sehr mitnimmt.«

Belinda nickte. »Wir kennen uns fast unser ganzes Leben. Aber so ist der Lauf der Dinge. Wir hatten viel Spaß zusammen, und die Jahre unserer Alten-WG waren die besten gewesen.«

Das klang wundervoll. Leah hatte keine Vorstellung, wie ihr Leben im Alter aussehen würde. Wenn alles gut lief, wäre Peer ein fester Bestandteil davon. Freunde, mit denen sie zusammenziehen könnte, hatte sie keine. »Bedeutet das, Sie müssen auch umziehen?«

Damit hatte sie wohl einen wunden Punkt getroffen.

Belinda zog die Stirn in Falten und sah auf ihre Hände. »Ich war immer fest davon ausgegangen, dass ich von der WG direkt ins Heim oder auf den Friedhof ziehen würde, aber für beides bin ich noch zu jung.« Dann sah sie in Richtung Flur. »Henry lässt mich jederzeit hier wohnen, aber Sie sehen ja, dass es mitunter etwas angespannt zwischen ihm und mir ist.«

Leah wusste nicht, was sie dazu sagen sollte, doch zum Glück schien Belinda ihre Verlegenheit zu spüren.

»Wie war Ihr Tag?«, fragte sie mit einem Lächeln.

Das war ein weiterer Aspekt, den Leah in diesem Haus schätzte, niemand hielt sich lange mit schweren Themen auf. »Um ehrlich zu sein: grauenhaft.« Sie zog die Füße auf das Polster und rieb sich nervös über den Ellenbogen. »Alles etwas schwierig gerade.« Sie wollte nicht ins Detail gehen.

Wieder ging die Haustür auf und zu, diesmal war es Henry.

»Wir sind im Wohnzimmer«, rief Belinda und zwinkerte ihr zu.

Leah war das Verhältnis zwischen den beiden ein Rätsel. Einerseits gingen sie liebevoll miteinander um, andererseits schien etwas zwischen ihnen zu stehen, das mit Nells Tod zu tun haben musste. Vielleicht verurteilte seine Mutter, dass er Sterbehilfe geleistet hatte? Oder jeder trauerte für sich, ohne den anderen nahe an sich herankommen zu lassen? Aber fünf Jahre lang?

Henry kam zu ihnen und lockerte im Gehen seine Krawatte. Er war ein sehr gut aussehender Mann. Leah konnte ihn sich nicht in Jeans und Sweatshirt vorstellen, weil er wie gemacht war für Anzüge und Hemden.

»Ist es noch zu früh für einen Drink?«, fragte er.

Anscheinend war sein Tag auch nicht besser verlaufen.

»Ist es das jemals?«, stellte Belinda eine Gegenfrage.

Henry ging weiter in die Küche. Schranktüren klappten, Eiswürfel klirrten in Gläsern, und das typische Gluckern beim Einschenken war zu hören. Dann kam er zurück und hielt seiner Mutter und Leah je einen Drink entgegen.

»Hui, Wodka on Ice? Das muss ja ein Tag gewesen sein.« Belinda nahm das Glas und hielt es in die Höhe. »Worauf trinken wir?«

»Auf dass jeglicher Ärger am Ende Sinn ergeben möge«, sagte Leah spontan und versuchte, ihre Gedanken im Zaum zu halten, die sich anschickten, die Konsequenzen ihrer neuen Lage aufzuzählen. Lieber trank sie schnell einen Schluck.

Der Wodka war hervorragend. Er schmeckte mild und weich, irgendwie eigen, aber gefährlich gut. Von hartem Alkohol ließ sie normalerweise die Finger, aber heute schien ihr dieser Drink angemessen zu sein.

»Nun, *June* hatte einen fürchterlichen Tag, Johanna wurde letzte Nacht in ein Heim gebracht, und was war bei dir?«, fasste Belinda die Ereignisse knapp zusammen.

Henry leerte sein Glas und drehte es anschließend zwischen seinen Fingern. »Ich wurde heute wüst beschimpft. Anscheinend bin ich wohl ein überschätzter Opernheini, der Gott spielt und keine Ahnung von Kunst hat.«

»Opernheini«, wiederholte Leah und musste lachen. Der Alkohol verbreitete ein angenehm warmes Gefühl in ihrem Bauch. »Das sollten Sie auf Ihre Visitenkarte drucken lassen.«

Ihr Lachen steckte an. Vergnügt schüttelte Henry den Kopf, und Leah konnte sehen, wie der Stress von ihm abfiel. Er stand auf und holte die Flasche, um jedem nachzuschenken.

»Ich habe ein paar interessante Bühnenprogramme gesehen. Manche sind so modern, dass ich sie gern in den nächsten Jahren als Gastspiele einplanen möchte. Es fehlt das Kellertheater, das wäre genau der richtige Ort für vieles davon«, sprudelte es aus ihm heraus. Dann hielt er plötzlich inne und wandte sich an seine Mutter. »Johanna ist jetzt schon ins Heim gezogen?«

»Sie ist im Nachthemd über die Straße gelaufen«, antwortete sie traurig.

»Dann ziehst du jetzt hier ein«, bestimmte er. »Am Wochenende holen wir deine Sachen.«

Aber sie schüttelte den Kopf. »Lass uns später in Ruhe darüber reden.«

»Was gibt es da noch zu reden?«, hielt er dagegen. »Du kannst hier alles einrichten, wie du willst. Und dein Stolz darf gerne mit einziehen.«

Belinda stellte ihr Glas auf den Tisch und sah ihn ernst an. »Solange du mir nicht vergibst, werde ich hier nicht leben können.«

Leah wäre am liebsten im Polster versunken, um dieses private Gespräch nicht zu stören. Sie bemerkte Henrys kurzen Blick, dann trank er erneut sein Glas leer und schenkte sich wieder nach. »Das habe ich doch längst«, sagte er, ohne Belinda anzusehen.

Sogar Leah erkannte, dass das nicht stimmte.

»Das sagst du, aber du meinst es nicht«, antwortete Belinda mit ruhiger Stimme.

»Weil du kein Recht dazu gehabt hattest.« Da war er wieder, dieser tiefe Schmerz, den sie vor Tagen schon bei ihm gesehen hatte. »Leg dein Seelenheil nicht in meine Hände. Du musst dir selbst vergeben, und das hat nichts mit diesem Haus zu tun.« Henry stand auf und ging ein paar Schritte Richtung Tür, bevor er in der Bewegung innehielt und wieder Leah ansah. »Tut mir leid, wir haben Sie in Verlegenheit gebracht, das war nicht unsere Absicht.«

Ohne eine Antwort abzuwarten, ging er weiter und eilte die Treppe hinauf. Leah war unschlüssig, ob sie ihm folgen sollte.

»Bleiben Sie lieber hier«, sagte Belinda und nahm das Glas wieder vom Tisch. »Wenn Henry so ist, lässt man ihn besser eine Weile allein. Ich wünschte, er würde es mal rauslassen. Können Sie sich vorstellen, dass ich ihn nach Nells Tod nicht ein einziges Mal habe weinen sehen?«

Leah musste daran denken, wie er auf der Treppe gesessen hatte. »Ich schon«, sagte sie abwesend. »Worum ging es hier gerade?«

Die Art, wie Belinda ihre Lippen aufeinanderpresste, verriet Leah, dass sie dieses Geheimnis nicht erfahren würde. Wahrscheinlich hätte es bedeutet, eine Wahrheit auszusprechen, die Belinda selber nicht hören wollte.

»Schon gut.« Leah winkte ab. »Ich wollte nicht neugierig sein. Wenn Sie meine Meinung hören wollen …?« Sie wartete auf ein Nicken, das nur zögerlich kam. »Ziehen Sie hier ein. Früher oder später werden Sie das, was zwischen Ihnen steht, aus der Welt schaffen müssen. Ich sehe zwei Menschen, die unter tiefer Trauer leiden. Sie sollten einander helfen, weil niemand die Macht besitzt, die Zeit zurückzudrehen.«

Belinda legte den Kopf schief und sah sie an. »Es ist nicht schön, dabei zuzusehen, wie zwei Menschen nicht zueinanderfinden, nicht wahr?«

Das war ein geschickter Versuch, Leah wieder als Rettungsboot in diesen Sturm zu ziehen. »Sie sehen in Ihrem Sohn und mir mehr, weil Sie es wollen. Denken Sie wirklich, hier würde alles wie von Zauberhand besser werden, wenn ich meinen Verlobten verließe, um mit einem Mann zusammen zu sein, den ich kaum kenne? Ich bin nicht Ihre Lösung!« Es tat ihr leid, dass sie ihre Stimme mehr erhob, als es angebracht war.

Mit einem traurigen Nicken gab sich Belinda geschlagen. »Sie haben recht.« Alles, was Leah noch vor zwei Tagen so eingeschüchtert hatte, war verschwunden und ließ eine müde alte Frau zurück. »Manchmal ersehnt man sich einen ungeahnten Ausweg aus der Sackgasse, deren Zuweg mit Ballast versperrt ist. Sie haben ihn vorgestern gesehen – er war glücklich gewesen. Spielt es wirklich eine Rolle, wie lange man sich kennt, wenn alles passt?«

Nein, spielte es nicht. Leahs Herz wusste das. »Mit meinem Verlobten führe ich seit zwei Jahren eine traumhafte Beziehung. Wir streiten uns so gut wie nie, wir lieben uns und lassen einander die Freiräume, die wir brauchen. Wenn ich Henry unter anderen Umständen kennengelernt hätte, dann wäre es vielleicht anders. Aber was ist falsch daran, die Zuneigung als Basis für eine Freundschaft zu nutzen?«

Resigniert schloss Belinda die Augen. »Manchmal würde ich meine Lebenserfahrung gern in kleine Pillen stopfen und sie Menschen wie Ihnen und Henry heimlich unters Essen mischen.«

Ihre Enttäuschung weckte Leahs schlechte Gewissen. Auch wenn ihr Verstand betonte, dass man nicht aus Mitleid sein eigenes Leben durcheinanderbringen durfte, war sie emotional hoffnungslos in die Geschichte der beiden verstrickt.

Als Leah nichts erwiderte, stemmte sich Belinda hoch und ging auf die Tür zu. »Ich werde mich etwas hinlegen«, sagte sie. »Tut mir leid, dass Sie in alles mit hineingezogen wurden, Sie müssen ein seltsames Bild von uns bekommen haben.«

Leah stand höflich auf. »Das sagen Sie zu der Frau, die hier als June eingezogen ist?«

Nach einem kurzen, anerkennenden Lächeln ging Belinda weiter und ließ sie allein.

Es stimmte: Das hier war das Außergewöhnlichste, was sie je mit anderen Menschen erlebt hatte. Eine wahre Achterbahnfahrt, die abwechselnd in ihrem Bauch kitzelte oder ihr Angst machte. Von Beginn an intensiv und lebensverändernd. Einige Herzschläge lang wollte Leah sich einreden, dass sie nur so stark für Johnny empfand, weil er in ihr das Bedürfnis weckte, ihm zu helfen und ihn zu halten, aber das passte nicht zu dem Kribbeln, das durch ihre Körpermitte geschossen war, als sie sich zum ersten Mal die Hand gegeben hatten.

Leah Mirana, du bist am Arsch. Sie sah sich im Wohnzimmer um. Die wertvollen Möbel waren ihr egal, es waren die Atmosphäre, der Geruch und diese fühlbare Verbindlichkeit, die ihr ein Gefühl von Zuhause vermittelten. Eigentlich müsste sie vor den Problemen dieser Menschen fliehen, froh sein, zu Peer zurückfahren zu können, ohne für irgendwas im Leben von Johnny und Belinda verantwortlich zu sein, aber das konnte sie nicht, weil es sich richtig anfühlte, hier zu sein.

Welchen Weg sie gedanklich auch immer nahm, am Ende kam sie genau hier wieder raus. Belindas Wandel von Misstrauen in Anerkennung tat gut, Leah wollte von ihr gemocht werden. In gewisser Weise wollte sie sogar, dass es stimmte, was Belinda meinte zu sehen – aber dann fiel ihr Peer wieder ein, und wie enttäuscht er wäre, wenn sie ihn für einen anderen Mann verlassen würde.

Leah ertrug es nicht, andere zu enttäuschen. Sie zog ihr Smartphone aus der Tasche und wählte Peers Nummer.

Es dauerte, bis er das Gespräch annahm. »Hey, Babe, musst du um diese Zeit nicht arbeiten?«

»Ja, ich habe heute etwas früher Feierabend gemacht.« Sie hörte Stimmen im Hintergrund. »Störe ich dich gerade?«

Eine Tür klappte, und es wurde leise. »Alles gut, wir müssen eh mal eine Pause machen. Du wirst nicht glauben, an was für einem Hammersong wir gerade sitzen, ich kann kaum erwarten, ihn dir am Wochenende vorzuspielen. Du wirst begeistert sein!«

»Ich bin gespannt.« Leah wünschte sich, sie wäre jetzt in Frankfurt. Seine begeisterte Stimme machte all das präsenter, was sie an ihrem anderen Leben so liebte. Wie sollte sie ihm sagen, dass sie am Wochenende nicht heimfahren würde?

»Du klingst traurig, ist wirklich alles okay?«

»Ich hatte einen sehr anstrengenden Tag«, sagte sie ausweichend, weil ihr der Mut für die Wahrheit fehlte.

Er schnaufte. »Siehst du, deswegen ist dieser Job keine gute Idee. Wer nimmt dich jetzt in den Arm und erzählt dir Blödsinn, damit du auf andere Gedanken kommst?«

Sie sah zur Treppe. »Ich vermisse dich.«

»Ich dich auch. Aber es war ganz gut, dass du letztes Wochenende nicht hier gewesen bist. Bernd war so besoffen, dass er statt ins Gästehaus in unser Wohnzimmer getorkelt ist und nackt auf dem Sofa geschlafen hat. Das war kein schöner Anblick.«

Leah musste lachen. Bernd war gefühlte hundert Jahre alt, aber wenn man ihm einen Bass in die Hände drückte, spielte er wie ein junger Gott.

»Wow, ihr müsst mächtig Spaß gehabt haben.«

»Definitiv. Wie gesagt, warte, bis du das Ergebnis hörst. Ist echt der Wahnsinn.«

Im Hintergrund wurde es wieder lauter. »Kommst du endlich?« Leah erkannte Ninas Stimme. Seit diese das erste Mal im Studio gewesen war, nutzte sie jede Gelegenheit, bei Aufnahmen dabei zu sein und sich als eine Art Assistentin aufzuspielen.

»Ich komme gleich«, sagte Peer leicht genervt.

»Oje, ist sie schon wieder da?«, kommentierte Leah.

»Ohne Nina würden wir wahrscheinlich verhungern, und die

Orga macht sie echt gut. Du musst nicht eifersüchtig sein, sie ist nicht mein Typ, das weißt du doch.«

Aber er war Ninas, das wusste sie ebenfalls. Frauen wie sie konnten sehr hartnäckig sein, wenn sie etwas haben wollten. »Stimmt, du stehst eher auf verkorkste Karrierefrauen«, scherzte sie, aber es fühlte sich nicht gut an, dass Nina bei ihm war.

»Und was macht mein Konkurrent?«

Leah stutzte. Sie fühlte, wie ihr das Blut aus dem Gesicht wich und ihr Herz bis zum Hals schlug.

»Hallo? Bist du noch da?«

Die Sekunden vergingen zu schnell, um eine passende Antwort zu finden. Woher wusste er von Johnny?

Das Video.

»Komm schon, du bist doch nicht so mies drauf, weil du mir was gestehen musst, oder?«, hakte er nach.

»Nein«, sagte sie schnell. »Ich, äh …«

Nun wurde er hellhörig. »Hast du jemanden kennengelernt? Ich meinte Leipzig, aber jetzt machst du mir Angst.«

Wieder öffnete sich die Tür. »Peer, nun komm schon, alle warten auf dich!«

»Jetzt nicht!«, fuhr er Nina an. Die Tür knallte lautstark zu.

»Das habe ich schon verstanden«, log sie in ruhigem Tonfall. »Ich muss mit dir über etwas reden.« Mit geschlossenen Augen atmete sie mehrfach durch und versuchte, gedanklich ganz bei Peer zu sein. »Mein Boss, Walter Franken, wird auf unbestimmte Zeit nicht mehr arbeiten können, gut möglich, dass er gar nicht mehr wiederkommt.«

»Der Typ, der dich belästigt hat?« Natürlich hatte Peer sich das gemerkt. »Aber du willst mir jetzt nicht erzählen, dass du dauerhaft seinen Job übernehmen willst? Leah, wir hatten eine Abmachung!«

»Nein, nein, o Gott, selbst wenn ich wollte, wäre ich für diese

Position gar nicht geeignet. Aber Ludger hat mich gebeten, Frankens Arbeit vorerst zu übernehmen – was echt viel ist. Ludger und ich werden etwas Zeit brauchen, uns da reinzuarbeiten. Er kann nur nächstes Wochenende herkommen …«

Peer fluchte, und es rumpelte laut. »Genau das habe ich gemeint«, sagte er wütend. »Erst ist was mit der Wohnung, jetzt kommt die Arbeit dazwischen – irgendwann kommst du gar nicht mehr nach Hause.«

»So ist das nicht. Du hast ja keine Ahnung, unter was für einem Druck ich gerade stehe. Meine Zeit hier habe ich mir auch anders vorgestellt. Ich weiß nicht mal, ob ich den Anforderungen gewachsen bin.« Ihre Worte klangen emotionaler als gewollt. »Bitte mache es mir nicht noch schwerer.«

Die Stille, die auf ihre Bitte folgte, machte ihr Angst. Sie konnte ihn atmen hören, dann räusperte er sich. »Okay, ich werde zu dir kommen«, sagte er versöhnlicher. »Ich möchte sowieso sehen, wie dein Leben in Leipzig so ist. Ihr könnt alles erledigen, was getan werden muss, und abends gehen wir essen.«

Dieses Entgegenkommen war ein Friedensangebot, das sie nicht ablehnen konnte. »Das wäre großartig.« Leah dachte an die Dienstwohnung in der Bosestraße. »Ich schicke dir die Adresse.« Noch besaß sie den Schlüssel. Sie konnte behaupten, dass es die neue Ersatzwohnung sei, weil er die Lüge mit dem Wasserschaden ansonsten durchschauen würde.

»Abgemacht, vielleicht kann ich schon Mittwoch kommen, dann haben wir bis Sonntag viel Zeit zusammen. Und ich kann mir die Stadt ansehen und ein paar Termine wahrnehmen. Das wäre geradezu perfekt, wenn ich das genau bedenke.«

Mittwoch. Leah stimmte zu und betonte, wie sehr sie sich darauf freute, ihn zu sehen.

»Na gut, dann lass dich vom Stress nicht unterkriegen. Wir sehen uns übermorgen, okay?«

Das Gespräch war ganz anders verlaufen als erwartet. Leah verabschiedete sich und wusste, dass sie sich für eine Seite entscheiden musste. Sie konnte nicht hier wohnen bleiben und so tun, als würde es sie nicht durcheinanderbringen.

Manchmal reichte einem das Schicksal Zuckerstangen, weil es sich auf die Zahnschmerzen freute. Leah wollte ihr Glück nicht herausfordern.

Das Smartphone landete in ihrer Handtasche, dann wandte sie sich der Treppe zu. Johnny und seine Mutter waren gute Menschen, und sie wünschte ihnen von Herzen eine Lösung ihrer Probleme. Es war verlockend gewesen, das Angebot, hier ein Zuhause zu finden, anzunehmen. Aber damit musste jetzt Schluss sein, weil genau das passierte, was Belinda angedeutet hatte: Leah war dieser Situation nicht gewachsen. Dieser kurze Schreckensmoment eben, als sie geglaubt hatte, von Peer erwischt worden zu sein, war nachhaltig genug, um ihr Angst zu machen. Nein, sie konnte kein Leben zwischen den Stühlen führen – das war ihr nun klar.

Sie wollte nach Johnny sehen und ihm dann sagen, dass sie wieder ausziehen musste. Er würde es im Gegensatz zu seiner Mutter verstehen.

Sie ging die Treppen hoch in den zweiten Stock, aber er war nicht im Studio. Geschlagene fünf Minuten stand sie vor seinem Schlafzimmer, bevor sie sich traute, anzuklopfen.

»Ich bin es, June«, sagte sie durch die geschlossene Tür, dann hörte sie Schritte, und Johnny öffnete.

»Das ist jetzt kein guter Zeitpunkt«, meinte er.

»Ich weiß, aber ich muss mit Ihnen reden.« Sie sah ihm an, dass er noch mehr getrunken hatte.

»Verstehe«, sagte er ernst und ließ sie eintreten. »Sie möchten wieder ausziehen?«

Wie machte er das? Waren ihr die Worte so deutlich ins Gesicht geschrieben, obwohl sie keines davon sagen wollte? Und warum funktionierte es ausgerechnet bei den negativen Belangen und nicht bei ihren Wünschen?

»Ich denke, dass ich hier mehr durcheinanderbringe, als Gutes bewirke.«

Das änderte etwas an seiner Haltung, ließ ihn irgendwie verwundet erscheinen.

»Und wenn ich Sie bitte, nicht zu gehen?« Bei diesen Worten sah er sie nicht an.

»Dann würde jeder unsere Freundschaft für eine Affäre halten. Ihre Mutter tut es doch jetzt schon.«

Das Quäntchen Wahrheit hielt sie bei dieser Aussage zurück, obwohl sie sich sicher war, dass er es auch fühlte. Sie verband etwas miteinander, das intensiv und unangebracht war.

»Es ist mir egal, was andere denken!«, sagte er leidenschaftlicher, als er sonst war. »Immer mischen sich alle ein. Sie haben eine Meinung, wie man zu trauern hat, wann es genug sei, einen Menschen zu vermissen, oder ob man mit einer Frau befreundet sein kann.« Er ließ den Kopf kreisen und drehte sich von ihr weg. »Mir ist bewusst, dass fünf Jahre eine lange Zeit sind. Aber sie fehlt mir, jeden Tag. Ich weiß nicht, wie Sie das machen, aber etwas in mir fängt an, Nell loszulassen. Als würde sie befreit werden und könne Frieden finden, weil ich sie endlich gehen lasse.« Er schwieg, dann fügte er leise hinzu: »Und ich schäme mich, dass Sie mich so sehen.«

Ohne nachzudenken, ging sie zu ihm und legte ihre Arme von hinten um seinen Oberkörper. »Ich weiß«, flüsterte sie. »Mir geht es ähnlich. In Ihrer Nähe bin ich ganz anders, irgendwie aufgebrochen. Sie schenken mir den Mut, nicht nur im Außen zu sein, sondern auch in mich zu kehren. Keine Ahnung, wie ich das besser beschreiben soll, aber deshalb muss ich gehen.«

Genau das war es. Sie begegneten einander in einem abgeschirmten Raum ohne Rüstung und Mauern. Diese enorme

Verletzlichkeit war beängstigend und überwältigend zugleich. Henry ließ seine verstorbene Frau los, und Leah all die Ängste, die sie davon abhielten, sie selbst zu sein.

Sie spürte seine Hände auf ihren, die Bewegung seines Atems und ihr eigenes Herz, das schneller zu klopfen begann.

Dann nahm Henry seine Hände fort und löste sich von ihr. »Ich habe Ihnen ein Versprechen gegeben, das ich nicht brechen werde.« Langsam drehte er sich zu ihr um. »Mein Haus wird Ihnen immer offen stehen. Behalten Sie den Schlüssel.«

Enttäuscht ließ sie ihre Arme sinken und sah zur Seite. Das war also der Abschied. »Werden Sie die Oper fertigstellen?«

»Sicher«, sagte er wenig überzeugend. »Machen Sie sich darüber keine Sorgen.«

Sie fühlte sich schuldig. An dem Abend im *Mephisto* hatte sie etwas in Gang gesetzt, das mit ihrem Weggang nicht einfach stoppen sollte. Sie schuldete ihm die Wahrheit. Und so nahm sie all ihren Mut zusammen und sprach es offen aus: »Ihre Mutter hat recht. Wir sind keine Freunde, weil da mehr zwischen uns ist. Und so schön ich mir das auch immer hinrede, wenn ich bleibe, dann kann ich irgendwann nicht mehr zurückgehen.«

Vorsichtig wagte sie einen Blick in seine Augen, in denen sie Bestätigung entdeckte. Warum sagte er es nicht einfach? Warum bat er sie nicht wie in einer pathetischen Oper, sich für ihn zu entscheiden und nicht zu gehen?

»June …«, begann er zögernd. »Es war niemals meine Absicht, Ihr Leben durcheinanderzubringen. Es tut mir aufrichtig leid.«

Eine Mischung aus wachsender Zuneigung und Enttäuschung ließ Leah verunsichert einen Schritt nach hinten machen. Er war wunderbar, weil er ihr Privatleben respektierte, aber die Zurückweisung tat weh.

»Das haben Sie nicht.« Ihre Stimme klang ganz dünn. »Ich denke, ich packe jetzt lieber.«

Sie wollte sich umdrehen und den Raum verlassen, aber Johnny legte ihr eine Hand auf den Arm und hielt sie zurück. »Morgen ist auch noch ein Tag.« Sein Daumen strich über den Ärmel ihres Pullovers. »Mein Versprechen werde ich halten, aber bitte, bleiben Sie noch etwas hier.«

Unschlüssig blieb sie stehen. Sie wollte ihn nicht verlassen, weder jetzt noch morgen oder an irgendeinem anderen Tag. In ihrem Leben war sie ein paarmal verliebt gewesen, aber es hatte sich nicht einen Augenblick so angefühlt wie bei Johnny. Ihr ganzer Körper reagierte auf ihn mit Herzklopfen, einem Ziehen unter dem Brustbein und Aufregung im Bauch. Seit sie einander kennengelernt hatten, unterdrückte sie diese Empfindungen. Doch sie ließen sich nicht wegsperren.

»Wir müssen nicht reden«, sagte er. Dabei sah er so aus, wie sie sich fühlte: unsicher und erschöpft. »Nur gehen Sie bitte noch nicht jetzt.«

Johnny und June oder *La Traviata?* Auf der Bühne nahmen große Gefühle selten ein gutes Ende. Seit ihrer Kindheit hatte Leah sich gewünscht, das fühlen zu können, was so intensiv besungen wurde, aber in der Realität war es beängstigend. Wie sollte sie mit diesem Wissen weitermachen wie bisher?

»Wenn Sie wollen, setzen wir uns oben ins Studio und hören Musik. Oder machen etwas anderes, was Sie gerne tun möchten.«

Sie lächelte und spürte, wie sich ihre Züge entspannten. Wenn dies schon der Abschied sein sollte, wollte sie ihn richtig angehen. »Ich weiß, was uns beiden guttun würde.« Sie ging zum Bett und setzte sich auf eine Seite und deutete mit einem Nicken auf die andere. »Nicht reden klingt gut. Ich weiß, dass Ihr Versprechen bindend ist, weil ich Ihnen vertraue.«

Er kam ihrer Aufforderung nach und legte sich auf die linke Seite, wo er vor Tagen schon gelegen hatte, als sie mit einem breiten Abstand neben ihm aufgewacht war. Diesmal wollte sie keinen Abstand. Sie beide verdienten einen Moment der Nähe, ein letztes Auftanken, bevor sie für immer ging.

Sich an ihn zu schmiegen war wie eine warme Decke, die nach einem Leben in Kälte um sie geschlungen wurde. Die Geborgenheit war unbeschreiblich, so etwas hatte Leah noch nie empfunden. Ihr Kopf ruhte auf seiner Brust, und sie konnte seinen schnellen Herzschlag hören. Eine Hand lag auf ihrer Schulter, mit der anderen strich er sanft über ihr Haar. Das war es, was er brauchte, und es war genau das, was sie brauchte. Leah fühlte sich sicher und geliebt. Es spielte keine Rolle, dass die Tür offen stand und seine Mutter sie sehen könnte, wenn sie in den ersten Stock käme. Oder wie verletzt Peer wäre, wenn er davon erführe.

Wie von selbst legte sich ihre Hand auf die Stelle über seinem Herzen. Er roch nach Sonnentagen und Zeitlosigkeit. Wie in dem Song »Himbeereis zum Frühstück« von Hoffmann und Hoffmann. Als er seine Hand über ihre legte, verschwanden alle Gedanken aus ihrem Kopf.

OPER BEVERLYNN

II. Aufzug

Karmesin sitzt im Turm am Fenster und sieht zur anderen Stadt hinüber, aber Indigo ist nirgends zu sehen. Sie trägt ein Brautkleid und wird von Brautjungfern für die Zeremonie geschmückt. Sie kann Khaki jedoch nicht heiraten, wenn er ihr nicht beweist, dass Indigo wohlbehalten in seine Stadt zurückgekehrt ist.

Sie schickt die anderen Frauen fort und begibt sich auf die Suche nach Indigo, ganz ihrem Instinkt folgend, und sie findet ihn in der Zelle. Er ist nur noch am Leben, weil in dieser Stadt niemand weiß, wie die Finsternis zu überwinden ist. Doch Indigo verrät nicht, wie er hierhergelangen konnte. Karmesin geht zu ihrem Verlobten und fordert Indigos Freilassung, aber Khakis und ihre Familie bleiben hart. In ihren Augen ist er ein Spion, der der Finsternis übergeben werden muss, wenn er nicht anfängt zu reden. Indigo wird aus seiner Zelle geholt und zum Stadttor geführt. Karmesin schleicht sich hinzu. Als Indigo an seinem Schweigen festhält, jagen sie ihn aus der Stadt, aber bevor sie das Tor schließen können, läuft Karmesin hinterher und verschwindet ebenfalls in der Finsternis.

LEIPZIG

20. Februar 2018, Dienstag

Als Leah am Morgen ihre Augen öffnete, lag sie noch genauso da, wie sie eingeschlafen war. Henrys ruhige Atemzüge zauberten ihr ein Lächeln auf ihre Lippen. Unter ihrer rechten Hand fühlte sie die Schläge seines Herzens.

So hatte sie noch nie eine Nacht verbracht. Es fiel ihr schwer, Nähe zu ertragen, sie wurde ein regelrechtes Nervenbündel, wenn Peer ihr nachts keinen Platz im Bett ließ. Und so war es auch bei ihren anderen Freunden gewesen. Aber bei Henry wurde in ihr alles ganz ruhig, und sie entspannte sich bis in den kleinsten Muskel. Sie wollte sich nicht aufsetzen und schon gar nicht auf die Uhr gucken, weil allein diese Handlungen die Realität zurückbringen würden, aber sie hatte keine Wahl.

Als sie sich bewegte, umfasste Henry ihren Rücken etwas fester. »Es ist erst kurz vor sechs«, flüsterte er. »Lass uns nur einen kleinen Moment noch so liegen bleiben.«

Leah rutschte etwas höher, um den Kopf neben seinem auf das Kissen zu legen. Mit einer Hand strich sie ihm über die Wange und sah ihn im Zwielicht der Dämmerung an.

»Danke«, flüsterte sie, so leise sie konnte.

»Wofür?«

Sie lehnte ihre Stirn gegen seine Wange. »Für Ihren Respekt, diese Nähe, für diese außergewöhnliche Zeit.«

Er drehte seinen Kopf und gab ihr einen Kuss auf die Stirn.

Wie von selbst strich ihre Hand über seine Brust.

»Ich habe zu danken«, sagte er leise. »Letzte Nacht habe ich viel nachgedacht. Es fällt mir nicht leicht, Sie gehen zu lassen, aber Sie haben mir etwas gegeben, das mich weitermachen lässt. Ich werde die Oper fertigstellen und gänzlich loslassen. Ich möchte nur, dass Sie wissen, dass Sie es sich jederzeit anders überlegen können.«

Mit geschlossenen Augen atmete sie tief ein. *Das habe ich schon.* Statt etwas zu sagen, nickte sie nur und unterdrückte das Verlangen, ihn zu küssen.

Seine Nähe durchwob sie so intensiv und warm, dass sie erstmals ihrem Bauchgefühl die Entscheidung überließ. Was immer sie aushalten musste, um bleiben zu können, sie würde es auf sich nehmen. Diese Entscheidung musste sie für sich treffen, ohne die Gefühle anderer zu berücksichtigen, weil sie diese Nähe für den Rest ihrer Tage vermissen würde. Henry war das fehlende Puzzleteil, das die Lücke in ihr ausfüllte, die immer da gewesen war.

Sie hätte Peers Antrag niemals annehmen dürfen, weil die Bedenken auch ohne Henry da gewesen waren. In ihr sträubte sich etwas gegen die Hochzeit, schon vom Lesen der Karte an, und jetzt endlich verstand sie, warum sie Peer nicht heiraten konnte. Sie wollte dieses eine Mal nur für sich selbst die richtige Wahl treffen und herausfinden, wohin es sie führte, wenn sie nicht von einer Beziehung nahtlos in die nächste wechselte. Weder würde sie Peer sagen, dass sie sich verliebt hatte, noch Johnny, dass sie sich trennte. Sie würde einfach nur bleiben und sehen, ob sie dasselbe empfand, wenn sie frei war, Vielleicht würde sie sogar zu dem Menschen werden, der sie sein konnte, wenn keine Ängste sie einengten.

Henry schien wieder eingeschlafen zu sein. Seine ruhigen Atemzüge verlockten sie, ebenfalls die Augen geschlossen zu halten, aber ihre Gedanken standen nicht mehr still.

Als sie schließlich aufstand, fühlte es sich an, als würde ein Gummiband erst unerträglich gedehnt werden und dann reißen. Mit dem Wunsch, ihn trotz aller Vorbehalte geküsst zu haben, verließ sie das Zimmer und schlich sich nach unten.

Alles war ruhig und dunkel. Belinda schien zu schlafen, wofür Leah besonders dankbar war. Sie mochte die alte Dame, aber jetzt gerade könnte sie keine löchernden Fragen ertragen.

Ihre Handtasche stand noch im Wohnzimmer. Leah ging zum Sofa und zog ihr Smartphone heraus, dabei fiel ihr ein Schreiben auf, das mit einer Ecke in der Schutzhülle klemmte. »Verdammt!«

Dieses Dokument hätte gestern an Herrn Düvel gehen müssen. Sie aktivierte das Display ihres Telefons. Es war halb sieben, wenn sie sich beeilte, konnte sie das Schreiben auf der Baustelle abgeben, früh im Büro sein und mittags nach Frankfurt fahren. Wenn sie keine kalten Füße bekommen wollte, dann musste sie das Gespräch mit Peer schnell hinter sich bringen. Am meisten Angst hatte sie davor, ihm wehzutun. Mit seiner Wut käme sie klar, aber nicht, wenn er weinte oder sie bekniete, die Entscheidung zu überdenken.

Leah wurde schlecht bei diesem Gedanken. Er war wie ihr bester Freund, sie teilten so viele Erinnerungen, aber wenn sie auf ihr Herz hörte, musste sie alles kaputt machen.

Schnell nahm sie ihre Sachen und trug alles in ihr Zimmer. Den Laptop legte sie auf den Schreibtisch, dann ging sie ins Bad und sah in den Spiegel. Sie hätte sofort losgehen können, aber sie wollte nicht nach Henry riechen, wenn sie nach Hause fuhr. Sie wusch sich das Gesicht, duschte aber nicht, weil sie niemanden wecken wollte.

»Du schaffst das, weil es das Richtige ist«, sagte sie zu ihrem Spiegelbild, aber ganz so überzeugend klang es nicht mehr, weil sich Angst daruntermischte. »Du tust das nicht für einen anderen Mann, sondern für dich.«

Sie hatte noch nie mit jemandem Schluss gemacht, sie war immer die Verlassene gewesen, und sie hatte es jedem ihrer Freunde leicht gemacht, zu gehen. Wie Peer reagieren würde, war schwer zu sagen. »Ich werde das aushalten«, versprach sie sich. »Und Peer wird die Wut und den Schmerz überwinden.«

Bevor das Gedankenkarussell wieder Schwung aufnehmen konnte, nahm sie ihre Sachen und verließ das Haus.

Leah war keine fünf Minuten gelaufen, als sie ein freies Taxi heranwinken konnte. Kurz vor sieben Uhr war sie auf der Baustelle. In der Regel fingen die Arbeiter um diese Zeit herum an; wenn Düvel noch nicht da war, wollte sie das Schreiben in seinem Büro auf den Tisch legen. Irgendwer würde ihr schon behilflich sein. Ihr fiel der Sicherheitsmann ein, der warten musste, bis die Bauarbeiter da waren. Den könnte sie auch fragen.

Im dritten Stock sah sie Lichtschein, ansonsten war noch nichts los. In einiger Entfernung hielt ein Fahrzeug, die Stadt erwachte, und bald schon würde Leben in die Straße kommen. Sie betrat das Baugelände und ging direkt zum Container, in dem Düvels Büro war, aber er war abgeschlossen.

Leah hatte keine Lust, zu warten, weil sie diesen Tag schnell hinter sich bringen wollte. Seufzend sah sie zum dritten Stock hoch. Vielleicht stammte das Licht dort oben vom Sicherheitsmann, der vor dem Ende seiner Schicht noch einmal durch das gesamte Gebäude ging. Sie würde ihn bitten, den Container aufzusperren, dann das Schreiben loswerden und ins Büro fahren.

Ohne Helm und Weste ging sie auf den Rohbau zu. Natürlich kannte sie die Vorschriften in- und auswendig, aber wenn sie sich beeilte, war sie wieder weg, bevor sie jemand belehren konnte. Sie passierte einen frisch aufgeschütteten Sandhaufen. Kleine Bröckchen fielen in ihre Schuhe und fingen an, unangenehm zu scheuern. Im Bau war es dunkel und unheimlich. Hinter sich hörte sie ein Geräusch, dann flatterte etwas im Wind. Ihr war nicht bewusst gewesen, wie unheimlich so ein Rohbau im Dunkeln sein konnte.

»Hallo?«

Niemand antwortete.

Was soll's. Sie ging die erste Treppe hoch.

»Ist hier jemand?«

Oben angekommen, wurde deutlich, dass die Lampe, deren Lichtschein sie von unten gesehen hatte, wahrscheinlich am Vortag vergessen worden war. Niemand befand sich hier, Leah war ganz umsonst die Treppen hochgestiegen. Sie ging zur Aussparung, wo das Fenster eingesetzt werden sollte, um vom Baugerüst nach unter zu schauen. Angeblich liefen hier zwei Sicherheitsleute rum, wenigstens einer müsste zu entdecken sein. Da sie ohne Probleme den Rohbau betreten konnte, leistete die Firma keine guten Dienste. Sie machte sich innerlich eine Notiz.

Als sie vorsichtig auf das Gerüst trat, sah sie sofort, dass das Geländer fehlte. Sie war in dem Büroraum, in dem sie dieses Sicherheitsrisiko bei ihrer Begehung bemängelt hatte. Sie trat rasch in den Raum zurück.

Das Geländer war also noch nicht repariert worden! Die Schelle, die die Stange normalerweise hielt, war abgebrochen und hätte spätestens nach ihrem Hinweis ersetzt werden müssen. In Leah steigerten sich Wut und Ungeduld. Dieser Mangel war wie ein Sinnbild für alles, was in ihrem Leben gerade kaputt zu sein schien.

Wenigstens versprach das angehende Büro, dass dieses Bauprojekt ein wunderschönes Ergebnis liefern würde. Der Raum war großzügig geschnitten, und wenn erst Fenster eingebaut waren und das Gerüst verschwunden war, würde der spätere Besitzer einen tollen Ausblick auf Leipzig haben. Am liebsten würde sie es selbst beziehen. Dieser Gedanke löste eine kleine Welle der Aufregung aus, weil ihr dadurch bewusst wurde, dass sie sich vor weniger als einer Stunde dazu entschieden hatte, in dieser Stadt zu bleiben. Für immer womöglich.

Ein Geräusch im Treppenhaus weckte ihre Aufmerksamkeit.

»Ist da jemand?«, rief sie in Richtung Flur. Wer dort auch war, er antwortete nicht, dafür waren nun deutlich Schritte zu hören.

Verunsichert zog sie ihr Smartphone aus der Tasche und wählte Nadines Nummer, dann rief sie: »Kommen Sie bitte ins Licht, wer auch immer Sie sind, sonst rufe ich die Polizei!«

Es dauerte einige unerträgliche Herzschläge, bis die Person ihrer Forderung nachkam. Als Leah erkannte, wer es war, wurde ihr schlecht.

Walter Franken sah zerknittert aus, als wäre er tagelang im selben Anzug umhergeirrt, aber am meisten ängstigte sie der Ausdruck, mit dem er sie ansah. Es lag eindeutig Wahnsinn in seinen Augen.

»Was tun Sie hier?«, fragte sie mit zitternder Stimme.

Unauffällig ließ sie das Telefon in die Tasche gleiten. So wie sie Nadine einschätzte, würde sie schnell begreifen, was los war, und die Polizei rufen. Leah musste nur etwas Zeit schinden. Mit einem Ohr lauschte sie, wann das leise Freizeichen endete, aber Nadine ging nicht ran.

»Herr Franken, Sie haben mich erschreckt. Was wollen Sie hier? Bitte gehen Sie wieder.«

Doch Franken reagierte nicht auf ihre Worte. Mit Wut in der Stimme fuhr er sie an: »Du bist nicht zu Hause gewesen! Seit Donnerstag nicht mehr! Wer ist der Kerl, bei dem du eingezogen bist? Betrügst du mich?«

Leah ging einen unsicheren Schritt rückwärts. »Nein, natürlich nicht«, sagte sie und hob beschwichtigend die Hände. Im Geiste ging sie ihre Fluchtmöglichkeiten durch. Es gab nur die eine Tür, und die blockierte Franken. Aber über das Gerüst vor dem bodentiefen Fenster könnte sie zu einem der anderen Räume laufen und dann vor ihm an der Treppe sein. Dafür musste er jedoch näher zu ihr kommen, damit er ihren Plan nicht sofort durchschaute.

»Natürlich nicht?«, wiederholte er sarkastisch. »Warum bist du dann zu ihm nach oben gegangen und erst heute Morgen wieder runtergekommen? Ich habe alles durch die Fenster gesehen!«

Er musste ihr tags zuvor zu Henrys Villa gefolgt sein und jeden ihrer Schritte beobachtet haben. Sie alle hatten unterschätzt, wie krank er tatsächlich war.

Nadine, geh ran!

Sie musste sich etwas einfallen lassen. »Herr Franken, das sind nicht Sie«, versuchte sie nun, ihn zu beruhigen »Es liegt an den Hirntumoren. Bitte lassen Sie mich einen Krankenwagen rufen, Sie brauchen dringend Hilfe.«

Schon als sie in ihre Tasche griff, kam er bedrohlich schnell auf sie zu, aber er war noch nicht dicht genug, dass sie loslaufen konnte.

»Ich bin nicht blind«, schrie er sie nun an. Seine gesamte Körperhaltung war eine einzige Drohung. »Ist er gut gewesen? Besser als ich?«

Ohne ihren Blick von ihm abzuwenden, stieg sie vorsichtig über den schmalen Spalt hinweg auf das Baugerüst, auf dem sie eben noch gestanden hatte, um nach dem Sicherheitsdienst zu schauen.

»Bitte, glauben Sie mir, dass ich nichts getan habe. Er ist nur mein neuer Vermieter«, beschwor sie ihn.

»Lüge«, brüllte er und machte einen Satz nach vorne.

Leah zuckte zusammen, dann wandte sie sich ab und lief los. Doch die Angst saß ihr wie Blei in den Gliedern – er erwischte ihren Mantel, bevor sie das nächste Fenster erreicht hatte, und zog sie brutal zurück. Er wirbelte sie herum, dann drückte er sie mit aller Kraft gegen die Hauswand. Leah blieb die Luft weg. Sie wollte schreien, brachte aber keinen Ton hervor.

»Hat dir das nicht gereicht, was wir hatten?«, zischte er zwischen zusammengebissenen Zähnen hindurch. »Ich habe dir eine

Wohnung gekauft, aber es musste ja eine Villa sein. Denkst du, ich will dich jetzt noch, da *er* dich angefasst hat?«

Sie umfasste seine Fäuste, die den Stoff ihres Mantels fest umklammert hielten, während er sie wiederholt gegen die Wand stieß. Als ihr Kopf gegen den harten Beton knallte, wurde ihr schwarz vor den Augen. Doch Franken nahm nichts wahr, er brüllte sie wieder an: »Du hast mich so enttäuscht! So unsagbar enttäuscht!«

»Es tut mir leid«, brachte sie atemlos heraus. »Es tut mir so leid.«

»Denkst du, damit ist mir jetzt noch geholfen? Ich habe Tag und Nacht auf dich gewartet, aber du bist nicht gekommen, weil du dich wie eine Hure hast ficken lassen.«

»Bitte, ich kann das alles erklären.«

Plötzlich ließ Franken sie los. Leah blinzelte und konnte endlich wieder sehen. In der anbrechenden Dämmerung stand Franken dicht vor ihr, Tränen glitzerten in seinen Augen.

»Ich will deine Erklärungen nicht«, sagte er elend.

Er litt offensichtlich enorm unter seiner Krankheit. Leah wusste, dass ihm geholfen werden musste, wenn das überhaupt noch möglich war. Doch bevor sie etwas sagen konnte, wandte er sich ab und ging auf das Fenster zu, aus dem sie eben geflohen war.

»Du hast nur mit mir gespielt, ist es nicht so?«, fragte er. »Habe ich dir je etwas bedeutet?«

Leah erwiderte lieber nichts. Sie hoffte nur, dass er ging und sie die Polizei rufen konnte. Eine warme Flüssigkeit lief ihren Nacken hinab, ihr Kopf dröhnte und schmerzte. Ohne ein Geräusch zu machen, steckte sie eine Hand in die Manteltasche und umfasste das Smartphone.

»Habe ich nicht, oder?« Er blieb stehen und wandte sich zu ihr um. Leah wusste, dass sie etwas sagen musste, was ihm vermitteln würde, dass alles echt gewesen sei. Doch er wollte eine

Bestätigung von ihr haben, die ihr nicht über die Lippen kommen wollten.

»Liebst du den Mann?« Er begann, langsam zu ihr zurückzugehen.

Leah brachte ein stockendes Kopfschütteln zustande.

»Und warum gibst du dich ihm dann hin?« Sein Tonfall wurde wieder lauter.

»Das habe ich nicht«, sagte sie fast tonlos.

Franken zog das Kinn zur Brust, die nächste Welle der Wut ließ ihn die Hände wieder zu Fäusten ballen.

Mit einem Blick über die Schulter schätzte Leah die Entfernung zum nächsten Fenster ab. Vielleicht vier Meter. Wenn sie jetzt loslief, könnte sie es schaffen. Sie drehte sich um, wollte losrennen, aber Franken packte sie und riss sie zurück.

»Du sollst nicht lügen!«, brüllte er. Dann stieß er sie mit einem wütenden Aufschrei von sich.

Leahs Hände griffen nach dem Geländer, doch hier fehlte die Stange, da war nichts, woran sie sich festhalten konnte. Sie bekam nicht mal den Stoff von Frankens Jacke zu fassen, weil er sie so schnell und brutal herumgewuchtet hatte.

Sie stürzte die drei Stockwerke hinab, zu schnell, um einen klaren Gedanken zu fassen. Einzig ihr Schrei hallte als Echo durch die fensterlosen Rechtecke, bis er abrupt mit dem Aufprall endete.

Dies war ein guter Tag. Seit Belinda ihren Sohn und Leah zusammen auf seinem Bett gesehen hatte, war sie davon überzeugt, dass es bis zu einer richtigen Beziehung nur noch eine Frage der Zeit wäre. Wie schön es doch war, verliebt zu sein – heilsam und magisch. Henry hatte so viele Jahre gelitten, damit sollte nun endlich Schluss sein.

Am Morgen hatte er beschwingt das Haus verlassen. Sie beneidete die beiden, weil sie all die Aufregung und die Nähe genießen durften. Belinda war ihr gesamtes Leben keinem Mann begegnet, der ihr das bieten konnte, was Henry und Leah zu haben schienen. Da war dieses feste Band, obwohl sie einander kaum kannten, was mit einer Zuneigung einherging, die mit jeder Geste und jedem Blick zum Ausdruck kam. Ganz gleich, ob sie das wollten oder nicht. Liebe auf den ersten Blick existierte. Man konnte es auch Chemie nennen, wenn man es zwingend wissenschaftlich ausdrücken wollte, aber Fakt war, dass die Betroffenen dagegen machtlos waren.

Wie gern Belinda das auch erlebt hätte, selbst nur im Vorbeigehen, ohne weitere Konsequenzen. Bei Henry hatte sie gesehen, was Liebe bedeuten konnte, im Guten wie im Schlechten. Jetzt war es Zeit, dass das Gute wieder zum Zug kam.

Sie sah sich in ihrem Zimmer um, das bald wieder ihr Zuhause sein würde. Schon vor Jahren hatten sie das Haus Henry überschrieben. Mit Nell war das Zusammenleben selbstverständlich und schön gewesen. Sie hatte sich nicht daran gestört, dass sie mit im Haus wohnte, und *June* würde es auch nicht stören. Die Alten-WG war aus einer Laune heraus entstanden und war perfekt gewesen. Belinda hatte bis zu Nells Tod den Luxus genossen, zwei Zuhause zu haben; danach war es nie mehr dasselbe gewesen. Die Trauer war wie alte Bleifarbe, die alle Bewohner krank machte.

Belinda setzte sich an ihren Laptop und rief ihren Blog *Belindadings* auf, um einen neuen Beitrag zu schreiben. Seit dem Morgen hatte sie schon auf dem richtigen Aufhänger herumgekaut, ohne gänzlich zufrieden damit zu sein. Es sollte etwas Philosophisches über Lebensentscheidungen werden, ohne Alte-Leute-Wehmut. Am besten mit sarkastischem Biss und ironischen Anekdoten, aber die fehlten ihr noch. Zum Glück waren die

Schlagzeilen meist voll mit skurriler Menschlichkeit, die sie als Inspiration nutzen konnte. Eifersuchtsdramen beispielsweise oder alberne Einträge in der Partnerbörse.

Die *Leipziger Volkszeitung* hatte eine Startseite, auf der die neuesten Schlagzeilen wechselten, sodass Belinda sich von einer davon anteasern lassen konnte.

Stellenabbau bei Staffrichter
Suizidversuch auf der Jager-Großbaustelle
Demo der Rechten abgesagt
Der Winter bringt arktische Kälte

Belinda war unschlüssig, welche Meldung sie anklicken sollte. Nichts passte so richtig zu dem Artikel, den sie schreiben wollte. Gut hundert Menschen, die ihre Jobs verloren, ein Suizidversuch, zu viel Aufmerksamkeit für die Rechten und ein Wetterbericht, der mehr Panik verbreitete, als irgendwem nützte.

Sie entschied sich für den Suizidversuch, weil das etwas war, was Belinda absolut fremd war. In ihrem Leben hatte sie jede Menge Leid kennenlernen müssen, sie wusste, wie sich Verzweiflung und Hoffnungslosigkeit anfühlten, aber was jemanden dazu brachte, sich das Leben zu nehmen oder sich zumindest so sehr zu verletzen, dass es als Hilfeschrei zu werten war, konnte sie nicht verstehen. Und dann noch auf einer Großbaustelle, was in ihren Ohren eh schon nach Schmerz klang, weil so vieles herumstand, das scharfkantig war.

Als sich die Seite aufgebaut hatte, betrachtete sie das Foto der verletzten Person, die auf einer Trage abtransportiert wurde. Das Gesicht war nicht zu erkennen. Belinda schüttelte den Kopf. Im Text standen bestimmt keine Hintergründe – wo sollten sie die auch so schnell herzaubern? Trotzdem fing sie an zu lesen:

> Aus bislang ungeklärten Gründen ist am Morgen eine 34-jährige Frau aus einer Etage des siebenstöckigen Rohbaus der Jager-Baustelle gestürzt. Mitarbeiter des Bauunternehmens Düvel fanden die Frau, die von dem Bauleiter eindeutig identifiziert werden konnte. Ihr Zustand ist kritisch. Bis die Ursache geklärt ist, hat die Polizei die Baustelle gesperrt. Ein Suizidversuch wird nicht ausgeschlossen. Laut dem Baustellenleiter, Hans Düvel, habe die Verletzte zuvor einen recht labilen Eindruck gemacht. Der 59-Jährige sprach von einer möglichen Überforderung mit dem anspruchsvollen Großprojekt. Sie sei bereits die zweite Angestellte, die dieser Aufgabe nicht gewachsen sei.

Die Jager-Baustelle sagte ihr was, weil sie bei der Recherche nach Leah das Projekt auf der Homepage des Architekturbüros gefunden hatte.

Belinda las den Artikel zweimal, dann gab sie die Stichworte *Unfall*, *Suizid* und *Jager-Großbaustelle* in die Suchmaschine ein, um nach anderen Berichten zu suchen. Irgendein übereifriger Journalist war immer unprofessionell genug, mehr Informationen preiszugeben, als rechtens war. Sie fand fünf weitere Artikel von anderen Zeitungen, die kaum bessere Fotos lieferten, aber dennoch alle Düvels Geschichte eines Suizids aufgegriffen hatten.

Die Frau war bewusstlos gefunden worden, damit handelte es sich bislang nur um einen Verdacht. Sie fragte sich, ob Leah die Person kannte, die sich das angetan hatte. Sie wollte sich gerade einem anderen Thema zuwenden, als sie bei Facebook noch ein Foto sah, das eine Privatperson mit ihrem Smartphone geschossen hatte. Erschrocken schlug sie eine Hand vor den Mund und rutschte mit dem Stuhl ein paar Zentimeter zurück. *Bitte nicht!*

Ihr Verstand weigerte sich, die Informationen zu verarbeiten. Es fühlte sich an, als würde das Grauen sie von hinten umarmen und ihr ins Ohr flüstern, während es ihr die Luft aus der Lunge drückte.

Das darf nicht sein! Ich muss zu ihr!

Dann drang das Wort »Suizid« durch den Schutzwall. *Niemals. Warum sollte sie das tun? Sie hat glücklich ausgesehen … sie war auch nicht überfordert gewesen … sie … nicht Leah!*

Belinda stand auf und entfernte sich rückwärts vom Laptop, als könne sie somit auch geistig Distanz gewinnen. Kopfschüttelnd versuchte sie die Gedanken abzuschütteln, die anfingen, die Tatsache mit Konsequenzen zu spicken. *Ihr Zustand ist kritisch, also lebt sie.*

Wie sollte sie das ihrem Sohn erklären? Sie hatte die beiden in der Nacht auf dem Bett liegen sehen. Er hatte sich auf diese Frau eingelassen, und sie tat ihm gut, wie sollte Belinda ihm nun sagen, dass sie verunglückt war?

Wieder sah sie zu dem Foto, auf dem sie Leahs Gesicht erkennen konnte. Sie musste die Tränen wegblinzeln, um den Text darunter lesen zu können.

> Wie kann man nur aus dem dritten Stock springen? Wissen solche Leute nicht, was sie anderen damit antun? Selbstmord und derartige Hilfeschreie sind eine Zumutung für Augenzeugen und Rettungskräfte. Scheiß Egoshow!

Was, wenn es stimmte? Leah war ihr nicht wie eine Frau erschienen, die so handeln würde. Aber wenn es sich bewahrheitete, würde Henry alle Schuld auf sich nehmen. Oder er schob sie sogar ihr zu, weil sie sich schon wieder eingemischt hatte.

Ihr Magen begann zu schmerzen. *Vielleicht hätte er sogar recht damit?*

Belinda musste mehrfach tief durchatmen, um sich zu beruhigen. Was, wenn Leah zum Pflegefall wurde? In einem Artikel war von einem Schädeltrauma und inneren Verletzungen die Rede gewesen.

Ihr Sohn war der anständigste Mensch, den sie kannte. Wahrscheinlich würde er sich sogar um sie kümmern, wenn sie betreut werden musste. Ihre Gedanken wirbelten durcheinander.

Henry sollte einer nahezu Fremden gegenüber keine Verbindlichkeiten eingehen, nur weil er glaubte, damit irgendwas wiedergutmachen zu müssen, was ihn seit einem halben Jahrzehnt quälte. Das würde nicht funktionieren.

Oder doch? Das zwischen ihnen war echt, das habe ich gesehen.

Da Henry ihren Namen nicht kannte, würde er von dem Unglück nichts erfahren. Er nutzte keine sozialen Netzwerke, wie sollte er darüberstolpern?

Leah muss das entscheiden. Wenn sie das überhaupt noch konnte. Belinda war unfähig, die richtige Entscheidung zu treffen.

Wie ferngesteuert schloss sie die Browserfenster mit den Artikeln, Postings und abfälligen Kommentaren, stand auf und ging in Leahs Zimmer.

Sie wollte das Richtige tun. Henry lebte endlich wieder auf, sie hatte es so sehr vermisst, ihn lachen und musizieren zu hören. Es war schwer zu sagen, wie er auf die Nachricht reagieren würde.

Daran geht er kaputt.

Belinda mochte Leah. Es war, als habe Nell persönlich sie hierhergeschickt, um die Trauer zu beenden. Aber nun drohte alles, von vorn zu beginnen. Das durfte nicht geschehen! Sie musste den Kopf über das Herz stellen.

Sie sah auf ihre Armbanduhr. Es war kurz nach drei Uhr, Henry käme erst spät nach Hause zurück, da er bei der abendlichen Veranstaltung anwesend sein musste. Das verschaffte ihr etwas Zeit, um zu Leah ins Krankenhaus zu fahren. Mit etwas Glück, sah die Prognose gut aus, dann konnte sie Henry in Kenntnis setzen, und alle kämen mit einem fürchterlichen Schrecken davon.

Sie sah sich im Zimmer um, in dem nur wenige Sachen von Leah lagen.

Wenn nicht, dann ist sie abgereist und kommt nie wieder zurück.

Schon der Gedanke fühlte sich wie Verrat an, aber Henry respektierte die Verlobung, er würde sie gehen lassen, wenn sie sich für den anderen Mann entschied. Vielleicht war dieser Schmerz erträglicher als der Glaube, dass jede Frau leiden musste, die er liebte.

Kurz entschlossen fing sie an zu packen. Sozusagen als Notfallplan, sollte das Schlimmste sich bewahrheiten.

Immer wieder musste sie Tränen wegblinzeln, als sie die Kleidung zusammenlegte und anschließend den Koffer ganz hinten im Einbauschrank versteckte. Es gab keinen Grund, warum er ihn finden sollte. Wenn keine Gäste im Haus waren, wurde dieses Zimmer nicht genutzt. Und da er es für Leah reservieren würde, käme auch kein anderer Gast auf die Idee, eine der Türen zu öffnen.

Ach, was dachte sie denn da? Es kam sowieso nie jemand anderer zu Besuch.

Belinda wünschte, sie wäre nicht so neugierig gewesen, dann müsste sie sich keine Gedanken darüber machen, was sie ihrem Sohn sagen sollte. Dann wäre sie jetzt genauso ahnungslos wie er, hätte den Artikel gelesen und nur die arme Seele bedauert, die eine so fatale Entscheidung getroffen hatte.

Leah doch nicht. Sie war unsicher gewesen, aber das hatte sich gelegt … oder hat sie es nur überspielt?

Belinda wusste, sollte Henry jemals herausfinden, dass sie ihn nicht sofort informiert hatte, würde sie ihn ganz verlieren, das war so sicher wie das Amen in der Kirche. Aber bevor sie zu ihm etwas sagte, musste sie erst Leah sehen.

Sie vergewisserte sich, dass sie nichts vergessen hatte, schloss die Tür und rief dann ein Taxi.

Beim Anziehen der Schuhe überlegte sie, welcher Verwandtschaftsgrad ihr Zugang verschaffen würde, ohne zu schnell als

Lüge identifiziert zu werden. Auch wenn sie durchaus als Leahs Mutter durchgehen konnte, war nicht auszuschließen, dass Leahs wirkliche Mutter dort sein würde. Leah hatte zwar angedeutet, dass das Verhältnis eher schwierig war, aber welche Mutter käme nicht sofort, wenn ihr Kind in Not war?

Dann werde ich eben Tante Linda sein.

Zu ihrer Überraschung war es kein Problem, Zugang zur Intensivstation zu bekommen. Die Schwester, die sie in Empfang genommen hatte, redete ohne Unterlass, wie wichtig es für Patienten sei, dass Angehörige mit ihnen sprachen, selbst wenn sie im künstlichen Koma lagen.

Leah sah fürchterlich aus. Sie hatte Blutergüsse im Gesicht, war blass und lag im Bett wie tot. Dort, wo sich ihr Becken befand, ragten die sichtbaren Teile eines Fixateurs zwischen den Decken heraus. Die Stangen waren mit ihren Knochen verschraubt worden, und sorgten dafür, dass der Bruch ruhig gehalten wurde. Sie wurde über einen Schlauch künstlich beatmet.

»Noch liegt sie im künstlichen Koma. Die Ärzte werden Ihnen später gern alle Fragen beantworten«, sagte die Schwester. »Benötigen Sie noch etwas?«

»Kann ich hier irgendwo telefonieren? Ich habe gesehen, dass das Einschalten von Mobiltelefonen hier verboten ist.«

Die Krankenschwester zog ein schnurloses Telefon aus der Tasche und reichte es ihr. »Ich hole es später wieder ab. Sollte es klingeln, reichen Sie es bitte am Tresen an die nächste Schwester weiter.« Belinda nahm es an und wartete, bis sich die Tür hinter der Frau geschlossen hatte, dann drehte sie sich zu Leah um.

»Was machst du für Sachen?«, flüsterte sie mit zitternder Stimme und setzte sich neben dem Bett auf einen Stuhl. »Es tut mir so unsagbar leid!«

Leahs Anblick versetzte sie fünf Jahre zurück, als Nell in einem solchen Bett gelegen und gelitten hatte. Der alte Schmerz vermischte sich mit dem neuen. Sie nahm Leahs reglose Hand und betrachtete ihr Gesicht. »Egal, wie schwer es ist, bitte kämpfe! Es gibt so vieles, was ich dir sagen muss. Ich weiß einfach nicht, was ich tun soll. Dich so zu sehen, wird Henry das Herz brechen, aber ich muss ihn anrufen. Er wird mir niemals verzeihen, wenn ich ihm das hier verschweige. Ich wünschte nur, du könntest mir sagen, dass du nicht wirklich gesprungen bist. Das würdest du doch nicht tun, oder? Du hast in seinen Armen so glücklich ausgesehen …« Sie wischte sich über die Augen und fing an, Henrys Nummer zu wählen. »Er wird für dich da sein«, versprach sie. »Alles wird gut werden.« Sie drückte auf den grünen Knopf, und die Verbindung wurde aufgebaut. Es klingelte.

»Erling.« Er klang immer so geschäftig, wenn er Gespräche annahm.

Vor der Tür wurden Stimmen laut, der Griff wurde hinabgedrückt, jemand wollte eintreten, wurde anscheinend noch aufgehalten.

»Ich melde mich gleich wieder«, sagte sie schnell.

»Ist bei dir alles in Ordnung? Das ist doch die Nummer vom Krankenhaus, geht es Johanna schlechter?«

Belinda kniff die Augen zusammen und versuchte, die unterschiedlichsten Empfindungen zurückzukämpfen. »Ich erzähle dir nachher alles, ich muss leider auflegen. Bis später.«

Die Nummer vom Krankenhaus war markant. 972, drei Ziffern, die dann je nach Abteilung mit einer Durchwahl ergänzt wurden und die sich nach Nells Zusammenbruch bei ihm und Belinda eingebrannt hatten.

Die Tür wurde geöffnet, und Belinda legte das Telefon beiseite. Ein noch recht junger Mann mit langen blonden Haaren betrat den Raum. Er war fast zwei Meter groß, trug zerrissene Jeans und ein Holzfällerhemd, womit er wie der Leadsänger einer dieser typischen Metalbands aussah.

»Wer sind Sie?«, fragte er direkt und machte einen sehr müden Eindruck.

Das konnte nur Leahs Verlobter sein. Da er jetzt schon hier war, musste er gleich nach der Benachrichtigung losgefahren sein.

»Oh, dies ist sicher Ihr Platz«, sagte sie konzentriert, stand auf und streckte ihm eine Hand entgegen. »Ich bin … Linda …« Als Tante konnte sie sich ihm nicht vorstellen, da er sicher alle Verwandten Leahs kannte.

Sein Händedruck war kräftig, und er brachte ein freundliches Lächeln zustande, was ihm unter diesen Umständen sicher schwerfiel. »Sie sind Leahs Vermieterin, richtig? Sonst kennt sie hier nicht viele Leute.«

Mit einem Nicken bestätigte sie diese Halbwahrheit.

»Freut mich, Sie kennenzulernen, mein Name ist Peer Rohde.«

Belinda hatte sich Leahs Verlobten vorgestellt, aber mit einem so sympathischen Mann hatte sie trotzdem nicht gerechnet – nicht rechnen wollen, weil alles so viel leichter erschien, wenn er ein Idiot wäre.

»Ich verstehe nicht, wie das passieren konnte«, sagte er erschöpft. »Leah ist der gewissenhafteste Mensch, den ich kenne. Und jetzt soll sie ohne Helm und Weste einfach ungeschickt aus dem dritten Stock gefallen sein? Das ergibt doch keinen Sinn.« Er schien an einen Unfall zu glauben. Belinda hoffte, dass er recht behielt. Sie musste erneut an das Bild denken, das ihr Sohn und Leah auf dem Bett abgegeben hatten. War diese Nacht schuld daran, dass sie unkonzentriert zur Arbeit gegangen war?

»Ist denn sicher, dass sie einen Fehler gemacht hat?«

Er strich sich eine Haarsträhne aus dem Gesicht. »Nein.«

Belinda zuckte mit einer Schulter, als würde das Unbehagen dort wie einer von vielen dicken Käfern entlangkrabbeln. »Denken

Sie, Leah könnte gesprungen sein?« In ihrer Stimme klangen mehr Emotionen mit, als sie wollte.

Mitfühlend legte er ihr eine Hand auf die Schulter, was sich angenehm vertraut anfühlte. »Sie ist so ein verflucht komplizierter Mensch. Ich weiß nicht, was ich denken soll.«

Belinda hatte Leahs komplizierte Seite noch nicht kennengelernt, im Gegenteil: Sie war einfühlsam und rücksichtsvoll gewesen. »Was meinen Sie mit *kompliziert?*«

Peer überließ ihr den Stuhl und zog sich einen weiteren auf die andere Seite des Bettes, sodass sie einander besser anschauen konnten und Leah in ihrer Mitte war.

»Sie wohnte ja nur ein paar Tage bei Ihnen. Wäre es länger gewesen, hätten Sie sicher mitbekommen, wie schwer es ist, an sie heranzukommen. Ständig passt sie sich ihrem Umfeld an, man weiß einfach nie, ob sie etwas tatsächlich will oder es nur für andere tut. Sie hat gestern erwähnt, dass sie unter enormem Druck steht …« Er rieb sich mit beiden Händen übers Gesicht und atmete hörbar aus. »Tut mir leid, ich sollte das gar nicht erzählen.«

»Schon gut, reden Sie ruhig weiter.«

Belinda bekam ein schlechtes Gewissen, weil das Leben in Henrys Haus eine große Belastung für die junge Frau gewesen sein musste, wenn das stimmte, was ihr Verlobter sagte. Demnach hatte sie Henry gegeben, was er brauchte, und gleichzeitig versucht, nichts zu tun, was ihren Verlobten verletzen könnte. Zu allem Überfluss hatte Belinda auch noch angefangen, sie zu bedrängen; das war nicht fair und sehr selbstsüchtig gewesen. Wenn sie tatsächlich gesprungen war, dann trug Belinda mehr Schuld an dieser Entscheidung als jeder andere.

Peer rieb sich immer wieder übers Gesicht. »Sie fehlt mir. Ich will, dass sie aufwacht und alles wieder in Ordnung kommt.«

Belinda betrachtete Leahs Brustkorb, der sich durch die künstliche Beatmung hob und senkte. Das Gleiche wollte sie auch, dass alles wieder in Ordnung kam, aber Leah konnte nicht beider Wünsche erfüllen. Selbst wenn sie sich vollständig erholte, musste sie sich für einen Mann entscheiden.

»Das wird es«, versprach Belinda. »Darf ich fragen, was ihr fehlt?«

Peer deutete auf den Fixateur. »Ihr Becken ist gebrochen. Ein Polytrauma, das bedeutet, die inneren Organe wurden auch verletzt. Sie haben sie lange operiert, um Splitter zu entfernen und Risse zu nähen.« Eine Träne lief unbeachtet über seine Wange. »Außerdem mussten sie ihr ein Loch in den Schädel bohren, um den Druck vom Hirn zu nehmen. Ich glaube, ein paar Rippen sind auch gebrochen. Erst wenn sie aus dem künstlichen Koma geholt wird, kann festgestellt werden, ob sie auch andere Schäden davongetragen hat.«

Dieses Wissen fühlte sich wie ein endgültiger Abschied an. Selbst wenn Leah alles überstand und wieder vollkommen gesund wurde, würde die Genesung lange dauern, und es war ihr Verlobter, der sie dabei unterstützte. Sie und Henry hatten kein Recht, sich dazwischenzudrängen. Dieser Mann liebte sie, er litt vor Sorge, und er würde für sie da sein. Vielleicht war es besser, wenn Henry von allem nichts wusste.

»Ich hatte bei diesem Job von Anfang an kein gutes Gefühl«, sagte er nach einer Weile.

»Das kann ich verstehen. Erst dieser Mann, der in ihrer Wohnung gewesen ist, dann der Unfall, das hätte alles nicht passieren dürfen.«

»Von welchem Mann reden Sie?« Peers Haltung änderte sich.

»Tut mir leid, ich dachte, Sie haben davon gewusst. Ihr Vorgesetzter ist in ihrer Wohnung gewesen und hat ihre Sachen durchwühlt. Deswegen ist sie bei mir eingezogen.«

Peer barg seinen Kopf in den Händen und gab einen wütenden Laut von sich.

»Sie wollte Ihnen sicher die Sorgen ersparen. Manchmal glauben wir, es sei besser, eine Last allein zu tragen. Und so, wie Sie Leah beschrieben haben, wollte sie sicher nicht, dass Sie sich aufregen.«

Mit einem Handrücken wischte er sich die Tränen vom Gesicht. »Sie hat mir nur gesagt, dass er krank sei. Walter Franken, wenn mir dieser Kerl in die Hände fällt, wird er niemanden mehr belästigen!« Er erweckte den Eindruck, die Hilflosigkeit in wütenden Aktionismus umwandeln zu wollen, aber damit half er seiner Verlobten nicht.

»Tun Sie bitte nichts Unüberlegtes, Ihre Verlobte braucht Sie jetzt.« Belinda ertappte sich bei dem Gedanken, dass er den Platz für Henry frei machen würde, wenn man ihn wegen Körperverletzung einsperren würde. Ein dummer Gedanke, der in ihrem Kopf sofort wieder niedergetrampelt wurde.

»Was sagen die Ärzte?«

»Sie drücken sich sehr vorsichtig aus. Übermorgen soll sie aufgeweckt werden, dann wissen wir mehr.«

»Sicher spürt sie, dass Sie hier sind, und wird kämpfen«, erwiderte Belinda im Widerspruch zu ihren eigenen Gefühlen. Was, wenn sie es mehr spüren würde, wenn Henry hiersäße?

»Wir hatten so viele Pläne«, sagte er mit brüchiger Stimme.

»Dann glauben Sie daran, dass Sie alles davon machen werden.«

Er lachte freudlos auf. »Das war vorher schon schwierig.« Mit einem Kopfschütteln schien er seine eigene Aussage zu verurteilen. »Mein Antrag hat sie verschreckt. Ich hätte das besser wissen müssen. Mein Gott, was habe ich mir nur dabei gedacht, eine dämliche Karte zu schreiben? Ich hätte sie persönlich fragen sollen, um ihre Reaktion zu sehen. Was, wenn sie gesprungen ist, weil sie nicht Nein sagen konnte?«

»So etwas dürfen Sie gar nicht erst denken.« Belinda tat nur noch das Richtige. »Sie hat Ihren Ring getragen, mir von der

Verlobung erzählt, natürlich will sie mit Ihnen diesen Weg weitergehen.«

Peer ballte die Hände zu Fäusten. »Leah ist jemand, der von den Reaktionen anderer schnell verängstigt wird. Ich habe lange gebraucht, das zu verstehen. Bis heute habe ich ihre Familie nicht kennengelernt, weil ihre Mutter ein fieses Miststück sein muss. Ich kann nicht ganz zur Seite schieben, dass sie sich lieber etwas antut, um …« Er brach gequält ab.

Was, wenn er recht hatte? Wenn die Nacht mit Henry, so gesittet sie auch gewesen war, Leah in eine innere Notlage gebracht hatte, deren Ausweg der Sprung aus dem dritten Stock gewesen war? Belinda glaubte nicht, dass ihr Sohn sie unter Druck gesetzt haben könnte, aber nach dem, was Leahs Verlobter gerade sagte, reichte es vielleicht aus, um die Situation kompliziert zu machen.

»Bitte ziehen Sie keine voreiligen Schlüsse«, sagte sie unverbindlich. »Warten Sie ab, was die Untersuchungen ergeben. Mit großer Wahrscheinlichkeit ist es ein Unfall gewesen.«

Peer nickte und umfasste Leahs Hand. »Sie ist eigentlich nicht so fürs Händchenhalten oder zu viel Nähe. Das Verrückte ist, dass ich ständig das Bedürfnis habe, sie festzuhalten, wenn ich sie sehe. Ich komme nie ganz an sie heran.«

Henry schon. Sie hatte in seinen Armen geschlafen, was wohl am deutlichsten belegte, wie besonders diese Zuneigung war – oder hatte sie das auch nur für Henry getan? Wie sehr es ihr Gegenüber wohl verletzte, wenn er erführe, dass es jemanden gab, bei dem sie die Nähe doch ertragen konnte?

Während sie Leah und Peer betrachtete und das Gespräch Revue passieren ließ, festigte sich ihr Entschluss, Henry nichts zu sagen. Offiziell war Leah abgereist und zu ihrem Verlobten zurückgekehrt, weil es so das Beste für alle Beteiligten war. Keiner sollte mehr als nötig leiden müssen. Sie selbst würde den Schreck und die Schuldgefühle irgendwie verarbeiten können – für Henry.

»Es ist ein Wunder, dass sie diesen Sturz überlebt hat«, brach Peer unvermittelt das Schweigen. »Wenn sie nur etwas weiter rechts oder links aufgekommen wäre, dann wäre sie jetzt tot. Dort standen überall Baustoffe und Maschinen herum. Durch den Sandhaufen wurde die Fallhöhe verringert und der Aufprall gemildert.«

Kopfschüttelnd ließ er Leahs Hand los, stand auf und durchquerte ruhelos den Raum. »Wie gut kennen Sie Leah?«, fragte er aufgewühlt.

Belinda sah zu ihr. »Nicht sehr gut, sie war ja erst wenige Tage bei mir.«

»Wie kommt es, dass Sie informiert wurden?«

»Das wurde ich nicht«, konnte sie wahrheitsgemäß antworten. »Ich habe online einen Artikel über den Unfall gelesen und sie gleich erkannt. Ihre Verlobte ist mir sehr ans Herz gewachsen. Ich weiß, dass ich eigentlich nicht hier sein sollte, weil ich nicht zur Familie gehöre. Ich habe mich als Tante ausgegeben, tut mir leid.«

Er blieb am Fenster stehen und sah hinaus in das Grau in Grau dieses kalten Tages. »Ihre Familie würde sie nicht hierhaben wollen. Ich würde ihre Eltern am liebsten besuchen, um ihnen an den Kopf zu werfen, was für sadistische, wertlose Menschen sie sind und dass sie sich nie wieder bei ihr melden sollen.«

In seiner Verzweiflung schlug er mit der Faust auf die Fensterbank. »Immer wenn ich denke, ich hätte sie irgendwo zwischen Schutzwällen und alten Verhaltensmustern gefunden, ist sie wieder weg.«

Das Bild, das Belinda von ihr hatte, wandelte sich mit jedem Wort. Leah war ihrem Sohn in vielem so ähnlich.

Peer Rohde stützte sich auf der Fensterbank ab und ließ den Kopf hängen. »Ich weiß jetzt schon, wie es laufen wird«, sagte er resigniert. »Wenn sie aufwacht und ihren Zustand als Belastung für mich empfindet, wird sie mich wegstoßen. Wie soll ich mich nur dagegen wappnen? Wir haben das schon einige Male wegen weniger schlimmen Dingen durchgemacht.«

»Reden Sie mit ihr«, sagte Belinda. »Die ganze Zeit. Zeigen Sie ihr, dass Sie sich nicht wegstoßen lassen. Ich weiß, wie schwer das ist. Mit so jemandem lebe ich auch zusammen, und es ist seit fünf Jahren ein ständiger Kampf, den ich aber nicht aufgeben werde.« Sie sah erneut in Leahs blasses Gesicht. »Ich denke, sie weiß, was für ein großes Glück sie mit Ihnen hat. Geben Sie nicht auf.«

Wenn sie an ihren Sohn dachte, wusste sie, dass er das Gleiche sagen würde. Vielleicht wäre alles anders gelaufen, wenn Leah aufgepasst hätte oder nicht gesprungen wäre, aber jetzt lag sie hier, und ihr Verlobter war ein großartiger Mann, der nicht noch mehr Schmerz verdient hatte. Bei aller Liebe zu ihrem Sohn – wenn er sich auf Leah einlassen konnte, käme hoffentlich noch eine andere Frau, die das gleiche Kunststück schaffte.

Mit zittrigen Fingern nahm sie ihre Handtasche vom Boden auf und klemmte sie unter den Arm. »Ich lasse Sie jetzt besser mit Ihrer Verlobten allein.«

»Werden Sie wiederkommen?«

Belinda wollte den Kopf schütteln.

»Ich muss zu Hause ein paar Dinge regeln, es wäre mir lieber, wenn sie in dieser Zeit nicht allein sein muss«, erklärte er seine Frage. »Ihre Kollegin darf hier nicht rein, aber Sie als *Tante* können bei ihr sein. Immerhin scheinen Sie Leah sehr zu mögen, solche Menschen braucht sie viel mehr in ihrem Leben.«

Das klang schrecklich traurig. »Natürlich, ich werde hier sein. Ich kann mir gar nicht vorstellen, dass sie nicht umringt von solchen Menschen ist.«

Peer zuckte resigniert mit den Schultern. »Meist hat sie eher Leute mit Problemen in ihrem Umfeld, die wieder verschwinden, wenn sie eine Lösung gefunden haben. Ich glaube, sie mag es so. Der wichtigste Mensch ist ihr Boss, was in meinen Ohren schon immer seltsam klang, weil es so sehr unterstreicht, welchen Stellenwert ihre Arbeit hat. Aber Ludger ist wie ein Vater für sie. Ich denke, wenn er sie ernsthaft gebeten hätte, ganz nach Leipzig zu gehen, dann hätte sie es gemacht.« Er stieß mit einem leisen Laut, der seinen Kummer ausdrückte, die Luft aus. »Ludger war so entsetzt am Telefon. Sicher hat er schon wieder tausendmal versucht, mich zu erreichen, aber hier darf man ja nicht telefonieren.«

Belinda kannte das Bedürfnis, solche Dinge auszusprechen, selbst wenn man sie einer Fremden erzählte. »Mit Ihnen und diesem Ludger scheint sie doch die Familie zu haben, die sie braucht«, sagte sie mitfühlend.

Er drehte sich um, kam auf sie zu und nahm sie unvermittelt in den Arm. Dafür musste er sich deutlich herunterbeugen. Belinda strich ihm sanft über den Rücken und gab ihm die Zeit, die er brauchte. »Alles wird gut«, versprach sie.

Peer ließ sie los und nickte mit zusammengekniffenen Augen. »Das muss es. Danke, dass Sie gekommen sind.«

»Morgen komme ich noch mal, dann bringe ich ihren Koffer mit«, versprach sie. »Wie gesagt, es tut mir sehr leid, was passiert ist.«

Er ließ sie los und legte sich eine Hand in den Nacken. »Das bedeutet, Sie besuchen Leah danach nicht mehr?«

Schweren Herzens schüttelte sie den Kopf. »Ich muss mich um meine an Demenz erkrankte Freundin kümmern. Sie ist vorletzte Nacht barfuß über die Hauptstraße geirrt. Ich will sie nicht zu lang allein lassen.« Ihr schlechtes Gewissen wuchs, weil sie Johannas Krankheit vorschob; aber das war etwas, das er sicher verstehen konnte. »Wenn Sie es nach Leahs Erwachen für angebracht halten, sagen Sie ihr bitte, dass sie in meinem Haus immer willkommen ist.«

Schon als sie das aussprach, fiel ihr auf, wie sehr Leah das unter Druck setzen würde, weil sie ja nicht ahnen konnte, dass ihr

Geheimnis immer noch sicher war. Ihr Verlobter schien absolut nichts über ihr Leben in Henrys Haus zu wissen.

»Am besten sagen Sie ihr erst, dass ich hier gewesen bin, wenn es ihr besser geht«, ergänzte sie hastig. »Sonst fühlt sie sich schuldig, weil sie mir helfen wollte. Es war ihre Idee, dass meine kranke Freundin zu mir zieht.« Diese Notlügen kamen einfach so aus ihrem Mund und verstrickten Belinda in ihrem sich zuschnürenden schlechten Gewissen. Das noch wuchs, als er verstehend nickte.

»Dann behalten Sie besser vorerst ihren Koffer, sonst weiß sie sofort, dass Sie hier gewesen sind, und macht sich Gedanken. Wir holen ihn dann ab, bevor wir nach Hause fahren.« Mit zusammengezogenen Augenbrauen sah er zu Leah. »Wenn alles gut geht.«

Belinda musste gehen. Schnell, bevor sie noch mehr Dinge sagte, die alles nur noch schlimmer machten. »Ich wünsche Ihnen beiden alles Gute!«

Er nickte nur und setzte sich wieder neben seine Verlobte.

Nachdem Belinda die Tür hinter sich zugezogen hatte, lehnte sie sich einige Herzschläge dagegen und atmete angespannt aus. Ihr fiel das Telefon wieder ein, das sie auf dem Nachtschrank hatte liegen gelassen. Sie mochte nicht noch einmal den Raum betreten, um es zu holen, also sagte sie auf dem Weg aus der Intensivstation einer Schwester Bescheid und eilte dann, ohne nach links und rechts zu gucken, die Flure entlang und verließ das Krankenhaus.

Sie ging zu Fuß nach Hause, um einen klaren Kopf zu bekommen. Es war bis hierher schon schwierig und belastend gewesen – doch das erfuhr eine Steigerung, wenn sie daran dachte, wie sie Henry glaubhaft verkaufen sollte, dass Leah abgereist war.

Belinda hatte gehofft, dass es ihr nie wieder so schwerfallen würde, Henrys Haus zu betreten wie nach Nells Tod, aber mit jedem Schritt, den sie auf die Tür zuging, schnürte es ihr mehr und mehr die Luft ab. Sie setzte sich auf die Stufen vor dem Eingang und wartete. Die Minuten vergingen, ohne dass sie die nötige Stärke fand, aufzustehen und hineinzugehen.

Als ein Taxi vor dem Haus hielt, hob sie den Kopf. Henry stieg aus.

Jetzt schon, er sollte erst viel später nach Hause kommen. Ein Teil von ihr hoffte, er habe die grausame Wahrheit selbst herausgefunden, damit sie dieses Geheimnis nicht mit sich herumtragen musste, aber dafür sah er zu gelassen aus.

Als er das Eisentor öffnete und auf sie zukam, wechselte die Gelassenheit in Sorge. »Geht es dir nicht gut? Ich dachte, du wärest wegen Johanna im Krankenhaus gewesen, ist etwas mit dir?«

Belinda schüttelte wortlos den Kopf. Ihr Hals war ein einziger Schmerz, der keinen Laut möglich machte. Ihr Körper verweigerte ihr den Dienst.

»Komm erst mal rein. Oder steht es so schlecht um Johanna?« Er stützte sie mit einem Arm und half ihr durch die Tür. Sie ließ sich direkt in das Wohnzimmer führen und setzte sich auf das Sofa. Henry legte die Unterlagen, die er bei sich hatte, auf den Tisch und ging in die Küche.

»Ich hole dir ein Glas Wasser, oder brauchst du etwas Stärkeres?«

Belinda war sich nicht sicher, ob sie überhaupt schlucken konnte. Ihr Blick ruhte auf dem Deckblatt. *Immer wenn du gehst, eine Ballettoper für Nell von Henry Erling und June.*

Genau das war es, was aus dieser Oper werden sollte. Sie schlug die erste Seite auf und sah neben den Noten des ersten Stücks diverse Notizen an den Seitenrändern.

»Ich war eben bei Siggi«, erklärte Henry, als er zurückkam. Er stellte zwei Gläser vor ihr ab – eines mit Wasser, das andere mit Brandy. »Er ist begeistert von Junes Ideen und hat vorgeschlagen, daraus eine Ballettoper zu machen, und dann hat sich alles gefügt, du hättest das sehen sollen …«

Es war so aufgekratzt, und Belinda wusste, dass Leah dafür verantwortlich war. Henry war glücklich, er war im Schaffensfluss und fokussiert.

»In einer Stunde muss ich wieder in der Oper sein, aber ich wollte kurz nach dir sehen und bei der Gelegenheit die Notenblätter hierlassen. Ich sollte endlich mal Sicherheitskopien davon machen.« Er setzte sich neben sie und deutete auf die Gläser. »Entschuldige, ich rede die ganze Zeit darüber, wie fantastisch mein Tag gewesen ist, dabei hast du Kummer. Also, was ist passiert?«

»Ich würde gern mit dir über Nell reden«, sagte sie mit rauer Stimme ihrer ersten Eingebung folgend.

Das vertrieb Henrys gute Laune. »Schon wieder?« Er sah zum Flur. »Soll June uns wieder streitend erleben, wenn sie von der Arbeit kommt?«

Diese Frage versetzte Belinda einen unangenehmen Stich.

»Du sagst immer wieder, dass ich kein Recht dazu hatte, zu schweigen. Nell hatte gesagt, ich soll so tun, als sei ich ahnungslos gewesen. Keiner von euch hat mich gefragt, wie es mir dabei ergangen ist.«

Mit vor der Brust verschränkten Armen lehnte er sich zurück, wobei sich seine Miene bedrohlich verfinsterte. »Du hättest auf sie hören sollen, wie du es auch getan hast, als Nell verlangte, mir nichts vom Krebs zu erzählen. Es ist mir egal, wie es dir damit ergangen ist. Du hast monatelang zugeschaut, wie sie versucht hat, ein Kind auszutragen, das sie in ihrem Zustand gar nicht zur Welt bringen konnte. Diese Zeit hätte sie für ihre eigene Gesundheit nutzen sollen, statt die Behandlung abzulehnen. Sie hätte kämpfen müssen. Ich hätte alles dafür getan!«

Genau das warf sie sich selbst jeden Tag seit fünf Jahren vor. Es war eine Sache, den Willen einer werdenden Mutter zu respektieren und sich von ihren Wünschen anstecken zu lassen, und eine ganz andere, dass Nell eine Fehlgeburt erleiden musste und das Krankenhaus nur noch zum Sterben verlassen konnte. Henry hatte sich so sehr darauf gefreut, Vater zu werden, dass Belinda Nells Weg für richtig gehalten hatte. Als bliebe mit diesem Kind etwas von Nells Zauber erhalten, nachdem alle Hoffnungen für sie bereits verloren waren. Niemals würde sie die Enttäuschung in seinem Gesicht vergessen, als sie in ihrem Entsetzen gestanden hatte, dass sie in alles eingeweiht gewesen war.

»Wenn du wüsstest, wie es sich angefühlt hat, die Wut nicht rauslassen zu können, weil Nell im Sterben lag, dann würdest du aufhören, ständig darüber reden zu wollen. Ich kann dir nicht geben, was du brauchst, um deinen Seelenfrieden zu finden.« Er beugte sich vor und tippte auf die Unterlagen. »Wir alle müssen die Vergangenheit auf unterschiedliche Weise abschließen. Tu mir nur einen Gefallen …«

Belinda sah ihn abwartend an.

»Solltest du jemals wieder die Wahl haben, ein Geheimnis zu beichten oder mit ins Grab zu nehmen, dann nimm es lieber mit.«

Er nahm die Noten und stand auf. »Wenn das alles war, mache ich mich jetzt wieder an die Arbeit.«

Belinda dachte an Leah, schloss die Augen und nickte.

Bis Henry wieder gehen musste, lag Belinda im Wohnzimmer auf dem Sofa und hörte der Musik zu, die oben aus dem Studio erklang. Was er erschaffen hatte, war emotional und feinsinnig. Ein Meisterstück, das ihr wieder vor Augen führte, was für ein begnadeter Musiker ihr Sohn war.

Sie dachte an Leah, die an dieser Arbeit einen großen Anteil hatte. Der Moment, in dem sie ihm die Wahrheit über das Baustellenunglück hätte sagen können, war vorbei. Sie hatte ihn verpasst, weil sie unbedingt über Nell hatte reden wollen. Dabei hatte

Henry recht: Er war es nicht, der ihr verzeihen musste, sie war es selbst. Dennoch spielte es eine entscheidende Rolle, wie es ihm ging, damit ihr das gelingen konnte.

Er war verliebt, das war mehr als deutlich zu sehen. Aber um von Liebe zu sprechen, hätten Henry und Leah einander länger kennen müssen. Schon dass er ihren richtigen Namen nicht wissen wollte und er ihre Verlobung respektierte, sprach dafür, dass er ihr Fortbleiben überwinden würde. Und doch erinnerte sie sich immer wieder an den Anblick, wie sie zusammen auf dem Bett gelegen und geschlafen hatten. Sie wäre die perfekte Partnerin für ihn gewesen.

Die Musik stoppte, und dann hörte sie Henry die Treppe runterkommen. Als er sie auf dem Sofa liegen sah, blieb er im Türrahmen stehen. »Soll ich lieber zu Hause bleiben?«

»Ich fürchte, ich bekomme eine Erkältung«, log sie und setzte sich auf. »Es hat gutgetan, den Nachmittag hier zu verschlafen.«

»Möchtest du einen Ingwertee haben?«

Belinda schüttelte den Kopf. »Bloß nicht. Noch ein Brandy tut es auch.«

»Tut mir leid, dass ich dich vorhin so angefahren habe und gegangen bin, obwohl es dir nicht gut geht. Das ist gar nicht meine Art.«

»Ich weiß«, sagte sie versöhnlich. »Ich drücke eben immer wieder die richtigen Knöpfe.« Der versuchte Witz kam nur sehr halbherzig rüber.

Henry sah in den Flur zu Leahs Zimmertür. »Ist June noch nicht zurück?«

Jetzt kam der unangenehme Part. »Wollte sie heute nicht nach Hause fahren?«, stellte sie eine Gegenfrage.

Kopfschüttelnd änderte er die Richtung und ging statt in die Küche zu ihrem Zimmer. »Ich dachte, sie würde sich noch verabschieden.« Er sah hinein, seufzte und kam zurück. »Ihre Sachen sind weg. Ich wusste, dass sie gehen wollte, aber ich hatte gehofft, dass sie es sich anders überlegt.«

In Belindas Körpermitte wurde alles steinhart. Sie bereute ihre Entscheidung, aber wenn sie ihn nicht verlieren wollte, musste sie das Schweigen jetzt durchziehen. Sie sah ihrem Sohn nach, der aus der Küche den Brandy und ein weiteres Glas holte.

»Ich muss zugeben, dass sie mir fehlt«, gestand er.

Belinda schob ihm ihr Glas rüber. »Mir fehlt sie auch.« Sie hielt ihre Antworten möglichst kurz, damit sie nichts Unbedachtes sagte.

»Du weißt ja ihren Namen, hast du gesagt.« Nachdenklich schwenkte er den Alkohol.

Belinda merkte, wie ihr die Farbe aus dem Gesicht wich. Er durfte sie nicht danach fragen, nicht jetzt.

»Wenn die Ballettoper fertig ist, rufst du June an, ja? Das ist zwar noch ewig hin, aber sie soll dabei sein, wenn sie uraufgeführt wird.«

Letzteres sagte er mit so viel Vorfreude, dass Belindas schlechtes Gewissen kleine Stecknadeln in ihre Eingeweide jagte.

»Das mache ich«, versprach sie.

Vielleicht bekämen sie dadurch doch noch mal eine Chance. Vielleicht wachte Leah auch auf und hatte nur den einen Wunsch, zu Henry zurückzukehren – aber würde sie dann nicht noch einmal springen, wenn ihr liebender Verlobter sich so sehr um sie kümmerte? Mit einem Kopfschütteln versuchte Belinda, das Durcheinander ihrer Gedanken loszuwerden.

Henry trank einen Schluck und mied ihren Blick. »Sie hat letzte Nacht bei mir geschlafen«, gestand er. »Also wirklich nur geschlafen, es ist nichts passiert. Ich schätze, dass sie sich deshalb nicht verabschiedet hat.«

Fünf Jahre hatte Belinda darauf gewartet, wieder offen mit ihm reden zu können, aber jetzt wusste sie nicht, was sie erwidern sollte. Seine Warnung war unmissverständlich gewesen. Das Zeitfenster für die Wahrheit hatte sich geschlossen. Sie wollte die letzten Jahre ihres Lebens nicht ohne ihren Sohn verbringen müssen.

»Sie scheint ihren Verlobten sehr zu lieben«, sagte sie vorsichtig. »Ich bin sehr stolz auf dich, dass du ihre Lebensumstände respektierst. Zum Glück hast du den Egoismus deines Vaters nicht geerbt.«

»Also denkst du auch, dass sie nicht wiederkommen wird?« Bei diesen Worten sah er in den Flur.

Belinda schloss die Augen und schüttelte den Kopf. »Wie du schon sagtest, dann hätte sie sich doch verabschiedet.«

Tapfer änderte er seine Haltung und lächelte sie an. »Ich bin froh, dass sie hier gewesen ist. Sie hat vieles verändert und mich zum Nachdenken gebracht.«

Er legte seine rechte Hand auf ihre. »Ich denke, ich sollte diese alte Wut endlich hinter mir lassen. Ich vergebe dir, und wenn ich es kann, solltest du das auch.«

Er nahm sie in den Arm. Aber was für sie eigentlich erlösend sein sollte, erschwerte nur die Last, die frisch und bleiern auf ihrer Seele lag. Sie schob ihn von sich. »Steck dich lieber nicht an«, sagte sie erklärend. »Nicht, dass dein Schaffensfluss von meinen Bazillen ausgebremst wird.«

Mit einem prüfenden Blick musterte er sie. Er überspielte gekonnt, dass ihm Leahs Weggang trotz allem zusetzte, aber Belinda kannte ihren Sohn und wusste genau, dass er tapfer weitermachen würde, bis das Vermissen nach dieser kurzen Begegnung nur noch eine Erinnerung war. Sie scheuchte ihn zur Arbeit, es gab nichts mehr, das sie ihm sagen durfte.

»Wenn was ist, rufst du mich an, okay?«

Sie nickte nur und wartete, bis er gegangen war, damit sie endlich nicht mehr Haltung bewahren musste.

LEIPZIG

21. Februar 2018, Mittwoch

Am nächsten Morgen besuchte Belinda Leah im Krankenhaus. »Wie geht es meiner Nichte heute?«

»Stabil«, sagte die Schwester und ging vor Belinda durch die Tür in das Krankenzimmer.

Leah sah fürchterlich aus. Einige Prellungen an den sichtbaren Körperpartien hatten sich weiter verfärbt, und ihr Gesicht war kalkweiß. Die vielen Kabel und Zugänge waren Belinda bei ihrem ersten Besuch gar nicht richtig aufgefallen. Ein Gerät piepste regelmäßig.

»Wann wird sie wieder aufgeweckt?« Sie hörte selbst, wie ängstlich ihre Stimme klang.

»Morgen, wenn ihr Verlobter wieder da ist«, sagte die Schwester geschäftig. »Es wird ein erster Versuch sein. Wenn alles gut geht, muss sie nicht mehr beatmet werden. Wenn Sie um fünfzehn Uhr hier sind, dann können Sie dabei sein. Vielleicht beruhigt es die Patientin, wenn sie zwei bekannte Gesichter zwischen den Ärzten sieht.«

Belinda nickte wortlos, allerdings wollte sie Leahs Verlobten nicht noch einmal über den Weg laufen. Es stand zu viel auf dem Spiel, und sie wollte ihm keine Gelegenheit geben, herauszufinden, wer sie war. Wenn sie Leah richtig einschätzte, würde sie niemandem von ihrer Zeit mit Henry erzählen. Es blieb nur zu hoffen, dass sie sich meldete, wenn es ihr besser ging.

Die Schwester überprüfte alle Werte, schrieb etwas in die Akte und ging aus dem Zimmer.

Belinda setzte sich auf den Stuhl neben das Bett und nahm Leahs kalte Hand in ihre.

»Hallo, Leah«, sagte sie zögerlich. »Ich wünschte, du könntest mit mir reden, weil ich nicht weiß, was ich tun soll. Henry denkt, dass du nach Hause gefahren bist, und ich lasse ihn in diesem Glauben. Er vermisst dich, aber er macht weiter. Du weißt, was das bedeutet.« Vorsichtig streichelte sie ihre Finger. Heute fühlte sie sich viel gefasster, und sie glaubte daran, das Richtige zu tun. »Dein Leben ist sicher. Peer weiß nichts von Henry. Du musst keine Angst mehr haben, wenn du aufwachst. Finde den Mut, den du brauchst, um deinem Herzen zu folgen.«

Die Erinnerungen an Nell kamen, als wäre alles erst gestern passiert. »Henry lässt Nell endlich gehen. Wenn du wüsstest, wie lange ich darauf gewartet habe, dass er die Trauer überwindet. Ihr gehört zusammen, das habe ich gesehen. Bitte, Leah …«

Belinda streckte ihre freie Hand aus und strich eine Strähne ihres schwarzen Haars aus Leahs Gesicht. »Ich will keine Geheimnisse mehr vor ihm haben, aber er ist doch mein Sohn. Es ist meine Aufgabe, ihn zu schützen, verstehst du das?«

Sie schloss einen Moment die Augen, und sie sah erneut Henrys Gesichtsausdruck vor sich, als Nell das Kind verloren hatte und er begreifen musste, dass es nicht die Schwangerschaft gewesen war, die sie so geschwächt hatte. »Damals konnte ich ihn nicht anlügen, als er mich fragte, ob ich davon gewusst hatte.«

Belinda betrachtete Leahs geschundenes Gesicht. Nein, sie hätte sich das nicht antun dürfen. Sie hätte eine Entscheidung treffen und sich im schlimmsten Fall verabschieden müssen. Dass sie diesen Weg gewählt hatte, war eine Katastrophe. »Diesen Fehler mache ich nicht noch mal«, sagte sie fest. »Bitte lass dir helfen und komm zu ihm zurück. Oder werde glücklich mit deinem Verlobten, er ist ein guter Mann. Du musst dich nur für einen entscheiden. Hör auf dein Herz!«

Belinda ließ Leahs Hand los und nahm ein Taschentuch aus der Handtasche und wischte sich die Tränen vom Gesicht. »Hör auf dein Herz«, wiederholte sie, als würde es helfen, wenn sie es mehrmals sagte. Sie sah auf ihre Hände hinab, in denen sie das Taschentuch knautschte.

»Henry tut immer alles, was nötig ist. Er hat sie gepflegt und umsorgt … während er all seine Gefühle in die Oper transferiert hat. Er würde für dich das Gleiche tun, das weiß ich, weil du zu ihm vordringen konntest. Und nach dem, was dein Verlobter mir über dich erzählt hat, glaube ich nicht, dass du nur sein Problem lösen wolltest. Ich habe euch gesehen.«

Belinda hoffte, dass Leah ihre Worte trotz des künstlichen Komas hören konnte, damit sie verstand, warum sie und kein anderer die Entscheidung treffen musste. »Was hast du noch zu verlieren? Was kann schlimmer sein als das, was du dir angetan hast?«

Leahs Augen bewegten sich unter den geschlossenen Lidern. Vielleicht träumte sie. Durch die künstliche Beatmung hob und senkte sich ihr Brustkorb regelmäßig. Schweren Herzens stand Belinda auf. Der Besuch war nicht lang, aber sie hatte alles gesagt. »Wir werden uns wiedersehen, ich glaube fest daran.«

Als sie am Zimmer der Intensivschwestern vorbeikam, ging sie schneller, damit niemand sie aufhalten konnte. Wie alles weiterging, lag jetzt nicht mehr in ihrer Hand.

LEIPZIG

22. Februar 2018, Donnerstag

Die unterschiedlichsten Bilder erschienen vor Leahs Augen. Erinnerungen, Trugbilder, visuelle Assoziationen, die zu den Stimmen entstanden, die sie hörte. Es kam ihr vor, als würde sie aus einer tiefen Höhle emporgezogen werden.

»Frau Mirana, können Sie mich hören?«, fragte eine fremde Stimme. »Sie werden derzeit noch durch einen Schlauch beatmet, bleiben Sie bitte ganz ruhig.«

Licht fiel durch einen kleinen Spalt ihres rechten Auges. Sie nahm ihre gesamte Konzentration zusammen und blinzelte. Eine Maschine drückte Luft in ihre Lunge, sie fühlte den Schlauch auf ihrer Zunge, und wie er ihren Hals ausfüllte.

Die Sicht wurde besser, sie erkannte Peer, der neben ihr stand und ihre Hand hielt. Er sah nicht gut aus, als hätte er eine Woche lang durchgemacht. Ein Reflex ließ sie schlucken, und sie glaubte, wegen des Schlauchs würgen zu müssen. Ihr Körper fühlte sich ganz fremd an.

»Wenn wir gleich den Schlauch herausziehen, möchte ich, dass Sie husten, schaffen Sie das?« Der Mann, der das sagte, trug einen weißen Arztkittel.

Leah nickte. Hauptsache, der Schlauch kam raus, egal, ob sie es schaffte. Der Arzt löste die Pflasterstreifen, gab das Kommando, und Leah hustete, so gut sie konnte. Schmerzen jagten durch ihren Körper, die sofort wieder verebbten. Sie würgte, fühlte, wie der Schlauch wie eine dünne Schlange aus ihrem Hals gezogen wurde, dann sog sie die Luft ein. Wieder und wieder in immer länger werdenden Zügen, bis ein richtiges Atmen daraus wurde.

»Wissen Sie, wo Sie sich befinden?«

Wieder nickte sie.

»Können Sie sich erinnern, was passiert ist?« Der Arzt leuchtete ihr in die Augen.

Ja, sie konnte sich erinnern, aber verstehen konnte sie es nicht. Franken hatte sie brutal gepackt, mit dem Kopf gegen die Wand geschlagen und schließlich in die Tiefe hinabgestoßen. Er hatte versucht, sie umzubringen! Tränen schossen ihr in die Augen.

»Leah?« Peer drückte ihre Hand. »Bitte, sag was.«

Sie sah ihn an und spürte, wie die Tränen seitlich über ihr Gesicht liefen. »Ja«, sagte sie mit krächzender Stimme. »Wie lange …?«

»Drei Tage«, antwortete der Arzt. »Sie haben ein Polytrauma des Beckens erlitten. Erschrecken Sie bitte nicht, wenn Sie den Fixateur sehen. Ich werde Ihnen alles ganz genau erklären, wenn Sie richtig zu sich gekommen sind. Meine Kollegen machen später noch einige Tests, aber alles in allem haben Sie großes Glück gehabt.«

Sie sah vom Arzt zu Peer. Glück? Was sollte das für ein Glück sein? Sie war froh und dankbar, dass er bei ihr war, aber es fühlte sich schrecklich falsch an, weil sie ihn eigentlich verlassen wollte. Jetzt musste er alles stehen und liegen lassen und die Sorgen aushalten.

»Wir kommen später wieder.« Der Arzt gab der Schwester ein paar Anweisungen, Leah hörte nicht zu. Lieber wäre sie zurück in den Tiefschlaf gefallen.

»Du hast mir einen riesigen Schrecken eingejagt«, sagte Peer und strich ihr mit einer Hand durch das Haar. »Die Polizei sagt, dass du gesprungen bist.« Er sprach die Worte behutsam aus, aber mehr als diese Annahme erschreckte Leah, dass er es glaubte, und vor allem, dass Walter Franken anscheinend noch immer frei herumlief.

»Aber«, sagte sie krächzend. »Es … war …«

»Wie bitte?«

Ihr wurde schwindelig. Schon die kleinsten Anstrengungen waren kraftraubend. Mit geschlossenen Augen wartete sie, dass die Welt aufhörte, sich zu drehen.

»Alles gut?«

Übelkeit kam hinzu. Leah glaubte, von einer unsichtbaren Macht aus dem Bett gehoben und auf den Kopf gestellt zu werden. Irgendwo piepste ein Gerät, Personen kamen in den Raum zurück, und Peer wurde zur Seite gedrängt.

Was immer sie ihr in den Zugang spritzten, es half. Sie schlief ein und wurde von Träumen und Erinnerungen empfangen.

Als sie das nächste Mal erwachte, konnte sie schon viel klarer denken. Das Narkosemittel wurde langsam abgebaut und beeinträchtigte sie nicht mehr in ihrer Wahrnehmung. Viele Male, wenn eine Schwester sich um sie kümmerte oder Peer bei ihr saß, lag ihr die Frage auf der Zunge, ob jemand nach ihr gefragt habe, aber Henry kannte ihren Namen nicht, und woher sollte Belinda von dem Unglück erfahren haben?

Sie wusste, dass sie darüber froh sein sollte, weil Peer sonst alles herausgefunden hätte, aber was musste Henry jetzt denken? Sie hatte ihm gesagt, dass sie wieder ausziehen wollte. Ihr fehlte die Nähe, die sie in jener Nacht vor dem Sturz empfunden hatte. Peer war wie ihr bester Freund, der immer da war, wenn sie ihn brauchte. Dass sie ihn liebte, stand außer Frage, aber der Unterschied zu dem, was sie für Henry empfand, war so gravierend, dass sie ihr Schicksal für alles, was es ihr angetan hatte, verfluchte.

Sie versuchte, sich zu bewegen, und stöhnte vor Schmerz. Ihre Hüfte brannte wie Feuer. Leah sah den Fixateur voller Zorn an. Dieses Ding ließ sie aussehen wie eine Barbie, die vom großen

Bruder mit einem Lötkolben und Fisher-Price-Teilen bearbeitet worden war. Dünne Stangen, die in ihrem Körper steckten und die Knochenstücke in Position hielten.

Nur sehr langsam kam sie so weit zu Kräften, dass sie auf Ansprache reagieren konnte. Wenn sie wach war, gingen ihr immer wieder die Bilder ihres Sturzes durch den Kopf.

Sie haben großes Glück gehabt.

Nichts hatte sie. Ungeduldig wartete sie auf die Visite, da sich die Fragen anhäuften wie Herbstlaub in einem Kellerschacht. Je wacher sie wurde, desto mehr Fragen jagten ihr durch den Kopf. Allem voran die, wann sie sich wieder bewegen konnte.

»Guten Morgen, Frau Mirana«, grüßte die Schwester, deren Name laut Schildchen *Sibylle* war. Sie war klein und kräftig. Mit den kurzen schwarzen Haaren und hochgekrempelten Ärmeln sah sie mehr aus wie eine Ringerin. »Wir verlegen Sie heute von der Intensivstation in ein normales Zimmer«, plauderte sie und notierte ein paar Werte von den Anzeigen in der Krankenakte. Nachdem sie die Temperatur in Leahs Ohr gemessen hatte und den Wert ebenfalls notierte, legte sie die Akte weg und klopfte ihr mitfühlend auf den Unterarm. »Das wird schon wieder«, versprach sie. »Haben Sie Schmerzen?«

»Nein, ich fühle mich nur etwas benommen.«

»Das wird besser werden.« Sie kontrollierte den Zugang an Leahs Arm und tauschte dann den Beutel aus, in dem der Urin gesammelt wurde.

Leah hasste es, so hilflos zu sein. Es war ihr peinlich, dass sie in diesem Zustand keine Intimsphäre mehr besaß.

Dann kamen die Ärzte. Der Oberarzt, der sie aus dem künstlichen Koma geholt hatte, und zwei Assistenzärzte. Einer von ihnen nahm die Akte zur Hand und fing an zu referieren, in welchem Zustand sie sich nun befand. Sie hörte allerhand Fachwörter und Medizinerfloskeln.

»Wie geht es Ihnen?«, fragte der Oberarzt, nachdem er alles gehört hatte.

»Wann kann ich wieder laufen?« Mehr wollte sie nicht wissen.

»Nun, Frau … äh … Mirana, Sie sind aus so großer Höhe gestürzt und haben sich so schwerwiegende Verletzungen zugezogen, dass weitere Operationen notwendig sind. Wir werden als Nächstes Platten und Schrauben einsetzen, damit der Fixateur wieder entfernt werden kann. Allerdings machen uns die Entzündungswerte noch etwas Sorgen. Durch die Verletzung der inneren Organe sind Bakterien in den Bauchraum gelangt.«

Leah hätte ihren Frust gern hinausgeschrien. Jedes Wort, das er sagte, klang nach Pflegefall für lange Zeit.

»Trotz intensiver Spülungen lassen sich Infektionen nicht immer vermeiden. Das Antibiotikum, das Sie bekommen, sollte aber schnell Wirkung zeigen.«

»Aber ich werde doch wieder laufen können, oder?« Sie dachte an das Haus in Frankfurt mit seinen vielen Treppen, an den unwegsamen Hof und all die grauenhaften Umstände, die sie Peer machen würde. Es war vollkommen inakzeptabel, einem Leben entgegenzusehen, in dem sie auf Hilfe anderer angewiesen war.

»Wir werden alles dafür tun«, wich er einer konkreten Antwort aus.

Die Tür ging auf, und Peer kam hinzu. »Guten Morgen«, grüßte er in die Runde. Er sah noch erschöpfter aus als das letzte Mal. »Tut mir leid, dass ich so spät komme.« Er wartete im Hintergrund, damit die Ärzte fortfahren konnten.

»Jedenfalls ist es wichtig, dass Sie zuversichtlich sind. Ich bin mir sicher, dass Ihr Mann Sie bei allem unterstützen wird.«

Er ist nicht mein Mann. Das sollte er sein, sie hatte seinen Antrag angenommen, aber alles war jetzt anders. In Peers Leben war kein Platz für eine Frau mit einem Handicap – egal, wie sehr er sie liebte.

»Gut«, der Oberarzt drehte sich zu Schwester Sibylle um. »Sie kann dann verlegt werden.«

Die Ärzte verabschiedeten sich und zogen weiter.

»Es kommt gleich jemand, der Sie mitnehmen wird, Frau Mirana. Packen Sie bitte schon die Sachen Ihrer Frau zusammen?«, sagte sie zu Peer.

Mit einem Nicken ging er an ihr vorbei zu Leah und gab ihr einen Kuss. »Hey, wie geht es dir?«

»Wie soll's mir schon gehen, ich bin ein Krüppel«, ätzte sie. *Ich wünschte, ich wäre tot,* sprach sie lieber nicht aus.

»Du darfst nicht resignieren. Das wird wieder, du hast den Arzt doch gehört.«

Alles, was sie gehört hatte, war, dass niemand zu diesem Zeitpunkt sagen konnte, wie es mit ihr weiterging.

»Aber was ist, wenn ich nie wieder laufen kann?«

Müde rieb Peer sich übers Gesicht und machte sich an die Arbeit. Mehr als ein paar Habseligkeiten waren es nicht. Sie passten in ihre Handtasche. Die Kleidung hatte zerschnitten werden müssen, und Peer hatte ihr noch keine Sachen aus Frankfurt mitgebracht. Ihr Schmuck wurde an Peer übergeben, der ihn sicher in seiner Geldbörse aufbewahrte.

»Wie wäre es, wenn du zu schätzen wüsstest, dass du nicht mehr als ein paar Knochenbrüche davongetragen hast? Weißt du überhaupt, dass sie dir ein Loch in den Schädel bohren mussten, weil der Druck zu hoch gewesen war?«

Leah fasste sich an den Kopf und kämpfte gegen die Tränen an. »Ich werde nicht als Pflegefall enden«, sagte sie mit Nachdruck. »Und ich sehe sicher nicht zu, wie du versuchst, mit einem Krüppel zu leben.«

Peer warf die Handtasche zwischen ihre Füße und umfasste die Stange am Bettende. Er umfasste sie so fest, dass seine Knöchel weiß hervorstanden.

»Hör verdammt noch mal auf damit. Vielleicht hättest du dir das vor deinem Sprung überlegen sollen!« Diesen harschen Tonfall kannte sie gar nicht von ihm. Er rieb sich übers Gesicht und gab einen gequälten Laut von sich. »Tut mir leid, das hätte ich nicht sagen dürfen.«

Sie hatte es also das erste Mal richtig gehört, dass er glaubte, sie könne gesprungen sein. Sie war sich im Nachhinein nicht mehr sicher gewesen. Nun sah sie ihn stirnrunzelnd an. Dachten alle das? Gab es wirklich niemanden, der den Kampf auf dem Gerüst gesehen hatte? Es mussten doch Spuren davon zu sehen gewesen sein.

»Ich bin nicht gesprungen«, sagte sie fassungslos.

»Was?« Er umrundete das Bett und setzte sich neben sie auf die Kante.

»Walter Franken ist mir gefolgt und hat mich angegriffen. Er ist das gewesen. Er hat mich vom Gerüst gestoßen.«

Peers Körper fing an zu beben. »Ich werde diesen Wichser …« Leah legte ihm schnell eine Hand auf den Arm.

Ein Ruck ging durch das Bett, als er hilflos auf seine Oberschenkel schlug.

»Bitte, Peer, ruf nur die Polizei. Ich brauche dich hier, nicht im Gefängnis.«

Sie spürte, wie Peer sich anspannte.

»Er ist krank«, ergänzte sie schnell. »Frag Nadine, sie kann dir genau sagen, was er hat. Sie müssen ihn doch gefunden haben, oder nicht? Er kann mir das doch nicht antun und weiterhin frei herumlaufen?«

Verzweiflung stieg in ihr auf, ihr Herz schlug schneller, und Tränen verschleierten die Sicht.

Peer drehte sich zu ihr und umfasste ihr Gesicht mit beiden Händen. »Es ist mir egal, ob er krank ist, wenn ich diesen Dreckskerl erwische …«

Mit einem Kopfschütteln unterbrach sie seine Rede. »Damit ist niemandem geholfen. Er soll nur weggesperrt werden!«

»Warum hat Nadine der Polizei nichts davon gesagt? In ihrer Aussage war nur die Rede davon, dass du versucht hattest, sie anzurufen, vor … dieser Sache.«

Unschlüssig richtete er sich auf und fuhr sich mit den Händen durch die Haare. »Ist gut, ich rede mit ihr. Aber wenn die Polizei ihn nicht findet, dann mache ich mich selbst auf die Suche.«

Leah wusste, dass das kein leeres Versprechen war. Sie mochte den Gedanken nicht, dass er sich mit Nadine unterhalten würde. Zwar ging sie davon aus, dass ihre Kollegin wusste, was sie erzählen durfte und was nicht – aber er brach unkontrolliert in ihre Welt ein.

Peer bat sie um Nadines Nummer und ging dann aus dem Raum, um zu telefonieren. Leah hätte lieber zugehört, doch noch befand sie sich auf der Intensivstation, wo keine Mobiltelefone erlaubt waren.

Während sie auf Peer wartete, schloss sie die Augen. Sie war so schrecklich erschöpft. Das Narkosemittel zeigte immer noch Nachwirkungen. Sie wusste, dass es dauerte, bis es im Körper gänzlich abgebaut wurde, aber das machte diesen Zustand nicht erträglicher. Ebenso wenig wie das Fieber und die vielen Medikamente, die über einen Zugang in sie hineinliefen.

Ein einziges Mal wollte sie sich egoistisch für einen anderen Lebensweg entscheiden, und dann passierte das. Als verdiente sie es nicht, ihrem Herzen folgen zu können.

Vielleicht bin ich in meinem vorigen Leben ein grauenhafter Mensch gewesen?

Es musste einen Grund geben, warum sie nie richtig glücklich sein konnte und ausgerechnet jetzt so grausam von den Füßen geholt wurde.

Nach einer Weile kam Peer zurück. »Später kommt ein Polizist und nimmt deine Aussage auf. Die Baustelle wird zur Spurensicherung wieder stillgelegt. Ich werde eine Dienstaufsichtsbeschwerde schreiben, weil dieser Düvel deinen Fall von Beginn an als Suizidversuch eingestuft und niemand das richtig untersucht hat. Es würde mich sehr wundern, wenn die jetzt noch brauchbare Spuren finden.« Peer sah schrecklich wütend aus. »Der zuständige Polizeibeamte sagte, dass der Bauleiter so sehr betont hat, dass du mit deinem Job überfordert gewesen wärst, dass es komplett ins Bild passte.«

Düvel. Leah hätte Peer am liebsten zu ihm geschickt, damit er seine Wut abreagieren konnte.

Sie fasste an ihren Hinterkopf und ertastete einen weichen Verband. »Franken hat mich auf dem Gerüst gegen die Wand geschleudert, ich denke, dort sollte noch etwas Blut zu finden sein. Warum hat das keiner gesehen?«

»Ich weiß es nicht, aber das wird Konsequenzen haben.« Peer setzte sich wieder auf die Bettkante und streichelte ihr Gesicht. »Leah, es tut mir so leid, wie alles gelaufen ist. Und noch mehr, dass du deine Pläne nun aufgeben musst. Ich weiß, wie viel dir dieser Job bedeutet hat, und wir hätten das eine Jahr Leipzig geschafft. So wie wir jetzt alles schaffen werden, was vor uns liegt.«

So gut es ging, nahm er sie in den Arm, und Leah drückte ihn vorsichtig an sich. Sie überließ ihrem Kopf die Kontrolle. Das waren zu viele unterschiedliche Emotionen, die sie innerlich wegsortieren musste. Er hatte recht, ihre Zeit in Leipzig war hiermit vorbei.

»Wenn du mir die Adresse gibst, hole ich deine Sachen ab.«

Schon die Vorstellung, dass er auf Henry treffen könnte, bereitete ihr Übelkeit. Noch wusste er ja nicht, bei wem sie wirklich wohnte. Sie wollte nicht, dass Peer verletzt wurde. Selbst wenn Henry nichts verriet, wäre ein Aufeinandertreffen merkwürdig. Peer war kein Idiot, er würde eins und eins sofort zusammenzählen.

»Ich weiß sie nicht mehr.« Sie verzog gequält das Gesicht und schloss die Augen. »Ich kann mich nicht erinnern.«

»Halb so wild, das fällt dir wieder ein. Zur Not muss deine Kollegin den Koffer abholen und hinterherschicken. Sie kann es kaum erwarten, dass du verlegt wirst, damit sie dich besuchen kann.«

»Sag Nadine bitte, dass sie nicht herkommen soll.«

Verwundert sah er sie an. »Ich dachte, ihr versteht euch so gut?«

»Ich will das nicht. Sag ihr, dass ich sie anrufe, wenn ich wieder zu Hause bin, aber sie soll nicht herkommen.«

In seinem Nicken lag eine Wertung, die Leah bestens kannte. Er sollte ihre Entscheidung nicht gut finden, er sollte sie nur respektieren und weitergeben. Jetzt war weder der richtige Zeitpunkt noch der richtige Ort, um mit Nadine zu reden. Sie war an dem Morgen nicht erreichbar gewesen, sie hätte bezeugen sollen, was Franken getan hatte, aber sie war nicht an ihr Telefon gegangen.

Leah wollte sich mit Nadines schlechtem Gewissen jetzt nicht auseinandersetzen, das musste sie allein bewältigen. »Und sag Ludger bitte dasselbe, sollte er auf die Idee kommen, in den nächsten Zug steigen zu wollen. Ich will nicht, dass mich jemand so sieht.«

Peer sah sie kritisch an. »Du weißt, dass es dir niemand schwerer machen will, als es ohnehin schon ist. Sie sorgen sich um dich. Denkst du wirklich, dass sich Ludger von einem Besuch abhalten lässt?«

»Denkst du, dass er auch nur einen Fuß über die Türschwelle setzen kann, wenn ich das nicht will?«, entgegnete sie entschlossen. »Bitte, Peer, ich will das nicht.«

Es war erniedrigend, so hilflos zu sein.

Ergeben führte er ihre Hand an seine Lippen und drückte ihr einen Kuss auf die Knöchel. Zärtlich und mitfühlend, weil er zu verstehen schien, warum sie so entschied.

»Wie wäre es, wenn ich dir von dem neuen Song erzähle?«, wechselte er das Thema.

Leah wusste, dass er das nur für sie tat, und nickte ihm aufmunternd zu.

»Ich hab dir doch erzählt, dass die Session erfolgreich war. Am Sonntagabend ist Mavie bei mir gewesen, und sie hat die Lyrics eingesungen. Aber jetzt kommt der Clou am Ganzen.«

Er kramte in seiner Tasche und zog sein Smartphone hervor. »Warte, hör selbst.«

Mit einem Finger tippte er darauf herum.

»Wow, lass das Schwester Sibylle nicht sehen«, erinnerte sie ihn an das Verbot, aber Peer grinste sie an.

»Keine Sorge, es ist im Flugmodus. Hier, du erkennst es sicher gleich.«

Er ließ den Song abspielen, und schon nach wenigen Takten erkannte Leah die Melodie. Sie hatte sie schon einmal gehört – auf der zweiten LP von Henry. In ihr geriet alles in Bewegung. Sie musste aufpassen, dass sie ihr Entsetzen nicht deutlich zeigte. Welche höhere Macht ihr auch immer zusetzte, sie schien noch lange nicht mit ihr fertig zu sein.

»Nachdem du dir die Platten von Henry Erling angehört hattest, ist mir diese Melodie hier nicht mehr aus dem Kopf gegangen. Hörst du, wie perfekt es passt und Mavies Stimme wie gemacht für diesen Song ist?«

Am liebsten hätte Leah den Stecker dieser verdammten Maschine gezogen, die ihren Herzschlag anzeigte. Es kostete sie große Mühe, bestätigend zu nicken und nicht zu zeigen, wie sehr sie diese Neuigkeit erschreckte.

»Du weißt ja, dass ich Classic-Pop-Crossover liebe. Den Text hat Bernd geschrieben – unser FKK-Couch-Surfer.« Peer musste lachen.

»Aber kannst du die Melodie denn einfach so verwenden?« In ihrer Frage schwang Angst mit.

Doch Peer schien nichts zu bemerken. »Nein, natürlich nicht.

Ich habe Erling angeschrieben und um Genehmigung gebeten. Drück die Daumen, dass ihm der Song gefällt.«

Leah tat noch mehr als das: Sie drückte innerlich die Daumen, dass alles schriftlich und unkompliziert abgehandelt werden konnte, sodass es zu keinem Treffen kommen würde.

Wenn es ihr besser ging, wollte sie Henry anrufen und erklären, was passiert war. Dann würde sie ihm von Peer erzählen müssen, wie es dazu gekommen war, dass ausgerechnet ihr Verlobter seine Melodie benutzen wollte, bevor sie sich endgültig verabschiedete. Oder sie spannte Nadine dafür ein, was leichter für alle Beteiligten wäre.

»Du siehst, wie sehr ich dich brauche?«, sagte Peer und gab ihr noch einen Kuss auf die Fingerknöchel. »Du bist meine Muse.«

Das war sie wohl. Seine und Henrys. Doch wo war ihr Platz in dem Ganzen? Leah wusste es nicht mehr.

LEIPZIG

6. März 2018, Dienstag

Belinda bewunderte den eisernen Willen ihres Sohnes. Selbst nach zwei Wochen wollte er Junes richtigen Namen nicht wissen. Wie sehr er sie vermisste, konnte sie nur erahnen, weil er sich vollkommen auf seine Arbeit konzentrierte. Die Ballettoper nahm auch ohne Libretto Gestalt an.

Ihr Sohn war mit Worten noch nie so brillant wie mit Noten gewesen. Besonders schön war, dass Siggi zuletzt fast täglich hier gewesen war, um mit Henry an den Bildern zu arbeiten, die dargestellt werden sollten. Oft hörte sie das Lachen und die Musik aus dem Studio bis nach unten ins Wohnzimmer dringen. Das Haus wurde dadurch wieder zu einem lebendigen, warmen Ort.

Eine gewisse Normalität war eingekehrt, mit dem angenehmen Zusatz, dass Belinda sich ihrem Sohn endlich wieder nahe fühlte. Sie war am Wochenende wieder ganz eingezogen, doch wann immer sie an Leahs Zimmer und den Koffer im Wandschrank dachte, verging ihr die Lust, etwas im Haus zu verändern. Fast so, als wäre ihr Aufenthalt nur auf Probe, weil eine kleine, tickende Zeitbombe im Schrank wartete.

Belinda hatte eine Krankenschwester gefunden, die ihr ab und an kleine Berichte über Leah schickte, ohne zu jemandem ein Wort darüber zu verlieren. So wusste sie, dass Leahs Zustand längst nicht mehr kritisch war, aber die Genesung noch Monate, wenn nicht ein Jahr dauern würde. Entzündungen verkomplizierten den Heilungsprozess und bereiteten ihr große Schmerzen.

Die einzig gute Information war, dass es kein Suizidversuch gewesen war. Ihr kranker Vorgesetzter hatte sie vom Gerüst hinabgestoßen. Diese Neuigkeit nahm ihr zumindest einen Teil der Last von den Schultern.

Vor zehn Minuten hatte Belinda eine weitere Nachricht von der Schwester bekommen, über die sie seitdem nachdachte, ohne eine Entscheidung treffen zu können.

Ihr Verlobter hat sich heute erst ab 15 Uhr angekündigt. Wenn Sie mit Ihrer Nichte reden wollen, dann wäre das die Gelegenheit.

Sie musste hinfahren und Leah bitten, sich von Henry zu verabschieden. Ihr Weggang war wie ein loses Ende, das ihm keine Ruhe ließ. Sie sah auf ihre Uhr. Bis 15 Uhr waren es noch zwei Stunden.

Sie lauschte. Im Studio wurde noch immer musiziert. Siggi konnte auch gleich einziehen, wenn das so weiterging. Sie stellte Kaffee und mehrere Becher auf ein Tablett, holte das Milchkännchen aus dem Kühlschrank und legte noch ein paar Tütchen Zucker dazu. Schnellen Schrittes trug sie alles bis in den zweiten Stock hinauf. Am liebsten wäre sie gelaufen, um sich umgehend auf den Weg zu Leah machen zu können. Mit einem Ellbogen öffnete sie die Tür und wollte wie üblich einen lustigen Spruch über den Kaffee als Lebenselixier machen, als ihr vor Schreck die Worte im Halse stecken blieben.

Henry saß nicht mit Siggi, sondern mit Peer Rohde zusammen. Während ihr Sohn amüsiert von den Unterlagen aufsah, erstarb die Heiterkeit auf Peers Gesicht augenblicklich.

»Sie hier …?«, fragte er und stand auf. »Ich wollte Sie noch über Leahs Gesundheitszustand …« Er brach ab und drehte sich zu Henry um. »Aber ich hatte Ihre Nummer nicht«, sprach er nachdenklich den Satz zu Ende.

»Sie wohnen hier?«, wandte er sich erneut an Belinda.

Henry legte wie in Zeitlupe den Kugelschreiber auf die Unterlagen und erhob sich ebenfalls.

»Ihre Verlobte Leah ist verunglü…?«, begann Henry und brach mitten im Satz ab. Peer musste ihm etwas über den Unfall seiner Verlobten gesagt haben, was er nun zu einem Gesamtbild verknüpfte. Er schlug die Hände vors Gesicht und atmete hörbar ein und aus. »June wurde aus dem dritten Stock gestoßen?«

Belinda rutschte das Tablett aus den Händen. Die Kanne und die Becher zerschellten auf dem Boden, und heißer Kaffee spritzte gegen ihre Beine, aber als er nun den Kopf hob und sie ansah, wurde ihr kalt.

»Du hast das gewusst?« Er machte einen zögerlichen Schritt auf sie zu. »Nein, nicht nur das, du bist bei ihr gewesen und hast mir nichts gesagt?«

»Ich kann das erklären«, flüsterte sie, aber das war gelogen. Es gab kein einziges Argument, das ihr Schweigen legitimierte.

»Moment, Leah hat hier gewohnt? Bei Ihnen?«

»Dann war also alles, was du über ihren Weggang erzählt hast, gelogen? Was stimmt nicht mit dir!«, fuhr Henry sie an, ohne auf Peers Frage einzugehen.

Der wiederholte nun begreifend: »Meine Verlobte hat bei Henry Erling gewohnt und kein Wort darüber verloren? Durch Leahs Interesse an Ihrer Musik hat sie mich überhaupt erst auf diese Idee gebracht … Haben Sie eine Affäre mit ihr?«

»Nein, habe ich nicht«, sagte Henry harsch und ballte die Hände zu Fäusten.

Sein Blick war unnachgiebig auf Belinda gerichtet. Ihre Brust schnürte sich zu, als zöge die Wahrheit ein eisernes Korsett um ihren Leib.

Peer sah sich um und betrachtete die Zeichnungen an den Wänden. Mit einem lauten »What the fuck!« ging er hinüber und riss eine davon ab. »Sie hat mit Ihnen gearbeitet? Aber das verstehe ich nicht. Leah hat keine Ahnung von Musik. Ich meine, sie hört sie gern, aber von so was hier« – er deutete auf die vielen Zettel an den Wänden – »hat sie keinen Plan.«

Noch enger und enger, es drückte alle Luft aus ihrer Lunge, als könnte sie nur noch ausatmen.

Peer legte die Zeichnung auf den Couchtisch und fuhr sich nervös durch die Haare. »Ich glaube Ihnen nicht«, sagte er zu Henry. »Wie lange geht das schon so? … Scheiße, das Video … Sie kam gleich so verändert zurück.«

Belinda verstand nicht, was er meinte, aber Henry schien es zu wissen. Sie konnte förmlich sehen, wie der Eispanzer wuchs, der alles Gute der letzten Zeit nach außen drückte und ihn zurück in sein Exil verbannte.

»Wenn Sie das Video vom Abend im *Mephisto* meinen, ja, dort haben wir uns kennengelernt, und ich habe Ju… Leah das Stück vorgespielt, weil ich das Gefühl hatte, sie würde es verstehen.« Er drehte sich von Belinda weg, aber die Kälte in ihr blieb. »Und so war es auch. Aber sie verstand das Stück nicht nur, sie schenkte mir Inspiration. Mehr als das hier ist es zu keinem Zeitpunkt gewesen.« Mit einer Hand deutete er auf die Zettel an der Wand.

»Vielleicht hatten Sie ja wirklich keinen Sex mit meiner Verlobten, aber betrogen hat sie mich trotzdem«, sagte Peer verletzt. »Was soll das alles?«

Henry stand steif da. »Ich verstehe, was Sie meinen, aber die Schuld liegt bei mir.« Er sagte diese Worte so ruhig, dass Belinda den Sturm in seinem Inneren erahnen konnte. »Tagtäglich begegne ich Menschen, die irgendwas von mir wollen, aber Ihre Verlobte wusste nicht einmal, wer ich war. Die Gespräche mit ihr gaben mir genau die Impulse, die mir gefehlt haben. Ich fürchte, ich war etwas selbstsüchtig, als ich sie in mein Projekt eingespannt habe und ihr das Versprechen abverlangte, zu niemandem ein Wort darüber zu verlieren.«

Belinda wusste, dass ihr Sohn all das sagte, um Leah zu schützen. Doch es schien ihren Verlobten nicht zu beruhigen.

Mit geballten Fäusten trat er nun vor ihn. »Sie hat Ihnen versprochen, selbst mir nichts zu sagen?«

Henry nickte. »Aber jetzt verstehe ich, warum es ihr so schwergefallen ist. Es tut mir leid, ich habe nur an meine Arbeit gedacht und nicht daran, in was für eine Lage ich sie dadurch gebracht habe.«

Belinda ging zum Flügel und ließ sich auf dem Hocker nieder. Der verschüttete Kaffee zeichnete braune Fußspuren auf den hellen Boden.

»Und warum diese Heimlichtuerei mit Ihrer Mutter? Spätestens im Krankenhaus hätte sie mir das doch sagen müssen.« Peer löste die Fäuste und rieb sich übers Gesicht, als könnte er so die Verwirrung von seinem Verstand wischen.

»Henry, ich wollte, dass du weitermachst«, warf Belinda flehend dazwischen.

Er ignorierte sie. »Ich hoffe, Sie nehmen meine ehrliche Entschuldigung an. Auch im Namen meiner Mutter. Bitte sagen Sie Ihrer Verlobten, dass ich ihr für ihre Hilfe sehr dankbar bin. Selbstverständlich wird sie bei den Tantiemen berücksichtigt werden.«

Peer schüttelte den Kopf. »Leah wird nicht erfahren, dass dieses Treffen stattgefunden hat. Keiner von Ihnen wird Kontakt zu ihr aufnehmen, und ich ziehe meine Anfrage für die Nutzungsrechte Ihrer Melodie zurück. Dieses Treffen hat niemals stattgefunden!«

Dieser Augenblick war wie ein schwerer Autounfall, und Belinda klemmte in dem Wrack aus Schuld und Angst fest, während andere Bereiche ihres Lebens Feuer fingen.

»Was immer zwischen Ihnen und meiner Verlobten gewesen ist, es ist hiermit vorbei. Wenn ich gleich durch diese Tür gehe, werde ich mein Bestes geben, die Wut nicht mit ins Krankenhaus zu nehmen. Aber ich verspreche Ihnen, dass ich mich nicht zurückhalten werde, sollten Sie oder Ihre Mutter jemals dort auftauchen. Leahs Zustand ist kritisch … Das hier kann sie jetzt nicht gebrauchen.«

Er nahm seine Unterlagen vom Tisch und sah erst Belinda, dann Henry an. »Was für eine kranke Scheiße.« Dabei knautschte er die Papiere so sehr in seinen Händen, dass sie vollkommen zerknitterten. »Ich wusste, dass dieser beschissene Job in dieser verfluchten Stadt in einer Katastrophe enden würde – hat ja nicht lange gedauert. Aber dass ausgerechnet Sie daran beteiligt sein würden, ist echt ein Knaller.«

Mit einem wütenden Aufschrei zerriss er die Unterlagen und warf sie Henry vor die Füße. »Und ich Blödmann dachte, der Angriff und der Sturz hätten sie verändert, aber Sie waren das. Das hier hat sie verändert!« Er deutete auf die Wand. »Ich habe es in ihren Augen gesehen. Diese Enttäuschung, weil dieses Leben hier für sie vorbei ist. Wie konnte ich nur annehmen, dass ihre dumme Bindungsangst schuld an dem verfickten *Vielleicht* gewesen war? Sie haben keine Ahnung, was Sie angerichtet haben!«

Henry hielt die Wut des Mannes aus wie ein Fels im Tsunami. Doch Belinda wusste, sobald Peer weg war, dann wäre es an ihr, Henrys Zorn zu ertragen.

»Kommen Sie ihr nie wieder zu nahe«, drohte er. »Für Sie mag das nur ein Spiel sein. Sie wissen nichts über Leah, oder was sie alles tun musste, um ein stabiles Leben zu führen. Sie kommen einfach mit Ihrer Musik um die Ecke und beeindrucken Sie. Wie lange hätte das gehen sollen? Bis Sie keine Lust mehr haben? Bis sie als Inspiration ausgedient hat? Bis der große Henry Erling eine neue Muse ins Haus holt?«

Belinda erhob sich vom Klavierhocker. »Aufhören!«, schrie sie. »Hören Sie auf, so ist das nicht gewesen!«

Peer sah sie mit vor Zorn geweiteten Pupillen an, die seine Augen fast schwarz wirken ließen.

»Doch, genau so«, sagte Henry kalt. »Bis ich sie in der Bar getroffen habe, war ich vollkommen blockiert gewesen. Sie haben recht, ich habe sie ausgenutzt.«

»Das stimmt nicht«, sagte Belinda fassungslos.

»Warum? Weil es undenkbar ist, dass dein heiliger Sohn so etwas tun würde?« Henry wandte sich an Peer und deutete auf die Tür. »Sie sollten jetzt gehen. Ich verspreche Ihnen, dass ich Leah nie wieder belästigen werde.«

Der hünenhafte Mann setzte sich in Bewegung. Belinda war froh, dass er nicht auf Henry losging. Sie war sich sicher, dass Henry sich nicht gewehrt hätte. Mit seinem Bekenntnis hatte er eben alle Schuld auf sich geladen und zudem ein weiteres Versprechen geleistet, mit dem er die Verbindung zu Leah und allem, was mit ihr zusammenhing, kappte.

Henry wartete, bis im Erdgeschoss die Tür ins Schloss fiel, erst dann drehte er den Kopf in ihre Richtung. Belinda fühlte das Blut aus ihrem Gesicht weichen. »Henry, ich …«

»Sie ist an dem Tag verunglückt, an dem du vor der Haustür gesessen hast, war es nicht so?«, fragte er, während er regungslos neben dem Sofa stand und an ihr vorbeisah.

»Ja«, flüsterte Belinda.

»Ich hatte dir gesagt, dass du deine Geheimnisse lieber mit ins Grab nehmen sollst. Hast du deswegen geschwiegen?«

»Ja, aber ich hätte es dir trotzdem sagen sollen, ich …«

Mit einer herrischen Geste schnitt er ihr das Wort ab.

»Die Komposition, die Peer Rohde mir heute vorgespielt hat, war eine große Anerkennung meiner Leistung. Und wie du siehst, hat er alles zerrissen. Das passiert, wenn Enttäuschung die Bedeutung von etwas vernichtet.« Mit ruhigen Bewegungen ging er zur Wand und berührte eine Zeichnung. »Als er mir von seiner

Verlobten erzählt hat, habe ich mit ihm gefühlt, ihm gesagt, wie wertvoll es für sie sei, dass er jeden Tag an ihrer Seite wäre, um diesen schweren Weg mit ihr zu gehen.«

Er nahm die Zeichnung ab, betrachtete sie einen kurzen Augenblick, dann griff er nach der nächsten.

Belinda sah ihm dabei zu und wünschte sich, er würde sie endlich anschreien. Nicht weniger hatte sie verdient. Aber stattdessen nahm er jedes einzelne Blatt von der Wand und stapelte sie fein säuberlich aufeinander.

Das durfte er nicht. Sie wusste, was das bedeutete, aber das durfte er nicht tun.

»Bitte nicht«, sagte sie unglücklich. »Lass es mich doch wenigstens erklären.«

Zum Schluss nahm er die Notenmappe aus dem Regal und warf alles zusammen in den Papierkorb.

»Ich bin nicht wütend auf dich«, sagte er leise und nahm den Papierkorb in die Hand. »Wie kannst du nur immer überall dort sein, wo du besser nicht wärst? Du bist bei ihr gewesen. Am Tag ihres Unglücks bist du bei ihr gewesen. Du wusstest, was es für mich bedeutet. Dass es entscheidend wichtig für mich gewesen wäre, für sie da zu sein, und hast einmal mehr das Schweigen vorgezogen. Es ist mir egal, dass du mich schützen wolltest. Wie du siehst, kannst du es nicht. Damals wie heute hast du dadurch alles nur noch schlimmer gemacht. Aber ich bin nicht wütend auf dich.«

Er ging an den Scherben der Kaffeebecher und der Kanne vorbei auf die Tür zu. »Ich werde leider niemals Kinder haben, die es mir ermöglichen könnten, deine Entscheidungen nachzuvollziehen. Wir werden einen Weg finden, damit zu leben. Du schuldest es mir, dass du bleibst. Ich werde dich nicht anschreien, dir keine Vorhaltungen mehr machen und dir nichts von dem vorwerfen, was hier gerade passiert ist.« Er sah sie nur flüchtig über die

Schulter hinweg an. »Wir können einander nicht ändern, aber wir sind die einzige Familie, die wir haben.«

Belinda glaubte zu ersticken. Jetzt, in diesem Moment hatte sie ihren Sohn verloren. Nicht, weil er sie für ihr Schweigen strafte, sondern, weil er gebrochen war. Sie hatte ihn gebrochen.

»Warte heute nicht auf mich, wir sehen uns morgen.«

Alles, was sie schützen wollte, war ein einziger Scherbenhaufen, den sie anders als die kaputten Becher und die Kanne nicht mehr aufsammeln konnte. Von dem Moment an, als sie damals Nell das Versprechen gegeben hatte, den Krebs zu verschweigen, waren alle Entscheidungen, die folgten, falsch gewesen. Als habe der erste fatale Fehler jedes Für und Wider in einem Rauschen untergehen lassen.

LEIPZIG

16. März 2018, Freitag

»Bist du bereit?« Peer hatte ihre wenigen Sachen gepackt und wirkte ungeduldig. Es musste sehr belastend für ihn sein, immer wieder nach Leipzig zu kommen und ihr durch diese schwierige Zeit zu helfen.

Leah tat alles, um sich kämpferisch und positiv zu zeigen, auch wenn ihr der Sinn eher nach Schreien und Aufgeben stand. Die letzte Operation hatte länger als erwartet gedauert und steckte ihr noch in den Knochen. Der Fixateur war weg, aber die Schmerzen blieben. Trotzdem hatten die Ärzte grünes Licht gegeben, dass Peer sie nach Frankfurt bringen durfte. Sie hofften, dass sie in ihrer gewohnten Umgebung schneller genesen würde.

Das war also der Abschied von Leipzig – für immer.

»Leah?« Ungeduldig tippte er auf den Griff des Rollstuhls. »Draußen herrscht wegen Schnee und Eis totales Chaos. Der Winter hat Leipzig lahmgelegt, ich bin froh, wenn wir später endlich zu Hause sind.«

»Ja, ich bin bereit«, sagte sie, so fest sie konnte. »Ich habe nur etwas Angst vor der Fahrt, das ist alles.«

Vor der Fahrt, dem veränderten Zusammenleben und dem Schatten, der Peer seit knapp zwei Wochen umgab. Wann immer sie versuchte, ihn darauf anzusprechen, wich er aus und schob vor, dass es nur an den Sorgen läge, die er sich um sie machte. Doch sie glaubte ihm nicht. Peer war großartig, klagte nicht wegen all der Umstände, aber irgendetwas blieb unausgesprochen.

Leah hatte früh in ihrer Kindheit lernen müssen, derartige Schwingungen zu erkennen, um stets einen Schritt voraus zu sein, falls ihre Mutter ihr gegenüber eine Erwartungshaltung aufbaute. Diese Fähigkeit hatte Leah eine Menge Ärger erspart, aber in Peers Fall wusste sie nicht, was sie tun sollte, damit der Schatten verschwand.

»Du machst es schon wieder«, stellte Peer fest und riss sie damit aus ihren Gedanken.

»Was?«

»Du siehst aus, als müsstest du auf dem elektrischen Stuhl Platz nehmen.« Er sagte es ganz ernst. »Na los, lass mich dir helfen.«

Es tat weh, als er sie aus dem Bett hob und in den Rollstuhl setzte. Leah fühlte sich schutzlos und aus dem Leben gerissen. Ein Leben, das sie wahrscheinlich bis zum Ende ihrer Tage vermissen würde.

Die ganze Zeit über hatte sie gehofft, Henry oder Belinda würden sie besuchen, damit sie sich wenigstens verabschieden konnte. Leahs Smartphone war bei dem Sturz zerstört worden, sie hatte Henry nicht anrufen und ihr Fernbleiben erklären können. Selbst wenn sie sich von der Auskunft die Nummer der Oper hätte geben lassen, war erschwerend hinzugekommen, dass sie in dem Zimmer nicht alleine lag. Seit sie verlegt worden war, musste sie sich mit zwei anderen Patientinnen arrangieren, die es liebten, Peer in Small Talk zu verwickeln. Die Gefahr war zu groß gewesen, dass sie zuhörten und auf den letzten Meter noch was Dummes sagten.

»Tut es sehr weh? Soll ich einen Arzt holen?«

Auch jetzt fühlte sie sich von den beiden Zimmergenossinnen beobachtet, die durch ihre eigenen Verletzungen nichts Besseres zu tun hatten, als die Langeweile mit Gaffen zu überbrücken.

Leah wischte sich Tränen vom Gesicht. »Lass nur, es geht schon.« Sie kämpfte ihre Emotionen zurück. Der pochende Schmerz war dagegen eine willkommene Ablenkung, weil er klar und verständlich war.

Ihr Körper schaffte die Heilung nicht. Es wurde bereits angedeutet, dass die eingesetzten Schrauben und Metallplättchen operativ entfernt und ersetzt werden müssten, eventuell musste sogar eine Prothese in Betracht gezogen werden.

Peer kniete sich vor sie und legte seine Hände auf ihre Oberschenkel. »Ich weiß, dass es schwer ist, besonders für dich. Du musst nur noch eine Weile länger die Zähne zusammenbeißen, ich bin bei dir.«

Etwas in seiner Stimme war merkwürdig, aber Leah konnte es einfach nicht einordnen.

»Ludger erkundigt sich jeden Tag nach dir. Dein Job ist sicher, er sagt, du sollst dir alle Zeit nehmen, die du brauchst. Danach kannst du dir die Position in seinem Büro aussuchen. Das hier ist nur ein Hindernis, nicht das Ende.«

Leah war nach Schreien zumute, aber sie nickte nur stumm. Sie hatte mehr verloren als das Jager-Projekt, viel mehr, als sie je sagen durfte.

»Lass uns nach Hause fahren.« Er stand auf, hängte ihre Tasche an einen Griff und schob sie aus dem Zimmer. Beim Verlassen des Raumes wünschte er den anderen Frauen, die ihn fröhlich verabschiedeten, gute Besserung.

Die Schwestern, denen sie begegneten, wünschten ihr alles Gute, was Peer freundlich für sie beantwortete.

»Ich habe den Rollstuhl besorgt, den du brauchst. Um den Rest kümmern wir uns im Lauf der Zeit. Wenn alles gut geht, dann kannst du bald wieder laufen, und wir müssen gar nichts umbauen.«

Die alte Lagerhalle konnte man nicht behindertengerecht umbauen, ohne ein Vermögen dafür auszugeben. Peer hatte das Geld, aber Leah würde es nicht annehmen. Sie wäre dennoch in einem Haus gefangen, das in einer unwegsamen Umgebung stand.

»Ich habe auch alle Medikamente bekommen. Du sollst sie dreimal täglich nehmen, damit die Entzündung zurückgeht.«

Während er alles Nötige zusammenfasste, liefen ihr stille Tränen übers Gesicht. Das war nicht fair, weder, was er jetzt alles tun musste, noch, dass Walter Franken ihre Pläne vereitelt hatte. Sie war hier in Leipzig ein anderer Mensch gewesen, glücklich und zu Hause. Regelrechter Hass brannte in ihrer Brust, wenn sie an Franken dachte, der jegliches Mitgefühl wegen seiner Krankheit bei ihr verspielt hatte. Er lief noch immer frei herum, zumindest war er bis zu diesem Tage nicht gefunden worden, und sie wünschte ihm einen qualvollen, langsamen Tod, der ihm zurückzahlen sollte, was er ihr angetan hatte.

Durch ihre Behinderung kehrte sie in die Warteschleife ihrer Kindheit zurück, als wäre sie dazu verdammt, Untätigkeit zu ertragen und die alten Fesseln niemals abzulegen. Nur dass ihr nun klar wurde, dass sie nicht irgendwann aufgerufen werden würde, um in ein selbstbestimmtes Leben zu treten.

Peer hievte sie ins Auto und brachte den Rollstuhl zurück zum Empfang. Das gab ihr etwas Zeit, sich zu fangen. Die Rückenlehne war ganz zurückgestellt, damit das Becken entlastet wurde. Die Fahrt würde nicht gerade gemütlich werden.

Als er neben ihr Platz nahm und den Wagen startete, verdrängte sie ihren Kummer in einen unerreichbaren Winkel ihrer Persönlichkeit.

Lebt wohl, sagte sie stumm zu Johnny und der Stadt.

»Hier, damit ist es besser.« Peer schob ihr ein Kissen unter den Kopf, was wesentlich angenehmer war. »Wenn ich eine Pause machen soll, sag es bitte. Ich weiß ja, wie gut du im Zähnezusammenbeißen bist.«

Leipzig war mit einem eisigen weißen Panzer bedeckt. Entweder gab es hier keinen Winterdienst, oder die Mitarbeiter lagen mit

Influenza im Bett, jedenfalls waren die Gehwege und Straßen nicht geräumt. Sie sah Passanten, die mit vorsichtigen Schritten ihrer Wege gingen, mutige Radfahrer und schleichende Autos. Im Radio sagte die Sprecherin, dass weder Züge noch S-Bahnen fuhren.

»Na, da werden sich die Besucher der Buchmesse ja freuen«, kommentierte Peer.

»Gibst du mir bitte dein Telefon? Ich sollte endlich meine Eltern anrufen.«

Peer hatte ihr in den Wochen seit ihrem Unfall mehrfach angeboten, diesen unangenehmen Part für sie zu übernehmen, aber Leah wollte nicht, dass er mit ihnen sprach. Diese Trennung der Welten war unumgänglich, weil er ihre Insel war, wo besonders ihre Mutter nichts zu suchen hatte.

Bevor sie nun bei ihr anrief, öffnete sie die Systemeinstellungen und schaltete die Rufnummerunterdrückung ein. Ihre Mutter war geübt darin, sich jede Nummer zu notieren, um bei Bedarf ihrer Tochter hinterherzutelefonieren. Dann drückte sie auf das Symbol, das die Verbindung herstellen ließ. Sie drehte sich von Peer weg und sah, so gut sie in dieser Position konnte, aus dem Fenster.

Buchmesse. Dort hatte sie immer mal hingewollt, weil sie sich Hallen voller Bücher als magischen Ort vorstellte.

Ich sollte mir Termine für Lesezeiten einrichten, dachte sie, dann wurde ihr bewusst, dass sie für so etwas nun alle Zeit der Welt hatte.

»Mirana«, erklang die Stimme ihrer Mutter.

»Hallo, Mutti, ich bin es.«

»Du hast ja Nerven, dich jetzt erst zu melden. Kannst du dir vorstellen, welche Sorgen ich mir gemacht habe, als du nicht gekommen bist? Von den Kosten der verfallenen Opernkarten ganz abgesehen. Und dann hast du nicht mal dein Handy an. Auf deine Entschuldigung bin ich echt gespannt.« Ihr Tonfall war wie kleine

Schläge ins Gesicht. »Hast du dich mit einem Kerl rumgetrieben?«

»Es tut mir leid«, sagte Leah nur. »Mein Telefon ist kaputtgegangen, deswegen konntest du mich nicht erreichen. Ich wurde …«

»Ach, kaputtgegangen? Und das hat dich gleich von der Welt abgeschnitten? Ich habe dich schon im Krankenhaus oder, schlimmer noch, in der Leichenhalle liegen sehen. Du hast ja keine Ahnung, wie krank ich vor Sorge gewesen bin.«

Wenn Leah mit ihr sprach, fühlte sie sich wieder wie eine Fünfjährige, die mit den Vorwürfen ihrer Mutter vollkommen überfordert war.

»Nein, ich …«

»Das war unentschuldbar!«, unterbrach ihre Mutter sie. »Du denkst immer nur an dich. So warst du schon als Kind. Und dein Vater nimmt dich auch noch in Schutz. Er meinte, du hättest sicher eine gute Entschuldigung. Aber ich wusste gleich, dass da nichts kommt. Nächsten Monat will ich dich auch nicht sehen.« Dann legte sie auf.

Leah hielt das Telefon noch am Ohr, das nach einem kurzen Signalton stumm war.

»Alles gut?«, fragte Peer. Er bekam selten etwas von diesen Episoden mit, weil Leah zumeist mit ihrer Mutter sprach, wenn sie alleine war.

»Sie hat aufgelegt«, sagte Leah, drehte langsam den Kopf zur Mitte und ließ das Telefon sinken.

»Warum hast du ihr nicht gesagt, dass du sie nicht anrufen konntest, weil du im Krankenhaus gelegen hast?«

»Ich bin nicht zu Wort gekommen.« Sie war wie betäubt. »Normalerweise wartet sie zwei Minuten und ruft dann wieder an, um mir noch mehr Vorwürfe zu machen, aber sie hat deine Nummer nicht.«

Er sah sie von der Seite an. »Ist sie immer so?«

Leah nickte.

»Ich meine, ich weiß, dass du eine schwierige Kindheit hattest – es ist ja nicht so, dass ich mit den Folgen nicht konfrontiert wäre –, aber sie hätte sich zumindest anhören müssen, warum du dich nicht gemeldet hast.«

Sie gab ihm das Smartphone zurück und sah erneut aus dem Fenster. Die letzten bekannten Gebäude Leipzigs standen wie zum Salut in Schnee und Eis und ließen sie stumm vorbeifahren. Der Abschied tat weh.

»Ich werde es ihr nicht sagen«, sagte Leah. »Sonst würde sie ungebeten zu uns kommen und sich als Märtyrerin aufspielen. Schlimmer noch, sie würde mich in die Badewanne zwingen und abschrubben und dabei betonen, wie aufzehrend es sei, sich um mich kümmern zu müssen.«

»Würde sie nicht«, sagte Peer ungläubig.

»Du hast ja keine Ahnung. Bis ich ausgezogen bin, musste ich mich nachts schlafend stellen, weil sie sonst ihr Notfallprogramm gegen Schlafstörungen mit mir durchgezogen hätte. Lauwarmes Abduschen, heiße Milch mit Honig … Das klingt vielleicht fürsorglich, aber zum einen will man von seiner Mutter ab einem gewissen Alter nicht mehr abgeduscht werden, zum anderen tat sie nichts davon gern. Es war immer nur der Beweis dafür, was für eine Belastung ich sei.«

»Warum machst du das noch mit?«

Wie einfach Peers Frage klang.

»Anerkennung ist das größte Geschenk, das wir den Menschen machen können, die wir lieben. So albern es ist, ich wollte mein Leben lang von ihr geliebt werden. Ich habe mir immer eingeredet, dass die Karriere für mich wichtig sei. Tatsächlich war ich durchgehend fassungslos, dass meine Mutter trotzdem keine Sekunde stolz auf mich ist.«

Sie schwieg und schloss einen Moment die Augen. Und nun sah sie Monaten des Nichtstuns entgegen.

»Ich mach das nicht mehr«, beschloss sie.

»Was nicht mehr?«

»Alles nicht mehr.« Leah war es so müde, durchs Leben zu rennen. »Ich breche den Kontakt zu meinen Eltern ab, und ich kündige meinen Job.«

Nimm das, Schicksal!

Diese Entscheidung war eine Kampfansage. Doch im nächsten Augenblick machte sich wieder Leere in ihr breit. Welchen Tiefschlag könnte das Schicksal auf ihren Ausstieg aus diesem Spiel erwidern? Die Entzündung in ihrem Becken verkomplizierte ihre Heilung, Henry würde sie niemals wiedersehen, und ihre Zukunft sah ohnehin trostlos aus – genau genommen hatte sie schon auf ganzer Linie verloren.

Sie spürte Peers Hand auf ihrem Bein. Egal, was sie entschied, er trüge es mit.

»Willst du wirklich ohne deine Eltern heiraten?«

Leah berührte den Verlobungsring, der jetzt wieder an ihrem linken Ringfinger saß. Als Peer ihr beim Anziehen für die Heimreise behilflich gewesen war, hatte er ihr auch die Kette wieder um den Hals gelegt und die beiden Ringe an die Finger gesteckt. Bei dem Verlobungsring hatte er traurig ausgesehen. Seine Version von der gemeinsamen Zukunft war auch eine andere gewesen. »Das hätte ich so oder so getan. Das soll unser Tag werden, nicht die Egoshow meiner Mutter«, antwortete sie verzögert.

Sie fragte sich, ob sie es durchziehen konnte – die Hochzeit und diese ganze Ehesache. Was passierte wohl, wenn sie gegen ihr Bauchgefühl das Jawort gab? Würde es nachziehen und sich geschlagen geben?

»Es ist schwer vorstellbar, dass Eltern so schrecklich sind.«

»Sei froh, dass du anders aufgewachsen bist. Belassen wir es dabei.«

Vorsichtig strich er über ihr Knie. »Wie du willst.«

Mehr würde sie zum Thema Hochzeit nicht sagen, sonst gäbe es wieder Streit, weil sie auf keinen Fall im Rollstuhl heiraten wollte. Wahrscheinlich fielen ihr noch andere Bedingungen ein, die den Termin unendlich weit hinauszögerten. Es war und blieb falsch. Wie alles, was gerade passierte.

Die Schrauben und Platten sollten die Knochen stabil halten, aber die Entzündungen verschlimmerten ihren Zustand. Jede Bodenwelle, jede zu schnell genommene Kurve und jedes Ruckeln taten weh. Leah schwitzte, sah immer wieder auf die Uhr, auf der die Minuten einfach nicht verstreichen wollten.

»Aber Ludger wird dich sicher nicht gehen lassen«, fiel Peer nach einer Weile ein. »Er liebt dich wie sein eigen Fleisch und Blut.«

Eine Tatsache, die ihr das Gefühl gab, doch so etwas wie elterlichen Stolz entgegengebracht zu bekommen. »Das ist nicht seine Entscheidung«, sagte sie nicht kompromissbereit.

Peer schien diese Aussage für eine Laune zu halten, die sich wieder ändern würde, zumindest ließ er es darauf beruhen.

Als sie die Stadtgrenze passierten, riss etwas in ihr ab, wie die Halteleine, die einen Astronauten am Shuttle sicherte. Mit jedem Meter trieb sie haltlos fort.

»Hast du eigentlich von Henry Erling eine Antwort bekommen?«, fragte sie und versuchte, die Unsicherheit aus der Stimme zu halten.

»Ja, habe ich«, sagte Peer und klang plötzlich wütend. »Er hat die Nutzung der Melodien untersagt. Der Song ist tot.«

Ein kalter Schauer lief ihr über den Rücken. »Tut mir sehr leid.« Auch wenn es so besser war, bedauerte sie, dass Peer enttäuscht worden war.

Schweigend fuhren sie weiter, und in Gedanken kehrte Leah immer wieder nach Leipzig zurück. Wie schnell sich alles ändern konnte. Wochenlang hatte sie alles vorbereitet und geplant, um ein Jahr lang in dieser Stadt zu leben, und dann reichten wenige Sekunden, um die Bemühungen zu ruinieren.

»Ich hätte es dir gegönnt«, sagte Peer kurz vor Frankfurt unvermittelt, offenbar hatte er seinen eigenen Überlegungen nachgehangen. »Dieses Jahr, weil ich das Gefühl nicht loswerde, dass du in Leipzig glücklicher gewesen bist.«

Leah fühlte sich ertappt. Er sagte es, als hätte er ihre Gedanken gelesen.

»Es war einfach aufregend, etwas Neues zu erleben«, spielte sie diese Wahrheit herunter.

»Aber um ehrlich zu sein, bin ich froh, dass du wieder bei mir bist. Ich glaube nicht, dass unsere Beziehung dieses Jahr überstanden hätte.« Er legte seine Hand auf ihre und drückte sie sanft. Leah legte die andere über seine.

»Wahrscheinlich hast du recht«, sagte sie ehrlich. »Leipzig hat ein sehr einnehmendes Wesen.«

Er verschränkte seine Finger mit ihren. »Zu Hause könntest du dir die Langeweile damit vertreiben, öfter mit ins Studio runterzukommen. Sonst hattest du ja selten Zeit dafür.«

Sein Vorschlag überraschte sie. »Ich wusste nicht, dass du mich gern dabeihaben würdest.«

»Muss ich denn immer alles explizit aussprechen?«

Die Vorstellung, im Rollstuhl im Hintergrund zu sitzen und Zuschauerin zu sein, war nicht sehr verlockend. Überall in seinem Studio stand etwas herum, er müsste dafür aufräumen und umbauen, was idiotisch war.

»Sicher, wenn es mir besser geht.« Seine Bemühungen würden irgendwann enden, dann wäre er froh, wenn er ins Studio fliehen konnte und sie oben blieb.

»Leihst du mir deinen Laptop? Meiner ist noch in Leipzig, und ich kann mich nach wie vor nicht an den Namen oder die Adresse meiner Vermieterin erinnern. Das war alles in meinem Handy.«

»Kennt Nadine die Anschrift nicht?«

Leah schüttelte den Kopf. »Das war ja nur als Übergangslösung für wenige Tage gedacht. Ist auch nicht so wichtig, es sind ja nur Dinge.«

Das Wertvollste hatte Walter Franken entwendet. Leah hoffte, dass Nadine die Ausgabe von *Stolz und Vorurteil* irgendwann zurückholen konnte. Alles, was sich noch in Henrys Haus befand, war ersetzbar.

Der Ozean am Ende der Straße war vorerst in Leipzig gestrandet. Wem sollte es auffallen, dass das Buch nicht weitergereicht wurde?

Leahs größte Angst war, dass Belinda den Koffer mit ihren Sachen nach Frankfurt schickte und Peer darüber die Verbindung zu Henry herausfände.

»Teure Dinge«, meinte Peer mit Verzögerung. »Aber sicher, du kannst meinen Laptop nehmen, wann immer du willst. Die Polizei will sich melden, wenn sie Walter Franken endlich gefunden hat. Wie schwer kann das sein, einen alten, kranken Mann aufzuspüren?«

Walter Franken. Ihre Gedanken blieben an diesem Namen hängen wie an einem spitzen Stein. Sie erinnerte sich an die Blicke der Polizeibeamten, die für ihre Aussage ins Krankenhaus gekommen waren. Peers Beschwerde hatte den Zuständigen Ärger eingebracht, aber ihr schlechtes Gewissen konnte Franken auch nicht aufspüren. Sie hatte keine Angst mehr vor ihm – was sollte er ihr jetzt noch antun können, was schlimmer als dieser Zustand war?

Leah fing erneut an zu schwitzen. Die lange Autofahrt war eine große Belastung, doch sie biss die Zähne zusammen, weil sie nicht wollte, dass Peer eine Pause einlegte. Sie wollte nur noch nach Hause und schlafen, am liebsten so lange, bis die verdammte Entzündung überstanden war und die Schmerzen endlich endeten.

Noch schöner wäre es jedoch, den Kopf wie einen Papierkorb leeren zu können, damit die Gedanken ebenfalls zur Ruhe kamen.

FRANKFURT AM MAIN

3. April 2018, Dienstag

Die Tage vergingen zäh und ereignislos. Ostersonntag und Ostermontag waren wie alle anderen Tage gewesen, nur dass Peer für zwei Stunden seine Familie besucht hatte, um seine Nichten und Neffen mit gefüllten Osternestern zu überraschen. Er konnte gut mit Kindern umgehen, liebte das Familienleben und war enttäuscht gewesen, dass Leah zu Hause bleiben wollte. Seine Mutter verstand nicht, warum sie nicht für ein paar Tage kommen und helfen durfte. Leah fühlte sich eingesperrt und unbeholfen, weil sie kaum etwas allein schaffte; es war schlimm genug, dass Peer sie so sehen musste.

Das neue Smartphone funktionierte mit der alten SIM-Karte, aber die Telefonnummern waren im zerstörten Gerät gespeichert gewesen und unwiederbringlich verloren. Nadine schrieb ihr via Facebook regelmäßig Nachrichten und brachte immer wieder zum Ausdruck, wie sehr Leah in Leipzig fehlte. Leah antwortete mit kurzen Aussagen, die den Eindruck vermittelten, dass alles bestens liefe. Jeder sollte glauben, dass sie zurechtkam, damit die Aufmerksamkeit wieder in andere Richtungen gelenkt wurde.

Ludger schickte jede ihrer Kündigungen mit dem Vermerk zurück, dass er sie persönlich in seinem Büro erwarte und er nicht gewillt sei, das von ihr verhängte Besuchsverbot einzuhalten, wenn sie sich nicht bald bei ihm blicken ließe. Es tat ihr gut, dass er sie nicht fallen ließ, auch wenn sie ihn immer wieder auf die Probe stellte.

Am schlimmsten waren die Schmerzen – die machten sie wahnsinnig. Jeder Versuch, sie in den Griff zu bekommen, war gescheitert, wodurch sie das Vertrauen in die Ärzte verlor, die immer wieder von besonders schweren Komplikationen sprachen. Was sollte sie bei Ludger im Büro machen, wenn sie im Rollstuhl saß und durch die Schmerzen nicht belastbar war? Telefondienst? Kleinere Entwürfe, die nicht viel Zeit in Anspruch nahmen? Zuarbeiten, bei denen sie durchs Büro fuhr, als wäre sie ein lebendiger Rollcontainer? Sie hatte immer oben mitspielen wollen, aber in diesem Zustand konnte sie das nicht mehr. Die Aussicht, wieder laufen zu können, wurde mit jedem Tag geringer, und die Ängste vor weiteren Eingriffen unüberwindbar groß. Als würde jede Operation alles nur noch schlimmer machen, weil die Ärzte zig Nadeln in ihren Bauchraum kippten, bevor sie wieder zunähten.

Wenn sie derartige Sachen zu Peer sagte, reagierte er genervt, und dann stritten sie. Er akzeptierte ihre zunehmende Verweigerungshaltung nicht, weil es bedeutete, dass sie aufgab.

Akzeptanz ist kein Aufgeben.

Facebook war derzeit ihr einziges Tor zur Welt, das mal schönere, mal weniger schöne Aussichten zeigte. Belindas Freundschaftsanfrage nahm sie nicht an, stattdessen überlegte sie, ihr im Chat eine Erklärung zu schicken, warum sie den Koffer behalten sollte und es kein Wiedersehen geben konnte. Aber es kam ihr falsch vor, mit ihr statt mit ihrem Sohn zu sprechen. Er sollte die Hintergründe nicht von seiner Mutter erfahren, egal, wie sehr sie sich davor fürchtete, seine Stimme zu hören. Ihre größte Sorge war, dass sie ihre Gefühle nicht unter Kontrolle halten konnte. Dass etwas hervorbrach und die Situation noch unerträglicher machte, weil sich die intensive Bindung neu knüpfte, wenn sie miteinander sprachen.

Vor einer Viertelstunde war Peer zu einem Termin gefahren, Leah hatte nur wenig Zeit für den Anruf, weil er sie nie länger als zwei Stunden allein ließ. Also nahm sie all ihren Mut zusammen und wählte die Nummer der Leipziger Oper.

Ihr Herz schlug schneller, als das Gespräch angenommen wurde, sie ihr Anliegen vorbrachte und weiterverbunden wurde.

»Erling«, meldete er sich am anderen Ende.

Der Klang seiner Stimme brachte sie wie befürchtet durcheinander. Die Gefühle ließen sich nicht wegdrücken.

»Hallo, Johnny, hier ist June«, sagte sie mit dünner Stimme. Sie wollte nicht weinen, trotzdem schossen ihr Tränen in die Augen. »Ich wollte mich bei Ihnen entschuldigen, weil ich so plötzlich verschwunden bin.«

»Ich habe gehört, was Ihnen widerfahren ist.« Er hörte sich kühl und distanziert an. »Ich hoffe, es geht Ihnen wieder gut?«

Mit der freien Hand umfasste sie die Armlehne des Rollstuhls. »Sie haben davon gehört?«

»Meine Mutter. Sie haben ja mitbekommen, wie neugierig sie ist.«

Enttäuscht kniff Leah die Augenlider zusammen, wobei Tränen dazwischen hervorquollen und über ihre Wangen liefen. Er hatte davon gewusst, wahrscheinlich ihren richtigen Namen erfahren und sich trotzdem nicht nach ihr erkundigt?

»Nun, dann wissen Sie ja, dass ich nicht zurückkommen werde.« Es fiel ihr schwer, die Enttäuschung aus der Stimme zu halten.

»Ja«, erwiderte er knapp. »Sie haben mir sehr weitergeholfen, Frau Mirana. Dafür bin ich Ihnen dankbar.«

Es war, als würde sie mit einem vollkommen Fremden reden. Jetzt sprach er sie auch noch förmlich mit ihrem Nachnamen an, was den letzten Rest des Zaubers vernichtete.

»Nicht der Rede wert, Sie haben Ihre Schuld mit der Herberge großzügig beglichen«, erwiderte sie nicht minder kühl. Dabei wollte sie ganz andere Dinge sagen, ihn fragen, warum er so abweisend war, wo zwischen ihnen doch so ein starkes Band bestanden hatte. Sie hätte ihn nicht für einen Mann gehalten, der sich von einer Behinderung abschrecken ließ. Oder verurteilte er sie?

Wenn er nur die Zeitungsartikel gelesen hatte, musste er sie für eine gescheiterte Selbstmörderin halten. Egal, was es war, sie würde sich nicht erklären. Es war vorbei – alles war vorbei. Das, was sie in seiner Stimme hörte, reichte, um zu begreifen, dass sie sich die großen Gefühle nur vorgemacht hatte.

»Leben Sie wohl«, sagte sie in das Schweigen hinein.

»Sie auch. Ich wünsche Ihnen eine schöne Hochzeit und ein glückliches Leben.« Diese Worte klangen ehrlich, aber er war der letzte Mensch, der so etwas zu ihr sagen sollte.

»Danke. Machen Sie's gut.«

Leah legte auf und weinte. Sie fühlte sich, als hätte dieses Gespräch ihre Körpermitte aufgerissen. Wie konnte er so hart zu ihr sein? Wie konnte er sie so einfach fallen lassen, ohne zu sagen, dass es ihm leidtat? Natürlich hatte Belinda rausgefunden, was mit ihr passiert war – aber wäre es dann nicht angebracht gewesen, Kontakt aufzunehmen? Hatte Leah mit diesem Sturz tatsächlich all ihren Wert verloren, sodass sie für die Familie Erling nicht mehr gut genug war?

Leah fühlte sich dumm, weil sie den beiden und ihrer tragischen Lebensgeschichte auf den Leim gegangen war. Henry verdiente ihre Zuneigung nicht, aber die hatte er ihr nun höchstpersönlich aus der Seele geschnitten.

Entschlossen packte Leah die Räder und rollte sich zum Regal mit den Whiskeyflaschen. Wegen der Medikamente durfte sie nichts trinken, aber ihre Vernunft befand sich in Schockstarre. Sie nahm wahllos eine Flasche aus dem Fach und schenkte sich ein Glas randvoll ein. Alles, was diesen Schmerz für einen Augenblick betäuben könnte, war willkommen.

»Ich bin so dämlich«, flüsterte sie und setzte das Glas an die Lippen.

Der Whiskey schmeckte rauchig und streng. Nach dem ersten Schluck musste sie würgen, aber das gab sich mit dem nächsten und übernächsten.

Sie hatte die Hälfte geleert, als Peer zurückkam. Verschämt rieb Leah die Tränen von ihrem Gesicht und hasste das Bild, das sie abgeben musste.

»Hey, Babe, ich bin wieder …« Sie hörte, wie er die Schlüssel in die Schüssel bei der Garderobe warf und dann schnellen Schrittes zu ihr kam. »Was machst du denn da?« Er nahm ihr das Glas ab, stellte es ins Regal und kniete sich besorgt vor sie. »Du nimmst Antibiotika, du darfst nichts trinken. Das stand explizit im Beipackzettel.«

Der Alkohol zeigte Wirkung. Ihr war schwindelig, und das Gefühlschaos erfuhr eine Steigerung. »Ist mir egal«, sagte sie mit gesenktem Kopf.

»Hey, ich versteh das. Es gibt gute und schlechte Tage. Was kann ich dir Gutes tun?«

Leah sah hoch zum Glas. »Lass mich das austrinken und den Rest des Tages verschlafen.«

»Was ist denn los?«

Seine Fürsorge machte alles nur noch schlimmer. Ihr schlechtes Gewissen türmte sich auf wie eine Gewitterfront und schickte erste Blitze auf ihre eigenen Wünsche nieder.

»Ich ertrage das alles nicht mehr«, sagte sie. »Es sind jetzt zwei Wochen vergangen, ich sitze in dieser Wohnung wie eine Gefangene, während die Schmerzen nicht aufhören und du jeden Tag Krankenpfleger spielen musst. Ich hasse dieses Leben!«

Peer beugte sich vor und nahm sie in den Arm. Er hielt sie fest und strich ihr sanft über den Kopf. »Gib nicht auf«, flüsterte er ruhig. »Lass den Kummer raus, aber gib nicht auf.«

Sie schob ihn von sich weg und rieb sich übers Gesicht. »Wie war dein Termin?«, lenkte sie ab, weil sie es nicht ertragen konnte, dass er so einfühlsam agierte.

Er richtete sich auf und setzte sich auf den nahen Couchtisch. »Zu kurz, wir konnten gerade mal das Intro besprechen, aber ich muss wohl gemerkt haben, dass hier etwas nicht stimmt.«

Das machte es nicht besser. »Deine Arbeit leidet meinetwegen, das geht nicht.«

Kopfschüttelnd stand er auf und nahm das Whiskeyglas, um selbst davon zu trinken. »Fang nicht wieder davon an. Ja, diese Situation ist für uns beide belastend, ich will ab und an darüber reden können, ohne dass du gleich ein Fass aufmachst.«

Aber genau das wollte sie in diesem Moment. »Hat er dir angeboten, den Livemitschnitt zu machen und das Album zu produzieren? *Best of the world,* das soll doch der Titel dafür sein.«

Peer hatte mit so viel Feuereifer davon erzählt, dass Ian Thompson ihn als Tourbegleitung für den Mitschnitt haben wollte. Zwanzig Konzerte, von denen jeweils ein Song auf das Album käme, als eine Art Best-of dieser Tournee.

»Ich wäre Monate unterwegs, das geht nicht. Es sei denn …« Der Vorschlag blieb ihm im Halse stecken, zeigte jedoch, wie sehr er diesen Job machen wollte.

»… ich gehe so lange in eine Einrichtung, in der ich versorgt werde«, führte sie seinen Gedanken zu Ende.

»Entschuldige, du weißt, wie ich das meine. Ich lasse dich nicht allein. Ich würde das gar nicht aushalten, durch die Weltgeschichte zu reisen und dich fremdbetreut zu wissen.«

Fremdbetreut. »Ich will nicht mehr auf Hilfe angewiesen sein.« Leah beugte sich vor und schenkte Whiskey in ein weiteres Glas, diesmal einen anderen. »Und ich will in diesem Haus nicht mehr festsitzen.«

»Leah, hör endlich auf damit! Es ist doch nicht für immer. Bald kannst du wieder laufen, und alles wird wie vorher sein.«

Nichts würde je wieder wie vorher sein. Sie trank, ohne dass er Anstalten machte, sie davon abzuhalten. Dann sah sie ihn an.

»Ich will, dass du zusagst. Ruf ihn an und sag, dass du es machst.«

Peer stellte das Glas neben sich und stützte die Ellbogen auf die Knie. »Und danach? Wirst du dann noch hier sein? Oder gibst du dich ganz dem Einzelkämpfermodus hin und spielst ›Leah gegen den Rest der Welt‹?«

Es lag so viel Enttäuschung in seiner Stimme. Leah hatte nicht mitgezählt, wie oft sie in den letzten Wochen versucht hatte, ihn von sich zu stoßen, weil sie diese Situation nicht ertrug. Sie wusste, dass er irgendwann nicht mehr konnte, und dieses Jobangebot begünstigte die Schritte Richtung Trennung.

»Liebst du mich noch?«, fragte er unvermittelt.

Ein Stich fuhr ihr mitten durchs Herz. »Ja«, sagte sie ehrlich. »Aber dieses Leben nicht mehr.« Das war eine Wahrheit, die wie Pech an dem Miteinander klebte.

»Nein«, sagte er entschlossen. »Ich lasse nicht zu, dass du wegläufst, weil du mir nicht zur Last fallen willst.«

Enttäuscht schloss Leah die Augen und trank ein paar Schlucke vom Whiskey. Sie hatte seine Treue und sein Bemühen nicht verdient. Diese Beziehung musste enden, weil sich alles falsch anfühlte. Peer wollte das Richtige tun, aus Liebe, was ihn zu dem wundervollsten Mann der Welt machte, aber es wurde Zeit, dass sie selbst die Kontrolle über ihr Leben zurückerlangte. »Diese Schmerzen sind unerträglich. Die Ärzte haben alles schlimmer gemacht. Ich finde mich damit ab, nie wieder laufen zu können. Aber kannst du das auch?« Sie sah ihn an und leerte ihr Glas, wodurch ihre Gedanken und ihr Körper ganz schwer wurden. Viel zu schnell, was sie dem Zusammenspiel mit dem Antibiotikum zuschrieb. Ihre Bewegungen wurden ungenau, und das Glas drohte aus ihrer Hand zu rutschen.

»Na komm, ich bring dich ins Bett«, sagte Peer, nahm ihr das Glas ab und schob sie ins Schlafzimmer. Behutsam legte er sie auf die Matratze und deckte sie zu, dann setzte er sich auf die Bettkante und streichelte ihr Gesicht. »Ich liebe dich, Leah Mirana. Der Ring an deinem Finger steht für ein Versprechen, das ich dir gegeben habe. In guten wie in schlechten Zeiten. Das war mein vollkommener Ernst. Weißt du, auch Rocker können ein verbindliches Leben führen.« Er beugte sich vor und gab ihr einen Kuss auf die Stirn. »Schlaf dich aus. Du wirst sehen, danach ist alles besser.«

Sie sah ihm nach, bis er die Tür hinter sich zuzog und sie in dem abgedunkelten Schlafzimmer allein zurückblieb. Es tat ihr leid, ihm das Herz brechen zu müssen, aber so wollte sie nicht weitermachen. Sie konnte sich nicht binden, Behinderung hin oder her, mit seinem Antrag hatte er das Ende eingeläutet. Johnny war ein Symptom gewesen. Sachlich betrachtet hatte dieser Mann ihr vor Augen geführt, was sie nicht haben wollte: einen Ehemann, der sich sorgte und daran kaputtging, weil das Schicksal ein Arschloch war. Wenn sie allein war, konnte sie ihre Belange ohne Rücksichtnahme regeln. Wahrscheinlich wusste Peer längst, dass es unvermeidbar war.

LEIPZIG

selber Tag

Überrascht ging Belinda in den Flur und begrüßte ihren Sohn, der um diese Zeit noch gar nicht hier sein sollte. Er war betrunken und hatte Schwierigkeiten, die Schuhe auszuziehen.

»Habt ihr heute was zu feiern gehabt?«, fragte sie und verschränkte die Arme vor der Brust.

»Kann dein erwachsener Sohn sich nicht mal grundlos einen hinter die Lampe kippen?« Seine Ausdrucksweise und kampflustige Haltung machten sie wachsam.

»Es gibt schönere Hobbys«, sagte sie bemüht locker. »Das hier passt nicht zu dir.«

Er stolperte und stützte sich mit einer Hand an der Wand ab. »Vielleicht sollte ich deines mal ausprobieren? Schnüffeln und einmischen, das macht sicher mehr Spaß.«

Der Schlag saß.

»Ist etwas passiert?« Belinda ging ihm nach, als er sich auf die Küche zubewegte. Sie wusste, dass er noch mehr trinken wollte, davon würde sie ihn nicht abhalten. Ein richtiger Kater wäre wahrscheinlich heilsamer als alles, was sie ihm sagen konnte.

»Warum spielst du nicht Privatdetektiv und findest es heraus?«

»Okay, du bist sauer auf mich, das habe ich verstanden, ich wüsste nur gern den Grund dafür.«

Am Tresen blieb er stehen und sah sich zu ihr um. Ein ehrlicher Moment, weil er seine Enttäuschung offen zeigte. »June hat mich heute angerufen.«

Bei diesen Worten wurde ihr kalt. »Was hat sie gesagt?«

»Entschuldigung, ich meine natürlich *Leah.*« Henry holte zwei Gläser und eine Flasche Gin aus dem Schrank. Monkey 47. »Sie wollte sich entschuldigen, weil sie so plötzlich verschwunden ist. Dieses Gespräch hätte ganz anders verlaufen müssen, aber dank dir ging das nicht mehr.«

Belinda lehnte das Glas ab, was Henry dazu brachte, beide zu leeren. Sie wusste, was er meinte: Er hatte Peer Rohde ein Versprechen gegeben, ihm in die Augen gesehen und gesagt, dass er keinen Kontakt mehr zu Leah aufnehmen würde. Wenn sie ihn angerufen hatte, konnte es nur bedeuten, dass er abweisend zu ihr gewesen war, um sein Wort zu halten.

Das war allein ihre Schuld. Auch wenn früher oder später die Wahrheit ans Licht gekommen wäre, hätte es einen anderen Effekt gehabt, wenn Belinda vorher nicht im Krankenhaus aufgetaucht wäre.

»Es tut mir so leid«, sagte sie vorsichtig. »Das musst du mir glauben.«

Seine Augen wirkten glasig. Er fasste sich an die Stirn und rieb über den Haaransatz. »Es ändert nur nichts. Und bevor du jetzt wieder blinden Aktionismus an den Tag legst: Wenn du Leah kontaktierst, sind wir geschiedene Leute. Besser du verschließt jede Hintertür, die du dir offengelassen hast, weil ich diesmal Ernst machen werde.«

Es war nicht nötig, dass er das betonte. Er trank, er war wütend, und er war einsam – die beste Mischung, um leichtfertig Türen zuzuschlagen.

»Ich verspreche dir, dass ich mich daran halten werde. Wenn du möchtest, dass ich woanders wohne, dann …«

»Hör auf damit«, fuhr er ihr über den Mund. Dann nahm er die Flasche und eines der Gläser und ging.

Es war erschreckend, ihn so zu sehen. Nach Nells Tod war er verzweifelt gewesen, aber jetzt gab er sich auf. Und sie konnte es verstehen. Was nützte all die Disziplin, wenn er am Ende doch immer leiden musste? Über Umwege hatte sie erfahren, dass Henry seinen Lehrstuhl an der Uni abgegeben hatte. Die Studentengruppe durfte den Probenraum weiterhin nutzen, aber er unterstützte sie nicht mehr. Er ging nur noch zur Oper, erledigte seinen Job, kam nach Hause und verschanzte sich oben im Studio, ohne produktiv zu sein.

Belinda ging in ihr Zimmer und schaltete den Laptop ein. Sie musste seinem Wunsch nachkommen und alle Hintertüren schließen.

Eigentlich war es nur Facebook. Leah hatte ihre Freundschaftsanfrage nicht angenommen, aber sie war auch seit Wochen nicht aktiv in diesem Netzwerk gewesen. Belinda blockierte sie. Es war ein Klick wie ein Schnitt mit einem scharfen Messer, das in das einzig Gute stach, das in den letzten Jahren passiert war.

Sie hätte ihr so gern noch gesagt, wie leid ihr alles tat, aber sie hatte ihre Lektion gelernt: *Das Gegenteil von gut ist – gut gemeint.* Diese Volksweisheit verurteilte alles, was Belinda an Argumenten für ihr Handeln aufbringen wollte. Sie hatte Mist gebaut und Schaden verursacht, ganz gleich, was sie eigentlich beabsichtigt hatte, und dafür musste sie nun geradestehen.

Es gab nur eine Sache, die sie nach Peer Rhodes Besuch nicht respektiert hatte: Nachdem Henry das Haus verlassen hatte, war sie zum Altpapier gegangen und hatte die Seiten aus dem Müll gerettet.

Dann warf er eben eine Weile die Vernunft über Bord, aber Nells Oper fiel seiner Selbstzerstörung nicht zum Opfer.

Wenn er nicht da war, saß sie oft in Leahs altem Zimmer und blätterte die Seiten durch. Es lag so viel Gefühl in diesen Kompositionen und der Geschichte, die Leah dazu geschrieben hatte, dass Belinda sich sicher war, dass er irgendwann bitter bereuen würde, sie weggeschmissen zu haben.

Nach Nells Tod hatte eine befreundete Psychologin gesagt, dass Henry erst den tiefsten Punkt erreichen müsse, damit ihm geholfen werden könne. Vielleicht bewahrheitete sich diese Theorie jetzt – oder er endete als alter, verbitterter Mann, der sich viel zu früh ins Grab soff. Beides würde für sie sehr schmerzhaft werden, aber Belinda hoffte, dass er sich für die erste Variante entschied.

Die Krise, in der er steckte, war genau genommen seit fünf Jahren überfällig, aber Belinda wünschte, sie hätte sie nicht ausgelöst. Ihn mitten am Tag betrunken zu sehen, war etwas, an das sie sich sicher nicht gewöhnen wollte. All sein Talent verlor sich in diesem Zustand, als wäre ihr Sohn nur noch die Hülle des geliebten Menschen, der irgendwo zwischen Pflichtbewusstsein und Routine am Boden lag.

Aber Leah ging es gut. Sie hatte ihn angerufen, also ging es ihr gut. Wenn sie aus allem etwas Positives ziehen sollte, wäre es das gewesen.

FRANKFURT AM MAIN

9. April 2018, Montag

Das MRT hat leider gezeigt, dass die Entzündungen im Becken mit Flüssigkeitsansammlungen einhergehen. Wie es aussieht, wird der Knochen angegriffen, wir werden nochmals operieren müssen, sonst wird das Hüftgelenk wieder instabil.«

Peer antwortete für Leah, sie sah lieber aus dem Fenster, wo endlich die Sonne Frühlingsstimmung verbreitete. Sie konnte das Gerede der Ärzte nicht mehr hören. Seit drei Wochen gaben sich positive Prognosen und Hiobsbotschaften die Klinke in die Hand. Für jeden Termin musste Peer erst sie, dann den Rollstuhl die Treppe ihrer Wohnung hinuntertragen. Er musste ihr auch helfen, sich anzuziehen, auf die Toilette zu gehen oder was sonst noch alles zu den Alltäglichkeiten gehörte. Seit dem letzten Streit stand die Trennung im Raum wie ein Möbelstück, an dem man sich ständig stieß.

Leahs Schmerzen waren inzwischen wie ein Grundrauschen in dem, was einst ihr Körper gewesen war. Jetzt fühlte sich alles fremd und falsch an. Alles, was seit dem Vorfall passiert war, hatte in einer Art Paralleluniversum stattgefunden. Die Aussage bei der Polizei, die Operationen, die Physiotherapien und das veränderte Zusammenleben mit Peer.

Franken stand auf der Fahndungsliste, mehr war bislang nicht passiert. Nadine hielt sie auf dem Laufenden, indem sie ihr *Updates des Nichts* schickte. Sie wurde nicht müde, Leah zu zeigen, dass eine Freundschaft auch auf Distanz funktionierte. In guten Momenten antwortete sie ihr – freundlich und unverbindlich.

»Leah, was sagst du dazu?« Peer stieß sie am Arm an, damit sie am Gespräch wieder teilnahm.

»Ist mir egal«, sagte sie resigniert. »Ich meine, warum lassen wir das alles nicht einfach? Ganz offensichtlich erträgt mein Körper diese Strapazen nicht, ich sollte mich damit arrangieren, nie wieder laufen zu können.«

Peer schnaufte genervt.

»Wie wäre es, wenn wir Sie erst mal zur Reha schicken, und danach sehen wir weiter?«

Reha. Leah schüttelte den Kopf. »Seit Wochen werde ich therapiert, aufgeschnitten, fit gespritzt und in die Röhre geschoben. Ich will jetzt nur noch eines: lernen, wie ich mit dieser Behinderung selbstständig leben kann. Keine Operationen mehr.«

»Also willst du die Chance aufgeben, wieder laufen zu können oder gar Kinder zu bekommen?« Peer ballte auf den Armlehnen die Hände zu Fäusten. »Habe ich dabei kein Wort mitzureden?«

Leah ballte ihre Hände ebenfalls kurz zu Fäusten. »Nein, das hast du nicht, weil nicht du es aushalten musst, sondern ich. All die Schmerzen und die Enttäuschung, wenn die Behandlung wieder nichts gebracht hat. Ich will, dass es aufhört! Ich weiß, was du in den letzten Monaten alles auf dich genommen hast, um für mich da zu sein. Wir beide haben uns unsere gemeinsame Zukunft anders vorgestellt, aber ich kann das nicht mehr.«

Der Arzt hob beschwichtigend seine Hände. »Bitte, Sie sind emotional aufgewühlt. Ich empfehle Ihnen den Besuch bei meiner Kollegin, sie ist Spezialistin darin, Paare durch solch schwierige Zeiten zu begleiten.«

Aber Peer ignorierte ihn. »Was meinst du damit? Du kannst *was* nicht mehr?«

Leah legte ihre Hand auf seine Faust. »Ich wünschte, ich hätte diesen verdammten Sturz nicht überlebt. Ich bereue, dass ich so früh auf der Baustelle war, als niemand mir helfen konnte, und ich bereue, dort raufgegangen zu sein. Aber ich kann die Zeit nicht zurückdrehen. Ich will mich nicht mit dir streiten. Bitte, Peer, lass mich gehen.«

Seine Faust spannte sich noch fester an.

Der Arzt tippelte nervös mit den Fingerkuppen auf der dunklen Tischfläche. Die Situation war ihm deutlich unangenehm, und wahrscheinlich waren sie schon länger in diesem Behandlungszimmer, als es angemessen war.

Dann entzog ihr Peer seine Faust und fuhr sich mit beiden Händen durch die Haare. Er setzte sich so hin, dass Leah ihn nicht mehr berühren konnte. »Darauf arbeitest du schon seit Wochen hin. Wolltest du mich schon vor dem Unfall verlassen?«

Dies war der falsche Zeitpunkt, zu lügen, also nickte sie.

»Mein Antrag war es, nicht wahr? Mein Antrag und dein anderes Leben in Leipzig.« Er schlug auf die Stuhllehne und fluchte wütend. »Willst du den Rest deines Lebens weglaufen, wenn dir jemand zu nahe kommt?«

»Schau uns doch an. Wir beide sind unglücklich. Willst du so leben?«

Peer schüttelte den Kopf. »Will ich nicht, also hilf mir, dass es besser wird.«

»Frau Mirana …«, mischte sich der Arzt ein, aber sie ließ ihn gar nicht erst zu Wort kommen.

»Es wird nicht besser werden«, sagte sie bestimmt. »Alles hat sich geändert. Du hast so lange dein Bestes gegeben. Um mich nicht im Stich zu lassen, würdest du jede Last auf dich nehmen. Aber alles hat seine Zeit, und unsere ist vorbei.«

Für einige Herzschläge sah er erleichtert aus, dann sammelten sich Tränen in seinen Augen. »Und was willst du tun? Nach Leipzig zurückgehen? Dein Glück mit Henry Erling versuchen?«

Die Frage war wie ein Fausthieb. Leah wurde übel, und sie konnte nicht verbergen, was seine Worte bei ihr verursachten.

»Woher …?«

»Ich bin nicht blind«, sagte er. »Das Video bei YouTube und dein gesteigertes Interesse für seine Arbeit, ich musste nur eins und eins zusammenzählen.«

Betroffen senkte sie den Blick. »Wir hatten keine Affäre.«

»Aber du hast Gefühle für ihn. Ich hatte sehr viel Zeit, darüber nachzudenken. Zugegeben, anfangs war ich wütend und eifersüchtig, doch jetzt denke ich, dass du sowieso nicht bei mir bleiben willst.« Er fing ihren Blick ein. »Ist es nicht so?«

»Ich habe ihn kennengelernt, als ich gerade deine Karte in dem Buch gefunden hatte. Es ging nicht um ihn, denke ich. Ich habe mir nur selbst bewiesen, dass ich die Ehe nicht will. Er hatte mich durcheinandergebracht, das stimmt, aber nur, weil ich anfing, unser Zusammenleben zu hinterfragen. Du bist mein bester Freund, ich liebe dich, aber wir sind schon immer eher perfekt zueinanderpassende Mitbewohner mit gewissen Vorzügen gewesen als ein richtiges Paar.«

Sie sah ihm an, wie sehr ihm ihre Worte wehtaten, trotzdem nickte er. »Wir hätten das ändern können.«

Leah schüttelte den Kopf. »Hätten wir nicht. In deiner Welt bin ich wie ein Fremdkörper. Die Freundin des Produzenten oder Songwriters, die unwissend danebensitzt. Und in meine Welt habe ich dich gar nicht erst reingelassen.«

Sie sah zu dem Mediziner, der auf seinem Stuhl ganz klein geworden war. »Dr. Waasner, Sie hatten ganz am Anfang gesagt, dass es eine Art betreutes Wohnen gäbe, das darauf ausgelegt ist, Menschen wie mir beizubringen, mit diesem eingeschränkten Leben klarzukommen. Die Kosten sind kein Problem, ich würde nur gern sofort einziehen.«

Ergeben legte Peer seinen Arm wieder auf die Lehne.

Leah schob vorsichtig ihre Hand in Peers und verschränkte ihre Finger mit seinen.

»Wenn das Ihr Wunsch ist, lasse ich das gleich abklären.« Eilig verließ der Arzt den Raum, und Leah konnte sich vorstellen, dass er lieber seiner Assistentin beim Telefonieren zuhörte, als weiter hier bei ihnen zu sitzen.

Peer beugte sich zu ihr und nahm sie in den Arm. »Du weißt, dass ich nicht will, dass du gehst. Wir bekommen das alles hin.«

Sie drückte ihn, so gut sie es unter den Schmerzen konnte, an sich und vergrub ihr Gesicht in seinen langen Haaren. Er roch nach Abenteuer und Lebenslust. »O ja«, sagte sie und gab ihm einen Kuss auf den Hals. »Wir wissen beide, dass keiner von uns glücklich werden wird, wenn wir so weitermachen.«

Sie spürte sein Nicken an ihrem Kopf.

»Du bist fantastisch gewesen. Ich weiß nicht, wie ich dir für alles danken oder die Schmerzen wiedergutmachen soll, die ich dir zugefügt habe.«

Er schob sie sanft von sich und sah ihr in die Augen. »Als ich dahinterkam, fühlte es sich an, als würde ich dich gar nicht richtig kennen, aber dann erschien plötzlich alles ganz logisch.« Mit einer Hand strich er ihr die schwarzen Haare aus dem Gesicht. »Seit ich dich kenne, lebst du wie auf der Flucht, du schlägst einfach keine Wurzeln. Was auch immer diese Stadt an sich hat – oder ob es an dem Mann liegt –, aber die Zeit dort hat dich verändert, sie hat dir gutgetan. Sie hat das mit dir gemacht, was ich bewirken wollte, aber nicht konnte. Ich wollte nicht, dass du diesen Job annimmst, weil ich gewusst habe, dass es unser Ende wäre. Keine Ahnung, woher.«

Sie hatte seine Empathie unterschätzt. Sein größtes Abschiedsgeschenk war, dass er sie nicht anschrie, ihr keine Vorwürfe machte und auf Schuldzuweisungen verzichtete. Sie trennten sich mit so viel Nähe, dass die Hoffnung wuchs, sie würden Freunde bleiben. Sie nahm seine Hände in ihre und fuhr sanft mit den Daumen über seine Finger.

»Du willst das wirklich durchziehen?«, fragte er schließlich.

Leah nickte. »Ich will wieder ich selbst sein, nicht dieser Pflegefall auf zwei Rädern.«

»Aber du musst dich noch einmal operieren lassen, du hast gehört, was Dr. Waasner gesagt hat. Das Risiko ist zu groß. Versprich mir, dass du ins Krankenhaus gehst, wenn die Entzündungen endlich abgeklungen sind. Ich werde für dich da sein, auch wenn wir …« Er sprach nicht zu Ende.

Mit geschlossenen Augen stimmte sie zu. Wahrscheinlich wusste er, dass sie sich bereits dagegen entschieden hatte, aber das war zukünftig nicht mehr sein Problem. Die Risiken eines von Bakterien angefressenen und dadurch instabilen Beckens waren so oft wiederholt worden, dass sie jedes einzelne im Schlaf aufsagen konnte.

»Ich werde dich ganz oft besuchen«, versprach er.

»Das wäre schön.« Leah erwartete, dass aus häufigen Besuchen gelegentliche Begegnungen werden würden, aber er meinte es ehrlich, mehr brauchte sie nicht. Sie fühlte sich geliebt – in diesem Moment, in dem sie sich trennten, mehr als in den Monaten zuvor.

»Und wer weiß, vielleicht kommst du ja zu mir zurück, wenn es dir besser geht?« Er drückte ihre Hand. »Ich liebe dich, Leah. Wenn ich dich nur halten kann, indem ich dich gehen lasse, dann tu ich auch das. Nur komm zu mir zurück, solltest du anfangen, mich zu vermissen.«

»Das werde ich«, sagte sie voller Liebe.

Dr. Waasner kam zurück und trug das Gute-Neuigkeiten-Gesicht zur Schau.

Zeit, meinen neuen Lebensabschnitt zu beginnen.

LEIPZIG

26. April 2018, Donnerstag

»Siggi hat mehrfach angerufen.« Belinda hoffte, dass Henry wenigstens von seinem Essen aufsehen würde, aber den Gefallen tat er ihr nicht. »Er hat das Programm für seine Studenten fertig, du sollst ihm bestätigen, dass es beim neunten März nächsten Jahres bleibt.«

»Sicher«, antwortete er schließlich und tauschte die Gabel gegen das Weinglas. »Sag ihm, dass er es mir per Mail schicken soll, ich will vorher drüberschauen.« Er nippte am Wein und stand auf. »Was soll's, ich schreibe es ihm schnell selbst.«

Er verließ die Küche, und Belinda blieb in der bedrückenden Stille zurück.

Schlimmer als Vorwürfe war, dass Henry kein einziges Wort mehr über die Sache verlor. Nachdem er seine Oper in den Müll geworfen hatte, sprach er nur noch über die Arbeit. Jede Bemühung ihrerseits, sich bei ihm zu entschuldigen, führte dazu, dass er wortlos wegging.

Henry hatte Gewicht verloren, weil er mehr trank als aß. Selbst wenn sie es ganz vorsichtig angegangen wäre, hätte er sich von ihr nicht mehr helfen lassen. Er bemühte sich vorbildlich, ein angenehmes Miteinander in diesem Haus zu führen. Wenn sie aufeinandertrafen, brachte er sie auf den neuesten Stand, was in der Oper gerade los war, aber es fehlte jegliche persönliche Note. Weder wusste sie, was in ihm vorging, noch, was ihn in irgendeiner Weise bewegte.

Belinda besuchte regelmäßig ihre Freundin im Heim, aber die Gespräche waren ähnlich. Johanna lebte inzwischen in einem

Traumgebilde, das aus ihrer Vergangenheit bestand. Jeglicher Versuch, über Henry zu sprechen, endete in unbefriedigenden Zwischenkommentaren, die Johannas Sorge ausdrückten, nicht rechtzeitig zur Lehrstelle zu kommen, oder ob sie ein Fahrrad zu Weihnachten bekäme oder ob ihr verstorbener Mann um ihre Hand anhalten würde.

Es gab niemanden sonst, mit dem sie über die Geschehnisse sprechen konnte.

Belinda räumte den Tisch ab und stellte Henrys Teller mit dem Hühnchen in den Kühlschrank. Als Siggi angerufen hatte, war das Gespräch mehrfach auf die Ballettoper gekommen, aber sie wusste nicht, was sie ihm sagen sollte. Dass ihr Sohn sie weggeworfen hatte? Dass er Hilfe brauchte, aber keine annahm, und wahrscheinlich auf bestem Wege war, sich in der Verbitterung unwiederbringlich einzuigeln? Die beiden Männer waren keine Freunde, sie waren Kollegen. Profis, die auf viele Jahre produktive Zusammenarbeit zurückblicken konnten. Wenn es nicht wieder eine Einmischung gewesen wäre, hätte sie Siggi die Unterlagen gegeben, aber sie musste endlich einsehen, dass sie kein Recht dazu hatte.

Ohne das Unglück gäbe es die Probleme jetzt nicht. Belinda war sich sicher, dass Leah ihren Verlobten früher oder später verlassen hätte, egal, was für ein lieber Mann er war, sie gehörte hierher.

Hatte hierhergehört.

Belinda fehlte die Musik aus dem Studio, das Funkeln in Henrys Augen, wenn er im Schaffenseifer von neuen Ideen erzählte. Leah hatte all das zurückgebracht. Er war wieder wie früher gewesen. Wie ein letztes Aufbäumen vor dem inneren Tod. Belinda verlor die zwei wichtigsten Menschen: Johanna an die Demenz, und Henry an den Schmerz.

Es fiel ihr schwer, Leahs Namen nicht in die Suchmaschine einzugeben. Sie hätte gerne gewusst, wie es ihr jetzt ging. Der letzte

Stand war gewesen, dass Komplikationen die Genesung verzögerten, dann hatte ihr Verlobter sie nach Frankfurt gebracht, und die Informationen endeten. Jetzt hieß es also, nach vorne sehen.

Belinda war immer gern allein gewesen, aber niemals einsam. Es gefiel ihr nicht, niemanden zu haben, mit dem sie ihre Gedanken teilen konnte. Es ergab auch keinen Sinn mehr, wie mit angehaltenem Atem auf ein Zeichen zu warten. Sie musste eigene Pläne schmieden, um öfter aus dem Haus zu kommen und neue Leute kennenzulernen, damit sie etwas Ablenkung fand.

»Wenn man nicht rausgeht, dann begegnet man auch niemandem«, sagte sie leise. Kurz entschlossen nahm sie ihre Handtasche und horchte noch einmal an der Treppe nach Henry, aber das Haus war totenstill.

»Ach, Henry«, flüsterte sie. »Wenn du nur wüsstest, wie kurz das Leben ist.«

Sie hinterließ ihm keine Nachricht, als sie das Haus verließ. An diesem Abend wollte sie etwas Normalität mitbringen, Geschichten, die erzählenswert waren, damit das Schweigen endlich aufhörte. Die passende Lokalität fände sie in der Innenstadt, vielleicht im Barfußgässchen oder in der Gottschedstraße. Hauptsache, sie traf auf Menschen, dann kamen die Geschichten von allein.

FRANKFURT AM MAIN

3. Mai 2018, Donnerstag

Leah kam in der Wohngemeinschaft gut zurecht. Sie lernte, den Rollstuhl geschickt zu manövrieren und alles selbst zu erledigen. Dr. Waasner hatte ihr mehrfach eindringlich dazu geraten, die notwendige Operation zeitnah durchführen zu lassen. Er hatte sogar über ihr Liebesleben gesprochen, das im jetzigen Zustand ein Risiko darstelle, weil die Stabilität ihres Beckens durch die Komplikationen nicht mehr gegeben sei. Eine falsche Bewegung, ein Sturz oder Geschlechtsverkehr könne verheerende Folgen haben. Sie hatte all das zur Kenntnis genommen und war nie mehr in seine Praxis zurückgekehrt. Ihr Vertrauen in die Medizin war verbraucht. Seit Kurzem waren die Schmerzen erträglich, und sie hatte endlich das Gefühl, ihr Leben wieder in den Griff zu bekommen. Sie wollte sich nicht aufschneiden lassen und alles von vorn durchmachen. Inzwischen hatte sie sogar höllische Angst vor einem weiteren Eingriff.

Außerdem ertrug sie es nicht mehr, ein Pflegefall zu sein. Ebenso wenig die mitleidigen Blicke und das ständige Bemühen anderer, ihr den Arsch hinterherzutragen. Hier in der WG war sie eine von vier Rollstuhlfahrerinnen. Mit den anderen verbrachte sie jedoch kaum Zeit, weil sie zu oft weinten oder aufgeben wollten. Peer besuchte sie alle paar Tage. Er gab sich so viel Mühe, sie trotz allem nicht im Stich zu lassen. Dafür hatte sie sich nicht von ihm getrennt, damit er sie weiter mit seinem Pflichtbewusstsein belastete. Zum Glück hatte er den Job angenommen und ging völlig in der Planung und den Reisevorbereitungen auf. Im August sollte es losgehen, bis dahin wollte sie ihm beweisen, wie gut sie mit allem zurechtkam. Es tat unerwartet gut, dass er da war, ebenso wie Nadines Hartnäckigkeit und Ludgers Willen, sie nicht gehen zu lassen, guttaten. So eine Verbindlichkeit und Anerkennung kannte sie nicht. Menschen kamen und gingen, brachten Zuneigung mit Verfallsdatum auf und ließen sich in der Regel allzu schnell wegstoßen, oder sie verloren das Interesse. Wie Henry, dessen abweisender Tonfall noch immer in ihrem Kopf nachklang wie die Entzündung in ihrem Becken – dumpf und schmerzhaft.

Es war fast 15 Uhr, was bedeutete, dass sie sich auf den Weg machen musste. Ludger hatte auch ihre letzte Kündigung nicht akzeptiert und sie mehrfach um ein Gespräch gebeten. Sie war ihm dankbar, aber sie hatte das Gefühl, alles in ihrem Leben ändern zu müssen. Bei ihren Eltern blieb sie standhaft. Sie konnte sich vorstellen, was für ein Drama ihre Mutter aus dem abgerissenen Kontakt machte, womit Leah ihr genau das gab, was diese Frau brauchte, um im Mittelpunkt zu stehen. Leah sollte sich anstrengen und sich wahrscheinlich mit einer großen Geste entschuldigen, aber stattdessen genoss sie die herrliche Stille.

Sie steckte eine schmale Handtasche zwischen sich und die Armlehne und verließ die Wohnung. Inzwischen hatte sie gut trainierte Arme und trug fingerlose Handschuhe, damit ihre Hände nicht so schwielig wurden. Längere Strecken schaffte sie jetzt mit wenigen Pausen. Die nächste U-Bahn-Station verfügte über einen Fahrstuhl, was leider auf die Station beim Büro nicht zutraf. Also musste sie mehr Zeit einplanen, um eine Station weiter zu fahren und die Strecke zurück mit dem Rollstuhl zu bewältigen. Sie hoffte, dass Ludger die Schweißflecken auf ihrer schwarzen Kleidung nicht bemerken würde. Ebenso hoffte sie, dass sie unterwegs nicht aufs Klo musste oder unerwarteten Schwierigkeiten begegnete. Ihr Leben musste durch die Umstände wesentlich vorausschauender werden.

Auf der Straße half ihr jemand über den Kantstein, im Bahnhof ein anderer in den Zug. Es gehörte zum Verlassen der Wohnung dazu, dass sie sich ständig bei jemandem bedanken musste.

Als das Bürogebäude in Sicht kam, hielt sie an und nahm einen Handspiegel aus der Tasche. Sie sah erschöpft aus, aber die schwarzen Haare waren akkurat im festen Zopf geblieben, und das Make-up kaschierte die meisten Zeichen der schlaflosen Nächte.

Sie fuhr weiter und mühte sich mit der schweren Glastür ab, die in den Jahren davor niemals ein Hindernis gewesen war.

»Ich helfe Ihnen«, bot ein Kollege an, der sie erst auf den zweiten Blick erkannte. »Leah. O mein Gott, du bist wieder da. Wie geht es dir?«

Sven Harderdt sah aus wie immer. Ein dünner, blonder Kerl, der ausschließlich hellblaue Anzüge trug.

»Super«, sagte sie mürrischer als gewollt, was den Kollegen nicht schreckte.

Ungefragt legte er die Hände auf die Griffe und schob sie zum Fahrstuhl. »Du kannst dir nicht vorstellen, wie geschockt wir alle waren, als wir davon gehört haben.«

Leah schloss die Augen und atmete seine Worte weg. Man konnte alles wegatmen, wenn man es nur intensiv genug trainierte. Die Menschen sagten immer das Gleiche. Dumme Phrasen, die einer Hilflosigkeit entsprangen, weil niemand wusste, wie man mit Tragödien umzugehen hatte.

Während er weiterredete, musste sie an Johnny denken. Sie glaubte nicht, dass er viele Phrasen kannte. Er fehlte ihr. Es war, als spürte sie seine Umarmung noch immer. Egal, wie sie es drehte und wendete, sie verstand einfach nicht, wie sich eine so tiefe Zuneigung so plötzlich verlieren konnte. Es war erniedrigend, dass sie offensichtlich nur allein so empfunden hatte. Leah zog das Kinn zur Brust. Das Thema war erledigt.

»Wir wollten ja für dich sammeln«, drängten sich Svens Worte in ihre Gedanken. »Aber das ging dann irgendwie unter, weil wir ja schon deine Arbeit mit übernehmen mussten, als du nach Leipzig gegangen bist. Wir haben ganz schön Überstunden gemacht.«

Die Fahrstuhltür öffnete sich, er schob sie hinein und drückte den Knopf für den zehnten Stock. *Leonhardt und Partner* stand daneben auf einem kleinen Metallschild.

»Ich komme übrigens gerade von Luvullus, wir bekommen den Auftrag.«

Die Glückwünsche wollten ihr nicht recht über die Lippen kommen. Leah war an diesem Kunden dran gewesen.

»Nach langem Hin und Her wollen sie nun doch deine Entwürfe – was rede ich, sie sind ganz verliebt in den Spa-Bereich, den du entworfen hast, ich denke, sie wollten nur die Preise drücken. Kommst du wieder zu uns? Entwürfe machen doch viel mehr Spaß als die Bauleitung, findest du nicht?«

Leah sah zu den Zahlen, die viel zu langsam die Stockwerke abzählten. »Keine Ahnung, aber schön, dass es geklappt hat«, zwang sie sich, freundlich zu erwidern. Er konnte nichts dafür, dass sie ihn nicht mochte. Es lag an seiner oberflächlichen Art, die sie grauenhaft fand.

Zähe Sekunden später öffnete sich die Tür, und bevor Sven sie hinausschieben konnte, ergriff sie die Räder und fuhr selbst aus der Kabine. Dann drehte sie sich schwungvoll um, als habe sie ihr Leben lang nichts anderes gemacht als Rollstuhl fahren. »Es war wirklich schön, dich zu sehen, Sven«, sagte sie und machte damit unmissverständlich klar, dass sie den Rest des Weges allein schaffte.

Achtzig Leute arbeiteten in dieser und der darunter liegenden Etage. Rechtsabteilung, Buchhaltung, Ingenieure, Architekten, Bauzeichner und Assistenten. Ludger gab sich nicht mit Kleinkram zufrieden.

Seine Bürotür öffnete sich, bevor Leah angekommen war. Sie war auch von anderen schon bemerkt worden, ihre Ankunft sprach sich herum. Manche kamen auf den Flur und gafften. Sie war froh, dass Ludger sie bereits empfing.

»Leah, da bist du ja!« Er zog die Tür weiter auf und ließ sie hereinkommen. Dann sagte er zu seiner Assistentin Stephanie, die bei offener Tür im Nebenraum saß, sie möge den Kaffee bringen.

»Komm, setz dich«, er deutete auf die bequeme Sitzgruppe und bemerkte erst mit Verzögerung seinen Fauxpas. Sie hörte, wie er erschrocken die Luft einsog.

Aber Leah kam dieser Bitte gerne nach. Sie fuhr zum Sofa, stemmte sich aus dem Rollstuhl und machte es sich auf dem Polster bequem. »Ich habe noch Gefühl in meinen Beinen, ich kann sie derzeit nur nicht richtig belasten«, erklärte sie. »Es ist schön, hier zu sein.«

Ludger grinste erleichtert. Er setzte sich in den Sessel ihr gegenüber und wippte gelassen mit einem Fuß. Seine Erscheinung ähnelte ein wenig einem Südstaaten-Plantagen-Besitzer. Der schneeweiße Bart war säuberlich zu den Seiten gedreht, während die Haare am Kinn einen spitzen Flaum bildeten. Seit sie ihn kannte, trug er die Haare gescheitelt und mit Pomade zu den Seiten gekämmt. Er war auch der einzige Mann, den sie kannte, der noch eine Fliege trug. Heute eine rote, die sich vom dunkelblauen Anzug abhob und deren Farbe sich im Taschentuch in der Brusttasche wiederholte.

Stephanie brachte das Tablett mit Kaffee und Keksen herein, lächelte Leah freundlich zu und ging wieder.

»Ich hatte etwas Angst, du würdest nicht kommen«, sagte er geradeheraus. »Dein Verlobter sagte, deine Sturheit würde nur von deinem Stolz übertroffen werden.«

»Ex-Verlobter«, korrigierte sie.

»Oh, tut mir leid, das zu hören. Nun, nicht jeder Mann …«

Leah winkte ab, bevor er den Satz zu Ende sprechen konnte. »Ich habe mich getrennt. Das meinte er wohl mit Sturheit und Stolz.«

Die weißen, buschigen Augenbrauen fuhren in die Höhe. »Ach, und dann wolltest du einen Rundumschlag machen und dich gleich von allen Männern in deinem Leben trennen? Was sollten deine Kündigungsschreiben? Du bist mit Leib und Seele Architektin. Ich habe dich ausgebildet, weil du talentiert und klug bist. Also, wenn du nicht gerade zur Konkurrenz wechseln willst, um einem alten Mann das Herz zu brechen, ist dein Kündigungswunsch idiotisch und wird nicht akzeptiert.« Mit Grinsen milderte er seine Worte und schenkte Kaffee in die zwei Tassen. Was er sagte, war wie Balsam für ihren gebeutelten Glauben an Beziehungen.

»Ich tue nur, was nötig ist. Mit einem Rollstuhl kann ich keine Baustellenbegehungen mehr absolvieren«, sagte sie trotzdem.

»Deine Expertise wird auch an anderer Stelle gebraucht. Lass die anderen Hüpfer auf die Baustellen los.« Mit einer wegwerfenden Handbewegung unterstrich er seine Worte.

»Mach Entwürfe, zieh Kunden an Land, übernimm die Projektbetreuung hier im Büro, was auch immer. Du weißt, dass dir eine ganze Palette von Jobs zur Verfügung steht, die du locker im Rollstuhl erledigen kannst.«

»Und ganz von vorn anfangen? Ich musste mir als Frau schon mühsam Respekt verschaffen, wie soll das als Frau im Rollstuhl werden?«

»Ach, Leah, wir sind im einundzwanzigsten Jahrhundert, was interessieren uns die paar Spinner, die an alten Rollenbildern festhalten oder über Behinderungen nicht hinwegsehen können?« Schon weil er das sagte, war Ludger ihr heimlicher Wahlvater.

»Du meinst Spinner wie die Herren von LankWire? Oder Helmut Waldarek?« Mit einem Kopfschütteln lehnte sie eine Vertiefung dieses Themas ab. »Stell dir vor, ich komme im Rollstuhl zu den Besprechungen. Wenn ich eines in den vergangenen Wochen gelernt habe, dann, dass die meisten Menschen Unbehagen empfinden, wenn sie mich im Rollstuhl sehen. Ich habe aber keine Lust, mich in einem Büro zu verstecken, um wie zu Studienzeiten nur am Reißbrett zu sitzen.«

Ludger legte den Kopf schief und musterte sie. »Ist mir egal«, sagte er schließlich. »Dann verschaffst du dir eben Respekt. Dann ist es am Anfang anstrengend und manchmal auch frustrierend. Aber will mir die Frau, die sich hier aus dem Rollstuhl hievt und auf das Sofa setzt, wirklich erzählen, sie würde sich davon abschrecken lassen?«

Mit einer Hand zwirbelte er die Spitze seines Bartes, wie er es gern machte, wenn er in Verhandlungen einstieg. Diese Handlung war wie das Festziehen der Boxhandschuhe, bevor der Gong erklang.

»Nehmen wir mal an, ich ließe dich gehen. Bislang wusstest du, dass du diesen Job sicher hast, aber was, wenn nicht mehr? Wie lange würde es dauern, bis dir die Decke auf den Kopf fällt? Eine Woche? Zwei? Und dann?«

Gemächlich rührte er etwas Zucker in seinen Kaffee.

Jetzt hatte er sie genau dort, wo sie nicht sein wollte: Er packte sie bei ihrem Stolz, weil er sie zu gut kannte. Ihm konnte sie nie etwas vormachen, und normalerweise liebte sie seine direkte und weise Art. Doch nun schwieg sie.

»Ich stimme dir zu: Die Bewerbungsgespräche im Rollstuhl dürften nicht leicht werden, wenn die Vernunft dir sagt, dass du wieder arbeiten müsstest«, sprach er ruhig und ohne Wertung in der Stimme weiter. »Und deine Sturheit würde dir im Wege stehen, also kämst du nicht hierher zurück. Was schlussendlich bedeuten würde, dass wir uns auf irgendeinem Amt für Bauwesen wiedersehen, wo die Integrationsquote dafür sorgen würde, dass du mit deinem großen Talent Formulare bearbeitest, weil du ja keine Baustellenbegehungen machen kannst.«

Zu kündigen und alles weit von sich zu schieben, hatte sich richtig angefühlt, aber die Zukunft, die er ihr nun vor Augen führte, war schrecklich realistisch. Ein kompletter Neuanfang war tatsächlich nicht die Lösung. Ernüchtert sank sie ins Polster und legte ihre Hände in den Schoß.

Ludger neigte den Kopf und schenkte ihr ein mildes Lächeln. »Sag mir, was du willst«, forderte er ruhig.

Leah zuckte mit den Schultern. »Keine Ahnung. Ich könnte wieder mit Sven arbeiten?« Schon die Vorstellung war fürchterlich. »Oder mich um Ausschreibungen kümmern?«

»Wie wäre es mit der Poststelle, da wäre dein Talent auch vergeudet?«, sagte er scherzend. »Wie tief möchtest du noch stapeln, bevor dir einfällt, dass du ja eigentlich eine Frau bist, die sich Respekt verschafft?«

Leah musste lachen. »Ich habe dich in den letzten Wochen echt vermisst«, gestand sie.

»Ich durfte ja nicht vorbeikommen. Bei deinem Stolz könntest du in der Tat meine Tochter sein.« Er nahm den Kaffee in die Hand und lehnte sich zurück. »Wie wäre es mit der Geschäftsstellenleitung in Leipzig? Selbst wenn sie Walter finden, erfolgreich behandeln und er wegen Unzurechnungsfähigkeit freigesprochen wird, kann er nie wieder zurückkommen.«

Es tat Leah leid zu sehen, wie nahe Ludger das alles ging. Walter Franken und er waren schon länger Freunde, als Leah auf der Welt war. Sie hatten gemeinsam studiert und das Unternehmen von Ludgers Vater übernommen und über die Jahre an die Spitze geführt. Erst jetzt verstand sie, dass sie schon deshalb bleiben musste, damit er nicht zwei Menschen auf einmal verlor, die ihm wichtig waren.

»Was sagt denn seine Frau?«, überging sie sein Angebot.

»Sie ist am Boden zerstört und schämt sich für das, was ihr Mann dir angetan hat. Wir telefonieren immer noch beinahe jeden Tag, um irgendwie zu verstehen, warum keiner von uns gesehen hat, was mit ihm passierte, und ob wir es hätten verhindern können.«

Das schien sich jeder zu fragen, der Walter Franken kannte.

»Woher hättet ihr das wissen sollen? Nadine und Bennie sagten, dass er etwas schrullig geworden sei, mehr nicht. Es lag an mir. Ich habe bei ihm etwas ausgelöst, was er nicht mehr kontrollieren konnte. Es fing bei einer Begegnung hier im Fahrstuhl an. Ich war das erste Mal mit ihm allein gewesen und dachte, er sei so ein Mann, der seine Position ausnutzt und anzüglich wird.«

»Warum hast du nichts gesagt?« Ludger stellte den Kaffee zurück, wechselte den Platz zu ihr aufs Sofa und nahm sie in den Arm. Sein Bart kitzelte an ihrer Wange, und er roch nach Old Spice und teurer Seife. So fühlte sich also eine väterliche Umarmung an. Er drückte sie an sich, weil er sich um sie gesorgt hatte und froh war, dass sie lebte. »Walter ist mein Freund, aber ich hätte dir geglaubt.«

Als er sie losließ, mussten sich beide Tränen vom Gesicht wischen.

»Weil es anfänglich nicht der Rede wert gewesen war.«

Er sah ihr in die Augen. »Also, nimmst du an? Ich mach dich zur Partnerin, und du schmeißt den Laden in Leipzig, ja?«

»Partnerin?« Das war ein Angebot, das Leah keinesfalls annehmen konnte. »Du muss nicht wiedergutmachen, was Walter Franken angerichtet hat. Eine Partnerstelle habe ich nicht verdient.«

»Papperlapapp.« Mit einem leisen Ächzen stemmte er sich vom Sofa hoch und setzte sich wieder in den Sessel ihr gegenüber. »Ein Blumenstrauß und Geld wären eine Wiedergutmachung. Eine

Partnerstelle verschenkt man nicht wie ein Pflaster. Ich will, dass du sie annimmst, weil du weißt, wie der Laden läuft und worauf ich Wert lege. Du bist eine außergewöhnliche Architektin, du kannst gut mit Menschen umgehen, bist durchsetzungsfähig und belastbar. Kann ich Stephanie jetzt sagen, dass sie die Rechtsabteilung für den Vertrag bemühen soll?«

Gerade als er sie rufen wollte, ging Leah dazwischen. »Davon mal abgesehen, dass ich zu jung und unerfahren bin, kann ich den Betrag nicht aufbringen, den ich als Einlage mitbringen müsste.«

Ludger sah sie vergnügt an und zwirbelte nun beide Bartspitzen gleichzeitig. »Jeder in dieser Firma weiß, dass du wie eine Tochter für mich bist. Ich bin auf sehr unerotische Weise sehr vernarrt in dich. Manchmal vergesse ich sogar, dass wir nicht verwandt sind. Und Töchter schlagen ihren Vätern keine Wünsche ab.«

Sie merkte, wie Röte ihre Wangen überzog. Seine Anerkennung war der größte Schatz in ihrem Leben.

»Denkst du, ich hätte dich alle Abteilungen bis nach Leipzig durchlaufen lassen, wenn dieser Posten nicht längst für dich gedacht gewesen wäre? Mach dir um das Finanzielle keine Sorgen. Wenn du willst, kannst du das Penthouse über dem Büro beziehen, und ich stelle dir Frau Fröhlich als persönliche Assistentin an die Seite. Talente lässt man nicht gehen. Ich bin mir sicher, dass du es später genauso machen wirst, wenn du die Entscheidungen triffst. Also?«

Ergeben seufzte sie. »Du bist der wichtigste Mann in meinem Leben, das weißt du, oder?«

Stolz fuhr er sich mit einem Finger über den Schnauzer. »So war's gedacht.«

Ein warmes Gefühl durchströmte Leah, weil Ludger an sie glaubte. Und weil sie nach Leipzig zurückkehren würde. Genau dort wollte sie sein, ohne dass sie es bis zu diesem Augenblick für möglich gehalten hatte. Was Peer zu einem Propheten machte, weil er es gewusst hatte.

Partnerin. Sie ließ das Angebot auf sich wirken, während Ludger Stephanie die Anweisungen gab. Sogar ihr Stolz hieß diese Position willkommen.

ZWISCHEN FRANKFURT A.M. UND LEIPZIG

9. Juni 2018, Samstag

Es fühlte sich seltsam an, neben Peer auf dem Beifahrersitz eines Transporters zu sitzen und sich nach Leipzig fahren zu lassen. Er hatte darauf bestanden, was gleichzeitig auch den endgültigen Abschied bedeutete. Ganz gleich, was sie einander versprachen, um es erträglicher zu machen.

Sie waren schon drei Stunden unterwegs und hatten nur noch eine Dreiviertelstunde vor sich. Alle Themen vom Wetter über das neue Büro und die Lage der Wohnung waren durch, wobei Peer das, was ihm eigentlich auf der Zunge lag, nicht aussprach. Er kaute darauf herum wie ein kleines Kind, dem man jedoch alles an der Nasenspitze ansehen konnte.

Leah hoffte, dass er auch für den Rest der Fahrt darüber schweigen würde, aber dieser Wunsch lockerte wohl seine Zunge.

»Wirst du hier ins Krankenhaus gehen?« Seine Frage klang vorsichtig, fast flehend.

»Ich komme bestens zurecht. Sollten irgendwann wieder Beschwerden auftreten, gehe ich hin. Versprochen.«

»Du kannst nicht laufen«, sagte er fassungslos. »Ist das nicht Beschwerde genug? Dr. Waasner hat gesagt …«

Leah schnitt ihm das Wort ab. »Ich weiß, was er gesagt hat. Lass es einfach.«

Es tat ihr leid, ihn so anzufahren, aber ihre Entscheidung stand fest, das sollte er endlich akzeptieren. Vieles, was sie aus Sturheit oder Stolz gemacht oder abgelehnt hatte, war streitbar gewesen, aber die Angst vor einer weiteren Operation und neuen Komplikationen füllte jeglichen Verhandlungsspielraum betonfest aus.

»Gut, dann frage ich dich was anderes«, kündigte er beleidigt an, brauchte jedoch einige Herzschläge, bevor er weitersprach: »Wirst du Henry Erling wiedersehen?«

Leah schaute aus dem Fenster, damit er sie nicht ansehen konnte. »Warum sollte ich das tun?«

»Komm schon, Leah. Es ist genug Zeit vergangen, jetzt können wir doch ganz offen miteinander reden. Über die Eifersucht bin ich längst hinweg. Es wäre schön zu wissen, dass du dein neues Leben nicht ganz allein beginnst.«

Sie wusste, dass er es ernst meinte.

»So eng war diese Freundschaft nicht.« Was stimmte, weil er sie sonst nicht so fallen gelassen hätte.

»Das sehe ich anders.« Peer blieb hartnäckig. »Ich habe dir damals nicht die ganze Wahrheit gesagt.«

Nun sah Leah ihn an. »Was meinst du?«

Peer ließ seinen Kopf und die Schultern kreisen und fuhr sich mit einer Hand über den Mund, bevor er weitersprach: »Als du im künstlichen Koma gelegen hast, war eine alte Frau zu Besuch da. Sie hatte sich mir als deine Vermieterin vorgestellt.«

Belinda.

»Und du erinnerst dich doch an den Song, den ich mit Erlings Melodie kombiniert hatte. Ich dachte, wenn ich schon in Leipzig bin, könnte ich ihm den Song persönlich vorstellen, und bekam einen Termin bei ihm zu Hause im Studio.«

»Dort bist du dann der alten Frau wieder über den Weg gelaufen, wodurch alles aufgeflogen ist«, erkannte Leah gefasst. »Du musst so wütend auf mich gewesen sein.«

»Ja, das war ich«, gestand er und sah schuldbewusst aus. »Ich schätze, ich habe damals zu Henry Erling und seiner Mutter ein paar Dinge gesagt, die ich nicht hätte sagen sollen.«

Das war also der Schatten gewesen, der ihn umgeben hatte.

»Na ja, du hattest wohl alles Recht der Welt dazu.« Leah tat es unendlich leid, dass Peer, Henry und Belinda ihretwegen so viel hatten aushalten müssen. Es war keinem gegenüber fair gewesen, und sie selbst war die ganze Zeit über geschont worden. »Vor ein paar Wochen habe ich ihn angerufen, um mein plötzliches Fortbleiben zu erklären. Ich glaube nicht, dass die beiden mich wiedersehen wollen.«

Das war anscheinend nicht das, was Peer hören wollte. »Soll ich mit ihnen reden?«

Leah schüttelte energisch den Kopf. »Du willst mir nur jemanden auf den Hals hetzen, der mich zu dieser sinnlosen OP drängt. Henry und ich haben damals an seiner Oper gearbeitet, das hatte Spaß gemacht. Zum ersten Mal habe ich ein richtiges Gefühl dafür bekommen, was es bedeutet, ein Teil dieses kreativen Prozesses zu sein. Ich hatte mich wie ein Teenager davon anstecken lassen, mehr war es nicht.«

So wie Peer die Lippen aufeinanderpresste, schien er das anders zu sehen.

»Na gut, ich werde ihn und seine Mutter besuchen«, sagte sie ihm also das, was er hören wollte. »Wenn es dich glücklich macht, kläre ich alles mit ihnen, und wenn sie mir Hilfe anbieten, werde ich sie annehmen. Zufrieden?« Vielleicht war es greifbarer für ihn, wenn er sich vorstellte, dass der große Henry Erling doch der eigentliche Grund für ihre Rückkehr war; das ließe die Trennung weniger sinnlos erscheinen.

»Weißt du, was ich als Erstes gedacht habe, als ich die Skizzen gesehen habe?«

Leah begriff nur nach und nach, was das Treffen damals in Gänze bedeutet hatte.

»Dass ich die Frau gern kennenlernen würde, die all das gezeichnet und mit ihren Ideen bereichert hat.«

Die gibt es nicht mehr.

Mit einer Hand strich sie sich die Haare aus dem Gesicht, dann zog sie ein Haargummi aus der Tasche und fasste die Strähnen zu einem strengen Zopf zusammen. Eine Übersprunghandlung, die Peer zum Glück unkommentiert ließ. Er kannte sie viel zu gut und doch zu wenig.

»Ich weiß auch nicht«, sagte sie schließlich. »Es war, als wäre ich in diesen wenigen Tagen in einer vollkommen anderen Welt gewesen, in der alles melodisch und inspirierend gewesen war. Wie ein alternatives Leben, das meines gewesen wäre, wenn ich jemals gelernt hätte, auf meine innere Stimme zu hören statt auf die Belange um mich herum.« Ihr fiel auf, wie herzlos das ihm gegenüber klang. »Entschuldige, mit dir …«

Aber Peer hielt sie mit einer Berührung am Arm vom Weiterreden ab. »Ich verstehe es, keine Sorge. Wir hatten eine Wahnsinnszeit zusammen, du hast bei allem mitgemacht, was ich geliebt habe. Es wäre besser gewesen, ich hätte ab und an mehr drauf geachtet, was du eigentlich willst.«

Leah legte eine Hand auf seine. »Wenn ich das nur selbst gewusst hätte.«

In Momenten wie diesen wünschte sie sich, ihre Freundschaft hielte die Distanz und neuen Lebensumstände aus.

»Irgendwann will ich trotzdem deine Eltern kennenlernen. Sie wissen gar nicht, was sie dir angetan haben, oder?« Er setzte den Blinker und verließ die Autobahn. »Jedenfalls war ich nicht nur eifersüchtig auf ihn, ich war auch eifersüchtig auf die Stadt. Als hätte ich dich nicht an einen anderen Mann, sondern an Häuser verloren. Jetzt stimmt es irgendwie. *Jüngste Partnerin von Leonhardt.*«

Leah kniff die Augen zusammen und senkte den Kopf.

»Hey, nicht doch, ich wollte dich nicht traurig machen«, sagte Peer schnell. »Ich habe mir oft gewünscht, meine kleine Planerin würde ab und an ihrem Herzen den Vorzug geben, weil du immer alles über deinen Kopf geregelt hast. Aber das Leben kann man nicht planen. Wenn das so wäre, dann stünden wir jetzt beide vor dem Traualtar. Wenn ich dich also gleich absetze, dann möchte ich mit dem Wissen wieder fahren, dass du den Neuanfang auch wirklich nutzen wirst.«

»Das werde ich«, versprach sie. »Du wirst sehen, wenn wir uns das nächste Mal sprechen, habe ich mich hier eingelebt und sicher mehr zu erzählen als über die Arbeit.« Selbst wenn sie sich das aus den Fingern saugen müsste.

Die Welt funktionierte nun mal nicht so, wie er sich das vorstellte. Das, was mit Johnny so besonders gewesen war, basierte auf Anonymität, dem Zauber des Augenblicks und haltloser Sympathie. Es war zu viel passiert, als dass sie einander je wieder unbelastet begegnen konnten.

Auf dem Weg zur Wohnung kamen sie an Henrys Villa vorbei. Sie wusste, dass Peer diesen kleinen Umweg mit Absicht gewählt hatte. »Dein Koffer und dein Laptop sind noch dort, soll ich kurz anhalten?« Er sagte es herausfordernd, aber nicht so, als würde er es ernst meinen.

»Ich denke, die Sachen werden ein guter Grund sein, in nächster Zeit bei ihnen anzuklingeln. Lass mich erst mal ankommen.«

Henry war am Telefon unmissverständlich gewesen. Weiterer Kontakt war nicht erwünscht; sie hätte nicht mal gewusst, wie so ein Wiedersehen aussehen sollte. Wahrscheinlich war die Zeit mit ihr längst in Vergessenheit geraten, es waren ja nur wenige Tage gewesen. Er hatte sie gebraucht, und sie war da gewesen. Wenn er die Oper irgendwann auf die Bühne brächte, wäre sie wieder da, irgendwo im Publikum versteckt, nur um zu sehen, wie wundervoll sie geworden war.

Sie fuhren die Tauchnitzstraße entlang.

»Wird jemand da sein und beim Tragen helfen?«, wechselte er das Thema.

»Es werden zwei Möbelpacker vor Ort sein. So viel ist es ja nicht.«

Peer sah sie ernst an. »Tu mir einen Gefallen«, bat er. »Werde hier sesshaft und hör auf, fortzulaufen. Lass alles nicht umsonst gewesen sein.«

Leah nickte. Sie wollte es versuchen. Die kurze Zeit, die sie bisher in Leipzig verbracht hatte, hatte intensive Spuren hinterlassen. Doch eine Mischung aus nüchterner Erfahrung und sehnsüchtiger Vorfreude machte es ihr schwer, richtig einzuordnen, was dieser Umzug für sie bedeutete. Aber vielleicht funktionierte die Liebe zur Stadt? Ludger hatte als Vaterfigur bereits dafür gesorgt, dass es in ihrem Leben etwas von Bestand gab. Nun schien sich in ihr noch mehr geändert zu haben, etwas, das sie offen für festere Bindungen sein ließ und die Hoffnung weckte, Peer und Nadine würden ebenfalls ein Teil ihres Lebens bleiben.

Sie fuhren auf die Oper zu. Auf dem Augustusplatz war zu dieser Jahreszeit die große, kreisrunde Fläche mit Wasser gefüllt, und eine Fontäne schoss in der Mitte mehrere Meter empor. Das war viel schöner als die Buden, die künstliche Eisfläche und das Riesenrad. Schließlich erreichten sie die Talstraße und das Gebäude, in dem die Hälfte der Mieter Firmen waren wie das Architekturbüro. Die Büroräume lagen zwei Stockwerke unter Leahs Wohnung.

Peer fuhr in die Tiefgarage und hielt direkt vor den Fahrstühlen. Ein Sicherheitsmann begrüßte sie und nahm die Personalien auf.

»Mein Name ist Dennis, Frau Mirana. Sagen Sie bitte Bescheid, wenn Sie Hilfe benötigen.«

Er sprach etwas in sein Funkgerät, dann leuchtete der Knopf vom Fahrstuhl auf, und die Möbelpacker machten sich auf den Weg zu ihnen.

»Bevor ich es vergesse«, sagte Leah, drehte sich zu Peer und zog den Ring vom Finger. »Der gehört dir.« Es war nicht leicht, das zu sagen, weswegen die Worte viel zu hart aus ihrem Mund kamen.

Peer schloss ihre Finger um das Schmuckstück. »Behalte ihn als Erinnerung, dass du mich immer anrufen kannst, wenn du einen Freund brauchst.«

Es fühlte sich gut an, den Ring wieder an den Finger zu stecken, weil er genau das für sie bedeutete, was Peer ihr sagte: Ihr Freund war da. Sie hatte ihm mit ihren Entscheidungen nicht das Herz rausgerissen oder ihn so bitter enttäuscht, dass er sie fortan hasste.

Er stieg aus, half ihr in den Rollstuhl, und Leah sah mit an, wie ihr bisheriges Leben Kiste für Kiste in den Fahrstuhl geladen wurde.

»Frau Fröhlich erwartet Sie oben im Penthouse und wird Ihnen alles zeigen«, ergänzte der Sicherheitsmann, der die Informationen anscheinend gerne so stückelte, dass er einen wichtigen Eindruck machen konnte.

»Wunderbar«, sagte Leah freundlich und bewegte die Räder, um zum Fahrstuhl zu kommen.

Peer packte bei den Kisten mit an. Für ihn spielte es keine Rolle, dass zwei Männer für die körperliche Arbeit angeheuert worden waren.

Durch einen Mülleimer zwischen den Fahrstühlen war es nicht leicht, an den Knopf zu kommen, aber Leah wusste, dass sie für alles eine schnelle Routine entwickeln würde.

Das ist jetzt mein Zuhause.

Die Kartons fuhren im linken Fahrstuhl nach oben. Peer, die Möbelpacker und Leah nahmen den anderen. Er legte eine Hand auf ihre Schulter, was ihr Sicherheit gab.

Als die Türen sich öffneten, wurden sie im großzügig geschnittenen Gang von der freudestrahlenden Nadine erwartet. Sie bereitete Leah einen herzlichen Empfang und nahm Peer ungefragt ebenfalls in den Arm. »Wie war die Fahrt? Seid ihr gut durchgekommen?«

Peer grinste Leah an. Sie hatte ihm oft gesagt, wie penetrant wohltuend Nadines positive Art war.

»Ich bin so froh, dass du wieder da bist. Du hast uns gefehlt …« Nadine ging vor und machte einen aufgekratzten Eindruck. »Es gibt so viel zu erzählen, aber jetzt zeige ich dir erst mal die Wohnung.«

Die Möbelpacker kümmerten sich um die Kisten, während Nadine die Wohnungstür öffnete und Leah feierlich willkommen hieß. »Das Beste zuerst«, kündigte sie an und ging zielstrebig zu einem Schuhkarton, der auf der Garderobe stand.

Ein Blick in die Wohnung zeigte Leah, dass sie geschmackvoll eingerichtet war. Modern mit warmen Holztönen und einem schwarzen Sofa mit zwei Sesseln im offenen Wohnzimmer.

»Das ist für dich.«

Leah nahm den Karton entgegen. Als sie den Deckel öffnete, entdeckte sie einen silbernen Schlüsselanhänger in Form einer Note mit dem Wohnungsschlüssel, der auf eine Lage Stoff gebettet war. Darunter befand sich ihre Erstausgabe von *Stolz und Vorurteil.* »Du hast sie tatsächlich wiederbekommen, ich weiß gar nicht, wie ich dir danken soll!«

»Frankens Frau hat mir das Buch ins Büro gebracht. Sie würde sich gern noch mal persönlich bei dir entschuldigen. Soll ich einen Termin vereinbaren?« Dieses Detail dämpfte die Stimmung etwas. »Also, nicht jetzt gleich, irgendwann, wenn du richtig angekommen bist.«

Nadine kniete sich neben Leah und legte ihr beide Hände auf den Arm. In dieser Geste lagen so viel Mitgefühl und Erleichterung. »Ich soll dir sagen, dass du vor Walter keine Angst mehr haben musst.«

»Ach ja?«, kommentierte Peer ungehalten. »Wie kann sie sich da so sicher sein, er wurde doch noch nicht gefunden.«

Die Fröhlichkeit erstarb für einige Herzschläge, und Nadine sah Leah betroffen an. »Ausgehend von seinem gesundheitlichen Stadium im Februar besteht für Walter keine Hoffnung mehr. Selbst wenn er noch lebt, wird er nicht mehr viel ausrichten können.«

Peer gab einen abfälligen Laut von sich. Für ihn war es erst vorbei, wenn Frankens Verbleib gewiss war.

Leah nahm das Buch aus dem Karton und legte eine Hand auf den Einband. Es war wie ein Anker, der ihr sagte, wo sie verweilen konnte. »Ich will mir darüber keine Gedanken mehr machen. Sag seiner Frau, dass eine Entschuldigung nicht mehr nötig ist.«

»Es scheint ihr sehr wichtig zu sein«, sagte Nadine und stand wieder auf. »Keine Ahnung, wie ich reagieren würde, wenn mein Mann so was Grauenhaftes getan hätte.«

Mit einem Finger fuhr Leah an der abgewetzten Buchkante entlang. »Ich überlege es mir.«

Sie wollte sich das Bedauern dieser Frau nicht anhören. Wenn sie ein schlechtes Gewissen hatte, sollte sie ebenso damit leben müssen wie Leah mit den Folgen von Frankens Tat.

»Woher hat sie das Buch?«, fragte Peer. »Wenn er zu Hause gewesen ist, warum hat sie ihn dann nicht gleich einweisen lassen?«

Nadine zuckte mit den Achseln. »Sie sagte, es habe auf dem Tisch gelegen, als sie vor einem Monat an einem Abend nach Hause gekommen war, aber von Walter fehlte jede Spur.«

»Ich hoffe, dass er tot ist«, sagte Leah. »Können wir das Thema jetzt beenden?«

Sie gab den Karton mit dem Schlüssel Nadine zurück, damit sie ihn auf die Garderobe stellen konnte, und ließ das Buch auf ihrem Schoß liegen.

»Soll ich es auf den Nachttisch legen?«, bot Peer an. Er wusste, was es ihr bedeutete.

»Ja, danke.« Sie gab es ihm und sah ihm hinterher, als er die Wohnung durchquerte.

»Wird das mit euch noch was?«, fragte Nadine leise.

Bevor Leah antworten konnte, kamen die Möbelpacker mit den Kartons durch die Tür.

»Dort ins Wohnzimmer«, wies Nadine an und schob Leah aus dem Weg. »Also?«

»Ich hoffe, dass wir Freunde bleiben.«

Mit einem Schnauben fuhr sie Leah bis zu den bodentiefen Fenstern. »Ich hätte den nicht gehen lassen«, sagte sie. »Es sei denn, du hättest dich für den anderen entschieden. Hast du?«

Ein Kopfschütteln war die einzige Äußerung, die Leah in diesem Moment zu dem Thema tätigen wollte.

Nadine grinste und zeigte nach draußen. »Du kannst von hier aus das Grassimuseum sehen, cool, oder?«

»Ich kenne die Aussicht«, erwiderte Leah amüsiert. »Falls du dich erinnerst, habe ich zwei Wochen lang zwei Stockwerke tiefer gearbeitet.«

»Ja, aber nie rausgeguckt, du Arbeitstier.« Nadine ließ Leah am Fenster stehen und ging in die Küche. »Jetzt stoßen wir erst mal an.«

Peer kam zurück und sah sich um. »Die Wohnung ist super. In dem Bad solltest du gut zurechtkommen, und es hat einen direkten Zugang zum Schlafzimmer. Ludger hat alles perfekt umbauen lassen. Ich glaube, die Farbe ist noch frisch.«

»Die Handwerker sind gestern fertig geworden«, bestätigte Nadine aus der Küche rufend. »Oh, und das Sofa lässt sich ausziehen, Peer. Du kannst also heute mit uns um die Häuser ziehen.«

Er stellte sich neben Leah und sah ebenfalls aus dem Fenster. »Möchtest du das denn?«

Leah nahm seine Hand und drückte sie sanft. »Dass du hierbleibst, ja. Ausgehen eigentlich nicht. Mir wäre es lieber, wir würden uns was bestellen und hierbleiben.«

Nadine kam mit drei gefüllten Sektgläsern wieder. »Ihr schmeißt doch nicht etwa meine Pläne um, oder?«

Als jeder eines in den Händen hielt, stießen sie zusammen an. »Pläne werden überbewertet«, sagte Leah als Trinkspruch und nippte am Sekt. Das Leben hatte ihr gezeigt, dass es nicht planbar oder kontrollierbar war.

»Nun sag mir lieber, ob Bennie sich einen Ruck gegeben oder er seine Chance bei dir verpasst hat.« Es wurde Zeit, dass sie wieder über angenehmere Dinge sprachen.

Ein strahlendes Lächeln entstand auf Nadines Gesicht. »Du wirst ihn kaum wiedererkennen. Nach der Nummer, die Düvel nach deinem Unfall gebracht hatte, hat es bei Bennie irgendwie klick gemacht. Er hat sich bei Leonhardt für die Projektverantwortung beworben und dann Ende März in dem Laden mächtig aufgeräumt. Erst hat er Düvel gefeuert, dann ist er zu mir gekommen und hat gesagt: ›Und wir gehen heute Abend aus.‹«

Mit einem amüsierten Funkeln in den Augen grinste sie Leah an. »Ich will ja nicht den Teufel an die Wand malen, aber das könnte was Festes werden.« Sie leerte das Glas und schob dann die Ärmel hoch. »So, nun lässt du dein neues Zuhause auf dich wirken, und wir packen schnell aus.«

Das war nun also ihre erste eigene Wohnung. Noch fehlte diese gewisse Persönlichkeit, aber dafür würde Leah im Lauf der Zeit sorgen. Peers Musiksammlung fehlte ihr jetzt schon. Sie hatte einige Alben im Kopf, die sie auf jeden Fall nachkaufen würde. Die von Henry hatte sie von ihrer Liste gestrichen.

»Sag mal, hast du gar keine Fotoalben?« Nadine faltete den letzten Karton zusammen und sah enttäuscht aus. »Ich dachte, ich bekomme hier exklusive Einblicke in peinliche Jugendsünden und Partyexzesse. Aber deine überschaubaren Habseligkeiten sind ja richtig langweilig.«

Peer musste lachen. »Jetzt, wo du's sagst«, stimmte er ihr zu. »Wo versteckst du das, ich habe auch nie irgendwelche alten Fotos von dir gesehen.«

Leah stemmte sich aus dem Rollstuhl und legte sich auf das Sofa. Das lange Sitzen führte immer noch zu Schmerzen im Unterleib, die im Liegen wieder besser wurden. Sie tippte sich an die Stirn und sagte: »Solche Schnappschüsse gibt es nur hier drin.«

»Na, aber es gibt doch sicher ein paar Kinderfotos von dir, oder?«, fragte Nadine hartnäckig nach.

»Sicher. Es gibt ein paar Fotos aus meiner Schulzeit, die bei meinen Eltern irgendwo im Schrank liegen. In meiner Familie gab es niemanden, der eine Kamera benutzt hätte.«

Nadine und Peer setzten sich in die Sessel.

»Wow, du hast echt immer die traurigsten Geschichten parat«, sagte Nadine mit einem Kopfschütteln.

»Deswegen durfte ich auch nie ihre Familie kennenlernen«, erklärte Peer Nadine und wandte sich dann an Leah. »Sieh es mal positiv: Dafür hast du jetzt eine neue Familie.«

»Eine, die auch Fotos macht«, stimmte Nadine zu und hielt wie zum Beweis ihr Smartphone hoch. »Meine Eltern haben immer gesagt, Fotos seien die Fußspuren unseres Lebens, zu denen man sich immer wieder umsehen kann, wenn man sich daran erinnern will, welchen Weg man gegangen ist.«

»Deine Eltern waren sicher Hippies, oder?« Leah grinste sie an. »Das würde auch erklären, warum du immer so schrecklich gute Laune hast.«

»Sie sind Finanzbeamte, aber ich denke, in ihren Herzen ist alles bunt.« Sie legte das Smartphone in den Schoß und sah sich in der Wohnung um. »Ich denke, wir sind fertig. Wollen wir zum gemütlichen Teil übergehen?«

»Noch nicht«, antwortete Peer schneller, als Leah zustimmen konnte. »Ich möchte, dass du Nadine die Arztberichte gibst.«

Das Augenrollen ließ sich nicht vermeiden. Seine Fürsorge in allen Ehren, aber es störte Leah, dass er Nadine mit den Risiken ihrer Verletzung vertraut machen wollte, damit sie den Part des Nervens übernehmen konnte.

»Das wird nicht nötig sein«, sagte sie.

»Das sehe ich anders.« Peer ignorierte Leahs Ablehnung, stand auf und holte die inzwischen dicke Mappe mit den Unterlagen. »Leahs Ärzte haben ihr dringend zu einer weiteren OP geraten. Wahrscheinlich könnte sie sogar wieder laufen, wenn sie jetzt noch einmal die Zähne zusammenbeißen würde.«

Nadine nahm die Mappe und sah ungläubig zu Leah. »Echt jetzt? Ich würde mich sofort unters Messer legen und sagen: ›Macht zu, Leute!‹«

»Ich weiß, ihr würdet das so tun, aber es ist meine Entscheidung, nicht eure.«

Am liebsten hätte sie die Unterlagen aus dem Fenster geworfen.

»Und genau deshalb wäre es mir lieb, wenn du dir das durchliest und die Risiken kennst, damit du weißt, was zu tun ist, falls Leah plötzlich Schmerzen bekommt.«

Nadine nahm die Mappe und ging damit zu ihrer Handtasche, um sie obendrauf zu legen. »Bei dir werde ich besser aufpassen als bei Franken«, versprach sie. »Ich werde uns jetzt was zu essen besorgen und reichlich Alkohol. Irgendwelche Wünsche?«

»Wie wäre es, wenn ich dich begleite und dir beim Tragen helfe?«, bot Peer an. Wahrscheinlich wollte er seinen Worten noch mehr Nachdruck verleihen.

Leah blieb in der Stille ihres neuen Zuhauses zurück und fühlte sich von Kopf bis Fuß dankbar. Sie war umgeben von Menschen, die ihr guttaten, freute sich auf die Arbeit, die sie liebte, und glaubte, sogar Peer trotz allem nicht zu verlieren. Anscheinend hatte es viele Umwege gebraucht, aber jetzt war sie angekommen.

LEIPZIG

11. Juni 2018, Montag

Belinda saß in der Küche und notierte ein paar Gedanken für ihre Blog-Einträge, ohne dass sie eine konkrete Verwendung dafür hatte. Sie alle entsprangen der Hilflosigkeit, die sie angesichts des Zustands ihres Sohnes empfand.

Henry ging zur Arbeit, kam heim und trank. Tag für Tag, außer an jenen, an denen er nicht zur Oper gehen musste, da trank er nur. Nie so viel, dass die Schwelle zum Zusammenbruch überschritten wurde, aber stets genug, um seine innere Leere mit Alkohol zu füllen. Dieser fahrlässige Umgang mit sich selbst hinterließ deutliche Spuren. Er war nun oft unkonzentriert oder gereizt. Die Schatten unter seinen Augen sprachen ebenso für seinen ungesunden Lebenswandel wie die fahle Haut und die eingefallenen Wangen.

Wenn sie versuchte, etwas dazu zu sagen, wurde er entweder wütend, oder er ließ sie wortlos stehen. Schlimmer war nur, wenn er dann demonstrativ noch mehr trank.

»Was machst du da?«

Belinda erschrak, weil sie ihn nicht hatte kommen hören. »Musst du dich so anschleichen?«

Er öffnete den Kühlschrank und schob unschlüssig die Lebensmittel hin und her.

»Wenn du mir sagst, was du suchst, kann ich dir helfen«, bot sie an.

»Keine Ahnung, irgendwas Kleines.«

Ohne etwas rauszunehmen, schloss er den Kühlschrank wieder und ging stattdessen zum Schrank, in dem der Alkohol stand.

Belinda hatte schon ein paarmal darüber nachgedacht, den Inhalt zu entsorgen, aber Henry ließe sich dadurch sicher nicht vom Trinken abhalten.

»Du auch?« Er zeigte ihr eine Flasche Brandy.

»Sicher«, sagte sie.

Es war besser, ab und an mit ihm zu trinken, weil sie dann miteinander ins Gespräch kamen. Sie mochte die Tage, an denen er arbeitete, lieber, weil er dann erst abends zur Flasche griff. Jetzt war es gerade mal Mittag.

»Wie läuft es in der Oper?« Sie hätte auch nach dem Wetter fragen können, weil alle Antworten von ihm gleich klangen. Oberflächlich und unverbindlich. Wie ein Automat, der Phrasen ausspuckte.

»Bestens«, sagte er und kam mit zwei gut gefüllten Gläsern an den Tisch. Er sah beide an und reichte ihr dann das, in dem etwas weniger drin war. »Läuft wie ein Uhrwerk.«

Mit der freien Hand tippte er auf den Block. »Und was schreibst du da?«

»Erinnerungen«, sagte sie und klappte den Deckel über die beschriebenen Seiten. »Johanna hat so vieles vergessen, da kommt man selbst ganz schön ins Grübeln.«

Er legte den Kopf schief und drehte das Glas auf der Tischfläche. »Manche Menschen wären ohne Erinnerungen besser dran.«

Sie wusste, dass er dabei nicht an Johanna dachte, aber es klang recht herzlos, wenn sie daran dachte, wie sehr ihre Freundin in den klaren Momenten unter ihrer Demenz und dem Vergessen litt.

»Weißt du noch, als ich dich damals angeschwindelt hatte, um heimlich zu den Stones zu gehen?«, fragte er unvermittelt.

Das würde sie nie vergessen. »Du warst richtig gut gewesen«, bestätigte sie. »Dein Vater hatte dir Geld gegeben und dir für Wagners *Götterdämmerung* viel Spaß gewünscht. Dabei stand die Oper nicht mal auf dem Spielplan.«

»Als ich heimkam, hast du in der Küche mit einer Pizza und einem Bier auf mich gewartet und gesagt, dass man nach einem guten Rockkonzert erwachsen genug sei, nie wieder lügen zu müssen.« Seufzend führte er das Glas an die Lippen und trank einen großen Schluck. »Ich konnte dir nie etwas vormachen, und andere auch nicht.«

Das war zu viel der Ehre. »Du warst vierzehn Jahre alt. Deine Nasenspitze leuchtete förmlich, wenn du gelogen hattest, was wahrscheinlich auch so deutlich gewesen war, weil man deine Lügen an einer Hand abzählen konnte.«

»Nein, du wusstest nicht nur, wann ich lüge, du wusstest außerdem noch, was dahintersteckte. Deine Kombinationsfähigkeit war beängstigend.«

Was er als beängstigend beschrieb, war für Belinda ganz normal. All die kleinen Hinweise verknüpften sich meist wie von selbst zu einer Kette, die am Ende eine logische Erklärung ausspuckte. »Du hattest deinen Vater Monate vorher gefragt, ob du zu dem Konzert gehen dürftest. Ich denke, ein Teil von mir war froh gewesen, dass du dich einmal wie ein richtiger Teenager verhalten hattest.«

»Jene Pizza war die beste meines Lebens gewesen. Bis zwei Uhr morgens hatte ich dir von dem Konzert vorgeschwärmt.«

»Und ich hab das Bier getrunken.« Das war in der Tat auch eine ihrer schönsten Erinnerungen.

Traurig sah er auf das Glas in seiner Hand. »Ich kann nicht aufhören, daran zu denken, was ich alles hätte tun können, wenn ich von Nells Krebs rechtzeitig gewusst hätte. Du hättest mir die Zeit und die Möglichkeiten geben können, aber das hast du nicht getan.«

Er sagte es ohne jeglichen Vorwurf in der Stimme. Als würde er ihr dadurch erklären wollen, warum er trank. »Du weißt, dass ich auf deinen Rat gehört hätte. Ich wäre für Nell da gewesen, wir hätten die Entscheidungen gemeinsam treffen und tragen sollen.«

»Ich wünschte, du würdest jetzt auf meinen Rat hören«, sagte sie vorsichtig.

Er leerte das Glas, was deutlich genug war. Es gab nichts mehr, was sie ihm sagen konnte. »Na los, dann sag mir, was ich tun soll«, sagte er herausfordernd.

Ihr lagen die Worte auf der Zunge, und sie ließen sich nur schwer runterschlucken. Doch sie wusste, wie er darauf reagieren würde. Selbst wenn sie Leah nicht erwähnte und nur das Wort Therapie in den Mund nahm, würde sie mitten in das Wespennest stoßen, das um seine Vernunft gewachsen war.

»Das ist wohl die Krux mit den eigenen Gefühlen«, kommentierte er ihr Schweigen. »Wenn man sie zum Ausdruck bringt, ändert man alles, wenn man sie für sich behält, ändert man nur sich selbst. Ich kann nicht zurücknehmen, was ich zu dir gesagt habe. Und ich will mich auch nicht dafür entschuldigen. Aber mir war es lieber, als du mich nicht wie ein rohes Ei behandelt hast.«

Er war ihr Sohn, durch und durch, das konnte sie nicht leugnen.

»Was? Willst du, dass ich Leah anrufe und mich bei ihr entschuldige?« Er stand auf und holte das Telefon. »Ich breche mit meinem Versprechen, wenn dich das glücklich macht.«

Es kam ihr vor, als reichte sie ihm mit jedem Gespräch neue Ziegelsteine für seine innere Mauer, damit sie unüberwindbar wurde.

»Um sie geht es doch gar nicht«, platzte es aus ihr heraus. »Es geht um dich! Es geht immer nur um dich. Ich würde alles dafür geben, dich wieder glücklich zu sehen.«

Er warf das Telefon hinter sich auf die Arbeitsfläche. »Das ist alles so sinnlos«, sagte er bitter. »Begegnungen sind nur Symptome der eigenen Wünsche, ist es nicht so? Ich wollte loslassen, nein, ich musste loslassen, und dann war da plötzlich Leah, als würde sie ihre warmen Hände um meine verkrampften Finger legen und sie entspannen.«

Ein unangenehmes Klirren erklang, als er sich nachgoss und der Flaschenhals auf das Glas traf. »Und dann war sie fort. Einfach so, von hier auf gleich. Ich dachte erst, es sei okay, bis ich merkte, dass sie mich leer geräumt hat.«

Belinda wollte zu ihm gehen und ihm eine Hand auf den Rücken legen, aber sie fürchtete sich vor seiner Reaktion.

»Ihr habt mich leer geräumt«, sagte er und wurde dabei immer ruhiger. »Jetzt habe ich nichts mehr. Weder Nell noch die Musik noch irgendwas, woran ich glauben kann.«

Belinda tat einen gequälten Atemzug. Erst jetzt verstand sie, worunter er so sehr litt: Die Trauer hatte Nell präsent gehalten. Jetzt war er wie jemand, den man aus einer Höhle gerettet hatte, nur um ihn dann allein im Nirgendwo stehen zu lassen. Es war nicht zu Ende gebracht worden.

Er nahm die Flasche und sein Glas und drehte sich zur Tür.

»Warte, Henry, geh bitte nicht.«

Er zögerte. Seine gesamte Körperhaltung sagte, dass er gehen wollte, aber er tat ihr den Gefallen, einen Augenblick zu verharren.

»Denkst du nicht, dass sie dich angerufen hat, weil sie dich wiedersehen wollte?« Die Hoffnung, dass dieser Gedanke vielleicht etwas ändern könnte, war ein sehr dünnes Rettungsseil.

»Sie wollte nur Lebewohl sagen«, sagte er ohne Zweifel in der Stimme. »Vor allem aber bin ich es, der sie nicht wiedersehen will.« Mit diesen Worten ging er endgültig.

LEIPZIG

12. Juni 2018, Dienstag

Auch der Abschied von Peer hatte sich nicht so endgültig angefühlt, wie Leah es erwartet hatte. Am Abend zuvor hatten sie viel Spaß gehabt, und Nadine war am Ende so betrunken gewesen, dass sie auf dem Sofa schlafen musste und Peer die Nacht bei Leah verbracht hatte. Das war das erste und einzige Mal, dass sie in seinen Armen eingeschlafen war, wofür sie sonst immer viel zu unruhig gewesen war. Sie brauchte Platz für sich. Als er dann am nächsten Morgen gefahren war, gab es keine versteckten Hoffnungen, die Nacht hätte mehr bedeutet – weder bei ihm noch bei Leah. Selbst wenn er derartige Gefühle überspielt hätte, wäre es ihr aufgefallen.

Nadine hatte ein Foto von ihnen drei auf Fotopapier ausdrucken lassen und bei Leah an die Flurwand geklebt. *Der erste Fußabdruck deines neuen Lebens,* stand daneben auf einem kleinen Zettel.

Nadine war als persönliche Assistentin noch besser, als sie es vorher bereits als Springer für alle gewesen war. Sie war angenehm »rollstuhlblind«, verstand, worauf es Leah bei den Projekten ankam, und lieferte immer genau die Informationen und Fotos, die sie brauchte. Da es das Leben wesentlich einfacher gestaltete, legte sich Leah einen gebrauchten VW T5 Multivan in Schwarz zu. Nadine war eine furchtlose Fahrerin, der es nichts ausmachte, Leah in den Wagen hinein- und wieder hinauszuhelfen. Dabei sah die zierliche Blondine alles andere als robust aus. Es half, dass Leah nach wie vor Gefühl in den Beinen hatte und nicht gelähmt war. Sie konnte nur nicht schmerzfrei stehen, und wenn sie es zu lange versuchte, ging sie das Risiko ein, dass der Knochen erneut brach.

Die einstigen Kollegen hatten sie freudig als neue Chefin willkommen geheißen. Zusammen hatten sie ihr an ihrem ersten Tag im Büro einen großen Blumenstrauß und einen mit Süßigkeiten gefüllten Helm überreicht. Es war Bennies Idee gewesen. Er scherzte sogar, dass er sich daran erinnerte, wie sehr Leah die Leihhelme auf der Baustelle hasste, und er es deshalb für ein gutes Geschenk gehalten habe. Was er nicht wusste: Der Helm erinnerte sie an ihren letzten Besuch auf einer Baustelle und damit an Frankens Angriff und ihren Sturz. Sie hatte ihre Gedanken aber für sich behalten und sich begeistert bedankt. Es war eine sehr nette Geste gewesen. Es zeigte ihr, dass ihr, auch wenn sie keine Baubegehungen mehr vornehmen konnte, trotzdem noch alles zugetraut wurde, was sie für diesen Job brauchte.

Von ihrem neuen Büro hatte sie denselben Blick wie aus ihrem früheren mit Bennie und wie aus ihrem Wohnzimmer. Wenn sie über etwas nachdachte, konnte sie zum Grassimuseum hinüberschauen. Besser ging es fast nicht. An ihren neuen Posten musste sie sich erst gewöhnen. Bis September übernahm sie vorerst kommissarisch die Leitung des Büros, danach sollten alle Formalitäten erledigt sein. Ludger setzte großes Vertrauen in sie und glaubte an sie. Es war, wie Peer gesagt hatte: Sie besaß nun eine neue Familie.

»Können wir los?« Nadine stand in der Bürotür und sah in dem schwarzen Hosenanzug nicht gerade baustellentauglich aus.

»Hast du Sicherheitsschuhe an?«

Nadine zeigte ihre Stiefeletten mit Absatz. »Nope, aber die stehen im Auto.«

Leah kippte die Süßigkeiten aus dem Helm und legte ihn sich auf den Schoß, bevor sie den Rollstuhl in Bewegung setzte. »Auch wenn dir eine wichtige Erfahrung vorenthalten wird, empfehle ich dir, diesen Helm zu tragen.«

Nadine nahm ihn entgegen und roch daran. »Hmm, Schokolade.«

»Glaub mir, das ist viel besser als die Aschenbecher vor Ort.« Aber dann fiel ihr ein, wie viel Zeit inzwischen vergangen war. »Ich glaube, du benötigst bei dieser Baustelle gar keinen mehr. Sie sind ja nur noch beim Innenausbau.«

»Wir legen ihn trotzdem ins Auto. Sicher ist sicher.« Nadine stellte sich neben die Tür. »Auf geht's.«

Bevor sie das Büro verließen, zog Leah sich die kleinen, fingerlosen Lederhandschuhe über.

»Der Therapeut hat sich gemeldet und ein paar Termine durchgegeben. Ich habe sie in deinem Kalender notiert. Scheint ein lustiger Typ zu sein – der *Kevin*.«

Große Lust hatte Leah nicht, ihre Zeit mit Physiotherapie zu verbringen, aber ohne wurden die Schmerzen im Kreuz und im Nacken immer schlimmer. »Hauptsache, er weiß, was er tut. Der in Frankfurt hat jedes Mal dafür gesorgt, dass mir nach jeder Behandlung was anderes wehtat.«

»Er klang zumindest kompetent.« Nadine schloss hinter sich die Tür und ging dann neben ihr bis zum Fahrstuhl. »Ich hab mir alles durchgelesen und zusätzlich im Internet recherchiert. Mir ist klar, dass du das nicht mehr hören willst, aber du solltest dir wirklich überlegen, ob deine Angst vor der OP im Verhältnis zu dem Risiko steht, das du mit der Ablehnung eingehst.«

Leah wusste das. Es war ja nicht so, dass sie sich keine Gedanken darüber machte, auch wenn sie das anderen gern so verkaufte. Sie manövrierte sich in den Lift und wartete, dass die Tür sich schloss. Die anderen mussten über ihren Gesundheitszustand nichts wissen, es reichte, dass Nadine jetzt voll im Thema war.

»Um wieder ein eigenständiges Leben zu führen, habe ich Wochen gebraucht. Nach der letzten OP ist es mir so schlecht gegangen, dass ich lieber gestorben wäre. Was, wenn es wieder so sein wird?«

Nadine lehnte sich mit verschränkten Armen gegen die Fahrstuhlwand. »Und was, wenn nicht? Wenn sie den Eingriff vornehmen und du danach dieses blöde Ding nicht mehr brauchst?« Mit einem Fuß kickte sie gegen den Rollstuhl. »Eine falsche Bewegung, und dann wird dir die Entscheidung eh abgenommen. Willst du es echt so weit kommen lassen?«

Ja, das wollte sie. Dieses unbestimmte Zeitfenster konnte sie nutzen, um sich ganz auf die Arbeit zu konzentrieren. Leah traute ihrem Körper nicht mehr. Die wiederkehrenden Entzündungen waren die reinste Folter gewesen, das ertrug sie nicht noch einmal.

Der Fahrstuhl öffnete sich, und Leah ließ sich von Nadine in den Wagen helfen. Es ärgerte sie, dass sie über die Risiken gesprochen hatten, weil sie dadurch wieder präsenter wurden. Jedes Ziepen oder Pochen wurde jetzt mehr von ihr beachtet, obwohl sie so gut darin geworden war, es zu ignorieren.

»Ist das für dich wirklich okay, wieder zu dieser Baustelle zu fahren?«, fragte Nadine, während sie hinter dem Steuer Platz nahm und den Wagen startete.

Leah sah aus dem Fenster. »Jep. Unglaublich, dass das Gebäude endlich fertig wird. Ludger wird mit Bennies Arbeit sehr zufrieden sein.«

Die Fahrt dauerte nicht lange. Dann lenkte Nadine den Wagen etwas zu schnell auf die Auffahrt der Baustelle und musste scharf bremsen, weil zwei Arbeiter ihren Weg kreuzten. Leah wurde vom Gurt gehalten, aber der plötzliche Ruck jagte ein Stechen durch ihren Körper. Sie biss die Zähne zusammen, damit Nadine ihren Schmerz nicht mitbekam.

»Entschuldige«, sagte Nadine. »Da war ich wohl etwas forsch unterwegs. Alles okay?«

»Ja, alles gut«, sagte Leah und verbarg, wie weh es noch immer tat.

»Willst du mit rauskommen?«

Es war wahrscheinlich besser, wenn sie sich für einen Moment nicht so viel bewegte. »Du weißt ja, was ich wissen will. Ich warte im Auto.«

Nadine ließ den Helm auf dem Rücksitz und öffnete die Tür. »Eigentlich hättest du auch im Büro bleiben können.«

»Keine Sorge, ich werde nicht immer im Wagen auf dich warten wie ein Kontrollfreak.«

Sie grinste, bis Nadine sich umdrehte und ging, dann sah sie zum dritten Stock hinauf, wo nun eine makellose Fassade mit großen, spiegelnden Fenstern zu sehen war. Das Baugerüst war fort, ebenso die schweren Maschinen. Schon bald würde um das Gebäude alles gepflastert oder bepflanzt sein, und dann fügte sich dieser Anblick in das Stadtbild, als wäre der Komplex schon immer dort gewesen. Aber für Leah blieb dieser Ort die Ruine, in der sie beinahe ihr Leben verloren hätte. Jedes einzelne Bild erschien vor ihrem geistigen Auge. Zeigte ihr Frankens Wahnsinn, den Kampf und den Sturz. Wenn er sie dort nicht angegriffen hätte, wäre er ihr an einen anderen Ort gefolgt. Vielleicht wäre er auch in Henrys Villa eingedrungen. Leah wollte sich nicht mal vorstellen, wie ein Kampf zwischen ihm und Franken verlaufen wäre.

Johnny. Irgendwann wollte sie den Mut finden, ihm wiederzubegegnen. Sie brauchte einen richtigen Abschluss. Wenn diese tiefe Zuneigung einfach so abreißen konnte, warum vermisste sie ihn dann noch?

Leah hatte bis jetzt ihre Tage mit Arbeit und anderen Ablenkungen vollgestopft, um mit den Gedanken so wenig wie möglich bei ihm zu sein. Die Arbeit half am besten – wenn sie nicht gerade in einem verfluchten Auto sitzen und warten musste. Genervt lehnte sie den Kopf gegen die Stütze und schloss die Augen. Sie sollte eigentlich die Begehung machen. Das war zwar auch ohne Behinderung zukünftig nicht mehr ihr Job, aber trotzdem genau das, was sie hin und wieder bei wichtigen Projekten machen wollte.

Es dauerte unendlich lange, bis Nadine wiederkam. Sie machte einen konzentrierten und zufriedenen Eindruck.

»Läuft alles?«, fragte Leah, als Nadine eingestiegen war und losfuhr.

»Wie am Schnürchen. Unser Kunde wird zufrieden sein.«

In einigen Kurven merkte Leah das Stechen wieder. Wenn es nicht besser wurde, schloss sich das Zeitfenster schneller als gehofft.

»Es macht echt Spaß, deine persönliche Assistentin zu sein. Ich hoffe, du bist mit den Fotos zufrieden.« Nadine reichte ihr die Kamera. »Ich denke, ich habe alles berücksichtigt, was du mir gesagt hast.«

Die Aufnahmen waren genau richtig. »Perfekt«, lobte Leah und schaltete das Gerät wieder aus. »Ich zieh sie mir nachher auf den Computer, da sehe ich mehr. Wenn ich meinen Laptop hätte, könnte ich dir zeigen, wie alles noch vor ein paar Monaten ausgesehen hat.«

»Dann holen wir den Computer aus deiner Wohnung, wir sind doch eh gleich da.«

Nur dass er dort nicht war. Der Laptop befand sich in Johnnys Villa. »Die Bilder sind auf meinem alten Laptop.«

»Und der ist noch bei Peer?«

Leah versuchte abzuschätzen, wie Nadine auf die Wahrheit reagieren würde. Bestenfalls verstünde sie alles und ließe es darauf beruhen. Schlimmstenfalls käme sie auf die Idee, hinzufahren und neben der Abholung von Leahs Sachen gleich noch eine lustige Plauderstunde einzulegen.

»Okay, nicht bei Peer«, schloss sie aus Leahs Schweigen. »Also in der Bude, wo du bis zum Unfall gewohnt hast. Sag mir die Adresse, dann hole ich den Laptop schnell ab.«

»Es ist Henry Erlings Haus«, sagte Leah leise.

Nadine sah über ihre Schulter, setzte den Blinker und fuhr hinter der Kreuzung rechts ran. »Henry Erlings Haus? Du willst mir erzählen, dass du bei *Henry Erling* gewohnt hast?«

Es gab keinen Grund, länger ein Geheimnis daraus zu machen, weil Peer es ja ohnehin schon wusste, und trotzdem fiel es Leah schwer, darüber zu reden. Irgendwie wurde es wahrhaftiger, wenn sie es aussprach. Im Guten wie im Schlechten – vor allem im Schlechten.

»Er besitzt eine große Villa, ich hatte ein Zimmer mit Bad ganz für mich. Bitte verkneife dir alle Andeutungen Richtung Affäre, wir hatten keine miteinander. Wir haben nur zusammen an seiner Oper gearbeitet, die er jetzt leider ohne mich fertigstellen musste. Ich gebe zu, dass es eine sehr besondere, aber eben auch sehr kurze Zeit gewesen ist, mehr nicht.«

Nadine schaltete den Motor aus und den Warnblinker ein. Die Fahrer, die sich an dem Hindernis störten, fuhren hupend oder mit aufheulendem Motor vorbei, aber ihr schien das egal zu sein. »Eine besondere Zeit? Ich kannte dich kaum und wusste, dass du dich bis über beide Ohren verliebt hattest. Jetzt bist du wieder hier in Leipzig, ledig und klingelst nicht bei ihm an?« Sie hob eine Augenbraue, die über dem schwarzen Brillengestell emporragte wie ein Ausguck, der gerade etwas Absurdes entdeckt hatte.

Als Leah ihrem Blick auswich, hörte sie ein ungeduldiges Trommeln auf dem Lenkrad. »Hat Peer das rausgefunden und eine Szene gemacht?«

»Ja, aber ohne Szene. Zumindest nicht bei mir. Als ich das letzte Mal mit Henry gesprochen habe, hat er mir sehr deutlich klargemacht, dass ich in seinem Leben nicht mehr erwünscht bin.« Sogar die Worte taten in diesem Kontext weh, als würden sie scharfkantig aus ihrer Körpermitte gezogen werden. »Diese Oper war unglaublich. Er hat sie für seine verstorbene Frau geschrieben. Ich habe noch nie etwas so Schönes mitgestalten dürfen. Das war nicht nur Musik gewesen, es waren Gefühle … ich meine, richtige Gefühle, die wie ein Wunderwerk den Raum erfüllt haben. Wie kann ein Mann etwas so Unglaubliches erschaffen und dann schlagartig so kalt und abweisend sein?«

»Hat er dich am Telefon abserviert?«

»Ja. Von Frankfurt aus konnte ich ja nur das Telefon benutzen, aber glaub mir, er meinte es auch genau so, wie er es gesagt hat.«

Nadine startete den Wagen wieder und legte den ersten Gang ein. »Wie lautet die Adresse?«

Leahs Herz schlug schneller, obwohl sie genau diesen Aktionismus nicht wollte. »Ich werde da sicher nicht klingeln und mir eine Abfuhr abholen.«

»Was er am Telefon gesagt hat, zählt nicht, weil du ihm dabei nicht in die Augen sehen konntest. Aber fein, wenn du nicht klingeln willst, dann gehe nur ich. Ich hole deinen Laptop ab und sag dir, wie er darauf reagiert hat, dass du wieder Single bist und jetzt hier wohnst.«

»Ferdinand-Lassalle-Straße 21.« Die Adresse war wie ein Geständnis, das nach langer Qual aus ihr herausgefoltert wurde – nicht durch Nadine, eher durch ihr Unverständnis, weil Henry sie so leichtfertig fallen gelassen hatte.

Auf der Fahrt stieg die Aufregung und brachte sie immer wieder dazu, alles abblasen zu wollen, aber Nadine sah nicht so aus, als würde sie auf halber Strecke umkehren.

»Ich habe sogar noch den Haustürschlüssel.« Sie fasste in ihre Tasche und zog an der silbernen Note den Schlüsselbund hervor. Henrys Schlüssel war wie ein Schatz, den sie endlich zurückgeben musste. »Wenn du meine Sachen holst, kannst du den auch gleich zurückgeben.«

Sie drehte ihn vom Ring ab und hielt ihn anschließend in ihrer Faust umschlossen, bis Nadine in zehn Metern Entfernung vor dem Haus parkte und ihr die Hand hinhielt.

»Keine Angst, ich bin richtig gut in so was. Wenn er dich wirklich nicht wiedersehen will, dann werde ich das herausfinden.«

Widerwillig gab sie ihr den Schlüssel.

Seit Henry die Lebensmittel übers Internet bestellte, klingelten regelmäßig Lieferdienste an der Tür. Aber die Frau, die vor dem Haus stand, hatte kein Paket dabei und sah eher wie eine Vertreterin aus. Belinda hakte die Kette ein und öffnete die Tür nur einen Spalt.

»Was kann ich für Sie tun?«

»Guten Tag, Frau Erling, mein Name ist Nadine Fröhlich, ich bin die Assistentin von Leah.«

Leah. Belindas erster Impuls war, die Tür aufzureißen und die Frau sofort ins Haus zu ziehen, um ihr tausend Fragen zu stellen, aber Henry war bereits auf dem Nachhauseweg. »Wie geht es ihr?«

Die Blondine schob sich ein paar Locken hinters Ohr, rückte die Brille auf der Nase zurecht und strahlte sie an. Eine sympathische junge Frau mit einem sehr passenden Namen. *Fröhlich.*

»Soweit wieder gut, aber sie sitzt noch im Rollstuhl. Ist es vielleicht möglich, dass ich mit Ihrem Sohn sprechen kann?«

Belinda drückte die Tür ran, damit sie die Kette abziehen konnte, dann trat sie einen Schritt nach draußen und sah an der Frau vorbei zur Straße. In ihren Augen war es keine gute Idee, dass

Nadine Fröhlich und Henry aufeinandertrafen. Er würde unfreundlich werden und sie rauswerfen. »Was wollen Sie von meinem Sohn?«

»Nun, Leah wüsste gern, ob er mit der Oper weitergekommen ist.« Jedes Wort klang so freundlich wie ihr Lächeln, aber das war gewiss das Letzte, was sie ihn fragen sollte. Vielleicht war die Antwort darauf jedoch genau die Information, die Leah brauchte, um erneut ein Wunder zu vollbringen?

»Nachdem ihr Verlobter hier gewesen ist, hat er alles weggeworfen.«

Das Lächeln erstarb. Nadine Fröhlich schien zumindest zu wissen, dass die Oper von Bedeutung war.

»Ich konnte die Seiten retten, aber mein Sohn weiß nicht, dass sie in Leahs Zimmer liegen, sonst würde er sie glatt noch einmal entsorgen.«

In einiger Entfernung sah Belinda das Taxi, das kurz darauf vor dem Haus hielt. »Henry kommt, Sie müssen jetzt gehen. Sagen Sie Leah, was er getan hat, sie wird wissen, was es bedeutet.«

»Warten Sie.« Die junge Frau hielt Belinda davon ab, die Tür ins Schloss zu drücken. »Ich bin nicht nur deswegen hier.«

Henry bezahlte den Fahrer und stieg aus. *Verdammt.* »Wenn er gleich da ist, stellen Sie sich als Vertreterin oder so was vor, denken Sie sich was aus. Aber sagen Sie bitte kein Wort über Leah oder die Oper oder sonst etwas. Gern erkläre ich Ihnen alles zu einem anderen Zeitpunkt, aber diesen Gefallen müssen Sie mir jetzt tun.«

Schon als er zu ihnen sah, verhärteten sich seine Gesichtszüge, und er zog das Kinn zur Brust.

Nadine Fröhlich drehte sich zu ihm um und empfing ihn mit einem ansteckenden Lächeln, das trotzdem bei Henry versagte. »Guten Tag, Herr Erling«, grüßte sie ihn, als er die Stufen zur Haustür hochkam. »Mein Name ist Nadine, bitte entschuldigen

Sie meinen Überfall, aber ich hatte gehofft, Sie würden mir ein paar Fragen für unser Studentenblatt beantworten.«

Wenigstens schaltete sie schnell und brachte die Lüge überzeugend rüber.

Er schüttelte kurz und missgelaunt ihre Hand. »Was ist das für ein Blatt?«

»Wir haben noch keinen Namen dafür, wir wollten erst mal Content sammeln, um es dann dem Professor vorzulegen. Es dauert auch nicht lang.«

Mit einem Nicken gab er sein Einverständnis und ließ sie und Belinda vorgehen. »Sie haben zehn Minuten.«

Belinda wechselte mit Nadine einen kurzen Blick, die ihr dabei gelassen zuzwinkerte. *Wenn das man gut geht.*

Mit schnellen Schritten überholte er sie und führte sie ins Wohnzimmer. »Können wir Ihnen etwas anbieten?«

»Vielleicht einen Kaffee, wenn es Ihnen keine Umstände macht?«

Belinda verstand diesen Wunsch als Zeitschinden. »Soll ich?«

Aber Henry winkte ab. »Ich mach schon. Sie können sich derweilen vorbereiten, meine Mutter und ich haben gleich noch einen Termin.«

So konnte man den Besuch bei Johanna auch nennen. Tatsächlich hatte Belinda ihn gebeten, sie zu begleiten, damit er sah, wie grauenhaft das Leben enden konnte. Sie hoffte, dass diese Begegnung seinen Lebenswillen stärker aktivierte. Offiziell kam er nur als Unterstützung mit.

Als er in die Küche ging, trat Belinda dicht neben Nadine. Wenn sie zu laut sprachen, konnte er durch die offene Tür alles hören. »Was haben Sie vor?«

»Ich habe Leah ein paar Antworten versprochen. Keine Sorge, die bekomme ich auch, ohne ihn direkt auf sie oder die Oper anzusprechen. Ihr Sohn sieht schrecklich aus.«

»Bitte halten Sie mich da raus. Ich weiß nicht, wer Sie sind. Und was auch immer Leah will, ich kann ihr dabei nicht helfen. Haben Sie das verstanden?«

Dann ging sie zum Schrank und holte einen Stift und Block heraus, damit das Interview realistisch wäre.

Nadine nahm den Block entgegen und erhob ihre Stimme. »Das ist so ein wundervolles Haus. Stammt es noch aus der Gründerzeit?«

Henry kam zurück und deutete auf das Sofa. »Das ist richtig. Also los, fangen Sie an.«

Sie setzten sich, und Nadine tippte mit dem Kugelschreiber auf die leere Seite. Dann stellte sie ihre erste Frage:

»Es heißt, Musik sei in gewisser Weise Mathematik und dass eine Maschine perfekte Melodien komponieren könnte, glauben Sie das auch?«

Belinda warf Nadine einen anerkennenden Blick zu. Es war nicht einfach, sich so schnell eine Frage auszudenken, die einer Koryphäe wie Henry gerecht wurde.

Dieser lehnte sich nun zurück und strich sich nachdenklich über den Haaransatz. »Sicher, aber ich denke nicht, dass es einzig der Perfektionismus ist, den Musikliebhaber hören wollen. Solange Maschinen nichts fühlen können, werden sie nicht in der Lage sein, Hingabe, Schmerz, Liebe oder Leidenschaft mit der Musik zu transportieren. Es ist wie mit Zeichnungen: Sie können ein Bild, das wie ein Foto wirkt, bewundern, aber eine Skizze selbst aus wenigen Strichen kann etwas in Ihnen in Bewegung setzen. Menschen sind immer auf der Suche nach Antworten, das ist eine Tatsache. Deswegen erschaffen wir, und deswegen hören und sehen wir. Es findet ein ständiger Austausch statt, weil jeder Mensch ein Suchender ist. Wer seine Antwort gefunden hat, kann in Frieden sterben.«

Nadine schrieb eifrig mit, während Belinda ihrem Sohn innerlich zustimmte. *Dann gib nicht auf, du hast deine Antwort noch nicht gefunden!*

»Bedeutet das, man könnte Ihre Fragen aus Ihren Kompositionen heraushören?«, ging Nadine darauf ein.

Henry sah zur Küche und stand auf. »Ich hole den Kaffee. Milch und Zucker?«

»Schwarz, bitte.« Als er ging, schrieb Nadine eifrig weiter, als würde sie tatsächlich einen Artikel verfassen wollen. Wahrscheinlich machte sie sich Notizen für Leah. Belinda hoffte inständig, dass es etwas änderte.

Kurz darauf stellte Henry das Tablett mit drei gefüllten Bechern auf den Tisch und nahm seinen in die Hände, bevor er sich setzte. Eine feine Whiskeynote vermischte sich mit dem Kaffeeduft.

»Wahrscheinlicher ist, dass Sie in meinen Kompositionen Ihre eigenen Fragen heraushören. Das Unterbewusstsein sucht sich die Impulse, die es braucht, um voranzukommen. In der Kunst finden Sie selten Darstellungen der tatsächlichen Gefühlsvorlagen. Die Energie wird transformiert und fürs Schaffen benutzt, es geht nicht darum, sein Innenleben zur Schau zu stellen. Wenn Sie mit einem Hammer etwas zusammenzimmern, wird hinterher auch niemand sagen: ›Wow, hier wurde aber ein starker Hammer benutzt.‹«

»Verstehe«, kommentierte Nadine, während sie schrieb. »Demnach sind Fragen nur Werkzeuge. Das sollte ich meiner Mitstudentin sagen, die gerade in einer tiefen Krise steckt und völlig blockiert ist. Was machen Sie gegen Schreibblockaden?«

Er sah zu Belinda. Sie versuchte, arglos dreinzuschauen, aber diese Frage hatte sein Misstrauen geweckt, das sich von hier an nur noch steigern würde.

»Disziplin und Ausdauer sind entscheidend, wenn man kunstschaffend erfolgreich sein will. Sie sollte das Buch *Seelenspiegel Schreibblockade* von Ronja Delphie lesen. Wer nach dieser Lektüre keine Strategie für sich gefunden hat, sollte sich einer anderen Berufung widmen.«

Die junge Frau musste jetzt die Richtung wechseln, wenn er ihr nicht auf die Schliche kommen sollte. Belinda sah Henry an, dass er innerlich die Optionen durchging, was alles hinter dieser Begegnung stecken könne, und wahrscheinlich schrieb er jede einzelne seiner Mutter zu. Schlimmstenfalls hielt er Nadine Fröhlich für eine Psychologin, die heimlich seinen Zustand bewerten sollte.

»Ich glaube, das werde ich selbst mal lesen.« Nadine griff zum Kaffee und trank einen Schluck. »Hui, der ist aber heiß.« Sie stellte den Becher zurück und schüttelte die Hand.

»Welches Instrument spielen Sie?«, fragte Henry unvermittelt. Nun drehte er den Spieß um, das konnte nicht gut gehen.

»Klavier«, erwiderte sie.

»Oben steht eines, gönnen Sie mir eine Kostprobe Ihres Könnens?«

»Dafür haben wir doch keine Zeit«, ging Belinda schnell dazwischen. »Du hast mir versprochen, dass wir um zwei bei Johanna sind.«

»Es wäre mir eine Ehre«, sagte Nadine. »Vielleicht kann ich dafür ja mal wiederkommen?«

Er tippte sich mit einem Finger gegen die Lippen. »Ich denke, ich würde es jetzt gern hören.«

Er weiß es.

»Gut«, sagte sie und stand auf. »Ich denke, mit den Antworten kann ich gut arbeiten. Gehen wir?«

Sie riss das Blatt vom Block und steckte es in ihre Tasche, dann folgte sie Henry die Treppen hinauf, und Belinda ging mit wachsenden Magenschmerzen hinterher. Es war unwahrscheinlich, dass sie Leahs Assistentin war und gleichzeitig Henry am Klavier überzeugen konnte.

»Wow«, sagte Nadine beeindruckt, als sie das Studio betrat. »Das ist ja der Hammer.«

»Möchtest du sie noch retten?«, raunte Henry seiner Mutter zu. »Oder wollen wir uns das wirklich anhören?«

»Ich weiß nicht, was du meinst. Sie hat doch gesagt, dass sie Studentin ist, dann muss sie doch was draufhaben.« So wirklich überzeugend hörte sich Belinda nicht an.

»Bitte, ich bin gespannt.«

Nadine setzte sich ans Klavier und legte die Hände auf die Tasten. »Das ist das einzige Stück, das ich spontan auswendig kann«, sagte sie und fing an, *Für Elise* von Ludwig van Beethoven zu spielen. Es klang ungelenk, nicht ganz fehlerfrei, und zudem war es eine stark vereinfachte Version, wie sie gern Anfängern beigebracht wurde, und vom Können her eher Hobbyniveau, aber immerhin beidhändig und nicht ganz katastrophal.

Ohne eine Regung hörte Henry sich das Stück bis zum Ende an, und als Nadine sich dann die Locken verlegen hinter die Ohren strich und wieder aufstand, drückte er die Schultern durch. Eine Vorankündigung für die niederschmetternde Bewertung ihrer Leistung.

Nadine sah das auch und kam ihm zuvor: »Oh, Sie dachten, ich wäre Musikstudentin? Meine Mitbewohnerin ist es, ich studiere Journalismus, aber ich bin sehr stolz auf das bisschen Klimpern, das ich hinbekomme. Entschuldigung, ich fürchte, sie wird ausflippen, wenn ich ihr das hier erzähle.«

Seine Schultern fielen wieder herab, und er rieb sich erschöpft über die Augen. »Dafür war es richtig gut«, sagte er versöhnlicher. »Vielen Dank. Haben Sie jetzt alles?«

Nadine zog ihr Smartphone aus der Tasche. »Dürfte ich noch ein Foto mit Ihnen machen?«

Anscheinend hatte sie ihn tatsächlich überzeugt. Bereitwillig stellte er sich neben sie vor das Klavier, und Belinda nahm das Telefon und machte zwei Fotos.

Nun könnte Leah deutlich sehen, wie schlecht es ihm ging. Was sie daraus machte, war ihre Sache. Jetzt sollte Nadine nur noch gehen, ohne auf den letzten Meter doch noch alles auffliegen zu lassen.

Leah kam fast um vor Ungeduld. Sie hatte ihn gesehen. Er war nur wenige Meter vor ihr aus dem Taxi gestiegen, hatte zum Glück aber nur zum Haus geschaut. In ihrer Erinnerung hatte er ganz anders ausgesehen, jetzt wirkte er alt und wie zusammengedrückt. Wenn sie gekonnt hätte, wäre sie ausgestiegen und zu ihm gelaufen. Im Wechsel dankte und verfluchte sie Nadine für diesen Einfall.

Inzwischen war Nadine schon über eine halbe Stunde in der Villa, und in Leahs Vorstellung konnte das vieles bedeuten. Entweder erzählte sie ihm alles, und er käme jeden Moment mit Nadine aus dem Haus, um zu ihr zu eilen. Oder ihre Assistentin käme mit dem Koffer allein zurück, ohne gute Neuigkeiten für sie zu haben.

Immer wieder sah sie auf ihr Smartphone. Sie dachte darüber nach, Nadine anzurufen und nachzufragen, weil die Warterei sie verrückt machte. Dann endlich öffnete sich die Tür, und Nadine verabschiedete sich. Ohne Koffer und ohne Henry kam sie zum Wagen zurück, während sich die Haustür wieder schloss. Niemand sah zu ihr hin.

Geh schneller!

Nadine stieg ein und fuhr, so schnell es ging, los. »Gleich«, sagte sie knapp, lenkte den Wagen am Haus vorbei, nur um in der nächsten Seitenstraße erneut anzuhalten.

»Nun sag schon, was hat er gesagt?«

Nadine biss sich auf die Lippen und sah Leah mitfühlend an. »Wenn das ein Film wäre, würde ich den Drehbuchautoren zur perfiden Dramatik gratulieren. Ich weiß gar nicht, wo ich anfangen soll.« Sie griff in ihre Tasche und holte ihr Smartphone hervor. »Hier, guck ihn dir an.«

Nach der Aktivierung erschien ein Foto von Nadine und Henry. Er sah furchtbar aus. Was zuvor nur ein Schatten in seinen Augen gewesen war, hatte sich in seiner gesamten Erscheinung ausgebreitet.

»Ich habe mich als Studentin ausgegeben, die ihn interviewen wollte, weil seine Mutter totale Panik geschoben hat, als ich nur deinen Namen und die Oper erwähnt habe … Er hat sie weggeschmissen.«

Ein Zittern ging durch Leahs Körper. »Weggeschmissen? Das darf nicht sein. Fahr zurück, ich will mit ihm reden!«

»Das geht nicht.« Nadine legte ihr eine Hand auf den Arm. »Seine Mutter hat mir zu verstehen gegeben, dass sie hofft, dass du ihm helfen wirst. Aber wenn ich dich jetzt bei seinem Haus ablade, wird er nur dichtmachen.«

In diesem Moment begriff Leah, was passiert war. Sie war zu verletzt gewesen, um zu erkennen, dass er mit dem Wegstoßen genau wie sie gehandelt hatte, wenn sie etwas nicht ertragen konnte.

»Du kannst dir nicht vorstellen, wie misstrauisch er gewesen ist. Ich musste ihm etwas auf dem Klavier vorspielen, weil er dachte, alles sei nur ein Trick, um ihn zum Reden zu bringen.«

Verblüfft sah Leah ihre Assistentin an. »Du kannst Klavier spielen?«

Grinsend hob Nadine ihre Hände und wackelte mit den Fingern. »Ich bin eine Wundertüte.« Aber dann wurde sie sofort wieder ernst. »In seinem Studio standen überall Flaschen rum, ich denke, er trinkt. Hast du schon mal versucht, einen Trinker aus seinem Elend zu holen?«

Nein, das hatte sie nicht, aber sie wusste, wie sie selbst reagierte, wenn sie in ein Loch gefallen war.

»Also, wie gehen wir vor?« Nadine sah aus, als würde sie alles mitmachen, was Leah in Betracht zog.

»Ich weiß es nicht.« Ihr erster Impuls war immer noch, umzukehren und ihn in die Arme zu nehmen und festzuhalten. »Hat er die Oper wirklich weggeworfen?«

Bei dieser Vorstellung sammelten sich Tränen in ihren Augen. Diese Stücke bedeuteten alles. Welche Hoffnung gab es noch, wenn er sie vernichtet hatte? All die Arbeit, die sie gemeinsam hineingesteckt hatten, um die Oper zum Abschluss zu bringen. Er war so enthusiastisch bei der Sache gewesen, glücklich, dass er sein Versprechen gegenüber Nell halten konnte, und gleichzeitig konnten sie beide ihre Zuneigung zueinander in Worte und Bilder fassen, ohne sie offen auszusprechen. Das alles sollte weg sein? Am Ende hatte ihre Beteiligung alles nur noch schlimmer gemacht.

»Ja, aber seine Mutter hat die Seiten gerettet und in deinem alten Zimmer versteckt.« Mit einem verschwörerischen Grinsen holte Nadine den Schlüssel, den Leah ihr zuvor gegeben hatte, aus der Tasche. »Sie fahren gleich weg, sollen wir sie holen?«

»Du willst sie stehlen?« Leah gefiel der Gedanke nicht. »Und was dann?«

»Keine Ahnung, vielleicht kommt uns eine Idee, wenn wir uns die Oper ansehen? Henry sagte in dem *Interview,* dass alle Menschen ihr Leben lang nach Antworten suchen. Deswegen würden sie Kunst erschaffen oder sich davon inspirieren lassen. Also ist es doch ein guter Ansatz, in seinem Schaffen nach der Frage zu suchen, auf die wir ihm dann eine Antwort geben können, oder?« Sie reichte Leah einen Zettel mit Notizen. »Ich wäre tatsächlich gern Journalistin geworden. Schade, dass ich nie so richtig ambitioniert gewesen bin. Mittelmäßig am Klavier, teilbegabt im Ausfragen …«

»Aber perfekt als Assistentin. Nadine, du bist ein Genie!« Leah klopfte auf das Armaturenbrett. »Lass es uns machen. Fahr zurück, dann warten wir, bis sie gegangen sind, und du holst die Oper.«

Leah setzte sich anders hin, wobei es wieder in der Leiste stach. Ein kleiner Schmerzenslaut kam über ihre Lippen.

»Alles okay?«

Mit einem Kopfschütteln verneinte sie. Es war nicht mehr die richtige Zeit, um stur zu sein. »Ich schätze, du musst mich im Anschluss zum Arzt fahren. Irgendwas stimmt nicht. Erst holen wir die Oper, dann können sie mich aufschneiden.«

»Wow, sehe ich da Vernunft aufblitzen?« Auch wenn Nadine einen Scherz machte, sah sie deutlich besorgt aus. Dann fuhr sie einmal um den Block und parkte den Wagen so gut versteckt, dass sie zusehen konnten, wie Henry und Belinda das Haus verließen und in einem Taxi davonfuhren.

Der Einbruch ging dank Schlüssel und der Anleitung, wo ihr altes Zimmer war, schnell und unkompliziert. Sie kam mit Leahs Koffer wieder heraus, schloss hinter sich ab und verstaute das Gepäck im Kofferraum neben dem Rollstuhl.

»Ich habe alles«, sagte sie feierlich. »Ich musste aber etwas länger suchen, jemand hat deinen Koffer ganz hinten im Schrank versteckt.«

Sie schwang sich auf den Fahrersitz und klopfte Leah ermutigend auf den Oberschenkel. »Du wirst sehen, erst bringen wir dich auf die Beine, dann heißt es: *Rettet Henry.*«

LEIPZIG

15. Juni 2018, Freitag

Belinda wartete am Empfang der Oper auf ihren Sohn. Sie wollten zusammen essen gehen, doch sie hatte keine Lust, ihn im Büro abzuholen, weil niemand sehen sollte, wie distanziert sie miteinander umgingen.

In ihrer Sorge um Henry spielte sie inzwischen sogar mit dem Gedanken, seinen Vater zu bemühen. Egal, ob dieser sich gerade auf den Bahamas sonnte oder in Sankt Moritz wandern wäre, Henry war auch sein Sohn. Das Einzige, was sie davon abhielt, war das Wissen, dass es ihn nicht kümmerte. Wahrscheinlich brächte er eine Flasche Whiskey mit und wäre nach vielen hohlen Phrasen wieder fort.

»Belinda«, grüßte Jana Kaufmann begeistert und kam zur kleinen Sitzgruppe herüber. Die Dramaturgin war Ende zwanzig und arbeitete seit sechs Jahren in der Oper. Anfänglich war Henry Janas Mentor gewesen, woraus ein freundschaftliches Miteinander erwachsen war. Doch nach Nells Tod hielt er jeden auf Distanz. Unverbindlich, hilfsbereit und freundlich – so stieß er niemanden vor den Kopf und behielt seinen Schmerz gleichzeitig für sich. Bis jetzt zumindest. Es stand Jana ins Gesicht geschrieben, dass sie sich Sorgen machte.

»Schön, dich zu sehen«, gab Belinda zurück, erhob sich und umarmte sie. »Wie lange ist es jetzt her?«

»Bestimmt sechs Monate, du bist viel zu selten hier. Warum gehst du nicht hoch?«

Mit einer Hand winkte sie ab. »Er ist ja gleich fertig, da muss ich ihn nicht vorher schon stören.«

Jana setzte sich auf das Polster und zog Belinda mit sich. »Na los, verrate mir, was passiert ist. Ich habe Henry noch nie so erlebt«, sagte die junge Frau offen.

»Das ist eine sehr lange Geschichte.«

»Belinda, er trinkt«, sprach sie das Schlimmste geradewegs aus.

»Während der Arbeit?«

Sie nickte und senkte ihre Stimme, damit niemand sonst sie hören konnte. Hier am Empfang ging es zu wie im Taubenschlag. Ständig kam oder ging jemand, was bei sechshundertfünfzig Mitarbeitern nicht ungewöhnlich war. »Er lehnt alle Gespräche ab. Aber davon abgesehen, dass ich das nur schwer mit angucken kann, leidet seine Arbeit darunter. Bei den heutigen Proben war er unkonzentriert und ungewohnt streng. Noch sehen die meisten darüber hinweg, weil jeder ihn schätzt, aber ich weiß nicht, wie lange das noch gut gehen wird. Helen und Richard sind jedenfalls schwer genervt davon.«

Genau das hatte sie befürchtet. Henry hatte im Lauf seiner Karriere oft betont, dass es nichts brächte, die Solisten zu verunsichern oder gar zu verärgern, wenn man wollte, dass sie das Beste auf der Bühne leisteten. »Ich komme auch nicht mehr an ihn heran. Keine Ahnung, was passieren muss, damit er aufwacht.«

»Was ist denn mit seiner Oper?« Jana sah über ihre Schulter, als könnte Henry plötzlich hinter ihr auftauchen. »Siggi hat erzählt, dass Henry erst ganz enthusiastisch war und dann plötzlich nichts mehr davon wissen wollte.«

Belinda musste aufpassen, dass sie nicht anfing zu weinen. »Er hat sie weggeworfen. Ich konnte sie zwar aus dem Müll holen, aber er scheint sie gefunden und endgültig entsorgt zu haben.«

Belinda war vor ein paar Tagen in Leahs Zimmer gegangen und hatte entdeckt, dass die Oper nicht mehr unter den Zeitungen zu finden war. Als sie anschließend das ganze Haus nach den Noten und Skizzen durchsucht hatte, ohne fündig zu werden, hatte sie alle Hoffnung verloren. Nun war auch die Idee verloren, dass er erleichtert wäre, wenn er sie fände.

Jana legte eine Hand über den Mund. Jeder, der ihren Sohn länger kannte, wusste, was das bedeutete. »Wie ist das möglich?«

Gern hätte Belinda alle Schuld auf sich genommen. »Er hatte eine Frau kennengelernt, die richtig gut für ihn gewesen war, aber sie ist verunglückt. Das ist wohl ein Schmerz zu viel gewesen.«

Verstehend zog Jana die Brauen zusammen. »Scheiße«, sagte sie ganz unverblümt. »Das bedeutet, dass wir derzeit gar nichts tun können?«

Das bedeutete es wohl.

»Wo geht ihr jetzt hin?«

Belinda sah durch die Glastür nach draußen. »Keine Ahnung, irgendein Mittagstisch in der Nähe. Ich war den ganzen Vormittag bei meiner demenzkranken Freundin. So richtig Hunger habe ich gar nicht, weil mir alles so auf den Magen schlägt.«

Jana nahm sie in den Arm und drückte sie fest an sich. »Tut mir leid für dich«, flüsterte sie. »Sag Bescheid, wenn ich helfen kann. Jeder hier würde sofort alles stehen und liegen lassen für Henry, das weißt du, oder?«

Belinda nickte dankbar. Wenn sie wüsste, wie sie ihm helfen könnten, würde sie sofort darauf zurückkommen.

»Ich geh jetzt wieder an die Arbeit. Lass uns demnächst mal einen Kaffee trinken, ja?«

Belinda ließ sie los und schenkte ihr ein Lächeln. »Das wäre schön.«

Kurz nachdem Jana gegangen war, kam Henry. Er sah müde aus, seine Augen glänzten glasig, und dem Geruch nach hatte er bereits getrunken. Es stimmte also.

»Gehen wir?« Er deutete zur Tür und ließ ihr den Vortritt. Seine sonst so aufmerksame, zuvorkommende Art war wie weggeblasen.

Sie gingen am Augustusplatz entlang und bogen dann rechts in die Fußgängerzone ab. Er hatte seine Hände in den Jackentaschen vergraben und sah beim Gehen stur geradeaus. Für Belinda war es das letzte Mal, dass sie ihn mittags abholte. Sie brauchte sein Bemühen nicht, viel mehr wollte sie ihren Sohn zurück, der irgendwo in dieser Maschine eingeklemmt war.

»Ich habe gestern einen Mann kennengelernt«, plauderte sie, um ihn in ein Gespräch zu verwickeln.

Von ihm kam nur ein auffordernder Laut.

»So ein Immobilientyp, hat sich selbst für eine große Nummer gehalten und versucht, mich mit seinen prominenten Kunden zu beeindrucken. Du hättest deinen Spaß gehabt, wenn du das gesehen hättest.«

»Also hast du einen Idioten kennengelernt«, verurteilte er die Geschichte zu einem vorschnellen Ende.

»Stimmt, aber es war eine Zeit lang sehr amüsant.« Sie sah ihn von der Seite an. »Sag mal, willst du überhaupt essen gehen?«

Sie folgte seinem Blick zur Mädlerpassage. Dort hatte alles angefangen.

»Wenn du Hunger hast? Ich werde nur was trinken.«

Es nützte nichts, sie musste etwas sagen. »Ich habe gehört, dass inzwischen deine Arbeit leidet. Henry, so kann das nicht weitergehen, lass dir bitte helfen.«

»Wer sagt das?«

Einen Namen würde sie ihm sicher nicht nennen. »Was spielt es für eine Rolle, wenn es so offensichtlich ist?«

»Verstehe«, sagte er matt. »Ich werde mich zusammenreißen.«

»Warum lässt du dir nicht helfen?«

Vor der Mädlerpassage blieb er stehen und sah sie an. »Ich bin noch nicht so weit«, sagte er ehrlich. »Die heutige Probe ist grauenhaft gewesen, woran ich wohl die Hauptschuld trage. Ich denke, ich sollte mir ein paar Tage freinehmen.«

Henry war noch nie ein Urlaubsmensch gewesen. Die Musik hatte stets seinen Ausgleich dargestellt, aber die fehlte nun. Wenn er verreiste, dann meist mit einem vollen Kulturprogramm, undenkbar, dass er so etwas überhaupt in Betracht zog. Also bedeutete freie Zeit nur, dass er sein Studio gar nicht mehr verlassen würde.

»Findest du nicht, du solltest dich bei Leah erkundigen, wie es ihr geht?«, wagte sie es, ein heikles Thema anzusprechen.

»Finde ich nicht«, entgegnete er ruhig. »Ich weiß, dass ihr alle denkt, sie wäre die Wunderheilung für mich, aber das stimmt nicht. Was wir hatten, war dem Moment geschuldet. Mag sein, dass ich in letzter Zeit übertrieben reagiert habe, doch in diesem Punkt bin ich mir hundertprozentig sicher: *Johnny und June* gibt es nicht. Sie hat mir die Trauer weggenommen ... Wenn ich nun versuche, mir Nell vorzustellen, ist alles verschwommen. Leah hat alles durcheinandergebracht. Es tut mir leid, dass sie den Angriff erleiden musste und mit den Folgen zu leben hat, aber sie erinnert mich zu sehr an das, was ich verloren habe.«

Belinda war sich nicht sicher, ob seine Worte Sinn ergaben oder er sich etwas zurechtbastelte, das ihm größtmögliches Leid bescherte. Sie hatte die beiden zusammen gesehen, das war Liebe gewesen, ob er es nun wahrhaben wollte oder nicht.

»Nur damit du es weißt, ich werde sie nicht heimlich kontaktieren. Ich habe meine Lektion gelernt.«

Henry legte ihr einen Arm um die Schulter und zog sie in die Mädlerpassage Richtung *Auerbachs Keller.* »Am Ende bleiben immer du und ich, vielleicht solltest du dem Immobilientypen eine Chance geben, um mal etwas Spaß zu haben?«

Sie legte einen Arm um seinen Rücken und war froh, dass das Gespräch besser verlief als die vorherigen. »Gott bewahre«, sagte sie lachend. »Dann könnte ich ebenso gut deinen Vater zurücknehmen.«

Sie wusste, dass er ihr nur etwas gab, damit sie beruhigt war. Er kam ihr entgegen, wie er es später mit seinen Mitarbeitern handhaben würde, damit ihn alle in Ruhe ließen. Belinda war seine Mutter, er konnte ihr nichts vormachen. Trotzdem nahm sie dieses angenehmere Miteinander gerne an.

»Da ist jemand, der Sie sehen möchte«, sagte die Schwester leise, als Leah versuchte zu erkennen, wo sie sich befand. Ihr Kopf fühlte sich an, als steckte er in einem Vakuum, und ihr ganzer Körper schien aus Blei zu sein.

Es dauerte viele Herzschläge, bis sie gänzlich zu sich kam. Nachdem Nadine sie ins Krankenhaus gefahren hatte, war alles sehr schnell gegangen. Das Röntgen hatte den erneuten Bruch ihres Beckens gezeigt, und sie wurde gleich dabehalten. Genervt hatte sie das Gerede ertragen, dass sie bei den porösen Knochen Glück gehabt habe, dass nichts Schlimmeres passiert sei. Dann wurde ihr lang und breit erklärt, dass ihr nun eine Prothese eingesetzt würde, weil der von Entzündungen zerfressene Knochen nicht mehr zu retten sei.

Leah hatte nur alles unterschrieben und sich auf die Narkose gefreut, aber der Eingriff wurde erst am nächsten Morgen durchgeführt.

»Hey, Iron-Lady«, grüßte Nadine und blieb neben dem Bett stehen. »Ich bin so froh, dass alles gut verlaufen ist. Sag, wie geht es dir nach der Operation?«

Nadines Name stand jetzt in den Akten und in der Patientenverfügung, weil Leah buchstäblich ihr Leben in ihre Hände gelegt hatte. Peer sollte diese Bürde nicht länger tragen müssen.

»Hast du die Mail abgeschickt?« Das war die erste Frage, die ihr in den Sinn kam.

»Ja, und ich habe auch schon eine Antwort bekommen. Du sollst am Sonntag in einer Woche über den Bühneneingang in die Oper kommen. Die Ärzte sagen, dass es klappt, wenn du vorsichtig bist. Die Prothese und Schrauben sitzen bombenfest, es geht mehr um die Wundheilung, der du Zeit und Ruhe geben sollst.«

Aber da war noch etwas, das Nadine nicht sagte, Leah erkannte es an der Art, wie sie auf ihrer Lippe kaute. »Was? Denkst du, sie werden es nicht tun?« Sie kniff die Augen zusammen, weil die Narkose unangenehm nachwirkte, aber sie musste jetzt mehr wissen, nicht erst in ein paar Stunden, wenn ihr nicht mehr schwindelig war.

»Ich kann dich nicht begleiten, meine Eltern feiern Silberhochzeit«, sagte Nadine bedauernd. »Soll ich Bennie bitten?«

»Nein, schon gut, das schaffe ich allein. Ist das alles?«

Nadine zog sich einen Stuhl neben das Bett und setzte sich hin. »Frau Kaufmann hat nur den Termin genannt und zugesagt, die anderen zu fragen, mehr stand nicht in der Mail.«

»Das ist doch ein Anfang. Wann kann ich hier raus?« Leah kannte den normalen Ablauf nicht, weil nach der letzten Operation die Entzündungen zunehmend schlimmer geworden waren.

»Das weiß ich noch nicht, ich werde die Ärzte gleich fragen. Aber ich soll dir von Kevin ausrichten, dass er die Termine entsprechend umgelegt hat. Er behauptet, dass du in ein paar Wochen allen davonlaufen kannst.«

Stehen und Gehen würde ihr vorerst reichen. »Klingt nach einem putzigen Optimisten, unser *Kevin*.«

»Oh, und Peer ist erleichtert, dass du die OP nun endlich hinter dir hast. Ich soll dich grüßen, und falls du was brauchst, sollst du dich melden.« Nadine sagte diese Worte, als würde sie nebenbei ein Peer-Fan-Fähnchen schwenken, was nichts daran änderte, dass sie die Rettungsaktion für Henry bedingungslos unterstützte.

»Er fliegt Ende des Monats nach Kanada, um bei den Tourvorbereitungen dabei zu sein. Das muss wahnsinnig aufregend sein.«

So war Peers Leben: aufregend, manchmal rasant, aber immer ungewöhnlich. Es waren schöne zwei Jahre gewesen, an die Leah inzwischen gerne zurückdachte.

»Morgen bringe ich ein paar Unterlagen mit, die du durchlesen und unterschreiben musst. Herr Leonhardt lässt nur kleckerweise was für dich ankommen, du hast also alle Zeit der Welt, um erst mal zu Kräften zu kommen. Ist er wirklich dein Vater?« Die Frage klang fast schon naiv. »Ich meine, ich hab da so Gerüchte gehört. Aber dafür müsste er ja mit deiner Mutter …« Nadine sprach diesen Gedanken nicht zu Ende.

Leah musste lachen. »Ja, irgendwie schon. Als ich als Praktikantin bei ihm anfing, hat er mich stillschweigend adoptiert. Mit meiner Mutter hat das zum Glück nichts zu tun. Das war einer jener Momente, in denen das Schicksal es gut mit mir meinte. Wird er wie geplant herkommen?«

»Nicht ganz.« Nadine zog ihr Smartphone aus der Tasche und ging die Nachrichten durch. »Er kommt erst Anfang August, bleibt dann aber vier Wochen. In der Zeit will er dich fit für deine neuen Aufgaben machen. Bis dahin sollst du dich auf deine Heilung konzentrieren.« Nadine sah Leah prüfend an. »Sorry, du bist gerade erst wieder aufgewacht, und ich quatsche dich zu.«

Aber das störte Leah nicht, im Gegenteil, sie war genervt, dass sie nicht gleich aufstehen und an die Arbeit gehen konnte. Wenn sie jedoch an Henry dachte, zog sich in ihr alles unangenehm zusammen. Jeder Zeitverlust war wie ein neuer Zahn im Maul des Monsters, das an Henrys Seele nagte. Ihre größte Angst war, dass sie keine Lösung fanden, bis es ihn gänzlich krank gemacht hatte. Denn das waren Menschen ohne Seele: kranke Hüllen, die sich nur noch bewegen konnten.

»Hast du Kopien gemacht und mitgebracht?«

»Mensch, Leah, mach langsam«, tadelte Nadine und deutete trotzdem auf die Tasche, die am Stuhlbein lehnte. »Ich habe alles dabei. Du musst sowieso den vierundzwanzigsten Juni abwarten, vorher weißt du doch gar nicht, ob ihr damit überhaupt arbeiten könnt.«

Warten war einfach nicht ihre Stärke – nicht mehr.

LEIPZIG

24. Juni 2018, Sonntag

Jetzt kennen Sie die ganze Geschichte«, schloss Leah ihre Erzählung und sah abwartend die zwanzig Leute an, die stillschweigend auf der Bühne gesessen und zugehört hatten. Es war befreiend gewesen, die ganze Tragödie in Worte zu fassen, die sie sonst nur fragmentarisch erzählt hatte. Sie hatte beim Reden vollkommen ausgeblendet, dass völlig fremde Menschen zuhörten. Vielmehr wurde ihr durch die Zusammenfassung bewusst, wie wichtig es für sie selbst war, dass dieses Vorhaben gelang.

»Der Kerl wurde bis heute nicht gefunden?«, fragte Jana Kaufmann nach.

»Richtig, niemand weiß, wo er jetzt ist. Ich denke, er ist irgendwo tot umgefallen, wo ihn noch keiner gefunden hat.«

»Das tut mir so schrecklich leid für Henry, und es erklärt, warum er so ausgebrannt ist«, sagte eine Frau, die Leah zu den Tänzerinnen zählte, weil sie eine sehr grazile Körpersprache hatte.

»Weggeworfen«, brachte Siggi nun seinen Gedanken ein. »Diese Oper ist sein Ein und Alles gewesen. Und ich habe ihn auch noch angeschnauzt, weil er es sich anders überlegt hat, nachdem wir schon mit der Arbeit begonnen hatten.« Er stand auf und überragte somit alle Anwesenden. »Wir sind uns sicher alle einig, dass wir Leah helfen werden, oder?« Einstimmig bestätigten alle diese Annahme. »Also, wie gehen wir es an? So, wie ich seinen Zustand sehe, müssen wir sehr schnell handeln, das spricht gegen die ganze Oper. Wir sollten nur ein Stück wählen und es ausarbeiten.«

»Das Finale«, warf Leah ein.

»Ja, das Happy End«, stimmte ein anderer zu.

Ein Gemurmel entstand. Leah war fasziniert, wie schnell der kreative Prozess Funken sprühte und das Feuer in Gang setzte.

»Damit es eindrucksvoll wird, brauchen wir Publikum. Er würde es hassen, als einziger Zuschauer sein Stück präsentiert zu bekommen«, führte Siggi seinen Gedanken weiter. »Wir werden es schlecht hier auf die Bühne bringen können, ohne dass er was mitbekommt. Manchmal hat man das Gefühl, Henry lebt in dieser Oper.«

»Das Kellertheater«, warf ein anderer ein.

»Das geht nicht«, sagte Jana Kaufmann bedauernd. »Das liegt schon zu lange still, die Arbeiten würden zu sehr auffallen. Ich finde einen passenden Ort, kümmert ihr euch vorerst um die Musik, die Choreografie und wir« – sie deutete auf die Sänger, Leah und dann sich – »kümmern uns um das Libretto und den Rest. Wenn wir das bis zum neunten August hinbekommen, dann weiß ich auch, wie wir Henry zu uns locken können, ohne dass er Wind von der Sache bekommt. Denkt ihr, wir schaffen das?«

Alle standen gleichzeitig auf und betonten durcheinander, dass es ja wohl keine Frage sei und sie sofort an die Arbeit gehen wollten.

Ergriffen suchte Leah nach einem Taschentuch, weil ihre Zuneigung und Loyalität ein unfassbares Zeugnis darüber ablegte, wie viel Henry diesen Menschen bedeutete. Sie fühlte Hände auf ihren Schultern, hörte Versprechen und Bedauern, weil sie das hatte durchmachen müssen, als wäre sie schon jetzt ein Teil dieser Gemeinschaft. Endlich bekam sie in ihrer Tasche eines zu fassen und wischte sich damit die Tränen aus den Augenwinkeln.

»Hey.« Jana Kaufmann kniete sich neben sie. »Ich sagte doch, dass alles gut werden wird.«

»Denken Sie auch, dass es funktioniert? Was, wenn er doch etwas mitbekommt und wütend wird? Ich meine, es ist seine Oper, seine Gefühle und irgendwie auch sein Schmerz, was ich gerade aus den Händen gegeben habe.«

Jana Kaufmann grinste Leah an und legte dann die Linke über ihre zitternde Hand. »Es wird funktionieren, weil es das muss. Keiner von uns will ihn verlieren, schon gar nicht an den Alkohol. Er ist gar nicht mehr richtig da. Ich sehe das wie Sie: Das ist unsere einzige Chance, und die werden wir nutzen.«

»Sie haben genau das Richtige getan«, bestätigte Siggi.

Das hoffte sie, es fühlte sich trotzdem wie Verrat an, weil die Zusammenarbeit an der Oper so intim gewesen war.

»Wenn wir den Ablauf geplant haben, melde ich mich bei Ihnen. Tragen Sie sich bitte den neunten August ein, er wird mich an meinem dreißigsten Geburtstag nicht sitzen lassen, egal, wie es bis dahin mit ihm weitergeht, dafür sorge ich.«

Leah nickte und wischte sich über die Augen. »Vielen Dank. Ich weiß gar nicht, was ich sagen soll.«

»Ein ›toi, toi, toi‹, wenn es so weit ist, reicht vollkommen.« Jana Kaufmann richtete sich wieder auf und deutete Richtung Fahrstuhl. »Ich begleite Sie nach draußen. Lassen wir die kreativen Köpfe ans Werk gehen.«

Vor dem Aufzug half sie Leah erneut in den Trenchcoat. »Werden Sie wirklich wieder laufen können?«

Die Vorstellung war schön, aber auch beängstigend, weil sie sich davor fürchtete, doch wieder Schmerzen zu spüren. »Ab nächster Woche soll es langsam losgehen, ich trau der Sache noch nicht so ganz.«

Jana Kaufmann drückte auf den Knopf und lehnte sich gegen die Wand. »Kann ich mir vorstellen. Darf ich Ihnen etwas Persönliches sagen?«

Leah nickte auffordernd.

Die Türen öffneten sich, und Jana Kaufmann ging vor. »Ich konnte mir keine Frau vorstellen, die so besonders wäre, dass ausgerechnet Henry von der Geschichte so zerstört wurde. Nicht nach Nell, die hier wirklich von allen geliebt wurde.« Die Türen schlossen sich, und die Kabine fuhr ratternd hinab. Leah knautschte das Taschentuch zwischen ihren Händen. Sie empfand sich selbst auch nicht als etwas Besonderes.

»Aber jetzt verstehe ich es. Sie beide sind wie füreinander gemacht. Es ist etwas in Ihrer Ausstrahlung, wie ein Gleichklang – keine Ahnung, wie ich das beschreiben soll. Vielleicht geht da auch nur die Dramaturgin mit mir durch, aber ich wünsche mir wirklich von Herzen, dass diese Aktion gelingen wird. Wir alle brauchen Henry, und jetzt braucht er uns.«

Wieder musste Leah Tränen wegblinzeln. Sie hatte eigene Gedanken in diese Richtung als gefühlsduseligen Quatsch abgetan, aber es fühlte sich genauso an, wie Jana Kaufmann es beschrieben hatte.

Als sie wenig später ins Freie rollte, umfasste die Dramaturgin erstmals die Griffe des Rollstuhls, um sie die Auffahrt hochzuschieben. Leah war froh, dass ihr diese Anstrengung erspart blieb.

»Es wird gelingen!«, sagte Jana Kaufmann und verabschiedete sich.

Leah nahm den direkten Weg nach Hause. Sie konnte es kaum erwarten, sich aufs Bett zu legen und Nadine die guten Nachrichten zu schreiben.

Wir werden es tun, dachte sie mit wachsender Aufregung. *Und dann werde ich ihn wiedersehen!*

LEIPZIG

28. Juni 2018, Donnerstag

Belinda hatte schon lange keine Probe mehr besucht, aber Jana war sehr hartnäckig gewesen, als sie am Telefon darum gebeten hatte. Jetzt saßen sie gemeinsam in der zwölften Reihe und beobachteten das Geschehen auf der Bühne und vor allem im Orchestergraben. Dank der leeren Sitzreihen konnte sie von dieser Position aus Henrys Kopf und einige Instrumente sehen, mehr war nicht nötig, um das Geschehen zu beurteilen. Laut Jana war die Stimmung bereits angespannt gewesen, bevor Henry überhaupt hinzugekommen war. Seine schlechte Laune eilte ihm inzwischen voraus, und sogar die Neuen wussten, dass mit dem Dirigenten nicht gut Kirschenessen war. Sein Bemühen, das in den Griff zu bekommen, währte nie lange, weil er dafür zu erschöpft war. Jana sprach von einer posttraumatischen Belastungsstörung, was durchaus Sinn ergab.

Henry unterbrach die Probe unverhältnismäßig oft, gab ungeduldige Anweisungen und reagierte gereizt, wenn es beim zweiten Versuch nicht klappte, wobei Belinda die Hälfte der Kritik nicht nachvollziehen konnte. Richard sang mit seinem kräftigen Heldentenor die Partie makellos, aber Henry war unzufrieden mit ihm, mit Helen, dem Chor und vereinzelten Musikern. Obwohl ausschließlich Profis am Werk waren, die mit Kritik umgehen konnten, verbreiteten sich Verunsicherung und Wut im Ensemble.

»Wir starten bei sieben«, rief er ungeduldig. »Helen, vermeide diesmal das Antizipieren von Vokalen.« Schon nach wenigen Takten fuhr er den Chor an. »Es klingt viel fanatischer, wenn die S-Laute dabei sind, nicht nur die I-Laute, gleich noch mal!«

»Ist denn niemand hier, der Henry da rausholen kann? Das ist ja furchtbar.«

Jana berührte sie am Arm. »Ich hatte gehofft, dass du das machst.«

Belinda hob abwehrend die Hände. »Für diesen Job bin ich die Falsche.« Den Ärger sollte sich ein anderer einfangen.

»Die Beschwerden häufen sich. Wenn du es nicht auf die sanfte Weise hinbekommst, wird es jemand auf die harte machen. Am besten lässt er sich für einen Monat krankschreiben.«

Belinda stand auf und ging links die Reihe entlang, um dann an den Sitzen vorbei dichter an den Orchestergraben heranzutreten. Jana folgte ihr. »Wer könnte ihn denn kurzfristig ersetzen?«, flüsterte Belinda ihr zu.

»Bernhard Geppert steht bereit.« Jana sprach den Namen extra leise aus, als beginge sie einen schändlichen Verrat, obwohl es nur zu Henrys Bestem war.

Es ging ja nicht darum, dass er dauerhaft ausgetauscht werden sollte, aber in diesem Zustand war er in seiner Funktion untragbar. Ein Dirigent tat mehr, als auf Misstöne zu achten. Henry war so beliebt gewesen, weil er Sänger und Musiker gleichermaßen motiviert und zu Bestleistungen angespornt hatte. Das, was er jetzt veranstaltete, bewirkte das Gegenteil.

»Aufhören«, rief er in diesem Moment und fegte mit einer Hand die Noten vom Pult. »Ihr spielt das doch nicht zum ersten Mal.« Diesmal bekamen die Bläser ihr Fett weg.

Belinda blieb schräg hinter ihm stehen. Als Henry sich anschickte, die Noten entgegenzunehmen, die eine Violinistin für ihn aufgehoben hatte, räusperte sich Belinda.

Schon als er sie sah, schien er zu begreifen, warum sie dieser Probe beiwohnte. Verlegen fasste er sich an den Haaransatz und sortierte mit der anderen Hand die Seiten. Es tat Belinda leid, zu sehen, wie er die Schultern langsam hängen ließ und den Kopf neigte.

»Was machst du hier?«, fragte er dennoch.

»Das weißt du, Henry, lass uns gehen.« Ihre eigene Stimme klang dünn.

Er atmete tief durch und sah sich dann um. »Ich nehme an, ein Kollege wird von hier an übernehmen«, sagte er mit Wut in der Stimme.

Wie aufs Stichwort kam Geppert hinter dem Vorhang hervor. »Nur wenn es dir recht ist.« Ihm schien die Situation ebenfalls unangenehm zu sein. Er war älter als Henry, und seine wirren, weißen Haare leuchteten im Scheinwerferlicht.

»Als hätte ich eine Wahl«, murmelte Henry, während er seine persönlichen Sachen nahm und den Taktstock auf den Noten positionierte. »Bitte, Bernhard, die Leitung gehört dir.«

Belinda fiel auf, wie sich einige vielsagende Blicke zuwarfen oder tuschelten. Jeder schien zu wollen, dass er ging, obwohl ihre Mienen von Mitgefühl sprachen. Wenn dies nicht sein Tiefpunkt war, welcher dann?

Wieder fasste er sich an die Stirn und rieb nervös über den Haaransatz. Es sah aus, als wollte er noch etwas sagen, aber er tat es nicht. Als er sich in Bewegung setzte, klatschten die Ersten, dann stimmten nach und nach alle ein. Es war eindeutig anerkennender Applaus für ihn, nicht dafür, dass er endlich ging. Manche sprachen ihm gute Wünsche aus, und Bernhard legte ihm im Vorbeigehen kurz eine Hand auf die Schulter, was Henry mit einem Nicken beantwortete.

Ihr Sohn würde niemals eine Szene machen. Die Wut während der Probe war das höchste Maß an negativer Emotion, das er je nach außen getragen hatte. Seine ständige Beherrschung war der Gefängniswächter, der aufpasste, dass er aus seinem Leid niemals ausbrach.

Belinda verließ mit Jana den Saal, und gemeinsam gingen sie zu Henrys Büro im ersten Stock, um mit ihm zu reden, aber er tauchte nicht auf.

»Er scheint direkt gegangen zu sein«, mutmaßte Jana.

Belinda ahnte, wo sie ihn finden würde. Wenn sie ihn das nächste Mal sah, war er sicher betrunken. Was sollte ihn jetzt noch davon abhalten? Er hatte es nicht geschafft, sich Urlaub zu nehmen, jetzt wurde er dazu gezwungen.

»Du hast das Richtige getan«, sagte sie zu der jungen Frau, die zunehmend elend aussah.

»Bist du sicher? So enttäuscht habe ich ihn noch nie gesehen. Sagst du ihm bitte, dass wir das nicht persönlich gemeint haben? Gibt es denn keinen Weg, wie wir ihm helfen können?« Sie umschlang ihren Oberkörper mit beiden Armen und betrachtete das Schild neben der Bürotür. Belinda konnte sich vorstellen, was sie dachte. Er war lange genug Janas Mentor gewesen, aber trotzdem gab es nichts, was sie tun konnte.

»Du hast für ihn die Notbremse gezogen, andere hätten sich das sicher so lange angeschaut, bis er seinen Job verloren hätte. Den Rest muss er jetzt allein schaffen.« Wenn sie an die Blicke dachte, die sich einige zugeworfen hatten, war dieser Eingriff sehr dringend gewesen. »Wir müssen ihm Zeit geben. Er ist kein Mann, der sich vom Leben unterkriegen lässt, diesmal braucht er nur etwas länger, um das Gute wiederzuerkennen.«

»Dessen bin ich mir sicher.« In Janas Stimme schwang die gesamte Zuversicht mit, die ihrer Zuneigung entsprang. »Er sagt es doch ständig selbst: Jeder durchlebt mal eine schlechte Phase. Ich hoffe nur, dass er weiß, wie sehr wir ihn hier brauchen.« Henry besaß ein Auge für Talente, er ließ sie sich ausprobieren und Fehler machen, wenn es nötig war, um ihnen dann zu zeigen, wie man sie ausbügeln konnte. Schon deshalb musste er dieses Tief überwinden.

»Danke, dass du mich angerufen hast.« Belinda wandte sich zur Treppe um, und Jana begleitete sie hinab Richtung Ausgang.

»Wenn die Liebe ihn von den Füßen geholt hat, wird sie ihn vielleicht auch wieder aufrichten.« Janas Worte klangen wie das typisch romantische Weltbild, das erst mit etwas mehr Lebenserfahrung korrigiert werden würde.

Belinda schmunzelte und legte ihr eine Hand auf die Schulter. »Du bist eine hervorragende Dramaturgin, aber die Realität schreibt miesere Geschichten. Erwarte nicht zu viel. Ich werde dafür sorgen, dass er sich eine längere Auszeit nimmt, und halte dich auf dem Laufenden. Du wirst hier doch die Wogen glätten, oder?«

Mit einem Zwinkern breitete Jana die Arme aus. »Das wird nicht nötig sein. Wir sind seine Opernfamilie, wir machen uns nur Sorgen um ihn.«

Opernfamilie, was für ein schöner Gedanke. Es war schön zu sehen, dass er für seinen Einsatz der letzten Jahre etwas zurückbekam. Aber Geduld war eine knifflige Sache, geradezu fragil, wenn man sie auf dem falschen Fuß erwischte.

Ihr fielen ein paar Lokale ein, die sie abklappern wollte, bevor sie nach Hause ging. Sie hoffte, ihren Sohn in einem davon anzutreffen. Diesen Ausdruck auf seinem Gesicht, als er den Platz für Bernhard räumen musste, hatte sie bei ihm noch nie gesehen. Er war kein Kandidat für Sprünge von irgendwelchen Brücken oder Hausdächern, was nicht bedeutete, dass er sich nicht andere Dinge antun würde. Alkohol war Selbstzerstörung auf Raten, das reichte, um sein Leben zu ruinieren.

Sie musste nicht lange suchen, weil er wie erwartet im *Mephisto* an einem der hinteren Tische saß und ein gefülltes Glas zwischen seinen Fingern drehte. Er sah nicht mal auf, als sie sich wortlos zu ihm setzte.

»Ist das deine Idee gewesen?«, fragte er ruhig. Dann schüttelte er den Kopf und nahm ihr die Antwort vorweg. »Jana und einige andere waren das. Ich denke, ich weiß genau, wer alles an diesem Plan beteiligt war. Hab gleich gemerkt, dass da was hinter meinem Rücken im Gange war.«

»Denkst du, es war falsch?«

Er ließ das Glas los und sah sie an. »Ich denke, ich habe die besten Mitarbeiter, die man sich nur wünschen kann.«

»Und was jetzt?«

Schulterzuckend lehnte er sich zurück, offensichtlich wusste er es wirklich nicht.

»Willst du meinen Rat hören?«

Sein Seufzen sagte eher Nein, aber er hielt sie nicht vom Weiterreden ab.

»Lass uns wegfahren. Ein, zwei Wochen Tapetenwechsel. Vielleicht an die Küste, ich bin lange nicht am Meer gewesen. Und soweit ich weiß, bist du in den letzten fünf Jahren ausschließlich beruflich verreist. Wir können barfuß am Stand spazieren gehen, uns den Wind um die Ohren wehen lassen, uns zwischen die anderen Touris setzen und Bücher lesen – was hältst du davon?« Sie beugte sich vor und legte eine Hand auf seine. »Weißt du noch, wie du damals die Strände nach Bernstein, versteinerten Seeigeln und Donnerkeilen abgesucht hast?«

Er nickte und drückte ihre Hand. »Von wem hatte ich das wohl? Einmal sind wir so weit gelaufen, dass wir erst im Dunkeln zurückkamen.«

»Stimmt. Dein Vater war so sauer, dass er einfach gefahren ist und wir uns spontan in einer Privatunterkunft einmieten mussten.« Die Erinnerung ließ sie lächeln. »Wir beide waren ein unschlagbares Team.«

Sein Blick ruhte auf ihren Händen, als er nickte. »Ich habe immer gedacht, dass niemals irgendwas zwischen uns kommen könnte.« In seiner Stimme schwang die Bereitschaft mit, das Kriegsbeil endgültig zu begraben.

»Ging mir auch so.« Bis zu Nells Erkrankung war es auch genauso gewesen. »Denkst du, ich hätte dir damals mehr Raum geben müssen? Ich meine, bin ich so eine Mutter gewesen, die ein zu enges Verhältnis zu ihrem Sohn forciert hat?«

Henry fing an zu lachen. Es war so ehrlich und erfrischend, dass Belinda mitlachen musste, obwohl ihre Frage vollkommen ernst gemeint war.

»Wenn man bedenkt, dass wir wieder zusammenwohnen, könnte man das glatt denken.« Er ließ ihre Hand los und nahm das Glas. »Du warst der Puffer zwischen Vater und mir, dank dir hatte ich eine schöne Kindheit, aber verhätschelt hast du mich nicht.«

Ein Kellner kam und reichte Belinda eine Karte. »Ich nehme dasselbe wie er«, sagte sie und deutete auf Henrys Glas.

»Einen Monkey 47, kommt sofort.«

»Weißt du, warum ich immer wieder hierherkomme?« Mit der freien Hand strich er über die Tischplatte, als könne sie die Antwort verraten.

»Hier hast du Leah kennengelernt«, traute sie sich zu sagen.

Seine Bewegung war eine Mischung aus Nicken und Kopfschütteln. »Weit vor ihr hatte ich hier mit Nell das erste Date. Wir saßen genau hier, wo dann Leah gesessen hatte, als sie in mein Leben trat. Und nun sitzen wir hier.« Das Lächeln erstarb auf seinen Lippen. »Ich will nicht verreisen oder für Ablenkung sorgen. Die letzten Jahre bin ich gerannt und gerannt, jetzt will ich nur noch stehen bleiben, den Kopf ausschalten und für einen Moment aufhören, immer das Richtige zu tun.«

Das war ein Wunsch, den sie verstehen und respektieren konnte. Der Kellner brachte ihren Drink, und Belinda bestellte gleich noch eine Runde. »Du erlaubst, dass ich mich heute anschließe?«

Sie ließen die Gläser aneinanderklingen und tranken. Belinda würde mit ihrem Sohn eine Woche lang durchsaufen, wenn dadurch die Brücke wieder stabiler wurde. Es war ein seltsames Gefühl, dass nach allem Mutter und Sohn übrig geblieben waren, weil es so nicht richtig war. Sie würde nicht ewig leben, wer war dann für ihn da?

LEIPZIG

5. Juli 2018, Donnerstag

Leahs Misstrauen den Ärzten gegenüber, die ihr vor der OP versichert hatten, dass sie danach wieder laufen lernen könnte, schlug nach dem Eingriff in Ungeduld um. Es gab so vieles, um das sie sich neben der Arbeit noch kümmern musste – da waren die Termine bei dem Physiotherapeuten ein zusätzliches, anstrengendes Übel. Aber an diesem Tag konnte ihr so leicht nichts die Laune verhageln. Sie war gerade bei Jana Kaufmann gewesen und mit ihr das Stück durchgegangen.

Leah hatte jetzt noch eine Gänsehaut, wenn sie daran dachte, wie viel Respekt, Loyalität und Freundschaft mit dem Vorhaben verknüpft waren. Gemeinsam mit Jana an dem Libretto zu arbeiten, machte Spaß. Nicht einen Moment fühlte sie sich wie ein Fremdkörper in diesem Unterfangen, sondern eher wie die Zugfeder, die alles in Bewegung setzte.

Alles, was sie über Henrys Zustand angenommen hatte, schien sich noch gesteigert zu haben. Seit ein paar Tagen war er von der Arbeit freigestellt, und jeder machte sich Sorgen um ihn. Leah wusste, was Alkohol mit Menschen anstellte, wenn sie aus Kummer dazu griffen. Es tat ihr unendlich leid, dass sie ihn im Stich gelassen hatte, als er sie am meisten gebraucht hatte. Was spielte es für eine Rolle, dass die Umstände daran schuld gewesen waren? Oder dass sie ebenso leiden musste? Es ging nicht darum, einen Sündenbock zu finden, es musste wiedergutgemacht werden, nichts anderes zählte.

Das einzig Positive daran, dass Henry nicht mehr in die Oper kam, war, dass alle Beteiligten nun anfingen, den jeweiligen

Professionen entsprechend zu planen und das Stück auszuarbeiten, ohne Angst haben zu müssen, dass er plötzlich auftauchte. Und sie hatten nicht viel Zeit: Der Tag, an dem die Überraschung stattfinden sollte, rückte immer näher. Damit Henry weder etwas merkte, noch aus anderen Gründen absagen konnte, arbeitete Jana in diesem Moment an der Einladung zu ihrem Geburtstag. Der Termin stand, aber der Ort war noch immer offen. Auch wenn das Datum in die Sommerpause fiel, konnte sie die Oper selbst wegen Bühnenarbeiten nicht nutzen. Außerdem hatte Siggi wiederholt betont, dass es ohne Publikum nicht funktionieren würde, weil Henry sich sonst vorgeführt fühlen würde, wenn jeder nur auf seine Reaktion wartete.

Leah fuhr mit dem Rollstuhl die wenigen Hundert Meter von der Oper zum Büro. Sie war etwas angespannt, denn der Physiotherapeut wollte von heute an mit ihr daran arbeiten, dass sie wieder laufen lernte. Die letzten Termine waren schon frustrierend und anstrengend gewesen, wie sollte es erst werden, wenn sie aufstehen musste?

Ihr Telefon klingelte. »Ich weiß, ich bin zu spät dran«, sagte sie statt einer Begrüßung. »Ich bin gleich da, es hat länger gedauert.«

»Dein Taxi wartet«, erwiderte Nadine.

»Fünf Minuten.« Leah hörte, wie ihre Assistentin die Zeit weitergab. Dann sagte sie: »Und wie war es? Geht alles voran?«

»Es ist der Wahnsinn«, sagte Leah glücklich. »Sie opfern ihre gesamte Freizeit für ihn.«

»Und habt ihr auch schon einen Ort gefunden?«

»Ich wünschte, wir könnten es doch in der Oper machen, aber hast du eine Vorstellung, wie lange im Voraus die Termine geplant werden müssen? Wir haben keine zwei Jahre Zeit, ihm muss jetzt geholfen werden. Jetzt wollen sie sich doch noch mal das Kellertheater angucken und Alternativen überlegen. Ich bin guter Dinge, dass sie was Passendes finden.«

»Gut, dann musst du dich jetzt auf dich konzentrieren, damit du bis dahin wieder fit bist.« Wenn Nadine das sagte, klang es, als müsse sie nur losjoggen, um am Marathon teilzunehmen, aber so einfach war das nicht.

»Ich sehe das Taxi, ich erwarte dich dann nach der Therapie in der Praxis«, sagte Leah, verabschiedete sich von Nadine und steuerte den Rollstuhl auf den Wagen zu. Es war ein Rollimobil, in das sie komplett mit dem Rollstuhl hineingeschoben und fixiert wurde. Leah saß lieber auf einem richtigen Sitz.

»Guten Tag, Frau Mirana«, sagte der Fahrer und bugsierte sie routiniert in das Fahrzeug. »Ein schöner Tag heute, nicht wahr?«

Immerhin konnte sie das ohne Vorbehalte bestätigen. »Bislang der beste dieser Woche.«

Sie mussten nicht weit fahren, dann brachte der Fahrer sie noch bis in die Praxis und übergab sie an Kevin.

Leah ging wahrlich nicht mit der besten Grundeinstellung an die Arbeit. Es störte sie, dass ihr Physiotherapeut nicht aufhören konnte, zu reden. Als sorgte das Metall in seinem Gesicht für einen permanenten Radioempfang, der dann über seinen Mund wiedergegeben wurde. Ihr war unbegreiflich, wie man sich Piercings in die Wangen stechen lassen konnte, als wären Augenbrauen, Lippen und Ohren nicht genug.

Dieser Mann war so eine Nervensäge und sagte ihr auch noch ständig, dass sie ihn ruhig Kevin nennen könne, weil das doch viel persönlicher sei. *Frau Mirana und Kevin.*

Schon nach wenigen Übungen kam die Verzweiflung wieder hoch. *Ich schaffe das niemals!*

»Kommen Sie schon, Sie können später verschnaufen.«

Er ergriff ihre Arme und zog sie wieder auf die Füße, damit sie sich an den Stangen festhalten konnte, zwischen denen sie bis zum anderen Ende gehen sollte.

»Das machen Sie wunderbar, noch einen Schritt.«

»Können Sie bitte fünf Minuten nichts sagen?« Sie wollte nicht unhöflich sein, aber der Kerl machte sie wahnsinnig.

»Na klar, meine Freundin sagt auch immer, ich rede zu viel. Dann werde ich jetzt mal ruhig sein.«

Leah verdrehte die Augen, was er zum Glück nicht sehen konnte, da er neben ihr stand.

»Stimmt es, dass Sie aus dem dritten Stock gestürzt sind?«, plapperte er schon nach wenigen Sekunden wieder drauflos.

»Das ist stark vereinfacht zusammengefasst, aber ja«, antwortete sie angestrengt. Sie hatte gerade mal zwei Schritte geschafft und war schon vollkommen durchgeschwitzt.

»In der Zeitung stand …«

»Jede Menge reißerischer Dreck«, fuhr sie ihm über den Mund. »Müssen wir darüber reden?«

Sie knickte um und musste sich mit aller Kraft festhalten. Kevins Hände legten sich helfend an ihre Hüfte, was einen brennenden Schmerz in der Narbe verursachte.

Leah atmete lieber tief durch, damit sie ihn nicht anschrie.

»Und Sie trainieren hier so hart, weil Sie ins Ballett gehen wollen? Tutus sind ja nicht so mein Ding.«

Genervt sah sie ihn an. Er war ein durchtrainierter Typ mit blonden, kurzen Haaren und diesen Piercings im Gesicht. Natürlich waren Tutus nicht *sein Ding*.

Plötzlich wurde Leah schwindelig, ihre Hand rutschte ab, und Kevin musste fester zupacken, was sie schmerzvoll aufschreien ließ.

»Schon gut, Frau Mirana, wir machen eine Pause.«

Es fühlte sich demütigend an, von ihm zurück in den Rollstuhl gewuchtet zu werden.

»Sie müssen geduldig sein«, sagte er mitfühlend. »Gut Ding will Weile haben.«

Nadine sagte dasselbe, aber mehr als ein blöder Spruch war das nicht.

»Hatten Sie schon mal die Chance für einen zweiten *ersten Eindruck?*«

Er schüttelte den Kopf, als wollte er sagen, dass ihn das auch nicht sonderlich reizte.

»Ich auch nicht. Aber wenn es so weit ist, dann will ich auf meinen eigenen Füßen stehen. Glauben Sie, dass ich das schaffen kann?«

»Wann soll die Sache steigen?«

»Am neunten August.«

Er hielt ihr die Hände entgegen. »Wie ich schon sagte, in einem Monat können Sie allen davonlaufen.«

Genau das wollte sie nicht mehr.

»Aber dann sollten Sie Ihre Wut im Wartezimmer lassen und anfangen, mir zu vertrauen. Wir ändern Ihr Programm etwas, und Sie lassen mich reden, so viel ich will. Deal?«

Leah musste lachen. »Deal.«

Sie hielt sich wieder mit beiden Händen an den Stangen fest, aber es war, als würden ihr die Füße nicht gehorchen.

»Sagen Sie mir, was Sie daran hindert, loszugehen«, forderte Kevin.

»Meine Beine fühlen sich schwach an.«

»Nun, sie sind schwach.«

Sie presste kurz die Lippen aufeinander und sah auf ihre Füße. »Mein rechtes Knie ist unbeweglich, das linke ist auch nicht viel besser.«

»Haben Sie Angst, sich zu doll zu bewegen und dadurch im Becken wieder etwas kaputt zu machen?«

Leah musste sich eingestehen, dass sie Kevin zu schnell abgeurteilt hatte. »Die Ärzte haben gesagt, wenn ich nicht gerade mit Kampfsport anfange oder große Sprünge mache, wäre jede Art von Bewegung gut und erlaubt.«

»Das habe ich nicht gefragt, das weiß ich schon.«

Wieder wurde ihr schwindelig. Kevin hielt sie fest und half ihr erneut, sich zu setzen, was den Frust nur noch mehr steigerte.

»Ich ertrage diese Schmerzen kein weiteres Mal«, sagte sie ausweichend.

Kevin zwinkerte ihr zu. »Laufen Sie nicht weg, ich will Ihnen was zeigen.«

Er ging zu einem großen Schrank und holte eine Plastikkiste hervor, dann kniete er sich vor sie und drückte ihr eine künstliche Hüfte in die Hand. »Das ist zwar kein Becken, aber ich möchte, dass Sie sich diese Prothese gut anschauen. Und dann schlagen Sie das Ding mal gegen das Gestänge.«

Sie kam seiner ersten Bitte nach, wobei sie sich nicht überwinden konnte, es auch gegen die Stange zu schlagen. Also nahm er es ihr aus der Hand und erledigte das für sie.

»Was Ihnen neben all den Platten und Schrauben eingesetzt wurde, ist so robust wie das hier. Ihre Knochen sind gebrochen, weil Sie aus großer Höhe gestürzt sind. Das haben Sie kein zweites Mal vor, also sind Sie sicher.«

So unorthodox seine Worte auch waren, sie halfen.

»Ich werde jetzt bei Ihnen etwas durchführen, das sich *Flossing* nennt.« Er nahm ein breites rotes Gummiband aus der Kiste. »Das bedeutet, dass ich dieses Gummiband so fest um Ihr Knie wickeln werde, dass es quasi trockengelegt wird. Dann werde ich das Gelenk so gut es geht bewegen. Die Prozedur ist etwas unangenehm und schmerzhaft, aber ich verspreche Ihnen, dass Sie vom Nutzen begeistert sein werden. Wir fangen mit ein bis zwei Minuten an, nicht länger.«

Das Hüftgelenk landete scheppernd in der Kiste, und Kevin schob ihr Hosenbein hoch. Er hatte recht: Als er anfing, das Gewebe abzubinden, war es unangenehm und tat weh, war aber auszuhalten. Während er das Knie beugte und streckte, redete er von Faszien, dem Schwammeffekt und der Durchflutung der Fasern.

Nach gut einer Minute wickelte er das Band wieder ab, und Leah war erleichtert, dass der Schmerz endete.

»Wenn es für Sie okay ist, dann machen wir das jetzt vor und nach jeder Anwendung.«

Leah presste nur die Lippen aufeinander, sie war noch nicht so überzeugt, dass sie das öfter über sich ergehen lassen wollte.

Dann half er ihr wieder auf die Füße, und ihr Knie fühlte sich viel besser an. Weniger dick und wesentlich beweglicher. Dieses Mal schaffte sie vier Schritte. Erstmals verspürte sie Zuversicht.

»Sehen Sie? Wenn Sie es wollen, schaffen Sie das locker!«

Leah nickte dankbar, für Worte war das Stehen zu anstrengend.

Mit einem Grinsen erklärte Kevin die Stunde für beendet, half ihr in den Rollstuhl und klopfte ihr auf die Schulter. »Sie sind eine Kämpferin.«

Verlegen sah Leah auf ihre Hände. Das war sie wohl, eine Kämpferin. Nur, dass sie erstmals wusste, wofür sie es tat. Vierunddreißig Jahre hatte sie sich durchgeboxt, Runde für Runde überstanden, ohne vom Leben auf die Bretter geschickt zu werden, aber jetzt kämpfte sie um den Sieg.

Er schob sie in den Flur vor dem Behandlungszimmer. »Werden Sie abgeholt?«

»Ja, meine Assistentin kommt jeden Moment.« Sie sah ihn an und verzog peinlich berührt das Gesicht. »Bitte entschuldigen Sie, dass ich so schroff zu Ihnen gewesen bin.«

Aber Kevin lachte nur. »Wenn Sie wüssten, was die Patienten hier tagtäglich so zu mir sagen … Das ist schon okay, ich wäre auch wütend, wenn ich das alles aushalten müsste. Ich weiß ja, dass es nicht so gemeint ist.«

Leah sah ihm nach, bis er in seinem Behandlungszimmer verschwunden war, dann zog sie ihr Smartphone aus der Tasche. Etliche Nachrichten erschienen auf dem Display, die sie allesamt sehr glücklich machten, weil sie ihr zeigten, dass es mit dem Stück voranging.

»Sorry, ich bin spät dran, Frau Franken hat mich am Telefon mal wieder aufgehalten. Sie wird wahrscheinlich so lange nerven, bis sie sich endlich persönlich bei dir entschuldigen darf.« Nadine hielt die Tür auf, damit Leah rausfahren konnte. »Hat mit dem Taxi alles geklappt?«

»Ja, aber es ist echt ätzend, wie ein Möbelstück hinten in den Wagen geschoben zu werden. Ich bin froh, dass du mich abholst. Wie verlief der Termin?« Nadine hatte stellvertretend für sie dem Meeting mit Welkoflex beigewohnt, bei dem Bennie die Bauleitung übernehmen sollte. »Großartig, er macht das richtig gut.«

Leah freute sich, dass sie bereits jetzt schon alles gut im Griff hatte, und das trotz diverser Nebenprojekte, die nichts mit ihrer Arbeit zu tun hatten. Es war von Vorteil, dass sie direkt über ihrem Arbeitsplatz wohnte. Allerdings war ihr auch klar, dass sie noch sehr geschont wurde und der Stress mit der Zeit wachsen würde. Doch auch davor hatte sie keine Angst – und wenn Ludger kam, würde sie ihm sagen, wie glücklich sie über ihre neue Aufgabe war.

»Und bei dir?«, fragte Nadine.

»Ich sag nur: vier Schritte.« Sie lehnte Nadines Hilfe ab und schaffte es allein ins Auto. »Weißt du was?«

Nadine klappte den Rollstuhl zusammen und sah sie abwartend an.

»Ich habe heute so unzerstörbar gute Laune, lass uns zu Frau Franken fahren und dieses unsägliche Kapitel zum Abschluss bringen.«

»Aye, aye, Käpt'n!«

Mit einem zufriedenen Grinsen zog Leah die Tür zu und schnallte sich an. Jetzt musste es nur noch so weitergehen, dann würde alles gut werden.

Mit ihrem Sohn konnte sie nicht mithalten. Seit sie an dem Abend im *Mephisto* so betrunken gewesen war, dass sie auf dem Heimweg gestützt werden musste, litt sie unter Sodbrennen, eine ganze Woche schon, was ein unangenehmer Preis für ihren Einsatz war. Während sie also alles am Laufen hielt, trank ihr Sohn weiter und nahm sich die Zeit, die er glaubte zu brauchen, um Selbstzerstörung und Trauer den Vorzug zu geben. Belinda war hin- und hergerissen, wie lange sie sich das guten Gewissens ansehen konnte.

Ihr war bewusst gewesen, dass der Zusammenbruch eines Tages kommen musste. Damals war er außer sich vor Schmerz gewesen, wollte für den Tod seiner Frau ins Gefängnis gehen, aber die Bestrafung war ausgeblieben, weil er nicht schuldig gewesen war. Belinda hätte ins Gefängnis gehen müssen, weil sie ihm die Spritze aus der Hand genommen hatte, als er es nicht zu Ende bringen konnte. Aber wer hätte sich dann um ihn gekümmert? Nachdem er nicht bestraft worden war, hatte er Haltung angenommen und nur noch für die Arbeit gelebt.

Leahs Unglück hatte das Konstrukt aus Pflichtbewusstsein und Selbstbeherrschung zum Einsturz gebracht. Belinda würde nicht von einer Depression sprechen, er war nicht krank oder ein Opfer seiner Biochemie. Er war gebrochen.

Und sie konnte nicht mehr tun, als ihm etwas zu essen nach oben zu bringen, ihn alle paar Tage unter die Dusche zu schicken und da zu sein, wenn er sie brauchte – nur das tat er nicht. Das offene Gespräch im *Mephisto* war wie ein Abschied gewesen, der in einem Filmriss geendet hatte.

Ihr Telefon klingelte, und sie erkannte die Nummer der Oper. Sie nahm das Gespräch entgegen und wusste genau, wer am anderen Ende sein würde. »Hallo, Jana«, grüßte sie deshalb.

»Hallo, Belinda, wie geht es euch?«

Sie sah sich im stillen Haus um und seufzte. »Ging schon mal besser. Ist irgendwas?«

»Wir hatten heute ein Meeting, und alle fragen sich, wann Henry zurückkommt.«

Es war schwer, auf diplomatische Weise auszudrücken, dass sich sein Zustand eher verschlechtert hatte. »Um ehrlich zu sein, geht es ihm noch nicht so gut.«

»Wie schlimm ist es?«

Belinda ging zum Sofa und setzte sich erschöpft auf die Kante. »Ich sag's mal so: Wenn er so weitermacht, kommt er niemals wieder zurück. Bitte behalte das für dich, ich sollte das gar nicht verraten, aber ich weiß einfach nicht mehr, was ich tun soll.«

»Soll ich vorbeikommen?«

Mit einem Kopfschütteln verwarf sie diese Option, bevor sie es überhaupt aussprechen konnte. »Bitte nicht, er würde nicht wollen, dass du ihn so siehst, und es mir anlasten. Wenn er mitbekommt, dass ich mit dir gemeinsame Sache mache, egal, wie sehr es der Sorge um ihn geschuldet ist, lässt er mich gar nicht mehr an sich ran. Ich will das nicht aufs Spiel setzen.«

»Verstehe. Denkst du nicht, es wäre besser, er ginge in eine Klinik, wenn es so schlimm ist?«

Janas mitfühlende Art tat ihr gut.

»Ich habe versprochen, ihm Zeit zu geben, daran werde ich mich halten.«

»Dann gebe ich dir jetzt eine Deadline«, sagte Jana mit einem zuversichtlichen Unterton. »Mein Geburtstag ist am neunten August. Wie ich schon in der Mail geschrieben habe, ist es mein dreißigster. Und ich möchte ihn nicht ohne euch feiern. Bitte sag Henry, dass ich eigenhändig mit einem Gerichtsbeschluss der Polizei und Krankenpflegern auftauchen werde, wenn er es wagen sollte, abzusagen.«

»Nun, ich kann es versuchen.« Genau diese Art von Freundschaft brauchten sie jetzt. Außerdem traute Belinda der jungen Dramaturgin durchaus zu, die Drohung in die Tat umzusetzen, ohne dass Henry es seiner Mutter zum Vorwurf machen könnte. »Ich danke dir«, sagte sie erschöpft.

»Manchmal glaube ich, dass Henry gar nicht weiß, was er uns allen bedeutet.«

Dem konnte Belinda nur zustimmen. Er war so sehr in seiner Arbeit gefangen gewesen, dass er wahrscheinlich gar nicht gesehen hatte, wie lebensverändernd sein Umgang mit all diesen Menschen für viele gewesen war. Ob Mitarbeiter oder Studenten, seine Arbeit und sein Wesen hatten unzählige positive Spuren hinterlassen. Nur wenige brachten die Wertschätzung auf, die andere motivierte, über sich hinauszuwachsen. Er hatte immer spielend leicht die richtigen Worte für jeden gefunden. Die Menschen in seinem Umfeld fühlten sich wahrgenommen und akzeptiert.

»Ich erwarte euch am neunten August um zweiundzwanzig Uhr auf dem Marktplatz.«

»Müsstest du nicht am Rathaus Klinken putzen oder so?« Es war Belinda komplett entfallen, welche albernen Dinge unverheiratete Frauen an ihrem dreißigsten Geburtstag machen mussten.

»Das nicht, aber ich denke, ich muss irgendwas Albernes auf dem Marktplatz machen, was dem sicher sehr nahe kommt. Versprich mir, dass ihr kommen werdet! Dafür verspreche ich, dass niemand etwas zu Henry sagen wird, das ihm unangenehm sein könnte. Wir werden nur froh sein, ihn zu sehen.«

»Ist gut, ich sorge dafür«, versprach Belinda. Der Termin war wie ein Lichtblick, auch wenn ein Monat eine lange Zeit war und bis dahin noch viel passieren konnte.

Entschlossen setzte sie sich wieder in Bewegung, nahm einen großen Becher Kaffee aus der Küche mit und ging die Treppe hoch.

»Ich halte dich auf dem Laufenden, Jana«, sagte sie und verabschiedete sich. Sie würde mit ihrem Sohn zu dieser Feier gehen, selbst wenn sie ihn dafür aus dem Haus schleifen musste.

Sie ließ das Smartphone in ihre Tasche gleiten und klopfte im zweiten Stock nur kurz gegen die Tür, bevor sie eintrat.

Henry war bereits wach, saß am Fenster und sah in den Garten hinab. Auf dem Tisch standen eine leere Whiskeyflasche und ein Glas vom Vorabend, auf dem Sofa lag sein Laptop, den er derzeit nur benutzte, um Nachschub zu ordern. Das Wurstbrot, das sie ihm am Abend gebracht hatte, lag trocken und unangerührt auf dem Teller.

»Gibt es da draußen was Spannendes?«

Henry gab nur einen desinteressierten Laut von sich.

Sie stellte den Kaffee auf den Tisch und nahm den Teller in die Hand. »Jana hat uns am neunten August zu ihrem Geburtstag eingeladen, sie wird dreißig, und es bedeutet ihr sehr viel, dass wir kommen.«

»Geh du für uns«, sagte er undeutlich. Wahrscheinlich ergab es keinen Sinn, ihm mehr darüber zu erzählen, weil er gar nicht aufnahmebereit war.

»Einen Abend wirst du wohl hinbekommen«, bestimmte sie deshalb, ging zum Fenster und kippte es. »Danach kannst du gern wieder in Selbstmitleid zerfließen.«

Mürrisch wechselte er die Position und drehte ihr den Rücken zu. Also umrundete sie ihn, damit er sie angucken musste.

So ungepflegt sah er gar nicht mehr wie er selbst aus. Inzwischen stand ihm ein kurzer Vollbart im Gesicht, der an einigen Stellen grau war, er hatte abgenommen, was seine Wangen noch stärker eingefallen wirken ließ, und sein T-Shirt war durchgeschwitzt. »Gehst du von allein duschen, oder muss ich wieder deine Mutter raushängen lassen?«

»Ich hätte die Oper nicht wegwerfen dürfen«, sprach er seine heutige Qual aus. Wie sehr er in dieser Spirale gefangen war.

»Du hast doch noch die Aufnahmen, damit kannst du weiterarbeiten.«

Aber Henry kniff die Augen zusammen und wendete sich erneut ab. »Ich habe alles gelöscht.«

»Was soll's.« Sie versuchte, die Leichtigkeit in der Stimme zu behalten. »Jede Note befindet sich in deinem Kopf, du musst sie nur spielen.«

Schuldbewusst streckte er seine rechte Hand aus, die blutig und stark geschwollen war. Belinda stellte erschrocken den Teller ab und berührte sie vorsichtig. Das ging definitiv zu weit. »Was hast du getan?«

Sie blickte sich suchend um und entdeckte blutige Spuren an der Wand neben der Tür. »War das dein grandioser Plan? Erst ruinierst du deine Hand, dann deine Karriere?«

Er hatte komplett die Kontrolle verloren. Die Schmerzen mussten höllisch sein.

»Na komm, wir ziehen dir ein frisches Shirt an, dann ruf ich uns ein Taxi.« Am liebsten hätte sie ihn angeschrien, ihn gefragt, ob er jetzt endlich genug hatte.

»Ich kann es nicht mehr spielen«, sagte er wie jemand, der sein Augenlicht verloren hatte und auf einem riesigen Platz in der Menge stand. »Es ist alles weg.«

»Ist es nicht«, sagte sie beherrscht und legte ihre Arme um ihn. »Es ist alles hier in deinem Kopf, hinter deinen Freunden Gin, Johnny und Jack.« Er lehnte seinen Kopf bei ihr an, zitterte und fing an zu weinen. Endlich brach seine Mauer ein, und endlich durfte sie ihn trösten.

In diesem Augenblick spielte seine Hand keine Rolle mehr. Sie hielt ihn fest, strich ihm über die verschwitzten Haare und wiegte ihn sanft. Er war ihr Sohn, der wichtigste Mensch in ihrem Leben, der so sehr leiden musste, und sie war da, um ihn aufzufangen.

»Ich habe alles falsch gemacht«, presste er hervor. »Wie soll ich mein Versprechen jetzt noch halten?«

Sie wünschte, er hätte die Oper nicht in Leahs Zimmer gefunden und noch einmal weggeworfen. Dann wären sie jetzt einfach nach unten gegangen, um ihm zu zeigen, dass nichts verloren war. Schuld besaß unzählige Facetten, in denen sich Gedanken brachen und nur Pein in die Finsternis zurückwarfen. Belinda wiegte ihn weiter sanft und ließ ihn nicht los.

»Sie fehlt mir so sehr.«

»Ich weiß, mir fehlt sie auch«, sagte sie leise und hielt ihn fest, während auch ihr nun Tränen über die Wangen liefen. »Und das ist auch okay, wir dürfen sie vermissen. Sie war ein wundervoller Mensch, der so viel Zauber in unser Leben gebracht hat. Sie verdient es, vermisst zu werden, aber trotzdem musst du endlich loslassen.«

Er weinte so verzweifelt, dass es Belinda das Herz zerriss. So viel Leid kam zum Ausbruch. Leid, das er jahrelang allein getragen hatte. Fünf Jahre war er zu stolz gewesen, vor dem Tod in die Knie zu gehen.

Ob Leah deshalb durch die Hölle gehen musste? Vielleicht lebte der Teufel ja doch in dieser Stadt und zog nun Geige spielend zum nächsten Haus, in dem er seine Spielchen spielen konnte.

Es dauerte lange, bis Henry sich beruhigte und erschöpft versuchte, sich wieder aufzurichten. Sie legte ihre Hände um sein Gesicht und strich die letzten Tränen fort. »Lass uns ins Krankenhaus fahren«, sagte sie ruhig. »Erst kümmern wir uns um deine Hand, dann um dich, ja?«

In seinen Augen sah sie, wie sehr er sich für seinen Zustand schämte. »Wie konnte ich das nur tun? Ich habe Nell doch ein Versprechen gegeben …«

»Und du hast alles dafür getan, es zu halten. Geh nicht so hart mit dir ins Gericht. Dass sich alles mit Leah wiederholt hat, war unerträglich. Jeder wäre daran zerbrochen.«

Er kniff die Augen zusammen und ließ den Kopf fallen. Sie hatte den nächsten wunden Punkt getroffen.

Doch bevor sie etwas sagen konnte, bat er sie leise: »Bitte ruf sie an und frag sie, wie es ihr geht.« Er stand mühsam auf, und Belinda stützte ihn, so gut es ging. Bei seinem Zustand hoffte sie, dass er sich am nächsten Tag noch an alles erinnern konnte. »Sag ihr, dass es mir leidtut. Alles … ich wollte das nicht.«

»Das mach ich«, versprach sie.

Henry konnte kaum geradeaus laufen. Alleine bekam sie ihn nicht ins Krankenhaus. Wahrscheinlicher war, dass er die Treppen runterfiel und sich mehr brach als die Hand. Es nützte nichts, sie musste einen Krankenwagen rufen. Damit sicherte sie auch den Wendepunkt, der so lange schon überfällig gewesen war. Wenn er in einem Krankenhausbett aufwachte und ein Arzt ihm sagte, wie schlecht es gerade um ihn stand, würde er diese Episode hoffentlich nicht als alkoholisierte Momentaufnahme abspeichern.

Mühsam bugsierte sie ihn zum Sofa und sorgte dafür, dass er sich hinsetzte.

O Nell, wenn du kannst, dann schicke ihm die Kraft, die er jetzt dringend braucht.

Walter und Susanne Franken wohnten etwas außerhalb von Leipzig. Leah schätzte, dass dieses Wohngebiet nach der Wende entstanden war. Nichtssagende rote Backsteinhäuser mit spießigen Vorgärten reihten ihre wehrhaften Zäune aneinander, als würden sie die Bewohner genauso einsperren, wie sie Besucher draußen halten wollten.

»Das da ist es.« Nadine deutete auf das einzige Haus in der Straße, das etwas herausragte. Es besaß kleine Erker und weiße Fensterläden, zudem ragten zwei kleine Türme über das Dach hinaus. »Als Kind hätte ich auch gern ein Zimmer mit Turm gehabt«, fügte sie hinzu und parkte den Wagen. »Franken hat sie für seine Kinder bauen lassen, aber die sind inzwischen erwachsen und ausgezogen.«

»Er hat das entworfen?« Leah sah es sich genauer an. Zweifelsohne hatte Franken eine Vorliebe für Tageslicht. Wenn die Sonne schien, musste es sehr warm und schön im Inneren sein, weil jedes Zimmer mit großen Fenstern ausgestattet war.

»Entworfen, und soweit ich weiß, hat er selber mit angepackt.«

Neben dem Haus befand sich ein Carport mit einem Schuppen, über den man durch einen Nebeneingang wahrscheinlich direkt in den Hauswirtschaftsraum gelangte. Wein rankte sich um das weiße Holz. Der Garten war sehr gepflegt, mit einem geschwungenen Kiesweg, der um das Haus führte. Alles in allem war es nicht das Haus eines kranken Widerlings.

»Ich hätte ihn gern besser gekannt, als er noch nicht krank gewesen ist. Wenn ich von dem ausgehe, was ihr über ihn erzählt, und das hier sehe, kann ich gar nicht glauben, dass er derselbe Mann ist, der mich fast getötet hätte.«

Nadine stieg aus und holte den Rollstuhl.

Wieder schaffte es Leah ganz allein, von ihrem Sitz hochzukommen und den Platz zu wechseln.

»Niemand erwartet, dass du ihn nach allem magst oder ihm verzeihst. Ich denke, seine Frau will sich nur entschuldigen, weil sie wie wir alle ein schlechtes Gewissen hat, dass sie die Veränderungen nicht ernst genug genommen hat«, sagte Nadine. »Wollen wir?« Sie deutete zur Haustür.

Leah umfasste die Räder und fuhr schwungvoll los.

Vor der Tür stellte sich Nadine neben Leah und drückte auf die Klingel.

Es dauerte etwas, bis Schritte zu hören waren und Susanne Franken die Tür öffnete. Als ihr Blick auf Leah fiel, zuckte sie erschrocken zusammen.

»Guten Tag, Frau Franken, bitte entschuldigen Sie unseren Überfall, aber Nadine sagte, Sie würden gern mit mir reden«, sagte Leah zur Begrüßung.

Ihrem Aussehen nach war Susanne Franken eine richtige Dame. Die graublonden Haare trug sie akkurat hochgesteckt, ein leichtes Make-up betonte ihre blauen Augen, und eine Silberbrosche in Form einer Feder zierte ihre schneeweiße Bluse, deren Saum in einem knielangen blauen Rock steckte. Sogar die Hausschuhe an ihren Füßen sahen elegant aus. Und sie fing sich auch wie eine Dame.

»Oh, Frau Mirana«, sagte sie freundlich und reichte ihr die Hand. »Ich wollte doch zu Ihnen kommen. Sie sollten sich diese Umstände gar nicht machen.«

Ihre Hand fühlte sich weich und gepflegt an.

»Wir waren gerade in der Gegend, es ist also nicht der Rede wert.« Das stimmte nicht ganz, aber Leah war froh, dass sie auf diese Weise selbst entscheiden konnte, wie lange das Treffen dauern würde.

»Kommen Sie doch bitte rein«, sagte Frau Franken unsicher und trat zur Seite.

Leah konnte ihre Nervosität gut nachvollziehen. Wenn Walter ihr Mann wäre und einer Frau das angetan hätte, wäre sie sicher auch am liebsten in Grund und Boden versunken.

Nadine half Leah die eine Stufe hoch und manövrierte sie durch die Tür.

»Kann ich Ihnen etwas zu trinken anbieten?«

Leah und Nadine lehnten ab. Wahrscheinlich wäre es höflicher gewesen, die gastfreundliche Geste anzunehmen, aber Leah wollte es möglichst kurz halten.

Der Schnitt des Erdgeschosses war traumhaft. Rechts entdeckte Leah eine offene Wendeltreppe und dahinter eine geschlossene Tür, links ging es zu einer großen Wohnküche, und geradeaus lag ein warmes Wohnzimmer mit bodentiefen Fenstern und gemütlich grünen Zimmerpflanzen.

»Folgen Sie mir bitte.«

Auf dem Weg ins Wohnzimmer betrachtete Leah die vielen Fotos an den Wänden. Sie zeigten zwei Jungen, mal als Babys, dann als Kleinkinder und schließlich als Jugendliche, die auf jedem Foto glücklich in die Kamera strahlten. Sie erkannte Walter Franken mit seinen Kindern, mit seiner Frau und einmal auch neben Ludger. Auf den Bildern sah er sehr sympathisch aus.

Susanne Franken schob den Sessel etwas zur Seite, damit Leah genügend Platz hatte, und bat Nadine, sich auf das rostrote Sofa zu setzen. Vom Wohnzimmer ging noch ein Raum ab, dessen Tür ebenfalls geschlossen war. Ein Regal voller Bücher zeugte davon, dass jemand in diesem Haus gerne las.

»Ich hoffe, wir stören Sie gerade nicht?«, fragte Leah, weil es ihr trotz allem leidtat, die Frau so zu überfallen, sonst ging sie feinfühliger mit heiklen Situationen um.

»Nein, gewiss nicht, ich bin sehr froh, dass ich endlich mit Ihnen reden kann. Was mein Mann Ihnen angetan hat, ist unverzeihlich, und jetzt, wo ich Sie in dem Rollstuhl sitzen sehe, wird mir erst richtig bewusst, wie furchtbar Sie gelitten haben müssen.«

Leahs Atemzüge wurden ganz ruhig. Sie wusste, wie wichtig es für Susanne Franken war, darüber zu reden, aber sie selbst hatte diese Zeit abgeschlossen und war bereit, nur noch nach vorn zu sehen. Sie war nur froh, dass Susanne Franken eine beherrschte Person war und nicht in Tränen ausbrach.

»Nun, ich denke, es ist sinnlos, das Vergangene weiter aufzuwühlen. Der Mann, der mich angegriffen hat, hatte nichts mit dem Mann zu tun, den ich dort auf den Fotos gesehen habe.« Mit einer Hand deutete sie hinter sich in den Flur. »Die Wut und das Entsetzen habe ich hinter mir gelassen. Ich bin froh, dass ich noch lebe und bald auch wieder laufen kann.« Letzteres konnte sie dank der Therapiestunde voller Zuversicht sagen. »Ich wünsche Ihnen, dass Ihr Mann bald gefunden wird, damit die Ungewissheit endet. Es ist wirklich nicht mehr nötig, dass Sie sich bei mir entschuldigen.«

Leah hatte gehofft, dass es nicht passieren würde, aber jetzt sammelten sich doch Tränen in Susanne Frankens Augen. Schnell zog sie ein Taschentuch aus ihrer Jacke und reichte es ihr. Deswegen hatte sie dieses Treffen ursprünglich nicht gewollt, weil es sie in die Lage brachte, Frau Franken trösten zu müssen, obwohl sie das Opfer war. Sie gehörte einfach nicht zu den Menschen, die aus dem eigenen Leid Zorn und böse Worte schöpfen konnte. Ihr Kopf nahm lieber so viel Abstand zu dem Geschehen, dass sie das Richtige tat.

»Sie sind so unfassbar freundlich«, sagte Susanne Franken traurig. »Es tut mir so leid.«

»Wie ich schon sagte, Sie müssen sich nicht entschuldigen.«

Nadine rückte dichter an die Frau ihres früheren Chefs heran und legte ihr eine Hand auf den Rücken. »Sicher unterstützen Sie Tim und Paul in dieser Zeit, oder?«

Das mussten die Söhne sein, die Leah auf den Fotos gesehen hatte.

Frau Franken nickte nur. Leah fiel das Buch ein, das endlich wieder auf ihrem Nachttisch lag.

»Machen Sie sich bitte keine Vorwürfe, ich denke nicht, dass Sie den Angriff hätten verhindern können«, sagte Leah.

Bei Henry hatte sie gesehen, was Schuld anrichten konnte. Wenn sie Susanne Franken etwas von dieser Last nehmen konnte, dann tat sie es gern. Aber die alte Dame sah Leah an, als habe sie ihre Schuld gerade verdreifacht. Das ergab überhaupt keinen Sinn. Ihre Schultern fingen an zu beben, dann weinte sie noch mehr.

»Er ist hier«, sagte sie undeutlich und kniff gequält die Augen zusammen.

Nadine zog ihre Hand zurück, als habe sie einen Stromschlag erhalten, während die Information sich nur mühsam durch Leahs Unglaube durchkämpfte.

»Hier, in diesem Haus?«, hakte Nadine nach. »Seit wann?« Sie zog das Smartphone aus ihrer Tasche und wollte offensichtlich die Polizei rufen, aber Leah hielt sie davon ab.

»Noch nicht, ich will ihn erst sehen. Wenn es stimmt, was ich glaube, kann er keinem von uns mehr etwas antun. Ist es nicht so?«

Susanne Franken sah zu der geschlossenen Tür hinüber. »Ein paar Wochen nachdem er Ihnen das angetan hatte, ist er nach Hause gekommen. Ich wollte sofort die Polizei rufen, aber Walter bat darum, hier in Frieden sterben zu dürfen. Nicht unter Bewachung in einem Krankenhaus, sondern hier in seinem Zuhause. Wir sind seit neunundvierzig Jahren verheiratet. Er war ein guter Mann und ein wundervoller Vater. Ich konnte ihm diesen letzten Wunsch nicht verwehren.«

»Also haben Sie gedacht, Sie entschuldigen sich bei mir, um wenigstens etwas Buße abzuleisten?« Leah setzte den Rollstuhl in Bewegung und lenkte ihn auf das Zimmer zu.

»Ich dachte, es sei niemandem damit geholfen, wenn er verhaftet wird. Er ist doch krank. Es tut mir so leid!«

Nadine stand auf und trat neben Leah. »Soll ich reingehen?«, fragte sie.

Mit einem Kopfschütteln legte Leah die Hand auf die Klinke. »Kennst du diesen Moment, wenn du als Kind all deinen Mut zusammennehmen musstest, um unters Bett zu schauen, weil du dir nicht sicher warst, ob dort ein Monster lauerte?«

Nadine nickte und blieb in Leahs Nähe. »Ich bin bei dir.«

Das Zimmer war hell und roch nach dem sich anschleichenden Tod. Walter Franken lag mit geschlossenen Augen in einem schmalen Bett und atmete in leisen, flachen Zügen.

»Ich will mit ihm reden«, sagte Leah. »Sollte er aber auch nur ein Körperteil über die Bettkante schwingen, dann rufst du die Polizei, okay?«

Nadine hielt bestätigend ihr Telefon in die Luft, und Leah lenkte den Rollstuhl neben das Bett.

Sie berührte ihn am Arm. »Wachen Sie auf!«

Sie musste ihn mehrfach ansprechen, bis Walter Franken schließlich seine Augen öffnete. Nur einen Spaltbreit, aber gerade genug, dass sie sehen konnte, dass er sie erkannte.

Alles, was an ihm bedrohlich gewesen war, hatte er verloren – die Kraft, den Wahnsinn und die einschüchternde Größe. Jetzt war er nicht mehr als ein alter, dünner Mann, der die letzten Tage seines Lebens verschlief. Er bewegte seine Lippen, als wollte er etwas sagen, aber kein Laut war zu hören. Dann lächelte er. Ob es an den Tumoren lag oder nicht, er empfand etwas für sie, das sich selbst in diesem Augenblick zeigte. Leah handelte ganz nach ihrem Bauchgefühl, das mit dieser Situation besser umgehen konnte als ihr Verstand. Statt etwas zu sagen, überwand sie sich und nahm seine Hand. Sie sah ihm in die Augen und lächelte zurück.

»Leah?« Nadine hielt sich im Hintergrund.

»Schon gut, du kannst das Telefon wegstecken.«

Sein Gesichtsausdruck änderte sich. Ihm schien einzufallen, was er getan hatte. Er zog die Brauen zusammen, und Tränen sammelten sich in seinen Augen.

»Es ist vorbei«, sagte sie leise zu ihm. »Und ich vergebe Ihnen.«

Als er die Augen schloss, war Leah sich sicher, dass er sie verstanden hatte. Sie hatte es nicht für ihn getan. Durch diese Worte ließ sie das Grauen los, das so viele Nächte unter ihrem Bett gelauert hatte. *Es ist vorbei.*

Sie drückte sanft seine Hand und verließ dann wieder das Zimmer, fuhr an Nadine und Susanne Franken vorbei bis in den Flur.

Vor den Fotos hielt sie an und betrachtete sie ein letztes Mal. »Lassen Sie ihn hier seine letzte Ruhe finden. Hier gehört er hin.«

Sie hörte, wie Susanne Franken aufschluchzte und versuchte, ihren Dank in Worte zu fassen, aber Leah wollte es nicht hören. Sie setzte den Rollstuhl wieder in Bewegung und lenkte ihn auf die Haustür zu. Nadine überholte sie und öffnete. Ihre sonst so fröhliche Art war wie weggeblasen. Sie half Leah die Stufe hinab, dann verließen sie ohne ein weiteres Wort das Grundstück.

Als Leah wieder auf dem Beifahrersitz saß, vermied sie es, zu Susanne Franken zu sehen, die noch immer in der offenen Tür stand und sich das Taschentuch gegen die Nase presste.

»Fahr bitte los«, bat sie Nadine.

Es ist vorbei.

OPER BEVERLYNN

III. Aufzug

In der Finsternis bewegt sich alles. Karmesin stößt gegen andere Körper, die schwarz auf sie abfärben. Je schwärzer sie wird, desto mehr kann sie erkennen. Sie sucht nach Indigo, schlängelt sich durch die anderen Körper, die immer nach ihr greifen, wenn sie von ihnen bemerkt wird. In Beverly herrscht Unruhe, die Tochter des Herrschers muss gefunden und zurückgebracht werden, aber kein Soldat traut sich in die Finsternis hinein. Die Ersten, die den Befehl zum Gehen erhalten, legen nach wenigen Schritten die Waffen nieder und werden zu schwarzen Silhouetten, die sich der trägen Masse anpassen.

Als Karmesin Indigo endlich findet, hat sie fast keine Farbe mehr am Leib. Wie eine Ertrinkende klammert sie sich an den Mann, der freudlos und schwer nicht einmal seine Arme um sie legt. Ihre Tränen sickern in sein Schwarz, legen etwas Blau wieder frei. Von ihr zunehmend belebt, fängt er an, das Schwarz von ihrem Körper zu zupfen. Erst vorsichtig, dann leidenschaftlich, bis Karmesin regelrecht leuchtet. Sie tanzen miteinander, sie zupft an seinem Schwarz, während die Finsternis versucht, sie voneinander loszurei-

ßen. Die Liebe siegt, und die Finsternis wird still und starr.
Doch dadurch kann Khaki dieses Reich betreten und sich zu den Liebenden vorpirschen. Gerade als er zum tödlichen Schwertstoß ausholt, beginnen die ersten zwei Schattenwesen zu leuchten. Suchend rennen sie durch die Reihen der anderen, bis sie sich finden und küssen. Das passiert auch mit den anderen Wesen wieder und wieder, bis das Licht die komplette Finsternis vertreibt. Die Wesen sehen zu Khaki. Er steht mit erhobenem Schwert hinter Indigo, schwarz quillt aus seiner Kleidung. Die Wesen ringen ihn nieder und bringen ihn fort ins Ungewisse. Das letzte Schwarz vergeht, und nun sind die Städte miteinander verbunden. Aus den jeweiligen Stadttoren kommen die Oberhäupter und sehen sich ungläubig um, in der Mitte stehen Indigo und Karmesin, die nun endlich zueinanderfinden. Fortan heißt die gemeinsame große Stadt Beverlynn.

LEIPZIG

9. August 2018, Donnerstag

Belinda stand in einem schwarzen Kleid vor dem Spiegel und betrachtete sich. *Die ewige Witwe,* urteilte sie über das Bild, das sie abgab. Dabei war sie nicht mal eine – sie hatte ihre Schwiegertochter zu Grabe tragen müssen; aber dafür schien es keine passende Bezeichnung zu geben.

Eine Kette mit einem kleinen Anhänger in Form eines Tropfens, in dem ein Brillant funkelte, lag um ihren Hals. Das einzige Geschenk ihres Ex-Mannes, das von sentimentalem Wert war, weil sie es zur Geburt ihres gemeinsamen Sohnes bekommen hatte. Sie stieg in die schwarzen Schuhe, die den Leipziger Pflastersteinen entsprechend eher flach waren. Jana erwartete sie und Henry zum Geburtstagsumtrunk in der Stadt, sie hatte sich unzählige Male vergewissert, dass sie auch tatsächlich kommen würden. Wenn Belinda es richtig verstanden hatte, waren auch andere Mitarbeiter und diverse Personen aus dem Ensemble eingeladen. Obwohl gerade Sommerpause war, hielten sie an der Tradition, sich erst so spät zu treffen, fest, weil normalerweise der Betrieb in der Oper so lange ging.

Seit dem Zusammenbruch hatte Henry keinen Tropfen Alkohol mehr angerührt. Seine Hand hatte operiert werden müssen und steckte in einem Gips. Die Finger waren frei, sodass er sie noch bewegen konnte. Er sorgte sich nicht einmal, ob er nach der Heilung wieder Klavier oder Gitarre spielen konnte, weil er zutiefst bereute, Nells Oper in seiner unheilvollen Enttäuschung vernichtet zu haben. Jana zuliebe hatte er versprochen, sich zusammenzureißen, aber Belinda glaubte noch nicht daran, dass er tatsächlich mitkommen würde.

Belinda verließ ihr Zimmer und wurde von ihrem Sohn bei der Garderobe erwartet. Sein Anzug saß locker, weil er stark abgenommen hatte, der Vollbart war ordentlich gestutzt und milderte die eingefallenen Wangen. Es sah gut aus. Und ginge es nach ihr, würde er den Bart behalten, aber er hatte schon ein paarmal erwähnt, dass das Grau am Kinn ihn alt wirken ließe. Das Einzige, was ihn von einer Rasur abhielt, war wohl die Tatsache, dass es ihm derzeit egal war.

»Du siehst bezaubernd aus«, sagte er und hielt ihr den leichten Sommermantel so hin, dass sie hineinschlüpfen konnte. »Soll ich dir Helmut Loschek vorstellen? Er sucht noch eine Begleitung, die mit ihm die Bälle dieser Welt unsicher macht.«

Belinda schloss die obersten Knöpfe und drehte sich zu ihrem Sohn um. »Deine Versuche, mich loszuwerden, werden immer subtiler.«

»Nun, ich lerne von der Besten.«

Das Taxi wartete schon. Doch als sie das Haus verließen, zögerte er.

»Na komm schon, wir sind spät dran«, drängte sie, damit er es sich ja nicht anders überlegte. Er schien die Tür zuziehen zu wollen, hielt dann aber inne und atmete tief durch. »Bitte Henry, du hast es versprochen.«

Er stützte sich mit der unverletzten Hand am Türrahmen ab. »Ich kann das nicht.«

»Doch, du kannst und du wirst! Jana wartet auf uns.«

Über seine Schulter sah er zu ihr. »Sieh mich doch an, ich ertrage den Gedanken nicht, dass sich gleich jeder Mühe geben muss, über meinen Zustand hinwegzusehen. Besser ich lade Jana in ein, zwei Wochen zum Essen ein und feiere dann mit ihr nach.«

Gerade als er die Tür wieder aufschieben und ins Haus zurückgehen wollte, packte sie ihn am Arm und zog ihn zu sich. »Nein, das tust du jetzt nicht!«, sagte sie scharf. »Heute geht es mal nicht um dich, also reiß dich zusammen!« Erschrocken legte sie eine Hand über den Mund. So hatte sie das nicht ausdrücken wollten. »O Gott, es tut mir leid, das wollte ich nicht sagen.«

Mit geschlossenen Augen atmete er ein und aus. »Ich wollte nie, dass es um mich geht, aber ihr lasst mich ja nicht in Ruhe. Zwingt mich zu dieser Feier, bei der ich dann wie ein Pflegefall danebensitze. Es spielt keine Rolle, ob ich dabei bin. Los, geh allein.«

Er ging ins Haus und warf die Tür hinter sich ins Schloss.

»Überlege dir gut, ob du Jana enttäuschen willst«, rief Belinda durch die geschlossene Tür. Sie konnte ihn durch das geriffelte Glas noch dahinter stehen sehen. »Du hast die Oper weggeworfen, willst du wirklich das Gleiche mit den Menschen machen, die dir was bedeuten? Wenn du nicht mitkommst, dann packe ich meine Sachen und ziehe aus. Mag sein, dass du nicht mehr trinkst, aber ich sehe nicht länger zu, wie du vor dich hin vegetierst. Nell ist seit fünf Jahren tot, wir alle vermissen sie schrecklich, aber noch schlimmer ist es, dich zu vermissen, obwohl du hier bei uns bist.«

Ihre Worte änderten nichts. Er stand weiter regungslos hinter der Tür. Also machte sich Belinda allein auf den Weg. Ihr war bewusst, wie enttäuscht Jana sein würde. Sie hatte sich zuletzt vor einer Stunde bestätigen lassen, dass Henry auch tatsächlich mitkäme.

Die Fahrt zum Marktplatz dauerte nicht lang. Belinda sah aus dem Fenster und beobachtete, wie das Leipziger Nachtleben langsam erwachte. Sie mochte die Lichter dieser Stadt, in der niemals alle Menschen zur selben Zeit schliefen, und somit kleine, helle Inseln in die Dunkelheit gezaubert wurden.

Sie hoffte, dass sie nicht in so einen Hipsterladen gehen würden, dafür fühlte sie sich viel zu alt. Viel lieber wäre ihr eines dieser Stadtevents mit mehreren Stationen, die begannen meist auf dem Markt. Was wiederum nichts für Henry gewesen wäre – in diesem

Fall hätte er sich bestimmt in eine Ecke gesetzt, in der er vergessen werden konnte.

Und jetzt tat er nicht mal das. Belinda war wütend. Bei allem Verständnis, das sie für ihren Sohn aufbrachte, überschritt er langsam das angemessene Maß, das man ihm nach all den Traumata zugestehen musste. Seit er nicht mehr trank, traf er wesentlich vernünftigere Entscheidungen, aber mehr als eine leere Hülle war er nicht. Wie Johanna, die inzwischen nur noch im Bett lag.

Das Taxi hielt in der Kehre bei der Thomaskirche, und Belinda bezahlte die Fahrt. Beim Aussteigen versuchte sie, die Wut abzuschütteln. Dies war Janas Abend. Da ihr die richtigen Worte, um Henrys Fernbleiben zu erklären, nicht einfallen wollten, setzte sie sich für ein paar Minuten auf eine Bank und ging im Kopf durch, welche Entschuldigung wohl die beste wäre. Eine Viertelstunde verging, in der sie nur wiederholt zu dem Schluss gekommen war, dass die Wahrheit die einzig richtige Wahl war. Seufzend stand sie auf und ging mit langsamen Schritten zum nahen Markt.

Auf dem Platz herrschte reges Treiben. Die samstäglichen Nachtschwärmer läuteten den gemütlichen Teil ein, nachdem die Hektik des Tages zum Erliegen gekommen war. Jana stand in der Mitte des Platzes, und die Enttäuschung stand ihr deutlich ins Gesicht geschrieben, als Belinda ohne Henry bei ihr ankam.

»Sag mir, dass er sich nur verspätet«, sagte sie ohne Begrüßung.

Belinda verzog bedauernd das Gesicht. »Tut mir leid, ich …« Doch als sich Janas Miene schlagartig aufhellte und sie an ihr vorbeisah, brach Belinda ab. Zögerlich drehte sie sich um und entdeckte Henry zwischen den Passanten. Sie hätte gern einen Stuhl gehabt, um sich zu setzen – sie war wirklich zu alt für diesen Stress.

Henry hielt den Umschlag für Jana in der Hand, kam zu ihnen, umarmte Jana, gratulierte ihr zum Geburtstag und überreichte ihr das Geschenk. Nun nahm auch Belinda Jana in den Arm und sprach ihr Glückwünsche aus, die emotionaler klangen, als sie wollte.

»Ihr habt mir vielleicht einen Schrecken eingejagt«, sagte diese nun und fasste sich an die Brust. »Ich dachte schon, du kommst nicht.«

Henry legte einen Arm um Belindas Schultern und drückte sie sanft. »Wir hatten das Geschenk liegen gelassen, du kannst das später in Ruhe auspacken.«

An den Gutschein für Janas Lieblingsrestaurant hatte Belinda gar nicht mehr gedacht. Ob es am Geschenk gelegen hatte oder an dem, was sie durch die Tür gesagt hatte, spielte keine Rolle. Alles, was zählte, war, dass er hier war.

»Ach, hier wird schon wieder was aufgebaut?«, fragte Henry und deutete auf ein paar Stahlkonstruktionen, die einige Meter von ihnen entfernt etwa mannshoch unfertig in die Höhe ragten.

»Ich finde es gut, dass Leipzig so eine lebendige Stadt ist«, ging Belinda auf den Small Talk ein.

»Deswegen liebe ich es hier«, sagte Jana überschwänglich und zog sie ein paar Schritte weiter, bis sie vor der Mauer zur S-Bahn-Station stehen blieben und den ganzen Platz überblicken konnten. Aus der Dämmerung wurde Dunkelheit, und die Laternen flammten matt auf. In Janas Alter war man noch aufgeregt, wenn man zum Geburtstag einlud – Belinda vermisste die Zeit, in der alles irgendwie besonders gewesen war. Für sie bedeutete es meist nur noch Routine, wenn Feiern anstanden, der Zauber war längst verflogen.

»Schön, dass ihr hier seid«, sagte Jana nun glücklich. »Ich habe mich schon so auf heute gefreut.« Mit einer Hand zauste sie Henrys Bart. »Sieht gut aus, der steht dir.«

Henry machte gute Miene zum Wiedereinstieg in die Sozialkompetenz. »Auf wen warten wir noch alles? Er sah sich um. »Ist ja unfassbar, was hier um diese Zeit los ist.«

Aus dem Augenwinkel sah Belinda jemanden an dem Gerüst hinaufklettern. Ihr fiel auf, dass manche Besucher auf dem Platz fast verkleidet aussahen. Sie hoffte, dass sie weitergehen konnten, bevor hier irgendein Tamtam losging.

»Siggi fehlt noch, den Rest treffen wir später.« Jana trat unruhig von einem Fuß auf den anderen, was immer sie geplant hatte, es schien ihr viel zu bedeuten.

Henry wollte gerade noch etwas fragen, als Jana Siggi in der Menge entdeckte. »Hey, Siggi«, rief sie übertrieben laut.

»Das kann ja ein lustiger Abend werden«, raunte Henry Belinda zu, die ihm nur beruhigend eine Hand auf den Arm legte.

Statt Siggi zu entdecken, sahen sie dabei zu, wie fast alle Passanten wie auf Kommando schneller liefen und vor ihnen ein großes Viereck bildeten, das zu ihnen hin offen war. Das Gemurmel erstarb, und von irgendwo erklang eine Geige.

»Oje, ein Flashmob«, sagte Henry, der das Geschehen schneller verstand.

Belinda wusste, dass er derartige Aktionen eigentlich mochte, zumindest hatte er sie früher gemocht. Wenn es eine nette Überraschung für Jana war, würde er es sicher aushalten, aber sie konnte sich vorstellen, wie seine Laune sank.

Die Geige spielte keine erkennbare Melodie, es war mehr ein Einstimmen. Andere Instrumente kamen hinzu, jetzt erkannte Belinda unter den Menschen vor ihr ein paar Musiker aus dem Gewandhausorchester.

»Jana, ist das für dich?«, fragte sie leise, aber Jana schüttelte den Kopf und trat einen Schritt zurück, sodass sie nun hinter Belinda und Henry stand.

Es wurde wieder still, dann warfen die Ersten im Viereck ihre Trenchcoats ab und waren in den schwarzen, engen Anzügen kaum mehr als sich bewegende Schatten, die sich auf die Mitte der freien Fläche zubewegten. Passanten blieben stehen und filmten das Geschehen mit ihren Smartphones. Ein Musikstück begann, bei dem Henry aussah, als würde er vor Schreck in die Knie gehen. Es war das Finale seiner Oper.

Belinda umklammerte seinen Arm. »Wie ist das möglich?«, flüsterte sie.

Die Personen, die weiter im Viereck das Geschehen einrahmten, schalteten Taschenlampen an und leuchteten auf die Fläche vor sich, und an den Gerüsten flammten zwei Spotlights auf. Rechts von ihnen trat plötzlich Helen hervor und begann zu singen, links Richard, der in das Duett miteinstieg. Die Musik wurde lauter, immer mehr Instrumente kamen hinzu, während die schwarzen Tänzer die Trauer darstellten, in der die Liebenden gefangen waren. Gefühlvoll brachten sie einzig durch ihre Bewegungen die Sehnsucht, die unerfüllte Liebe und das Leid zum Ausdruck. Die Scheinwerfer fanden das Paar, das, ohne sich zu berühren, im Zentrum des Vierecks ganz nah beieinander tanzte, als würde eine unsichtbare Macht sie voneinander fernhalten, während der Gesang diese Sehnsucht in Worte und Melodien kleidete.

Dann kam der Wendepunkt: Der Tänzer bekam die Frau zu fassen und riss das erste Schwarz von ihrem Körper, Karmesinrot kam zum Vorschein. Die Tänzerin lebte auf, vollführte kraftvolle Bewegungen, fiel in seine Arme, wurde emporgehoben und erweckte dann den Anschein, von ihm fortgezerrt zu werden, wobei sie nun etwas Schwarz von ihm mit sich riss und Indigoblau freilegte. Er sammelte die Frau auf, sie tanzten mit den Gesichtern dicht beieinander, kamen sich näher und näher, zogen am Schwarz, bis er gänzlich in einem kräftigen Blau vor ihr stand und sie in einem leuchtenden Rot vor ihm. Sie küssten sich voller Hingabe, aber die schwarzen Tänzer kamen immer näher, bedrohten ihre Liebe.

Belinda löste ihren Blick vom Geschehen und betrachtete ihren Sohn. Sie wollte ihm sagen, dass sie nichts damit zu tun hatte, dass er nicht wütend auf sie sein solle, aber in seinem Gesicht war keine Wut zu erkennen. Henry liefen Tränen über die Wangen, während er gleichzeitig ganz genau hinsah. Deswegen hatte Jana darauf bestanden, dass er kommen musste, und war so hartnäckig gewesen. Dieser Abend war nicht für sie, er war für Henry.

Immer wenn die Scheinwerfer kurz die Gesichter zwischen den Musikern am Rand beleuchteten, entdeckte Belinda jemand anderen aus Henrys Leben: seine Studenten, Mitarbeiter aus der Oper und befreundete Choreografen und Kostümdesigner. Sie waren alle da, für Henry, um ihm etwas zu geben, das so bedeutungsvoll war, dass es ihn erreichen konnte.

Ergriffen blinzelte Belinda die Tränen fort und drehte sich um. »Jana, woher …?« Ihr blieb die Frage im Halse stecken, weil die junge Dramaturgin nicht mehr hinter ihnen stand.

Sie wandte sich wieder nach vorne, wo sich die schwarzen Tänzer inzwischen dicht um das Paar drängten. Aber sosehr sie auch an ihnen zerrten, die Liebenden ließen sich nicht mehr trennen.

Das Stück endete mit einem ausdrucksstarken Herumschwingen des Paares, das sich dabei an einer Hand festhielt. Die schwarzen Tänzer wurden wie von einer unsichtbaren Welle von den Füßen geholt und blieben regungslos liegen.

Und der Tenor sang: »Immer wenn du gehst.«

»Wirst du mich finden«, antwortete die Sopranistin.

»Was immer uns im Wege steht.«

»Wir werden's überwinden.«

Henry sog die Luft ein, als habe er das ganze Stück über den Atem angehalten.

Auf dem ganzen Platz wurde es totenstill, bis der erste Zuschauer anscheinend seine Hände wiederfand und klatschte. Was darauf folgte, war ohrenbetäubender Applaus für eine Leistung, über die die ganze Stadt reden würde. Diverse Mobiltelefone wurden noch immer in die Höhe gehalten, um das Geschehen zu filmen – dieser Augenblick war für die Ewigkeit.

Aber Henry stand nur wie versteinert da.

Belinda wollte sich entschuldigen, ihn um Verzeihung bitten, doch dann hätte sie gegen den Applaus anschreien müssen. Wie verabredet nahmen die Tänzer in fließenden Bewegungen ihre Mäntel wieder auf und verstreuten sich zusammen mit allen anderen in die vier Himmelsrichtungen, wie es bei einem Flashmob üblich war. Zurück blieben verzauberte Passanten, ein sprachloser Henry und Belinda. Sie konnte sich nicht vorstellen, was in ihm vorgehen mochte. Seine Gefühle wurden in diesem Opernstück zur Schau gestellt. Es waren der Kampf gegen den Krebs, das Festhalten der Liebe und ein Neuanfang in jedem Ton und jeder Bewegung gewesen, was intensiv in Belinda nachhallte.

»Henry?«

Er wischte sich mit zitternden Fingern übers Gesicht und sah über seine rechte Schulter Richtung *Auerbachs Keller.*

»Alles in Ordnung?«

Sein abwesendes Nicken war nicht überzeugend. Jana und Siggi tauchten plötzlich vor ihnen auf und sahen ihn nicht minder ängstlich an als Belinda.

»Henry, ich habe keine Aktien darin, das schwöre ich!«, beteuerte Belinda. »Bitte sag doch was.« Sie legte ihm eine Hand auf den Arm, als könne er jeden Augenblick die Flucht ergreifen, und sie müsste ihn aufhalten.

»Woher habt ihr das Stück und die Geschichte dazu?«, fragte er, ohne Jana und Siggi anzusehen. »Du hast keine Kopien bekommen, wer hat dir das gegeben?«

»Das ist eine längere Geschichte«, antwortete Jana für Siggi. »Hat es dir nicht gefallen?«

Er ballte die unverletzte Hand zur Faust. »Ist Leah hier gewesen?«

Jetzt endlich verknüpften sich die Begebenheiten in Belindas Kopf. Nadines Besuch, das gespielte Interview. Henry hatte die Oper kein zweites Mal weggeworfen. Nadine musste sie mitgenommen haben, Belinda wusste nur nicht, wie.

»Alle warten auf uns im *Mephisto,* das jetzt ziemlich voll sein dürfte. Sie haben in den letzten Wochen Großes geleistet und können es kaum erwarten, zu hören, was du dazu sagst, also verrate mir bitte, ob dir gefallen hat, was du gerade gesehen hast«, bat Siggi.

»Gefallen?«, wiederholte er abwesend. »Ich wollte diese Oper für Nell fertigstellen und habe nie verstanden, warum ich es nicht konnte.« Er sah zum Platz, als würden die Akteure noch immer dortstehen. »Sie war nicht dafür gedacht.«

Jana umschlang ihren Oberkörper mit ihren Armen und zog die Stirn in Falten. Belinda wollte etwas sagen, um die Worte ihres Sohnes irgendwie zu mildern, aber sie wusste nicht, was. Siggi zog Jana sanft an sich, um ihr Halt zu geben. Doch Henry merkte gar nicht, was er verursachte. Er fasste sich an die Stirn und rieb über den Haaransatz, dabei sah er gedankenverloren und irritiert aus.

»Ich hätte damals gleich zu euch kommen sollen«, sagte er endlich. »Nell hat vielen von uns etwas bedeutet. Jana, du hast sie kaum gekannt, aber du hast ihren Zauber verstanden, ich erkenne deinen Anteil in dem, was ich gesehen habe, während du, Siggi, noch genau weißt, welchen Schmerz ihr Verlust hinterlassen hat. Aber wessen Handschrift hat das alles miteinander verbunden?«

»Leah ist, noch bevor du deine Auszeit genommen hast, mit der Oper zu uns gekommen«, sagte Jana mit belegter Stimme. »Und sie hat uns die ganze Geschichte erzählt. Sie sagte, dass sie nicht rückgängig machen könne, was das Schicksal zerstört hat, aber dass sie eine Aufgabe bekommen hätte, die zu Ende geführt werden müsse. Egal, wen du fragst, jeder wird sagen, dass dies das bedeutendste Stück gewesen ist, an dem er je mitgewirkt hat, weil wir alle es für dich getan haben.«

Leah war wirklich anders als alle Frauen, die Belinda bislang kennengelernt hatte. Sie hatte gewusst, dass sie nicht einfach zu Besuch kommen konnte, um wieder zu Henry durchzudringen.

»Wir werden dir alles erzählen«, versprach Siggi und deutete hinter sich auf die Mädlerpassage. »Aber nicht hier. Lasst uns zu den anderen gehen, sie sterben sicher vor Anspannung, weil sie wissen wollen, ob es dir gefallen hat.«

»Ob es mir gefallen hat?« Henry schüttelte den Kopf. »Selbst wenn ich alle Sprachen dieser Welt beherrschen würde, fände ich kein einziges Wort, das ausdrücken könnte, wie stolz ich auf euch alle bin und was mir diese Darbietung bedeutet hat.« Er nahm erst Jana in den Arm und drückte sie fest an sich, dann Siggi. Anschließend drehte er sich zu seiner Mutter um. »Du hast die Seiten aus dem Müll geholt – um ehrlich zu sein, hatte ich diese Hoffnung aufgegeben.«

»Ich weiß nur nicht, wie sie in Leahs Besitz gekommen sind«, sagte sie schnell, damit er ihr keinen Anteil an diesem kleinen Wunder zusprach.

Henry drückte auch sie fest an sich.

»Gehen wir?« Jana streckte eine Hand nach Henry aus. »Wir sollten die anderen nicht länger warten lassen.«

Es waren zu viele, um mit allen in die kleine Bar zu passen, also verteilten sie sich mit Getränken in den Händen vor der Tür und unterhielten sich aufgekratzt. Als sie Henry sahen, war es, als würde die Passage selbst die Luft anhalten. Es wurde gespenstisch still. Die Tür wurde geöffnet, damit auch jene in der Bar mitbekamen, dass er endlich eingetroffen war.

Henry blieb stehen und sah in die vielen bekannten Gesichter; Belinda konnte sich nur vorstellen, wie es war, all diese Menschen wiederzusehen, nachdem er viele von ihnen vor seinem Zwangsurlaub so unfair behandelt hatte.

»Es gibt Zeiten im Leben, in denen man glaubt, man könne nur noch aus- und niemals wieder einatmen«, sagte er so laut, dass jeder es hören konnte. »In den vergangenen Monaten bin ich einsam, desillusioniert und selbstzerstörerisch gewesen. Ihr alle habt darunter leiden müssen, und doch seid ihr hier und habt gemeinsam etwas erschaffen, an das ich nicht mehr glauben konnte. Ihr alle habt Nells Wesen in Bewegung, Musik und Gesang gekleidet, wie es ihrer würdig ist, und ich fühle mich wie ein Narr, weil ich nicht weiß, wie ich euch dafür danken soll.«

»Wie wäre es, wenn die nächste Runde auf dich geht?«, warf Belinda ein, was mit Applaus beantwortet wurde. Niemand wollte Henry verlegen sehen, alles, was zählte, war, dass er stolz auf sie war.

Henry nickte und machte eine einladende Handbewegung. »Der Abend geht auf mich.«

Das war ein geringer Preis für das, was sie ihm gegeben hatten.

Es kam Bewegung in die Gruppe vor der Bar, die Leute begrüßten ihn freudig, legten ihm Hände auf die Schultern und schoben ihn und Belinda schließlich durch die Tür ins Innere. Was wie zufällig wirkte, entließ sie schlussendlich oben auf dem Podest, wo noch zwei Plätze an dem hintersten Tisch frei waren. Belinda erkannte Nadine, die mit einem jungen Mann dort saß.

»Setzt euch dort schon mal hin«, sagte Jana gut gelaunt. »Was wollt ihr trinken?«

»Eine Cola«, sagten Henry und Belinda wie aus einem Mund.

Im *Mephisto* war an diesem Abend doppelt so viel Personal anwesend, alles schien abgesprochen zu sein. Belinda war überwältigt. Jeder einzelne ihrer Versuche, sich positiv einzumischen, hatte nie etwas bewirkt, das diesem Abend auch nur im Kleinsten das Wasser reichen konnte.

»Nadine, richtig?«, fragte Henry und sah die Blondine mit einer Mischung aus Dank und Tadel an.

»Oh, Sie haben sich meinen Namen gemerkt«, erwiderte sie freundlich und rückte die Brille auf der Nase zurecht. »Aber ich muss Ihnen nicht wieder was auf dem Klavier vorspielen, oder?«

Henry überließ Belinda den Platz neben Nadine und setzte sich an die Stirnseite des Tisches. Sein Blick schweifte immer wieder durchs Lokal, und sie wusste genau, nach wem er suchte.

»Ich muss Ihnen ein Geständnis machen«, sagte Nadine und grinste. »Ich bin keine Studentin. Mein Name ist Nadine Fröhlich, und das ist Bennie Olthoff, wir arbeiten mit Leah zusammen.«

Wieder sah er sich um. »Wo ist sie?«

Jana kam mit den Getränken zurück und stellte sie auf den Tisch.

»Ich soll Ihnen das hier geben.« Nadine reichte ihm einen Zettel, aber Jana vereitelte, dass er ihn gleich lesen konnte, indem sie ihr Glas erhob.

»Auf die Menschen, die es wert sind, geliebt zu werden«, sagte sie feierlich.

»Auf dich«, erwiderte Henry, der sich offensichtlich erst jetzt wieder an ihren Geburtstag erinnerte. »Alles Gute!«

Jemand setzte sich ans Klavier und fing an zu spielen, die Gäste begannen zu singen. Die kreative Energie nach einem gelungenen Auftritt entlud sich nun ausgelassen in dieser Bar.

Henry stellte das Glas wieder weg, entfaltete den Zettel und las:

Lieber Johnny,
wollen Sie mich noch einmal kennenlernen?
June

Darunter befanden sich drei Kästchen mit *Ja*, *Nein* und *Vielleicht*. Belinda, die sich vorgebeugt und mitgelesen hatte, verstand nicht ganz, was es mit dieser Nachricht auf sich hatte, aber die Zeilen brachten ihren Sohn zum Lächeln. Er suchte die Taschen seines Jacketts ab. »Hast du einen Kugelschreiber, Mutter?«

Sie sah zu Nadine, die kaum merklich den Kopf schüttelte. »Ich denke nicht«, sagte Belinda und war gespannt, was als Nächstes käme.

Jana trat zur Seite, und da sah Belinda Leah. Sie saß am Nachbartisch, mit dem Rücken zur Bar, sodass sie Henry direkt anschauen konnte. Aber er war zu beschäftigt, was ihr einige Herzschläge Gelegenheit gab, Leah stumm zu danken.

Das war der Moment, auf den sie so lange gewartet hatte. Leah nahm den Montblanc-Füller in die Hand, lehnte sich etwas zum Nachbartisch hinüber und hielt ihn Henry entgegen. »Benötigen Sie einen Schreiber?«

Als er sie erkannte, hielt er inne und lächelte. Es war dieser erste Blick, der die Verbindung wieder schloss und zu einem festen Band verwob. Leahs Herz schlug schneller, und ihre Hand fing an, leicht zu zittern.

»Bei Füllern ist das wie mit Büchern«, sagte er und nahm das Schreibgerät entgegen, wobei sich ihre Finger berührten und das unvergleichliche Kribbeln durch ihren Körper schoss. »Beides verleiht man nicht.«

»Ach, das ist auch nur Plastik und Edelstahl«, sagte sie leichthin.

»O nein«, erwiderte er. »Dieses gute Stück wurde aus Kunstharz erschaffen, besitzt eine Goldfeder und eine individuelle Seriennummer im Ring.«

Leah freute sich, dass er sich die Details gemerkt hatte, das machte diesen Augenblick denkwürdiger, als die anderen ahnten.

»Die Feder dürfte auf Sie eingeschrieben sein, wenn Sie den Füller häufiger benutzen«, führte er sein Wissen zu Ende aus und gab ihr das Schreibgerät zurück.

Leah legte eine Hand über den Füller und seine Finger, bereit, ihn nie wieder loszulassen. »Behalten Sie ihn, wenn er Ihnen hilft, eine Entscheidung zu treffen.«

Statt damit ein Kreuz in ein Kästchen zu zeichnen, steckte er ihn ein, wechselte den Platz zu ihrem Tisch und setzte sich auf die Bank, sodass er ihr gegenübersaß. Die Musik endete, und ein leises Gemurmel erfüllte den Raum.

»Würde es Ihnen etwas ausmachen, nie wieder fortzugehen?«, fragte er ergriffen.

In Leah gerieten die unterschiedlichsten Gefühle durcheinander. Sie wollte sich entschuldigen, ihm sagen, wie überwältigend es war, jetzt bei ihm zu sitzen. Darunter mischte sich das Begreifen, was für ein Wunder es war, dass es diesen Moment überhaupt gab.

»Ich wollte vom ersten Moment an nicht mehr gehen«, sprach sie die Wahrheit aus und blinzelte die Tränen fort.

Nun erstarb auch das Gemurmel, obwohl die Leute bis zur Tür standen. Alle schienen zu hoffen, dass diese gelungene Rettungsaktion damit endete, dass Leah und Henry zueinanderfanden wie die Protagonisten der Ballettoper.

Leah sah Henry deutlich an, wie sehr er gelitten hatte. Die tiefe Erschöpfung war wie ein eisiger Wind, der durch die Ruinen seines Lebens strich, aber er kam daraus hervor.

Er sah sie an, schutzlos und offen, das Schwarz fiel von ihnen beiden ab mit jeder weiteren Sekunde, die sie einander nahe waren.

»Aber ich musste gehen«, ergänzte sie. Die Zeit schien sich zu verlangsamen, fast nicht mehr existent zu sein. »Der Sturz und die Tatsache, dass ich dem Tod von der Schippe gesprungen bin, haben jegliche Ängste zerstört. Jetzt bin ich hier und bleibe, wenn du es willst.«

Henry streckte auffordernd seine linke Hand aus, die sie ergriff und festhielt. Sie musste einen Moment die Augen schließen, weil ihr Herz um ein Vielfaches schneller schlug und das Kribbeln bis in ihre Körpermitte schoss.

»Ich hätte für dich da sein sollen«, sagte er bedauernd. »Ich bin so … enttäuscht gewesen.« Er beugte sich etwas vor, um leiser sprechen zu können, was aber nur dazu führte, dass alle noch mehr lauschten und sich zu ihnen umdrehten. »Ich will keinen Neuanfang«, sagte er. Dabei strich sein Daumen sanft über ihre Handkante. »Ich will, dass wir weitermachen, dass du mir alles erzählst, was passiert ist, ohne etwas auszulassen, und dass wir den Schrecken hinter uns lassen.«

Leah sah ihm in die Augen und nickte.

»Meine Güte, jetzt küss sie endlich!«, rief jemand von weiter hinten, die Stimme klang verdächtig nach Belinda, die nicht mehr auf ihrem Platz saß.

Henry musste lachen, bevor er ganz leicht den Kopf schüttelte. Für Leah waren all die Menschen in der Bar in den letzten Sekunden gar nicht hier gewesen. Jetzt stand sie, ohne ihn loszulassen, auf und setzte sich mit bedachten Bewegungen neben ihn auf die Bank. Viele wussten, wie besonders es war, dass sie das konnte, und wie hart sie dafür arbeiten musste. »Ich fürchte, sie haben den Moment ruiniert«, flüsterte sie ihm ins Ohr.

Er hielt ihre Hand fester, gab ihr einen Kuss auf die Fingerknöchel und legte den anderen Arm um ihre Schultern, wobei sie den Gips fühlen konnte, der das Gelenk ruhig hielt.

»Ich dachte, das hier ist eine Geburtstagsparty?«, rief Henry in die Runde. »Wann wird denn endlich gesungen?«

Leah lehnte sich an ihn und atmete tief ein. Er roch nach Zuhause und Geborgenheit.

Die Klaviermusik setzte wieder ein, sie erkannte *Happy Birthday,* alle begannen zu singen und hielten ihre Gläser Jana entgegen, nur Henry und Leah nicht. Sie sahen einander in die Augen, kamen sich so nahe, dass Leah die Wärme seiner Haut spüren konnte. Und dann küssten sie sich.

Es war kaum mehr als eine kurze und zarte Berührung ihrer Lippen, die dennoch so intensiv war, dass Leah froh war, dass er sie festhielt.

Glücklich schmiegte sie sich an ihn und sang die letzte Zeile mit. Alle hatten diesen einen, besonderen Augenblick zwischen ihnen verpasst – bis auf Belinda, die Leah nun neben dem Klavier entdeckte.

Henrys Mutter lächelte und nickte ihr zu. Sie beide wussten, was es bedeutete und wie ungewiss es gewesen war, ob sie es bis hierhin schafften.

Dann betrachtete Leah die anderen Menschen um sie herum. Sie alle waren Fremde gewesen, als sie zu ihnen gegangen war, um sie um Hilfe zu bitten, jetzt waren sie Freunde. Die Zusammenarbeit war bereichernd und außergewöhnlich gewesen. Der kreative Prozess hatte sich bemerkenswert emotional gestaltet, manche hatten geweint, während sie das Stück interpretierten, weil sie sich auf die Geschichte dahinter einlassen mussten, um diese starke Liebe zu transportieren. Nadine und Bennie hatten Leah bei allem unterstützt, ihr unter die Arme gegriffen, wo sie nur konnten. Sogar Ludger war zu den letzten Proben gekommen und war so begeistert gewesen, dass er die Kostüme finanziert hatte.

Er saß in diesem Augenblick an der Bar und wartete darauf, dass sie ihm Belinda vorstellte. Aber erst sollten *die jungen Hüpfer zueinanderfinden.*

Zeit – erstmals glaubte Leah, genug davon zu haben. Dies war jetzt ihre Familie. Eigentlich fehlte nur Kevin, der es geschafft hatte, sie wieder sicher auf die Beine zu bringen, und somit ebenfalls zu einem wichtigen Menschen in ihrem Leben geworden war. Und Peer, der verstanden hatte, dass sie hierhergehörte.

»Ist bei dir alles gut?«, fragte Henry und strich ihr liebevoll über den Arm.

»Nein«, sagte sie und legte ihre Hand auf seine. »Es ist perfekt.«

DANKSAGUNG

Als diese Geschichte mich im Januar 2018 im wahrsten Sinne des Wortes überfallen hatte, wollte ich die Idee nur mal kurz aufschreiben und mich dann wieder meinen Thrillern widmen. Zwei Wochen später, in denen ich wie besessen geschrieben hatte, befand sich dann plötzlich eine komplette Rohversion in meinem Laptop. Ich musste spontan an *Blinde Sekunden* denken – mein Debütroman war auf gleiche Weise entstanden. Genau das liebe ich am Schreiben: wenn etwas erzählt werden will und alles andere kurzerhand zur Seite drängt. Deswegen gilt mein größter Dank meiner Familie, die jene Phasen mitträgt, mich unterstützt und mir nachsieht, wenn zeitweise Dinge des alltäglichen Lebens vernachlässigt werden oder ich morgens nach einer Nachtschicht wie ein Grottenolm die Morgenroutine begleite und gedanklich ganz woanders bin.

Außerdem haben sie mir den Rücken freigehalten, als ich für zwei Wochen nach Leipzig gefahren bin, um für die Überarbeitung Recherchen anzustellen. In diesem Zusammenhang gilt mein besonderer Dank den Mitarbeiterinnen der Leipziger Oper: Steffi Weppernig für die Vermittlung der perfekten Ansprechpartnerinnen, Nele Winter für die Beantwortung all meiner Fragen, das Testlesen, und dass ich der geschlossenen Probe von *Nabucco* beiwohnen durfte, und Steffi Gretschel für die großartige Privatführung, die mir sehr viel Wissen über die Oper und den Denkmalschutz vermittelt hat.

Außerdem danke ich Petra Beer, Sven Weiland und Gary Wendt von Fuchshuber Architekten GmbH für den Recherchetermin, durch den ich tiefere Einblicke in das Berufsbild einer Architektin erlangen konnte. Ich musste feststellen, dass es nur sehr wenig mit dem gemein hatte, was ich mir darunter vorgestellt habe. An dieser Stelle möchte ich auch dem namenlosen Bauarbeiter danken, der auf der Baustelle neben meinem Zuhause täglich das Schlagerparadies hörte und tatsächlich bei Helene Fischers *Atemlos* lauthals mitgesungen hat. Eigentlich hatte ich so ein Klischee nicht einbauen wollen, aber nach jener Darbietung musste es einfach sein.

Ich danke ebenfalls ganz herzlich Tim Brümmer für die Stadtführung durch Leipzig. Gemeinsam sind wir auf Schauplatzsuche gegangen, und Tim konnte mir vor allem über das Musikerviertel eine Menge erzählen. Das hat riesigen Spaß gemacht.

Dr. Mark Thomé danke ich vielmals für die Beantwortung meiner medizinischen Fragen. Einmal mehr habe ich großen Respekt vor dem, was Chirurgen leisten und entscheiden müssen – Hut ab!

Meine Testleserinnen und Testleser standen diesem Genre gemischt gegenüber, was zu gänzlich unterschiedlichen Rückmeldungen geführt hat und für die Überarbeitung enorm hilfreich war. Herzlichen Dank: Yasmin Dreyer, Markus Heitz, Claudia Kowalski, Monika Külper, Nele Winter und Nicole Zöllner.

Yasmin, es gibt da jemanden, der dir noch ganz persönlich etwas sagen möchte. Bennie, du bist dran:

Liebe Yasmin, ich weiß gar nicht, wie ich dir danken soll, dass du mich davor bewahrt hast, ein Drogendealer zu werden und im Gefängnis zu landen. Du hast mir viele wüste Drohungen und eine Menge Leid erspart. Wenn du nächstes Jahr zur Messe nach Leipzig fährst, sorge ich dafür, dass Sonja dir im Mephisto *einen Drink ausgeben muss! Auch im Namen von Walter Franken, der ohne dich noch einen unschönen Auftritt gehabt hätte. Das passiert eben, wenn man Thriller-Autorinnen an Liebesgeschichten lässt!* DANKE!

Außerdem danke ich Natalja Schmidt und Thomas Schmidt für die gemeinsame Umsetzung dieses Romans und Martina Vogl, die mit dem großartigen und durchdachten Lektorat genau das Fingerspitzengefühl angesetzt hat, das den Feinschliff zum Vergnügen gemacht hat!

Diesen Roman habe ich Johnny Cash und June Carter gewidmet, die nicht nur Namenspaten für diese Geschichte gewesen sind, sondern deren Lebensgeschichte mich sehr berührt hat.

Danke für den Zauber, den ihr in dieser Welt zurückgelassen habt!

Zarte Romantik, ungezähmte Natur und ergreifende Schicksale

JULIE BIRKLAND

Hoch WIE DER Himmel

Roman

Als Ärztin nach Norwegen ans Meer – dieser Traum ist alles, was Annik nach dem Unfalltod ihres Mannes geblieben ist. In dem beschaulichen Städtchen Lillehamn wagt sie mit ihrem kleinen Sohn Theo einen Neuanfang. Zwischen tiefen Wäldern, der rauen See und einem endlos wirkenden Himmel wird Anniks Schmerz mit jedem Tag ein wenig erträglicher. Wäre da nur nicht Krister Solberg, ihr wortkarger Boss. Annik ist sich sicher, dass der attraktive Chirurg sie nicht leiden kann. Doch unberührt lässt er sie nicht. Krister allerdings hat seine ganz eigenen Gründe, der neuen Ärztin in seiner Praxis zunächst aus dem Weg zu gehen ...

Entdecken Sie auch die weiteren Bände der
»Northern Love«-Reihe:
Band 2: »Tief wie das Meer«
Band 3: »Wild wie der Wind«

KNAUR

Wie viel Liebe braucht es, um ein Kind loszulassen?

DANI ATKINS

WOHIN DER *Himmel* UNS FÜHRT

Roman

In einem anderen Leben hätten Izzy und Beth Freundinnen sein können – doch ein furchtbarer Fehler in einer Klinik für künstliche Befruchtung macht sie zu Gegnerinnen: Während bei Beth alle Versuche, schwanger zu werden, fehlschlagen, bringt Izzy einen gesunden Jungen zur Welt. Noah wird ihr Ein und Alles. Bis die Klinik Izzy und Beth acht Jahre später mitteilt, dass es zu einer Verwechslung gekommen sei: Noah ist genetisch gesehen Beth' Kind. Zwischen beiden Frauen entbrennt ein erbitterter Rechtsstreit um die Frage, wer Noahs Mutter ist. Doch dann hängt das Leben des Jungen plötzlich am seidenen Faden ...

»Egal wie viele Bücher man im Laufe seines Lebens liest, auch wenn es mehrere Hundert sind, an die Romane von Dani Atkins wird sich jeder erinnern.«

Blog Buchwurm.info über
»Sag ihr, ich war bei den Sternen«

KNAUR